KB163294

을 유 세 계 문 학 전 집 · 8 5

인형

(상)

옮긴이 정병권

한국외대 독일어과를 졸업하고, 베를린 자유대학(FU, Berlin)에서 문학 석사를, 폴란드 야기엘로인스키대학(UJ, Kraków)에서 문학박사 학위를 받았다. 한국외대 폴란드어과 교수로 근무했고 현재는 명예교수다. 한국동유럽발칸학회 회장을 역임했으며, 폴란드 아담 미츠키에비츠 대학(UAM, Poznań) 명예박사이자 폴란드 오폴레 대학(UO, Opole) 명예박사이다. 폴란드에서 십자훈장을 받고, 바르샤바 대학(UW)에서 폴로니쿰(Polonicum) 상을 받았으며, 폴란드 야기엘로인스키 대학에서 공로메달을 받았다. 저서로 『폴란드어-한국어 사전』, 『폴란드사』, 『동유럽 발칸, 민주화와 문화 갈등』(공저) 등이 있고, 번역서로 『판 타데우시(Pan Tadeusz)』(공역), 『헤르베르트 시선』(공역), 『자작나무 숲(Brzezina)』, 『빌코의 아가씨들(Panny z Wilka)』, 『포즈난 가정교사의 회고(Z pamiętnika poznańskiego nauczyciela)』, 『개종자(Nawrócony)』, 『헤르베르트 시선』(공역) 등이 있다. 그리고 「비스피아인스키의 베셀레(Wesele)에 나타난 베르니호라」, 「체스와프 미오시의 고향 유럽(Rodzinna Europa)에 나타난 독일상」, 「포촌텍(Początek)의 유대인들」, 「어둠이 땅을 덮는다(Ciemności kryją ziemię)의 토르크베마다 연구」, 「곰브로비츠의 트란스 아틀란틱(Trans-Atlantyk)에 나타난 '폴란드 민족성(polskość)'」 등 폴란드 문학, 역사 및 문화 관련 논문이 40여 편 있다.

을유세계문학전집 85
인형(상)

발행일 · 2016년 10월 1일 초판 1쇄 | 2020년 9월 25일 초판 3쇄
지은이 · 볼레스와프 프루스 | 옮긴이 · 정병권
펴낸이 · 정무영 | 펴낸곳 · (주)을유문화사
창립일 · 1945년 12월 1일 | 주소 · 서울시 마포구 서교동 469-48
전화 · 02-733-8153 | FAX · 02-732-9154 | 홈페이지 · www.eulyoo.co.kr
ISBN 978-89-324-0467-7 04890 978-89-324-0330-4(세트)

• 값은 뒤표지에 표시되어 있습니다.
• 옮긴이와의 협의하에 인지를 붙이지 않습니다.

차례

제1장 병유리를 통해서 본 민첼과 보쿨스키 회사

1878년 초 세계 정치가 산스테파노 평화 조약,* 새 교황*의 선출, 유럽에서의 또 다른 전쟁 발발 가능성 등으로 분주히 움직이고 있을 때, 바르샤바 크라코프스키에 프세드미에시치에 거리의 지식인들과 상인들은 장신구를 취급하는 민첼과 보쿨스키 회사의 앞날에 지대한 관심을 가지고 있었다.

한 고급 음식점에서는 저녁 식사를 하기 위해 모인 속옷 가게 주인들, 포도주 가게 주인들, 마차 회사 주인들, 모자 회사 주인들, 점잖은 가장들, 재단 소유자들, 건물 세 받아 사는 사람들이 영국의 무장과, 민첼과 보쿨스키 회사에 대해 열띤 토론을 했다. 시가 연기 자욱한 가운데 어두운 색 유리 술병들 위로 머리들을 숙이고 한쪽에서는 영국이 전쟁에서 이길 것인지 질 것인지 내기를 하고, 다른 쪽에서는 보쿨스키가 파산했다고 말하는가 하면, 다른 사람들은 비스마르크는 천재라 말하고, 다른 쪽에서는 보쿨스키의 승부욕에 대해 이야기하고, 또 다른 사람들은 프랑스 대통령 막마옹의 행동을 비난하는가 하면, 또 다른 사람들은 보쿨스키가 미쳤다고 주장했다.

한 가지 일만 꾸준히 한 덕분에 지위와 재산을 가지게 된 마차 회사 주인 데클레프스키와, 20년 전부터 한 자선 단체 후원자이며 회원인 벵그로비츠 자문이 보쿨스키를 알고 있었는데, 이들이 가장 오랫동안 그리고 가장 큰 소리로 보쿨스키가 망할 것이라고 예언했다. 데클레프스키는 한 가지 일에 집중하지 않고 또한 행운으로 얻은 재산을 귀히 여기지 않는 사람은 결국 부도로 끝장날 것이라고 말했다. 이에 대해서 벵그로비츠 자문은 "보쿨스키는 미쳤어! 미친 친구야! 그는 싸움꾼이야!" 하며 맞장구를 치고는 "유제프, 여기 맥주 하나 가져와! 그런데 이게 몇 병째지?"라고 물었다.

"여섯 병째입니다. 자문님, 바로 가져오겠습니다"라고 유제프가 대답했다.

"벌써 여섯 병째라고? 시간이 빨리도 가는군! 그는 미쳤어! 미쳤다니까!" 벵그로비츠 자문이 중얼거렸다.

이 음식점에서 먹고 마시는 사람들에게는 물론 이 식당의 주인과 종업원들, 심지어 심부름하는 아이들에게까지도 보쿨스키와 그의 회사가 망하게 된 원인은 이 식당 안을 환하게 비추고 있는 가스등처럼 명료했다. 그것은 바로 보쿨스키의 차분하지 못한 성격, 좌충우돌하는 삶 그리고 고급 음식점 정도는 출입할 수 있는 재산을 가지고 있으면서도 스스로 음식점에 오는 것을 자제하고, 자신의 양품점 운영을 오로지 신의 섭리에 맡기고 죽은 부인한테 유산으로 받은 전 재산을 현금으로 바꾸어서 한몫 잡기 위해 전쟁 중인 터키로 떠난 데 있다.

"그가 한몫 잡을 수도 있지요…… 군대에 군수품을 공급하는 사업은 이익이 크니까요." 이 식당에 가끔 나타나는 무역 에이전트인 슈프로트가 끼어들었다.

"천만에, 그사이 그의 양품점은 누가 차지하게 될지 모르잖아. 군납 사업으로 돈 버는 일은 유대인이나 독일인들이 할 수 있는 일

나무 색깔의 옷장이 방 안에 있는 가구의 전부다. 방은 길고 어두워서 사람이 사는 곳이라기보다는 오히려 무덤처럼 보였다.

그 방과 마찬가지로 25년 동안 이그나치의 습관도 전혀 변하지 않았다.

그는 아침 6시에 일어나서 의자 위에 놓인 시계가 가고 있는지 잠깐 동안 귀에 대고 들어 본 후 일직선으로 되어 있는 시곗바늘을 바라본다. 그는 서두르지 않고 천천히 일어나고 싶지만 추위에 손발이 굳어 뜻대로 되지 않는다. 그래서 벌떡 일어나 방 가운데로 훌쩍 뛰어내린 다음 수면용 모자를 벗어 침대에 던지고 난로 밑에 놓인 커다란 대야로 가서 혈통 좋은 경주마처럼 콧김을 내뿜는 소리와 말 울음 같은 소리를 내며 머리부터 발끝부터 씻는다.

수건으로 몸을 닦으면서 만족스러운 듯 자신의 가냘픈 장딴지와 불어난 가슴을 바라보며 중얼거린다.

"그래도 살이 불었군."

그사이 소파에서 그의 푸들 강아지 이르가 뛰어내려 잠을 털어내듯 몸을 흔들더니 문을 긁는다. 그 문 뒤에서는 사모바르가 김을 내뿜고 있었다. 제츠키는 서둘러 옷을 입으며 강아지를 밖으로 내보내면서 하인에게 아침 인사를 하고, 찬장에서 찻주전자를 꺼내고 나서 와이셔츠의 커프스를 힘들게 끼운다. 그리고 뒷마당으로 나가 날씨가 어떤지 살펴본 다음 뜨거운 차로 몸을 따뜻하게 한다. 그는 거울도 보지 않고 머리를 빗는다. 이와 같은 아침 의식이 모두 끝나는 6시 반이 되면 그는 하루 일과 준비를 완료한다.

넥타이가 제대로 매여 있는지, 시계와 지갑을 챙겼는지 다시 한번 확인하고 나서 제츠키는 탁자에서 커다란 열쇠를 꺼내 몸을 약간 구부리고 마치 의식을 행하듯 엄숙하게 함석판으로 싸여 있는 상점 뒷문을 연다. 하인을 대동하고 가게 안으로 들어간 그는 가스등 몇 개에 불을 붙인다. 하인이 바닥을 청소하는 동안 그는 코안경을 걸치고 수첩을 꺼내 그날의 일정을 점검한다.

"은행에 8백 루블을 입금하고, 루블린으로 사진첩 세 개와 지갑 열두 개를 발송하고…… 그렇지! 빈(Wien)으로 3천2백 굴덴을 보내야 하고, 도착한 물품을 찾아와야 하고, 물건을 보냈는지 피혁상에 확인하고, 스타시*에게 편지도 써야 하는데…… 세상에, 처리할 것도 많군!"

일정을 점검한 뒤 가스등에 불을 마저 붙이고 그는 쇼윈도와 진열대에 있는 물건들을 둘러본다.

"핀, 바늘, 지갑…… 장갑, 부채, 넥타이…… 지팡이, 우산, 여행가방…… 그리고 여기에…… 사진첩, 액세서리들. 그렇지. 사파이어는 어제 팔렸지! 촛대, 잉크병, 단추들…… 자기 용품들……. 그런데 그 화병은 왜 반품되었지? 하자가 없는 건 확실한데……. 인형, 장난감 극장, 회전목마……. 내일은 쇼윈도에 회전목마를 진열해야지. 분수대는 너무 흔해서 관심을 끌지 못하는 것 같아. 일이 많군! 벌써 8시야. 클레인이 제일 먼저 오고, 마지막으로 므라체프스키가 오겠지. 당연하지…… 그가 요즘 가정 교사를 사귀고 있는데 액세서리를 외상에다 할인가로 사고 있거든. 이해는 가지…… 그는 안 그러면 못 사는걸……."

그는 중얼거리며 호주머니에 손을 넣고 몸을 구부린 채 가게 안을 둘러본다. 그의 뒤를 푸들이 따른다. 그가 이따금 걸음을 멈추고 물건들을 바라보면 강아지는 바닥에 앉아서 뒷발로 자기 털을 긁고 있다. 진열대에 가지런히 놓인 크고, 작은, 중간 크기의 금발과 검은 머리 인형들이 고정된 시선으로 제츠키와 푸들을 바라본다.

현관문 열리는 소리가 나면서 클레인이 나타났다. 초라한 외모의 점원은 추위 때문에 파래진 입으로 슬프게 웃는다.

"당신이 제일 먼저 출근할 거라고 생각했지요. 어서 오세요." 이그나치가 인사하고 나서 하인을 불렀다. "파베우! 이제 불을 끄고 가게 문을 열어라!"

하인이 종종걸음으로 와서 가스관을 돌려 잠갔다. 조금 후 문에서 걸쇠 열리는 소리가 들리고, 빗장이 삐걱거리며 빠지자 가게 안으로 하루가 들어왔다. 어김없이 찾아오는 하루는 이 상점 점장을 한 번도 실망시키지 않은 유일한 손님이다. 제츠키는 유리창 아래 작은 사무실 옆에 앉았고, 클레인은 예전처럼 자기 용품 진열대 옆에 섰다.

"사장은 돌아오지 않나요? 편지도 없어요?" 클레인이 물었다.

"3월 중순쯤엔 오리라 보는데. 아무리 늦어도 한 달까지 걸리겠어요?"

"또 전쟁이 일어나면 못 오겠지요."

처음에 '스타시'라고 사장의 이름을 말했다가 얼른 호칭을 바꾸어 제츠키가 말했다. "보쿨스키 씨한테서 전쟁은 없을 것이라는 편지가 왔던데."

"환율이 많이 떨어지고 있고, 조금 전에 읽었는데 영국 함대가 다르다넬스 해협으로 진입했다던데요."

"그건 별일 아니오. 전쟁은 없을 거요. 그리고……." 여기서 그는 한숨을 짓더니 "보나파르트가 참가하지 않는 전쟁이 우리와 무슨 상관이 있겠어요"라고 말했다.

"보나파르트 일가의 시대는 끝났어요."

"정말 그럴까……?" 이그나치가 냉소적으로 말하고 "누구를 위해서 막마옹이 1월에 두크로트하고 쿠데타를 했겠어요? ……내 말을 믿어요, 클레인 씨, 보나파르티슴은 무서운 거요."

"그보다 더 무서운 것도 있어요."

"더 무서운 게 뭐요?" 이그나치가 화를 내며 말했다. "강베타 공화정? 아니면 비스마르크?"

"사회주의……." 한숨 섞인 목소리로 말하고 초라한 판매원은 자기 용품 진열대 뒤로 사라졌다.

이그나치는 코안경을 흘러내리지 않게 고정시킨 다음, 자기 견해에 반대되는 이론을 묵살할 생각으로 의자에서 일어났다. 그러나 수염을 기른 다른 점원이 들어오는 바람에 혼란스러워졌다.

"존경하는 리시에츠키 씨, 어서 오세요. 날씨가 춥지요. 내 시계가 빨리 가나. 지금이 도대체 몇 시지요? 설마 8시 15분은 아니겠지요……?"

"역시 한 말씀 하시는군요! 당신 시계는 아침에는 빨리 가고 저녁에는 느리게 가잖아요." 리시에츠키가 퉁명스럽게 대꾸하고 회색빛 수염을 쓰다듬었다.

"어제 당신 카드놀이 한 것 같은데……."

"아시면서……. 그러면 나더러 하루 종일 이 양품들하고 당신 흰머리만 바라보고 있으란 말이에요?"

"그래도 말입니다. 대머리보다야 흰머리가 나은 것 아니에요?" 이그나치가 기분이 상해서 말했다.

"그럴듯한 말씀이군요!" 리시에츠키가 작은 소리로 대응했다. "내 대머리야 반갑지 않은 유전 탓이지만, 당신의 흰머리와 투정 많은 성격은 연륜에서 온 것 아니겠어요. 그 연륜을 제가 존경하지 않는 것은 아니지만……."

상점으로 첫 손님이 들어왔다. 망토를 걸치고 머리를 스카프로 감싼 여인이 놋타구(唾具)를 찾았다. 이그나치는 몸을 깊이 숙여 깍듯이 인사하고 부인에게 의자를 권했다. 리시에츠키는 어느새 진열대 뒤로 가서 손님이 찾는 물건을 들고 와 정중한 태도로 손님에게 전달했다. 그는 타구 가격을 종이에 적어서 제츠키의 어깨 너머로 부인에게 건넨 뒤, 마치 수천 루블을 자선 단체에 기부한 은행가처럼 위엄 있는 걸음으로 유리 진열대 뒤로 갔다.

대머리와 흰머리에 관한 다툼은 끝났다.

9시가 되어서야 므라체프스키가 출근했다. 스물서너 살의 잘생긴 금발 청년은 별 같은 눈, 산호 같은 입과 독 묻은 비수처럼 보이는 턱수염을 기르고 있었다. 문턱을 넘으면서부터 향수 냄새를 풍기며 그가 말했다.

"지금이 9시 반이라고 자신 있게 말할 수 있습니다. 제가 레트키에비츠입니다. 인간 건달이지요. 염치도 없습니다. 그러나 제 어머니가 편찮으시면 무언가를 합니다. 의사를 찾아야 했습죠. 여섯 명의……."

"당신이 액세서리를 준 사람들을 찾아갔던 것 아니에요?" 리시에츠키가 물었다.

"액세서리라고요? ……아니지요. 우리 의사는 핀도 받지 않을 겁니다. 정직한 분입니다. 제츠키 씨, 9시 반 맞지요? 제 시계가 멈췄네요."

"9 시 입 니 다." 제츠키가 한 자 한 자 강조하며 말했다.

"이제 9시라고요? 누가 생각이나 했겠어요! 제가 오늘은 클레인 씨보다 더 일찍 출근하려고 했었는데……."

"8시 전에 나가기 위해서." 리시에츠키가 끼어들었다.

므라체프스키가 놀라움 가득한 파란 눈으로 그를 바라보며 말했다.

"당신이 어떻게 알죠? 이분에게는 분명 예언자적 예감이 있습니다. 오늘은 정말로 제일 먼저 출근하려고 했는데, 제가 죽는 한이 있더라도, 사표를 제출하더라도…….”

“그렇게 시작할 것 없어요.” 제츠키가 화난 목소리로 말했다. “오늘 11시 전에 당신은 해고될 것입니다. 아니, 지금 당장에, 므라체프스키 씨. 당신은 백작이 되어야지 점원이 될 분이 아니지요. 항상 시간이 있는 직장으로 지금 바로 옮기지 않는 당신이 이상합니다. 므라체프스키 씨, 그게 당연한 것 아니오!”

“당신도 그 나이에는 여자들 뒤만 따라다녔을 거 아니에요. 여기서 설교할 것 뭐 있어요.” 리시에츠키가 끼어들었다.

“내가 여자들 뒤를 따라다녔다고!” 주먹으로 책상을 치며 제츠키가 화를 냈다.

“어쩐지 일생을 허송하는 것처럼 보일 때가 있더니…….” 리시에츠키가 클레인을 향해 중얼거리자, 클레인이 눈썹을 올리며 반응했다.

그때 상점으로 두 번째 손님이 들어와 고무장화를 찾았다. 그 손님 앞으로 므라체프스키가 재빨리 나왔다.

“어르신께서 고무장화를 찾으십니까? 제가 감히 여쭈어도 될지 모르겠습니다만, 어떤 크기로 대령할까요? 아아, 그렇지요, 어르신께서는 크기 같은 것은 모르셔도 됩니다. 누구나 자기 장화 크기를 알고 있을 필요는 없거든요, 그런 건 저희들의 일이지요. 어르신, 발 크기를 한번 재 봐 드려도 되겠습니까? 어르신, 여기 의자에 잠시 앉으시겠습니까. 파베우! 수건 가지고 와서 이분 장화 벗겨 드리고, 신발 닦아 드려라.”

파베우가 수건을 가져와서 손님의 발을 향해 몸을 굽혔다.

“아니, 이럴 것까지야…….” 손님이 당황해서 말했다.

“괜찮습니다. 그대로 계십시오.” 므라체프스키가 재빨리 말하고 “이런 일은 저희들의 의무입니다. 제가 보기에는 이게 맞을 것 같습니다만⋯⋯"이라고 말하면서 장화 한 켤레를 건넸다. "아주 잘 맞습니다. 정말 멋있습니다. 어르신, 장화에 이니셜을 박아 드릴까요. 어떤 글자를 원하십니까?"

"L. P." 친절한 점원의 혼을 빼놓는 서두름에 자기가 휘둘리고 있다고 느끼면서 손님이 중얼거리듯 말했다.

"리시에츠키 씨, 클레인 씨, 이니셜 좀 박아 드리시죠. 어르신, 신고 오신 장화는 포장해 드릴까요? 파베우! 장화를 잘 닦아서 종이로 싸라. 어르신, 혹시 장화를 가져가시지 않으시겠습니까? 파베우, 장화를 그냥 큰 상자에 넣어라. 2루블 50코페이카가 되겠습니다. 이니셜이 박힌 장화는 바뀔 염려가 없습니다. 헌 장화 놓고 새 장화 신고 가면 유쾌한 일은 못 되지요. 2루블 50코페이카입니다. 계산은 계산대에서 하십시오. 계산서는 여기 있습니다. 계산원, 이분께 50코페이카 거스름 드리는 것 잊지 마세요."

손님이 정신도 차리기 전에 그에게 장화를 신기고, 거스름을 지불하고, 몸을 깊숙이 굽히고 손님을 문까지 배웅했다. 손님은 정신이 멍해서 한동안 거리에 서서 상점 쇼윈도를 쳐다보았다. 창문 뒤에서 므라체프스키가 매력적인 웃음과 반짝이는 눈으로 그를 바라보고 있었다. 손님은 드디어 손을 흔들고, 다른 가게에서 이니셜을 박지 않은 장화는 10즈오티* 정도 할 것이라고 생각하면서 걸어갔다.

이그나치가 리시에츠키에게 눈짓하면서 놀라움과 만족스러움으로 머리를 흔들었다. 므라체프스키는 그것을 눈치채고 리시에츠키에게 가서 작은 소리로 말했다.

"한번 보세요. 우리 원로의 옆모습이 나폴레옹 3세를 닮은 것 같지 않습니까? 코⋯⋯ 수염⋯⋯ 황제 수염⋯⋯."

"결석을 앓고 있을 때는 나폴레옹을 닮았지." 리시에츠키의 반응이었다.

그런 농담에 이그나치의 얼굴이 일그러졌다. 어쨌든 저녁 7시 전에 므라체프스키는 자기 마음대로 휴가를 내어 퇴근했다. 그리고 며칠 후 제츠키의 개인 카탈로그에 이런 내용이 기록되었다.

"그는 마이어베어의 오페라 「위그노 교도들」을 여덟 번째 줄에서 마틸다라는 여자와 보았다……?"

그는 혼자서 만족스럽게 생각했다. 이 카탈로그에는 다른 두 명의 점원, 전기료 수금원, 급사, 심지어 하인 파베우에 관한 기록도 들어 있었다. 자기와 같이 일하는 사람들의 세세한 개인 정보를 제츠키는 도대체 어디서 입수할까? 그것은 누구에게도 말할 수 없는 비밀이다.

오후 1시경에 제츠키는 리시에츠키에게 계산대를 넘겼다. 그와는 다투기도 많이 하지만 제츠키가 가장 신임하는 사람이다. 제츠키는 식당에서 배달해 온 점심을 먹기 위해 자기 방으로 갔다. 클레인도 그와 함께 가게를 나왔다가 1시에 다시 돌아온다. 제츠키와 클레인이 가게를 보는 동안 리시에츠키와 므라체프스키가 점심을 먹으러 간다. 3시에는 모두가 다시 제자리에 있게 된다.

저녁 8시에 가게 문을 닫는다. 점원들은 흩어지고 제츠키 혼자 남는다. 그는 하루 영업을 결산하고 장부를 확인한다. 그리고 다음 날 계획을 세우고 지난 하루를 돌아본다. 오늘 계획했던 일을 모두 했는가? 만일 한 가지라도 소홀히 한 것이 있으면, 그는 상점이 망하거나, 나폴레옹이 확실하게 멸망하거나, 혹은 그가 살면서 가졌던 모든 희망이 어리석은 짓에 불과했다는 생각들로 잠을 설친다.

'아무것도 되지 않을 거야. 구제할 길 없이 망하고 말 거야'라고 생각하며 딱딱한 잠자리에서 몸을 뒤척인다.

하루 일과가 잘 마무리되면 이그나치는 만족한다. 그런 날이면 잠들기 전에 나폴레옹에 관한 역사를 읽거나, 1859년 이탈리아 전쟁에 관한 신문 기사 오려 둔 것을 읽거나 침대 밑에서 기타를 꺼내서 들을 만하다고 말하기 어려운 테너로 노래하며 「라코치 행진곡」*을 연주한다.

그러다 잠들면 그는 꿈속에서 헝가리 대평원과, 연기구름에 휩싸인 푸르고 흰 군인들의 대열을 본다. 그런 다음 날이면 그는 기분이 우울하고 머리가 아프다고 투정한다.

그에게 가장 기분 좋은 날은 일요일이다. 일요일에 그는 다음 한 주 동안 진열창을 어떻게 배열할 것인지 계획한다.

그의 생각에 의하면 진열창은 단순히 상점에 있는 물건들의 샘플을 보여 주는 데 그치지 않고, 최신 유행 상품으로, 혹은 멋있는 진열과 여러 종류의 흥미로운 형상들로 행인들의 관심을 끌어야 한다. 오른쪽 진열창에는 고가의 양품들, 동제품, 고급 자기 화병, 귀부인들의 여러 가지 안방 장식용품들을 진열하고 그 주위를 사진첩, 촛대, 지갑, 부채, 지팡이, 우산과 그 밖의 작고 고급스러운 물건들로 장식한다. 왼쪽 진열창은 넥타이, 장갑, 장화, 향수와 움직이는 장난감들로 채운다.

그렇게 혼자서 생각하고 있을 때 이 늙은 점원의 마음에 자주 동심이 깨어난다. 그럴 때면 그는 움직이는 장난감들을 모두 꺼내 책상 위에 올려놓는다. 나무 위를 오르는 곰, 우는 닭, 달리는 쥐, 선로 위를 달리는 기차, 다른 거미를 업고 말 위에서 뛰는 곡예를 하는 거미, 희미하게 들리는 음악에 맞추어 왈츠를 추는 여러 쌍의 인형 등이 있다. 이그나치는 모든 장난감들을 동시에 작동시킨다. 닭이 굳은 날개를 움직이며 울기 시작하고, 생명 없는 인형들이 춤을 추면서 매 순간마다 기우뚱거리다 멈춘다. 목적지도 없이 가는 기차에 앉아 있는 납 인형들이 이상한 듯 그를 바라본다. 흔들리는 가스등 불빛에 비친, 환상적인 모습을 띠고 있는 인형들의 세계를 팔꿈치를 괴고 조용한 미소와 함께 바라보면서 늙은 점원은 중얼거린다.

"헤이, 여행자들이여, 어디로 가는 거요? 곡예사여, 그러다가 목이 부러지겠소. 춤추는 사람들이여, 그렇게 껴안고 나면 당신들에게 돌아오는 것이 뭐요? ……태엽이 풀리면 다시 진열장 속으로 돌아가시게. 부질없는 일, 모든 것이 부질없는 일인데! 만일 당신들도 생각할 수 있다면, 그것이 무슨 중요한 일이라도 되는 것처럼 당신들에게 보일지 모르겠지!"

그렇게 중얼거리고 나서 그는 서둘러 장난감들을 정리하고 언짢은 기분으로 빈 상점 안을 왔다 갔다 한다. 그럴 때마다 지저분하게 생긴 그의 개가 뒤를 따라다닌다.

"장사도 부질없고, 정치도 부질없고, 터키 여행도 부질없고, 끝도 시작도 알 수 없는 인생도 부질없는 일인데…… 진실은 어디에 있는가?"

그가 이런 말을 자주 큰 소리로 공개적으로 하기 때문에 사람들은 그를 이상하게 보았고, 혼기가 찬 딸을 가진 어떤 점잖은 부인은 이런 말을 했다.

"노총각은 저렇게 되는가 보군!"

이그나치는 외출하는 일이 거의 없다. 밖에 나가더라도 상점 주위나 상점에서 일하는 사람들이 살고 있는 거리를 배회하다 금방 돌아오는 것이 고작이었다. 짙은 초록색의 길고 풍성한 외투, 옅은 갈색 정장 상의, 검은 줄무늬가 있는 회색 바지, 색이 바랜 실크해트, 그리고 무엇보다 그의 어정쩡한 태도가 사람들의 관심을 끌었다. 이그나치도 그것을 의식해서 산책하는 것을 점점 더 싫어했다. 명절 때에도 침대에 누워 몇 시간이고 쇠 격자를 붙인 창문을 바라보았다. 그의 창문을 통해 보이는 것은 이웃집의 회색 벽과 그의 창문처럼 쇠 격자를 댄 창문뿐이었다. 그 창문턱에는 가끔 버터 냄비가 놓이고, 죽은 토끼가 걸리기도 했다.

그의 외출 횟수가 줄어들수록 그는 더 자주 먼 시골이나 외국 여행을 꿈꾸었다. 젊은 시절을 회상하는 동안 산책하고 싶은 초록색 평원과 울창한 검은 숲이 그의 꿈에 자주 보였다. 그의 마음속에서 그런 풍경에 대한 막연한 동경이 피어났다. 그래서 그는 보쿨스키가 돌아오면 여름 내내 어딘가로 떠나고 싶었다.

"죽기 전에 한 번은, 적어도 몇 달 동안 휴가를 가고 싶다"라고 동료들에게 말하면, 왜 그가 그런 말을 하는지 모르는 그들은 조용히 웃기만 했다.

스스로 사람들과 자연으로부터 격리되어, 소용돌이 같은 상점 영업의 바쁘고 협소한 틀에 갇혀 지내는 그는 자기 생각을 바꿀 필요가 있다는 것을 점점 더 강하게 느꼈다. 그가 사람을 믿지 않기 때문에 다른 사람들도 그의 말을 듣기 좋아하지 않았다. 그런데 보쿨스키도 없고……. 그래서 그는 자기 자신과 이야기했다. 그리고 아무도 모르게 회고록을 썼다.

제3장 늙은 점원의 회고(1)

　안타깝게도 그는 몇 년 전부터 세상에서 좋은 점원이 점점 줄어들고 현명한 정치가가 사라진다는 생각을 하게 되었다. 모두가 유행만 따르고 있기 때문이라고 그는 믿었다. 검소한 점원도 3개월마다 유행에 따라 재단된 바지를 입고, 점점 더 이상해 보이는 모자를 쓰고, 점점 다르게 생긴 칼라가 달린 옷을 입는다. 이와 비슷하게 정치가들도 3개월마다 신념을 바꾼다. 이전에는 비스마르크를 지지했다가 어제는 강베타* 편을 들더니 오늘은 얼마 전까지 유대인이었던 비콘스필드를 믿는다고 한다.

　이제 사람들은 가게에서는 유행에 맞춰 만든 칼라가 달린 옷을 입을 수 없다는 사실을 잊고 있는 듯싶다. 가게는 그것들을 파는 곳이지 점원들더러 입으라는 것은 아니다. 점원들이 다 입어서 손님들에게 팔 물건이 부족하면 손님이 오지 않을 것이다. 한편 정치도 운 좋은 사람들에게 의존하면 안 되고, 반드시 위대한 가문이 해야 한다. 메테르니히는 비스마르크처럼 유명했다. 파머스턴은 비콘스필드보다 더 유명했다. 그런데 오늘날 이런 인물들을 누가 기억이나 하는가? 나폴레옹 1세 치하에서는 보나파르트 가문이 유럽을 흔들었고, 그 뒤를 나폴레옹 3세가 이었고, 그리고 오늘날에는, 비록 어떤 사람들은 그를 이미 끝난 사람이라고 말하지만, 그의 충실한 부하들인 막마옹과 두크로트가 프랑스의 운명에 영향력을 행사하고 있다.

이제 보세요, 영국인들에게 전술을 배우고 있는 나폴레옹 4세가 무슨 일을 하는지! 하지만 그것은 사소한 일이다. 이 글에서 나는 보나파르트에 대해 말하고 싶지 않고, 나 자신에 대해 말하고 싶다. 어떻게 해서 좋은 점원들이 만들어지고, 학식까지는 없더라도 현명한 정치가가 만들어지는지 사람들에게 알리기 위해서다. 그런 일에는 대학이 필요한 것이 아니라, 가정과 상점에서 할 수 있는 실습이 필요하다.

나의 아버지는 젊었을 때 군인이었고, 늙어서는 내무 위원회의 급사였다. 아버지의 자세는 막대기처럼 곧았고, 수염은 많지 않았지만 위로 치켜 올라가 있었다. 아버지는 목에 검은 수건을 두르고, 귀에는 은귀걸이를 달고 있었다.

우리는 바르샤바 구시가지에서 고모와 함께 살고 있었다. 고모는 관리들의 옷을 세탁하고 수선하는 일을 했다. 우리는 4층에 두 개의 방을 가지고 있었다. 잘살지는 못했지만 적어도 나에게는 많은 즐거움이 있었다. 우리 방에서 가장 눈에 띄는 살림살이는 식탁이다. 여기서 아버지는 퇴근 후에 봉투를 붙인다. 고모 방에서 제일 중요한 자리를 차지하는 것은 빨래 통이다. 나는 날씨가 좋으면 거리에 나가 연을 날렸고, 비가 오면 방에서 빨대로 비눗방울을 불었다.

고모의 방 벽에는 성인들의 사진밖에 없었다. 그러나 성인들의 사진이 아무리 많다 해도 아버지 방에 있는 나폴레옹 사진들과는 비교할 수 없다. 이집트에 있는 나폴레옹, 바그람 아래의 나폴레옹, 아우스터리츠의 나폴레옹, 모스크바 교외에 있는 나폴레옹, 대

관식 때의 나폴레옹, 신격화한 나폴레옹. 고모는 성화의 수가 뒤진다고 생각하면 벽에 놋 십자가라도 걸어 놓는다. 그러면 아버지는 나폴레옹에 대한 예의가 아니라고 판단해 나폴레옹 구리 흉상을 사서 침대 위에 놓는다.

"이제 봐, 불신자, 그 물건들이 자네를 타르 속에 빠뜨리고 말 거야"라고 고모는 자주 한탄스러워했다.

"에이, 황제는 내가 그런 불의를 당하게 하지 않으실걸." 이것이 아버지의 반응이었다.

우리 집에 아버지의 옛날 동료들이 자주 왔다. 도마인스키 씨도 급사인데, 재무 위원회 소속이고, 라첵 씨는 두나이에 채소 점포를 가지고 있었다. 그들은 평범한 사람들이었으나, 정치에 대해서는 건전한 생각을 가지고 있었다. 도마인스키 씨도 아니스로 빚은 보드카를 어느 정도 좋아했다. 고모까지 포함해 모두 나폴레옹 1세가 자유롭지 못한 상태에서 죽었지만, 나폴레옹 가문이 여전히 영향력을 가지고 있다고 확신했다. 나폴레옹 1세 뒤에 2세가 있을 것이고, 만일 그가 잘못되면 세상이 제대로 될 때까지 계속 후계자가 나타날 것이다.

"첫 신호에 대비하여 항상 준비하고 있어야 한다!"라고 아버지는 말했다.

"언제 신호가 있을지 모르기 때문이야." 도마인스키 씨가 거들었다.

입에 파이프를 물고 있는 라첵 씨는 동의한다는 의미로 고모 방쪽으로 침을 뱉었다.

"빨래 통에 침을 뱉으면, 당신한테 다시 돌려줄 거요!" 고모가 소리쳤다.

"마님께서 주셔도 제가 받지 않을 건데요." 벽난로 쪽으로 침을 뱉으면서 라첵 씨가 중얼거렸다.

"세상에 이렇게 교양 없는 소총수 출신들이 다 있구먼!" 고모가
화를 냈다.

"마님에게는 언제나 기병들이 좋지요. 알고 있고말고요."

나중에 라첵 씨와 고모는 결혼했다.

정의의 시간이 올 때에 대비해 만반의 준비를 갖추기 위해서 아
버지는 나의 교육을 손수 맡았다.

아버지는 나에게 읽고, 쓰고, 봉투 붙이는 것과, 그리고 무엇보
다도 제식 훈련을 가르쳤다. 제식 훈련만큼은 내가 아주 어렸을
때부터 시작했다. 그때 내가 입고 있는 셔츠가 너무 커서 몸과 옷
이 따로 놀았다. 지금도 기억하고 있다. "반우향웃!" 혹은 "좌측
어깨 앞으로, 행진!"이라고 구령을 붙이면서 나를 손으로 잡아당
겼다.

그것은 가장 정확하게 가르친 교육이었다.

아버지는 자주 밤에 "무기를……!"이라고 외치며 나를 깨워서
제식 훈련을 시켰다. 그때마다 고모가 아버지를 탓하며 눈물까지
흘렸지만 아버지는 이렇게 끝을 맺었다.

"이그나시,* 항상 준비하고 있어야 한다. 언제 그 시간이 올지 우
리는 알지 못한다. 잊지 마라, 흐트러진 세상을 바로잡으라고, 신
이 보나파르트들을 보내신다는 것을. 세상에 질서도 정의도 없고,
아직 나폴레옹 황제의 유언이 실현되지 않고 있다."

두 친구분들도 아버지처럼 보나파르트 가문과 정의에 대해서
확고한 신념을 가지고 있는지 말하기는 어렵다. 라첵 씨는 다리에
서 통증을 느낄 때면 욕과 신음 소리를 섞어 가며 이렇게 말하곤
했다.

"헤이, 영감, 우리는 새로운 나폴레옹을 오래 기다리지 못할 것

같아. 내 머리가 세기 시작하고 점점 힘이 빠지고 건강도 안 좋아지고 있어. 그는 전에도 없었던 것처럼 지금도 없어. 얼마 있지 않아 우리가 교회 앞에서 빌어먹는 걸인이 되면, 우리와 함께 찬송가를 부르러 나폴레옹이 올지도 모르지."

"그는 젊은이들을 발견할 거야."

"어떤 젊은이들! 쓸 만한 젊은이들은 우리보다 먼저 죽었고, 더 젊은 것들은 악마도 데려가지 않을 거야. 우리 또래 중에도 벌써 나폴레옹을 모르는 사람이 있는걸."

"내 아들은 알고 있어." 아버지는 이렇게 중얼거리고 나를 쳐다보았다.

도마인스키 씨는 더 절망적이었다.

"세상이 점점 더 잘못되어 가고 있어. 먹을 것은 자꾸 비싸지고, 한 달 봉급 다 털어야 겨우 집값을 낼 수 있고. 그리고 아니스 보드카는 사기나 다름없어. 전에는 한 잔만 먹어도 기분이 좋았는데, 지금은 한 병을 다 마셔도 멀쩡해. 마치 물을 마신 것 같아. 나폴레옹조차도 정의가 올 때까지 기다리지 못하고 말 거야!"

이에 대해 아버지는 이렇게 말했다.

"정의는 올 거야! 나폴레옹이 없더라도. 그러나 나폴레옹은 올 거야."

"나는 못 믿겠어." 라첵 씨가 중얼거렸다.

"어떻게 그런 일이 있을 수 있어?" 아버지가 물었다.

"우리는 못 기다리겠어."

"난 기다릴 거야, 그리고 이그나시는 더 잘 기다릴 거야." 아버지는 끝까지 지지 않았다.

그때 아버지의 말씀이 내 기억에 새겨졌다. 하지만 나중에야 마치 예언했던 일이 실현되는 것처럼 기적 같은 일이 그들에게 일어났다.

1840년 무렵에 아버지는 자주 아파서, 며칠이고 출근을 못할 때가 많았다. 그러다 아예 몸져누웠다.

라첵 씨가 아버지를 매일 찾아왔다. 한번은 아버지의 여윈 손과 누렇게 변한 볼을 보고 한숨을 지으며 이렇게 말했다.

"헤이, 영감, 이러다 우리 나폴레옹 나타날 때까지 못 기다리고 마는 것 아니야."

이에 대해서 아버지는 침착한 목소리로 대꾸했다.

"나 죽지 않아, 그의 소식을 듣기 전에는."

라첵 씨는 고개를 저었고, 고모는 아버지가 의식이 없는 상태에서 헛소리를 한다고 생각하며 눈물을 훔쳤다. 여기서 어떻게 달리 생각할 수 있겠는가, 죽음은 이미 문 앞에 와 있는데, 아버지는 아직도 나폴레옹을 찾고 있으니.

며칠 후 라첵 씨가 이상하게 들뜬 기분으로 방으로 들어와 이렇게 외쳤을 때에는 아버지의 상태가 매우 악화되어 임종 의식도 이미 끝난 후였다.

"영감, 나폴레옹이 나타났다는 소식 들었어?"

"어디에?" 고모가 놀라서 물었다.

"프랑스에."

아버지가 갑자기 자리에서 일어났다가 다시 눕더니, 나에게 팔을 뻗고 나를 바라보면서 속삭이듯 말했다. 아버지의 그때 눈빛을 나는 잊을 수 없다.

"잊지 마라! 모든 것을 기억하고 있어라……."

그리고 아버지는 운명했다.

나중에 살면서 알게 되었지만 아버지의 생각들은 예언적인 힘을 가지고 있었다. 이탈리아와 헝가리를 일깨웠던 나폴레옹의 두 번째 별을 모두 보았다. 그 별은 비록 스당(Sedan)에서 떨어졌지만, 그것으로 별이 사라졌다고 나는 생각하지 않는다. 비스마르크, 강베타 혹은 비콘스필드가 나와 무슨 상관이 있는가. 새로운 나폴레옹이 성장할 때까지는 불의가 세상을 지배할 것이다.

아버지가 돌아가시고 몇 개월 뒤에 라첵 씨와 도마인스키 씨 그리고 주잔나 고모가 내 문제를 협의하기 위해 만났다. 도마인스키 씨는 나를 자기 사무실로 데려가서 관리로 만들고 싶어 했다. 고모는 내가 기술자가 되길 원했고, 라첵 씨는 내가 채소상이 되었으면 했다. 그들이 나에게 어느 것을 택하고 싶은지 물었을 때, 나는 상점으로 가고 싶다고 대답했다.

"누가 알아요, 이 아이가 가장 훌륭한 점원이 될지"라고 라첵 씨가 말하고, 나에게 어떤 가게로 가고 싶으냐고 물었다.

"포드발레에 있는 가게로 가면 좋겠어요. 그 가게 문에는 긴 칼이 걸려 있고, 진열창에는 코사크가 있어요."

"알겠어." 고모가 끼어들었다. "이 애는 민첼로 가고 싶어 하는 것 같은데."

"한번 알아볼 수 있지요." 도마인스키 씨가 말했다. "민첼이 우리하고 모르는 사이도 아닌데."

라첵 씨가 그렇다는 뜻으로 벽난로에다 침을 뱉었다.

"하느님 맙소사." 고모가 신음하듯 말했다. "이 못된 사람은 나한테도 침 뱉을 것 같아. 오빠가 없으니까, 내 신세가 불쌍한 고아나 다름없이 되었군."

"거참, 큰일입니다." 라첵 씨가 대꾸했다. "마님이 결혼하면 고아 신세를 면할 텐데, 뭘 그러세요."

"나 데려갈 바보 같은 사람이 어디 있나요?"

"그런 소리 마세요! 내가 마님과 결혼할 수도 있지요. 나한테도 올 사람이 없으니." 이렇게 중얼거리듯 말하고 그는 파이프 재를 털기 위해 몸을 깊숙이 굽혔다. 고모는 울기 시작했다. 그때 도마인스키 씨가 말했다.

"형식 차릴 것 뭐 있어요. 마님은 보호자가 없고, 이 사람에게는 집사람이 없으니, 두 분이 결혼하세요. 그리고 이그나시도 데려가면 되겠네. 그러면 아이까지 생기는 셈이고, 그것도 아주 헐값으로. 민첼이 이 애에게 밥하고 잠자리는 줄 것이고, 그러면 이 애 옷가지만 챙겨 주면 되겠구먼."

"어때요?" 라첵 씨가 고모를 쳐다보며 물었다.

"먼저 이 애가 일 배우며 있을 곳이 정해지고 나면, 나중에 한번 생각해 보지요." 고모가 이렇게 대답하고는 "내 말년이 초라할 것이라는 생각이 영 떠나지 않더니……" 하며 말끝을 흐렸다.

"이제 민첼한테 한번 가 보지." 의자에서 일어난 라첵 씨가 서두르면서 "그런데 마님이 나를 실망시키면 안 돼"라고 덧붙여 말하고 고모를 주먹으로 위협하는 시늉을 했다.

함께 나간 두 사람은 한 시간 반쯤 뒤에 얼굴이 상기되어 돌아왔다. 라첵 씨는 숨을 거칠게 쉬었고, 도마인스키 씨는 우리 집 계단을 겨우 올라온 것 같은 표정이었다.

"그래서……?" 고모가 물었다.

"새 나폴레옹을 화약 창고에 가두었다는군요!" 도마인스키 씨의 대답이었다.

"화약 창고가 아니라 요새라고 하지 않았어. 아, 아……." 라첵 씨가 한탄하듯 말하고 모자를 책상에 던졌다.

"그런데 이 애 일은 어떻게 되었어요?"

"내일 옷가지를 챙겨서 민첼 가게로 가기로 했어요." 도마인스키 씨가 대답하고는 "요새가 아니라, 함함인지 함인지라고 한 것 같기도 하고. 나도 잘 모르겠다"라고 덧붙여 말했다.

"정신 나간 사람들, 술주정꾼들!" 고모가 라첵 씨의 어깨를 잡으면서 소리쳤다.

"서로 예의 없이 지내자는 건가!" 라첵 씨가 화를 냈다. "결혼 후에는 몰라도, 벌써부터……. 내일 민첼네 가게로 옷가지 챙겨서 보내기로 했어요……. 불행한 나폴레옹!"

고모는 라첵 씨를 문 뒤로 밀고, 도마인스키 씨도 내쫓고는, 그들 뒤로 모자를 던졌다.

"주정꾼들, 어서 나가!"

"나폴레옹 만세!" 라첵 씨가 외치자, 도마인스키 씨는 노래했다.

> 지나가는 자여, 이쪽으로 눈을 한번 돌려 봐요,
> 가까이 와서 이 글을 한번 깊이 생각해 봐요,
> 가까이 와서 이 글을 한번 깊이 생각해 봐요.

그의 목소리는 마치 우물 속으로 잠기는 것처럼 점점 작아지더니, 나중에 계단을 내려가면서는 조용해졌다가 곧이어 거리로부터 다시 들려왔다. 조금 후에 거리가 시끄러워졌다. 내가 창문을 통해서 보니 경찰이 라첵 씨를 경찰서로 데려가고 있었다.

그러한 일들이 내가 상점에서 일하기 시작하기 전에 일어났다.

나는 민첼 상점을 오래전부터 알고 있었다. 아버지는 거기 가서 종이를 사 오라 했고, 고모는 비누 심부름을 시켰다. 나는 그때마다 신이 났다. 진열창 뒤에 걸려 있는 장난감들을 바라보는 것이 좋았다. 내 기억으로는 진열창에 혼자서 뛰고 있는 말 위에서 손을 흔드는 커다란 코사크 인형이 있었고, 문에는 북, 긴 칼, 진짜 꼬리 달린 가죽 말이 걸려 있었다.

상점 안은 어두워서 끝이 어딘지 알 수 없는 커다란 지하실 같았다. 후추, 커피, 양념으로 쓰는 월계수 잎을 찾으려면 왼쪽 테이블로 가야 한다는 것만은 알고 있었다. 그 테이블 뒤에는 둥근 천장에서 바닥에 이르기까지 서랍으로 꽉 찬 커다란 장이 있었다. 한편 종이, 잉크, 접시, 유리잔은 오른쪽 테이블에서 팔았다. 그곳에는 유리창이 달린 장들이 있었다. 비누나 전분을 찾으려면 가게 안쪽으로 깊숙이 들어가야 했다. 거기에는 나무통과 커다란 상자들이 있었다.

심지어 천장도 비어 있지 않았다. 천장으로부터 길게 늘어진 여러 개의 줄에 겨자와 물감들이 들어 있는 주머니들이 주렁주렁 달려 있었고, 등피가 달린 커다란 등도 천장에서 아래로 내려진 줄에 매여 있었다. 겨울에는 하루 종일 이 등에 불이 켜져 있었다. 천장으로부터 늘어진 줄에는 병뚜껑으로 쓰이는 코르크 마개가 가득 담긴 그물도 매여 있었고, 다른 줄에는 속이 채워진 팔 길이보다 더 긴 장난감 악어도 달려 있었다.

이 상점의 주인은 얀 민첼이었다. 그는 얼굴빛이 붉은 노인으로 턱 밑에 흰 수염을 기르고 있었다. 사시사철 그는 언제나 능직 면포로 만든 푸른색 작업용 가운과 흰 겉옷 그리고 부드러운 천으로 된 흰색 모자를 쓰고 창 아래 가죽 안락의자에 앉아 있었다. 그 앞 책상 위에 커다란 책이 놓여 있었는데 그는 그 책에 수입을 기록했다. 그의 머리 위에는 회초리 묶음이 걸려 있었다. 이것들은 주로 팔려는 상품이었다. 노인은 돈을 받고 거스름을 손님에게 준 뒤 그것을 책에 기입했다. 그는 가끔 졸기도 했다. 하지만 그는 여러 가지 일을 하면서도 놀라운 관찰력으로 상점 안에서 벌어지는 일들을 정확히 감시하고 있었다. 행인들을 즐겁게 하기 위해 진열창에 있는 코사크가 타고 있는 말이 멈추지 않고 뛰도록 그는 이따금씩 줄을 잡아당긴다. 또한 그는 우리가 저지르는 아무리 사소한 잘못에도 묶음에서 빼낸 회초리로 우리를 처벌하는데, 이것이 내 마음에 제일 안 드는 일이다.

내가 우리라고 했는데 체벌을 받는 대상은 세 사람이다. 나와 노인의 두 조카다. 한 사람은 프란츠이고, 다른 사람은 노인과 이름이 같은 얀이다.

주인이 얼마나 빈틈없이 감시하고 있으며 노루발로 된 회초리를 어떻게 사용하는지 나는 상점에서 일한 지 3일 만에 경험했다.

프란츠가 어느 부인에게 10그로시어치 건포도를 저울에 달았다. 건포도 알 하나가 진열대 위로 떨어지는 것을 보고 ─ 그때 노인은 분명 눈을 감고 있었다 ─ 그것을 내가 슬쩍 집어 먹었다. 하지만 그 건포도가 입으로 들어간 순간 내 등에 불에 달군 쇠가 닿는 것을 느끼고 나는 바로 뱉고 싶었다.

"빌어먹을 놈!" 노인 민첼이 고함을 질렀고, 그와 동시에 나는 정신이 들었다. 회초리는 몇 차례 더 머리에서 발까지 훑어내렸다.

나는 고통의 늪에 빠진 것 같았다. 그 일이 있은 이후 나는 상점에서 아무것도 입에 넣는 일이 없었다. 아몬드, 건포도 심지어 지중해산 로젝도 내게는 아무 맛이 없었다.

나를 그렇게 다스린 후 그는 회초리를 다시 제자리에 끼워 넣은 다음, 건포도 판매를 기입하고 아주 인자한 얼굴로 코사크의 줄을 잡아당겼다. 그의 웃음 띤 얼굴, 반쯤 감긴 눈을 바라보면서 저토록 평온한 얼굴의 노인이 그렇게 매섭고 날쌘 손을 가지고 있다는 것이 믿어지지 않았다. 그리고 나는 지금에야 그 코사크도 안에서보다 밖에서 보는 것이 더 재미있다는 것을 알았다.

우리 상점에 있는 물건들은 비유럽산 수입품, 장식용품 그리고 비누 제품으로 구분되었다. 비유럽산 수입품은 프란츠가 맡았다.

서른서너 살 먹은 그는 머리가 붉은빛이고, 항상 잠이 덜 깬 얼굴이었다. 그가 우리 중에서 제일 자주 혼났다. 파이프 담배를 피우는 것, 지각하는 것, 밤에 외출하는 것, 그리고 무엇보다도 물건을 저울에 잘못 다는 일로 그는 자주 꾸지람을 들었다. 장식용품을 담당하고 있는 얀의 동작은 유난히 굼떴다. 그러나 그것이 그의 만사태평한 성격을 나타냈다. 그는 아가씨들에게 쓸 연애편지용으로 가게에 있는 색종이를 훔치다 가끔 매를 맞았다.

비누 제품을 책임지고 있는 아우구스트 카츠는 한 번도 벌을 받지 않았다. 외모가 초라한 그는 놀라울 정도로 시간을 정확히 지켰다. 그는 언제나 제일 먼저 출근했고, 비누를 자르고 전분을 저울에 다는 일을 기계처럼 정확히 했다. 그는 가게에서 제공하는 먹을 것을 상점 안에 있는 가장 어두운 구석에서 먹었다. 그는 인간으로서 생리적 욕구를 느끼는 것을 부끄러워했다. 저녁 10시에 그는 어디론가 사라졌다.

이런 환경에서 나는 8년을 살았다. 가을에 내리는 빗방울처럼 똑같은 하루하루의 반복이었다. 나는 아침 5시에 일어나 몸을 씻고 가게를 청소했다. 6시에 가게 문과 창문들을 열었다. 바로 그 순간에 어느 거리에서 오는지는 알 수 없지만 아우구스트 카츠가 나타난다. 그는 겉옷을 벗고 작업용 가운으로 갈아입은 뒤 한참 동안 말없이 회색 비누가 들어 있는 커다란 통과 작은 벽돌 모양의 누런색 비누들의 기둥 사이에 서 있다. 그러고 나면 뒤뜰로 통하는 문으로 늙은 민첼이 독일어 아침 인사 "모르겐!"을 중얼거리듯 말하며 나타난다. 그는 머리에 쓴 흰색 모자를 바로 고치고, 서랍에서 커다란 책을 꺼낸 다음 안락의자에 앉아서 코사크의 줄을 몇 차례 잡아당긴다. 그 후 얀이 출근해서 삼촌의 손등에 키스한 다음 자기가 담당하고 있는 진열대 옆에 선다. 여름에 그는 거

그리고 빵 세 개와 커피를 받는다.

우리가 서둘러 커피를 마시고 나면 하녀는 빈 바구니와 커피 잔들을 챙기고, 할머니는 커피 주전자를 들고 나간다.

밖은 여전히 마차들 지나가는 소리로 소란스럽고, 행인들의 물결도 여전하다. 그 흐름에서 빠져나온 사람들이 수시로 가게로 들어온다.

"전분 주세요."

"아몬드 10그로시어치 주세요."

"감초 1그로시어치 주세요."

"회색 비누 주세요……."

정오 무렵에는 비유럽산 수입품들을 찾는 손님이 줄고, 상점의 오른편 코너로 손님들이 몰린다. 이곳에서 손님들은 접시, 유리잔, 다리미, 커피 가는 기계, 인형, 때로는 사파이어색이나 밝은 붉은색 큰 우산을 사기도 한다. 손님들은 남자도 있고 여자도 있지만 모두 옷을 잘 입고 있다. 그들은 의자에 흩어져 앉아 여러 가지 물건들을 보여 달라고 주문하고, 가격을 흥정하고 또 새로운 물건을 요구한다.

나는 지금도 기억하고 있다. 상점 왼쪽에서 일할 때는 뛰어다니고 물건을 포장하느라 지치는 데 반해 상점 오른쪽에서는 손님들과 신경전을 벌여야 하기 때문에 피곤하다. 손님이 정말 사려고 하는 것이 이것인지 저것인지 판단하기가 쉽지 않다. 그러나 결과적으로 이 코너의 매출 액수가 비유럽산 수입품과 비누 제품 판매 액수의 합계보다 몇 배나 더 많았다.

노인 사장은 일요일에도 가게에 나온다. 그는 오전에는 기도하고, 정오 무렵에 나를 불러서 물건에 대해 설명하고 가르쳐 준다. 그는 주로 독일어로 말했다.

"말해 봐, 이게 무엇이니? 이것은 서랍이다. 이 서랍에 무엇이 들어 있는지 보아라. 이것이 계피다. 계피는 어디에 쓰니? 수프와 디저트로 먹는 크림에 쓴다. 계피가 뭐니? 나무껍질이다. 계피 나무는 어디 있느냐? 인도에 그런 나무가 있다. 지구본을 보아라. 여기가 인도다. 나에게 10그로시어치 계피를 줘 봐라. 너 도둑놈이구나. 이렇게 하면 너는 매 열 대를 맞는다. 너는 10그로시어치 계피가 얼마만큼인지 알게 될 것이다."

이런 식으로 나는 서랍 하나하나에 들어 있는 물건의 역사에 대해서 그로부터 배웠다. 그가 피곤하지 않으면 나에게 계산하는 법을 받아쓰기 시키고, 가게의 판매 리스트를 작성하고 장부 정리하는 것을 가르쳐 주었다.

민첼은 정확하고 빈틈없는 사람이었고, 먼지 있는 것을 참지 못했다. 아무리 작은 물건에 있는 먼지라도 그는 닦아 냈다. 일요일에 나에게 부기, 지리학, 상품학 강의를 할 때만은 그는 매를 들지 않았다.

이렇게 몇 년이 지나는 사이 우리는 서로에게 익숙해졌다. 사장은 나 없이 일을 꾸려 가지 못했고, 나는 그의 매가 우리의 친근한 사이를 위해 필요하다는 것을 느끼기 시작했다. 나는 지금도 그때의 안타까움을 잊을 수 없다. 내가 비싼 사모바르를 망가뜨렸을 때 늙은 사장은 매를 드는 대신 이렇게 말했다.

"너 뭘 했니, 이그나치? 너 뭘 했니……!"

떨리는 사장님의 목소리를 다시 듣고, 놀라움으로 가득 찬 그의 시선을 보는 것보다 차라리 매를 맞고 싶었다.

우리는 평소에 점심을 가게에서 먹었다. 먼저 두 조카가 먹고, 그다음에 아우구스트 카츠 그리고 맨 나중에 나와 사장이 먹었다. 명절에는 2층에서 한 테이블에 모두 모여 식사했다. 크리스마리 가게 안으로 또 하나의 돌이 날아 들어왔다. 놀란 두 조카가 2층으로 올라가 삼촌을 찾았고, 카츠는 거리로 나가서 범인을 찾았다. 바로 그때 경찰 둘이 끌고 들어오는 사람이 있었다. 그 사람이 누구였겠는가? 나도 아니고, 다른 사람도 아니고, 글쎄 바로 우리 사장님이지 않았겠는가. 경찰은 그를 입건했다. 이번은 물론 지난번에도 우리 사장님이 유리창을 깼던 것이다.

사장은 부인했으나 받아들여지지 않았다. 그가 유리창을 깨는 현장을 목격한 사람은 없었지만 그에게서 돌멩이가 발견되었다. 그래서 불쌍한 그분은 경찰서로 갔다.

그 사건은 많은 설명과 해명을 통해 자연히 해결되었으나, 그 일이 있은 이후 늙은 사장에게서 유머도 사라지고, 사장은 점점 쇠약해지기 시작했다. 어느 날 그는 항상 그가 앉아 있던 창 밑 아래 안락의자에 앉은 후 다시 일어나지 못하고 말았다. 그는 턱을 큰 장부에 기대고 손에는 코사크와 연결된 줄을 잡은 채 죽었다.

늙은 삼촌이 죽고 몇 년 동안 조카들이 공동으로 포드발레에 있는 가게를 운영하다가 1850년경부터 재산을 분배했다. 프란츠가 비유럽산 수입품들을 가지고 그 가게에 남고, 얀은 장식 소품들과 비누 제품을 가지고 크라코프스키에 거리로 옮겼다. 이곳에서 지금 우리가 일하고 있다. 몇 년 후에 얀은 아름다운 마우고자타 파이퍼 양과 결혼했다. 그러나 과부 ― 얀의 명복을 빔 ― 가 된 파이퍼 부인은 스타시 보쿨스키와 결혼했다. 보쿨스키는 이렇게 해서 민첼 가문이 두 세대 동안 경영하던 사업을 물려받게 되었다.

우리 늙은 사장님의 모친은 그 후로도 오래 살았다. 1853년 내가 외국에서 돌아왔을 때에도 모친은 아주 건강했다. 아침마다 가게에 나와 항상 이렇게 같은 말을 독일어로 했다.

"굿 모르겐, 얘들아! 커피 나왔다."

단지 목소리만 해마다 작아질 따름이었다.

우리 세대에 사장은 수습생 종업원들에게 아버지이고 스승이 었다. 뿐만 아니라 가게의 가장 충실한 하인은 사장이었다. 사장 의 어머니나 부인은 가게의 안주인이었다. 그리고 모든 종업원들 이 가족 구성원이었다. 그런데 오늘날은 어떤가. 사장은 장사에 대 해 잘 모르면서 장사로 번 돈을 가져가고, 자기 아이들을 상인으 로 만들지 않으려고 신경을 가장 많이 쓰고 있다. 스타시 보쿨스 키를 두고 하는 말은 아니다. 그의 의도는 정직하지만, 그는 대체 로 상인은 가게에 앉아 있어야 하고 제대로 된 사람을 만나고 싶 으면 자신이 제대로 되어야 한다고 생각하고 있다.

예상하지 못한 비용 6천만 굴덴을 언드라슈*가 요구한다는 말 이 들린다. 그래서 오스트리아가 싸우러 나설 것이고. 스타시는 그 사이에 내게 전쟁은 없을 것이라고 썼다. 그는 잘난 체하는 사람이 아니기 때문에 정치판의 비밀을 알고 있는지도 모른다. 그래서 그 는 사업이 좋아 불가리아에 머물러 있는 것이 아닐 테고…….

그가 무슨 일을 할지 궁금하다. 궁금해…….

제4장 귀환

　날씨 굿은 3월 어느 일요일이었다. 정오가 가까워질 무렵, 바르샤바 거리는 텅 비었다. 사람들은 집에서 아예 나오지 않거나 대문들 밑으로 모여들었고, 진눈깨비를 피해 몸을 구부리고 달렸다. 마차 소리도 들리지 않았다. 마차들은 서 있었다. 마부들은 마부석을 피해서 마차 안으로 몸을 숨겼고, 진눈깨비에 젖은 말들은 자신의 귀로라도 몸을 가리고 싶어 하는 것처럼 보였다.

　날씨가 그렇게 좋지 않건만 이그나치는 쇠창살로 가려진 자기 방에 앉아 있으면서도 즐거운 기분이었다. 가게 영업은 잘되고 있었고, 다음 주 진열창 배치도 완료된 상태였다. 그러나 무엇보다도 보쿨스키가 곧 돌아오기 때문이었다. 드디어 이그나치는 영수증과 가게 일을 다른 사람에게 맡기고 두 달 동안 휴가를 떠날 수 있다. 25년 동안의 근무, 그것도 얼마나 힘든 일이었던가. 이제 그는 쉴 만도 했다. 그는 정치만 생각하고 싶었다. 여기저기 돌아다녀도 보고, 숲과 들판을 걸어 보고, 달려 보고도 싶었다. 휘파람도 불고, 젊었을 때처럼 노래도 부르고 싶었다. 류머티즘도 시골에 가면 나아질 것 같았다.

　진눈깨비가 창문을 거세게 때리고, 방 안이 어두워졌어도 이그나치의 기분은 봄날 같았다. 그는 침대 밑에서 기타를 꺼내 줄을 조절하고 몇 번 줄을 튕겨 보았다. 그리고 낭만적으로 콧노래를 부르기 시작했다.

온 세상에 봄이 깨어났어요,
나이팅게일의 애틋한 노래가 맞이하네요……
초록의 숲, 작은 개울가에
두 송이 아름다운 장미가 피었어요……

마술 같은 소리에 소파에서 자고 있던 푸들이 깼다. 강아지는 한 눈으로 주인을 바라보았다. 노랫소리는 점점 더 커졌다. 그때 뒷마당에 커다란 그림자가 나타나더니 쇠창살 밖에서 방 안을 들여다보았다. 이그나치는 파베우일 거라고 생각했다.

그러나 강아지 이르는 주인과 생각이 달랐다. 강아지는 낯선 사람이라 느끼고 소파에서 내려와 문 쪽으로 가선 불안하게 냄새를 맡았다.

현관에서 발소리가 났다. 문고리를 잡는 소리도 들렸다. 드디어 문이 열리고 문지방에 진눈깨비에 덮인 커다란 털외투를 입은 사람이 서 있었다.

"누구요?" 이그나치가 물었다. 그의 얼굴이 붉어졌다.

"늙은이, 벌써 나를 잊었나?" 작고 조용한 소리로 손님이 대답했다.

이그나치는 더 혼란스러워졌다. 내려온 코안경을 고쳐 쓰고, 침대 밑에서 관처럼 생긴 상자를 꺼내 서둘러 기타를 상자에 넣은 다음 상자를 침대 위에 놓았다.

그사이에 손님은 외투와 양털 모자를 벗었다. 외눈 이르가 그의 냄새를 맡고는 꼬리를 흔들기 시작했다. 그리고 애교를 부리듯 몸을 비비고 반가워하는 것처럼 작은 소리를 내며 그의 다리 밑에 앉았다.

이그나치는 상기되어 손님에게 다가갔다. 그리고 몸을 숙였다.

"내가 보기에……." 그리고 그는 손을 비볐다. "내가 보기에…… 우리 기분 좋은 거 아니야." 그리고 눈짓을 하면서 손님을 창가로 안내했다.

"스타시…… 하느님 맙소사!"

그는 스타시의 튀어나온 가슴을 두드리고 오른손과 왼손을 잡은 다음 그의 이발한 머리를 손바닥으로 감싸고 마치 머리 위에 머릿기름을 바르기라도 하는 것처럼 문질러 댔다.

"하! 하! 하!" 이그나치는 큰 소리로 웃었다. "스타시가 친히…… 스타시가 전쟁에서 돌아오다니! 이게 뭔가, 이제야 자기에게 가게와 친구가 있다는 생각을 하다니!" 그는 스타시의 어깨를 강하게 두드리며 말했다. "자네에겐 육군이나 해군이 맞지, 장사꾼은 어울리지 않아. 8개월 동안 가게에 한 번도 나타나지 않았으니! 이게 무슨 염치야."

손님도 따라 웃었다. 그는 이그나치의 목을 감싸고 양 볼에 여러 차례 입을 맞추었다. 그럴 때마다 늙은 점원은 볼을 내밀었으나 스타시의 볼에 입을 대지는 않았다.

"그래, 늙은이, 어떻게 지냈어?" 손님이 물었다. "좀 야위고, 창백해진 것 같은데……."

"아니, 몸이 좀 불었지."

"머리도 희어졌는데……. 그동안 어떻게 지냈어?"

"잘 있었어. 가게도 그런대로 괜찮았고, 매상이 좀 올랐지. 1월과 2월에는 2만 5천 루블을 기록했으니까. 이봐, 스타시……! 8개월 동안이나 집을 비우다니…… 엉망이야…… 안 앉을 거야?"

"알았어." 손님이 소파에 앉으면서 말했다. 그 소파에 앉아 있던 강아지 이르가 손님의 무릎에 머리를 얹었다.

이그나치도 의자를 당겨 앉았다.

"뭐 좀 먹지 않겠어? 햄과 캐비아가 좀 있는데."

"좋지."

"한잔해야지? 괜찮은 헝가리 포도주가 있는데. 작은 잔으로 할까."

"그것 가지고 되겠어?" 손님의 반응이었다.

이그나치는 방을 이리저리 왔다 갔다 하며, 찬장과 장롱과 탁자 서랍을 차례대로 열었다. 포도주를 꺼냈다가 다시 넣고, 탁자 위에 햄과 흰 빵을 차려 놓았다. 그의 손과 눈꺼풀이 한참 동안 떨리는 것이 보였다. 그는 무엇인가를 기억해 내려고 애쓰는 것 같았다. 포도주 잔이 생각났을 때 한동안 혼란스러웠던 그의 마음이 비로소 평정을 찾았다.

보쿨스키는 이미 먹고 있었다.

"그래, 새로운 소식은?" 차분한 목소리로 이그나치가 보쿨스키의 무릎을 두드리며 물었다.

"정치에 관심이 있는 것 같은데……." 보쿨스키가 입을 열었다. "전쟁은 없을 거야."

"그러면 오스트리아는 무엇 때문에 무장하지?"

"6천만 굴덴을 들여서 무장한 걸 말하는 건가? 오스트리아는 보스니아-헤르체고비나를 차지하고 싶은 거지."

이그나치의 눈이 휘둥그레졌다.

"오스트리아가 차지하려 한다고? 어떻게 그럴 수 있지?"

"어떻게 그럴 수 있긴?" 보쿨스키가 웃었다. "그거야 터키가 오스트리아를 막을 수 없으니까 그렇지."

"그럼 영국은 어떻게 된 거야?"

"영국이야 그만한 보상을 받지."

"터키를 희생해서?"

"당연하지. 항상 그런 거 아냐? 약자가 강자들 흥정의 희생이 되는 것."

"그럼 정의라는 것은?" 이그나치가 큰 소리로 물었다.

"정의라는 게 강자는 발전하면서 잘나가고, 약자는 죽는 것 아냐? 안 그러면 세상은 불구자들로 넘칠 거야. 그것이 정의는 아니겠지."

이그나치는 의자를 앞으로 당겼다.

"스타시우, 자네 그렇게 말해도 되는 거야? 진심이야, 농담 아니고?"

보쿨스키가 이그나치의 차분한 시선을 향해서 말했다.

"진심이야." 보쿨스키가 대답했다. "내 말이 이상해? 이런 법칙이 나에게는 물론 자네에게도 그리고 모두에게 적용되지 않을 것 같아? 터키를 동정하느라 나 많이 울었어."

이그나치는 눈을 아래로 떨어뜨리고 침묵했다.

"아, 그런데, 자네는 어떻게 되었어?" 이그나치 제츠키가 평상시 음성으로 물었다. 보쿨스키의 눈이 빛났다. 그는 손에 들고 있던 흰 빵을 놓고 소파 팔걸이에 몸을 기댔다.

"기억하고 있지……" 보쿨스키가 말을 꺼냈다. "내가 여기서 떠날 때 돈을 얼마 가지고 갔는지?"

"3만 루블, 전액 현금으로."

"내가 얼마쯤 가지고 왔을 것 같아?"

"5만, 아니…… 4만…… 맞아?" 이그나치가 자신 없는 눈빛으로 그를 바라보았다.

보쿨스키는 포도주를 잔에 따라 천천히 마셨다.

"25만 루블, 대부분은 금으로." 보쿨스키가 분명하게 말했다. "평화 협정 후에 팔 수 있는 지폐를 사라고 지시했기 때문에 30만 루블이 넘을 거야."

이그나치 제츠키는 그에게 몸을 굽히고 입을 벌렸다.

"걱정할 것 없어." 그는 말을 계속했다. "동전 하나까지 정직하게 벌었으니까. 그리고 힘들게, 몹시 힘들게 번 돈이야. 비결은 내 파트너가 부자였다는 점이고, 나는 다른 사람들보다 네 배 내지 다섯 배 적게 벌어도 그걸로 만족했다는 데 있어. 그래서 내 재산은 계속 불어날 수 있었지." 그리고 잠시 말을 끊었다 이어 갔다. "또 나는 억세게 운이 좋았지. 룰렛 게임에서 열 번 똑같은 숫자가 계속해서 나온 거나 마찬가지니까. 엄청난 게임 아냐? 거의 매달 나는 내 전 재산을 걸었어. 그리고 날마다 목숨을 걸고."

"그러려고 거기까지 갔던 거야?" 이그나치가 물었다.

보쿨스키가 어이없다는 듯 그를 쳐다보았다.

"자네는 내가 터키의 발렌로트*라도 되길 원했던 거야……?"

"재산 때문에 목숨을 걸다니, 편하게 먹고살 만큼 재산이 있으면서!" 이그나치는 머리를 흔들고 눈썹을 움직이며 중얼거렸다.

보쿨스키가 몹시 화를 내며 소파에서 일어났다.

"그 편하게 먹고살 수 있는 재산이……." 그는 주먹을 쥐면서 말했다. "내 목을 6년 동안 조이고 있었어! 자네도 알고 있잖아, 하루에도 몇 번씩 사람들이 나에게 두 세대에 걸친 민첼 집안 그리고 천사와 같은 아내의 마음씨에 대해 언급했다는 사실을? 자네를 제외하고 내가 아는 모든 사람들 중에 말로, 몸짓으로, 혹은 눈빛으로 나를 괴롭히지 않은 사람이 누가 있었나? 사람들은 나에 대해서 마누라 덕에 먹고살고, 모든 것은 민첼 집안이 열심히 일한 덕분이라는 이야기를 얼마나 자주 했던가, 내가 장사를 해서 수입을 배로 늘려도 그건 아무것도 아니야, 아무것도 아니었어…….

항상 민첼 집안이었지! 오늘날 나를 민첼 집안과 한번 비교해 보라지. 반년 만에 내가 번 돈은 민첼 집안이 반세기 동안 두 세대에 걸쳐 번 돈의 열 배보다도 많아. 내가 총알이 빗발치는 전쟁터, 티푸스가 창궐하는 현장에서 번 돈만큼 벌려면 천 명의 민첼 집안 사람들이 땀 흘리며 가게에서 일해야 할 거야. 나의 가치가 민첼가의 사람들만큼 된다는 것을 나는 이제 알게 되었어. 나는 다시 한 번 모험을 할 거야. 내 가게에서 우산을 사거나 화장실용 물건들을 사는 사람들에게 굽실거리며 고마워하느니 나는 차라리 파산이나 죽음을 택할 거야…….”

“여전하군!” 이그나치가 한숨을 쉬었다.

보쿨스키는 다시 평온을 찾았다. 그는 이그나치의 어깨에 기대며 그의 눈을 바라보고 차분한 목소리로 말했다.

“늙은 친구, 화내지 않을 거지?”

“내가 화낼 일이 뭐가 있어? 늑대가 양들을 지키지 않으리라는 것도 모르는데…… 물론…….”

“여기 새로운 소식은 없나? 이야기해 봐.”

“내가 자네에게 편지로 보고한 그대로야. 가게 영업은 잘되고 있어. 물건은 더 많아졌고, 주문도 더 늘었어. 점원을 한 사람 더 채용해야 할 것 같아.”

“그러면 두 사람을 채용하지. 가게도 확장하면 더 나을 것 아냐.”

“괜찮은 생각이군!”

보쿨스키는 곁눈으로 늙은 친구의 기분이 좋아지는 것을 보면서 웃었다.

"그런데 시내에 무슨 소식은 없나? 상점은 자네가 있는 동안은 잘되겠지."

"시내에……."

"전에 오던 손님들 중에 안 오는 사람도 있나?"

보쿨스키가 더 빠른 걸음으로 방 안을 걸으면서 이그나치의 말을 가로막았다.

"줄어든 사람은 없고, 새로운 사람들이 오고 있지."

"아, 그래……."

보쿨스키가 망설이는 듯 걸음을 멈추고, 포도주를 잔에 따르더니 단숨에 마셨다.

"웽츠키는 우리 가게에서 물건을 사나?"

"점점 더 자주 외상으로 사지."

"사기는 하는군……." 여기서 보쿨스키가 안도의 숨을 쉬고 물었다. "그의 상태는 어때?"

"보기에는 이미 파산한 것 같아. 아마 금년에 그의 건물이 경매에 부쳐질걸."

보쿨스키는 소파를 향해 몸을 굽히고 강아지 이르와 장난하기 시작했다.

"그런데 말이지…… 웽츠카 아가씨는 결혼 안 했나?"

"안 했어."

"결혼 안 한대?"

"결혼하기가 쉽지 않을걸. 요즘 세상에 눈은 높고 가진 것 없는 여자와 누가 결혼하려 하겠어? 예쁘다곤 하지만 나이가 들었는데. 당연히……."

보쿨스키는 몸을 펴고 바로 섰다. 그의 엄숙한 얼굴에 슬픈 표

자 내 시야에서 그 언덕도 사라지고 말았어. 가느다란 별빛만 비치는 거대한 물줄기 속에 나 혼자 있더군. 그 순간 내가 고국으로부터 아득히 멀리 떨어져 있다는 생각이 들었고, 나와 자네들을 연결하는 것은 저 별들뿐인데, 이 순간에 별들을 바라보고 있는 사람은 자네들 중에 아무도 없을 것이고, 나를 생각하는 사람 역시 아무도, 한 사람도 없을 것이라는 생각이 들더군. 내 마음속에 균열이 있는 것 같았고, 내 정신에 깊은 상처가 있다는 것을 알았어."

"사실, 나는 별에 관심을 가져 본 적이 없었어." 이그나치가 한숨 쉬듯 말했다.

"그날부터 나는 이상한 병을 앓기 시작했지." 보쿨스키가 말했다. "서류를 발송하고, 장부를 정리하고, 물건을 받고, 직원들을 파견하고, 부서진 차량을 견인하고, 도둑을 감시할 때에는 비교적 마음이 평온한데, 일에서 손을 떼면, 심지어 손에서 펜을 놓기만 하면 고통이 시작되는 거야. 마치, 이그나치, 자네 이해하겠나? 모래알이 내 심장에 떨어지는 것 같았어. 나는 걷고, 먹고, 이야기하고, 의식적으로 생각하고, 아름다운 곳을 둘러보고, 심지어 웃고 기분 좋을 때도 있었지만 무엇에 찔리는 것 같고, 마음이 편하지 않고, 항상 불안했어.

몹시 고통스러운 그런 병적인 상태는 언제라도 폭발할 수 있었던 거야. 눈에 익은 형태의 나무들, 나무가 없는 구릉들, 구름의 빛깔, 날아가는 새의 모습, 심지어 소리 없는 바람까지도 나를 절망에 빠뜨리고 사람들로부터 도피하게 만들었어. 나는 아무도 없는 피난처를 찾았어. 내가 땅에 넘어져서 개처럼 고통에 울부짖을 수 있는 그런 장소를.

때때로 나 자신으로부터 도피한 그런 피난처에서 밤을 맞기도 했지. 그때 나무들이 우거진 숲, 넘어진 큰 나무들 그리고 갈라진 틈으로부터 흰 눈을 가진 알 수 없는 회색 그림자가 슬프게 머리를 흔들며 내 앞에 나타났어. 나뭇잎 소리, 멀리서 들려오는 전차 바퀴 구르는 소리, 물소리들이 구슬픈 하나의 소리가 되어 나에게 이렇게 물었지. '우리의 행인이여, 아! 그대에게 무슨 일이 일어 났나?' 나에게 무슨 일이 일어난 것일까……."

"이해할 수 없는 일이야." 이그나치가 말을 막았다. "도대체 무슨 발작일까?"

"무슨 일이냐고……? 그리움이지."

보쿨스키는 몸을 떨었다.

"무엇에 대한 그리움이냐고? 글쎄, 모든 것에 대한…… 고국에 대한……."

"그런데 왜 돌아오지 않았나?"

"돌아올 만한 이유가 뭐겠어? 그리고 돌아올 수도 없었지."

"자네가 돌아올 수 없었다고?" 이그나치가 거듭 물었다.

"그럴 수 없었어. 그게 전부야! 돌아올 이유가 없었어." 보쿨스키가 서둘러 말했다. "여기서 죽든 거기서 죽든 그건 중요하지 않아…… 포도주 좀 주게." 그가 손을 뻗으며 갑자기 말을 마쳤다.

제츠키가 그의 붉어진 얼굴을 바라보며 포도주 병을 밀었다.

"이제 그만하게. 자네는 예민해졌어."

"그래서 마시고 싶은 거야……."

"그러니까 마시면 안 돼." 이그나치가 말을 중단시켰다. "자네는 말을 너무 많이 했어…… 자네가 하고 싶은 것보다 더 많이 한 것 같아." 이그나치가 힘주어 덧붙였다.

보쿨스키가 한발 물러섰다. 그는 한참 생각에 잠기더니 머리를 흔들며 부정했다.

"자네가 잘못 안 거야."

"내가 증명하지." 이그나치가 작은 목소리로 대꾸했다. "자네가 거기 간 것은 오로지 돈 벌기 위해 간 것은 아니야."

"물론이지." 보쿨스키가 생각하고 말했다.

"그러면 무엇 때문에 30만 루블이 필요하나? 1년에 천 루블이면 자네에게 충분한 돈인데."

"그건 사실이야."

제즈키가 그의 귀에 입을 가까이 대고 말했다.

"자네에게 말하지…… 자네는 그 돈을 자네를 위해서 가지고 온 게 아니야."

"자네 지금 수수께끼 하는 거야?"

"자네가 생각하고 있는 것보다 더 많이 알아맞힐 수 있어."

보쿨스키가 큰 소리로 웃었다.

"아하, 자네는 그렇게 생각하고 있었군." 보쿨스키가 큰 소리로 말했다. "이 늙은 몽상가여, 자네가 아무것도 모르고 있다는 걸 분명히 알려 주지."

"자네가 지금 멀쩡한 척하지만 걱정스러워. 취하지 않은 상태라면서 말은 정신 나간 사람 같아. 알아듣겠어, 스타시 군?"

보쿨스키는 여전히 웃었다.

"자네 말이 맞아. 나는 마시는 것에는 익숙하지 않아. 내가 포도주에 취했군. 그러나 이제 생각을 정리했어. 자네가 근본적으로 잘못 생각하고 있다는 것을 말해 주겠네. 그러나 먼저, 내가 더 취하지 않도록 자네 혼자 다 마시게. 나의 거대한 계획을 위해 건배하는 의미에서."

이그나치는 잔에 술을 따르고 보쿨스키의 손을 힘주어 잡았다.

"거대한 계획을 위하여……."

"나한테는 거대하지만, 실제론 보잘것없는."

"그래도 괜찮아." 이그나치가 말했다. "나는 이미 늙어서 더 편하고 말 것도 없어. 나는 너무 늙어서 한 가지 소망밖에 없네. 잘 죽는 것. 약속할 수 있나, 때가 되면 나에게 알려 준다고……."

"그러지, 때가 되면 자네가 내 중매인이 되겠지."

"이미 한 번 했지, 불행하게도……." 제츠키가 말했다.

"7년 전에 과부를 소개한 것 말이야?"

"15년 전에."

"여전히 자기 식이구면." 보쿨스키가 크게 웃었다. "항상 변함이 없어."

"자네도 마찬가지야. 자네 계획이 잘되길…… 어떤 의도든 간에 확실한 것은 자네다운 것일 거야. 그리고 지금은 침묵하지."

이렇게 말하고 이그나치가 포도주를 다 들이켠 다음 잔을 바닥에 던졌다. 소리를 내면서 유리가 깨졌다. 그 소리에 이르가 깨어났다.

"가게에 한번 나가 볼까?" 이그나치가 말했다. "대화가 있었으니, 사업에 대해서 이야기하는 것이 좋지."

그가 서랍에서 열쇠를 꺼낸 다음 두 사람이 밖으로 나갔다. 현관에서 눈바람이 불어왔다. 제츠키는 가게 문을 열고 전등을 몇 개 켰다.

"물건이 굉장하군!" 보쿨스키가 큰 소리로 말했다. "모두 새로 들어온 것 같은데?"

"거의. 보고 싶나? 여기엔 자네에게 보여 줄 것이……."

"나중에……. 장부 좀 보세."

"수입 장부?"

"아니, 외상 장부."

제5장 귀족의 민주화와
상류 사교계 아가씨의 꿈

토마쉬 웽츠키는 외동딸 이자벨라와 집안 동생 플로렌티나와 함께 방 여덟 개짜리 셋집에서 살고 있다. 우야즈도프스키 거리에 있는 그 집에는 창이 세 개 달린 응접실, 주인용 서재, 딸이 쓰는 방, 주인의 침실, 딸의 침실, 식당, 플로렌티나의 방, 의상실이 있다. 그 밖에도 이 집에는 늙은 집사, 그의 부인이며 요리사 그리고 가정부 아누시아가 거처하는 방들과 주방이 따로 있다.

이 집은 많은 장점을 가지고 있다. 습하지 않고 따뜻하며, 넓고 밝다. 계단은 대리석이고, 가스 시설이 되어 있고, 전기초인종과 상하수도가 구비되어 있다. 방들은 필요에 따라 다른 방과 연결하거나 완전히 독자적으로 폐쇄할 수도 있게 만들어져 있다. 가구와 시설은 많지도 적지도 않게 적절히 구비되어 있으며, 지나치게 장식적이지 않고 편안한 단순미를 보여 주고 있다. 찬장은 그 안에 있는 은으로 된 물건들이 분실되는 일이 없겠다는 생각이 들 만큼 안전해 보였고, 침대는 편히 쉴 수 있게 보였고, 식탁은 튼튼하게 만들어졌고, 의자는 사람이 앉아서 부서지는 일은 없을 것 같았고, 소파에 앉으면 꿈을 꿀 수 있을 것 같았다.

이 집에 들어오는 사람은 행동이 자유롭다. 걷는 데 거치적거리는 것도 없고 무언가를 망가뜨릴 염려도 없었다. 주인이 나오길 지루하게 기다리지 않고 주위의 온갖 볼 만한 물건들을 감상할 수 있다. 이 물건들은 어제오늘 만들어진 것이 아니라 적어도 여러 세대를 거친 것들이어서 보는 사람에게 축제 분위기를 자아내게 한다.

이런 진지한 집안 분위기는 이 집에 사는 사람을 돋보이게 한다.

토마쉬 웽츠키는 나이가 예순두셋이고, 키는 크지 않고, 몸이 뚱뚱하고, 얼굴은 붉다. 많지 않은 흰 수염을 기르고 있으며, 흰 머리를 위로 빗어 올리고 있다. 눈은 지적이고, 자세는 바르고 걸음은 빠르다. 거리에서 그를 마주치는 사람들은 길을 비켜 준다. 평범한 사람들은 그가 틀림없이 귀족 중의 귀족일 것이라고 말했다.

실제로 웽츠키의 집안에는 상원 의원들이 줄줄이 있었다. 그의 아버지는 백만장자였고, 그도 젊었을 때에는 거금을 가지고 있었다. 하지만 그의 재산 일부가 정치적인 사건들 때문에 사라졌고, 나머지는 유럽 여행과 높은 사람들과 교제하느라 날렸다. 토마쉬는 1870년 전까지는 프랑스 왕궁에, 나중에는 빈과 이탈리아 왕궁에 자주 출입했다. 토마쉬의 딸의 미모에 매혹된 빅토르 엠마누엘은 토마쉬를 가까이 대했고 심지어 그에게 백작 칭호까지 수여하려 했다. 그 위대한 왕이 죽은 후에 토마쉬가 두 달 동안이나 모자에 상장을 달고 다닌 것은 조금도 이상할 게 없다.

몇 년 전부터 토마쉬는 바르샤바 밖으로 나가지 않았다. 궁궐에 출입할 돈이 없었기 때문이다. 대신 그의 집은 한동안 세련되고 우아한 사람들이 만나는 장소가 되었다. 하지만 그것도 그가 재산뿐만 아니라 딸의 지참금까지 모두 잃었다는 소문이 나돌기 전까지의 일이었다.

제일 먼저 발길을 끊은 사람들은 그의 경쟁자들이었다. 그다음은 예쁘지 않은 딸들을 가진 어머니들이었다. 그리고 나머지 사람들과는 토마쉬 스스로 접촉을 끊고 교제 범위를 친족으로 제한했다. 그러나 의기소침해지면 그런 접촉마저도 완전히 끊었다. 그는 바르샤바에 있는 건물 소유주로 상인 협회에 등록했는데, 이 일이 많은 점잖은 사람들을 화나게 했다. 협회는 그를 회장으로 추대하려 했지만 그가 고사했다.

그의 딸은 나이 많은 카롤로바 백작 부인과 부인의 친구들 집을 자주 방문했다. 이 사실이 토마쉬는 여전히 재산을 가지고 있으며, 그가 사교 활동을 중단한 것은 괴팍한 성격 때문이기도 하지만, 다른 한편 진실한 친구들을 사귀기 위해서이고, 지참금 때문이 아니라 진실로 딸을 사랑하는 신랑감을 고르기 위해서일 것이라는 소문을 낳게 했다.

다시 웽츠카 주위에 구혼자가 몰려들기 시작했고, 웽츠카의 응접실 테이블 위에는 명함이 쌓였다. 손님들은 받아들이지 않았지만, 그렇다고 손님들이 화를 내는 일은 없었다. 왜냐하면 웽츠키의 건물이 경매에 넘어갔다는 세 번째 소문이 나돌았기 때문이다.

토마쉬 웽츠키를 아는 사람들도 혼란에 빠졌다. 일부는 토마쉬가 완전히 파산했다고 말하고, 다른 사람들은 그가 딸의 행복을 위해 재산을 숨겨 놓았다고 주장했다. 구혼자와 구혼자의 가족들은 불안해서 어쩔 줄 몰라 했다. 그들은 모험도 피하고 아무런 손해도 보지 않기 위해 조금도 서두르지 않으면서 이자벨라를 마음에 두고 있다는 것을 표시하기 위해 집에 몰래 명함을 투입했다. 그러면서 그들은 상황이 분명해지기 전까지는 초대받는 일이 없도록 해 달라고 신에게 빌었다. 토마쉬의 답방은 이야깃거리도 되지 않았다. 빅토르 엠마누엘이 죽은 후 슬픔과 괴벽 때문일 것이라고 사람들은 이해했다.

그사이에 토마쉬는 낮에는 거리들을 산책하고, 저녁에는 클럽에서 카드놀이를 했다. 그의 표정은 평온했으며, 그의 몸가짐은 품위를 잃지 않았다. 그래서 그의 딸 구혼자들은 헷갈렸다. 신중한 사람들은 기다리고, 성미 급한 사람들은 의미 있는 눈빛, 조용한 한숨 혹은 떨리는 악수를 아가씨에게 전했지만, 아가씨의 반응은 얼음처럼 차가웠고 때로는 경멸적인 무관심으로 돌아왔다.

이자벨라는 뛰어난 미인이었다. 이 아가씨에게 있는 것은 모두가 색다르고 완벽했다. 키는 보통보다 크고, 몸매는 늘씬하고, 숱 많은 머리는 회색빛이 감도는 금발이고, 코는 똑바르고, 입은 약간 기울었고, 이는 진주 같고, 손과 발은 흠잡을 데 없었다. 특히 인상적인 것은 섬세한 어두운 빛을 띤 이성적인 두 눈이었다. 가끔 명랑한 빛으로 충만하다가, 때로는 밝은 푸른빛을 띠며 얼음처럼 차가웠다.

더욱 놀라운 것은 얼굴 표정이었다. 이 아가씨가 말할 때는 입, 눈썹, 콧구멍, 손, 온몸 그리고 무엇보다도 눈이 말을 하는데, 마치 듣는 사람에게 자기 영혼을 주입시키는 것처럼 보였다. 그리고 이 아가씨가 남의 말을 듣는 모습을 보면 말하는 사람의 영혼을 빨아들이고 있는 것 같았다. 아가씨의 눈은 붙들고, 애무하고, 눈물 없이 울고, 불타면서 얼어붙을 수도 있었다. 남자들은 이렇게 생각할지도 모른다. 꿈에 취한 아가씨가 자기를 껴안고 자기 어깨에 머리를 기댈 것이라고. 그러나 이런 황홀감에 빠지는 순간, 아가씨의 태도가 갑자기 바뀐다. 자신이 빠져나가거나, 단호하게 밀치며 거부하거나, 혹은 하인을 불러 구혼자를 문밖으로 내쫓으라고 명령함으로써 자기를 잡을 수 없다는 것을 분명히 보여 준다.

홍미로운 현상은 이자벨라의 정신 상태다.

누가 이 아가씨에게 '세상은 무엇이고, 아가씨는 누구냐?'고 진지하게 묻는다면 아가씨는 틀림없이 세상은 마술 정원이고, 마술로 가득 차 있는 성이며, 자기는 육체에 갇힌 여신이거나 요정이라고 대답할 것이다.

이자벨라는 요람에서부터 초인간적일 뿐 아니라 초자연적인 아름다운 세상에서 살았다. 잠은 오리털 이불 속에서 잤고, 비단옷과 뜨개질한 것을 입었으며, 흑단 혹은 자단 목재를 조각해서 속을 넣은 의자에 앉았으며, 크리스털 잔으로 마셨고, 식사할 때는 금만큼 비싼 은이나 자기 그릇을 썼다.

이 아가씨에게는 사계절이 없고, 항상 부드러운 햇빛, 생생한 꽃들과 향기로 가득한 봄만 있다. 밤과 낮의 구별도 없어서 어떤 때는 한 달 내내 아침 8시에 잠자리에 들고, 점심은 새벽 2시에 먹는다. 지리적 차이도 없다. 왜냐하면 파리, 빈, 로마, 베를린 혹은 런던에서도 같은 사람들이고, 관습도 같고, 가재도구도 같은 것들이며 심지어 음식도 동일하다. 태평양산 해초, 북해에서 딴 굴, 대서양이나 지중해산 생선, 모든 나라에서 온 야생 고기, 전 세계에서 사 온 과일 등. 이 아가씨에게는 중력도 존재하지 않는다. 의자에 앉을 때는 다른 사람이 부추겨서 앉히고, 접시도 다른 사람이 들어서 놓아주고, 거리에서는 다른 사람이 태워 가고, 계단은 다른 사람이 부축해서 내려가고 위로 올라갈 때는 다른 사람이 들고 간다.

휘장으로 바람을 막고, 황마차(幌馬車)로 비를 막고, 검은담비 모피로 추위를 막고, 햇빛은 양산과 장갑으로 막았다. 이렇게 사람들 위에, 자연의 법칙 위에 매일, 매달, 매년을 살았다. 그녀는 폭풍우를 두 번 만났다. 한 번은 알프스에서, 다른 한 번은 지중해에서. 당시 용감한 사람들도 겁에 질렸지만, 이자벨라는 바위가 갈라지고, 배가 삐걱거리는 소리를 들으면서도 즐거운 듯 웃었다. 그것이 위험할 수도 있음을 전혀 느끼지 않는 것처럼. 이 아가씨에게 자연은 번개, 바위, 바다의 소용돌이가 만들어 내는 아름다운 현상이다. 자연은 다른 때에는 이 아가씨에게 제네바 호수 위의 달을 보여 주고, 해를 가리고 있는 라인 강 폭포 위의 구름을 흩어지게 한다. 그것은 마치 무대 연출가가 하는 작업 같은 것이다. 신경이 예민한 귀부인들도 그것을 보고 무서워하지는 않는다.

영원히 봄만 있는 이 세계에는 비단 나부끼는 소리가 들리고, 아름답게 조각된 나무들이 자라고, 흙은 예술적인 그림들로 덮여 있다. 이곳에는 특별한 사람들이 살고 있다. 이 세계의 원주민은 공작과 공작 부인, 백작과 백작 부인 그리고 매우 늙고 재산 많은 남자 귀족과 여자 귀족들이다. 그리고 결혼한 부인들과 결혼한 남자들이 있는데 이들이 집안 살림을 돌보고 있다. 품위 있는 행동과 좋은 관습을 감시하는 귀부인들, 식탁 맨 첫 줄에 앉은 나이든 귀족들이 젊은이들을 가르치고, 이들을 위해 기도하고, 카드놀이를 한다. 지상에 있는 신의 모습인 주교들, 고위급 관리들, 이들이 세계를 지진과 사회적 무질서로부터 안전하게 지켜 준다. 그리고 어린아이들도 있는데, 이들은 늙은이들이 어린이를 위한 잔치를 열 수 있도록 하늘에서 지상으로 보낸 천사들이다.

마술 세계의 고정 주민들 사이에 가끔 보통 사람이 나타났다. 유명한 날개로 올림포스 정상까지 올라갔던 사람도 있었는데 그는 엔지니어였다. 그는 대양들을 서로 연결하고, 알프스를 건설하고 구멍을 뚫었다. 그리고 대위도 있었다. 그는 야만인들과의 싸움에서 자기 부대원을 모두 잃고 흑인 공작 부인의 도움으로 목숨을 건졌다. 또 여행가도 있었는데 그는 아마 세계의 새로운 부분을 발견했으며, 배가 난파하자 무인도에 상륙하여 인육을 맛보았을 수도 있다.

또한 그곳에는 유명한 화가들이 있었고, 영감을 받은 시인들도 있었다. 시인들은 백작 부인들의 기념 문집에 아름다운 시를 썼다. 그들은 가망 없이 서로 사랑할 수도 있었다. 시인들은 자신들의 지독한 여신들의 매력을 미리 신문에 썼고, 나중에 부드러운 양피지에 인쇄해 단행본으로 출판했다.

이 사람들 사이를 조심스럽게 미끄러지듯 걸어 다니는 제복 입은 하인들, 귀부인의 말동무로 고용된 부인들, 가난한 여사촌들, 사촌의 좋은 자리를 탐내는 남자 사촌들, 이들 모두 영원히 축제를 즐겼다.

정오부터 이들은 손님을 맞이하고, 방문하고 답방하고, 또는 여러 개의 큰 상점에 간다. 저녁 무렵에는 점심 전과 후 그리고 점심을 들면서 즐긴다. 그런 다음에는 또 다른 인위적인 세계를 보기 위해 음악회나 극장에 간다. 여기서는 주인공들이 먹고 일하는 장면은 거의 없고, 끊임없이 말을 한다. 또한 이곳에서는 흔히 여자들의 배신이 커다란 파멸의 원인이 되고, 제5막에서 남편에게 살해당한 남자 정부가 다음 날 제1막에 부활하여 똑같은 잘못을 저지르고 옆에 있는 사람도 들리지 않는 소리로 중얼거린다. 극장에서 나오면 다시 살롱에 모인다. 그러면 하인들이 시원하거나 따뜻한 마실 것을 가져오고, 신들린 듯한 예술가들이 노래한다. 새색시들은 별난 대위의 흑인 공작 부인에 대한 이야기를 듣고, 아가씨들은 시인들과 정신의 유사성에 대해 이야기하고, 늙은 신사들은 엔지니어에게 자신의 공학에 대한 견해를 말하고, 중년의 귀부인들은 인육을 먹은 여행가의 관심을 끌기 위해 짧은 말과 눈빛으로 서로 다툰다. 그런 다음 저녁 식탁에 앉는다. 그러면 입은 먹고, 위는 소화하고, 식탁 밑의 작은 구두들은 얼음처럼 차가운 사람들의 감정과 특출하지 않은 머리를 가진 사람들의 꿈들에 대해 이야기한다. 그런 다음 그들은 현실의 꿈속에서 삶의 꿈을 위한 힘을 얻기 위해 헤어진다.

마술의 세계 밖에는 보통의 세계가 있다.

이 세계의 존재를 이자벨라는 알고 있고, 이 세계를 마차나 기차 혹은 자기 집에서 바라보는 것을 좋아한다. 일정한 틀 안에서 그리고 어느 정도 거리를 둔 그 세계는 이 아가씨에게 그림 같기도 하고 또 정겹게 보인다. 들판에서 천천히 땅을 갈고 있는 농부들, 여윈 말이 끌고 가는 커다란 짐마차, 과일과 채소를 거두는 사람들, 시골길에 있는 돌멩이를 지팡이로 두들기며 가는 노인들, 어디론지 바삐 가는 심부름꾼들, 꽃을 사라고 조르는 예쁜 여인들, 아버지와 뚱뚱한 어머니 그리고 둘씩 손을 잡고 가는 네 아이로 구성된 일가족, 아주 만족한 자세로 마차를 타고 가는 하위 계층의 점잖은 사람, 그리고 가끔씩 장례 행렬 등을 아가씨는 보았다. 하층이지만 저 세계도 아름답다고 아가씨는 혼자 중얼거렸다. 아마도 항상 똑같은 일상의 모습들보다 더 나을지도 모른다. 왜냐하면 항상 움직이고 있고, 순간마다 변하기 때문에.

그리고 이자벨라는 온실에서 꽃들이 자라고 포도원에서 포도 송이가 크는 것처럼, 저기 하층 세계에서 필요한 물건들이 자라고 있다는 것을 알았다. 저곳에서 충실한 미코와이와 아누시아가 왔고, 저곳에서 아름답게 조각된 소파와 도자기, 크리스털, 커튼과 휘장이 만들어지고, 바닥 청소하는 사람, 융단 짜는 사람, 정원사 그리고 옷 만드는 아가씨들이 태어난다. 한번은 대형 상점에 들렀다가 의상 작업실로 자신을 안내하도록 지시했다. 그리고 그곳에서 수십 명의 여자 노동자들이 일하고 있는 대단히 흥미로운 광경을 목격했다. 그들은 천을 자르고 깁고, 옷에 주름을 붙이고 있었다. 그들의 표정은 아주 밝았다. 이자벨라는 그들이 무척 즐거운 마음으로 일하고 있다고 확신했다. 왜냐하면 그들은 자기 몸을 재고 옷을 맞추어 보면서 항상 웃었고, 자기 몸에 옷이 잘 맞는 것이 그들에게 대단히 중요한 일처럼 보였다.

이자벨라는 저 보통의 세계에는 불행한 사람들도 있다는 것을 알고 있었다. 그래서 가난한 사람들을 볼 때마다 이들에게 몇 즈오티씩 줄 것을 지시했고, 백랍처럼 창백한 아이를 가슴에 안고 있는 어머니에게 자기 팔찌를 주었고, 구걸하는 불결한 아이들에게 사탕을 나누어 주면서 경건한 마음으로 키스도 했다. 이자벨라에게는 모든 가난한 사람들 속에 그리스도가 숨어 있어서 자기에게 선행을 베풀 수 있는 기회를 주기 위해 자기가 가는 길에 이들이 있는 것처럼 보였다.

이자벨라는 하층 세계에 살고 있는 사람들에 대해 호감을 가지고 있다. 성서의 한 구절이 생각났다. "너는 이마에 땀을 흘리며 일할 것이다." 보기에 저들은 무거운 죄를 지었기 때문에 노동의 심판을 받았을 것이다. 그러나 자기와 같은 천사들은 저들의 운명을 애석하게 여기지 않을 수 없다. 자기와 같은 천사들에게 가장 큰 일은 전기초인종을 누르거나 명령을 내리는 것이다.

한번은 하층 세계가 이 아가씨에게 깊은 인상을 주었다.

어느 날 프랑스에서 제철 공장을 방문했다. 산에서 내려오자 숲과 초원으로 이루어진 지역이 나타났다. 사파이어빛 하늘 아래 검은 연기와 하얀 증기로 가득한 깊은 계곡이 보이고, 씩씩거리고 삐걱거리고 울부짖는 듯하는 둔탁한 기계 소리가 들렸다. 나중에는 헐떡이듯 불길을 내뿜는 용광로도 보았다. 용광로는 중세의 성에 있는 탑처럼 생겼다. 또한 이 아가씨는 번개처럼 빠른 속도로 돌고 있는 육중한 바퀴, 철로 위를 구르고 있는 거대한 구조물, 흰빛이 날 정도로 가열된 상태에서 용해되어 흐르는 쇳물의 개울, 마치 쇠로 만든 동상처럼 암울한 눈빛으로 상의를 모두 벗은 노동자들을 보았다. 그리고 핏빛 불기둥을 보았고, 짐승의 으르렁거림 같은 바퀴 소리, 신음 같은 풀무 소리, 천둥 같은 망치 소리, 고통스러운 호흡 같은 가마솥에서 나는 소리를 들었고, 발밑에서는 겁에 질린 땅의 전율을 느꼈다.

그때 이 아가씨에게 자기가 행복한 올림포스 신전에서 외눈의 거인들이 올림포스를 부술 수도 있는 벼락 망치질을 하고 있는 화산이 쏟아지는 가망 없는 계곡으로 내려온 것 같은 생각이 들었다. 반항하는 거인들의 전설과 자기가 머물렀던 아름다운 세계의 종말에 관한 이야기들이 머리에 스쳤다. 그리고 태어나서 처음으로 귀족 의회 의장들과 상원 의원들도 머리를 숙이는 여신인 이 아가씨에게 두려움이 엄습했다.

"아빠, 저 사람들 무섭게 생겼어요······." 아가씨가 아버지에게 속삭였다.

아버지는 아무 말도 하지 않고 딸의 어깨를 더 세게 안았다.

"여자들에게는 아무 일도 없겠지요?"

"물론, 저들이라도." 토마쉬가 대답했다.

그 순간 이자벨라에게 여자들만 걱정한 것 같은 부끄러운 생각이 들었다. 그래서 서둘러 말했다.

"우리에게 아무 일도 안 하면, 남자들에게도 아무 일도 하지 않을 거야."

그러나 토마쉬는 웃으며 머리를 흔들었다. 그 시기에 구시대의 종말이 다가오고 있다는 말이 많았다. 그리고 토마쉬는 자기 대리인들에게서 돈을 되찾는 데 말할 수 없는 어려움을 절실하게 느꼈다.

공장 방문은 이자벨라의 생애에 중요한 계기가 되었다. 아가씨는 종교적인 숭배의 마음을 가지고 먼 친척인 지그문트의 시를 읽었다. 아가씨는 「비신적 코미디」*에 나오는 장면들을 오늘날 보는 것 같았다. 그 이후 황혼에 대한 꿈을 자주 꾸었다. 자기 마차가 햇빛 속에 잠겨 있는 산에서 공장으로 내려왔는데, 삼위일체의 요새*가 있고, 연기와 수증기로 가려진 그 계곡에 반란을 일으킨 민주주의자들의 야영지가 있었다. 이들은 어느 순간에라도 공격해서 자신의 아름다운 세계를 파괴할 준비를 갖추고 있었다.

이제 아가씨는 자기가 자신의 정신적 조국을 얼마나 사랑하는지 이해했다. 그곳에서는 크리스털 거미들이 해를, 양탄자가 땅을, 동상들과 기둥들이 나무를 대신했다. 모든 민족의 귀족 계급을 품에 안고 있는 이 조국이야말로 인류 역사의 정수이며, 문명이 이룩한 가장 아름다운 업적이다.

이 모든 것들이 무너지고, 죽고 뿔뿔이 흩어져야 한단 말인가! 감정을 가지고 노래하고, 매력 있게 춤을 추고, 웃으면서 결투하고 혹은 잃어버린 꽃을 찾아 호수 한가운데로 뛰어드는 기사다운 젊은이들도……? 자기를 부드럽게 얼싸안거나, 자기 발 옆에 앉아서 작은 비밀들을 이야기하고, 혹은 자기로부터 멀리 떨어져 있을 때 철자가 틀리지 않았나 하는 걱정이 배어 있는, 길고 긴 편지를 썼던 사랑하는 여자 친구들도 죽어야 하는가?

그리고 주인에게 영원히 사랑과 성실과 봉사를 맹세한 것처럼 행동했던 착한 하인들은 어찌 되고? 또 항상 웃으면서 인사하고, 아주 세심한 화장까지 기억하고, 자기가 좋아하는 것을 정확히 알아맞히던 모자 가게 아가씨들은? 제비들이 오히려 부러워할 만큼 날쌘 아름다운 말들, 사람처럼 친근하고 영리한 개들, 사람의 손으로 언덕을 만들고 시내를 만들고 나무들을 다듬었던 정원사들은……? 이 모든 것들이 사라져야 하는가? 이런 생각들을 하다 보니 이자벨라의 얼굴에 어느새 슬픈 빛의 다정한 새로운 표정이 나타났다. 이것이 아가씨를 한층 더 예뻐 보이게 해 주었다. 사람들은 아가씨가 이제 완전히 성숙했다고 말했다.

큰 세계는 더 높은 세계라는 것을 이해하면서, 이자벨라는 높은 세계에 올라와 항상 그곳에 머물 수 있으려면 두 개의 날개, 즉 출생과 재산의 도움이 필요하다는 것을 알게 되었다. 그런데 출생과 재산은 선택된 특정 가문과 결합되어 있다. 그것은 오렌지 꽃과 열매가 오렌지 나무와 연결되어 있는 것과 같은 것이다. 또한 얼마든지 가능한 일이다. 위대한 신은 아름다운 이름을 가진 가톨릭 신자인 두 사람을 보면서 그들의 수입을 늘려 주고 그들에게 천사를 기르라고 보낸다. 그러면 그 천사가 덕과 훌륭한 행동과 아름다움으로 가문의 명예를 계속 유지한다. 그 때문에 혼인은 신중해야 한다. 혼인에 대해서는 나이 많은 귀부인들과 늙은 귀족들이 가장 잘 안다. 재산과 가문을 선택하는 일에 모든 것이 달려 있다. 시인들이 꿈꾸는 열정적인 사랑이 아니라, 진실로 기독교적인 사랑은 결혼 후에 비로소 나타난다. 그 정도 사랑이면 아내가 집에서 아름다운 모습을 보여 주고, 남편이 밖에서 진지한 태도로 아내를 동반하고 돕는 데 충분하다.

전에는 그랬고, 그런대로 좋았다. 귀부인들 모두 그렇게 생각했다. 오늘날 이에 대해 잊고 있는 것은 잘못된 일이다. 하층민과 결혼하는 사람들이 많은데 그럼으로써 대귀족 가문이 몰락한다.

"결혼에 행복은 없어"라고 젊은 신부가 여러 차례 집안의 비밀을 털어놓았던 것을 이자벨라는 기억하고 혼자 중얼거렸다.

이런 이야기를 많이 들었기 때문에 이 아가씨는 결혼을 혐오하고 남자들을 가볍게 경멸했다.

잠옷 차림의 남편이 아내 옆에서 하품을 하고, 시가 냄새 가득한 입으로 아내에게 키스하고, 그리고 자주 이렇게 소리 지른다. "좀 조용히 해" 혹은 "당신은 아무것도 몰라!" 이런 남편들은 아내가 모자 하나 새로 사면 집 안을 발칵 뒤집어 놓고, 밖에서는 여배우들에게 마차 살 돈을 준다. 도대체 전혀 흥미 없는 족속들이다. 그리고 더 가관인 것은, 이런 남편들 모두 결혼 전에는 정신없이 매달렸고, 오랫동안 못 보면 몸이 야위고 초라해졌고, 만나면 얼굴이 붉어졌고, 사랑을 위해 죽겠다고 여러 차례 약속도 했다.

그래서 이자벨라는 열여덟 살이 되었을 때 남자들에게 폭군처럼 냉정하게 행동했다. 한번은 빅토르 엠마누엘이 자기 손에 키스했을 때, 그날로 로마를 떠나자고 아버지를 졸랐다. 파리에서는 어떤 돈 많은 백작이 청혼하자 자기는 폴란드 여자이고 외국인과는 결혼하지 않는다고 말했다. 대귀족 포돌스키를 거절하면서 이 아가씨는 자기는 자신이 사랑하는 사람에게만 손을 내주는데, 아직은 그런 기미가 보이지 않는다고 생각했으며, 미국인 백만장자에게는 한바탕 웃고 퇴짜를 놓았다.

몇 년 동안 이런 식으로 행동하다 보니 아가씨 주위가 텅 비었다. 이 아가씨를 숭배하고 감탄하는 사람은 많지만, 멀리서만 그럴 뿐 누구도 조롱 섞인 거절을 당하려 하지 않았다.

첫 번째 불쾌함을 경험한 뒤 이자벨라는 결혼은 있는 그대로 받아들이는 것임을 이해하고 결혼하기로 결정했다. 그런데 조건이 있었다. 미래의 동반자로서 먼저 마음에 들어야 하고, 이름이 아름다워야 하고, 또 그에 걸맞게 재산이 있어야 했다. 실제로 명문가, 재산 있는 사람, 관직이 높은 사람들이 여러 명 나타났는데, 불행히도 이 세 조건을 모두 갖춘 사람은 없었다. 그래서 또 몇 년이 지나갔다.

갑자기 토마쉬의 사업이 좋지 않다는 소문이 퍼졌다. 그 많은 구혼자들 중에 단 두 사람이 남았다. 남작과 의회 의장인데, 두 사람 다 재산은 많은데, 너무 늙었다.

이자벨라는 상류 사회에서 자기 위치가 옆으로 밀렸다는 것을 알게 되었다. 그래서 자신의 요구 수준을 낮추기로 결정했다. 그렇다 하더라도 남작이나 의회 의장은 많은 재산에도 불구하고 아가씨에게 억누를 수 없는 혐오감만 불러일으켰다. 그래서 두 사람에게 단호한 거절 의사를 차일피일 미루었다. 그사이 토마쉬는 사람 만나는 것을 끊었다. 의회 의장은 더 이상 대답을 기다릴 수 없어 시골로 내려갔고, 울적해진 남작은 외국으로 나갔다. 이자벨라는 완전히 홀로 남았다. 아가씨는 알고 있었다. 자기가 부르면 이 두 사람은 언제라도 돌아오리라는 것을. 하지만 혐오감을 어떻게 누르고, 도대체 누구를 택한단 말인가. 그리고 무엇보다도 그녀가 스스로를 희생할 수 있는가이다, 언젠가는 재산을 차지하게 되고 그렇게 되면 다시 선택할 수 있다고 어느 정도 자신하면서. 그때는 사교계를 떠나 사는 것이 그녀에게 얼마나 어려운지 일인지 인식하고 선택하는 것이다…….

한 가지 일이 오로지 신분만 보고 이 아가씨가 결혼하려는 것을 용이하게 했다. 이자벨라는 한 번도 사랑에 빠진 적이 없다. 차가운 천성에 결혼은 시적인 요소 없이 이루어지고, 이상적인 사랑은 지금까지 들어 본 것 중에서 가장 이상한 것이라고 그녀는 믿고 있었다.

한번은 전시회장에 갔다가 아폴론 상을 보고 너무 감명을 받아 모형을 하나 사서 자기 방에 놓아두었다. 몇 시간이고 그 모형을 보면서 생각에 잠기기도 했다. 그 대리석 모형의 손과 발이 따뜻해질 정도로 키스를 했으니 몇 번이나 했는지 누가 알겠는가…….

그런데 기적이 일어났다. 사랑하는 여인의 애무를 받은 대리석 덩어리가 살아났다. 어느 날 밤 아가씨는 울다가 잠이 들었다. 불사신의 대리석상이 머리에 월계수 관을 두르고, 신비로운 빛을 발하며 받침대에서 내려와 아가씨에게 다가왔다.

아폴론 상이 침대 모서리에 앉아 오랫동안 아가씨를 쳐다보았다. 아가씨는 그 눈에서 영원을 보았다. 그리고 아가씨를 힘껏 껴안고 하얀 입으로 키스하고 아가씨의 눈물을 닦아 주고 열을 가라앉혀 주었다.

이후 그런 일이 더 자주 일어났다. 그의 포옹 속에 정신을 잃은 아가씨에게 빛의 신인 그는 하늘과 땅의 비밀을 인간의 언어가 아닌 다른 언어로 속삭였다. 아폴론은 아가씨를 위한 사랑을 위해 더 큰 기적을 베풀었다. 아폴론 신의 얼굴에 차례대로 아가씨가 인상 깊게 보았던 사람들이 아름다운 모습으로 나타났다.

전투에서 승리하고, 용감하게 싸우다 전사한 수천 명의 죽음을 말 위에서 바라보는 젊어 보이는 영웅 장군을 닮은 모습이 한 번 나타났다. 그를 보면 여자들은 그의 발밑에 꽃을 던지고, 남자들은 그의 마차에서 말들을 떼어 냈던 가장 유명한 테너 가수의 얼굴이 보이기도 했다. 어떤 때는 가장 전통 깊은 명문 집안의 명랑하고 아름다운 공작이 나타나기도 했다. 한번은 5층에서 난 불길 속에서 세 사람을 구하고 프랑스 최고 훈장을 받은 용감한 소방대원이 보였고, 어떤 때는 자기가 상상한 신이 세계를 누르고 있는 그림을 그린 화가도 나타났다. 그리고 베네치아의 곤돌라 사공도 나타나고, 놀라울 정도로 힘이 세고 매력적인 서커스 곡예사도 보였다.

이 사람들 모두 한동안 이자벨라를 신비스러운 생각에 빠지게 했다. 아가씨는 여러 이유 때문에 어느 누구도 사랑할 수 없다고 이들 한 사람 한 사람에게 거의 들리지 않는 아주 작은 한숨으로 속삭였다. 이들은 신에 의해서 비몽사몽 중에 신의 모습으로 나타난 것이다. 이 같은 환영들을 본 이후 이자벨라의 눈은 초현실적인 사색에 잠겨 있는 듯한 빛을 띠었다. 아가씨의 눈은 자주 초인적이고 초현세적인 어딘가를 보았다. 회색빛의 머리카락이 이마에 이상하게 얽혀 있을 때에는 비밀스러운 바람결이 그렇게 만들어 놓은 것 같았다. 그래서 그런 모습을 보는 사람에게는 마치 천사나 성인을 보고 있는 것 같았다.

1년 전 보쿨스키가 그런 순간에 이자벨라를 보았다. 그 이후 그의 가슴은 평온을 잃었다.

거의 비슷한 시기에 토마쉬는 평소 자주 만나던 사람들과의 접촉을 끊고 혁명적인 기분으로 상인 협회에 등록했다. 그곳에서 자기가 한때 경멸하던 제혁공, 옷솔 만드는 사람, 양조업자들과 카드놀이를 했다. 그는 대귀족은 단절된 상태에 스스로를 가두고 있어서는 안 되고, 계몽된 중산층에 앞서 나가야 하고 그렇게 함으로써 민족의 선두에서 나가야 한다고 떠들었다. 이에 대해 오늘날 긍지를 가지게 된 제혁공, 옷솔 만드는 사람, 양조업자들은 토마쉬가 나라에 대한 자신의 의무를 이해하고, 그 의무를 양심적으로 이행하는 유일한 대귀족임을 기꺼운 마음으로 인정했다. 한마디 더 첨가하자면 토마쉬는 매일 저녁 9시부터 자정까지 그 의무를 이행하고 있다.

그렇게 토마쉬가 자신의 신분상의 멍에를 짊어지고 있을 때, 이자벨라는 자신의 아름다운 방에서 고독과 정적에 잠긴 채 시간을 보내고 있었다. 미코와이는 소파에서 깊은 잠에 빠져 있고, 플로렌티나는 귀를 솜으로 막고 제대로 자고 있었다. 그러나 이런저런 회상 때문에 이자벨라는 잠들지 못했다. 그래서 엷은 잠옷 차림으로 침대에서 일어나 몇 시간째 응접실을 이리저리 돌아다녔다. 발소리는 양탄자에 묻혔고, 가로등 불빛 두 개가 희미하게 방 안으로 스며들고 있었다.

크고 넓은 방에 슬픈 생각이 밀려왔다. 이자벨라는 이 응접실에 있던 손님들의 환영을 보았다. 여기서 늙은 공작 부인이 졸고 있었고, 두 백작 부인은 수도원장 옆에서 어린이에게 장미 물로 세례를 할 수 있는지 묻고 있었다. 그리움으로 가득한 눈빛을 자신에게 보내는 젊은이들은 저기에 있었고, 자신의 관심을 끌기 위해 일부러 냉정한 태도를 보였던 젊은이들도 보였다. 눈빛으로 자기를 기쁘게 하고 또 시샘도 하는 아가씨들은 모두 여기에 모여 있었다. 방 안은 불빛, 옷자락 스치는 소리, 이야기 소리들로 가득했다. 사람들 대부분이 꽃 주위를 맴도는 나비들처럼 자기의 아름다운 자태를 에워싸고 있었다. 이 아가씨 주위에 있는 모든 것은 창백해진다. 다른 아가씨들은 이 아가씨의 배경이 되고, 남자들은 노예가 되었다.

그런데 이 모든 것이 끝났다! 오늘 이 응접실은 싸늘하고, 어둡고, 텅 비어 있다……. 나 혼자 그리고 이곳에 회색의 거미줄을 늘어뜨린 보이지 않는 슬픔의 거미만 있다. 우리는 여기서 행복했는데, 행복은 어디로 가 버렸나! 이미 다 사라졌다……. 이자벨라는 나오는 눈물을 막기 위해 매듭에서 똑 소리가 나게 손가락을 눌렀다. 밤이고 아무도 없는 곳이지만 눈물은 부끄러운 것이다.

모두 이 아가씨를 떠났다. 유일한 예외는 카롤로바 백작 부인이었다. 부인은 이 아가씨의 기분이 몹시 좋지 않았을 때 찾아와서 소파에 넓게 자리를 차지하고 앉아 한숨을 쉬면서 말했다.

"사랑스러운 벨치아,* 용서하기 어려운 실수를 네가 저질렀다는 것을 인정해야 한다. 나는 빅토르 엠마누엘을 말하는 것이 아니다. 그것은 자유주의적이고, 빛이 아주 많은 왕의 일시적인 기분이었기 때문이니까. 그런 상황에 대해서는 더 많은 조심스러움이라곤 말하지 않겠지만, 그러나 더 많은 경험이 필요하다." 백작 부인은 겸손한 태도로 눈을 아래로 향한 채 말을 계속했다.

"그러나 상트 아우구스트 백작을 네가 거들떠보지 않고, 그래, 넌 이렇게 말하고 싶겠지, 차 버렸다고. 용서해라! 젊고, 재산 많고, 너무 좋은 상대 아니니. 거기다가 출세도 보장되어 있고! 그리고 지금은 교황 방문단 단장이니 틀림없이 온 가족을 위해 특별한 은총을 받아 올 텐데. 그래서 함보드 백작은 그를 친애하는 사촌……이라고 부르지 않겠니…… 아, 하느님!"

"고모, 이미 지나간 일이에요."

"하지만 나는 네가 걱정이다, 불쌍한 아이야! 그 밖에도 오로지 깊은 신앙심만 위로가 될 수 있는 커다란 충격들이 너를 기다리고 있다. 너도 물론 알고 있겠지. 네 아버지는 모든 것을 잃었다. 심지어 너에게 줄 지참금도 남아 있지 않다."

"제가 할 수 있는 일이 뭐가 있겠어요?"

"오로지 너만 해결할 수 있고 또 그렇게 해야 한다." 백작 부인이 강한 목소리로 말했다. "의회 의장은 미남이 아닐지 모른다. 그러나…… 만일 우리의 의무가 수행하기 쉬운 것이라면 공로라는 것도 존재하지 않을 것이다. 그리고 오, 제발, 그것에 대해 생각만 해도 가장 힘든 순간을 달래 주는 어떤 이상을 영혼의 밑바닥에 간직하는 것을 누가 못하게 하느냐? 끝으로 너에게 분명히 말할 수 있다. 나이 많은 남편을 가진 아름다운 여인의 처지가 최악은 아니라는 것을. 모두가 그 여인에게 관심을 가지게 되고, 모두가 그 여인에 대해 말하고, 그 여인에게 충성 맹세도 할 것이다. 그리고 늙은 남편은 중년의 남편보다 요구하는 것도 적다……."

"아아, 고모……."

"벨치아, 흥분할 것 없어. 너도 열여섯 살은 아니잖아. 인생을 좀 진지하게 보아야지. 이런저런 혐오감 때문에 아버지를 희생시킬 수는 없잖니. 플로라*와 하인들이 있다곤 하지만, 너의 고귀한 마음씨로 많은 재산을 지키면서 얼마나 많은 좋은 일을 할 수 있는지 한번 생각해 봐라."

"하지만 고모, 의회 의장은 역겨워요. 그에게는 부인이 아니라 입 닦아 줄 보모가 필요할 것 같은데요."

"꼭 의회 의장을 고집하는 건 아니야. 그러면 남작은……."

"남작은 더 늙었고, 피부도 이미 시들었고, 손에는 이상한 반점이 많잖아요."

백작 부인이 소파에서 일어났다.

"얘야, 내가 너에게 강요한다고 생각하니? 나는 중매쟁이가 아니야. 중매쟁이는 멜리톤 부인이야. 나는 너에게 네 아버지가 지금 파멸에 직면해 있다는 것을 알려 주고 싶을 뿐이야."

"우리 건물이 있잖아요."

"아무리 늦어도 성 요한의 날이 지나면 팔리게 되고, 네 몫도 줄어들 거야."

"어떻게 그럴 수 있지요? 10만 루블짜리가 6만 루블에 팔린다니……."

"그 이상 가치가 없단다. 네 아버지가 너무 많이 낭비했어. 크세소프스카 부인의 추천으로 건물을 본 건설업자한테 들었다."

"그러면 마지막 남은 건 은으로 된 식기 세트들……." 이자벨라는 손을 맞잡으며 울음을 터뜨렸다.

백작 부인이 아가씨에게 몇 차례 키스했다.

"귀여운 아이야." 부인은 울먹이면서 말했다. "내가 너의 마음을 이렇듯 아프게 해야 하다니……! 하지만 들어 봐라…… 네 아버지는 또 어음 부채가 있다. 수천 루블…… 그 어음을 누군가가 다 모았다고 하지…… 며칠 전에, 3월 말에……. 내 생각에는 크세소프스카 부인인 것 같아."

"그건 별거 아니에요!" 이자벨라가 한숨을 쉬었다. "그 부인은 더 말할 것도 없고…… 몇천 루블 정도는 제가 가지고 있는 은붙이로 해결할 수 있는데."

"그 물건들이 그보다 훨씬 더 가치가 있는 것은 사실이다. 그런데 지금 누가 그렇게 비싼 물건을 사려 하겠니?"

"어떻든 시도는 해 보고 싶어요." 이자벨라가 흥분된 목소리로 말했다. "멜리톤 부인에게 부탁해 봐야겠어요. 어쩌면 저를 도와줄 수도……."

"그토록 소중한 물건을 그렇게 처분하는 것이 어떨지 한번 생각해 보렴."

이자벨라는 큰 소리로 웃었다.

"아, 고모, 저를 팔 것인가 은을 팔 것인가 생각해 봐야겠네요? 우리 가구를 파는 일은 절대로 용납할 수 없어요. 아, 그 크세소프스카가…… 어음을 모두 사들였다…… 이런 역겨운 일이!"

"그 부인이 아닐지도 모르지."

"그 부인보다 더 적대적인 새로운 인물이 있을지도 모르겠네요."

"호노라타 아주머니일 수도 있고……." 백작 부인이 아가씨를 위로했다. "호노라타 아주머니가 네 아버지를 도와줄지 누가 아니, 어느 정도 위험이야 하겠지만. 그러나 무엇보다 건강해야 한다, 애야, 아듀……."

폴란드어와 프랑스어가 섞인 대화는 여기서 끝났다. 폴란드어가 부스럼으로 덮인 얼굴처럼 되었다.

제6장 낡은 지평선에 어떤 식으로 새로운 사람들이 나타나는가

　겨울에서 봄으로 넘어가는 4월 초. 눈은 이미 녹았지만, 새싹은 아직 돋아나지 않았다. 나무들은 검고, 잔디는 회색이고, 잿빛 하늘은 마치 은과 금으로 된 가는 실이 박힌 대리석처럼 보인다.

　오후 5시경, 이자벨라는 자기 방에 앉아 졸라의 최근 소설 『사랑의 한 페이지(*Une page d'amour*)』를 읽고 있다. 그러나 정신은 다른 데 있는지 수시로 눈을 들어 창문을 바라보며 나뭇가지는 검은색이고 하늘은 잿빛이라고 몽롱한 의식 속에서 생각한다. 다시 책으로 눈을 돌렸다가 이내 방 안을 여기저기 둘러보고, 희미한 의식 속에서 자기 가구들이 푸른 천으로 덮여 있고, 자신의 하늘색 잠옷은 약한 회색빛을 띠고 있으며, 꽃무늬 장식을 한 흰색 커튼은 커다란 눈송이를 닮았다는 생각을 했다. 그리고 속으로 물었다. '내가 지금 무얼 생각하고 있지? 아아, 그렇지, 부활절 자선 모금 행사지.' 그리고 갑자기 마차를 타고 싶은 생각이 들었다가 잿빛 하늘을 보곤 유감이라는 생각을 하고, 하늘에 있는 노란 빛줄기가 가늘다는 생각을 했다. 무언가 불안을 느끼고, 무엇인지는 모르지만 그걸 기다리고 있는 것 같았다. 구름이 흩어지길, 혹은 하인이 들어와서 부활절 자선 모금 행사 초대장을 건네

주길 기다린 것일까. 하지만 시간이 너무 촉박해서 그런 초대는 없을 것이다.

다시 소설을 읽었다. 별이 많은 밤에 랑보가 어린 요아시아의 망가진 인형을 꿰매 주는 장(章)이 있다. 헬레나는 이유 없는 슬픔의 눈물 속에 파묻혀 있다. 주브 수도원장은 결혼하라고 충고한다. 이자벨라는 서글픈 생각이 들었다. 그 순간 하늘에 구름 대신 별들이 나타나면, 헬레나처럼 울음을 터뜨리지 않을지 누가 알겠는가. 그런데 자선 모금 행사가 시작되려면 아직 며칠 남았다. 그런데 초청장은 아직까지 오지 않았다. 무슨 일로 이렇게 지연되고 있는 거지?

"열렬히 신을 찾는 것처럼 보이는 여인들은 흔히 불행한 사람들입니다. 격정이 그들의 가슴을 뒤흔들고 있지요. 그들은 교회에 가지만, 거기서 남자를 숭배하기 위해 가는 겁니다"라고 주브 수도원장이 말했다.

'친절한 수도원장께서 불쌍한 헬레나를 위로하려고 애쓰는구나.' 이자벨라는 이렇게 생각하고 갑자기 책을 던졌다. 수도원장이 이 아가씨에게 잊고 있던 일을 생각나게 했다. 아가씨는 두 달 전부터 교회에 있는 종에 매달 리본을 수놓고 있는데 아직 그 일을 끝내지 못한 터였다. 아가씨는 소파에서 일어나 자수틀과 다양한 무늬가 있는 장밋빛 비단으로 만들어진 상자가 놓여 있는 탁자를 창문 쪽으로 밀었다. 그러고는 리본을 펴고 리본 위에 장미와 십자가를 열심히 수놓기 시작했다. 열심히 일하다 보니 마음속에 용기가 피어났다. 자기처럼 교회를 위해 봉사하는 사람은 부활절 자선 모금 행사에서 제외될 수 없다. 아가씨는 비단실을 뽑아서 바늘에 꿴 뒤 쉬지 않고 수를 놓았다. 아가씨의 눈은 견본과 자수판 위를 부지런히 오갔고, 손은 위에서 아래로, 밑에서 위로 빠르게 움직

아주머니는 심술이 고약하지만, 불행을 절약할 줄 알고 있어. 정말 집안이 망할 위험에 처하면, 아주머니에게서 부드럽고 섬세한 위로를 찾을 수도 있지."

"고맙기도 해라."

"걱정할 것 없어. 내일이면 5천 루블이 들어오잖아. 그거면 반년은 집안을 꾸려 갈 수 있어, 3개월. 어쨌든 몇 달은……."

"집이 차압당하는데……."

"단순한 형식 말고는 아무것도 아니야. 물론 이득을 볼 수도 있어, 오늘날 집은 부담만 되는데. 그리고 호르텐시야 아주머니로부터 10만 루블을 유산으로 받게 되잖아." 플로렌티나가 한참 후에 눈썹을 올리며 덧붙였다. "나 자신도 확실하지 않아, 부친께서 또 재산을 가지고 있지 않은지. 모두들 그렇게 생각하고 있어……."

이자벨라는 긴 소파에서 몸을 굽혀 플로렌티나의 손을 잡았다.

"플로르치유……." 목소리를 낮추며 이자벨라가 말했다. "그것 누구에게 말하는 거야? 그래서 언니는 나를 정말로 아무것도, 모르고, 아무것도 이해할 줄 모르는 시집갈 나이가 된 처녀로 생각하는 거야? 언니는 네가 모르고 있다고 생각하는 거야……." 이자벨라는 더 목소리를 낮추었다. "언니가 집을 관리하기 위해서 미코와이에게 돈을 빌린 지 한 달 되었다는 사실을."

"아버지가 바로 그것을 알고 싶어 할지도 모르지."

"아침마다 내가 지갑에 몇 루블을 넣어 드리고 있는데, 아버지가 그걸 알고 싶어 한다고?"

플로렌티나가 이자벨라의 눈을 쳐다보며 머리를 흔들었다.

"너 많이도 안다." 플로렌티나가 대답했다. "하지만 네가 모르는 것도 있어. 2주 전부터, 아마 열흘 전부터 나는 보고 있어, 네 아버지가 십 몇 루블을 가지고 있는 것을……."

"빚을 냈겠지."

"아니야. 네 아버지는 시내에선 절대로 빚을 내지 않아. 채권자들이 돈을 가지고 집으로 오고, 아버지 방에서 영수증과 이자를 받아 가. 너는 그런 건 몰라."

"그러면 지금 돈은 어디서 난 거야?"

"모르겠어. 하지만 네 아버지에게는 돈이 있고, 언제나 돈을 가지고 있었다는 것은 알아."

"그럼 무엇 때문에 은붙이 파는 것을 허락했을까?" 이자벨라가 고집스럽게 물었다.

"가족들을 혼란시키기 위해서일지도 모르지."

"누가 그 어음을 사지?"

플로렌티나가 사양하는 손짓을 했다.

"크세소프스카가 사지 않은 것만은 확실해. 그러면 호르텐시야 아주머니가 혹시. 아니면."

"아니면 누구?"

"아버지 자신이. 너는 모르니, 아버지가 가족을 놀리기 위해 얼마나 많은 일을 벌이시는지. 그리고 혼자 웃으시지……."

"그런데 무엇 때문에 우리를 불안하게 하실까?"

"너는 침착하다고 네 아버지는 생각하시지. 딸은 아버지를 절대적으로 신뢰해야 하거든."

"아, 그래!" 이자벨라는 무엇인가 생각하면서 한숨을 지었다.

검은 옷을 입은 사촌은 천천히 소파에서 일어나 조용히 방에서 나갔다. 이자벨라는 회색으로 보이는 자기 방을, 창밖에서 흔들리고 있는 검은 가지를, 집을 지으면서 지저귀고 있는 몇 마리 참새들을, 밝은 빛줄기 하나 없이 회색뿐인 하늘을 다시 바라보았다. 그녀의 머릿속에 자선 모금 행사와 새 의상이 생생하게 떠올랐지만, 이 두 가지 일이 하찮고 사소해 보여서 아무렇지 않은 듯 어깨를 움츠렸다.

다른 문제가 그녀를 괴롭혔다. 식기 세트를 카롤로바 백작 부인에게 주지 말아야 할까? 그리고 아버지는 돈이 어디서 났을까? 그전에도 돈이 있었다면 왜 미코와이에게 빚을 졌을까? 전에 돈이 없었다면, 요즘엔 돈이 어디에서 났을까? ……만일 식기 세트와 은그릇을 고모에게 준다면, 그것들을 유리하게 팔 기회를 잃는다. 그리고 5천 루블에 그것들을 판다면, 고모가 편지에 썼던 것처럼 그것의 가치를 모르는 사람 손에 들어갈 수도 있다.

갑자기 그런 생각의 흐름이 중단되었다. 예민한 그녀의 귀에 먼 방들에서 나는 작은 소리가 들렸다. 그것은 규칙적이고 안정된 남자의 발소리였다. 응접실 양탄자 밟는 소리에 이어 식당에서는 발소리가 더 커졌다. 그녀의 침실에서는 마치 발끝으로 걷는 것처럼 소리가 작아졌다.

"아빠, 들어오세요." 문 두드리는 소리를 듣고 이자벨라가 말했다.

토마쉬가 들어왔다. 그녀는 긴 소파에서 일어났다. 그러나 아버지가 딸이 일어나는 것을 막았다. 딸의 어깨를 잡고 머리에 키스했다. 그리고 앉기 전에 커다란 벽 거울에 눈길을 주었다. 그는 자신의 잘생긴 얼굴, 회색 수염, 흠잡을 데 없는 상의, 금방 재단사 손에서 나온 듯한 깨끗한 바지를 보고 모든 것이 제대로 되었다고 인정했다.

"내가 듣기로……." 그가 웃으면서 딸에게 말했다. "우리 딸의 기분을 상하게 하는 편지를 받았다던데."

"아, 아빠도 이미 아신다면, 어떤 투로 고모가 말했을까요……."

"틀림없이 신경 계통 질환을 앓고 있는 사람의 말투지. 그것 때문에 고모에게 서운해할 것 없다."

"단지 섭섭한 게 있다면. 고모 말이 맞을지도 모른다는 점이 걱정되어요. 우리 은식기가 은행가의 식탁에 놓이게 되다니."

그녀는 아버지의 어깨에 머리를 기댔다. 토마쉬는 우연히 탁자 위에 있는 작은 거울을 들여다보았다. 그리고 그 순간 자기와 딸이 아주 잘 어울린다고 생각했다. 특히 자기의 태평스러움에 대해 딸이 걱정하는 빛이 얼굴에 잘 나타나 있었다. 그는 웃었다.

"은행가의 식탁이라……." 그가 반복했다 "우리 조상들의 은그릇은 타타르, 코사크, 반란군 농민들의 식탁에 이미 놓여 있었다. 그건 수모뿐 아니라 명예도 가져다준다. 싸우는 자는 잃게 된다."

"전쟁 때문에 그리고 전쟁 중에 그들은 잃었지요." 이자벨라가 끼어들었다.

"오늘날에는 전쟁이 없니? 낫이나 칼 같은 무기 대신 루블화로 싸운다. 요아시아*는 식기 세트를 팔지 않고, 가족의 재산을 폐허가 된 성의 창고를 수리하는 데 쪼개 쓰면서 그것을 이해했다."

"그러면 우리가 패한 건가요……?" 이자벨라가 한숨지었다.

"아니야." 토마쉬가 부정하면서 대답했다. "우리는 이제 승리하기 시작한 거야. 내 누나와 그 일당은 그것을 두려워하지 않겠지만. 그들은 깊이 잠들어서 나의 대담한 발걸음이나 활력의 표현 하나하나가 그들에게는 타격이 되지." 그는 스스로에게 말하듯 덧붙였다.

"아빠의?"

"그렇단다. 그들은 내가 자신들에게 도움을 청할 거라 생각했지. 요아시아 스스로 나를 자기 전권 위임자로 만들고 싶어 했지. 하지만 나는 연금에 대해 그들에게 고마움을 표했고, 시민 계급에 접근했지. 그들에게서 나는 진지함을 얻었고, 그로 인해 우리 영역이 형성되기 시작했다. 그들은 알고 있지, 내가 2차 계획을 향해 나아가리라는 것도. 그리고 나는 1차 계획도 추진할 수 있다고 그들은 보고 있는 거야."

"아빠가?"

"그래. 지금까지 나는 적당한 집행자를 찾지 못해서 침묵하고 있었지. 오늘 내 이념을 이해하는 사람을 발견하고, 나는 활동하기 시작했다."

"그가 누군데요?" 놀란 얼굴로 아버지를 바라보며 이자벨라가 물었다.

"보쿨스키라는 사람인데, 강철 같은 사업가지. 그의 도움으로 우리 시민 계급을 조직하고, 동부 국가들과 교역할 무역 회사를 만들 거야. 그렇게 해서 산업을 일으키고……."

"아빠가?"

"나중에 알게 될 거다, 누가 앞서가는지. 내가 시 자문 위원으로 선출될 가능성도 있지만."

이자벨라는 놀란 눈으로 듣고 있었다.

"아빠가 말한 그 사람, 혹시 문제만 일으키는 싸움꾼 같은 사람 아니에요?"

"너는 그를 모르니? 그는 우리에게 물건을 대 주는 사람들 중 하나야."

"그 상점은 알아요. 아주 예쁜 가게지요." 생각에 잠긴 채 이자벨라가 말했다. "그 상점에 늙은 점원이 있는데 조금 이상한 사람처럼 보이지만 아주 친절해요. 아, 그리고 며칠 전에 주인이라는 사람도 보았는데, 좀 무례하게 보였어요."

"보쿨스키가 무례하다……?" 토마쉬가 의외라는 표정을 지었다. "그는 약간 경직된 것 같지만, 사실 아주 예의 바르다."

이자벨라는 머리를 흔들었다.

"친절한 사람은 아니에요." 이자벨라가 분명히 말했다. "이제 생각나요. 화요일에 그 상점에서 그에게 부채 가격을 물었을 때 그가 저를 어떻게 쳐다보았는지 아빠가 보셨어야 하는데……! 그는 아무 말도 하지 않고, 크고 붉은 손을 뻗어 점원을 가리켰는데, 그 점원은 상당히 교양 있게 보이는 젊은 남자였어요. 그러면서 그는 불만 섞인 투로 무어라고 중얼거렸어요. 그가 모랍스키 씨라고 했는지 므라체프스키 씨라고 했는지 기억이 안 나지만, 하여튼 점원을 부르더니 '이분이 부채 가격을 물으시네' 하고 말했어요. 아빠는 별로 흥미 없는 파트너를 발견하신 것 같네요"라고 말하면서 이자벨라가 웃었다.

"엄청난 에너지에 강철 같은 사람이지." 토마쉬가 말했다. "그들은 그런 사람들이야. 너도 그들을 알게 될 거다. 우리 집에서 몇 차례 모임을 가질 생각이다. 모두 유별난데, 그가 가장 유별나지."

"아빠는 그들 모두를 불러들일 생각이세요?"

"몇 사람과 상의해 보아야겠지. 우리 사람들에 대해서……." 딸의 눈을 보면서 그가 말했다. "너에게 확실히 말할 수 있는 것은, 누가 우리 집에 왔다는 것을 사람들이 들으면, 우리 집 살롱에 오지 않는 사람이 없게 될 것이다."

그 순간에 플로렌티나가 들어와 점심시간이라고 말했다. 토마쉬는 딸의 손을 잡고 식당 방으로 들어갔다. 그곳에는 커다란 수프 단지와 크고 흰 넥타이에 연미복을 입은 미코와이가 있었다.

"이자벨라 하는 말이 재미있다." 수프 단지에서 닭고기 수프를 따르고 있는 여사촌에게 토마쉬가 말했다. "생각해 봐, 플로렌티나, 보쿨스키가 무례한 인상이라니. 너도 그를 알지?"

"요즘 보쿨스키 모르는 사람 있나요?" 미코와이에게 접시를 주면서 플로렌티나가 대답했다. "교양 있어 보이진 않지만, 그러나 인상적인……."

"붉은 손을 가진 나무줄기의 인상." 이자벨라가 끼어들면서 웃었다.

"그는 나에게 트로스티를 떠올리게 해. 이자벨라, 파리에서 만난 그 보병 부대 대령 생각나니?" 토마쉬가 말했다.

"저에게는 승리한 검투사 동상이 연상되어요." 플로렌티나가 멜로디를 넣은 목소리로 말했다. "이자벨라, 생각나니, 플로렌치아에서 보았던, 칼을 위로 치켜들고 있는 거칠고 야성적이지만 아름다운 얼굴의 그 검투사 말이야."

"붉은 손을 가진……?" 이자벨라가 물었다.

"시베리아에서 동상에 걸렸대." 플로렌티나가 큰 소리로 끼어들었다.

"그가 거기서 뭘 했는데?"

"청춘의 열정에 대해 속죄했지." 토마쉬가 말했다. "그를 용서할 만도 해."

"아, 그러면 그는 영웅이네요!"

"백만장자지." 플로렌티나가 덧붙였다.

"백만장자라고?" 이자벨라가 따라 말했다. "아빠가 그를 파트너로 택하신 것은 잘하셨다는 생각이 드네요. 비록……."

"비록이라니……?" 아버지가 물었다.

"이 결합에 대해 세상 사람들은 뭐라고 말해요?"

"손에 힘 있는 사람이 발밑에 세계를 가지고 있다."

마침 미코와이가 고기 요리를 들고 들어왔을 때 현관방에서 작은 종소리가 들렸다. 늙은 하인이 나가더니 잠시 후 은쟁반에 편지를 들고 들어왔다.

"백작 마님한테서 왔습니다." 그가 말했다.

"벨라, 너에게 왔다." 편지를 손에 들면서 토마쉬가 말했다. "이 새 알약을 너를 대신해서 내가 삼키겠다."

그가 편지를 개봉해서 읽더니 웃으며 이자벨라에게 편지를 건넸다.

"이 편지에 요아시아가 모두 들어 있네." 그가 말했다. "항상 그렇듯 온통 신경질뿐이구먼!"

이자벨라는 접시를 밀고 불안하게 눈으로 편지를 훑어보았다. 그러나 점점 얼굴이 밝아졌다.

"플로렌티나, 들어 봐, 이거 재미있어."

사랑하는 벨라야! 지난번 내 편지는 잊어버려라. 네 식기 세트는 나에게 관심 없다. 네가 결혼할 때에는 우리가 다른 것을 발견할 것이다. 그러나 자선 모금은 나와 함께하는 것이 중요하다. 지난 편지에 그 말을 쓰려고 했다. 불쌍한 내 신경을 네가 더 엉망으로 만들고 싶지 않거든 내 제안을 받아 주면 좋겠다.

우리 교회에 있는 무덤은 훌륭하게 될 것이다. 나의 마음씨 착한 보쿨스키가 분수대, 노래하는 인조 새들, 엄숙한 곡들을 연주하는 손풍금 그리고 많은 양탄자들을 기증한다. 호저가 꽃을 공급하고, 아마추어 악사들이 풍금, 바이올린, 첼로와 합창으로 구성된 음악회를 준비하고 있다. 나는 지금 기쁨으로 들떠 있는데, 그런 기쁨 속에 네가 없다면 나는 심하게 앓을 것이다. 오는 거지……?

너를 껴안고 천 번이나 키스를 보낸다.

사랑하는 고모 요안나

추신: 내일 가게에 가서 너를 위해 봄나들이 옷을 주문할 생

도 하니까. 그러나 일차적 욕구의 충족을 위한 돈까지도, 더군다나 상인들로부터는 더더욱 안 되는 일이지. 아, 할 수만 있다면 아버지의 발아래 엎드려 그런 사람들과 어울리지 말라고 빌고 싶다. 특히 지금처럼 재정 상태가 어려울 때에는. 며칠 후 식기 세트 값을 받게 되면, 놀음에서 보쿨스키 씨에게 잃어 주라고 아버지에게 몇백 루블을 드릴 것이다. 자신이 하인 미코와이에게 빚을 후하게 갚아 주는 것보다 더 후하게 보쿨스키 씨에게 보상하시라고.

하지만 그런 것에 대해 아버지에게 말씀드리는 것조차도 할 수 없거늘, 그런 일을 자기가 어떻게 할 수 있겠는가?

"보쿨스키? 보쿨스키……?" 이자벨라는 속삭였다. "갑자기 사방에서 여러 형태로 그녀에게 나타난 보쿨스키라는 사람은 도대체 누구인가? 그는 아버지와, 그리고 고모와는 어떤 관계인가?"

몇 주 전부터 그 사람에 대해 무엇인가 들었던 것 같다. 어떤 상인이 수천 루블을 자선 모금에 기부했다는데 그가 여성 의류를 취급하는 사람인지 모피 장수인지는 확실하지 않다. 또 어떤 상인이 불가리아 전쟁 때 큰돈을 벌었다는 소문이 자자한데, 그 사람이 자기가 이용하는 구두 가게 주인인지, 혹은 자기 머리를 손질해 주는 미용실 주인인지 관심이 없었다. 그런데 이제 보니 자선 모금에 큰돈을 내놓았고, 많은 재산을 모았다는 상인은 동일인이고 그가 바로 보쿨스키라는 것을 알았다. 그 사람이 바로 카드놀이에서 일부러 아버지에게 돈을 잃어 주고, 자존심 덩어리인 백작부인 고모가 "나의 착한 보쿨스키!"라고 말하는 사람이라는 것을 알았다.

순간 그녀는 그 사람의 표정을 기억했다. 그는 상점에서 자기와 말하려 하지 않고, 커다란 일본 화병 뒤로 물러서서 몰래 그녀를 바라보았다. 그가 자기를 어떻게 바라보았는지…….

어느 날 그녀는 플로렌티나가 초콜릿을 사러 가게에 들어갔을 때 장난삼아 따라 들어가 창가에 앉았는데, 남루한 옷차림의 아이들 몇이 진열장 밖에 모여들었다. 아이들은 자기와 초콜릿과 과자를 배고픈 새끼 짐승들처럼 탐욕과 흥미를 가지고 쳐다보았다. 바로 그런 눈빛으로 그 상인이 자기를 쳐다보았다.

이자벨라는 가벼운 소름을 느꼈다. 하필 그 사람이 그녀 아버지의 동업자가 되어야 하나? 그 동업자는 무엇을 바라는가? 그녀의 부친은 어쩌다 전에는 꿈도 꾸지 않은 일인, 광범위한 계획을 짜고 상인 단체와 연결할 생각을 하게 되었을까? 시민 계급의 도움으로 대귀족의 정점에 오르고 싶어 하는 걸까. 혹은 존재한 적도 없고 존재하지도 않는 시 자문 위원에 선출되기를 바라는 걸까……?

그러나 보쿨스키라는 사람은 정말로 폭리를 노리는 고리대금업자이고, 자기 사업을 위해 큼직한 이름을 필요로 하는 사기꾼인지도 모른다. 그런 예는 전에도 있었다. 독일과 헝가리 귀족들의 아름다운 이름들이 그녀가 이해하지 못하는 상행위에 얼마나 많이 연루되었던가. 그녀의 부친도 그녀 이상 이해하지 못할 것이다.

밖은 이미 완전히 어두워졌다. 가로등 불빛이 이자벨라의 방에까지 스며들어 천장에 창틀과 커튼 묶은 부분의 그림자를 드리우고 있었다. 그것은 짙은 구름을 서서히 가리는 밝음을 배경으로 삼고 있는 십자가처럼 보였다.

"내가 어디서 보았더라, 저 십자가, 저런 구름과 밝음을?" 이자벨라는 혼자 중얼거렸다. 그녀는 자기가 보았던 지방들을 회상하고…… 또 꿈꾸기 시작했다.

마차를 타고 어떤 지방을 가고 있는 것 같았다. 풍경은 숲과 푸른 산들로 이루어진 거대한 링 같았다. 그녀의 마차는 링 가장자리에 있으며 밑을 향해 가고 있었다. 마차가 벗어나고 있는 것일까? 왜냐하면 어디로 접근하고 있지도 않고, 어디로부터 멀어지고 있지도 않으며, 한곳에 머물러 있는 것 같다. 그러나 벗어나고 있다. 마차의 니스 칠한 측면에 반사된 햇빛이 떨리면서 천천히 뒤로 밀리고 있는 것이 보였다. 그 밖에도 바퀴 구르는 소리가 들렸다. 거리를 지나는 마차 바퀴 소리인가? 아니야, 그것은 산과 숲으로 된 링의 깊은 곳에서 돌아가고 있는 기계 소리야. 밑바닥도 보였다. 검은 연기와 하얀 김이 솟아오르는 녹색의 틀에 갇힌 호수 같았다. 이자벨라는 자기 옆에 앉아 있는 아버지를 보았다. 아버지는 자신의 손톱을 유심히 바라보고 있었는데, 가끔씩 창밖 풍경에 눈을 돌렸다. 마차는 링 가장자리에 아무 움직임도 없는 듯 멈췄다. 마차의 니스 칠한 측면에 반사되는 햇빛만 천천히 뒤로 밀렸다. 그런 외양적 평온 같기도 하고, 숨겨진 고도의 움직임 같기도 한 것이 이자벨라를 불안하게 했다. "우리가 가고 있는 거예요 아니면 서 있는 거예요?" 아버지에게 물어보았으나, 아버지는 아무 대답이 없다. 아버지는 이자벨라를 보고 있지 않은 듯, 자신의 아름다운 손톱을 바라보고, 이따금씩 창밖 풍경에 눈길을 주었다…….

갑자기 (마차는 여전히 흔들거리고 바퀴 구르는 소리도 들린다) 검은 연기와 하얀 김이 서린 호수의 깊은 곳으로부터 사람의 상체가 나타났다. 짧게 자른 머리, 검은 얼굴의 그는 소총 부대 대령 트로스티(플로렌치아의 검투사 같기도 하고)를 닮았다. 그의 손바닥은 크고 붉었다. 그는 더러운 옷을 입고 있었으며, 소매를 위에까지 걷고 있었다. 왼손에는 카드를 부채 모양으로 펴서 가슴 옆에 들고, 카드 하나를 든 오른손을 머리 위로 올리고 있었다. 그 자세가 마치 앞좌석으로 카드를 던지려는 것처럼 보였다. 신체의 다른 부분은 연기에 가려 보이지 않았다.

"아빠, 저 사람 뭐하는 거예요?" 놀란 이자벨라가 물었다.

"나와 카드놀이 하고 있잖아." 이렇게 대답하는 아버지의 손에도 카드가 들려 있었다.

"아빠, 저 사람 무서운 사람이에요!"

"저런 사람은 여자에겐 못된 짓 하지 않는단다."

이자벨라는 내의를 입고 있는 그 사람이 여전히 머리 위로 카드를 들고 이상한 눈빛으로 자기를 보고 있다는 것을 느꼈다. 밑바닥에서 부글부글 끓고 있는 연기와 김이 그의 풀어진 내의와 냉정한 얼굴을 순간적으로 가리곤 했다. 그 속에 그가 잠겨서 보이지 않았다. 연기 위로 이마의 창백한 빛과 팔꿈치 위의 손만 보였는데, 여전히 카드를 들고 있었다.

"아빠, 저 카드 무슨 뜻이에요?"

그러나 아버지는 딸의 질문을 못 들었는지 대답하지 않고, 자기 카드만 열심히 바라보고 있었다.

"도대체 언제 이곳을 벗어나게 되나요?"

마차가 흔들리고, 마차 측면에 반사되는 햇빛이 뒤로 밀리고 있는데도, 마차 아래로 보이는 안개에 묻힌 호수와 그 호수에 잠겨 있는 사람과 그의 손과 머리 그리고 카드가 여전히 보였다.

신경을 자극하는 불안이 이자벨라를 에워쌌다. 그녀는 모든 회상과 모든 생각을 집중해서 그 사람이 들고 있는 카드가 무슨 의미인지 알려고 애썼다.

그가 카드놀이에서 아버지에게 잃어 준 돈을 뜻하는 것일까? 그건 아니겠지. 그가 자선 단체에 기증한 돈일 수도 있겠지. 그것도 아닐 거야. 혹은 고모에게 성금으로 준 천 루블일까, 혹은 주님의 무덤을 꾸미는 분수대, 새들, 양탄자에 든 비용에 대한 영수증일까? 그것도 아닐 거야. 이 모든 것들은 그녀를 괴롭히는 것이 아닐 거야.

커다란 걱정이 이자벨라를 점점 더 압박했다. 그것은 아버지가 얼마 전에 누구에겐가 건넨 어음일 수도 있겠지? 그렇다면 은붙이와 식기 세트를 판 대금을 받자마자 그 빚부터 탕감하고, 빚쟁이로부터 벗어나게 해야지. 그런데 안개에 묻힌 그 사람은 여전히 그녀의 눈을 바라보며 카드를 버리지 않고 그대로 들고 있다. 그렇다면…… 아……!

이자벨라는 긴 소파에서 일어나 어둠 속에서 등받이 없는 의자를 밀치며 떨리는 손으로 종을 울렸다. 두 번이나 종을 울렸지만 아무도 응답하지 않았다. 그래서 현관방으로 갔다. 문 앞에서 플로렌티나를 만났다. 그녀가 놀란 얼굴로 이자벨라의 손을 잡고 물었다.

"벨라, 무슨 일이야?"

현관방의 불빛이 이자벨라를 어느 정도 깨웠다. 그녀는 미소 지었다.

"플로르치유, 내 방으로 등불 좀 가지고 와. 아빠는 계셔?"

"조금 전에 나가셨어."

"미코와이는?"

"곧 돌아올 거야. 심부름꾼에게 편지 전해 주러 갔으니까. 지금도 머리가 아프니?"

"아니." 이자벨라가 웃었다. "잠깐 졸았는데 환영을 본 것 같아."

플로렌티나가 등불을 들고 두 사촌 자매는 이자벨라의 방으로 갔다. 이자벨라가 긴 소파에 앉아 손으로 불빛을 가리면서 말했다.

"그런데, 플로르치유, 생각해 봤는데, 내 은붙이들을 팔지 않을까 봐. 그것들이 누구 손으로 가게 될지 정말 알 수 없잖아. 잠깐만 내 책상에 앉아서 고모에게 내가 고모의 제안을 받아들인다고 써 줄 수 있겠어? 그리고 나한테 3천 루블을 빌려 주고 내 은붙이와 식기 세트를 가져가라고."

플로렌티나가 몹시 놀란 표정으로 이자벨라를 한참 동안 쳐다보다가 드디어 말했다.

"그건 불가능해, 벨라."

"왜……?"

"15분 전에 멜리톤 부인의 편지를 받았는데, 은붙이와 식기가 이미 팔렸대."

"벌써……? 누가 샀대?" 이자벨라가 사촌의 손을 잡으며 물었다.

"러시아에서 온 상인이 샀다지, 아마……." 말은 이렇게 했지만, 그녀 스스로도 그것이 사실과 다르다는 것을 느끼고 있다.

"언니는 뭔가 알고 있지, 플로르치유! 정말 부탁인데, 말해 봐!" 이자벨라가 애원했다. 그녀의 눈은 눈물로 가득했다.

"그래, 말해 줄게. 하지만 네 아버지에겐 절대 비밀로 해야 해."

"그래, 누가 산 거야? 누구야?"

"보쿨스키." 플로렌티나가 대답했다.

순식간에 이자벨라의 눈이 강철 같은 빛을 발하면서 눈물이 사라졌다. 화난 동작으로 사촌의 손을 뿌리치고 그녀는 방 안을 이리저리 돌아다니다가, 플로렌티나 맞은편에 있는 작은 소파에 앉았다. 그녀는 이미 놀라서 안절부절못하는 미인이 아니라 하인을 나무라고 내쫓을 수 있는 마님이 되어 있었다.

"사촌, 말해 봐." 곱고 작은 목소리로 그녀가 말했다. "나를 두고 무슨 음모를 꾸미고 있는 거야?"

"내가…… 음모를……?" 손으로 가슴을 누르면서 플로렌티나가 말했다. "무슨 말인지 알 수가 없구나, 벨라……."

"그래. 언니, 멜리톤 부인 그리고 그 웃기는 주인공 보쿨스키……."

"나와 보쿨스키?" 플로렌티나가 반복했다. 이번에는 그녀의 놀람이 사실이기에 의심할 수 없었다.

"그래, 언니는 음모에 가담 안 했다고 치자." 이자벨라가 계속했다. "하지만 뭔가는 알고 있지."

"내가 보쿨스키에 대해 알고 있는 건 누구나 알고 있어. 우리가 물건을 사는 가게 주인이라는 것, 그리고 전쟁 중에 돈을 벌었다는 것 정도……."

"그가 아빠를 사업에 끌어들이고 있다는 것에 대해서는 아는 바 없어?"

플로렌티나의 놀란 눈이 커졌다.

"그가 네 아버지를 사업에 끌어들인다고……?" 어깨를 움츠리며 그녀가 말했다. "그런데 어떤 사업에 네 아버지를 끌어들일 수 있을까?"

그 순간 플로렌티나는 자기가 한 말에 놀랐다.

이자벨라는 플로렌티나가 모르고 있다는 것을 의심할 수 없었다. 이자벨라가 생각에 빠진 암사자 같은 동작으로 다시 몇 차례 방 안을 이리저리 돌아다니더니 갑자기 물었다.

"적어도 나에겐 말할 수 있잖아, 그 사람에 대해 어떻게 생각하는지."

"내가 보쿨스키에 대해서……? 그에 대해선 생각해 본 적이 없는데……. 이런 말은 할 수 있겠지. 그가 명성과 연줄을 찾고 있다는 것."

"명성을 위해 성금으로 천 루블을 내놓는다?"

"그건 확실해. 자선 단체에는 그 배를 기부했는데."

"그러면 왜 내 은붙이와 식기 세트를 샀을까?"

"이익을 남겨서 팔려고 했겠지. 영국에선 그런 물건이 비싸게 팔린다던데."

"그런데 그가 무엇 때문에 아빠의 어음을 구입했을까?"

"그가 샀다는 걸 어떻게 아니? 그건 이익을 남기는 일이 아닐 텐데."

"도대체 알 수 없는 일이야." 이자벨라는 불안한 가운데 파악했다. "하지만 느낌이 와. 모든 것이 확실해. 그 사람은 우리에게 접근하고 싶은 거야."

"그는 이미 네 아버지와 아는 사이잖아." 플로렌티나가 끼어들었다.

"나에게 접근하고 싶어 하는 거겠지!" 이자벨라가 감정을 자제하지 못하고 큰 소리로 말했다. "알 수 있어, 그의……." 이 말을 하는 것이 그녀로서는 부끄러웠다. "눈빛을 보면."

"네가 선입견을 가지고 있는 것 아니야, 벨라?"

"아니야. 지금 이 순간 내가 느끼는 것은 선입견이 아니야. 확실한 예감이야. 언니는 생각하지 못할 거야, 내가 그를 얼마나 오래 전부터 알고 있었는지, 더 정확히 말하면 그가 얼마나 오래전부터 나를 따라다녔는지. 이제 생각나는데, 1년 전부터 극장, 음악회, 낭독회 등에서 그를 만나지 않은 적이 없었던 것 같아. 오늘 비로소 머리가 빈 것 같은 그 인물이 지겹다는 생각이 들어……."

플로렌티나가 한숨을 쉬며 의자와 함께 뒤로 물러났다.

"그래, 너는 그렇게 추측한다는 말이지, 그가 감히 너에게……."

"나에게 마음을 두고 있다는 말이지……?" 이자벨라가 웃으면서 말했다. "그를 조심할 생각조차 하지 않았지. 나는 그렇게 순진하지도 않고, 그가 나를 마음에 두고 있는 것을 모를 만큼 눈치가 없지도 않아. 세상에! 심지어 하인들도 나를 좋아한다는 걸 알아. 길을 막거나, 초인종을 울리고, 도와 달라는 편지를 써 대는 여자 걸인처럼 그런 일이 나를 화나게 할 때도 있어. 그런데 오늘 나는 구원자의 말을 제대로 이해할 것 같아. '많이 주면 더 달라고 한다.'"

"그 밖에……." 어깨를 움츠리며 이자벨라가 계속했다. "남자들이 제멋대로의 방식으로 우리에게 경의를 표하면, 그들의 경의에 찬 혹은 뻔뻔스러운 눈빛을 나는 조금도 이상하게 생각하지 않아. 그렇지 않으면 오히려 이상한 거지. 살롱에서 나에 대한 호감이나 고민을 말하지 않거나, 혹은 더 열렬한 감정이나 괴로움을 보이면서 우울하게 침묵하지 않거나, 또는 가장 강렬한 호감과 괴로움의 표시인 냉담한 무관심을 보이지 않는 사람을 만나면 나는 부채나 손수건 같은 것을 잃은 듯한 느낌이 들거든……. 오, 나는 그런 자들을 잘 알아! 돈 후안 같은 자들, 시인들, 철학자들, 영웅들, 감정이 예민한 자들, 사심 없는 자들, 망가진 자들, 꿈에 젖은 자들 혹은 정신이 강한 자들…… 이런 가면무도회를 나는 알아. 언니에게 말하는데, 나는 그런 가면무도회를 실컷 즐기거든. 하, 하, 하! 얼마나 웃기는 자들인가……."

"네 말을 이해할 수 없어, 벨라……." 플로렌티나가 손을 벌리면서 말했다.

"모르겠다고? 언니, 혹시 여자 아닌 것 아니야."

플로렌티나가 무슨 소리냐는 제스처를 보이다가 나중에는 어이없어 했다.

"들어 봐." 이자벨라가 말을 막았다. "1년 전에 우리는 이미 사회적 신분을 상실했어. 그걸 부정하려고 하지 마, 우리 모두 알고 있는 일이야. 이제 우리는 끝났어…….”

“그 정도는 아니야, 과장하지 마.”

“아, 플로로, 나를 위로하려 하지 마. 그리고 나를 속이려고 하지 마! 점심 식사 하면서 못 들었어, 아버지가 가지고 있는 십 몇 루블조차 카드놀이에서 딴 거라고 하시잖아…….”

이자벨라는 그 말을 하면서 온몸을 떨었다. 그녀의 눈은 빛나고 있었고, 얼굴에는 붉은 점들이 나타났다.

“바로 그 순간에 그 상인이 나타나서 우리 어음과 식기 세트를 사들이고, 아버지와 고모를 자기편으로 만들었던 거야. 다시 말하면 동물 사냥하듯 그물로 사방에서 나를 포위한 거지. 그는 이제 슬픈 구애자가 아니야. 버릴 수 있는 경쟁자도 아니고, 그는 이제 정복자야……! 그는 한숨 쉬고 있지 않아. 그는 고모의 호의를 몰래 자기에게 돌리고, 아버지의 손과 발을 묶고 있는 거야. 그리고 나를 강제로 낚아채려는 거지, 내 스스로 그에게 나를 맡기지 않으면…… 이제 알았어, 그 정교하고 교활한 짓을?”

플로렌티나가 몹시 놀란 표정을 지었다.

“그러면 너도 아주 간단한 방법이 있잖아. 말해…….”

“누구에게, 무슨 방법으로……? 고모에게? 고모는 그를 지원할 태세인데, 나를 다그쳐서 시집보내기 위해……. 아빠에게 말하라고, 아빠를 놀라게 해서 파멸을 재촉하라고? 한 가지는 할 수 있지. 나는 아빠가 무슨 회사든 상관없이 회사 설립하는 일에 말려드는 것을 막아야 해. 아빠 뒤를 쫓아다니면서라도…… 돌아가신 엄마 이름을 걸고라도 무조건 막아야 해.”

플로렌티나가 놀란 얼굴로 이자벨라를 바라보았다.

“벨라, 너 정말 과장이 심하구나. 힘도 넘치고, 추측도 대단해.”

“고모는 그 사람들을 잘 몰라. 나는 그들이 일하는 걸 보았어.

그들의 손에는 쇠줄이 감겨 있어. 그들은 무서운 사람들이야. 그들은 자기들의 목적을 위해 우리가 모르는 지상의 모든 힘을 움직일 수 있는 사람들이야. 그들은 파괴, 농락, 아첨 등 무슨 일이든 가리지 않고, 모든 것을 걸고 모험도 능히 할 수 있어. 심지어는 참을성 있게 기다리기도 하는 사람들이야."

"너는 마치 소설 읽고 하는 말 같구나."

"좋지 않은 예감이 들어. 그가 전쟁터를 돌아다니면서 사업한 것은 나를 손에 넣기 위해서야. 그리고 돌아오자마자 사방에서 나를 포위한 거야…… 감시하라지! 나를 돈으로 사고 싶다고? 좋아, 살 테면 사라지! 내가 몹시 비싸다는 것은 알고 있겠지. 나를 그물로 잡고 싶다고? 좋아, 그물을 넓게 펼치라지. 그러나 나는 빠져나갈 거야, 하다못해 의회 의장의 품으로 가더라도……. 오, 맙소사, 바닥을 알 수 없는 한, 내가 떨어질 벼랑이 얼마나 깊은지 생각할 수조차 없다니…… 로마 퀴리날레 궁전 살롱에서 가게에까지…… 이건 추락이 아니라 치욕이야……."

이자벨라는 팔걸이 소파에 앉더니 머리를 손으로 감싸고 흐느꼈다.

제7장 비둘기가 뱀을 만나러 나오다

웽츠키 가문의 식기 세트와 은붙이들은 이미 팔렸고, 돈도 토마쉬에게 지불되었다. 물론 보관료와 중개료로 백 몇십 루블이 공제되었다. 그렇지만 카롤로바 백작 부인의 이자벨라에 대한 사랑은 변함이 없었다. 가보를 처리하는 과정에서 보여 준 이자벨라의 강인한 마음과 희생심이 늙은 백작 부인에게 새로운 가족에 대한 정을 일깨웠다. 백작 부인은 이자벨라에게 예쁜 옷을 사 주고, 매일 이자벨라를 찾아오고, 또 이자벨라를 집으로 초대하기도 했다. 게다가 자비롭게도 성수요일에 자기 마차를 이자벨라가 쓰도록 내주기까지 했다.

"애야, 마차 타고 시내 산책도 하고, 볼일도 봐라." 조카에게 키스하며 백작 부인이 말했다. "그런데 잊지 마라, 모금 행사 때 네가 할 수 있는 만큼 예쁘게 하고 나와야 한다! 꼭 부탁이야……."

이자벨라는 아무 대답도 하지 않았지만, 눈빛과 가볍게 피어오른 홍조로 미루어 온 정성을 다해 고모의 기대에 부응하리라는 것을 알 수 있었다.

성수요일 오전 11시 정각에 이자벨라는 언제나 붙어 다니는 플로렌티나와 함께 무개 마차에 앉아 있었다. 넓은 마찻길에는 산

뜻하면서도 약간 매서운 기가 서린 이른 봄의 향기가 퍼져 있었다. 나무에서 잎이 피기 전이고, 앵초도 아직 보이지 않았다. 회색 잔디에는 푸른빛이 감돌고, 햇볕이 따뜻해서 아가씨들은 양산을 폈다.

"날씨가 참 좋다." 여기저기 흰 구름이 퍼져 있는 하늘을 바라보며 이자벨라가 한숨 쉬듯 말했다.

"아가씨 어디로 모실까요?" 마차 문을 닫으며 마부가 물었다.

"보쿨스키 상점으로." 이자벨라가 화난 듯 빠르게 말했다.

마부는 마부석으로 뛰어 올라갔다. 살찐 옅은 갈색빛 말들이 당당한 속보로 숨을 몰아쉬면서 머리를 흔들고 앞으로 나아갔다.

"벨라, 왜 그곳에 가는 거야?" 플로렌티나가 의아하다는 듯이 물었다.

"프랑스제 장갑이랑 향수 몇 병 사려고……."

"그런 거라면 다른 데서도 구할 수 있는데."

"거기서 사고 싶어." 이자벨라가 무뚝뚝하게 말했다.

며칠 전부터 언젠가 한 번 느꼈던 이상한 불안감이 이자벨라를 괴롭혔다. 수년 전 외국에 있을 때 냉난방 시설이 된 동물원에서 철창 안에 있는 커다란 호랑이를 보았다. 호랑이는 철창에 머리를 기대고 있었는데, 머리 일부와 한쪽 귀가 철창 밖으로 삐져나왔다.

그것을 보고 이자벨라는 호랑이의 귀를 한번 만져 보고 싶은 생각을 떨쳐 버릴 수 없었다. 우리에서 나는 냄새는 지독했고, 호랑이의 크고 강해 보이는 앞발이 무서웠지만, 호랑이의 귀를 만져 보고 싶은 욕망을 억제할 수가 없었다.

이상하게 마음이 끌리는 것이 자기가 생각해도 우습고 또 위험한 일이었다. 그러나 그런 생각들을 극복하고 이자벨라는 앞으로 나아갔지만, 몇 분 후 다시 돌아서고 말았다. 생각을 돌리려고 다른 동물들의 우리를 바라보기도 했지만 소용없는 일이었다. 결국 호랑이 우리 쪽으로 왔다. 호랑이는 이미 잠에서 깨어나 으르렁거리는 소리를 내며 사납게 생긴 앞발을 핥고 있었다. 이자벨라는 호랑이에게 다가가 손을 뻗었다. 몸은 떨리고 얼굴은 창백해졌다. 그러나 호랑이 귀에 손이 닿았다.

조금 뒤 자신의 미친 짓에 대해 부끄러운 생각이 들기도 했지만, 쓰면서도 달콤한 만족감을 동시에 느꼈다. 중요한 순간에 본능의 소리를 듣는 사람들은 이 기분을 알 것이다.

오늘 이자벨라는 그와 비슷한 욕구가 되살아나는 것을 느꼈다.

그녀는 보쿨스키를 경멸했다. 보쿨스키가 자기 집 은붙이들의 실제 가치보다 더 많은 돈을 지불했을지도 모른다는 생각을 하면 심장이 멎는 것 같았다. 그럼에도 불구하고 보쿨스키의 상점으로 가서, 그의 눈을 똑바로 쳐다보고, 그에게서 나온 바로 그 돈으로 자질구레한 물건 몇 개의 값을 치르지 않고는 못 배길 것 같은 힘에 자신이 끌리고 있음을 느꼈다. 그를 만난다는 생각에 몸이 오싹했지만, 거역할 수 없는 본능은 계속 재촉하고 있었다.

크라코프스키에 거리에서 'J. Mincel & S. Wokulski' 간판이 멀리 보였다. 건물 하나 간격을 두고 완공되지 않은 새 상점이 보였다. 상점의 커다란 창문 다섯 개가 정면을 향하고 있었다. 인부들과 기술자들이 일하는 모습이 보였다. 창문을 안쪽에서 닦는 사람도 있었고, 문과 창틀에 금색 칠을 하고 그림을 그려 넣는 사람도 있는가 하면, 창에 커다란 놋쇠 방범창을 붙이는 사람도 있었다.

"저 사람들은 무슨 상점을 만들고 있을까?" 플로렌티나가 물었다.

"보쿨스키 상점이겠지. 그가 더 큰 집을 얻었다는 말을 들었으니까."

'나를 위해서 저 상점을 꾸미고 있을 거야!' 장갑을 벗으며 이자벨라는 생각했다.

마차가 멈추자 마부가 먼저 뛰어내려 두 여인이 마차에서 내리는 것을 도왔다. 마부가 보쿨스키 상점 문을 소리 내며 열었을 때, 이자벨라는 힘이 빠지면서 다리가 후들거리는 것 같았다. 순간적으로 이곳을 피해 마차로 되돌아가고 싶은 생각이 들었다. 그러나 정신을 가다듬은 뒤 머리를 꼿꼿이 세우고 이자벨라는 상점 안으로 들어갔다.

제츠키가 상점 가운데 서서 손을 비비며 머리를 낮게 굽혀 인사했다. 상점 안쪽에서는 리시에츠키가 잘 손질된 수염을 쓰다듬으면서 품위 있는 동작으로 의자에 앉아 있는 귀부인에게 구리 촛대를 열심히 설명하고 있었다. 초라한 모습의 클레인은 어떤 젊은이에게 지팡이를 골라 주고 있었다. 그 젊은 사람은 이자벨라를 보더니 재빨리 코안경을 썼다. 헬리오트로프 향을 짙게 풍기는 므라체프스키는 강한 눈빛과 길고 짙은 수염으로 귀부인을 따라와 장신구를 구경하는 홍조 띤 두 아가씨를 홀리고 있었다.

출입문 오른쪽 사무실 뒤편에 고개를 숙이고 앉아서 장부를 보고 있는 사람이 보쿨스키일 것이다.

이자벨라가 들어서자, 지팡이를 바라보고 있던 젊은이는 목의 깃을 고치고, 두 아가씨는 서로 마주 보고, 리시에츠키는 촛대의 형태에 대한 재치 있는 설명을 중단했다. 의자에 앉아서 그의 설명을 듣고 있던 귀부인은 무거운 동작으로 몸을 돌렸다. 순간적으로 상점 안에는 정적이 흘렀다. 그 정적을 깬 것은 깊고 낮은 이자벨라의 목소리였다.

"므라체프스키 씨를 만나 뵐 수 있을까요……?"

"므라체프스키 씨!" 이그나치가 큰 소리로 불렀다.

므라체프스키는 벌써 이자벨라 곁에 와서 서 있었다. 그의 얼굴은 서양 버찌처럼 붉었다. 그는 향로처럼 냄새를 풍기며 갈대꽃처럼 머리를 한쪽으로 기울이고 있었다.

"우리는 장갑을 사려고 왔습니다."

"사이즈 5.5." 므라체프스키가 말했다. 그는 이미 상자를 손에 들고 있었다. 이자벨라의 시선 때문에 그의 손이 약간 떨렸다.

"그거 아닌데……." 이자벨라가 웃으며 중단시켰다. "5와 4분의 3…… 벌써 잊으셨군요!"

"아씨, 그것은 제가 결코 감히 잊을 수 없는 일입니다. 아씨께서 5와 4분의 3을 명령하신다면, 머지않아 아씨께서 저희 상점을 다시 찾아 주시는 영광을 베푸실 것이라는 희망을 가지고 그렇게 받들겠습니다. 5와 4분의 3 사이즈는 커서 틀림없이 손에서 빠질 겁니다." 그가 몇 개의 다른 상자들을 밀어 넣으면서 한숨 섞인 목소리로 가볍게 덧붙였다.

"대단하군!" 리시에츠키를 바라보며 이그나치가 조용히 속삭였다. 그러나 리시에츠키는 비웃는 표정으로 어깨를 으쓱했다.

의자에 앉아 있는 귀부인은 촛대에 주의를 돌렸고, 두 아가씨는 올리브유 화장품을 보고 있었으며, 코안경을 걸친 젊은이는 다시 지팡이를 고르고 있었다. 상점은 다시 평온하게 돌아갔다. 들뜬 므라체프스키만 사다리를 오르내리며, 서랍을 열고 새 상자들을 꺼내 프랑스어와 폴란드어를 섞어 가면서 이자벨라에게 열심히 설명하고 있었다. 그에 의하면, 이자벨라 양의 장갑 사이즈는 5.5이고, 다른 사이즈는 맞지 않고, 이자벨라 양에게 향수는 오리지널 아트킨손 외에는 안 되며, 탁자 장식 소품들은 파리에서 온 것이 아니면 어울리지 않는다는 것이었다.

보쿨스키는 이마에 힘줄이 튀어나올 정도로 책상에서 머리를 숙인 채 계산에 열중하고 있었다.

"29 더하기 36은 65, 여기에 15 더하면 80, 73을 더하면……."

여기서 그는 계산을 중단하고 므라체프스키와 이야기하고 있는 이자벨라 쪽을 바라보았다. 두 사람의 옆모습이 보였다. 그래서 이자벨라에게 꽂히듯 박혀 있는 점원의 눈빛과 명랑하게 웃으면서 호의적인 시선을 보내는 이자벨라의 모습을 볼 수 있었다.

"29 더하기 36은 65, 더하기 15는……." 보쿨스키는 암산하고 있었는데, 갑자기 손에 쥐고 있던 펜이 망가졌다. 그는 고개도 들지 않고 서랍에서 새로운 철필을 꺼냈다. 자기도 왜 그랬는지 알 수 없지만 계산하다가 갑자기 의문이 생겼다.

'내가 저 여자를 사랑하는 척하는 걸까? 어리석은 생각! 1년 동안 나는 일종의 뇌염 같은 것을 앓았잖나. 내가 사랑에 빠졌다는 생각이 들었지. 29 더하기 36…… 29 더하기 36은…… 저 여자가 나에게 이 정도로 무관심할 수 있다고는 미처 생각하지 못했는데……. 저 멍청한 녀석을 쳐다보고 있는 눈빛이라니…… 일개 점원과 저렇게 희롱하고 있는데, 마부나 하인들과는 저런 짓 안 하겠어! 처음으로 마음이 편안해지는 것 같구나…… 오, 얼마나 바라던 바이던가.'

상점 안으로 몇 사람이 들어왔다. 므라체프스키가 못마땅한 듯 그들을 쳐다보았다. 그는 이자벨라가 산 물건을 천천히 포장했다.

이자벨라가 보쿨스키에게 다가왔다. 이자벨라는 양산으로 보쿨스키 쪽을 가리키면서 분명한 목소리로 말했다.

"플로로, 저분에게 지불해 드리고 집에 가지."

"계산은 여기서 합니다." 제츠키가 플로렌티나에게 다가오면서 말했다.

제츠키는 플로렌티나에게서 돈을 받았다. 두 사람은 상점 안쪽으로 갔다.

이자벨라는 보쿨스키가 앉아 있는 책상으로 다가갔다. 그녀의 얼굴은 매우 창백했다. 그의 모습이 그녀에게 자력과도 같은 영향을 주는 듯했다.

"보쿨스키 씨입니까?"

보쿨스키가 의자에서 일어나 사무적인 태도로 대답했다.

"무엇을 도와 드릴까요?"

"우리 은붙이와 식기 세트를 사 가신 것 맞지요?"

무언가에 짓눌린 듯한 목소리로 물었다.

"그렇습니다, 아씨."

이자벨라는 망설였다. 조금 후에 엷은 홍조가 얼굴에 살짝 피어났다. 그러나 말은 끊이지 않았다.

"그 물건들을 다시 파시겠지요?"

"그럴 생각으로 샀습니다."

이자벨라의 얼굴이 더 붉어졌다.

"그 물건을 살 사람이 바르샤바에 살고 있나요?"

"그런 물건은 외국에 팝니다. 더 비싼 값을 받을 수 있으니까요."

이자벨라의 눈을 보고 또 질문이 나오리라는 것을 알았다.

"이익이 많을 거라고 예상하나요?"

"이익을 보기 위해서 샀습니다."

"우리 은붙이가 선생님 손에 있다는 것을 우리 아버지는 모르고 계시겠지요?"

약간 비꼬듯 물었다.

보쿨스키의 입이 떨렸다.

"은붙이와 식기 세트는 보석상에서 샀습니다. 그런 것은 비밀로 하지 않지만, 제3자를 일에 끌어들이진 않습니다. 그것은 상도덕에 벗어나기 때문입니다."

사무적인 어투였지만 이자벨라는 가볍게 한숨을 쉬었다. 강렬한 시선도 수그러들었고, 증오의 불길도 사라졌다.

"만일 우리 아버지가 그 물건들을 다시 사실 생각이 있으시다면, 얼마에 내놓으시겠습니까?"

"산 가격에 드리지요. 연 6퍼센트…… 8퍼센트의 이자는 물론 추가되겠지요."

"예상 이익을 포기하신다는 말씀인가요? 왜죠……?"

이자벨라가 서둘러 말을 막았다.

"그건 말입니다, 아씨, 장사는 예상 이익이 아니라 끊임없는 현금 순환에 의존하기 때문입니다."

"이만 가 보겠습니다. 그리고…… 설명 고맙습니다."

함께 온 플로렌티나가 계산을 끝낸 것을 보고 이자벨라가 말했다. 보쿨스키는 머리를 숙여 절을 한 다음 다시 장부를 보기 위해 앉았다.

하인이 꾸러미를 받아 가고, 아가씨들은 마차에 올라 자리에 앉았다. 플로렌티나가 나무라는 투로 말했다.

"벨루, 너 그와 이야기했니?"

"그래. 그건 후회 안 해. 그가 한 말 다 거짓말이야. 그런데……."

"그런데라니, 그게 무슨 뜻이야?"

플로렌티나가 불안해하며 물었다.

"나한테 묻지 마. 나한테 아무 말도 하지 마. 내가 길거리에서 우는 모습 보고 싶지 않다면."

한참 뒤에 이자벨라가 프랑스어로 말했다.

"여기 괜히 왔던 것 같아. 하지만…… 이러나저러나 상관없어!"

"벨루, 내 생각에는……." 플로렌티나가 입에 힘을 주면서 진지하게 말했다. "그 일에 대해 아버지나 고모와 이야기해 보는 게 좋을 것 같아."

"이렇게 말하고 싶은 거지?" 이자벨라가 말을 막았다. "내가 의회 의장이나 남작과 이야기해야 한다고? 그런 말은 언제든 할 수 있어. 하지만 오늘은 하고 싶지 않아."

두 사람의 대화는 중단되었다. 그들은 집에 도착할 때까지 아무 말도 하지 않았다. 이자벨라는 하루 종일 신경이 곤두서 있었다.

이자벨라가 가게에서 나간 뒤, 보쿨스키는 장부에서 세로로 길게 기둥처럼 적혀 있는 숫자들의 합산을 두 줄이나 틀리지 않고 끝냈다. 세 번째 줄 중간쯤에서 계산을 멈춘다. 그는 마음이 의외로 편안한 데 놀랐다. 1년 내내 열병과 미칠 것 같은 격정으로 끊어졌다가 이어진 그리움으로 시달렸는데 어떻게 갑자기 이처럼 태연해질 수 있단 말인가? 누가 갑자기 무도회장에서 숲으로 혹은 답답한 감방에서 시원한 들판으로 내던져진다 해도, 이보다 더 놀라거나 다른 느낌을 감지하지 못하리라.

'1년 동안 내가 반은 미쳐 있었던 것 같아.' 보쿨스키는 생각했다. '그 사람을 위해서라면 나는 어떤 위험도, 어떤 희생도 마다하지 않았을 거야. 그리고 이제 겨우 보게 되었는데 나에게는 아무 관심도 없어……. 그 사람이 나하고 대화할 때의 태도라니. 보잘것없는 장사꾼이라고 얼마나 경멸하던가……. 저 사람에게 지불하라고! 위대하신 귀부인들, 당당하시기도 해라. 무위도식하는 게으름뱅이, 카드 칠 때 속임수 쓰는 친구, 심지어 도둑놈들까지도 그럴듯한 이름만 있으면, 얼굴로 보아서는 자기 아버지보다 자기 어머니의 하인을 더 닮은 친구들일지라도, 그 귀부인들에게는 좋은 사교 상대가 되지. 그러나 장사꾼은 천민이니까…… 그런 게 나와 무슨 상관이야. 편안함 속에서 썩어라.

그런데 그녀는 어디서 알았을까, 내가 식기 세트와 은붙이 산 것을……? 그리고 내가 실제 가치보다 비싸게 구입한 것도 알고 있는 거야! 나는 그 정도 물건은 그들에게 거저 줄 수도 있어. 나는 그 사람에게 죽을 때까지 고마워해야 할 거야. 내가 그 사람에게 미치지 않았다면 재산도 모으지 못했을 것이고, 가게 계산대 뒤에서 썩어 가고 있었을 거야. 그러나 그런 동경, 절망, 희망이 없으니 이제 슬퍼지겠지…… 어리석은 인생! 지상에서는 각자 가슴 속에 담고 있는 환상을 좇다가, 저세상에 가서야 그것이 미친 짓이었음을 알게 되겠지……. 그런데 그런 기적 같은 치료가 있다는 것을 생각도 못했는데. 한 시간 전까지만 해도 내 몸은 독으로 가득 찼었는데, 지금은 이처럼 평온할 수가 없다. 텅 빈 것 같은 느낌이다. 나에게서 정신도 몸속의 내장도 모두 달아나 버리고, 살갗과 몸에 걸친 옷만 남아 있는 것 같다. 이제 무얼 하며 살지? 파리에서 열리고 있는 박람회에나 갈까, 그다음엔 알프스에 가고…….'

그 순간 제츠키가 그의 뒤로 소리 없이 다가와서 속삭이듯 말했다.

"저 므라체프스키 대단하지 않아? 여자들과 어떻게 그처럼 이야기할 수 있지!"

"사람들이 비행기 태운 이발사처럼 보여." 보쿨스키가 장부에서 눈도 떼지 않고 대꾸했다.

"우리 여자 손님들이 그렇게 만들었지." 이렇게 말한 늙은 점원은 자기가 사장을 방해하고 있다는 것을 알고 뒤로 물러섰다. 보쿨스키는 다시 생각 속에 빠졌다. 그는 슬쩍 므라체프스키를 바라보았다. 순간 그는 젊은 사람은 얼굴에 무엇인가 특별한 걸 가지고 있다는 것을 알았다.

'그렇지. 그는 뻔뻔할 정도로 어리석어. 그래서 여자들이 좋아하는 거야.' 보쿨스키는 생각했다. 잘생긴 젊은 남자에게 보내는 이자벨라의 눈빛과 오늘 갑자기 그에게서 사라진 환상에 대해 우스운 생각이 들었다.

그는 갑자기 몸을 떨었다. 이자벨라의 이름이 들리는 것 같아 바라보았지만, 상점 안에 손님은 아무도 없었다.

"그래, 오늘은 당신이 사랑을 감추려 하지 않더군."

클레인이 슬픈 웃음을 보이며 므라체프스키에게 말했다.

"나를 보는 그 여자의 눈빛, 아!" 므라체프스키가 한 손은 가슴에 대고 다른 손으로는 수염을 쓸어 올리며 한숨 섞인 목소리로 말했다.

"나는 확신해. 며칠 후에 나는 향수 뿌려진 카드를 받을 거고, 그리고 나서 첫 번째 만남, 그 후에는 '당신을 위해서 지금까지 지켜 온 원칙을 깨겠어요.' 그다음에 '나를 무시하는 것 아니야?' 그 말 하기 조금 전에는 황홀했거든. 그러나 사람이란 그 순간이 지나면 불안해지지."

"환상도 심하시네!" 리시에츠키가 말을 막았다. "당신 애인들을 내가 아는데. 스테이크와 맥주에 넘어간 마틸다라는 이름을 가진 아가씨들."

"마틸다들은 일상용이고, 귀부인들은 축제일용이지. 그러나 이자(벨라)는 제일 중요한 축제일용이야. 맹세코 말하는데, 나에게 그처럼 강렬한 인상을 준 여자는 처음이야. 그러나 그 여자도 나에게 올 거야!"

문이 흔들리더니 흰머리가 많은 노신사가 들어와 시계 장식 줄을 찾았다. 지팡이로 두드리며 큰 소리로 말하는 태도가 가게 안에 있는 물건은 모두 사 갈 것 같았다.

보쿨스키는 므라체프스키의 터무니없는 허풍을 미동도 없이 듣고 있었다. 머리와 가슴에 무거운 덩어리가 내려앉는 것 같은 느낌이 들었다.

'나하곤 아무 상관 없는 일인데 뭐.' 그가 한숨을 쉬었다.

흰머리 노신사가 상점에 다녀간 후 양산을 찾는 귀부인이 들어왔고, 그 뒤에 모자를 사려는 중년의 신사가 다녀갔고, 담배 케이스를 찾는 젊은이가 있었다. 그리고 아가씨 세 명이 들어왔는데, 그중 한 아가씨는 숄츠 장갑을 찾았다. 자기는 숄츠 장갑만 쓰기 때문에 다른 장갑은 안 된다는 것이었다.

보쿨스키는 장부를 내려놓고 책상 위에 놓여 있던 모자를 집어 들고 문을 향해 걸어 나갔다. 숨이 막히고 머리가 빠개지는 것 같았다.

이그나치가 다가왔다.

"나가려고……? 건너편 상점도 한번 둘러보지."

"아무것도 보고 싶지 않아. 몹시 피곤해."

보쿨스키가 이그나치를 바라보지도 않고 말했다.

그가 나가자 리시에츠키가 제츠키의 팔을 건드리며 작은 소리로 물었다.

"사장님이 또 무슨 사업을 벌이는 거예요?"

"글쎄, 모스크바와 거래하는 일에 뛰어드는 것 같은데. 당연히 쉽지 않을 텐데."

"무엇 때문에 그런 일을 하려고 하지요?"

"우리 월급 올려 주려고 하는 거겠지." 이그나치가 냉정하게 말했다.

"한 백 개쯤 새로 사업을 하면 좋겠습니다. 심지어 이르쿠츠크에도 하나 열고. 그러면 매년 월급이 올라가겠지요." 리시에츠키가 말했다 "저는 그 문제로 사장님과 다투고 싶지는 않고, 제가 보기엔 사장님이 지독하게 변했어요. 오늘은 무척 이상하기도 하고. 유대인들, 그런데 유대인들이 그 계획을 냄새 맡고, 고춧가루를 뿌리지 않을까요."

"웬 유대인들이……."

"유대인들, 바로 유대인들이……! 유대인들은 서로 똘똘 뭉치지요. 보쿨스킨가 하는 사람이 자기들 일을 방해하는 것을 용납하지 않을 텐데요. 보쿨스키는 유대인도 아니고, 개종한 유대인도 아니니까."

"보쿨스키는 폴란드 귀족들과 연결되어 있지." 이그나치가 대꾸했다. "그들에게 자본이 있거든."

"어느 쪽이 더 나쁜지 누가 알겠어요, 유대인들일지. 귀족들일지." 막간을 이용해 클레인이 끼어들었다. 그리고 유감스럽다는 듯 눈썹을 추켜올렸다.

제8장 명상

거리에 나선 보쿨스키는 보도 위에 서서 어디로 가야 할지 망설였다. 가고 싶은 곳이 떠오르지 않았다. 우연히 오른쪽으로 눈을 돌렸을 때, 새로 단장한 그의 상점이 보였다. 상점 앞에 벌써 사람들이 서 있었다. 그쪽으로는 마음이 내키지 않아 왼쪽으로 발길을 돌렸다.

"이상한 일이야, 어떻게 그 모든 것이 나와는 상관없는 일처럼 생각되지." 그는 스스로에게 말하고 나서, 자기가 월급을 주고 있는 10여 명의 사람들을 생각했다. 그리고 5월 1일부터 자기한테서 일자리를 얻게 되는 수십 명에 대해서, 그리고 1년 동안 새로 일자리가 마련되면 고용될 수백 명에 대해서, 그리고 자기가 제공하는 저렴한 물건들로 가난한 생활에서 벗어날 수 있는 수천 명의 사람들에 대해 생각했다. 그런데 이 모든 사람들과 그들의 가족들이 지금 이 순간에는 조금도 그의 관심을 끌지 못했다.

'가게에서 손 떼고, 회사 만드는 것도 그만두고, 외국에나 갈까.' 이런 생각이 들었다. '너에게 희망을 걸고 있는 사람들의 실망은 어떻게 하고? 실망? 나 자신에 대한 실망은 없나……?'

보쿨스키는 걸어가면서 무언가 불편함을 느꼈다. 가면서 계속 사람들에게 길을 비켜 주어야 하는 것이 그를 피곤하게 한다는 것을 나중에야 깨달았다. 그래서 사람이 별로 없는 건너편 길로 갔다.

'므라체프스키, 그 녀석 형편없구먼.' 그는 생각했다. '상점 안에서 어떻게 그런 말을 할 수 있지? 며칠 후면 향내 나는 카드를 받을 것이고, 그리고 ― 밀회……! 라고. 하, 그녀 잘못이지, 광대들과는 농담이라도 하면 안 되지. 그런데 그 모든 것들이 나하고 무슨 상관이야.'

보쿨스키는 정신이 이상하게 텅 비어 있는 것 같았고, 그 공허의 바닥에 뜨거운 쓴맛의 방울 같은 것이 느껴졌다. 힘도 없고, 욕망도 없고, 아무것도 느끼지 못하는데, 작아서 볼 수도 없는 그 방울이 온 세상에 독을 퍼뜨릴 만큼 쓰게 느껴졌다.

'일시적인 무기력, 쇠진, 무감각……. 아마 사업을 지나치게 생각해서일 거야.' 그는 스스로에게 말했다.

보쿨스키는 걸음을 멈추고 바라보았다. 축제 전날, 날씨까지 좋아서 사람들이 밖으로 많이 나왔다. 마차의 행렬, 코페르니쿠스 거리와 지그문트 거리 사이에서 물결치듯 움직이는 행인들의 다채로운 모습이 마치 이때쯤 이 도시 상공에서 북쪽으로 날아가는 철새 무리처럼 보였다.

'이상한 일이야. 하늘의 새나 지상의 사람이나 저마다 자기가 가고자 하는 곳으로 가고 있다고 상상한다. 그러나 옆으로 비켜서서 보면, 그들의 예상이나 의도보다 훨씬 강한 어떤 악의적인 흐름이 그것들을 앞으로 밀고 있음을 알 수 있다. 심지어 밤에 기관차에서 발산되는 불빛의 흐름까지도……? 눈 깜짝할 사이 반짝이다가 영원히 사라지는 것, 그것을 인생이라고 부른다.

인간의 한 세대 한 세대가 지나간다.
바람이 바다에 만드는 파도처럼,
그대에게는 회상할 축제도,
기억할 고통도 없다.

어디서 이 글을 읽었더라…… 아무럼 어때.'

쉬지 않고 들려오는 쿵쿵거리는 소리, 바람 소리가 보쿨스키를 못 견디게 하고, 마음의 공허함이 지겹게 느껴졌다. 무엇인가를 하고 싶었다. 어느 외국 자본가 중 한 사람이 그에게 비스와 강가에 산책로를 건설하는 문제에 대해 문의했던 것이 기억났다. 그 생각을 해 보았다. 바르샤바는 모든 것을 안은 채 비스와 강을 향하고 있다. 그러므로 비스와 강가에 산책로가 만들어진다면, 그곳은 바르샤바에서 가장 아름다운 장소가 될 것이다. 건물들, 상점들, 크고 아름다운 거리가 생길 것이고……

"어떤 모습으로 보일지 한번 봐야지." 보쿨스키는 혼자서 말하고 카로바 거리로 방향을 바꾸었다.

그곳으로 향하는 성문 옆에서 맨발에 끈으로 몸을 감은 짐꾼을 보았다. 그는 분수대 물을 마시고 있었다. 발부터 머리까지 온통 젖어 있었지만, 만족한 표정이고 눈에는 웃음이 가득했다.

'저 사람은 틀림없이 자기가 원하는 것을 가지고 있을 거야. 나는 우물 가까이 왔는데, 와서 보니 우물이 사라졌고, 내 욕망도 말라 버렸다. 그런데도 사람들은 나를 부러워하고, 저 사람을 불쌍하게 여기라고 한다. 이 얼마나 말도 안 되는 오해인가!'

그는 카로바 거리에서 숨을 크게 쉬었다. 자기는 대도시의 삶이라는 방앗간이 버린 곡식 껍질 같은 존재라는 생각이 들었고, 오래되고 좁은 하수구를 통해 천천히 아래로 흘러 내려가고 있는 것 같았다.

'산책로는 무슨⋯⋯?' 그는 생각했다. '산책로를 만들면 얼마 동안 있다가 무너지고, 잡초로 뒤덮이면서 저 벽들처럼 망가지겠지. 힘들게 저 벽들을 쌓았던 사람들도 건강, 안전, 재산, 즐거움 그리고 달콤함을 원했겠지. 그들은 지금 어디 있나⋯⋯? 그들 뒤에 남은 것은 아득히 먼 시대의 달팽이가 남긴 껍데기 같은 무너진 담벼락이다. 저 벽돌 더미와 다른 수천 개의 다른 벽돌 더미에서 가치 있게 취할 수 있는 것은 미래에 지질학자가 그것들을 인간의 노력으로 만든 암석이라고 부르는 일이겠지, 오늘날 우리가 코럴빛 암초나 백악을 원생동물들이 만들어 낸 암석이라고 부르듯이.

힘든 노력의 결과, 인간이 가진 것은 무엇인가?
태양 아래 시작했던 모든 일에서 남은 것은⋯⋯?
하찮은 것-인간의 작업은 심부름꾼에 지나지 않고,
그의 삶은 눈 깜짝이는 사이.

이것을 어디서 읽었더라⋯⋯? 그런 건 중요하지 않아.'

그는 가던 길을 멈추고, 노비 즈야즈드 거리와 탐카 거리 사이 구역을 바라보았다. 놀라울 정도로 사다리를 닮아 있었다. 도브라 거리가 한쪽 대를 이루고, 다른 쪽 대를 이루는 것은 가르바르스카 거리에서 토피엘라 거리까지 연결된 길이고, 10여 개의 작은 길들이 사다리의 디딤판을 이루고 있었다.

'저 누워 있는 사다리 같은 곳에는 들어가지 않을 것이다.' 그는 생각했다. '저곳은 병들고 황폐한 외진 곳이다.'

그는 쓸쓸한 생각에 잠겼다. 온 도시의 쓰레기가 널려 있는 강변 구역은 초콜릿빛, 옅은 노란색, 짙은 녹색, 오렌지색 등 여러 가지 빛깔의 아주 작은 1층과 2층 집밖에 없었다. 공터를 둘러싸고 있는 희고 검은 울타리를 제외하면 아무것도 없고, 3, 4층의 건물 몇 개가 서 있는데, 마치 다 베어진 숲에 혼자 남은 소나무처럼 스스로의 외로움에 떨고 있는 것처럼 보였다.

"아무것도 없구나, 아무것도!" 작은 길들을 배회하면서 그는 중얼거렸다. 무너진 집들이 보였다. 지붕은 이끼로 덮였고, 덧문에 쇠줄 쳐진 집의 문에는 못질이 되어 있었다. 벽은 한쪽으로 기울어 있고, 창문은 종이나 헝겊으로 막혀 있었다. 지저분한 창문을 통해서 본 집 안에는 문 없는 찬장, 다리가 세 개뿐인 의자, 앉는 곳이 찢어진 소파, 바늘이 하나밖에 없고 자판이 깨어진 시계가 있었다.

길을 가면서 그의 눈에 비치는 것은 한없이 일감을 기다리고 있는 날품팔이, 낡은 옷을 깁고 있는 수선공, 마른과자 바구니가 전 재산인 시장 아줌마, 남루한 옷차림의 남자들, 불쌍해 보이는 어린애들, 보기에 민망할 정도로 더러운 외모의 부인들이었다.

'이 나라의 축소판이네.' 그는 생각했다. '이 나라에서는 모든 것이 이 종족의 말살과 비굴을 목표로 하고 있다. 가난 때문에 죽는 사람이 있는가 하면, 방탕으로 죽는 사람도 있다. 쓸모없는 자들을 먹여 살리기 위해 극도로 절약하고, 뻔뻔스러운 게으름뱅이들을 동정이 키우고 있다. 살림살이도 장만 못하는 가난은 항상 배고픈 아이들로 둘러싸여 있다. 이 아이들의 제일 큰 장점은 단명이다.

여기서는 누가 새로운 제안을 가지고 나와도 아무 도움이 되지 않는다. 그런 제안을 옭아매고, 그런 사람이 아무것도 아닌 공허한 싸움에 스스로 쓰러지도록 모든 것들이 동원되기 때문이다.'

그의 머릿속에 과거가 떠올랐다. 어린 시절 그는 배움에 목말라했으나, 식당이 딸린 상점으로 보내졌다. 점원으로 일하면서 야간에 열심히 공부할 때, 식당에서 보조로 일하는 사람부터 술집에서 술 마시는 지식인들까지 모두 그를 비웃었다. 그가 대학에 들어갔을 때는 조금 전에 가져다준 식사로 트집을 잡아 손님들이 그를 괴롭혔다.

시베리아에서 그는 비로소 안도의 숨을 쉬었다. 그곳에서 일하면서 인정도 받았고, 체르스키, 체카노프스키, 디보프스키와 친해졌다. 폴란드로 돌아왔을 때, 그는 거의 학자가 되어 있었다. 그 방면에서 일자리를 찾았으나, 의외로 상업 쪽에서 그를 부르는 소리가 컸다.

"지금처럼 어려운 시대엔 아주 좋은 빵 조각이지!"

그는 상업계에 투신했다. 하지만 아내의 자비와 민첼 가게에서 일하는 것으로 살아가는 정도였다.

그러다 아내가 몇 년 후에 뜻하지 않게 죽으면서 상당한 재산을 남기고 갔다. 보쿨스키는 그 재산을 관리하고 상점 일과는 조금 거리를 두었다. 그러면서 그는 다시 책을 가까이하게 되었다. 그가 만일 극장에서 이자벨라를 보지 않았더라면, 양품 가게 상인에서 뛰어난 자연 과학자가 되었을 것이다.

이자벨라는 그때 하얀 드레스를 입고 부친과 플로렌티나와 함께 특별석에 앉아 있었다. 모든 사람의 관심이 집중되는 장면인데도 이자벨라는 무대를 보지 않고, 어딘지는 모르지만 다른 곳에 시선을 두고 있었다. 아폴론을 생각하고 있었을지도 모르지……?

보쿨스키는 내내 이자벨라만 바라보았다.

그녀는 그에게 특별한 인상을 남겼다. 그 여자를 언젠가 본 것 같기도 하고, 그 여자를 잘 알고 있는 것 같기도 했다. 그 여자의 꿈꾸는 듯한 눈을 보면 왠지 모르지만 시베리아 평원의 한없는 평온이 생각났고, 석양 무렵에 돌아오는 영혼의 바삭거리는 소리가 들리는 것 같았다. 이전에 그녀를 한 번도 본 적이 없었지만, 오래전부터 그녀를 기다리고 있었다는 것을 그는 나중에 알게 되었다.

'네가 바로, 네가 아니야……?' 그는 마음속으로 물었다, 그녀에게서 눈을 떼지 않은 채.

그때부터 그는 책도 가게 일도 거의 생각하지 않고, 이자벨라를 보기 위해 극장으로, 음악회로, 낭독회장으로 돌아다녔다. 그의 감정을 사랑이라고 말하지는 못할 것이다. 도대체 인간의 언어에 그런 감정을 표현할 적당한 말이 있는지도 알 수 없는 일이다. 그녀는 신비한 존재가 되어 그의 기억, 바람 그리고 희망이 그녀에게서 비롯되고, 그녀 없이는 삶이 품위도 의미도 없는 것처럼 느껴졌다. 양품 가게에서의 일, 대학, 시베리아, 민첼 과부와의 결혼, 가고 싶은 생각이 없었음에도 무의식적으로 갔던 극장 — 이 모든 것이 이자벨라를 만나기 위한 길이고 단계였다.

그 순간부터 그의 삶은 두 면을 가지게 되었다. 이자벨라를 바라보고 있으면 절대적인 평온을 느끼는데, 그녀를 못 보고 있으면 그녀를 생각하고 그녀를 동경했다. 가끔 이런 생각이 들 때도 있었다. 자신의 감정에 어떤 오류가 있지 않나, 그리고 그녀는 그의 영혼의 핵심이 아니라 단지 시집갈 나이가 된 평범한 아주 흔한 여자에 지나지 않는 것은 아닌지.

그때 그의 머리에 의외의 계획이 떠올랐다. '일단 그 여자를 사귀어 보자. 그리고 직접 물어보자, 당신이 내가 평생을 기다렸던 사람이냐……? 만일 아니면, 깨끗하게 미련 없이 떠나는 거다.'

조금 후에 그는 그 생각이 정신적 일탈이었음을 알게 되었다. 기다렸던 사람인지 아닌지는 중요하지 않고, 일단 이자벨라를 사귀어 보기로 결심했다.

그런데 그가 알고 있는 사람들 중에는 이자벨라의 집으로 그를 데리고 갈 만한 사람이 아무도 없다는 사실을 깨달았다. 더 좋지 않은 일은 그녀의 부친 웽츠키와 이자벨라가 그의 가게에 오는 손님이라는 것이다. 이런 관계는 그녀와 사귀는 것을 용이하게 하기보다는 오히려 더 어렵게 만들었다.

그는 이자벨라와 사귀려면 어떤 조건을 갖추어야 할지 생각해보았다. 그녀와 솔직하게 이야기할 수 있을 만큼 친해지기 위해서는 단순한 상인 신분으로는 안 되고, 대단히 부유한 상인이 되어야 한다. 또는 적어도 귀족이어야 하고, 대귀족들과 친분이 있어야 한다. 무엇보다 돈이 많아야 한다. 귀족임을 증명하는 일은 그리 어려운 일이 아니다.

지난해 5월 보쿨스키는 그의 불가리아 여행을 앞당기게 하는 일에 착수하여, 12월에 이미 증명서를 받았다. 문제는 재산이었다. 그런데 운명이 그를 도왔다.

동쪽에서 전쟁이 일어났을 때, 보쿨스키의 시베리아 시절 친구인 모스크바의 거상 수진이 바르샤바를 지나면서 보쿨스키를 찾아왔다. 수진은 보쿨스키에게 군납 사업에 동참하라고 강력하게 권했다.

"있는 대로 돈을 모으게. 내가 보장하는데, 자네 몫으로 백만 루블은 떨어질 거야!"

그리고 수진은 작은 소리로 자신이 세운 계획들을 말했다.

보쿨스키는 그의 말을 듣고, 계획들 중 몇 가지는 마음이 내키지 않아 채택하지 않고, 다른 몇 개에는 동참하기로 했다. 그러나 망설여지는 것이 없는 것은 아니었다. 무엇보다 이자벨라를 볼 수 없게 되기 때문에 이 도시를 떠난다는 것이 아쉬웠다. 그러나 6월에는 이자벨라도 바르샤바를 떠나 친척 아주머니에게 갈 것이고, 수진이 전보로 독촉하고 있어서 보쿨스키는 결심을 굳혔다. 그는 부인이 남긴 현금을 모두 모았다. 은화로 3만 루블 정도 되었다.

죽은 부인이 이 돈을 은행에 고스란히 남겨 두고 갔다.

출국 며칠 전에 보쿨스키는 의사 슈만을 찾아갔다. 두 사람은 친한 사이였지만 자주 만나지는 못하고 지냈다. 늙은 유대인 의사는 총각이다. 피부는 누렇고, 체구는 작고, 검은 수염을 기르고 있다. 그리고 이상한 사람으로 알려져 있다. 재산은 그가 문화 인류학을 공부하는 데 필요한 만큼 가지고 있으며, 치료는 무료로 해주었다. 친구들에게는 언제나 한 가지 처방만 했다. "모든 약을 써보게, 가장 적은 양의 기름부터 가장 많은 양의 스트리키닌까지. 그중에 뭔가는 도움이 될 거야, 심지어 콧물감기에도."

보쿨스키가 그의 집에 와서 초인종을 눌렀을 때, 의사는 슬라브족, 게르만족, 셈족의 다양한 머리 유형을 조사하면서, 현미경을 이용해 머리카락 단면들의 길이를 재고 있었다.

"아, 자넨가……?" 의사가 보쿨스키 쪽으로 고개를 돌리면서 말했다. "파이프 한 대 피우지, 소파에 앉아서."

보쿨스키는 의사의 말에 따라 소파에 앉아서 파이프 담배를 피웠고, 의사는 하던 일을 계속했다. 한동안 두 사람은 말이 없다가 보쿨스키가 먼저 입을 열었다.

"그런데 의학에서 이런 증상도 다루고 있는지 모르겠네. 지금까지의 산만한 지식과 감정이 몸의 한 기관에 연결되어 있는 것처럼 느껴지는 증상 말일세."

"물론이지. 정신노동을 끊임없이 하면서 영양 섭취를 잘하면 뇌에 새로운 세포들이 형성되거나 혹은 그것들 사이에 이전의 세포가 연결될 수 있지. 그러면 다양한 뇌의 담당 부서와 다양한 지식 분야에서 하나의 전체가 나타나지."

"그리고 사람이 죽음에 대해 철저히 무관심하거나, 또는 영원한 삶의 전설을 동경하는 것은 어떤 증세일까?"

"죽음에 대한 무관심이라······." 의사가 대답했다. "그건 정신적 성숙의 현상이고, 영원한 삶에 마음이 끌린다는 것은 늙어 감을 의식하고 있다는 증거지."

두 사람은 다시 아무 말 없이 손님은 파이프를 피우고 주인은 현미경을 돌리고 있었다.

"그런 일이 가능하다고 생각하나······ 여자를 원하지 않으면서 그 여자를 이상적으로 사랑한다는 것이?" 보쿨스키가 물었다.

"물론. 하지만 그건 가면이고, 그 가면 뒤에는 종족 유지 본능이 숨어 있지."

"본능, 종족, 무언가의 유지 본능, 그리고 종족 유지라······!" 보쿨스키가 의사가 한 말을 되뇌었다. "세 가지 표현과 네 개의 어리석은 짓이군."

"여섯 번째 어리석은 일을 하지그래." 현미경에서 눈을 떼지 않은 채 의사가 말했다. "결혼해."

"여섯 번째라고?" 보쿨스키가 소파에서 일어나며 말했다. "다섯 번째는 뭔데?"

"다섯 번째는 이미 했구먼. 자네 사랑에 빠졌잖아."

"내가? 이 나이에······?"

"마흔다섯이라······ 사랑을 하기엔 마지막 나이인데, 최악의 시기지." 의사가 대꾸했다.

"전문가들은 첫사랑이 최악이라고 하던데." 보쿨스키가 한숨 쉬듯 말했다.

"틀린 소리야. 첫사랑 다음에 백 가지 다른 사랑이 자네를 기다리지만, 백한 번째 다음에는 아무것도 없어. 결혼해. 그것만이 자네의 병을 치료할 수 있어."

"자네는 왜 결혼 안 했나?"

간에 오늘은 죽은 영혼을 위해 금식하고, 내일은 예수님도 아무것도 드시지 않으셨다는 것을 기억하기 위해 금식하고, 모레는 신이 나쁜 일을 바로잡아 주시길 바라는 마음에 일부러 금식한다고 위로할 수 있지만, 축제 기간이 끝난 후에는 왜 먹지 않는지 애들에게 설명할 수가 없답니다……. 그런데 어르신도 좀 우울해 보이십니다. 모두 죽을 때가 온 것 같습니다." 불쌍한 사람이 한숨지었다.

보쿨스키는 한참 생각에 잠겼다.

"집세는 냈나?" 보쿨스키가 물었다.

"낼 돈이 없어서 집주인이 우리를 쫓아내려고 합니다."

"우리 가게에 왜 오지 않았나? 제츠키가 도와줄 수 있었을 텐데."

"용기가 나지 않았습니다. 말은 죽고, 마차는 유대인이 가져갔고, 제 몰골은 노인 같고…… 생각 있는 사람이라면 어떻게 찾아갈 수 있겠습니까?"

보쿨스키가 지갑을 꺼냈다.

"이것 받게. 10루블이네. 축제 때 쓰게. 그리고 내일 12시에 가게로 오게. 프라가 가는 차표를 받아 프라가에 가서 말을 한 마리 고르게. 축제 기간이 지나면 일하러 오게. 우리 가게에서 일하면 하루에 3루블씩 벌 수 있으니 빚은 어렵지 않게 갚을 수 있을 걸세. 그러면 자네 스스로 살아갈 수 있을 것이네."

가난한 사람은 돈을 받으며 몸을 떨었다. 보쿨스키가 하는 말을 한마디도 놓치지 않고 열심히 듣고 있는 동안 그의 여윈 얼굴에 눈물이 흘러내렸다.

"혹시 누가 어르신에게 우리 형편에 대해 말했나요?" 한참 후에 그가 물었다. "한 달 전쯤 가톨릭 자선 단체에서 수녀 한 분이 오셨습니다. 저더러 한심한 인간이라고 말하더니, 젤라즈나 거리에 있는 석탄을 15킬로그램어치 받을 수 있는 쿠폰을 주셨습니다. 어르신께선 어떻게 알고 오셨나요……?"

"집으로 돌아가게. 그리고 내일 가게로 오게." 보쿨스키가 말했다.

"그러면 가 보겠습니다, 어르신." 그는 머리를 깊이 숙여 인사했다.

그가 가고 나서 보쿨스키는 길에 서서 예상하지 못했던 행복에 대해 생각했다. 그 순간 구체적인 느낌이 뇌리를 스쳤다.

"비소츠키!" 보쿨스키가 큰 소리로 불렀다. "자네 형님 이름이 뭔가?"

"카스퍼입니다." 그가 빠르게 몸을 돌리면서 대답했다.

"어느 역에서 근무하지?"

"쳉스토호바 역입니다."

"집에 가게. 카스퍼는 스키에르니에비체에서 근무할 것이네."

비소츠키가 집으로 가지 않고 보쿨스키에게 다가왔다.

"죄송합니다, 어르신. 누가 저한테 이 많은 돈이 어디서 났느냐고 꼬치꼬치 따지면 뭐라고 말해야 하나요……?"

"나한테 빌렸다고 말하게."

"알겠습니다, 어르신. 신의 가호가……."

그러나 보쿨스키는 이미 그의 말을 듣지 않고 생각에 잠긴 채 비스와 강 쪽으로 가고 있었다.

'굶주린 사람들은 먹을 것만 있으면 행복하다. 그들에게 유일한 고통은 추위다. 그런 사람들은 얼마나 쉽게 행복해질 수 있는가! 얼마 안 되는 내 재산 가지고도 수천 가족들을 구제할 수 있을 것이다. 믿기지 않는 일이지만 사실이다.'

보쿨스키는 비스와 강 언덕에 도착해서 보고 놀랐다. 수만 제곱미터에 걸쳐 보기에도 역겨운 쓰레기 구릉지가 형성되어 있었다. 악취가 진동하는 그곳은 마치 햇볕 아래 흔들리는 것처럼 보였다. 그곳에서 몇십 걸음 떨어지지 않은 곳에 저수장이 있는데, 바르샤바가 바로 이 물을 마시고 있다.

'모든 질병의 근원이 이곳이구나. 사람들이 오늘 자기 집에서 버리는 쓰레기를 내일 마시게 되고, 나중에 죽어서 포봉스키 공동묘지에 가지만, 도시의 다른 쪽에 아직 살고 있는 친척들에게는 여전히 피해를 입힌다.

이곳에 아름다운 산책로를 만들고, 수로와 수원지를 위쪽에 만들면 매년 수천 명의 생명을 구할 수 있을 것이고, 온갖 질병으로부터 수만 명을 지킬 수 있을 것이다…… 어려운 일도 아니지만, 그로 인한 효과는 헤아리기 어려울 정도로 클 것이다. 자연은 정직하니까.'

쓰레기 언덕 경사진 곳과 역겨운 쓰레기 더미 사이에 사람들의 모습이 보였다. 술 취한 사람들인지 도둑들인지 몇 명이 양지바른 곳에서 자고 있었다. 쓰레기차 두 대와, 사랑을 나누고 있는 한 쌍이 있었다. 여자는 나병 환자고 남자는 코가 없는 폐결핵 환자로 보였다. 사람들 같지 않고, 쓰레기 더미에서 파낸 걸레를 걸친, 이곳에 숨어 있는 질병들의 혼령처럼 보였다. 이 사람들은 낯선 사람의 냄새를 금방 맡기 때문에 자다가도 머리를 들고, 미친개 같은 표정으로 방문자를 쳐다본다.

보쿨스키는 웃었다.

'밤에 이곳에 오면 저들이 내 우울증을 말끔히 치료하겠지. 내일 나는 쓰레기 더미 아래 죽어 누워 있을지도 모른다. 쓰레기 더미도 다른 무덤과 마찬가지로 편안하겠지. 시내는 소란스럽고, 이 정직한 사람들을 몰아내고 욕하겠지. 그런데 이들이 나에게 자비를 베풀 수도 있을 거야.

오, 무덤 속에서 자고 있는 자는

산 사람의 무거운 시름을 모르리라,
죽은 자들의 영혼은 무력한 갈망으로
번민하는 고통도 없으리……

그런데 내가 정말 감상적이 된 것 아닐까……? 내 신경이 제대로 망가진 것 같아.

산책로가 저 모히칸족 같은 사람들을 없애지는 못할 것이다. 저들은 비스와 강 건너 프라하나 프라가 뒤쪽으로 자리를 옮겨 여기서처럼 자기들의 재주를 써먹을 것이고, 또 저 한 쌍처럼 사랑도 계속하겠지. 그러면 숫자도 더 늘어나겠지. 얼마나 아름다운 조국인가, 온몸이 부스럼으로 덮인 어머니와 코가 없는 아버지 사이에서 후손들은 태어나 쓰레기 더미 위에서 자라고……!

내 아이들은 다를 거야, 그녀로부터 아름다움을 물려받고 나에게서는 힘을……. 그러나 아이들은 없을 거야. 이 나라에는 질병과 가난과 범죄의 온상이 많아서 대대로 이어질 것이다.

몇 세대가 지나면 어떻게 될지 생각만 해도 두려운 일이다. 간단한 약이 있기는 하다. 바로 의무 노동이다. 당연히 효과가 있을 것이다. 의무 노동은 보다 우수한 개인들을 더 강하게 만들 것이고, 저항 없이 악을 추방할 것이다……. 지금 우리에게 병들고 굶주린 인구가 있듯이, 일 잘하는 사람들을 갖게 될 것이다.'

그리고 나중에 어떤 이유에서인지는 모르지만 갑자기 이런 생각이 들었다. '조금 아양을 떨었다고 그게 별 대단한 일인가……? 여자에게 아양은 꽃의 향기나 색깔 같은 것 아닌가. 여자의 본성인 것을. 여자는 모든 사람의 마음에 들기를 바라고 있을 텐데, 심지어는 므라체프스키의 마음에도…….

모든 사람에게 아양을 떨면서 나에게는, 저분에게 계산해요……!

라고. 그녀는 내가 은붙이 세트를 속여서 샀다고 생각하는 것은 아닐까……? 그게 핵심일 거야!'

강둑에는 판자들을 쌓아 놓은 곳이 있었다. 보쿨스키는 피곤함을 느끼고 그 판자 더미 위에 앉아 강을 바라보았다. 평온한 강의 수면에 이미 초록빛을 띤 사스카 켐파와 붉은 지붕의 프라가 집들이 비쳤다. 강 가운데에 배가 한 척 멈춰 있었다. 지난해 보쿨스키가 흑해에서 보았던, 기관이 고장 난 배보다 더 큰 것 같지는 않았다.

'새처럼 날다가 갑자기 멈추었군. 엔진에 문제가 있었던 거야. 그때 이런 생각이 들었지, 나도 언젠가는 멈출 수 있는 것 아니야? 그래, 나는 멈추어 선 거야. 간단한 용수철 같은 것들이 세상에서 움직임을 불러일으키고 있다. 약간의 석탄이 배를 가게 하듯, 작은 마음이 사람에게 생기를 불어넣듯……'

그 순간 옅은 노란색 나비가 그의 머리 위를 지나 시내 쪽으로 날아갔다.

'이상하네, 저 나비가 어디서 왔을까?' 보쿨스키는 생각했다. '자연은 가끔 변덕을 부린다. 그런데 그것을 닮은 것도 있지.' 그는 계속 생각했다. '인간 중에도 나비 같은 존재가 있다. 아름다운 색깔을 가지고 삶의 표면 위에 날아다니면서 달콤한 것만 먹고 사는 인간 나비들. 그들이 하는 일은 이게 전부다. 그런데 너-벌레는 땅속으로 파고 들어가서 씨앗이 잘 자라도록 땅을 변화시켜라. 그들은 놀고 너는 일해라. 그들을 위해서는 자유로운 공간과 빛이 있지만, 너는 한 가지 특권으로 만족해라. 부주의한 누군가가 너를 밟으면 더 커지는 것.

나비를 그리워하며 한숨짓는 너는 어리석은가? 그녀가 왜 나를 싫어하는지 알 수 없구나. 그녀와 나를 연결할 만한 것이 없을까?

애벌레도 나비가 못 된다면 벌레와 다를 바 없지. 그렇다면 양품점 주인인 너도 나비가 되어야 하지 않을까……? 안 될 게 뭐야? 점점 나아지는 것이 세상의 법칙 아닌가, 영국에서는 얼마나 많은 상인 출신들이 군주가 되었는데.

영국에는…… 영국 사회에는 여전히 창조적인 시대가 있다. 그곳에서는 모든 것이 개선되고, 보다 높은 단계로 상승하고 있다. 그리고 상층부에 있는 사람들은 새로운 세력을 자기들 쪽으로 끌어올린다. 그런데 우리 사회 상류층은 얼음처럼 굳은 채 자기들만의 세계를 만들어서 다른 계층과 단절되어 있을 뿐만 아니라, 다른 사회에 대해 물리적으로 혐오감을 가지고 있으며, 밑으로부터 일어나는 일체의 움직임을 무턱대고 속박한다. 착각할 것이 뭐가 있겠나. 그녀와 나는 나비와 벌레처럼 두 개의 서로 다른 종류인데. 나는 그녀의 날개를 위해서 내가 속한 구멍과 다른 벌레들을 떠나야 하나? 저 쓰레기 더미 위에 누워 있는 사람들, 저들이 내 사람들이다. 그래서 그들이 가난한지도 모른다. 그리고 더 가난해지겠지, 만일 내가 나비의 즐거움을 위해 매년 3만 루블을 지출하게 되면. 어리석은 장사꾼이여, 천박한 사람아!

3만 루블은 온 가족이 먹고살 수 있는 60개의 작은 점포나 일터를 만들 수 있는 돈이다. 나는 그들을 파멸시키고, 그들에게서 인간적 영혼을 빨아들이고, 그들을 쓰레기 더미로 내쫓을 그런 존재인가?

그래, 좋아. 그런데 그녀가 아니었다면, 내가 지금 이 재산을 가지게 되었을까? 그녀가 없다면 나와 내 재산이 앞으로 어떻게 될지 누가 알겠나? 그녀와 더불어 비로소 내 재산은 창조적인 소유물이 되어, 10여 가족에게 도움을 줄 수도 있지 않을까?'

보쿨스키는 갑자기 몸을 돌려 땅에 드리워져 있는 자신의 그림자를 보았다. 나중에 그는 자신의 그림자가 자기를 항상 따라다닌다는 것을 깨달았다. 자기 그림자처럼 그녀에 대한 생각이 자나

깨나 자기에게서 떠나지 않고, 자기의 모든 계획, 목표와 행동에 개입하고 있다는 것을 알게 되었다.

'나는 그녀를 포기할 수 없으니……' 손을 펴며 그는 한숨 쉬었다. 어떻게 이를 설명할 수 있겠는가.

그는 판자 더미에서 일어나 시내로 돌아왔다.

오보즈나 거리를 지나면서 그는 말이 죽었다는 마부 비소츠키를 생각했다. 그의 눈앞에 마차들이 줄지어 있고, 그 앞에 죽은 말들이 누워 있고, 그 옆에 절망에 빠진 마부들이 서 있고, 그들 옆에는 어린애들과 세탁 일을 해도 먹고살기 힘든 아내가 있는 것 같았다.

"말……?" 보쿨스키는 한숨을 토했다. 무엇인가 가슴을 압박하는 것 같았다.

3월 어느 날, 그는 예로졸림스키 거리를 가다가 한곳에 모여 있는 많은 사람들과 관문 아래쪽으로 비스듬히 멈춰 선 검은 석탄 마차와 그곳에서 몇 발짝 떨어지지 않은 곳에 있는 마차에서 풀려난 말을 보게 되었다.

"무슨 일이 일어났습니까?"

"말 다리가 부러졌답니다." 행인 하나가 즐거운 일이라도 생긴 듯 말했다. 그는 목에 보라색 목도리를 두르고 손을 호주머니에 넣고 있었다.

보쿨스키는 무심결에 사고 당한 말을 쳐다보았다. 옆구리가 다 닳은 여윈 말이 작은 나무에 매어진 채 뒷발을 들고 있었다. 조용히 서서 커다란 눈으로 보쿨스키를 쳐다보며 고통스러운 듯 회색 먼지로 덮인 나뭇가지를 씹고 있었다.

'왜 오늘 그 말이 떠오르는 거지?' 보쿨스키는 생각했다. '왜 그때 느꼈던 말에 대한 연민의 정이 지금 나에게 밀려올까?'

그는 오보즈나 거리 위쪽으로 걸었다. 꿈에 잠겨 강가에서 보낸 지난 몇 시간 동안 그의 내부에서 어떤 변화가 있었음을 느꼈다. 이전에는 10년 전, 1년 전, 어제만 해도 길을 가면서 그는 어떤 특별한 것도 만나지 못했다. 많은 사람들이 왕래하고, 마차들이 지나다니고, 상점들에는 손님들이 분주히 드나들었다. 그런데 지금 그에게 새로운 감각이 생긴 듯했다. 마치 다리가 부러진 그 말이 겁먹은 눈빛으로 그를 바라보듯, 모든 가난한 사람들이 말은 안 하지만 그의 도움을 애타게 기다리고 있다는 생각을 떨칠 수가 없었다. 가난한 여인은 누구나 남의 집 빨래를 해 주느라 비누 때문에 다 망가진 손으로 온 가족을 몰락의 벼랑에서 가까스로 붙들고 있는 여인처럼 보였다. 불쌍한 어린애들은 모두가 얼마 못 살고 이내 죽을 운명을 타고났거나 밤과 낮을 도브라 거리 쓰레기 더미에서 보내고 있는 것 같았다.

그에게 연민의 정을 불러일으키는 것은 사람뿐만이 아니었다. 무거운 수레를 끄는 말의 피곤함과 목줄에 스쳐서 피가 흐르는 말의 고통을 그는 느꼈다. 주인을 잃고 길에서 짖고 있는 개의 불안, 젖을 늘어뜨린 채 새끼들에게 줄 먹이를 찾아 헛되이 시궁창을 뒤지며 쏘다니는 바싹 마른 암캐의 절망감을 그는 동감했다. 그뿐이 아니었다. 껍질이 벗겨진 나무줄기, 깨진 보도, 벽에 서린 습기, 부서진 기구, 찢어진 옷도 그를 아프게 했다.

이런 물건들이 병을 앓고 있거나 상처를 입어서 하소연하고 있는 것처럼 보였다. 그리고 자기만이 그런 고통들을 알아듣고 이해하고 있는 것 같았다. 그가 다른 사람과 심지어 동물과 물건들의 고통을 느끼게 된 것은 오늘이고, 그것도 불과 몇 시간 전부터의 일이다.

'이상한 일이야!' 나는 자선은 크게 해야 한다 생각하고, 또 그렇게 하고 있었다. 프록코트를 입은 자선 단체 회원들은 그가 한 기부에 대해 고마움을 표했다. 자선 단체는 언제나 굶주리고 있는 것 같았다. 카롤로바 백작 부인은 살롱마다 돌아다니면서 자기를 위해 그가 기부한 돈에 대해 이야기했다. 그의 하인과 점원들은 월급을 올려 주니 그를 칭찬했다. 그러나 이런 일들은 보쿨스키를 조금도 기쁘게 하지 못했다. 그는 자선 단체의 통장에 수천 루블을 입금하면서 그 돈이 어디에 쓰이는지 한 번도 묻지 않았다. 그가 바란 것은 자신에 대한 좋은 평판이었다.

오늘 그는 10루블로 한 사람을 불행에서 구제했다. 그러나 아무도 그가 한 훌륭한 일을 말하지 않을 것이다. 그런데 오늘 그는 기부가 무엇인지 알게 되었다. 오늘 그의 눈앞에 지금까지 알지 못했던 세계의 한 부분이 나타났다. 그것은 도움을 절실히 필요로 하는 가난이다.

"그러면 내가 전에는 가난을 보지 못했단 말인가……?" 보쿨스키는 혼자서 중얼거렸다.

일자리를 찾고 있는 비참할 정도로 가난한 사람들, 여윈 말들, 굶주린 개들, 껍질이 벗겨지고 가지가 부러진 나무들이 파노라마처럼 그의 뇌리를 스쳐 갔다. 이전까지 그는 이런 것들을 별생각 없이 보았던 것이다. 그러다 그의 개인적인 커다란 고통이 그의 마음을 뒤집고, 그의 영혼을 써레질한 후 보이지 않는 그의 눈물과 피로 비옥해진 토양 위에서 이상한 식물 하나가 자랐다. 그것은 바로 사람, 동물, 심지어 생명 없는 물건까지 모든 것을 포용하는 보편적인 공감이다.

'의사는 내 뇌에 새로운 세포가 형성되었거나 몇 개의 세포들이 서로 연결되었을지 모른다고 말할 수도 있겠지.' 그에게 이런 생각이 들었다.

'그렇다고 치자. 그래서 앞으로 어떻게 될까……?'

지금까지는 오로지 한 가지 목표밖에 없었다. 그것은 이자벨라에게 접근하는 것. 그런데 오늘 그에게 다른 목표가 생겼다. 비소츠키를 가난에서 구제하는 것.

'그건 어려운 일도 아니야!'

그의 형을 스키에르니에비체로 전근시키는 일이 생각났다.

'그건 간단해.'

하지만 이 두 사람 외에 다른 몇 사람이 서 있었고, 그 사람들 뒤에 또 다른 몇 사람이 있고, 곧이어 엄청난 군중이 온갖 종류의 고통에서 절규하고 있었다. 그것은 고통의 바다였다. 힘 닿는 데까지 고통을 줄여 주고 더 이상의 고통이 추가되지 않도록 막아야 했다.

"환영…… 추상…… 불안……." 보쿨스키는 작은 소리로 혼자 중얼거렸다.

그것은 외길이었다. 그는 그 길 끝에서 현실적이고 구체적인 목표를 보았다. 그것은 바로 이자벨라였다.

"나는 그리스도가 아니야. 인류를 위해 헌신할 수도 없어."

'그러니 먼저 비소츠키네 식구들을 잊어라' 하고 그의 마음속에서 말하고 있었다.

'그럴 순 없어! 오늘 내가 마음이 흔들리는 것 같군. 그러나 사람이 실없으면 안 되지.' 보쿨스키는 생각을 이어 갔다. '내가 할 수 있는 만큼 남에게 도움을 줄 거야. 그러나 개인적인 행복을 포기하지는 않아. 그건 당연한 일이지.'

어느새 그는 자기 상점 앞에 와 있었다. 그는 문을 열고 안으로 들어갔다.

상점에서 그가 본 유일한 사람은 검은 옷을 입은, 키가 크고 나이를 헤아리기 힘든 부인이었다. 부인 앞에는 화장품 가방이 잔뜩 쌓여 있었다. 나무로 된 것, 가죽으로 된 것, 우단으로 된 것, 쇠로 된 것, 소박한 것, 장식이 많은 것, 아주 비싼 것, 싼 것 등등. 그리고 모든 점원들이 그 부인에게 매달려 있었다. 클레인은 매번 새로운 가방을 부인에게 보여 주고, 므라체프스키는 상품들 하나하나의 좋은 점을 설명하고, 리시에츠키는 그의 말이 옳다고 손짓과 수염을 만지면서 장단을 맞추고 있었다. 이그나치가 사장을 보고 뛰어왔다.

"파리에서 보낸 물건이 도착했다는 연락이 왔네." 그가 보쿨스키에게 말했다. "내일 찾아와야 할 것 같아."

"그렇게 하지."

"모스크바에서 만 루블어치 주문 건이 있는데, 5월 초에 물건이 도착되도록 해 달라는데."

"기대했던 일인데, 잘됐구먼."

"라돔(Radom)에서 2백 루블어치 주문이 들어왔는데, 마부가 내일 물건을 가지러 온다고 했어."

보쿨스키는 어깨를 으쓱하더니 "소매상들하고는 거래를 끊어야 할 것 같아" 하고는 한참 후에 이렇게 덧붙였다.

"이익은 하나도 없고, 요구 사항만 까다로워."

"우리 고객과 거래를 끊는다고……?" 놀란 제츠키가 물었다.

"유대인들과 끊는다는 거지." 리시에츠키가 작은 소리로 끼어들었다. "그 지저분한 관계에서 빠져나오는 건, 사장님, 잘하시는 겁니다. 돈에서 양파 냄새 나는 것 같아 때로는 수치스럽기도 했는데."

보쿨스키는 아무런 대꾸도 하지 않았다. 장부를 펼치고 계산하는 척했지만, 일이 손에 잡히지 않았고, 힘도 없었다. 사람들을 행복하게 해 주는 그의 꿈이 생각났다. 그는 자기의 신경이 극도로 쇠약해졌다고 판단했다.

'감상과 환상이 내게서 활개를 쳤군. 좋은 징조는 아니야. 내가

웃음거리가 되고 파멸할 수도 있어……'

그는 화장품 가방을 고르고 있는 부인을 무의식적으로 바라보았다. 부인은 검소한 차림이었고, 머리를 단정하게 손질했다. 노란 빛을 띤 흰 얼굴에는 깊은 우수가 서려 있었다. 날카로운 인상을 주는 입에는 심술이 묻어 있고, 내리깔고 있는 눈에는 분노와 비굴의 빛이 교차했다.

목소리는 작고 차분했으나, 흥정은 어느 구두쇠 못지않게 집요했다. 이것은 너무 비싸고, 저것은 너무 싸고, 이 우단은 색이 바랬고, 저것은 가죽이 금방 떨어질 것 같고, 장식 쇠붙이 여기저기에 녹이 슬어 있고 등등……. 리시에츠키는 화가 나서 이미 물러났고, 클레인은 쉬고 있고, 므라체프스키 혼자 아는 사람과 말하듯 부인을 상대하고 있었다.

그 순간 상점 문이 열리고 이번에는 제대로 이상하게 생긴 신사가 나타났다. 리시에츠키 말에 의하면, 그 신사는 관 속에서 머리와 수염이 자라기 시작한 폐결핵 환자처럼 보였다. 보쿨스키는 손님이 멍청하게 입을 벌리고 있고, 검은 코안경 뒤에 있는 큰 눈은 입보다 더 멍청하게 보인다고 느꼈다.

손님은 길에 있는 누군가와 이야기를 끝내고 상점으로 들어왔다. 그러나 곧 밖에 있는 사람과 작별 인사를 하기 위해 다시 나갔다. 조금 후 들어오더니 또다시 나가서 간판을 읽는지 위를 쳐다보았다. 이번에는 그대로 들어오는가 했는데 여전히 문을 닫지 않고 있었다. 우연히 상점 안에 있는 부인을 보더니 그의 검은색 코안경이 아래로 떨어졌다.

"아, 아, 아……." 그가 놀란 소리를 냈다.

그러나 부인은 단호한 태도로 그를 외면하고 화장품 가방들 쪽으로 얼굴을 돌리고 의자에 앉았다.

므라체프스키가 방금 들어온 손님에게 어색한 웃음을 지으며 달려가서 물었다.

"남작님, 말씀만 하십시오."

"핀, 평범한 핀, 아시겠죠, 금색이거나 쇠로 된 것이면 돼요. 그런데 기수들의 모자 모양이어야 돼요. 그리고 채찍도 붙어 있고."

므라체프스키가 핀이 가득 들어 있는 상자를 열었다.

"물 좀……." 힘없는 목소리로 여자 손님이 말했다.

제츠키가 물병에서 물을 따라 동정 어린 태도로 건네주었다.

"마님, 몸이 안 좋으시면 의사라도……."

"아니요, 괜찮습니다." 부인이 대답했다.

남작은 핀들을 들여다보았다. 그리고 과시하듯 고개를 뒤로 돌려 부인을 바라보았다.

"그런데 이런 게 더 낫지 않겠습니까? 말굽형인데……." 므라체프스키가 물었다. "제 생각에 남작님께는 이런 것들도 필요할 것 같은데. 스포츠맨들은 스포츠맨다운 장식을 선호합니다. 그리고 변형도 좋아하고요."

"그런데 말해 봐요." 갑자기 부인이 클레인에게 말했다. "말도 없는 사람들에게 말굽형이 어디에 필요하지요……?"

"그렇지. 고마워요." 남작이 므라체프스키에게 말했다. "그리고 말굽형으로 몇 개 더 골라 봐요……."

"재떨이도 괜찮겠습니까?" 므라체프스키가 물었다.

"재떨이, 좋지요." 남작이 대답했다.

"안장과 여자 기사 그리고 채찍 장식이 있는 잉크병은 어떨까요?"

"그것도 좋겠네."

"말 좀 해 봐요." 부인이 머리를 들고 클레인에게 말했다. "저렇게 비싼 액세서리들을 산다는 것이 부끄러운 일 아니에요? 나라는 파산했는데…… 경마용 말을 몇 마리씩 사는 것은 수치 아니에요."

"점원 양반!" 남작이 큰 소리로 므라체프스키를 불렀다. "지금 고른 물건들 모두 포장해서 집으로 가져오시오. 좋은 물건 잘 골랐어요. 고마워요. 아듀……!"

그는 몇 번이나 뒤돌아서서 간판을 쳐다본 뒤 길로 나갔다.

이상한 남작이 나가자 상점 안에는 한동안 침묵이 흘렀다. 제츠키는 문을 쳐다보고, 클레인은 제츠키를 쳐다보고, 리시에츠키는 므라체프스키를 바라보았다. 므라체프스키는 부인의 등 뒤에서 아주 못마땅한 표정을 짓고 있었다. 부인이 천천히 의자에서 일어나더니 보쿨스키가 앉아 있는 계산대 쪽으로 걸어갔다.

"뭐 좀 물어봐도 될까요?" 떨리는 목소리로 부인이 말했다. "방금 나간 사람 외상이 얼마나 됩니까?"

"그분 계산은 저랑 합니다. 마님, 계산할 것이 있다면 그건 그분하고 저랑 합니다." 머리 숙여 인사하면서 보쿨스키가 대답했다.

"그런데……." 신경이 예민해진 부인이 말을 이었다. "제 이름은 크세소프스카입니다. 그 사람은 제 남편이고요. 그 사람 빚은 나에게도 중요합니다. 그 사람이 내 재산을 차지하고 있습니다. 지금 우리 사이에는 소송이 진행 중입니다……."

"죄송합니다." 보쿨스키가 말을 막았다. "부부간의 일은 저와는 상관이 없습니다."

"아, 그래요? 상인에겐 그것이 가장 편하겠지요. 아듀."

이렇게 말하고 부인은 요란스럽게 문을 흔들며 밖으로 나갔다.

부인이 나가고 몇 분 후에 남작이 다시 상점으로 들어왔다. 그는 몇 번이나 거리를 쳐다보더니 보쿨스키에게 다가갔다.

"대단히 미안합니다." 코안경을 끼려고 애쓰면서 남작이 말했다. "단골 고객으로 한 가지만 묻고 싶습니다. 조금 전에 나간 여자 손님이 무슨 말을 했습니까……? 대단히 실례했습니다, 그런 걸 물어서. 그러나 믿기 때문에 하는 말입니다……."

"아무 말씀도 안 하셨습니다. 여기서 반복할 만한 말은 한마디도 없었습니다." 보쿨스키가 대답했다.

"그런데 유감스럽게도 그 손님이 제 아내입니다……. 내가 누군지 아시죠? 크세소프스키 남작입니다. 제 아내는 대단히 고결하고 교양 있는 사람인데, 딸이 죽고 나서 신경이 극도로 쇠약해졌답니다……. 무슨 말인지 아시겠죠? 정말 아무 말도 안 했다는 겁니까?"

"아무 말씀도."

남작이 인사를 하고 문에서 그에게 눈짓한 므라체프스키와 눈빛을 주고받았다.

"그렇다, 이거죠?" 남작은 날카롭게 보쿨스키를 바라보며 말했다. 그러고는 거리로 나갔다. 므라체프스키는 몸이 굳어졌고, 얼굴이 눈에 띄게 붉어졌다. 보쿨스키는 얼굴이 약간 창백해졌으나 곧바로 안정을 되찾고 장부를 들여다보았다.

"므라체프스키 씨, 도대체 무슨 요술이야?" 리시에츠키가 물었다.

"무슨 말이야!" 므라체프스키가 눈을 아래로 깔고 보쿨스키를 바라보았다. "그는 크세소프스키 남작이고, 아주 특이한 기인이죠. 그의 부인도 약간 제정신이 아니지요. 두 분은 나와 친척 관계지만, 그게 무슨 상관이오!" 거울을 보며 그가 한숨을 쉬었다. "나는 돈이 없어 상점에서 일하고, 그들은 돈이 있어 내 손님들이지……."

"일 안 하고 가진 재산……!" 클레인이 끼어들었다. "훌륭한 세계 질서야, 그렇지요?"

"잠깐, 나를 자기 질서 안으로 끌어들이려고 하지 마세요." 므라체프스키가 대꾸했다. "남작과 남작 부인은 1년 전부터 전쟁 중이라오. 남작은 이혼을 원하는데 부인이 합의하지 않고, 부인은 남작을 자기 재산 관리직에서 내쫓으려 하는데 남작이 저항하고 있지요. 부인은 남작이 말을 가지는 것을 허락하지 않아요. 특히 경마용 말을. 그리고 남작은 부인이 웽츠키 가문의 건물을 구입하는 것을 반대합니다. 그 건물에서 크세소프스카 부인이 살고 있고, 그 건물에서 딸을 잃었거든요. 특이한 일이야! 그들은 계속해서 새로운 것을 생각해 내어 사람들을 즐겁게 하고 있지⋯⋯."

그는 마치 잠깐 상점에 들렀다가 금방 나갈 부잣집 자제처럼 가볍게 이야기하면서 상점 안을 이리저리 돌아다녔다. 의자에 앉아 있는 보쿨스키의 얼굴에 못마땅한 기색이 역력했다. 그는 므라체프스키의 목소리를 더 이상 견딜 수가 없었다.

'크세소프스키의 친척이라⋯⋯.' 보쿨스키는 생각했다. '이자벨라 양에게 사랑의 명함을 받을 거라고⋯⋯ 파렴치한 녀석!'

그는 분노를 누르고 장부로 눈을 돌렸다. 가게에 다시 손님들이 몰려와 물건을 고르고, 흥정하고 계산하기 시작했다. 그러나 일에 파묻혀 있는 보쿨스키는 그들의 그림자만 보았다. 하면 할수록 계산할 것이 더 많았다. 그럴수록 가슴속에 알 수 없는 분노가 끓어오르는 것 같았다. 무엇에 대해서⋯⋯? 누구에게⋯⋯? 그런 것은 중요하지 않다. 누군가는 대가를 치를 것이다. 첫 번째가 제일 좋겠지.

7시경에 상점은 조용해졌다. 점원들끼리 이야기하고 있었다. 보쿨스키는 여전히 계산하고 있었다. 그때 다시 역겨운 므라체프스키의 거만한 목소리가 들렸다.

"클레인 씨, 내 말 좀 들어 봐요! 사회주의자들은 모두 도둑이에요. 다른 사람들 것을 나누어 가지려고 하기 때문에. 그리고 천박한 사람들이에요. 두 사람당 구두 한 켤레, 손수건은 사용하지 않지."

"당신이 그런 식으로는 말하지 않았을 텐데." 클레인이 애석하다는 듯 말했다. "당신이 얇은 소책자라도 몇 권쯤 읽었더라면."

"어리석은 소리……." 므라체프스키가 호주머니에 손을 넣고 말했다. "가정과 신앙과 사유 재산을 파괴하는 그 책자들을 내가 읽을 거야. 하지만 그렇게 바보 같은 사람들을 당신은 바르샤바에서 찾지 못할 거야."

보쿨스키는 장부를 덮어 책상 안에 넣었다. 그 순간 여자 손님 세 사람이 들어와서 장갑을 찾았다.

그들과 흥정하는 데 15분 정도 지나갔다. 보쿨스키는 소파에 앉아 밖을 쳐다보았다. 여자 손님들이 나가자 침착한 목소리가 울렸다.

"므라체프스키 씨."

"무슨 일이십니까?" 잔뜩 멋 부린 젊은이가 춤추듯 계산대 쪽으로 달려오면서 물었다.

"내일부터 다른 일자릴 찾아보시오." 보쿨스키가 짧게 말했다.

므라체프스키가 당황했다.

"왜요, 사장님? 무슨 일인데요……?"

"우리 상점에는 당신이 있을 자리가 없기 때문에."

"이유가 뭔데요? 제가 무슨 잘못을 했습니까. 갑자기 제 일자리를 없애시면 제가 어디로 가겠습니까?"

"추천서는 잘 써 주겠소." 보쿨스키가 말했다. "제츠키 씨가 다음 4분기 월급까지 지불할 거요. 그러면 5개월분 월급이 되겠지……. 당신과 나는 서로 안 맞아요. 전혀 맞지 않아요. 이그나치, 므라체프스키 씨에게 10월 1일분까지 계산해 주세요."

그렇게 말하고 보쿨스키는 소파에서 일어나 밖으로 나갔다.

므라체프스키의 해고로 점원들 사이에 무거운 침묵이 흘렀다.

아직 8시가 안 되었는데 제츠키가 가게 문을 닫으라고 지시했다. 제츠키는 곧바로 보쿨스키의 아파트로 달려갔지만, 그를 만나지 못했다. 밤 11시에 다시 아파트로 갔지만, 창문에 불빛은 보이지 않았다. 그는 하는 수 없이 풀이 죽어 집으로 돌아왔다.

다음 날 성목요일에 므라체프스키는 상점에 나타나지 않았다. 나머지 점원들이 서로 작은 소리로 이야기했다.

오후 1시경에 보쿨스키가 왔다. 그가 책상에 앉자마자, 문이 열리더니 코안경을 고쳐 쓰느라 애를 먹으면서 흔들거리는 걸음으로 크세소프스키가 들어왔다.

"보쿨스키 씨……." 다른 데 정신을 팔고 있는 듯 보이는 손님이 문에 들어서며 말했다. "지금 들었는데…… 내가 크세소프스키요. 듣기로는 불쌍한 므라체프스키가 나 때문에 해고되었다는데. 보쿨스키 씨, 어제 나는 댁에게 조금도 유감이 없었습니다. 나는 어제 댁이 나와 내 아내의 비밀을 지켜 준 것을 존중합니다…… 댁은 신사답게 행동하셨습니다."

"남작님, 저는 남작님에게 제가 올바로 처신했는지 해명해 달라고 부탁한 적이 없습니다. 그건 그렇다 치고, 무엇을 도와 드릴까요?"

"불쌍한 므라체프스키를 용서해 달라고 부탁드리고자 이렇게 찾아왔습니다. 그는……."

"므라체프스키 씨에게는 유감이 없습니다. 그러나 돌아오게 할 생각도 없습니다."

남작은 입술을 깨물었다. 단호한 거절에 놀란 듯 한동안 말이 없더니 고개를 숙여 인사하고 조용히 "미안합니다……"라고 말하고 밖으로 나갔다.

클레인과 리시에츠키는 진열대 뒤로 몸을 숨겼다가 서로 뭐라고 짧게 이야기한 뒤 다시 상점으로 돌아와서 많은 것을 암시하는 슬픈 눈짓을 교환했다.

3시경에 크세소프스카 부인이 나타났다. 얼굴빛이 어제보다 더 창백하고 더 누렇게 보였고, 옷도 더 짙은 검은색이었다. 불안한 시선으로 상점을 두리번거리더니 보쿨스키를 발견하고 그가 있는 책상으로 다가갔다.

"저⋯⋯." 부인이 작은 소리로 말했다. "오늘 들었는데, 므라체프스키라는 젊은 사람이 나 때문에 해고되었다던데. 그의 불쌍한 어머니는⋯⋯."

"므라체프스키 씨는 우리 상점에 없고, 앞으로도 없을 것입니다." 보쿨스키가 머리 숙여 인사하며 말했다. "제가 무엇을 도와 드릴까요?"

크세소프스카 부인은 많은 이야기를 준비하고 온 것 같았지만, 불행하게도 보쿨스키의 눈빛을 보자 "실례했습니다⋯⋯"라고 말하고 상점을 나갔다.

클레인과 리시에츠키는 이전보다 더 의미 있는 눈짓을 주고받았다. 그러나 서로 생각이 같다는 의미로 동시에 어깨를 으쓱하는 것은 그만두었다.

오후 5시경에 제츠키가 보쿨스키에게 와서 책상에 손을 짚고 작은 소리로 말했다.

"므라체프스키의 어머니는, 스타시, 아주 가난하게 살고 있다네⋯⋯."

"므라체프스키에게 금년 말까지 계산해서 지불하게." 보쿨스키가 말했다.

"내 생각에 므라체프스키가 우리와 정치적 견해를 달리한다고 해서 그렇게 벌하는 건 곤란한 것 같아⋯⋯."

"정치적인 견해라고⋯⋯?" 이그나치는 보쿨스키의 목소리에 질려서 등에 소름이 끼치는 것 같았다.

"내가 하고 싶은 말은, 그렇게 잘생기고 여자들한테 인기 있는 점원을 잃는 것이 아깝다는 것이네."

"잘생겼다고?" 보쿨스키가 대꾸했다. "그렇게 잘생겼으면 먹고 사는 것은 걱정 없겠군."

이그나치는 물러났다. 리시에츠키와 클레인은 더 이상 눈짓도 교환하지 않았다. 한 시간 후에 보쿨스키는 지엠바라는 새 점원을 소개했다. 그는 30세 정도 돼 보였다. 그는 므라체프스키처럼 체격도 좋았고, 그와는 비교할 수 없을 만큼 진지하고 점잖았다. 그날 상점 문을 닫기 전에 그는 동료들과도 친해졌다. 제츠키는 그가 열렬한 나폴레옹의 팬이라는 것을 알았다. 리시에츠키는 지엠바에 비하면 자기의 반유대주의는 보잘것없는 것이라는 것을 알았다. 클레인은 지엠바야말로 사회주의의 대주교쯤 된다고 결론 내렸다.

한마디로 모두 만족했고, 지엠바도 마음이 편했다.

제9장 다양한 사람들이 만나는 외나무다리들

성금요일 아침부터 보쿨스키는 오늘과 내일 카롤로바 백작 부인과 이자벨라가 성당 묘지 옆에서 자선 모금 운동을 할 것이라고 생각했다.

'그곳에 가서 기부를 좀 해야 하지 않을까.' 이렇게 생각하고 그는 서랍에서 5즈오티 금화를 꺼냈다. 그리고 조금 후에 다시 생각했다. '이미 양탄자, 노래하는 장난감 새, 음악 상자, 심지어 분수대까지 보냈으니 한 사람의 영혼을 구제하는 데는 충분할 거야. 갈 필요까지는 없겠지.'

그러나 오후에 그는 백작 부인이 자기를 기다리고 있을 거라는 데 생각이 미쳤다. 그러자 안 가는 것도 그렇고, 5즈오티만 기부하는 것도 적절한 행동이 아닐 것 같다는 생각이 들었다. 그래서 그는 서랍에서 다시 5즈오티를 더 꺼내 비단 종이에 쌌다.

"그곳에 가면 그녀를 만날지도 모르는데, 10즈오티만 기부할 수는 없지."

그래서 그는 다시 비단 종이를 풀고 10즈오티를 더 넣은 다음 생각했다. '가야 하나, 말아야 하나……?'

'아니야.' 그는 생각했다. '그렇게 대대적으로 하는 자선 모금 행

사에 꼭 갈 필요는 없겠지.'

그는 비단 종이에 싼 돈을 서랍에 넣고 금요일 모금 행사에 가지 않았다.

그러나 성토요일에 그 문제는 완전히 다른 방식으로 다가왔다.

'내가 제정신이 아니야!' 그는 생각했다. '그녀를 만날 수 있는 교회에 가지 않는다고……? 돈이 아니면 내가 무엇으로 그녀의 관심을 끌 수 있겠나? 내가 이성을 잃은 거지…….'

하지만 여전히 그는 망설였다. 오후 2시경 제츠키가 축제 기간이므로 가게 문을 닫으라고 지시하자, 보쿨스키는 서랍에서 25즈오티 금화를 꺼낸 뒤 교회 쪽으로 발길을 옮겼다.

그러나 그는 곧장 안으로 들어가지는 않았다. 무엇인가가 그를 붙잡았다. 그는 이자벨라를 보고 싶었으나 한편으론 불안하기도 했다. 그리고 자기가 가지고 온 금화가 부끄럽게 생각되었다.

'금 뭉치를 던진다……! 지폐 시대에 특별한 인상을 줄 수도 있는 일이지만, 한편으로는 벼락부자 티를 내는 일일 수도 있겠지. 그러나 그들이 돈을 기다리고 있는데 어떻게 해야 하나? 액수가 너무 적은 것은 아닐까……?'

그는 교회에서 눈을 떼지 않은 채 교회 건너편 길을 왔다 갔다 했다.

'이제 가 보아야지.' 그는 생각했다. '지금…… 아니, 조금만 있다가…… 아, 내게 무슨 일이 있는 거야!' 자신의 우유부단한 성격은 이처럼 간단한 일도 망설임 없이 처리하지 못하는구나 생각하면서 그는 중얼거렸다.

자기가 오랫동안 교회에 가지 않았다는 사실이 생각났다.

"언제였더라? 결혼할 때 한 번, 그리고 아내의 장례식 때……."

하지만 첫 번째에도 두 번째에도 그는 자기 주위에 일어난 일에 대해 잘 알지 못했다. 그러나 지금은 교회가 그에게 완전히 달리 보였다.

'지붕에 굴뚝 대신 탑이 있는, 아무도 살지 않고 오래전에 죽은 사람의 뼛가루만 잠자고 있는 저 거대한 건물은 무엇인가? 무엇을 위해서 건물을 낭비하며, 누구에게 밤낮으로 불을 밝히며, 무슨 목적으로 사람들은 무리 지어 모이는가……?

장터에는 먹을거리 사러 가고, 가게에는 물건 사러 가고, 극장에는 즐기러 가는데, 저곳에는 무엇 때문에 가지……?'

그는 자기도 모르게 교회 건물 아래 서 있는 경건한 사람들의 왜소한 모습과 거대한 교회 건물을 비교하며 생각했다. 웅대한 힘들이 언젠가 평원에 산맥들을 만든 것처럼, 인류에게도 거대한 다른 힘이 있어서 저런 종류의 건물들을 만들었을 것이다. 저런 비슷한 건물들을 바라보면서 생각되는 것은, 이전에 이 지구 깊은 곳에 살았던 거인들이 지구 표피를 들어 올리면서 어딘가 지상으로 뚫고 나올 때 생긴 흔적들을 거대한 동굴의 형태로 남겨 놓았을 것이다.

'그러면 그 거인들은 어디로 올라갔을까? 아마 다른 더 높은 세계로 갔겠지. 달이 현혹적인 빛이 아니라 실제적인 현실이라는 것을 바다의 밀물이 증명하고 있다면, 왜 저 이상한 건물들은 다른 세계의 존재를 확인해선 안 되는 건지……? 혹은 달이 태양의 파도들을 끌어당기는 것보다 더 약하게 다른 세계가 인간의 영혼을 자신에게 끌어당기고 있는 것은 아닌지……?'

교회 안으로 들어갔을 때 입구에서부터 새로운 광경이 그를 놀라게 했다. 몇 명의 남녀 걸인들이 신이 다음 세상에서 동정을 베푼 사람에게 돌려줄 동냥을 구걸했다. 어떤 사람들은 로마에 의해 고문을 당한 예수의 발에 입을 맞추고 있었고, 다른 사람들은 교회

입구에서 무릎을 꿇고 마치 초월적인 모습을 응시하는 듯 손과 눈이 위로 향하고 있었다. 교회는 어둠에 묻혀 있었다. 10여 개의 은촛대에 타고 있는 촛불들의 빛이 어둠을 미처 다 못 사르고 있었다. 교회 바닥 여기저기에 열십자로 누워 있는 사람들과 바닥을 향해 몸을 구부리고 있는 사람들의 희미한 그림자들이 보였다. 그들은 마치 순종의 더할 수 없는 경건함과 더불어 숨어 있는 것 같았다. 미동도 없는 그 몸들을 보면서 순간적으로 영혼이 육체를 떠나 다른 더 좋은 세계로 갔을 거라는 생각이 들었다.

'이제 알 것 같다.' 보쿨스키는 생각했다. '왜 교회를 찾으면 신앙이 더 강해지는지. 이곳에 있는 모든 것은 영원을 떠올리도록 설계된 것이다.'

그는 기도에 깊이 빠진 사람들의 어렴풋한 모습에서 촛불로 눈을 돌렸다. 여기저기에 양탄자로 덮인 테이블들이 보였고 책상 위에 놓인 기부금 모금 그릇에는 지폐와 은화와 금화 들로 가득 차 있었다. 테이블 옆 소파에 앉아 있는 귀부인들은 실크와 깃털과 우단으로 치장하고 있었고, 부인들 주위를 유쾌한 젊은이들이 에워싸고 있었다. 가장 경건한 부인들이 지나가는 사람에게 헌금을 유도했고, 모두 파티에 온 것처럼 이야기하며 즐기고 있었다.

그 순간 보쿨스키에게 세 종류의 세계가 눈앞에 보이는 것 같았다. 하나(오래전에 지구를 떠난)는 살아 있을 때 기도해서 신의 은총으로 거대한 건물을 올렸고, 두 번째는 기도할 줄 아는 가난하고 순종적인 사람들로, 이들은 보잘것없는 흙집을 지었고, 그리고 세 번째는 자기 자신을 위해 궁궐을 지은 사람들로, 이들은 기도에 대해서는 이미 오래전에 잊었고, 사원을 자기들의 약속 장소로 만들었다. 마치 만사태평한 새들이 새집을 짓고, 죽은 영웅들의 묘에서 노래하듯.

'그러면 이들 모두에게 똑같이 생소한 나는 무엇인가⋯⋯?'

"너는 아마 쇠로 된 체의 구멍일지도 모른다. 그 체에 내가 곡식 낟알을 왕겨로부터 분리하기 위해 그것들 모두를 쏟아붓는다." 그에게 어떤 음성이 대답했다.

보쿨스키는 주위를 두리번거렸다. '병적인 상상의 환영.' 이와 동시에 그는 교회 안쪽 네 번째 테이블에 있는 카롤로바 백작 부인과 이자벨라를 보았다. 기도서를 들고 있는 두 사람 앞의 모금 그릇에도 역시 돈이 들어 있었다. 백작 부인이 앉아 있는 의자 뒤에는 검은 제복을 입은 하인이 서 있었다.

보쿨스키는 바닥에 무릎을 꿇고 있는 사람들과 부딪히고, 집요하게 헌금을 요구하는 사람들의 테이블을 지나서 두 사람에게 갔다. 그는 모금 그릇에 접근하여 백작 부인에게 인사하고 금화가 든 봉투를 내려놓았다.

'세상에.' 그는 생각했다. '이 돈과 내가 얼마나 우습게 보일까.'

백작 부인이 책을 내려놓고 말했다.

"어서 와요, 보쿨스키 씨. 당신이 오지 않는구나 생각했어요. 그래서 좀 당황스럽기도 했고요."

"제가 말했잖아요, 그는 금화 봉투를 가지고 올 거라고." 이자벨라가 영어로 말했다.

백작 부인의 이마에 붉은빛이 나타나고 땀방울이 솟는 게 보였다. 보쿨스키가 영어를 알아들을지도 모른다는 생각에, 그리고 조카의 말 때문에 백작 부인은 불안해서 어쩔 줄을 몰라 했다.

"보쿨스키 씨." 백작 부인이 빠르게 말했다. "잠깐 여기 좀 앉아요. 지금 손님도 없는데. 당신의 금화를 맨 위에 놓아도 되겠지요? 헌금보다 샴페인 마시는 데 돈 쓰는 것을 더 좋아하는 남자들에게 부끄러움을 가르치고 싶으니까…….”

“고모, 불안해할 것 없어요.” 이자벨라가 다시 영어로 끼어들었다. “그는 못 알아들어요…….”

이번에는 보쿨스키의 얼굴이 붉어졌다.

“애야.” 백작 부인이 점잖은 목소리로 말했다. “보쿨스키 씨는 우리에게 많은 헌금을 내잖았니…….”

“들었어요.” 이자벨라가 폴란드어로 대답했다. 그러면서 인사를 대신해 살짝 눈짓을 했다.

“백작 마님께서는…….” 보쿨스키가 약간 농담조로 말했다. “제가 앞으로 기부하는 것을 못하시게 하십니다. 제가 이익을 계산해서 했던 일들을 칭찬하시다니.”

“나도 그렇게 생각했어요.” 이자벨라가 영어로 속삭이듯이 말했다.

보쿨스키가 영어를 모른다 할지라도 이자벨라가 하는 말의 내용을 추측할 수는 있을 것이라는 데 생각이 미치자 백작 부인은 하마터면 기절할 뻔했다.

“보쿨스키 씨.” 백작 부인이 몹시 서두르며 말했다. “앞으로도 기부는 쉽게 할 수 있어요. 비록, 상처받은 것을 용서하면서…….”

“저는 그런 것은 언제나 용서합니다.” 약간 의아해하면서 그가 대답했다.

“언제나는 아니었던 것 같습니다.” 백작 부인이 말을 이어 갔다. “보쿨스키 씨, 나는 늙었지만 당신의 친구입니다.” 목소리에 힘을 주면서 백작 부인이 말했다. “그래서 한 가지만 양보해 주었으면 하는데…….”

“하명만 내려 주십시오.”

“그저께 직원 한 사람을 해고하셨는데…… 므라체프스키라는 사람을……."

"그런데 무엇 때문이에요?" 갑자기 이자벨라가 끼어들었다.

"나도 모르겠다." 백작 부인이 말했다. "아마도 정치적 신념이나, 뭐 그런 취향의 차이인 것 같지……."

"그 젊은 사람에게 신념 같은 것이 있다고요……?" 이자벨라가 놀라서 물었다. "그것참 흥미롭네요!"

이 말을 너무 재미있게 하는 바람에 보쿨스키의 마음에서 므라체프스키에 대한 불쾌감이 사라지는 것 같았다.

"신념 때문이 아니라, 백작 부인님." 보쿨스키가 말했다. "우리 가게를 찾은 손님들에게 적절치 못한 처신을 했기 때문입니다."

"손님들이 적절치 못하게 처신했을 수도 있겠지요." 이자벨라가 또다시 끼어들었다.

"손님들은 그래도 되지만, 우리는 그러면 안 됩니다. 손님들은 그만큼 대가를 지불하고 있습니다." 보쿨스키가 침착하게 대답했다.

이자벨라의 얼굴이 눈에 띄게 붉어졌다. 그녀는 다시 책을 들더니 읽기 시작했다.

"그렇지만, 보쿨스키 씨, 너그럽게 생각하시고." 백작 부인이 말했다. "내가 그 사람의 엄마를 아는데, 절망에 빠진 그의 엄마를 안타까워서 바라볼 수가 없을 정도예요……."

보쿨스키는 생각에 잠겼다.

"좋습니다." 보쿨스키가 말했다. "제가 일자리를 마련하겠습니다. 하지만 모스크바에서 근무하는 것으로."

"그러면 그의 불쌍한 엄마는 어떻게 하고……?" 애원하는 투로 백작 부인이 말했다.

"급료를 2백 루블…… 3백 루블로 올려 주지요." 보쿨스키가 대답했다.

그 순간 어린애들이 테이블로 모여들고, 백작 부인이 그들에게 작은 성화를 나눠 주기 시작했다. 보쿨스키는 백작 부인의 경건한 활동을 방해하지 않으려고 소파에서 일어나 이자벨라가 있는 쪽으로 갔다.

이자벨라가 책에서 눈을 떼고 이상한 눈으로 보쿨스키를 쳐다보면서 물었다.

"댁은 한번 결정하면 되돌리지 않으세요?"

"그렇습니다." 이렇게 대답했지만, 그는 곧 눈을 아래로 향했다.

"제가 그 젊은 사람을 위해서 부탁드린다면……."

보쿨스키가 의아하다는 시선으로 바라보았다.

"이 기회에 말씀드리지요. 므라체프스키 씨는 대화 중 인자한 목소리로 그를 칭찬한 사람들에 대해 적절치 못한 말을 했기 때문에 일자리를 잃은 겁니다. 그러나 아가씨께서 하명하신다면……."

이번에는 이자벨라가 눈을 아래로 떨어뜨리고 몹시 당황하는 빛이었다.

"아…… 그 젊은이가 어디서 근무하든 상관없어요. 모스크바로 가라지요."

"그는 그곳으로 가게 될 겁니다." 보쿨스키가 말했다. "백작 부인님과 아가씨에게 제 존경을 표합니다." 그가 절을 하면서 덧붙여 말했다.

백작 부인이 손을 내밀었다.

"보쿨스키 씨, 배려해 주어서 고마워요. 그리고 우리 집 성토요일 만찬에 꼭 와 주세요." 백작 부인이 강조하듯 덧붙여 말했다.

백작 부인이 교회 중앙에서 사람들이 움직이는 것을 보더니 갑자기 뒤에 있는 하인을 향해 말했다.

"크사베리, 회장님에게 가서 마차 좀 빌려 달라고 말씀드려. 우리 말이 아프다는 말씀도 드리고."

"언제 빌린다고 말씀드릴까요, 마님?" 하인이 물었다.

"그렇지. ……한 시간 반 후에, 이자벨라, 그러면 되겠지, 오랫동안 여기 있을 필요 없잖아?"

하인은 출입구 가까이 있는 테이블로 갔다.

"보쿨스키 씨, 그럼 내일 봅시다." 백작 부인이 말했다. "우리 집에 오면 많은 사람들을 만날 수 있을 거예요. 자선 단체 회원들도 몇 분 오실 거고……."

'아!' 백작 부인에게 작별 인사를 하면서 보쿨스키는 생각했다. 그는 이 순간 백작 부인에 대한 감사의 마음대로 한다면 재산의 절반이라도 자선 단체에 내놓을 것 같았다.

이자벨라는 멀리서 그에게 머리로 인사하고 이상한 태도로 바라보았다. 보쿨스키가 교회의 어둠 속으로 사라지자, 그녀가 백작 부인에게 말했다.

"고모는 그 사람한테 지나치게 친절한 것 같아요. 약간 의심스러울 정도였어요."

"네 아버지가 옳아. 그런 사람은 쓸 데가 있어. 외국에서는 그런 관계를 유지하는 것도 좋은 매너야." 백작 부인이 말했다.

"그런 관계를 과신해서 그가 오만해질 수도 있잖아요?" 이자벨라가 말했다.

"그러면 그의 머리가 모자란 거지." 백작 부인은 짧게 대답하고 기도서를 들었다.

보쿨스키는 교회를 떠나지 않고 측랑으로 몸을 돌렸다. 예수의 묘 옆 백작 부인과 마주 보는 구석에 빈 고해소가 있었다. 그는 고해실 안으로 들어가 문을 닫고 아무도 모르게 이자벨라를 바라보왔다.

그녀는 가끔 교회 문 쪽을 바라보면서 손에 책을 들고 있었다. 그녀의 얼굴에는 피곤과 지루한 기색이 역력했다. 어린아이들이 작은 성상화를 얻기 위해 테이블 가까이 다가오곤 했다. 이자벨라는 어린아이들에게 그림을 나누어 주면서도 '아, 언제 끝나지!'라고 말하고 싶은 태도였다.

'이 모든 것들은 경건한 신앙심의 발로도 아니고, 어린애들이 좋아서 하는 것도 아니고, 단지 평판과 결혼을 잘하기 위해서 하고 있는 것이다.' 보쿨스키는 생각했다. '그런데 나도 마찬가지 아닌가. 나도 명성과 결혼을 목적으로 하니까. 세상은 재미있는 곳이야! 솔직히, 나를 사랑하나요? 사랑 안 하나요? 혹은 나를 원합니까? 원하지 않습니까? 라고 묻는 대신에 나는 수백 루블을 던지고, 그녀는 진열대에서 몇 시간씩 지루해하면서 경건함을 가장한다.

만일 그녀가 나를 사랑하세요? 하고 반응을 보인다면, 이 모든 의식들은 좋은 면을 가지게 되는 거지. 더 가까워질 수 있는 시간과 가능성을 마련하는 셈이 되니까.

그런데 내가 영어를 못하는 건 안 좋은 거야……. 그녀가 나에 대해 어떻게 생각하는지 오늘 알 것 같다. 확실해. 나에 대해서 자기 고모에게 말했을 거야. 아무래도 영어를 배워야 할 것 같아…….

하찮은 것이지만 마차나 살까 보다…… 마차가 있었더라면 그녀를 고모와 함께 집으로 데려다주고, 그러면 우리 사이에 끈이 하나 생기는 건데……. 그래, 마차는 언제나 필요하지. 연간 지출을 천 루블 늘려서. 하지만 무엇을 해야 하나? 나는 언제라도 만반의 준비를 하고 있어야 한다.

마차…… 영어…… 자선 모금 때마다 2백 루블씩 나가고……! 내가 경멸하는 일을 지금 나는 하고 있다. 그런데 나의 행복을 확

보하는 일 말고 돈 쓸 데가 어디 있겠나? 내 마음이 아픈데, 절약이 무슨 소용이 있나?'

슬프게 울리는 멜로디 때문에 그의 생각의 흐름이 끊겼다. 그것은 보석함에서 나는 소리였는데, 곧이어 인조 새들의 지저귐으로 바뀌었다. 그 소리들이 잠잠해지자 분수의 조용한 물소리와, 기도하면서 내는 속삭임과, 경건한 신자들의 한숨 소리가 들렸다.

측랑과 고해실과 예배실 문 옆에 무릎을 꿇고 있는 굽은 자세의 형상들이 보였다. 어떤 사람들은 십자가에 못 박힌 그리스도의 상으로 기어가 입을 맞추고 손수건에 싸 가지고 온 작은 돈들을 접시에 놓았다.

예배실 안쪽 빛의 바다 한가운데 하얀 그리스도가 꽃으로 둘러싸인 채 누워 있었다. 흔들리는 불빛 때문에 보쿨스키에게는 그리스도의 얼굴이 무섭게 보이다가 동정적이고 자애롭게 보였다. 그러다 음악상자에서 라메모르의 루치아 곡이 흘러나오거나, 교회 중앙에서 동전 소리나 프랑스어 감탄사가 들려오면 그리스도의 얼굴이 어두워졌다. 하지만 십자가에 못 박힌 그리스도 상으로 가난한 사람이 다가와서 걱정거리를 털어놓으면, 그리스도는 굳게 닫힌 입을 열고 분수의 물소리 속에 축복과 약속의 말씀을 내려 주셨다.

"조용한 자는 축복받을지어다, 슬픈 자는 축복받을지어다……."

얼굴을 붉은빛으로 화장한 젊은 여인이 접시가 놓여 있는 곳으로 다가갔다. 그녀는 은화 40루블짜리를 놓고 감히 십자가에 손을 댈 엄두를 내지 못했다. 옆에 무릎을 꿇고 있던 사람이 못마땅한 듯 여인의 비단옷과 현란한 색깔의 모자를 쳐다보았다. 그러나 "너희 중에 죄 없는 자, 이 여인에게 돌을 던지라"고 그리스도가

속삭이자, 마리아 막달레나가 했던 것처럼 여인은 바닥에 꿇어앉
더니 그리스도의 발에 입을 맞추었다.

"정의를 갈구하는 자, 축복을 받을지어다. 우는 자들은 축복을
받을지어다……."

깊이 감동한 보쿨스키는 교회의 어둠에 파묻혀 있는, 저토록 인
내하며 믿음을 가지고 18세기 동안 신의 약속이 실현되기를 기다
리고 있는 사람들을 바라보았다.

'그런 날은 언제 오려나……!' 그런 생각이 들었다.

'인간의 모습을 한 아들이 자기의 천사들을 보내면, 그들이 모
든 부패와 부당한 짓을 한 자들을 잡초처럼 모아서 불사르리라.'

그는 무심코 교회 가운데를 바라보았다. 테이블 옆에서 백작 부
인은 졸고 있고, 이자벨라는 하품을 하고 있었다. 좀 더 멀리 있는
테이블에서는 모르는 부인 셋이 어떤 세련된 젊은이가 하는 이야
기에 웃고 있었다.

'다른 세계군…… 완전히 다른 세계야!' 보쿨스키는 생각했다.
'어쩌다 내가 저쪽을 보게 되었나?'

그 순간 고해소 옆에 정성스러운 옷차림을 한 젊은 여인이 어린
소녀를 데리고 와서 무릎을 꿇었다.

보쿨스키는 그 여인이 놀라울 만큼 아름답다는 것을 알았다. 하
지만 여인의 얼굴 표정이 그를 더 놀라게 했다. 여인은 이곳에 기
도하러 온 것 같지 않고, 묻고 한탄하기 위해 온 것처럼 보였다.

여인은 자리를 뜨면서 모금 접시를 보고 지갑을 꺼냈다. 그리고
소녀에게 작은 목소리로 말했다. "헬루시아,* 가서. 이것을 접시에
놓고 예수님께 뽀뽀하고 와."

"엄마, 어디에 뽀뽀해?"

"손과 발에……."

"입에는?"

"입에는 하는 것 아니야."

"이상해!" 소녀는 접시 쪽으로 달려가 십자가 아래에서 몸을 숙였다.

"그런데 엄마." 소녀가 뒤돌아보며 말했다. "뽀뽀했는데 예수님이 아무 말도 안 하셔."

"헬루시아, 얌전해야지. 무릎 꿇고 기도문을 암송해."

"어떤 기도문?"

"주기도문과 성모송……."

"그렇게 긴 기도문을……? 나는 아직 어린데……."

"그러면 성모송 하나만. 무릎을 꿇고, 위를 바라보면서……."

"보고 있어. 아베 마리아, 자비가 충만하시고……. 그런데 엄마, 새들이 노래하는 거야?"

"만든 새야. 어서 기도나 해."

"어떻게 만들었어?"

"먼저 기도부터 해."

"어디까지 했는지 잊어버렸어."

"그러면 엄마 따라서 해. 아베 마리아……."

"우리의 죽음까지. 아멘." 소녀가 암송을 마쳤다. "그런데 이 새들은 무엇으로 만든 거야?"

"헬루시아, 좀 조용히 해. 그러면 너에게 뽀뽀 안 한다." 불안한 목소리로 엄마가 말했다. "여기 책이 있으니까 그림들을 봐. 예수님이 얼마나 고통을 당하셨는지."

소녀는 책을 들고 고해소 계단에 앉더니 조용해졌다.

'얼마나 예쁜 소녀인가!' 보쿨스키는 속으로 생각했다. '저 애가 내 딸이라면, 요즘같이 마음의 평정을 잃고 있을 때 나에게 큰 힘이 되련만. 엄마는 또 얼마나 아름다운가. 머리, 옆모습, 눈…… 신이시여, 저들이 다시 행복하게 하소서. '아름다운 그러나 불행한 여인, 저 여인은 틀림없이 미망인일 거야. 아, 1년 전에만 저 여인을 만났더라면.

이 세상에 질서라는 것이 있을까? 바로 옆에 불행한 두 사람이 서 있다. 한 사람은 사랑과 가정을 찾고 있고, 다른 사람은 가난과 세상의 무관심과 싸우고 있다. 한 사람은 다른 사람에게서 자기가 찾고 있는 것을 발견할 수도 있으련만, 그들은 서로 만나지 못한다……. 한 사람은 신에게 자비를 구하러 왔고, 다른 사람은 인간 관계를 위해 접시에 돈을 놓는다. 몇백 루블이 저 여인에게는 행복이 될 수도 있을 것이다. 그러나 저 여인은 그것을 받지 못한다. 이 시대에 신은 고통받고 있는 사람들의 기도를 듣지 않는다.

저 여인이 누군지 알 수 없을까? 내가 저 여인을 도와줄 수도 있는데. 왜 그리스도의 놀라운 약속들은 실현되고 있지 않은가, 나 같은 회의론자들 때문인가, 아니면 성직자들이 다른 일에 마음이 팔려 있어서인가?'

그 순간 보쿨스키의 몸에 열이 났다……. 백작 부인의 테이블로 멋을 부린 젊은 남자가 다가와 접시에 무엇인가를 놓았다. 그를 보자 이자벨라의 얼굴이 붉어졌고, 그녀의 눈빛에는 보쿨스키가 항상 궁금해하는 이상한 표정이 나타났다.

백작 부인의 권유에 따라 조금 전까지 보쿨스키가 앉았던 소파에 그가 앉자 바로 활기찬 대화가 시작되었다. 보쿨스키는 그들의 대화 내용을 듣지 못했으나, 그들의 모습이 그의 머릿속에서 불타고 있었다. 비싼 양탄자, 한 줌의 금화가 위를 덮고 있는 은쟁반, 두 개의 촛대, 열 개의 촛불들, 두꺼운 상복 차림의 백작 부인, 이자벨라를 주시하고 있는 젊은 남자. 그리고 밝게 빛나는 그녀의 얼굴. 그리고 촛불에 비치는 백작 부인의 뺨, 젊은 남자의 코끝, 이자벨라의 눈도 그의 시선을 피하지 못했다.

'저들은 사랑하는 사이일까?' 보쿨스키는 생각했다. '그렇다면 왜 결혼하지 않았을까? 아마 남자에게 돈이 없었겠지. 그런데 그녀의 눈빛은 무슨 의미지? 나에게도 오늘 저런 눈빛을 보였는데. 이자벨라 양과 결혼하길 원하는 남자들이 적어도 10여 명은 될 게 분명해. 그러니까 가장 돈 많은 남자를 고르기 위해서 일단은 모두를 유혹하겠지!'

그들을 수행할 사람들이 도착했다. 백작 부인과 이자벨라 그리고 젊은이가 자리에서 일어났다. 세 사람이 옷깃 스치는 소리를 내며 출입문 쪽으로 가면서 다른 테이블들 옆에 멈출 때마다 그곳에 있던 청년들이 이자벨라에게 반갑게 인사했다. 그럴 때마다 이자벨라는 보쿨스키의 이성을 흐리게 했던 바로 그 눈빛을 선사했다. 드디어 모든 것이 조용해졌다. 백작 부인과 이자벨라는 교회를 떠났다.

보쿨스키는 정신을 차리고 주위를 살펴보았다. 소녀를 데리고 있던 아름다운 부인이 보이지 않았다.

"이럴 수가!" 한숨 소리와 함께 가슴이 가볍게 눌리는 것을 느꼈다.

그 대신 누워 있는 십자가 옆 바닥에 우단 겉옷에 밝은 색 모자를 쓴 아가씨가 여전히 무릎을 꿇고 있었다. 빛이 환한 예수의 묘로 그녀의 눈이 향했을 때 그녀의 장밋빛 얼굴에서 무엇인가가 빛났다. 그녀는 예수의 발에 다시 한 번 입을 맞추고, 무겁게 몸을 일으켜 밖으로 나갔다.

'우는 자에게 축복이…… 적어도 너에게만은 돌아가신 예수님이 약속을 지키시길…….' 보쿨스키는 생각하고 그녀의 뒤를 따라 나갔다.

교회 현관홀에서 그녀가 구걸하는 노인들에게 돈을 나눠 주고 있는 것이 보였다. 보쿨스키는 마음이 혼란스러웠다. 두 여인 중 한 여인은 재산 때문에 몸을 팔려 하고, 다른 여인은 가난 때문에 이미 몸을 팔고 있고 치욕으로 덮여 있지만, 어떤 더 높은 법정에서는 이 여인이 더 깨끗하고 더 나을 것이다.

길에 나서자 그는 이 여인을 따라잡아 나란히 걷게 되었고, 여인에게 물었다.

"어디로 가니?"

그녀의 얼굴에 눈물 자국이 보였다. 그녀는 무표정한 시선으로 보쿨스키를 올려보면서 대답했다.

"선생님과 같이 갈 수 있어요."

"그렇게 말하다니…… 그러면 따라와."

아직 오후 5시도 안 되었다. 날이 길었다. 몇 명의 행인들이 뒤에서 그들을 쳐다보았다.

'완전히 바보 같은 짓일지도 몰라, 이런 일을 하다니.' 보쿨스키는 자신의 상점으로 향하면서 생각했다. '스캔들 같은 건 신경 쓸 것 없어. 그런데 내 머릿속에서 도대체 무슨 일이 벌어진 것일까? 복음 전파……? 어리석음의 극치. 드디어, 어떻게 되든 상관없어. 나는 다만 다른 사람의 의지를 실천할 뿐이야.'

그는 상점이 있는 건물 안으로 들어간 후 제츠키의 방이 있는 곳으로 향했다. 뒤에는 그 아가씨가 따라오고 있었다. 이그나치 제츠키는 마침 방에 있었다. 그는 이상한 한 쌍을 보더니 놀라서 팔을 벌렸다.

"잠깐 자리 좀 피해 줄 수 있겠나?" 보쿨스키가 그에게 물었다.

이그나치는 아무 대답도 못하고 상점의 뒷문 열쇠를 집어 들고 방을 나갔다.

"두 사람이나?" 아가씨가 모자의 핀을 뽑으며 한숨처럼 말했다.

"잠깐." 보쿨스키가 그녀의 말을 막았다. "아까 교회에 있었지?"

"저를 보셨어요?"

"기도하면서 울고 있었지. 무슨 이유인지 알아도 될까?"

아가씨가 의아해하면서 어깨를 으쓱하더니 대답했다.

"신부님이세요? 그런 걸 묻다니." 그리고 보쿨스키를 유심히 바라보더니 이렇게 말했다.

"공연한 소리…… 농담이시겠지!"

아가씨는 나가려고 문 쪽으로 향했다. 그러나 보쿨스키가 그녀를 잡았다.

"잠깐 기다려. 누군가가 너를 돕고 싶은 사람이 있으니, 서두르지 말고 솔직히 말해 봐……."

그녀는 다시 그를 바라보았다. 갑자기 그녀의 눈이 웃으면서 얼굴이 붉어졌다.

"당신은……." 그녀가 말했다. "틀림없이 그 늙은이가 보낸 사람이지요! 그는 몇 차례나 나를 데려가겠다고 약속했지요…… 그는 아주 부자인가요? 틀림없이 아주 부자이겠지…… 마차를 타고 다니고, 극장에서도 첫 줄에 앉으니까."

"내 말 들어 봐." 그가 말을 막았다. "교회에서 왜 울었는지 이유를 말해 봐."

"있잖아요, 아저씨……." 아가씨가 마침내 심술궂은 안주인과 싸운 이야기를 털어놓았다. 아가씨의 이야기를 듣는 동안 보쿨스키의 얼굴이 창백해졌다.

"짐승이구먼!" 그가 화를 참으며 말했다.

"저는 묘지를 찾아갔습니다." 아가씨가 계속했다. "그렇게 하면

분이 좀 풀릴 거라 생각했습니다. 그런데 거기 가서도 그 늙은 안주인이 다시 떠올라 억울해서 눈물이 나왔어요. 그래서 신에게 빌었어요. 그 노파를 병들게 하든가, 아니면 저를 그 노파에게서 벗어나게 해 달라고. 신이 제 기도를 들으셨는지 그 남자분이 저를 데려가고 싶다고 했습니다."

보쿨스키는 한참을 아무 말 없이 앉아 있다가 이렇게 물었다.

"너 몇 살이야?"

"열여섯이라고 하는데, 사실은 열아홉 살이에요."

"그곳에서 나오고 싶니?"

"아, 지옥이라도 좋으니 나오고 싶어요. 당할 만큼 당했어요. 그러나……."

"그러나라니?"

"소용없는 일이에요……. 제가 오늘 나온다 해도 축제 기간이 지나면 다시 저를 잡아갈 텐데요. 그리고 지난번 축제 때처럼 저를 구타할 겁니다. 그때 저는 일주일 동안 일어나지 못하고 누워 있어야 했어요."

"너를 데려가지 않을 거야."

"어떻게요? 제게 빚이 있는데……."

"얼마큼?"

"오! 50루블. 저도 어떻게 그렇게 되었는지 몰라요. 모든 것에 대해 저는 두 배로 지불하거든요. 거기서는 항상 그래요. 그런데 그분은 돈이 많다고 그들이 알고 있어요. 그들은 저더러 그 돈을 훔치라는 거예요. 나중에 그들 편한 식으로 계산할 거예요."

보쿨스키는 힘이 빠지는 것을 느꼈다.

"말해 봐, 일하고 싶니?"

"무슨 일을요?"

"바느질을 배우는 거야."

"소용없는 일이에요. 제가 바느질하는 일을 했는데요, 한 달에 8루블밖에 못 받았어요. 그것으론 살 수 없어요. 그리고 이제는 남의 바느질 안 해도 살 수 있어요."

보쿨스키가 머리를 들었다.

"너 그곳에서 나오고 싶지 않은 거야?"

"나오고 싶어요!"

"그럼 지금 결정해. 일을 하든가. 누구도 이 세상에서 일하지 않고 먹을 수는 없으니까."

"그렇지는 않은 것 같아요. 그 늙은이는 아무 일도 안 하는데 돈이 있어요. 그리고 그는 '이제 머리 아플 일도 없다'고 자주 말해요."

"남자한테는 가지 말고 막달레나 수도원으로 가라. 그것도 싫으면 있던 곳으로 다시 돌아가든지."

"막달레나 수도원은 저를 받아 주지 않을 거예요. 빚을 갚아야 하고, 또 보증도 필요하거든요."

"네가 수도원에 가기만 하면 모든 게 해결돼."

"제가 어떻게 가면 될까요.?"

"내가 편지를 써 줄 테니 가지고 가서, 그곳에 머물고 있어. 그렇게 하겠니, 싫으니······?"

"편지를 주세요. 한번 가 보죠."

아가씨는 자리에 앉아서 방 안을 둘러보았다.

보쿨스키는 편지를 쓴 다음에 어디로 가져야 하는지 일러 주고, 마지막으로 이렇게 말했다. "이제 선택은 네게 달렸어. 네가 착하고 부지런하면 모든 게 잘될 거야. 그러나 이 기회를 네가 잘 이용하지 못하면, 너 하고 싶은 대로 해. 이제 가 봐."

아가씨가 미소 지었다.

"노파는 화가 나서 미치려 하겠지요. 재미있겠네…… 하, 하! 그런데…… 아저씨, 장난하는 것 아니지요?"

"나가." 문을 가리키며 보쿨스키가 말했다.

아가씨는 다시 한 번 그를 유심히 바라보더니, 어깨를 으쓱하고 밖으로 나갔다.

그녀가 나가고 조금 있다가 이그나치가 나타났다.

"어떻게 아는 사이야?" 그가 비꼬는 투로 말했다.

"맞아!" 생각에 잠겼던 보쿨스키가 말했다. "내가 동물 같은 인간들을 많이 보았지만 저런 인간은 처음이야."

"바르샤바에만도 저런 인간 수천 명일걸." 이그나치가 말했다.

"알고 있어. 저런 사람들은 어리석어서 어떻게 할 수 없지. 그리고 저런 사람들은 끊임없이 생기니까. 결론은 조만간 사회가 바닥부터 맨 위까지 개혁되어야 해. 그렇지 않으면 썩어 버리든지."

"아하!" 제츠키가 한숨을 쉬었다. "나도 그렇게 생각해."

보쿨스키는 제츠키와 헤어져서 밖으로 나왔다. 그는 마치 찬물을 뒤집어쓴 열병 환자 같은 느낌이 들었다.

'사회가 근본적으로 바뀌기 전에…….' 보쿨스키는 생각했다. '내 자선 활동의 범위가 매우 협소해지는 것을 보는군. 내가 가지고 있는 재산은 비인간적인 본능을 고귀하게 만들기에는 충분하지 않다. 나는 기도하면서 울고 있는 괴물보다 하품하면서 모금하는 여인을 선호한다.'

이자벨라의 모습이 다른 어느 때보다도 밝은 광채에 둘러싸여 있는 것처럼 보였다. 피가 머리 위로 올라오는 것 같았다. 이자벨라 양을 그런 여자와 비교하다니!

"그런 불행한 사람들에게 돈을 주느니 차라리 마차와 말을 부리는 데 돈을 쓰리라!"

부활절 일요일에 보쿨스키는 빌린 마차를 타고 백작 부인의 집에 도착했다. 이미 여러 종류의 마차들이 긴 줄을 이루고 있었다. 황금으로 감싼 젊은이들을 태우고 온 화려한 마차들도 있고, 은퇴자들이 시간 단위로 빌린 마차들도 있었다. 낡은 마차들, 늙은 말들, 낡은 마구, 다 해어진 제복을 입은 하인들도 있고, 빈에서 바로 온 듯한 작은 새 마차들도 보였다. 그런 마차들 옆에는 단춧구멍에 꽃을 꽂은 하인들이 서 있고, 마부는 마치 군사령관의 지휘봉처럼 허벅지에 채찍을 올려놓고 있었다. 이상하게 멋을 부린 코사크들도 있었는데 그들은 헐렁한 바지를 입고 있었다. 그들 주인들의 야심이 그 바지 안에 들어 있는 것 같았다.

얼핏 보니 마부들이 모여 있는 곳에서는 대귀족의 하인들이 거드름을 피우고 있었고, 은행가의 하인들이 설치고 있었다. 한쪽에서는 그들을 흉보고 있었는데, 특히 승합 마차 마부들이 가장 심하게 비난했다. 시간 단위로 고용된 마부들은 자기들끼리 모여서 다른 사람들을 경멸하고 있지만, 그들 또한 다른 사람들로부터 무시당하고 있었다.

보쿨스키가 현관에 들어서자 검은 띠를 두른, 머리가 하얀 도어맨이 머리를 깊이 숙여 인사하고 휴대품 보관실 문을 열었다. 그곳에서 검은 연미복을 입은 신사가 외투를 받았다. 그와 동시에 보쿨스키를 잘 아는 집사 유제프가 달려와서 영접했다. 유제프는 보쿨스키의 상점에서 주크박스와 노래하는 새들을 교회로 옮기는 일을 하기도 했다.

"마님께서 기다리고 계십니다." 유제프가 말했다.

보쿨스키는 조끼 주머니에서 5루블을 꺼내 그에게 주었다. 그리고 순간 자기가 벼락부자처럼 행동하고 있다는 생각이 들었다.

'아, 내가 어리석구나!' 보쿨스키는 생각했다. '아니야, 내가 어리석은 게 아니야. 나는 벼락부자일 뿐이야. 이 나라에선 수시로 누구에게나 돈을 쥐여 주어야 해. 창녀를 구제하는 데는 비용이 더 들지.'

그는 꽃으로 장식된 대리석 계단을 올라갔다. 유제프가 앞서갔다. 그는 1층에서 모자를 그대로 쓰고 있었다. 2층에서 모자를 벗었는데, 그것이 예의에 맞는지 아닌지는 알지 못했다.

"모자를 쓰고 사람들 사이로 파고들 걸 그랬나." 그는 혼자 중얼거렸다.

유제프는 중년이 넘은 나이에도 불구하고 암사슴처럼 빠르게 계단을 올라갔다. 보쿨스키가 위에 올라왔을 때 유제프는 어디로 사라졌는지 보이지 않아 혼자 남게 되었다. 그는 어디로 가야 할지, 누구한테 먼저 신고해야 할지 알지 못했다. 짧은 순간이었지만 화가 치미는 것을 느꼈다.

'이들은 온갖 형식으로 자기들의 세계를 보호하고 있구나.' 그는 생각했다. '이 모든 것을 뒤엎을 수만 있다면……!'

자신과 이 세련된 형식의 고상한 세계 사이에 투쟁이 벌어질 것이라는 생각이 몇 초 동안 이어졌다. 그렇게 되면 이 세계가 무너지든가 아니면 자신이 죽든가 둘 중 하나가 되겠지.

'좋아, 내가 죽을 수도 있지…… 그러나 죽더라도 나에 대한 기억은 남겠지!'

"너는 용서와 동정을 남길 것이다." 어떤 목소리가 속삭였다.

'내가 그 정도로 아무것도 아니란 말인가!'

"아니야. 너는 고귀해."

그는 의식을 되찾았다. 그의 옆에 어느새 토마쉬 웽츠키가 서 있었다.

"안녕하세요, 스타니스와프 씨." 그가 그의 독특한 품위 있는 태도로 말했다. "어서 오십시오, 당신이 오신 것은 우리 집안의 아주 특별한 좋은 일과 관련이 있습니다……"

'이자벨라 양의 약혼식이라도 있다는 말인가……?' 이렇게 생각한 보쿨스키의 눈에 어둠이 깃들었다.

"생각해 보십시오, 당신이 왕림해 주셔서…… 스타니스와프 씨, 듣고 계십니까? 당신이 우리 집을 방문해 주신 일로 저는 제 누나 요안나 부인과 화해하게 되었습니다. 그런데 왜 얼굴이 창백해지십니까? 여기 지인들이 많이 계십니다…… 대귀족들은 끔찍한 사람들이라고 생각지 마십시오."

보쿨스키는 오한을 느꼈다.

"웽츠키 씨." 보쿨스키가 차갑게 응답했다. "플레브나 근처 제 천막에 여기보다 더 많은 신사분들이 자주 오셨습니다. 그들은 저에게 매우 정중해서 그처럼 화려한 광경에 마음이 움직이는 게 쉽지 않습니다. 저는 그런 모습을 바르샤바에서는 볼 수 없을 것입니다……"

"아, 아!" 토마쉬가 한숨 쉬듯 말하고 머리를 굽혔다. 보쿨스키는 의아해했다.

'하인들이야!' 그의 머리에 이런 생각이 스쳤다. '내가…… 내가! 이런 사람들과 같이 행사를 치러야 하나?'

웽츠키가 그와 팔짱을 끼고 몹시 정중한 태도로 남자들만 있는 첫 번째 응접실로 안내했다.

"백작님이십니다. 아시죠……" 토마쉬가 시작했다.

"압니다." 보쿨스키가 반응했다, 그리고 마음속으로 말했다. '나한테 3백 루블 빚이 있지……'

"은행가……" 토마쉬가 계속해서 설명했다. 그러나 이름을 말하기 전에 은행가가 먼저 다가와 보쿨스키에게 인사했다.

"세상에, 파리에서 불바르 건설 계획에 대한 반응이 대단합니다…… 회신은 하셨습니까?"

"먼저 귀하게 상의드리고 싶었습니다." 보쿨스키가 대답했다.

"그러면 따로 한번 뵙지요. 댁에는 언제 계십니까?"

"정해진 시간은 없습니다. 그러나 제가 찾아뵙죠."

"그러면 수요일 아침 식사를 함께하시지요. 이번에 매듭을 지읍시다."

그들은 헤어졌다. 토마쉬가 다정스럽게 보쿨스키의 어깨를 눌렀다.

"장군……." 토마쉬가 다시 안내를 시작했다.

장군은 보쿨스키를 보자 손을 내밀고 오랜 친구처럼 맞이했다.

토마쉬는 보쿨스키에게 점점 더 다정해졌다. 그는 양품점 주인이 어떻게 이 도시에서 가장 저명한 인사들을 알고 있는지 내심 놀랐다. 그러나 아무 일도 하지 않으면서 칭호나 재산을 가지고 있는 사람들은 보쿨스키가 알지 못했다.

귀부인 몇이 서 있는 두 번째 응접실 입구에서 카롤리나 백작 부인이 토마쉬와 보쿨스키에게 다가왔다. 백작 부인 주위에서 하인 요제프가 서성거리고 있었다.

'벼락부자인 나의 체면을 살려 주기 위해 아예 보초를 세워 놓았군.' 보쿨스키는 속으로 생각했다. '친절한 것은 좋지만, 그러나…….'

"보쿨스키 씨, 이렇게 반가울 수가." 백작 부인이 보쿨스키를 토마쉬에게서 빼앗으며 말했다. "내 부탁을 들어주시다니 이렇게 기쁠 수가……. 마침 당신을 꼭 만나고 싶어 하는 분이 여기 계시답니다."

첫 번째 응접실에서 보쿨스키의 출현은 화제가 되었다.

"장군……." 백작이 말했다. "백작 부인이 우리에게 양품점 상인들을 데려오기 시작했습니다. 저 보쿨스키는⋯⋯."

"그는 당신이나 나와 마찬가지로 상인입니다." 장군이 말했다.

"공작⋯⋯." 다른 백작이 말했다. "보쿨스키라는 사람이 여기에 어떻게 나타났지요?"

"안주인께서 초청했답니다." 공작이 말했다.

"상인들에 대해서 선입견은 없습니다만⋯⋯." 백작이 계속했다. "전시에 군대에 물자를 공급해 재산을 모은 보쿨스키는⋯⋯."

"그럼⋯⋯ 그럼⋯⋯." 공작이 말을 가로챘다. "그런 종류의 재산은 흔히 불투명한 구석이 있지만, 보쿨스키는 제가 보증합니다. 백작 부인이 나에게 이야기했고, 또 내가 당시 참전했던 장교들에게 물어보았습니다. 그중에는 내 누이의 아들도 있습니다. 보쿨스키에 대해선 한결같은 생각들이었습니다. 그와 관련된 물자들은 하자가 없었답니다. 심지어 항상 좋은 빵만 먹었던 군인들은 보쿨스키가 공급한 밀가루로 만들었을 거라는 말까지 했다더군요. 백작에게 한 가지 더 말할 것이 있는데, 정직함으로 높은 분들의 관심을 끌었던 보쿨스키는 아주 매력적인 제안을 받은 적이 있었습니다. 금년 1월에 그는 어떤 사업을 위해 20만 루블을 회사에 내놓겠다는 제안을 거절했습니다⋯⋯."

백작이 웃고 나서 말했다.

"그가 20만 루블 이상을 원했을 겁니다⋯⋯."

"그렇다면 그는 오늘 이 자리에 없었겠지요." 공작이 이렇게 말한 뒤 백작에게 머리를 끄덕이고 자리를 떴다.

"미친 늙은이." 백작이 작은 소리로 말하면서 경멸하는 태도로 공작의 뒷모습을 바라보았다.

보쿨스키가 백작과 함께 들어온 세 번째 응접실에는 크고 작은 테이블이 여러 개 놓여 있었고 테이블마다 두 명씩, 세 명씩 또는 네 명씩 초대받은 사람들이 앉아 있었다. 여러 명의 하인들이 식사와 포도주를 나르고 있었고, 안주인 역할을 맡은 이자벨라가 그들을 지휘하고 있었다. 그녀는 옅은 푸른색 의상을 입고 커다란 진주 목걸이를 걸고 있었다. 그녀는 너무 아름다운 데다 행동도 품위가 있어서 그녀를 바라보고 있는 보쿨스키의 몸이 굳어졌다.

'저 여인에 대해선 꿈도 꿀 수 없겠구나……' 그는 절망적으로 생각했다.

동시에 그는 창가의 작은 테이블에 혼자 앉아 이자벨라에게서 한시도 눈길을 떼지 않고 있는 청년을 보았다. 이 젊은 사람을 보쿨스키는 어제 성당에서도 보았다.

'저 친구가 이자벨라 양을 사랑하고 있구나!' 보쿨스키에게 이런 생각이 들었고, 무덤의 냉기가 그를 에워쌌다.

'나는 안 되겠구나.' 그에게 이런 생각이 들었다.

이 모든 일이 순식간에 이루어졌다.

"주교와 장군 사이에 있는 늙은 부인이 보이죠?" 백작 부인이 말했다. "저 부인이 나의 가장 친한 친구인 자스와프스카 회장 사모님입니다. 당신을 꼭 만나 보고 싶어 하십니다. 당신에게 아주 관심이 많으십니다." 백작 부인이 웃으면서 계속했다. "자식은 없는데 예쁜 손녀들이 몇 명 있지요. 선택을 잘하세요! 잠깐 동안 저 부인을 보고 계세요. 저 남자분들이 다른 데로 가면 당신을 소개시켜 드리겠습니다. 아, 공작……."

"안녕하세요?" 공작이 보쿨스키에게 인사했다. "사촌, 잠깐 내가 자리를……."

"물론, 그렇게 하세요." 백작 부인이 말했다. "여기 마침 빈 테이블이 있네요…… 두 분, 잠깐 동안만 실례할게요."

백작 부인이 자리를 떴다.

"보쿨스키 씨, 좀 앉읍시다." 공작이 말했다. "마침 잘됐습니다. 당신에게 할 말이 있습니다. 생각해 보십시오. 당신의 프로젝트가 우리 면직 공장주들 사이에 대단한 두려움을 야기시켰답니다. 그들은 당신이 우리 면직 산업을 죽이려 든다고 주장합니다. 당신이 하는 일이 정말 그렇게 위협적인 경쟁이 되나요⋯⋯?"

"저는 실제로 모스크바 공장주들에게 3백만 루블, 심지어 4백만 루블을 투자하고 있습니다. 그러나 아직은 잘 모르겠습니다, 물건이 잘 팔릴지."

"대단하구먼! 엄청난 액수야!" 공작이 한숨 쉬듯 말했다. "그것이 우리 공장들에 본질적인 위험이 된다고 보지 않으십니까?"

"아, 아니요. 다만 그들의 거대한 수입이 보잘것없는 정도로 줄어들겠지요. 그것이 물론 저와는 상관없는 일이지만. 저는 오로지 제 이익과 구매자들에게 좀 더 싸게 물건을 제공하는 일만 신경 써야 할 의무가 있지요. 우리 제품은 좀 더 쌀 것입니다."

"그러면 당신은 시민으로서 이 문제는 생각해 보셨습니까?" 공작이 그의 손을 끌며 말했다. "우리에겐 그렇게 많이 잃을 것이 없답니다⋯⋯."

"소비자에게 보다 저렴한 가격으로 물건을 제공하고 공장주들의 시장 독점을 파괴하는 것은 시민을 위해서 좋은 일이라고 생각합니다. 그들도 소비자와 노동자를 착취하는 데 있어서는 우리와 공통점이 없지 않지요."

"그렇게 생각하세요? 나는 그런 문제는 생각하지 못했소. 나한테 중요한 것은 공장주들이 아니라 나라, 우리 나라, 가난한 나라입니다⋯⋯."

"무얼 드시겠어요?" 그들에게 다가온 이자벨라가 끼어들며 말했다.

공작과 보쿨스키는 자리에서 일어났다.

"얘야, 너 오늘 정말 아름답구나." 공작이 이자벨라의 손을 잡으며 말했다. "내가 청년이 아니라는 것이 정말 유감이구나. 그렇지만 아닌 것이 더 나은 일인지도 모르지. 네가 나를 거절한다면 내가 몹시 불행했을 테니까……. 아, 미안해!" 그러고 나서 공작이 계속했다. "아 참, 보쿨스키 씨를 소개한다. 용기 있는 분이고, 용감한 시민이시다! 이 정도로 소개하면 되겠니?"

"이미 아는 분이에요……." 고개 숙여 인사하며 이자벨라가 작은 소리로 말했다.

보쿨스키는 그녀의 눈을 보면서 놀라움과 슬픔의 그림자를 느꼈다. 그에게 다시 절망감이 엄습했다.

'나는 이곳에 뭣하러 왔나?' 그는 생각했다.

보쿨스키는 창가에 있는 청년을 보았다. 그는 손으로 눈을 가리고 접시에 손도 대지 않은 채 여전히 혼자 앉아 있었다.

'나는 여기에 뭣하러 왔나, 불행한 사람…….' 보쿨스키는 마치 진드기에 의해 심장이 찢기는 것 같은 고통을 느끼며 생각했다.

"포도주 한잔 드릴까요?" 이상하게 그를 바라보며 이자벨라가 물었다.

"주시는 대로." 그는 자동적으로 대답했다.

"우리 서로 좀 더 잘 알고 지냅시다, 보쿨스키 씨." 공작이 말했다. "당신은 우리 세계에 더 가까이 올 필요가 있습니다. 나를 믿으세요, 이성적이고 고귀한 사람들이 많습니다. 그러나 창의성은 없지요……."

"저는 벼락부자에 지나지 않습니다. 제게는 칭호도 없습니다." 뭔가 대답해야 한다고 느낀 보쿨스키가 말했다.

"천만에, 당신에게 칭호가 없다니…… 첫 번째는 근면, 두 번째는 정직, 세 번째는 능력, 네 번째는 에너지……. 우리 나라를 재건하기 위해서는 이런 칭호들이 필요합니다. 우리에게 그것들을 주시오, 우리는 당신을…… 형제로 맞이할 것이오."

백작 부인이 다가왔다.

"공작, 실례하오." 백작 부인이 말했다. "보쿨스키 씨……."

백작 부인이 보쿨스키에게 손을 주고 두 사람은 회장 사모님이 있는 소파로 갔다.

"회장 부인, 이분이 스타니스와프 보쿨스키 씨입니다." 백작 부인이 값비싼 레이스가 달린 짙은 색 옷을 입고 있는 노부인에게 말했다.

"앉게." 의자를 가리키며 노부인이 말했다. "이름이 스타니스와프라고……? 어느 보쿨스키 집안인가?"

"전혀 알려진 집안이 아닙니다." 그가 대답했다. "더구나 부인께서 알 만한 집안이 아닙니다."

"자네 아버지께서 군대에 계시지 않았었나?"

"아버지는 아니고, 삼촌이……."

"삼촌이 어디서 근무하셨는지 기억하나……? 삼촌 이름도 혹시 스타니스와프 아니었나?"

"스타니스와프, 맞습니다. 중위로 계시다가 나중에 전선 7연대에서 대위로 근무하셨습니다."

"2사단 1여단." 회장 부인이 말을 막았다. "이럴 수가, 애야, 내가 너를 모르다니…… 삼촌은 살아 계시니?"

"5년 전에 돌아가셨습니다."

회장 부인의 손이 떨리기 시작했다. 회장 부인이 작은 향수병을 열더니 냄새를 맡았다.

"돌아가셨다고 말했니? 영원한 안식을…… 돌아가셨다…… 혹시 삼촌이 남기고 가신 것 없니?"

"황금 십자가……."

"그래, 황금 십자가…… 다른 것은 없니?"

"상아에 그려진 1828년 삼촌의 모형."

회장 부인은 더 자주 향수병을 들었다. 손이 점점 더 심하게 떨렸다.

"모형이라……." 회장 부인은 반복했다. "그걸 누가 그렸는지 아니? 그것 말고 또 없니?"

"종이 묶음과 또 다른 모형이 있었는데……."

"그것들은 어떻게 되었니?" 회장 부인은 점점 더 불안한 듯 재촉했다.

"삼촌께서 돌아가시기 며칠 전에 그 물건들을 봉하시고 자기 관에 넣으라고 말씀하셨습니다."

"아…… 아!" 노부인이 한숨을 쉬더니 슬프게 울었다.

홀 안이 웅성거렸다. 걱정스러운 표정으로 이자벨라가 다가왔다. 곧이어 백작 부인도 왔다. 두 사람이 노부인을 부축하고 다른 방으로 안내했다. 순간 모든 사람의 눈이 보쿨스키에게 집중되었다. 그러고는 조용히 수군거리기 시작했다.

모두 자기를 보고 있으며, 자기에 대해서 말하고 있다는 것을 알고 보쿨스키는 혼란스러웠다. 그는 이 엉뚱한 상황이 사실은 자기와는 아무 상관 없다는 것을 보여 주기 위해서 테이블에 있는 포도주를 두 잔 연거푸 마셨다. 다 마시고 나서야 그는 헝가리 포도주가 담겼던 잔은 장군 것이고, 두 번째 붉은 와인은 주교의 잔이었다는 것을 알았다.

'내가 제대로 한 건 했군.' 그는 스스로에게 말했다. '저들은 내가 다른 사람들의 와인을 마시기 위해 노부인의 감정을 상하게 했

다고 수군거리겠지……'

그는 나갈 생각으로 자리에서 일어났다. 그러나 따가운 눈총과 수군거림이 기다리고 있을 두 개의 방을 지나갈 생각을 하자 얼굴이 화끈거렸다. 그때 공작이 서둘러 그의 앞을 막았다.

"틀림없이 당신은 노부인과 먼 옛날 이야기를 눈물이 날 정도로 나누었겠지요. 내 추측이 맞지요? 아까 우리가 나누다 만 이야기를 계속합시다. 좀 앉읍시다. 섬유를 싸게 공급할 수 있는 폴란드 회사를 우리 나라에 세우면 어떻겠소……?"

보쿨스키는 머리를 흔들었다.

"그것이 성공할지 자신이 없습니다." 그가 대답했다. "지금 있는 상태에서 작은 개선도 못하는 사람들에게는 큰 공장에 대해 생각하는 것이 쉽지 않은 일입니다……"

"좀 더 구체적으로 말하면?"

"제분 공장에 대해서 말하자면……" 보쿨스키가 계속했다. "몇 년 후에는 밀가루도 수입하게 될 겁니다. 왜냐하면 우리 제분업자들은 돌을 실린더로 교체하려 하지 않습니다."

"그런 이야기는 처음 듣습니다! ……저기 좀 앉읍시다." 공작이 그를 더 넓은 창가 쪽으로 데리고 갔다. "그게 무슨 말인지 자세히 말해 보시오."

그사이에 방 안은 이야기 소리로 가득했다.

"저 사람은 좀 수수께끼 같지 않아." 다이아몬드로 장식한 부인이 공작 깃으로 장식하고 있는 부인에게 프랑스어로 말했다. "회장 부인이 우시는 건 처음 봤어요."

"물론 슬픈 사랑 이야기겠지요." 공작 깃으로 장식한 부인이 말했다. "어떻든 누군가가 저 남자를 끌어들이면서 백작 부인과 회장 부인에게 짓궂은 장난을 했을 거예요."

"그렇게 생각하세요……?"

"확실해요." 어깨를 으쓱하며 깃으로 장식한 부인이 말했다. "저 남자 좀 보세요. 행동도 점잖지 못하고, 얼굴 표정도 그렇고, 그리고 오만하기는……! 귀족은 옷이 남루해도 뭔가 다르지요."

"놀랄 만한 일이군요! 그리고 그의 재산도 아마 불가리아에서 모았다지요……."

"물론이죠. 회장 부인이 재산이 많으면서도 자기 자신을 위해 돈을 안 쓰는 이유도 곧 알려지겠지요."

"공작은 그에게 아주 상냥하고……."

"동정심에서 그러겠지요. 그가 할 수 있는 최소한의 예의 아닐까요? 저 두 사람을 좀 보세요……."

"두 사람 사이에 비슷한 점이 조금도 없잖아요."

"물론이죠. 그런데…… 저 오만함과 당당함이라니……. 그러나 두 사람이 아주 스스럼없이 이야기하고 있네요."

다른 테이블에서는 세 남자가 이야기하고 있었다.

"백작 부인이 쿠데타를 일으켰군." 검은 머리가 이마 위에 흘러내린 남자가 말했다.

"성공한 거야. 보쿨스키는 약간 경직되어 있지만, 그러나 무언가 내재된 것이 있는 것 같아." 회색 머리가 말했다.

"어쨌든 상인이잖아요……."

"상인이 은행가만 못한 거야?"

"양품 상인, 지갑 파는……." 검은 머리는 집요했다.

"우리도 때론 가문의 문장을 파는데……." 세 번째 남자가 끼어들었다. 그는 몸이 마르고 회색의 구레나룻을 기른 노인이었다.

"그가 여기서 결혼을 원하고 있지요……."

"아가씨들에게는 좋은 일이지요."

"나 같으면 딸을 주겠네. 내가 듣기로 그는 올바른 사람이고, 부자이고, 신부 지참금을 낭비하지 않을 것이고…….."

그들 옆을 백작 부인이 빠르게 지나갔다.

"보쿨스키 씨." 백작 부인이 부채로 창가 쪽을 가리키며 불렀다.

보쿨스키가 빠른 걸음으로 다가왔다. 백작 부인이 그에게 손을 내밀고 두 사람은 함께 홀을 떠났다. 혼자 남은 공작 주위로 남자들이 몰려들었다. 보쿨스키를 소개해 달라고 부탁하는 사람도 몇 있었다.

"사귈 만하지, 그렇고말고!" 공작이 만족스러운 듯 말했다. "저런 친구가 우리 중에는 없어. 우리가 오래전에 저런 친구와 가깝게 지냈더라면 불행한 우리 나라도 달라졌을 거야."

그들 옆을 지나던 이자벨라가 그 말을 들었다. 그녀의 얼굴이 창백해졌다. 어제 모금 행사에 왔던 젊은이가 그녀에게 다가왔다.

"피곤하시죠?" 그가 물었다.

"약간." 슬프게 웃으며 그녀가 대답했다. "이상한 생각이 들었어요." 조금 후에 그녀가 덧붙였다. "과연 내가 싸울 수 있을지……."

"마음과?" 그가 물었다. "그럴 만한 가치가 없겠지요……."

이자벨라가 어깨를 으쓱했다.

"마음이 어디 있어요? 나는 강력한 적과 진짜 싸우는 것을 말하는데."

그녀가 그의 손을 꼭 잡고 홀을 떠났다.

백작 부인에게 인도된 보쿨스키는 여러 개의 방을 지나갔다. 초대된 손님들과 멀리 떨어져 있는 방에서 노랫소리와 피아노 치는 소리가 들렸다. 그들이 방에 들어서자 예상치 못한 광경이 눈에 들어왔다. 어떤 젊은이가 피아노를 치고 있었고, 몸매가 아주 날씬한 두 아가씨가 그의 옆에 서 있었다. 한 아가씨는 바이올린을 켜는 시늉을 하고, 다른 아가씨는 클라리넷을 부는 흉내를 내고 있었다. 음악에 맞추어 몇 쌍이 춤을 추고 있었다. 그중 남자는 한 사람밖에 없었다.

"얘들아, 이 무슨 장난이니!" 백작 부인이 나무랐다.

그러자 웃음이 폭발했다. 그러나 놀이를 중단하지는 않았다.

그 방을 지나 두 사람은 계단으로 들어섰다.

"보았지요." 백작 부인이 말했다. "저것이 최고의 대귀족다운 모습이라오. 응접실에 앉아 있는 것보다 자기들끼리 즐기려고 빠져나왔어요."

'저들에게는 생각이 있군!' 보쿨스키가 생각했다.

오만한 부르주아나 대귀족인 척하는 귀족들보다 저 사람들에겐 삶이 덜 복잡하고 더 즐거울 것이라는 생각이 들었다.

외부의 소음이 차단된 약간 어두운 방의 소파에 회장 부인이 앉아 있었다.

"두 분, 이야기 나누십시오. 저는 가 보겠습니다." 백작 부인이 말했다.

"요아시아, 고마워." 회장 부인이 백작 부인에게 말하고, 곧이어 보쿨스키를 보며 "여기 좀 앉아"라고 말했다.

두 사람만 남게 되자 회장 부인이 말했다.

"자네가 나에게 얼마나 많은 추억을 불러일으켰는지 생각도 못할 거야."

보쿨스키는 이 노부인과 자기 삼촌 사이에 특별한 관계가 있었다는 것을 알고 약간 불안한 놀라움이 엄습하는 것을 느꼈다.

'다행이군.' 그는 속으로 생각했다. '내가 우리 부모님의 합법적인 자식이라는 사실이.'

"그래." 회장 부인이 말하기 시작했다. "자네 삼촌께서 돌아가셨다고 말했지. 그 불쌍한 사람은 어디에 묻혔나?"

"외국에서 돌아오신 이후 삼촌께서 줄곧 사셨던 자스와프에 묻히셨습니다."

회장 부인이 다시 손수건으로 눈을 훔쳤다.

"정말이야? 아, 몹쓸 나로구나……! 그가 살아 있을 때 그에게 가 본 적 있었나? 자네에게 삼촌이 아무 말도 안 하시던가? 자네에게 여기저기 보여 주지 않던가? 언덕 위에 폐허가 된 성이 아직도 그대로 서 있나?"

"삼촌은 그 성으로 매일 산책을 가셨어요. 저는 삼촌과 함께 몇 시간씩 큰 바위 위에 앉아 있었습니다."

"정말이야……? 나도 그 바위를 알아. 나도 그와 함께 그 바위에 앉아서 강물과 흘러가는 구름을 바라보았지. 강물과 구름이 행복도 한번 가면 다시 돌아오지 않는다는 것을 가르쳐 주었지. 그런데 그것을 오늘에야 느끼다니. 성에 있는 샘은 아직도 깊은가?"

"아주 깊습니다. 그러나 접근하기가 어렵습니다. 입구가 무너진 돌덩이들로 가려 있습니다. 삼촌이 제게 그 샘을 보여 주셨습니다."

"자네는 알겠나." 회장 부인이 말했다. "우리가 마지막으로 헤어지던 순간에 우리 둘이 그 샘에 몸을 던질 생각을 했다는 것을? 그러면 아무도 우리를 찾지 못할 것이고, 오랫동안 우리 두 사람만 함께 있었을 거야. 흔히 있는, 정신 나간 청춘……."

노부인이 눈물을 닦고 말을 이었다.

"나는 그를 너무나…… 너무나 사랑했지. 그도 나를 약간은 사랑했던 것 같군. 그가 모든 것을 기억하고 있는 걸 보면……. 하지만 그는 가난한 장교였고, 불행히도 우리 친척 중에 장군이 두 명이나 있었거든. 그래서 우리는 헤어지게 되었던 거야…… 어쩌면 우리가 지나치게 점잖았는지도 모르지. 그러나 잠깐! 잠깐!" 노부인은 웃고 울면서 말을 이었다. "그런 말은 70이 된 부인이나 할 수 있을 거야."

노부인은 울먹이느라 이야기를 더 할 수 없었다. 노부인은 향수병을 열어 코에 대고 깊게 들이마신 다음 한참 쉬었다가 다시 말을 이었다.

"세상에는 온갖 범죄가 많지만, 아마도 가장 큰 죄는 사랑을 죽이는 것일 거야. 그사이 많은 세월이, 거의 반세기가 흘렀어. 모든 게 지나갔지. 재산, 칭호, 청춘, 행복……. 그런데 슬픔과 그리움만은 그대로 남아 있어. 마치 어제 일처럼 생생하단 말이야. 이 세상에서의 억울함을 보상받을 다른 세상이 있다는 믿음이 없다면 삶과 인습을 저주하지 않을 사람이 있겠는가……. 자네는 나를 이해하지 못할 거야. 자네들은 머리는 더 강하면서 가슴은 더 냉정하니."

보쿨스키는 머리를 숙이고 앉아 있었다. 무엇인가 그의 목을 조르고 가슴을 찢는 것 같았다. 손톱이 손바닥에 깊이 박힐 정도로 그는 주먹을 꼭 쥐고 있었다. 그는 가능한 한 빨리 이곳을 벗어나고 싶었다. 그의 가장 아픈 상처를 건드리고 있는 슬픈 하소연을 듣고 싶지 않았다.

"아, 불쌍한 사람, 묘비라도 있는지?" 노부인이 조금 쉬었다가 물었다.

보쿨스키는 얼굴이 붉어졌다. 죽은 사람이 흙덩어리 위에 무엇인가를 필요로 한다는 것을 그는 한 번도 생각해 본 적이 없었다.

"없구나." 그가 당황해하는 모습을 보고 노부인이 말했다. "이보게, 묘비를 생각하지 못한 자네를 나무랄 생각은 조금도 없네. 그 사람을 잊고 있던 나를 탓하는 것이네."

한참 생각에 잠겨 있던 노부인이 갑자기 떨고 있는 메마른 손을 그의 어깨 위에 놓으면서 낮은 목소리로 말했다.

"자네에게 부탁이 하나 있네. 말해 주게, 그 부탁을 들어주겠다고……."

"반드시 하겠습니다." 보쿨스키가 대답했다.

"그의 묘에 비석을 하나 세우고 싶네. 그런데 내가 그곳에 갈 수 없으니 자네가 나 대신 해 주게. 여기서 석공을 데려가게. 우리가 그 위에 앉아 있곤 했던 큰 바위, 성 아래 있는 그 바위를 잘라 그 조각을 그의 무덤 위에 세우도록 하게나. 비용이 아무리 들어도 괜찮네. 나중에 내가 모든 비용을 지불할 것이니. 그렇게 해 주면 나는 자네에게 평생 고마워할 것이네. 할 수 있겠는가?"

"하겠습니다."

"그러면 안심이네, 고맙네. 그렇게 되면 그는 우리의 이야기를 듣고, 우리의 눈물을 보았던 그 바위 아래서 더 편히 쉬게 될 것이네. 아, 회상은 얼마나 힘든 일인가……. 그런데 비명, 무엇을 쓰면 좋겠나?" 노부인이 말을 이었다. "우리가 헤어질 때 그가 나에게 미츠키에비츠의 시 한 구절을 주었다네. 자네도 아마 그 시를 알 거야.

멀리서 비출 때 그림자가 더 길듯,
슬픔의 파장도 더 넓게 퍼지리라,
나에 대한 회상도 그러할지니, 멀리 갈수록
더 큰 슬픔이 그대의 영혼을 혼미케 하리……

오, 그렇구나! 그리고 우리를 연결시켰던 그 샘을 어떤 식으로든 언급하고 싶은데……."

보쿨스키는 몸을 떨었다. 그리고 눈을 크게 뜨고 어딘가를 바라보았다.

"무슨 일이지?" 노부인이 물었다.

"아무 일도 아닙니다." 그가 웃으면서 대답했다. "죽음이 제 눈을 보고 있었습니다."

"놀랄 것 없네. 나처럼 늙은 사람 주위에는 항상 있다네. 그래서 내 이웃들도 죽음을 보았을 것이네. 그건 그렇고, 내 부탁을 들어줄 수 있겠지?"

"네."

"명절 지나고 우리 집에 한번 오게. 그리고…… 우리 집에 자주 오게. 자네에겐 좀 지루할지도 몰라. 그러나 몸이 불편해도 내가 자네에게 도움이 될 수 있을 거야. 이제 아래층으로 내려가 보게. 어서 가 보게……."

보쿨스키는 노부인의 손등에 키스했다. 노부인은 그의 머리에 몇 차례 키스하고 나서 초인종을 눌렀다. 하인이 들어왔다.

"이분을 아래층으로 안내해 드리게." 노부인이 말했다.

보쿨스키는 의식이 몽롱해졌다. 그는 어디로 가야 할지도 몰랐고, 자기가 노부인과 무슨 이야기를 했는지도 생각나지 않았다. 그는 다만 조용한 발걸음과 뭐라고 표현하기 어려운 향기로 가득한 옛날 초상화들이 걸려 있는 커다란 방의 혼잡 속에 놓여 있다는 것을 느낄 뿐이었다. 값비싼 목재 가구들과 그가 꿈도 꾸지 못했던 온갖 장식으로 멋을 부린 사람들이 그를 에워싸고 있었다. 그리고 이 모든 것 위로 마치 시의 운율처럼 한숨과 눈물에 젖은 대귀족 노부인의 회상이 감돌고 있었다.

'이 무슨 세상인가……? 이 무슨 세상인가……?'

그런데 그에게 무엇인가가 결핍된 느낌이었다. 그는 이자벨라가 보고 싶었다.

'홀에 가면 볼 수 있겠지…….'

하인이 홀로 가는 문을 열었다. 그러자 모든 눈들이 그를 향했고, 놀라서 날아오르는 새들의 날갯짓 소리처럼 이야기 소리가 멎었다. 한순간 침묵이 이어졌다. 모두 보쿨스키를 바라보고 있었다. 그러나 아무도 그의 눈에 들어오지 않았다. 그는 열렬한 시선으로 옅은 푸른빛 의상을 입고 있는 여인을 찾았다.

'여기에도 없구나!' 그는 생각했다.

"봐요, 여러분 모두는 그의 안중에도 없어요." 회색 구레나룻을 기른 노신사가 웃으면서 속삭이듯 말했다.

'다른 홀에 있겠지.' 보쿨스키는 스스로를 위로했다.

그는 백작 부인을 보고 다가갔다.

"그래, 만남은 끝난 거야?" 백작 부인이 물었다. "회장 사모님 정말 인자하시지? 당신에게 좋은 친구가 되실 거야. 물론 나만큼은 아니겠지만…… 당신을 곧 소개할게…… 보쿨스키 씨!" 백작 부인이 여러 개의 다이아몬드로 장식한 부인을 향하면서 말했다.

"바로 거래 이야기를 시작하겠소." 다이아몬드 부인이 오만한 태도로 말했다. "우리 고아들을 위해서 아마포 몇 롤이 필요하오……."

백작 부인의 얼굴이 약간 붉어졌다.

"단지 몇 개의 롤을……?" 보쿨스키가 반복하면서 그 부인의 다이아몬드들을 쳐다보았다. 그것들은 가장 비싼 아마포 수백 롤과 맞먹었다. "축제 후에……." 그가 덧붙여 말했다. "백작 부인님께 전달해 드리는 영광을 누리겠습니다."

이렇게 말한 뒤 머리를 숙이고 자리를 뜨려 했다.

"벌써 가려고?" 약간 당황한 백작 부인이 물었다.

"이건 무례 아니야!" 다이아몬드 부인이 옆에 있는 공작 깃 부인에게 말했다.

"백작 부인님, 이만 가 보겠습니다. 베풀어 주신 영광에 감사드립니다." 이렇게 말하고 그는 백작 부인의 손등에 키스했다.

"곧 다시 봐요, 보쿨스키 씨. 그렇지요, 우리는 서로 할 일이 많이 남아 있지요."

두 번째 방에도 이자벨라는 없었다. 보쿨스키는 불안해졌다.

'그녀를 꼭 봐야 해…… 이런 모임에서 언제 그녀를 다시 볼 수 있겠어.'

"아, 당신 여기 있었군." 공작이 불렀다. "이제 알겠어, 웽츠키 씨와 당신이 무슨 일을 꾸미고 있었는지. 동방 무역 회사, 아주 좋은 생각이야. 나도 그 일에 참여하겠소……. 그리고 우리가 좀 더 가까이 지내야 해……." 보쿨스키가 흥미를 보이지 않는 것을 보고 공작이 덧붙였다. "내가 좀 지겹지요, 보쿨스키 씨? 하지만 그건 조금도 도움이 되지 못하고. 당신은 우리와 더 가까이 지낼 필요가 있지요. 우리 함께 살아갑시다. 당신 회사도 역시 가문의 문장이고, 우리의 문장도 또한 정직과 이익을 보장하는 하나의 회사입니다……."

그들은 손을 서로 꼭 잡았다. 보쿨스키도 무어라고 했지만, 무슨 말을 했는지 생각나지 않았다. 그의 불안은 더 커졌다. 이자벨라는 여전히 보이지 않았다.

"멀리 갔을지도 모르지." 그는 혼자 말하면서 불안한 마음으로 마지막 홀을 향해 갔다. 여기서 웽츠키가 예전에 보지 못했던 다정한 태도로 그를 붙잡았다.

"벌써 가십니까? 그러면 안녕히 가세요. 축제일이 지난 뒤에 우리 집에서 첫 모임이 있습니다. 신의 축복을 받으며 시작합시다."

'그녀는 없구나!' 보쿨스키는 아쉬워하며 웽츠키와 헤어졌다.

"그런데 아세요?" 웽츠키가 말했다. "당신 대단한 사람이야. 백작 부인은 기뻐서 어쩔 줄 모르고, 공작은 당신 이야기만 하고……. 그리고 회장 부인과의 만남은…… 대단한 일이야! 그보다 더 좋은 위치를 확보한다는 것은 상상할 수도 없을 거야."

보쿨스키는 이미 문지방 위에 서 있었다. 그는 반짝이는 눈으로 다시 한 번 홀을 훑어보았다. 그리고 무거운 마음으로 나왔다.

'다시 돌아가서 그녀에게 작별 인사를 해야 하는 것 아냐? 그녀가 여주인 역할을 하고 있잖아…….' 그렇게 생각하면서 그는 천천히 계단을 내려갔다.

복도에서 옷이 스치는 소리가 나자 그는 갑자기 몸을 떨었다.

'그녀일까…….'

머리를 들어 보니 다이아몬드 여자였다.

누군가가 그에게 외투를 건네주었다. 그는 술 취한 사람처럼 비틀거리며 거리로 나왔다.

'그녀가 없는데, 좋은 위치가 나에게 무슨 소용이야?'

"보쿨스키 씨 마차 나오시오!" 마차 관리 하인이 3루블을 조심스레 받아 쥐며 마차들이 줄지어 서 있는 곳에서 외쳤다. 눈물로 흐려진 눈과 약간 쉰 목소리가 이 하인도 힘든 근무를 수행하면서 부활절 첫날을 축일답게 보내고 있음을 증명하고 있다.

"보쿨스키 씨 마차 나오시오! 보쿨스키 씨 마차……! 보쿨스키 씨 마차 대시오!" 서 있는 마부들이 반복했다.

큰길 가운데를 따라 벨베데르에서 오가는 마차들이 두 줄로 천천히 움직이고 있었다. 마차를 타고 가는 사람들 중 누군가가 보도에 서 있는 보쿨스키를 보고 목례했다.

"동료!" 보쿨스키는 작은 소리로 말하고 얼굴이 붉어졌다.

마차가 그의 앞으로 다가와 서자 그는 마차에 타려 하다가 생각을 바꾸었다.

"이보게, 집으로 가게." 그는 마부에게 팁을 쥐어 주며 말했다.

마차는 시내 쪽으로 멀어져 갔다. 보쿨스키는 행인들 사이에 섞여 우야즈도프스키 광장 쪽으로 걸어갔다. 그는 천천히 걸어가면서 마차를 타고 가는 사람들을 바라보았다. 그중 많은 사람들이 아는 얼굴이었다. 보쿨스키에게 가죽 제품을 공급하는 피혁 세공업자가 설탕 통처럼 뚱뚱한 부인과 아주 예쁜 딸과 함께 마차를 타고 갔다. 그 딸을 보쿨스키와 맺어 주려는 시도가 있었다. 한때 호퍼 상점에 훈제품들을 대 주던 정육점집 아들도 보였다. 식구가 많은 부유한 목수도 지나갔다. 화주업자의 돈 많은 미망인도 마차를 타고 갔다. 이 부인도 보쿨스키와 결혼하고 싶어 했다. 제혁공, 비단 가게 두 점원, 남자 재단사, 벽돌공, 귀금속상, 제빵업자 그리고 그의 경쟁자인 양품업자도 평범한 마차를 타고 갔다.

그들 대부분은 보쿨스키를 보지 못했지만, 몇몇은 그를 보고 목례를 보냈다. 하지만 그를 보고 인사하지 않는 사람도 있었고, 심지어 비웃는 사람도 있었다. 보쿨스키와 신분상 대등하고, 한때는 보쿨스키보다 더 돈이 많았으며 오래전부터 바르샤바에 널리 알려진 많은 상인들, 기업가들, 수공업자들 중에서 오로지 보쿨스키 혼자만 오늘 백작 부인 댁의 초대를 받았다. 이들 중 아무도 오늘 백작 부인 댁에 없었으며 유일하게 보쿨스키 혼자 있었던 것이다……!

'내가 믿기지 않을 정도로 운이 좋았던 거야.' 그는 이렇게 생각했다. '반년 후에는 재산이 크게 불어날 것이고, 몇 년 안에 백만장자가 될 거야…… 아니, 그보다 더 빨리 될 수도 있어. 오늘 살롱에 발을 들여놓았지만, 1년 후에는……? 조금 전 백작 부인 댁에서 만났던 사람들에게 17년 전 나는 상점에서 시중을 들었지만, 그렇게 신분 높은 사람들은 아무도 상점에 올 일이 없었겠지. 상점에 딸린 비좁은 방에서 백작 부인의 내실까지, 얼마나 큰 비

약인가……! 내가 너무 빨리 발전하는 것 아닌가?' 그는 일말의
불안감을 느꼈다.

그는 벌써 넓은 우야즈도프스키 광장에 도착했다. 광장 남쪽
에서는 많은 사람들이 모여 놀이를 즐기고 있었다. 손풍금 소리
와 트럼펫 소리, 만 명도 더 되는 군중들의 소음이 서로 섞여서 마
치 밀려오는 홍수처럼 그를 에워쌌다. 일렬로 늘어선 그네들이 힘
차게 좌우로 높이 흔들리고 있는 것이 훤히 보였다. 두 번째 줄에
서는 지붕에 여러 가지 색의 줄무늬가 쳐진 천막들이 빠르게 돌
고 있었다. 세 번째 줄에는 초록색, 붉은색, 노란색 천막들이 있었
는데, 그 줄 입구에는 반짝이는 거대한 그림이 있었고, 지붕에 요
란한 옷을 입은 광대와 커다란 인형이 보였다. 연미복을 입고 비
싼 시계를 찬 아마추어들이 광장 가운데 있는 두 개의 높은 기둥
을 오르고 있었다.

이 임시로 만든 천막들 주위에 흥겨운 군중들이 몰려 있었다.

보쿨스키는 어린 시절을 회상했다. 늘 배고팠던 그에게 둥근 흰
빵과 물에 데친 소시지는 얼마나 맛있었던가! 회전목마에 앉아
있을 때는 자기가 마치 위대한 전사라도 된 것처럼 상상하기도 했
었지. 목마가 위로 오를 때의 황홀함이란! 오늘 아무것도 안 하고,
내일도 아무것도 안 하고, 1년 내내 아무것도 안 한다고 생각하는
것만도 얼마나 커다란 행복이었던가! 오늘은 10시에 잠자리에 들
고, 내일은 원하면 열두 시간 내내 누워 있다가 10시쯤 일어나도
된다는 확신을 무엇과 비교할 수 있겠는가!

"그게 나였지, 나였다고?" 그는 놀라서 스스로에게 말했다. "이
순간 혐오감만을 일깨우는 그런 일들이 나를 기쁘게 했다고……?
흥겨워하는 수천 명의 가난한 사람들이 나를 에워싸고, 부자인
나는 그들 옆에 있는데, 내가 무엇을 가지고 있단 말인가……? 불

안과 무료함, 무료함과 불안······. 한때는 나의 꿈이었던 것을 가질 수 있지만, 이전의 열망이 식은 지금, 나는 가진 것이 없다. 나의 예외적인 행운을 나는 굳게 믿었지······."

그 순간 거대한 외침이 군중들에게서 일어났다. 보쿨스키는 생각에서 깨어났다. 기둥 꼭대기에 있는 사람의 형상이 보였다.

"아, 승리자!" 보쿨스키는 혼자 중얼거렸다. 그러나 군중들의 위세에 그는 가까스로 몸을 지탱하고 서 있을 정도였다. 군중들은 달리고 박수 치고 환호하고, 기둥 위에 있는 사람을 손가락으로 가리키며 그가 누구냐고 물었다. 군중들은 연미복을 입은 승리자를 손으로 높이 쳐들고 시내로 이동하는 것 같았다. 그 후 열기는 사그라졌다. 사람들은 더 천천히 걷고, 또 서 있기도 하고, 작은 소리로 외치기도 하고, 그러다가 완전히 조용해졌다. 순간의 승리자는 정상에서 밀려나고, 몇 분도 채 안 되어 그는 완전히 잊혔다.

"나에 대한 경고야." 보쿨스키는 이마의 땀을 훔치며 작은 소리로 말했다. 광장과 흥겨운 군중이 몹시 역겹게 느껴진 그는 시내로 돌아왔다. 길에는 이륜마차와 사륜마차들이 분주히 오갔다. 그 마차 중 하나에서 보쿨스키는 옅은 푸른색 의상을 입은 여인을 보았다.

'이자벨라 양······?'

그의 가슴이 요란하게 뛰기 시작했다.

'아니야, 그녀가 아니야.'

몇백 걸음 멀리 그는 어떤 예쁜 여인의 얼굴과 세련된 걸음을 목격했다.

'그녀······? 아니야. 어떻게 여기 있겠어?'

그는 계속 걸었다. 알렉산더 광장을 지나고 노비 시비아트 거리를 지나면서 누군가에게 눈이 가고 그때마다 실망했다.

'그래, 이게 나의 행복일까……?' 그는 생각했다. '내가 가질 수 있는 것을 나는 갈망하지 않는다. 내가 가지고 있지 않은 것을 나는 탐낸다. 그래서 그것이 행복이라고……? 죽음도 사람들이 상상하는 것만큼 나쁘지 않을 수도 있겠지.'

그는 처음으로 꿈도 꾸지 않고, 어떤 욕망도 희망조차도 방해하지 않는 깊은 잠을 자고 싶었다.

같은 시간에 이자벨라는 고모네 집에서 자기 집으로 돌아와 현관방에 들어서자마자 플로렌티나를 불렀다.

"글쎄, 그가 연회장에 나타났다니까!"

"누가?"

"그, 보쿨스키가……"

"초대받았는데 왜 안 오겠어." 플로렌티나의 반응이었다.

"그렇지만 뻔뻔스럽지……. 있을 수 없는 일이야! 거기다 생각해 봐, 고모는 그에게 정신이 팔려 있고, 공작은 그에게서 거의 떨어지지 않고, 그리고 모든 사람이 큰 소리로 그를 대단한 인물이라 칭찬하고…… 이에 대해 할 말이 없어?"

플로렌티나가 슬픈 빛을 띠며 웃었다.

"나는 알지, 그건 일시적인 계절적 영웅이야. 겨울에는 카지미에스 씨가 그랬고, 10여 년 전에는 심지어…… 나도 그랬지." 그녀가 조용히 말을 이었다.

"하지만 생각해 봐, 그가 누구야? 상인…… 상인이야!"

"벨라." 플로렌티나가 말했다. "이 세상은 심지어 곡예사에게도 반할 때가 있었다는 걸 나는 알고 있어. 그런 것은 곧 지나가."

"그런 사람이 두려워." 이자벨라가 속삭이듯 말했다.

제10장 늙은 점원의 회고(2)

……우리는 그 당시 새 가게를 가지고 있었다. 앞면에 창문이 다섯 개, 창고가 두 개, 점원이 일곱 명, 입구에는 경비원이 서 있었지. 그리고 새로 닦은 구두처럼 반짝이는 사륜마차도 있었고, 밤색 말도 두 마리 있었고, 제복을 입은 마부와 하인도 있었지. 이 모든 것이 5월 초에 끝나고 말았어. 그때 영국, 오스트리아, 심지어 기진맥진한 터키까지 서둘러 무장하고 있었지!

"이보게, 스타시." 내가 보쿨스키에게 말했지. "이 불안한 시기에 너무 많은 돈을 투자한다고 모든 상인들이 웃을 거야."

"이보게, 이그나시." 보쿨스키가 대꾸했다. "시대가 좀 안정되면 우리가 그 사람들을 비웃게 될 거네. 지금이 바로 사업을 시작할 시기야."

"그러나 유럽 전쟁이……." 내가 말했다. "경각에 달렸다네. 전쟁이 나면 우리는 파산을 면치 못하네."

"전쟁 가지고 농담하는군." 스타시가 대꾸했다. "이 소란스러운 소리들도 몇 달 있으면 잠잠해질 것이네. 그때 우리는 우리 경쟁자들을 한참 뒤로 떨어뜨릴 수 있을 거야."

그리고 전쟁은 없었다. 우리 가게는 교회 축제 때처럼 사람들로

붐볐고, 우리 가게에 물건들이 마치 방앗간처럼 들고 났고, 계산대에는 왕겨처럼 돈이 쌓였다. 스타시를 모르는 사람은 그가 천재적인 사업가라고 말할 수도 있다. 하지만 나는 그를 안다. 그래서 자주 생각하게 되었다. 이 모든 것은 무엇을 위해서일까……? "자네는 왜 그 일을 했지?"

나 스스로에게 비슷한 질문을 한 것도 사실이다. 내가 이미 돌아가신 우리 가게의 할머니처럼 늙어서 시대정신과 나보다 젊은 사람들의 의도를 이해하지 못한 것은 아닐까? 설마! 그 정도로 잘못된 것은 아니겠지…….

나는 기억한다. 루이 나폴레옹이 1846년 감옥에서 탈출했을 때 온 유럽이 심하게 흔들렸다. 무슨 일이 터질지 아무도 몰랐다. 그러나 상황을 판단할 줄 아는 사람들은 무엇인가를 준비했다. 고모부 라첵(라첵 씨는 우리 고모와 결혼했다)은 반복해서 말했다.

"내가 말하지만, 보나파르트가 등장할 것이고, 그렇게 되면 잘못될 사람이 많아질 거다. 말할 수 없이 안타까운 점은 내가 아무것도 할 수 없다는 거야."

1846년과 1847년은 커다란 혼란 속에서 지나갔다. 어떤 잡지들이 출현하고, 사람들이 사라졌다. 자주 나는 생각했다. 지금이야말로 내가 더 넓은 세상으로 나갈 때가 아닌가? 회의와 불안이 엄습했을 때, 나는 가게 문이 닫힌 후 라첵 고모부를 찾아가 나를 괴롭히는 것에 대해서 말하고 아버지처럼 나에게 충고해 줄 것을 부탁했다.

"그래." 고모부는 주먹으로 아픈 무릎을 치면서 말했다. "네 아버지처럼 말하마. 너에게 말하는데, 네가 원하면…… 가라, 네가 원하지 않으면…… 가지 말고 있어라."

1848년 2월 루이 나폴레옹이 파리에 있을 때, 어느 날 밤에 돌아가신 아버지가 관에 누워 있을 때의 모습으로 나타났다. 상의는 목 밑까지 단추가 채워졌고, 귀걸이를 달고 있었고, 콧수염은 왁스로 칠해졌다. (그것은 도마인스키 씨 작품인데, 아버지가 신의 법정에서 그럴듯하게 보이기 위해서였다.) 아버지는 내 방의 문에 서서 이 말만 했다.

"이 녀석아, 내가 너에게 가르친 걸 기억해라!"

부질없는 꿈, 나는 며칠 동안 생각했다. 그러나 가게 일이 지겨웠다. 심지어 이미 고인이 된 마우고시아 파이퍼 부인에 대한 관심도 사라졌고, 내 일터가 나에겐 너무 협소하게 느껴져서 더 이상 견딜 수 없었다. 나는 조언을 구하기 위해 다시 고모부를 찾았다.

고모부는 고모의 닭 털 이불을 덮고 침대에 누워 땀을 내기 위해 따뜻한 허브 차를 마시고 있었다. 내 이야기를 모두 털어놓았을 때, 고모부가 이런 말을 했다.

"잘 들어라, 내가 네 아버지 입장에서 말하마. 네가 원하면 가거라. 그러나 네가 원하지 않거든 가지 마라. 그러나 나 같으면, 내 다리만 아프지 않다면, 나는 이미 오래전에 이 나라를 떠났을 것이다. 왠지 아니, 네 고모……." 이 대목에서 고모부는 목소리를 낮췄다. "잔소리가 어찌나 심한지 차라리 오스트리아 군대의 대포 소리를 듣고 있는 게 훨씬 더 낫기 때문이야. 내 다리 주물러 주면 뭐하니, 잔소리로 기분 다 잡치게 하는데…… 아, 그런데 돈은 있는 거야?"

"몇백 즈오티는 될 것 같아요."

고모부는 방문을 잠그라고 한 뒤 (고모는 집에 없었다) 베개 밑에서 열쇠를 꺼냈다.

"여기 있다. 저 가죽으로 싸여 있는 함을 열어 봐라. 오른쪽에 상자가 하나 있을 거다. 그 상자 안에 돈주머니가 있을 거야. 그걸 이리 가져와라……."

나는 두툼하고 무거운 돈주머니를 꺼냈다. 고모부는 그것을 받은 다음 한숨을 내쉬면서 5루블짜리 금화 15개를 꺼냈다.

"이것을 가져가서 여비에 써라. 좀 더 주고 싶다만, 내가 죽으면…… 나머지는 할멈한테 남겨 두어야지. 딴 남자 만나게 되면 돈이라도 있어야 하니까."

나와 고모부는 울면서 헤어졌다. 고모부는 침대에서 몸을 일으키고 내 얼굴을 촛불 쪽으로 돌리더니 속삭이듯 말했다.

"너를 다시 봐야 할 텐데…… 전장에서 못 돌아오는 사람도 있으니……. 나도 이제는 늙었어, 농담도 총알처럼 사람을 죽일 수 있지."

나는 가게로 돌아왔다. 늦은 시간인데도 얀 민첼을 만나 이야기하고 그동안 잘해 준 것에 대해 고맙다는 말을 했다. 1년 전부터 우리는 이 문제를 함께 이야기했고, 얀은 나더러 가서 독일 놈들을 혼내 주라고 격려하기도 한 터라 내 계획을 말하면 그가 기뻐할 줄로 생각했다. 그러나 얀은 슬퍼하는 표정이었다. 다음 날 그는 내가 맡겨 둔 돈을 주었고, 보너스까지 챙겨 주면서, 내가 돌아올 것에 대비해 내가 쓰던 침구와 함을 잘 보관해 두겠다고 약속했다. 하지만 그가 평소에 보여 주던 용감한 군인 같은 모습도, 그가 큰 소리로 자주 내뱉던 "에이! 이 가게만 아니라면 내가 독일 놈들 혼내 줄 텐데……" 하는 말도 하지 않았다.

저녁 10시경에 내가 털로 된 반외투에 묵직한 장화를 신고 그와 포옹을 나눈 다음 수년 동안 함께 지내던 방을 나가려고 문고리를 잡았을 때, 얀이 이상한 행동을 보였다. 그가 갑자기 의자에서 일어나, 팔을 양쪽으로 벌리고는 큰 소리로 외쳤다.

"이 돼지야, 어디로 가는 거야……?"

그러더니 내 침대에 쓰러져서 어린아이처럼 울었다.

나는 방을 나왔다. 불빛이 희미한 복도에서 누군가가 내 앞을 가로막았다. 나는 멈칫했다. 아우구스트 카츠였다. 봄날 여행 떠나는 사람 같은 복장이었다.

"아우구스트, 여기서 뭐하는 거야?"

"널 기다리고 있었어."

나는 그가 나를 배웅하기 위해서라고 생각했다. 그래서 우리는 그지보프스키 광장까지 말없이 함께 갔다. 카츠는 평소에도 말이 없었다. 내가 타고 갈, 유대인이 끄는 마차가 기다리고 있었다. 나는 카츠에게 키스했다. 카츠도 나에게 키스했다. 나는 마차에 올랐다. 내 뒤를 이어 카츠도 마차에 올랐다…….

"같이 가는 거야." 그가 말했다.

그리고 나중에 미오스나 거리를 지났을 때, 그가 말했다.

"딱딱하고 흔들거려서 잠을 잘 수가 없네."

우리가 함께한 여행은 예상 밖으로 1849년 10월까지 이어졌다. 카츠, 잊을 수 없는 친구여, 기억나나? 무더위 속에 계속된 긴 행군 중에 우리는 자주 도랑물을 마셨고, 습지를 지날 때는 탄약이 물에 젖기도 했고, 숲과 들판에서 야영할 때, 배낭에서 머리를 서로 밀어내고, 같이 덮고 자던 외투를 혼자만 차지하기도 했던 일들을……? 부대 앞에서 아무도 모르게 우리끼리 요리해서 먹었던 껍질 벗긴 감자와 베이컨 기억나나? 그 후로도 감자는 수없이 먹어 보았지만, 그때처럼 맛있는 건 없었어. 지금도 그 냄새와 냄비에서 피어오르던 따뜻한 김을 느낄 수 있어. 카츠, 자네는 시간 아낀다고 기도하면서 감자 먹으면서 불 옆에서 파이프 담배를 피웠지.

"에이! 카츠, 하늘에 헝가리 보병도 없고, 껍질 벗긴 감자도 없다면 괜히 서둘러 올라간 것 아니야."

그리고 전초전이 끝나고 쉬면서 숨을 헐떡거리다가 맞았던 전면전 생각나나? 나는 죽어서도 못 잊을 것 같아. 만일 신께서 무엇을 위해 세상에서 살았느냐고 물으면, 나는 그런 날을 만나기 위해서라고 대답할 걸세. 카츠, 우리 둘이 함께 보았으니 자네는 나를 이해하겠지. 그때는 아무것도 아닌 것처럼 보였지.

그전에 우리 부대는 하루 반 동안 헝가리의 어느 마을 옆에 머물렀지. 마을 이름은 생각나지 않는군. 마을 사람들은 우리를 대대적으로 환영했지. 포도주는 질이 좋지 않았지만, 그것으로 목욕할 수 있을 만큼 많았지. 돼지고기와 파프리카도 질릴 만큼 먹어서 더 이상 그것들을 입에 댈 수가 없을 정도였지. 다른 것이 있었다면 먹었겠지만. 음악과 아가씨들은 환상적이었지……! 집시들 연주도 놀라웠고, 헝가리 아가씨들은 모두가 기절할 만큼 예뻤지. 스무 명의 아가씨들 주위로 모두 맴돌았는데, 분위기가 지나치게 가열되어 우리 군인들이 헝가리 청년 셋을 찌르고 때려서 살해하고, 헝가리 청년들이 우리 경기병 한 사람을 몽둥이로 죽인 사건이 터진 거야.

어떤 귀족이 사태가 급속도로 악화되는 순간에 말 네 마리가 끄는 마차를 타고 급히 사령부로 가지 않았더라면 그처럼 아름답게 시작된 유흥이 어떻게 끝났을지 아무도 예측할 수 없었지.

그리고 몇 분 후 우리 부대에서 멀지 않은 곳에 오스트리아 대부대가 있다는 소문이 퍼졌다. 대열을 정리하라는 트럼펫 소리가 울리고, 소란은 잠잠해졌고, 헝가리 아가씨들은 사라지고, 대열 속에서는 전면전에 대한 이야기가 오갔다.

"드디어……." 자네가 나에게 말했지.

그날 밤 우리는 8킬로미터를 행군했고. 다음 날도 그만큼 이동했다. 몇 시간마다, 나중에는 매 시간 전통(傳通)이 내려왔다. 그것은 우리 군사령부가 멀지 않은 곳에 있으며, 뭔가 심상치 않은 일이 곧 벌어질 것을 알려 주고 있었다.

그날 밤 우리는 들판에서 총을 휴대한 채 취침했다. 그리고 동이 트자마자 이동했다. 소형 포 두 문을 끄는 기병 중대가 맨 앞에 서고, 그 뒤에 우리 대대가 따르고, 양 측면으로 엄중한 호위를 받으며 포병 부대와 수송 부대를 대동한 여단이 우리 대대 뒤에서 움직이고 있었다. 이제 전통은 30분마다 내려왔다. 해가 떴을 때, 우리는 길 위에 남아 있는 적의 흔적을 처음으로 보았다. 흩어져 있는 짚들, 꺼진 모닥불, 땔감으로 쓰려고 파손한 건물들. 우리는 계속해서 피란민 행렬을 만났다. 가족을 거느리고 있는 귀족들, 서로 다른 종교 지도자들 그리고 농민들과 집시들. 모든 사람의 얼굴에는 불안의 빛이 역력했고, 거의 모두 손으로 뒤를 가리키면서 뭐라고 헝가리어로 말했다.

7시가 가까웠을 때, 남서쪽에서 대포 소리가 울렸다. 대열이 수군거리기 시작했다.

"오! 시작했군……."

"아니야, 신호일 뿐이야……."

다시 대포 소리가 두 번 울리고, 이어 또 두 번 들렸다. 우리 앞에 가던 기병 중대가 정지했다. 포 두 문과 두 대의 포탄 운반 마차가 빠르게 앞으로 나아갔고, 기병 몇 명이 고지대로 빠르게 말을 몰았다. 우리는 정지했다. 순간 대열에 정적이 감돌더니 우리 쪽으로 오고 있는 부관의 잿빛 암말의 말발굽 소리가 뚜렷하게 들렸다. 그 말은 헐떡거리고, 배가 거의 땅에 닿을 것 같아 보였지만 기병대 쪽으로 빠르게 달려갔다.

10여 발의 대포 소리가 더 가까이서 들렸는데, 대포 소리 하나하나를 구별할 수 있을 만큼 제각각 달랐다.

"저들이 거리를 재고 있다!" 우리 늙은 소령이 외쳤다.

"대포가 15문이군." 카츠가 중얼거리듯 말했다. 그는 이런 때에 말이 많아졌다. "우리는 열두 문밖에 없는데. 일이 재미있겠는데……."

소령이 말 위에서 우리 쪽으로 고개를 돌리더니 반백의 콧수염 밑에서 웃음을 지었다. 마치 오르간을 치고 있는 것처럼 들리는 모든 음계의 대포 소리를 다 들은 다음에 나는 소령의 웃음이 무슨 의미인지 이해했다.

"20문도 더 돼." 내가 카츠에게 말했다.

"바보 같은 소리!" 대위가 웃으며 말에 박차를 가했다.

우리는 고지대에서 정지했다. 그곳에선 우리 뒤에 따라오는 여단이 잘 보였다. 길을 따라 2~3킬로 길게 늘어진 부대 위로 붉은 먼지구름이 피어오르고 있었다.

"대단한 병력이군!" 내가 작은 소리로 말했다. "저렇게 많은 군인들이 어디에 머무를 수 있나……!"

트럼펫 소리가 울렸다. 우리 대대는 네 개 중대로 나뉘었다. 1소대가 앞으로 나가고 우리는 뒤에 남았다. 내가 고개를 뒤로 돌렸을 때, 주 부대에서 두 대대가 분리되는 것을 보았다. 그들은 길에서 벗어나 한 대대는 우리 좌측으로, 다른 대대는 우리 우측으로 들판을 가로질러 빠르게 이동했다. 15분 후에 그들은 우리와 평행을 이루었고, 15분간 휴식을 취한 다음 세 개의 대대가 발을 맞추어 전진했다.

그사이 포격은 더욱 심해져서 두 개 혹은 세 개의 포가 동시에 발사되는 것을 들을 수 있었다. 그보다 더 위협적인 것은 마치 길게 끄는 천둥소리처럼 억눌린 메아리였다.

"도대체 대포가 몇 문이나 되는 거요?" 내가 독일어로 뒤에 따라오고 있는 하사에게 물었다.

"백 개쯤 될 거요." 그가 고개를 돌리면서 대답했다. "그런데 제대로 쏘고 있는 것 같소. 모든 대포가 함께 발사되고 있는 걸 보면."

우리는 급히 길을 비켜 주었다. 곧이어 두 기병 소대가 포 네 문과 포탄 수송 마차를 끌고 지나갔다. 대열에서 나와 함께 가던 사람들이 작별 인사를 했다. "신의 가호가 있길."

여기저기서 군인들이 수통에 든 물을 마셨다.

우리 왼편에서 굉음이 더 거세졌다. 이제 대포 소리 한 발 한 발을 더 이상 구별할 수 없었다. 갑자기 앞줄에서 외치는 소리가 났다.

"보병! 보병!"

오스트리아 군인들이 나타났다고 생각하면서 나는 무의식적으로 측백나무들이 있는 쪽으로 총을 돌렸다. 그러나 우리 앞에는 별로 높지 않은 고지대와 빽빽하지 않은 잡목 숲 외에는 아무것도 없었다. 그러나 우리의 관심을 더 이상 끌지 못한 대포 소리 뒤에 소나기 소리보다 훨씬 더 요란한 총소리가 빗발치듯 들렸다.

"전투다……!" 누군가가 앞쪽에서 길게 소리쳤다.

순간 내 심장이 멈추는 것 같았다. 그것은 공포 때문이 아니라, 어렸을 때부터 나에게 이상한 느낌을 주었던 '전투'라는 말에 대한 반응이었다.

행군 중임에도 대열에 동요가 있었다. 포도주가 돌려졌고, 총을 손질하는 사람, 30분 이내에 우리가 화염 속으로 들어갈 거라고 말하는 사람도 있었다. 그리고 이 순간을 우리처럼 즐기지 못하고 있는 오스트리아 군인들에 대해 심한 농담도 했다. 그때까지 전황은 우리에게 더 유리한 쪽으로 전개되고 있었다. 휘파람 부는 사람도 있었고, 작은 소리로 노래하는 사람도 있었다. 장교들도 평소의 경직된 태도와 달리 병사들과 친구처럼 어울렸다. 그때 명령이 하달되었다. "경계, 조용히……!" 우리는 조용해졌다.

우리는 조용한 가운데 흐트러진 대열을 정비했다. 하늘은 화창했고, 여기저기 떠 있는 구름도 밝은 빛을 띠고 있었다. 우리가 지나온 잡목 숲에서도 나뭇잎 하나 흔들리지 않았다. 어린 풀이 무성하게 자란 들판에서 종달새도 놀랐는지 울지 않았다. 대대의 육중한 군화 소리, 거친 숨소리, 소총 부딪치는 소리와 앞서가면서 장교들 부르는 소령의 우렁찬 소리만 들렸다. 왼편에서 대포 소리와 소총 소리가 더욱 사납게 울렸다. 맑은 하늘 아래 이처럼 요란한 뇌성 같은 소리들을 들어 보지 못한 사람은, 친구 카츠여, 음악이 무엇인지 모르리라! 그때 우리에게 이상한 생각이 들었다는 것 기억나나? 두려움이라기보다는 약간의 슬픔과 호기심 같은 것……

우리 양옆에서 행군하던 대대들이 점점 더 우리와 멀어졌다. 우리 오른편에 있던 대대는 고지대 뒤로 사라졌고, 왼편에 수백 미터 떨어져 있던 부대는 연기 속으로 들어가서 가끔씩 총에 꽂힌 칼들만 물결처럼 반짝거렸다. 어디선가 기병대와 포병이 분리되고, 뒤에 따르던 예비 부대도 따로 떨어지고, 우리 대대만 남게 되었다. 우리는 고지대에서 내려와 좀 더 높은 고지대로 올라갔다. 가끔 전방에서 때로는 후방과 측방에서 소령의 지시 사항이 구두로 또는 쪽지로 기병을 통해 전달되었다. 그 많은 지시 사항들이 그의 머릿속에서 혼란을 일으키지 않는다는 것이 놀라울 뿐이다.

드디어 9시 가까이 되었다. 우리는 잡목이 우거진 마지막 고지대로 들어갔다. 새로 명령이 하달되었다. 종대로 가던 소대가 횡대로 바뀌기 시작했다. 우리가 고지대 꼭대기에 도달했을 때, 몸을 굽히고 총을 낮추라고 하더니, 나중에는 무릎으로 앉으라는 지시가 내려왔다.

그때 (카츠, 기억나나?) 우리 앞에 앉아 있던 크라토호빌이 소나무들 사이로 머리를 집어넣더니 작은 소리로 이렇게 말했지.

"저것 좀 봐……!"

고지대 아래 남쪽 지평선까지 평원이 펼쳐 있고, 그 광활한 벌판 위에 길이는 8킬로미터쯤 되고 넓이는 수백 보쯤 되는 하얀 연기가 강처럼 길게 뻗쳐 있었다.

"산개(散開)!" 늙은 하사관이 말했다.

그 하얀 연기의 강 양옆으로 땅에서 피어오르는 몇 개의 검은 구름과 10여 개의 흰 구름이 보였다.

"저건 포병 부대고, 저건 마을이 불타고 있는 거야……." 하사관이 설명했다.

좀 더 자세히 보니 도처에 그리고 긴 연기의 강 양편에 있는 직사각형의 대열들이 보였다. 왼편에 있는 것은 검고, 오른편에 있는 것은 밝았다. 그것들은 마치 반짝이는 가시들을 가진 고슴도치들 같았다.

"저건 우리 연대들이고, 저건 오스트리아 연대들이야……." 하사관이 말했다. "그런데 아마 우리 사령부도 여기만큼 전망이 좋은 데 있지 못할걸……."

긴 연기의 강으로부터 끊임없이 우리 쪽으로 소총 소리가 빗발치듯 들려왔다. 그리고 저편에 있는 흰 구름 같은 연기 속에서 대포 소리가 천둥처럼 울렸다.

"피이!" 그때 카츠가 비웃듯 말했다. "저게 전투야……? 내가 저걸 두려워했단 말이야."

"기다려 봐." 하사관이 중얼거리듯 말했다.

"발사 준비!" 대열 전체에 명령이 떨어졌다.

우리는 무릎을 꿇은 채 실탄을 꺼내 장전 준비를 했다. 꽂을대 소리와 공이 치는 소리가 사방에서 울렸다. 약실에 탄약을 넣고 나자 다시 조용해졌다.

1킬로미터쯤 떨어진 곳에 두 개의 구릉이 있었고 그 사이에 길이 있었다. 노란빛을 배경으로 처음에 흰 표시가 나타나더니, 그것이 곧 흰 선으로 바뀌고, 다시 흰 바탕으로 변하는 것이 보였다. 동시에 우리 왼편의 수백 보 떨어진 곳에 있는 협곡에서 짙은 푸른색 군인들이 나왔다. 그들은 곧바로 짙은 푸른색 대열을 이루었다. 그 순간 우리 오른편에서 대포 소리가 울렸고, 흰색 오스트리아 부대 위로 옅은 회색빛 연기구름이 피어올랐다. 몇 분 쉬었다가 다시 대포 소리가 들리고 구름이 피어올랐다. 1분도 안 되어 다시 포탄 사격 그리고 연기구름…….

"세상에!" 늙은 하사관이 큰 소리로 말했다. "우리 편 잘 쏘고 있네…… 뱀*이 지휘하는 거야, 아니면 악마야…….."

그때부터 땅이 울릴 정도로 우리 편에서 사격이 계속되었다. 그러나 저편 길 위의 흰 바탕도 점점 더 커졌다. 동시에 맞은편 고지대에서 연기가 번쩍이고, 우리 포대 쪽으로 소리를 내며 포탄이 날아갔다. 두 번째 연기, 세 번째 연기, 네 번째 연기…….

"교활한 짐승들!" 하사관이 중얼거렸다.

"대대! 앞으로 전진!" 소령이 큰 소리로 외쳤다.

"중대! 앞으로 전진! 소대! 앞으로 전진!" 장교들이 각자 다른 목소리로 외쳤다.

우리는 다시 대열을 바꾸었다. 중앙에 있던 네 개 소대가 후방으로 빠지고, 네 개 소대가 양옆에서 앞으로 나아갔다. 배낭을 단단히 위로 올리고 소총은 편한 자세로 잡았다.

"신속히!" 그때 카츠가 말했다.

순간 포탄이 우리 위로 높이 날아가 후방 어딘가에서 요란한 소리를 내며 폭발했다.

그때 내 머릿속에 이런 생각이 스쳤다. '불의를 행하지 않고, 군대가 민족을 위해서 하는 전투라면, 전투는 시끄러운 코미디에 불과한 것 아닐까……?' 내가 본 것은 멋있었고, 소름 끼치도록 지독하지도 않았다.

우리는 평원으로 나아갔다. 우리 포대로부터 기병이 와서 우리 포 하나가 파괴되었다고 전했다. 동시에 우리 왼편에 포탄 하나가 떨어졌다. 땅이 파였으나 폭발은 없었다.

"우리를 잡아먹기 시작하는군." 늙은 하사관이 말했다.

두 번째 포탄이 우리 머리 위에서 폭발하고 파편 하나가 크라토흐빌 발 옆에 떨어졌다. 그는 순간 창백해졌다가 웃었다.

"오호……! 호……!" 대열 속에서 큰일 날 뻔했는데 다행이라는 감탄사가 터졌다.

약 백 보 정도 앞 왼편에서 가던 소대들에서 혼란이 일어났다. 그러나 대열은 그대로 행군을 계속했다. 나는 그때 두 사람을 보았다. 한 사람은 얼굴을 땅에 묻은 채 줄처럼 길게 몸을 뻗고 있었고, 다른 한 사람은 손으로 배를 움켜잡고 앉아 있었다. 나는 연기에 묻어 있는 화약 냄새를 느꼈다. 카츠가 나에게 무슨 말을 했는데, 알아들을 수가 없었다. 내 오른쪽 귀에 마치 물방울이 계속 떨어지는 듯한 소리가 울렸다.

하사관이 오른쪽으로 갔고 우리는 그의 뒤를 따라갔다. 우리 대열은 두 개의 긴 줄로 나뉘었다. 우리 앞 수백 보 떨어진 곳에서 연기가 피어오르고 있었다. 트럼펫 소리가 울렸지만, 무슨 신호인지 알 수가 없었다. 머리 위와 왼쪽 귀 근방에서 날카로운 소리가 났다. 내 앞 불과 몇 발짝 떨어진 곳이 파이면서 모래가 내 얼굴과 가슴으로 튀었다. 내 옆에 있는 사람이 총을 쏘았다. 내 뒤에 있는 두 사람이 내 어깨에 거의 닿을 정도로 총을 받치고 차례로 발사했다. 내 귀는 완전히 무감각해졌다. 나도 발사했다……. 나는 다시 장전하고 발사했다. 내 앞에서 철모와 총이 땅에 떨어졌다. 하지만 주위가 짙은 연기로 덮여 있어 아무것도 볼 수 없었다. 다만 계속해서 총을 쏘고 있는 카츠가 제정신이 아니라는 것이 보였다. 그의 입가에는 거품이 묻어 있었다. 내 귀에서 울리던 솨 하는 소리는 더욱 커져서 이젠 총소리도 대포 소리도 들리지 않았다.

드디어 연기가 너무 심해져서 더 이상 견딜 수 없게 된 나는 무슨 수를 써서라도 빠져나오고 싶었다. 처음에는 천천히 뒤로 빠졌지만 나중에는 달렸다. 놀랍게도 모두가 나처럼 뛰고 있었다. 두 줄 대신에 도망치는 사람들만 보였다. '이런, 왜 사람들이 도망치지?' 발걸음을 재촉하면서 나는 생각했다. 이젠 달리는 정도가 아니라 말처럼 뛰었다. 우리는 고지대 중간쯤에서 멈추었다. 그때서야 우리는 우리 자리를 다른 대대가 차지했고, 고지대에서 대포를 쏘고 있다는 것을 알았다.

"예비대, 사격! 전진, 이 멍청이들아……! 돼지 같은 새끼들아, 개자식들아……!" 연기에 검게 그을린 장교들이 극도로 화가 나서 손에 닥치는 대로 때리며 우리에게 대열로 돌아가라고 소리 질렀다.

소령은 보이지 않았다.

흐트러졌던 군인들이 천천히 자기 소대로 복귀했고, 낙오병과 이탈자들도 돌아와 대대는 다시 질서를 회복했다. 그러나 40명이 보이지 않았다.

"그들은 어디로 흩어졌어요?" 내가 하사관에게 물었다.

"아, 그래! 흩어졌지." 침울하게 그가 말했다.

나는 차마 그들이 죽었다고 생각할 수 없었다.

위쪽에서 수송부 요원 둘이 내려왔다. 각자 상자를 운반하는 말들을 끌고 있었다. 하사관들이 그들을 향해 달려가서 실탄이 가득 든 상자를 몇 개 가지고 왔다. 나는 여덟 개를 집었다. 내 탄통에 그만큼 부족했다. 내가 그 많은 양을 어떻게 다 쏘았을까? 나 스스로도 놀라웠다.

"자네 알고 있나." 카츠가 내게 말했다 "벌써 11시가 넘었다는 것을?"

"알고 있나, 내가 아무 소리도 못 듣는다는 것을?" 내가 이렇게 대꾸했다.

"말도 안 돼. 내가 하는 말 알아듣잖아……."

"하지만 대포 소리는 못 들어……." 나는 주의를 집중하면서 말했다. 대포 소리와 총소리가 한데 어울려 똑같은 울림으로 들렸다. 그 울림은 더 이상 귀를 멍하게 하지 않았지만, 정신을 멍하게 했다. 나는 무감각해졌다.

우리 앞 5백 미터쯤 되는 곳에서 연기 기둥이 피어올랐는데, 불어오는 바람에 이따금씩 흩어졌다. 그럴 때는 군인들 다리의 긴 줄과 총검 옆에서 반짝이는 철모의 긴 대열이 보였다. 그 대열과 우리가 이루는 대열 위로 우리 쪽에서 쏘는 헝가리 포대의 포탄과 맞은편 고지대에서 발사하는 오스트리아 포탄이 날아다녔다.

남쪽을 향해 평원을 가로지르며 길게 늘어져 있는 연기의 강은 더 세력이 커지고 심하게 굽어졌다. 오스트리아 군대가 우세한 곳에서는 왼쪽으로 굽어졌고, 헝가리 군대가 우세한 곳에서는 오른쪽으로 휘어졌다. 우리 부대가 오스트리아 부대를 밀치고 있는 것처럼 연기의 큰 띠는 오른쪽으로 많이 기울어졌다. 평원 전체에 푸른 안개가 엷게 깔려 있었다.

이상한 일이었다. 포성과 총성은 처음보다 더 심해졌으나 그것들은 나에게 아무 느낌도 주지 못했다. 내가 귀를 기울여야 비로소 들을 수 있었다. 반면에 장전된 소총들의 덜그럭거리는 소리와 공이 치는 소리는 선명하게 들렸다.

부관이 말을 타고 오고, 트럼펫 소리가 울리고, 장교들이 지시하기 시작했다.

"병사들!" 얼마 전 신학교에서 도망 나온 우리 부대 중위가 목청 껏 외쳤다. "독일군이 우세해서 우리는 후퇴했다. 이제 저기 보이는 대열을 측방에서 공격한다. 곧 3대대와 예비 부대가 우리를 지원할 것이다…… 헝가리 만세!"

"나는 살고 싶은데……" 크라토흐빌이 중얼거렸다.

"반우향웃, 전진!"

우리는 몇 분 동안 가다가 다시 반좌향좌로 진행했다. 그러고는 평원으로 내려가기 시작했다. 우리는 앞에서 싸우고 있는 대열 우측방으로 접근했다. 주위에는 여전히 구릉이 많았다. 앞쪽으로 안개를 통해 나무줄기가 무성한 평지가 보이고, 그 뒤쪽에 작은 숲이 있었다.

갑자기 나는 그 줄기들 사이로 처음에는 몇 개의, 그러나 나중에는 10여 개의 연기가 피어오르고 있는 것을 보았다. 마치 여러 곳에서 파이프 담배를 피우고 있는 듯했다. 그와 동시에 우리 머리 위로 총알이 날카로운 소리를 내며 날아갔다. 순간적으로 나는 생각했다. 시인들이 그토록 칭송하던 총알이 지나가는 소리는 조금도 시적이지 않을 뿐만 아니라, 듣기 좋은 소리도 아니었다. 생명 없는 물건이 분노하고 있는 것 같은 느낌이 들었다.

우리 대열로부터 산개 대형이 떨어져 나가 나무줄기들 쪽으로 달려갔다. 우리는 계속 전진했다. 총알은 우리를 겨냥하지 않은 듯 비켜 지나갔다.

그 순간 헝가리 국가를 휘파람으로 불며 우리 우측에서 가고 있던 늙은 하사관이 총을 떨어뜨리고 팔을 벌리더니 술 취한 사람처럼 몸의 균형을 잃었다. 순간적으로 나는 그의 얼굴을 보았다. 철모 왼쪽이 망가져 있었고, 이마에 붉은 점이 보였다. 우리는 행군을 계속했다. 우측에선 이제 금발의 젊은 하사관이 가고 있었다.

우리는 싸우고 있는 대열과 이미 나란히 서게 되었다. 우리 보병 부대와 오스트리아 보병 부대가 내뿜는 화염 사이로 빈 공간이 보였다. 그 공간 뒤쪽에 흰 제복의 긴 대열이 순간순간 나타났다 사라지곤 했다. 군인들의 다리는 마치 퍼레이드를 하고 있는 것처럼 움직이고 있었다.

이윽고 대열이 멈추었다. 그 위로 철로 된 넓은 띠가 번쩍이다 기울어졌다. 그리고 나는 보았다. 마치 종이 위의 바늘처럼 반짝이는 백 개의 소총이 우리를 겨냥했다. 나중에 연기가 자욱해지더니 쇠막대기에 쇠사슬이 부딪치는 것 같은 소리가 났다. 그리고 우리 머리 위와 우리 주위로 짐승들의 울부짖는 소리를 내며 총알이 지나갔다.

"정지……! 사격……!"

나는 연기가 은폐해 주길 바라면서 최대한 빨리 사격했다. 요란한 총소리에도 불구하고 나는 뒤에서 몽둥이로 사람을 때리는 것 같은 소리를 들었고, 누군가가 내 배낭을 건드리면서 넘어졌다. 분노와 절망이 엄습했다. 보이지 않는 적을 죽이지 못하면 내가 죽게 된다는 것을 느꼈다. 나는 장전한 총을 아래로 낮추어 내가 쏘는 총알은 위로 가지 않는다는 이상한 만족감을 느끼며 생각 없이 발사했다. 나는 옆도 발밑도 보지 않고 쏘았다. 넘어져 있는 사람을 보게 되지 않을까 두려웠기 때문이다.

그때 예상치 못한 일이 일어났다. 가까이서 북소리와 사람을 놀라게 하는 현악기 소리가 울렸다. 우리 뒤에서도 같은 소리가 들렸다. 누군가가 소리쳤다. "전진!" 얼마나 많은 가슴들에서 신음 소리와 짐승이 울부짖는 것 같은 절규가 터져 나왔는지 모른다. 대열은 천천히 움직이다가 점점 빨라지다가 나중에는 뛰었다. 총소리는 거의 들리지 않았다. 가끔 한 발씩 울렸다. 내 가슴이 무엇엔가 심하게 부딪쳤다. 사방에서 나를 밀쳤다. 나도 밀쳤다.

"독일 놈을 죽여라……!" 앞으로 나아가려고 애쓰면서 카츠가 괴성을 질렀다. 그러나 사람들 틈에서 빠져나올 수 없게 되자 그는 총을 위로 들어 개머리판으로 우리 앞에 있는 동료들의 배낭을 내리쳤다.

밀착의 도가 더 심해져서 내 가슴뼈가 휘어지기 시작했고, 나는 숨이 막히는 것 같았다. 나는 위로 떠올려졌다가 내려왔다. 나는 그때 내가 땅 위에 서 있는 것이 아니라, 내 다리를 잡고 있는 사람들 위에 서 있다는 것을 알게 되었다. 그때 소리 지르던 사람들이 앞으로 나아갔고 나는 넘어졌다. 내 왼손은 피 위에서 미끄러졌다.

내 옆에 오스트리아 장교가 옆으로 드러누워 있었다. 젊고 귀족적인 얼굴이었다. 표현할 수 없는 어둡고 슬픈 표정으로 나를 보고 거친 목소리로 겨우 말했다.

"밟지 말아요…… 독일인도 사람입니다."

그는 손을 옆구리로 밀어 넣었다. 그리고 신음했다.

나는 대열을 따라갔다. 우리는 벌써 오스트리아 포대가 있는 고지대 위에 올라와 있었다. 다른 사람들 뒤를 따라 올라선 후에 나는 포 한 문이 넘어져 있고, 말에 매여 있는 다른 포를 우리 군인들이 포위하고 있는 것을 목격했다.

나는 장면 하나하나를 볼 수 있었다. 우리 군인들 일부가 포의 바퀴를 잡고 있고, 다른 일부는 말 위에 있는 적의 수송병을 끌어 내렸다. 카츠가 총검으로 첫 번째 말을 찔렀다. 오스트리아 포병이 포구 꽂을대로 그의 머리를 때리려고 했다. 그 순간 내가 그 포병의 옷깃을 잡아 힘껏 뒤로 잡아당겨서 넘어뜨렸다. 카츠가 그를 찌르려고 했다.

"지금 뭣하는 거야?" 내가 총으로 그를 떠밀면서 말했다.

그러자 화가 난 그가 나에게 돌진했다. 그러나 옆에 있던 장교가 검으로 그의 총검을 내리치며 밀쳐 냈다.

"왜 네가 끼어드는 거야?" 카츠가 장교에게 소리쳤다. 그러나 그는 곧 정신을 차렸다.

포 두 문은 압수되었다. 그리고 나머지를 향해 기병들이 쫓아갔다. 우리 앞에 멀리 떨어진 곳에서 우리 편이 개별적으로 혹은 무리 지어 서서 퇴각하는 오스트리아 군인들을 향해 사격했다. 가끔씩 적진에서 날아온 유탄이 날카로운 소리를 내며 우리 위로 지나가거나 먼지구름을 일으키며 땅에 떨어졌다. 정렬을 알리는 트럼펫 소리가 울렸다.

오후 4시경에 우리 연대는 고지대에서 내려왔다. 전투가 끝난 것이다. 서쪽 지평선 가까이에서만 이따금씩 소형 대포 소리가 울렸다. 그것은 마치 물러나고 있는 천둥소리처럼 들렸다.

한 시간 뒤에 드넓은 벌판 여기저기에서 연대 오케스트라가 연주되었다. 부관이 축하 인사를 전하기 위해 달려왔다. 묵념을 알리는 트럼펫과 북이 울렸다. 우리는 철모를 벗고 기수들은 기를 위로 올리고 전 부대가 세워총 자세로 헝가리 신에게 승리를 감사했다.

화염은 천천히 걷혔다. 눈길이 닿는 곳마다 짓밟힌 풀밭 여기저기에 흰색과 푸른색 종잇조각 같은 것들이 흩어진 채 널려 있었다. 10여 대의 마차가 돌면서 사람들이 종잇조각 같은 것 몇 개를 마차에 실었다. 나머지는 그대로 방치했다.

"그들은 무엇하러 태어났을까……!" 총에 기댄 채 카츠가 한숨짓듯 말했다. 그는 다시 감상에 젖어 있었다.

이것이 우리의 마지막 승리였다. 그 이후 세 개의 강이 있는 우리 깃발은 자주 적의 뒤가 아니라 적의 앞에 있었다. 그러다가 빌라고스 근방에서 가을 낙엽처럼 떨어졌다.

그것을 알았을 때 카츠는 검을 땅에 내동댕이쳤다. (우리는 이미 장교가 되었다.) 그리고 그는 자기 머리에 총을 쏘는 일만 남았다고 말했다. 프랑스에 나폴레옹이 있다는 것을 그에게 상기시키면서 나는 그를 격려했다. 그리고 우리는 코모른으로 몰래 잠입했다.

한 달 동안 우리는 지원을 기다렸다, 헝가리로부터, 프랑스로부터, 심지어 하늘로부터. 드디어 우리 요새는 항복했다.

그날 이후 카츠가 화약고 주위를 맴돌고 있다는 것을 기억한다. 그때 그의 얼굴에는 쓰러진 오스트리아 포병을 찌르려 하던 그 순간의 표정이 나타났다. 우리 몇이서 그를 억지로 붙들어 성에서 끄집어냈다.

"이게 무슨 일이야." 우리 중 누군가가 그에게 말했다. "자네 우리와 함께 떠나는 방랑길 대신에 혼자 하늘나라로 가고 싶었던 거야? 에이, 그러면 안 되지, 헝가리 보병은 비겁하지 않아. 그리고 한번 한 약속은 심지어…… 독일 놈들에게도 지켜야지."

우리 다섯은 남은 부대에서 떨어져 나와 검을 부러뜨리고, 농민 복장으로 갈아입은 뒤, 옷 속에 권총을 숨기고 터키 쪽을 향해서 방랑을 시작했다. 하이나우*의 사냥개들이 우리를 추격하기 때문이었다.

우리의 여행은 길 없는 숲 속을 지나 3주 동안 계속되었다. 발밑은 진흙이고, 머리 위에는 가을비, 뒤에는 순찰병, 앞에는 끝없는 추방 — 이것이 우리의 동반자였다. 하지만 우리는 즐거웠다.

샤파리는 코슈트*에게 무슨 계획이 있을 것으로 끊임없이 떠들었고, 스테인은 터키가 우리를 위해서 나설 것으로 확신하고 있으며, 립탁은 잠자리와 따뜻한 식사를 애타게 그리워했다. 나는 누가 뭐라 하든 나폴레옹이 우리를 버리지 않을 것이라고 말했다. 비에 젖은 옷은 버터처럼 부드러웠고, 발목 위까지 진흙에 빠졌으며, 구두 뒤축은 떨어져 나갔고, 구두에서는 트럼펫 소리가 났다. 주민들은 우리에게 버터 파는 것을 두려워했다. 어느 마을에서는 농부들이 쇠스랑과 긴 낫을 들고 우리를 쫓아냈다. 하지만 우리의 기분은 나쁘지 않았다. 립탁은 내 옆에 바짝 붙어 진흙을 튀기면서도 숨을 헐떡이며 말했다.

"헝가리여, 영원하라! 잠자기 전에…… 실리보비차* 한 잔 있으면 잠 잘 텐데!"

까마귀도 놀라서 도망갈 정도로 지저분한 누더기를 걸친 몰골에도 우리의 기분은 모두 명랑했지만, 카츠 혼자만 시종 우울했다. 그는 자주 휴식을 취했고, 눈에 띄게 몸이 쇠약해졌으며, 입은 고열로 붉은빛을 띠고 있었다. 그의 눈은 흰 광채로 빛났다.

"그가 발진 티푸스에 걸리지 않았는지 걱정돼요." 이렇게 샤파리가 나에게 말한 적이 있다.

사바 강에서 그리 멀지 않은 곳에서, 그날이 우리 방랑길에서 며칠째 되는 날인지 알 수 없지만, 우리는 텅 빈 벌판에 있는 민가를 몇 채 발견했다. 그곳 사람들은 우리를 따뜻하게 맞아 주었다. 이미 어두워졌고, 우리는 미칠 만큼 지쳐 있었다. 그러나 따뜻한 불과 실리보비차 한 병이 우리를 즐겁게 했다.

"맹세컨대…….." 샤파리가 말했다. "늦어도 3월에 코슈트가 우리를 다시 소집할 거야. 검을 망가뜨린 건 실수였어…….."

"12월에는 터키군이 밀려올 거야." 스테인이 덧붙여 말했다. "그때까지는 모두 낫기를……."

"이보게들!" 완두 껍질 속에 몸을 파묻으며 립탁이 신음 소리와 함께 말했다. "잠 좀 자게, 제발, 잠 좀 자라고. 지금 안 자면 코슈트도 터키도 우리를 깨우지 못할 거야."

"못 깨울 거야, 확실해!" 카츠가 중얼거렸다.

그는 벽난로 맞은편 의자에 앉아 슬픈 표정으로 불을 바라보고 있었다.

"카츠, 자네는 얼마 있지 않아서 신의 정의에 대한 믿음을 포기할 거야." 눈썹을 찌푸리며 샤파리가 말했다.

"손에 총을 들고 죽을 수 없는 사람에게 신의 정의는 없어!" 카츠가 소리쳤다. "자네들이나 나나 어리석기는 마찬가지야…… 프랑스나 터키가 우리를 위해서 위험한 일을 할 것 같아? 왜 자네들 스스로 모험을 할 수 없었던 거야?"

"헝가리! 이제 헝가리는 없어!" 카츠가 중얼거렸다. "평등…… 평등은 한 번도 없었어! 정의…… 앞으로도 정의는 없을 거야. 돼지는 흙탕물에서도 목욕하겠지만, 그러나 심장을 가진 사람이……! 민첼 씨, 이제 소용없습니다. 나는 더 이상 당신 가게에서 비누를 썰지 않을 겁니다……."

나는 카츠가 몹시 앓고 있다는 것을 느꼈다. 나는 그를 완두 줄기가 있는 데로 끌면서 말했다.

"가세, 카츠, 가세……."

"어디로 가는 거야?" 그가 반응을 보였다. 순간적으로 그에게 정신이 돌아왔다. 그가 나중에 말했다.

"헝가리에서 우리를 추방할 거야. 그러나 독일군에게는 절대 안 가……."

그러면서도 그는 짚을 깐 잠자리에 누웠다. 벽난로의 불도 꺼졌다. 우리는 실리보비차를 다 마신 후 권총을 손에 들고 줄을 맞추어 자리에 누웠다. 오두막집 틈새에서 나는 신음 같은 바람 소리가 마치 헝가리 전체가 울고 있는 것처럼 들렸다. 그 소리에 우리는 잠을 설쳤다. 나는 꿈을 꿨다. 나는 어린 소년이었고, 크리스마스이브였다. 식탁 위 크리스마스트리에는 불이 켜져 있었고, 우리가 가난했을 때처럼, 우리들 옷도 누추했다. 식탁 주위에 아버지, 고모, 라첵 씨, 도마인스키 씨가 둘러앉아서 음도 박자도 틀리게 크리스마스 송가를 불렀다.

구주 오셨네 ─ 권력은 떨고 있네…….

어린 시절에 대한 안타까운 그리움으로 훌쩍거리다가 꿈에서 깼다. 누군가가 내 어깨를 잡아당겼다.

집주인인 농부였다. 그가 나를 짚으로 된 잠자리에서 일으켜 세운 다음, 카츠 쪽을 가리키며 놀란 목소리로 말했다.

"군인 양반, 저기 좀 보세요…… 저 사람에게 안 좋은 일이 생겼어요."

그는 벽난로에서 소나무 장작 조각을 꺼내 불을 붙였다. 나는 보았다. 짚 위에 카츠가 총알이 발사된 권총을 손에 들고 몸을 움츠린 채 누워 있었다. 불똥이 눈앞에 날아다녔고, 내가 기절한 것 같았다.

우리를 실은 수레가 사바 강에 도착했을 때 나는 깨어났다. 날은 이미 밝았고, 날씨가 좋을 것 같았다. 강에서 차가운 습기가 밀려왔다. 나는 눈을 비비고 마차에 있는 사람을 세어 보았다. 마차에는 우리 네 명과 마부를 포함해서 다섯 명이 있었다. 우리가 다섯이어야 하는데. 모두 여섯이어야 맞는데……! 나는 카츠를 찾았다. 하지만 그를 볼 수 없었다. 나는 그에 대해 묻지 않았다. 울음이 목에 걸렸다. 숨이 막히는 것 같았다. 립탁은 졸고 있었고, 스테인은 눈을 비비고, 샤파리는 옆을 보며 헝가리 혁명군의 노래를 휘파람으로 자주 틀리게 불고 있었다.

에이! 카츠, 자네 무슨 짓을 한 거야? 나는 가끔 그가 하늘나라에서 헝가리 보병과 자기 소대를 만났을 거라는 생각을 한다. 이따금 나는 북소리와 군대 행진곡 그리고 "어깨총……!" 하는 구령 소리를 듣는다. 그때마다 나는 자네가 하늘나라 신 앞으로 근무 교대를 하러 가고 있다고 생각해…… 헝가리 신이 자네를 몰라본다면 그 신도 별 볼일 없네!

……내가 쓸데없는 소리를 하고 있다! 신은 접어 두고……! 나는 보쿨스키에 대해 생각하고, 나와 카츠에 대해 쓰리라. 다시 본론으로 돌아간다.

카츠가 죽고 며칠 후 우리는 터키로 들어갔다. 그리고 2년을 나혼자서 유럽을 돌아다녔다. 나는 이탈리아, 프랑스, 독일, 심지어영국까지 가 보았다. 항상 가난이 따라다녔고, 고국에 대한 그리움에 젖어 있었다. 외국어의 홍수 속에 낯선 얼굴들, 생소한 옷차림, 이국의 땅만 보다 내가 이성을 잃지 않을까 하는 생각을 가끔했다. 소나무 숲과 짚으로 지붕을 덮은 정겨운 집들을 한 번 볼 수만 있다면 죽어도 좋을 만큼 그리웠다. 나는 어린애처럼 꿈에서우리 나라로 가고 싶다……! 라며 외치기도 했다. 그리고 눈물 젖은 눈으로 깨어났을 때 나는 옷을 입고 빠르게 거리를 뛰었다. 가다 보면 반드시 바르샤바의 구시가지가 나오고 포드발레 거리도 나올 것 같았다.

아마 나는 절망감으로 자살했을 것이다, 루이 나폴레옹에 대한 소식이 계속 들려오지 않았더라면. 그는 이미 대통령이 되었고 황제를 생각하고 있다. 만일 나폴레옹 1세의 유언을 실현하고, 세계의 질서를 바로 세우고, 한 인간의 승리에 대해 들을 수 있다면, 나는 가난도 가볍게 이겨 낼 수 있고 절망도 극복할 수 있을 것이다.

하지만 그는 성공하지 못했다. 그러나 아들을 하나 두었다. 하긴 크라쿠프 도시도 한 번에 건설된 것은 아니잖은가……!

나는 더 이상 견딜 수 없었다. 그래서 1851년 12월 갈리치아*를 따라 차를 타고 가다 토마수프에 있는 어느 방에 들어서게 되었다. 나를 괴롭히는 것은 한 가지 생각뿐이었다. '나를 여기서 쫓아내면 어떻게 하지……?'

자모시치로 가야 한다는 말을 들었을 때의 기쁨을 나는 잊을 수 없다. 거기서부터는 거의 걸어서 갔지만 마음은 기뻤다.

자모시치에서는 1년 동안 잘 지냈다. 장작도 패고 매일 신선한 공기 속에 살았다. 거기서 나는 민첼에게 편지를 썼고 그로부터 답장도 받았다. 그는 돈도 보내왔다. 그러나 수령 증명을 제외하고는 자세한 것은 잘 기억나지 않는다.

내 생각에 민첼이 다른 일을 한 것 같지만, 그에 대해서 그는 죽을 때까지 말하지 않았고 나도 그 일에 대해서 이야기하고 싶지 않았다. 그가 헝가리 전투에 참가했던 장군들과 접촉했고, 그들에게 불행에 처해 있는 동료를 구해야 한다고 설명했다. 그들이 나를 구출해서 나는 1853년 2월에 바르샤바로 올 수 있었다. 장교 증명서도 다시 돌려받았다. 그것은 내가 헝가리에서 가지고 온 유일한 기념품이다. 가슴과 다리에 난 상처도 두 개 있지만, 그것까지는 계산에 넣지 않는다. 나에 대한 대우가 좋아졌다. 장교들은 나에게 점심도 제공했다. 점심 먹으면서 헝가리 보병을 위해 건배하느라 술을 진하게 마셨다. 그때부터 나는 전장에서 맺은 인연이 가장 오래간다고 말한다.

내가 땡전 한 푼 없는 몸으로 임시로 살던 아파트를 나오자마자, 모르는 어떤 유대인이 내 앞에 서더니 돈이 든 편지를 건넸다. 나는 편지를 뜯어서 읽었다.

친구 이그나치! 여비에 쓰라고 2백 즈오티 보내네. 이 돈은 나중에 계산하세. 곧바로 크라코프스키에 프세드미에시치에 거리에 있는 상점으로 오게. 포드발레에 있는 상점이 아니네. 맙소사! 거기엔 도둑놈 프란츠가 있네. 그가 내 형제라고 하지만, 개도 제정신이라면 그런 녀석에게는 손도 안 내밀 것이네.

자네에게 키스를 보내네. 얀 민첼. 바르샤바 1853년 2월 16일

아, 그리고 자네 고모와 결혼한 늙은 라첵은 돌아가셨다네. 그리고 고모도 돌아가셨네. 고모가 먼저 가셨지. 그분들이 자네에게 살림살이들과 몇천 즈오티를 남겨 놓았네. 내가 잘 보관하고 있네. 다만 자네 고모가 입던 모피 외투에 좀이 슬었다네. 바보 같은 카시카가 담배 넣어 두는 것을 잊었다나.

프란츠가 안부 전하라네. 바르샤바, 1853년 2월 18일

그 유대인이 나를 자기 집으로 데리고 가서 속옷과 옷과 구두가 들어 있는 짐을 주었다. 그리고 오리 국물을 내오더니 나중에는 요리한 오리 고기와 불에 구운 오리 고기로 나를 대접했다. 어찌나 많이 먹었는지 루블린에 올 때까지도 소화를 못했다. 마지막으로 그

는 아주 좋은 꿀을 한 병 주고 이미 준비된 마차로 나를 안내했다. 게다가 그는 어떤 대가도 받으려 하지 않았다.

"망명에서 돌아오신 분에게 무엇을 받는다는 것은 부끄러운 일입니다." 내가 아무리 권해도 그는 이렇게 말하며 사양했다.

내가 마차에 타려 할 때 그가 나를 한쪽으로 끌고 가더니, 엿듣는 사람이 없나 주위를 둘러본 다음 작은 소리로 말했다.

"어르신, 헝가리 금화 가지고 계시면 제가 사겠습니다. 제가 정직하게 계산해서 드리겠습니다. 제 딸이 어르신네들이 쇠는 새해에 시집갑니다. 제 딸을 위해서 필요합니다."

"헝가리 금화가 없습니다." 내가 대답했다.

"어르신께서 헝가리 전쟁에 참가하셨는데 헝가리 금화가 없다니요……?" 그가 믿지 못하겠다는 투로 말했다.

내가 마차 발판에 발을 올려놓자 그가 다시 나를 한쪽으로 끌어 내렸다.

"어르신, 그러면 다른 귀중품이라도 가지고 계십니까? 반지나 시계 혹은 팔찌 같은 것……? 정말 사고 싶습니다. 잘해 드리겠습니다. 제 딸을 위해서입니다."

"정말 없습니다. 맹세합니다."

"정말 없다고요?" 그가 눈을 크게 뜨면서 말했다. "그렇다면 무엇 때문에 헝가리까지 갔습니까?"

우리는 움직이기 시작했다. 그러나 그는 여전히 서서 턱을 만지더니 안됐다는 듯 고개를 끄덕였다.

마차는 오로지 나를 위해 빌린 것이었다. 그러나 다음 거리에서 우리는 마부의 동생을 만났다. 그는 크라스네고스타프에 급한 볼일이 있다고 했다.

"어르신, 제 동생을 태우게 해 주십시오." 그가 모자를 벗으며 간청했다. "길도 나쁜데 걸어가야 한답니다."

그의 동생이 마차에 탔다. 우리가 성문에 이르자 짐을 든 유대인 여자가 길을 막았다. 그 부인은 큰 소리로 마부와 이야기했다. 이 부인은 마부의 친척이고, 파이스와비체에 있는 딸의 어린애가 아프다는 것을 알게 되었다.

"어르신, 좀 태워도 될까요…… 몸무게도 얼마 안 됩니다." 마부가 부탁했다.

마차는 성문을 나서서 가다가 서로 다른 곳에서 마부의 사촌들 세 명을 더 태웠다. 그때마다 마부는 여행이 즐거울 거라는 핑계를 댔다. 나는 점점 마차 뒤쪽으로 밀렸고 내 발은 밟혔다. 그들은 냄새가 지독한 담배를 피웠고, 그리고 무엇보다도 신들린 사람들처럼 소리를 질러 댔다. 그렇지만 지금 내가 앉아 있는 좁은 구석 자리를 프랑스 우편 마차나 영국 마차의 가장 안락한 자리와도 바꾸고 싶지 않았다. 나는 우리 나라에 있었다.

4일 동안 나는 움직이는 사원에 앉아 있는 느낌이었다. 정거장마다 손님이 내리고 다른 사람이 그 자리를 차지했다. 루블린 근방에 왔을 때 무거운 짐이 미끄러져 내 등에 떨어졌다. 내가 안 죽은 것은 정말 기적이다. 쿠루프 가까이 왔을 때 우리는 몇 시간을 길가에 서 있었다. 한 손님의 가방이 없어서 마부가 말을 타고 여관까지 갔다 왔다. 내 발을 덮고 있는 깃털 이불에 벨기에 사람 수보다 더 많은 벼룩이 살고 있다는 것을 여행 중 내내 생각했다.

5일째 되는 날 해가 뜨기 전에 우리는 프라가에 도착했다. 그러나 마차는 엄청나게 많고 선교(船橋)는 좁아서 10시경에야 비로소 우리 마차는 바르샤바에 들어왔다. 한 가지 덧붙이고 싶은 말은 모든 동승자가 지독한 식초 같은 냄새를 남기고 베드나르스카 거리에서 내렸다. 내가 마지막으로 계산을 치르면서 마부에게 그들에 대해 묻자 마부는 눈을 크게 뜨고 나를 쳐다보았다.

"어떤 손님들이냐고요……?" 그는 의아해하면서 말했다. "어르신은 손님이죠, 그러나 저 사람들은 옴이죠. 우리가 시 경계에 멈추었을 때 심지어 경비원도 저 부랑자 둘을 각각 1즈오티씩 계산했으니까요. 어르신께서는 저들을 손님이라고 생각하세요!"

"그러면 마차에 아무도 없었단 말이에요?" 내가 대꾸했다. "제기랄, 그럼 나한테 떨어진 빈대들은 어디서 온 거지?"

"아마 습기 때문에 생긴 것일 겁니다. 저야 모르죠!" 마부가 퉁명스럽게 대답했다.

그런 식으로 마차에는 나 외에 아무도 없었다는 것을 확인하고, 지금까지의 모든 여행 경비를 나 혼자 부담했다. 그게 마부의 마음에 약간 걸렸는지 그는 내가 앞으로 살게 될 주소를 물으면서, 자기가 2주마다 밀수한 담배를 나에게 공급하겠다고 약속했다.

"지금 드릴 수도 있습니다." 그가 작은 소리로 말했다. "마차에 백 킬로그램이 있거든요. 몇 파운드 드릴까요……?"

"쓸데없는 소리 말게!" 나는 내 짐을 만지면서 중얼거렸다. "내가 밀수품 산 죄로 체포될 일 없어 걱정인가."

나는 빠른 걸음으로 도시를 둘러보았다. 파리 다음으로 지저분하고 좁고, 사람들은 침울해 보였다. 크라코프스키에 프세드미에 시치에 거리에 있는 얀 민첼의 상점은 쉽게 찾을 수 있었다. 그러나 눈에 익은 장소의 광경과 간판들이 나의 심장을 뛰게 해서 나는 한동안 멈춰 서서 숨을 가라앉혔다.

나는 상점을 바라보았다. 포드발레에 있는 상점과 거의 같았다. 문에는 양철 칼과 북(아마 내가 어렸을 때 보았던 그 북일 거야!)이 걸려 있고, 창문에는 접시와 말 그리고 계속 뛰고 있는 코사크

병사……. 누군가가 문을 열었다. 그래서 나는 상점 안쪽 천장에 걸려 있는 것들을 볼 수 있었다 ─ 투명 주머니에 들어 있는 물감들, 그물 안에 들어 있는 코르크들, 심지어 박제된 악어까지.

계산대 뒤쪽 창문 가까이 있는 낡은 소파에 얀 민첼이 앉아서 코사크에 달린 줄을 잡아당기고 있었다…….

젤리처럼 떨면서 나는 상점 안으로 들어갔다. 그리고 얀 앞에 섰다. 그는 나를 보자 (그는 몸이 붙기 시작했다) 힘겹게 소파에서 일어나 눈을 끔벅거렸다. 그리고 갑자기 한 점원에게 소리쳤다. 비첵! 마우고자타 양에게 달려가서 부활절 지나고 바로 결혼한다고 말해…….

그러고는 계산대 위로 두 손을 뻗었다. 우리는 그렇게 말없이 오랫동안 서로 껴안고 있었다.

"그래 독일 놈들을 때려잡은 거야! 알아, 알아." 그가 내 귀에 속삭였다. "앉아." 의자를 가리키며 그가 말했다. "카지엑! 할머니한테 가서 제즈키 씨가 오셨다고 말씀드려……!"

나는 자리에 앉았으나 우리는 서로 아무 말도 하지 않았다. 그는 슬픈 표정으로 머리를 흔들었고, 나는 눈을 아래로 향하고 있었다. 우리는 불쌍한 카츠와 우리의 좌절된 희망에 대해 생각하고 있었다. 한참 후에 민첼이 큰 소리를 내며 코를 풀고 나서 창문 쪽을 향하더니 중얼거리듯 말했다.

"그래, 어땠어……?"

숨을 헐떡이며 비첵이 돌아왔다. 나는 이 젊은이의 프록코트가 기름기로 번쩍거리는 것을 보았다.

"갔다 왔어?" 민첼이 물었다.

"다녀왔습니다. 마우고자타 양이 좋다고 했습니다."

"자네, 결혼하는 거야?" 내가 민첼에게 물었다.

"피……! 결혼 말고 내가 뭘 하겠어." 민첼이 대답했다.

"할머니는 잘 계셔?"

"항상 여전하시지. 커피 시간 알리는 할머니의 종을 누가 망가뜨릴 때만 아프시지."

"프란츠는?"

"그 불한당에 대해서는 말하지 마." 얀 민첼이 몸을 떨었다. "어제 내가 맹세했지. 그 집엔 발을 들여놓지 않겠다고……."

"그가 자네에게 무슨 짓을 했기에?" 내가 물었다.

"독일 좋아하는 형편없는 그 녀석은 나폴레옹을 조롱하는 말만 해! 그는 폴란드에 대한 맹세를 잊었다고도 말하고, 자기는 마술사인데, 자기 모자에 길들인 독수리가 침을 뱉는다나…… 아니야." 얀 민첼이 말했다. "난 그런 녀석과는 함께 살 수 없어……."

우리가 이야기하고 있는 동안 내내 두 소년과 점원이 손님들을 맞았다. 나는 상점에 들어오는 손님들에게 별 관심을 가지지 않았다. 갑자기 상점 뒷문이 삐걱거리더니 상품 진열장 뒤에서 노란 옷을 입은 할머니가 손에 주전자를 들고 나타났다.

"굿 모르겐, 얘들아……! 커피 왔다……."

나는 뛰어가서 아무 말 없이 할머니의 메마른 손에 키스했다.

"이그나스! 이그나스!" 할머니가 나를 껴안으며 불렀다. "이그나스야, 그렇게 오랫동안 어디 있다 온 거야……?"

"그가 전쟁터에 있었다는 것, 할머니도 알고 계시잖아요. 어디 있었냐고 물으시면 어떡해요?" 민첼이 끼어들었다.

"이그나스! 아직 커피를 마시지 않았지……?"

"물론, 아직 안 마셨지요." 민첼이 나 대신 대답했다.

"세상에! 벌써 10시네……."

할머니는 내 잔에 커피를 따르고 갓 구운 흰 빵 세 개를 건넨 다음 예전처럼 사라졌다.

상점 앞문이 소리를 내며 열리고 프란츠 민첼이 들어왔다. 형보다 더 뚱뚱했고, 얼굴도 더 붉었다.

"이그나치, 어떻게 지냈어!" 나를 껴안으며 그가 큰 소리로 말했다.

"저 멍청한 녀석과 키스하지 마. 저 녀석은 우리 민첼 집안의 수치야!" 얀 민첼이 나에게 말했다.

"오! 대단한 집안이네!" 프란츠가 웃음으로 대응했다. "우리 아버지가 손수레에 개 두 마리 가지고 이곳에 오셨지……."

"당신과는 말 안 해!" 얀이 소리쳤다.

"나도 당신에게 말하지 않고, 이그나치에게 말하고 있습니다." 프란츠의 반응이었다. "아, 그리고 우리 삼촌은……." 프란츠가 계속했다. "아주 완고한 독일 사람이어서 잠잘 때 쓰는 자기 모자 때문에 관에서 나올 정도였으니까. 사람들이 깜빡하고 그것을 관에 넣지 않았거든……."

"내 집에서 그런 모욕적인 말을 당신이 하고 있어요!" 얀이 큰소리로 말했다.

"나는 당신 집에 온 것이 아니라 볼일이 있어서 상점에 왔습니다, 비첵!" 프란츠가 소년을 불렀다. "1그로시짜리 코르크 하나 가져와…… 포장지로 감기만 해라. 잘 있게, 이그나치, 오늘 저녁에 우리 집으로 와, 좋은 술 마시면서 이야기하자고. 저분도 자네랑 같이 와도 돼." 그가 상점 밖에서 화를 못 이겨 퍼렇게 변한 얀을 가리키며 덧붙였다.

"나는 독일 놈 집에 발을 들여놓지 않을 거야!" 얀이 소리쳤다.

말은 그렇게 했지만 우리 둘은 프란츠 집에 갔다.

참고로 말하지만, 이 두 형제는 일주일에 한 번은 꼭 싸우고, 적어도 두 번은 화해했다. 아주 특이하게도 이 두 형제는 돈이나 물질적인 이유 때문에 싸운 적이 한 번도 없었다. 아주 심하게 다투어도 서로 보증도 하고, 돈도 빌려 주고, 빚도 서로 갚아 주었다. 싸움의 원인은 서로 다른 성격에 있었다.

얀 민첼은 낭만주의자로 열정적이었고, 프란츠는 침착하고 날카로웠다. 얀은 열렬한 보나파르트 숭배자이고, 프란츠는 공화주의자인데, 특히 나폴레옹 3세를 미워했다. 프란츠 민첼이 자기는 독일 출신이라고 인정하는 데 반해, 얀은 민첼 가문이 옛날 폴란드 가문인 미엥투스 가문에서 유래했으며, 이 가문은 야기에오 왕조 때 혹은 귀족 공화국 시대에 독일인들 사이에 거주했다고 자랑스럽게 말한다.

포도주 한 잔만 마시면 얀 민첼은 주먹으로 식탁을 치거나 옆에 앉은 사람 등을 치면서 큰 소리로 말한다.

"내 속에는 폴란드인의 피가 흐르고 있어! 독일 여자가 나를 낳을 순 없어! 증명서도 가지고 있어……."

그리고 그는 아주 가까운 사람들에게 두 개의 아주 오래된 문서를 보여 주었다. 그중 하나는 스웨덴 사람들이 폴란드 왕이던 시대에 바르샤바 상인이었던 모젤레프스키에 관한 것이고, 다른 하나는 코시치우스코 장군이 지휘했던 군대의 중위였던 밀러에 관한 것이다. 설명이야 한두 번 들은 것이 아니지만, 이 두 인물과 민첼 가문이 어떻게 연결되는지 나는 오늘날까지도 잘 모르겠다.

얀의 결혼식 때문에 두 형제는 또 한판 붙었다. 얀은 결혼식 때 옛날 폴란드 귀족처럼 꾸미기 위해 자줏빛 외투, 황금빛 구두와 옆에 찰 칼을 준비했다. 그러나 프란츠가 그런 가장무도회 복장을 결혼식에 허용할 수 없다고 선언하면서 경찰에도 알렸다. 얀이 그 소식을 듣고 고발한 자를 만나면 죽이겠다고 말했다. 얀은 결혼식 저녁 만찬 때까지 미엥투스 조상들의 복장을 하고 있었다. 프란츠는 결혼식에도 왔고 파티에도 참석했으나 얀과는 아무 말도 하지 않고, 신부와 춤만 실컷 추었고, 거의 죽을 만큼 포도주를 마셨다.

1856년에 몸에 난 종기로 프란츠가 죽었을 때에도 조용히 지나가지 않았다. 프란츠가 죽기 전 3일 동안 두 형제는 두 차례나 서로 욕을 하며 싸웠고, 아주 성대하게 마치 의식을 치르는 것처럼 서로 상속권을 박탈했다. 그럼에도 불구하고 프란츠는 전 재산을 얀에게 양도한다는 유언을 남겼고, 얀은 동생의 죽음을 슬퍼하여 몇 주 동안 앓아누워 있었다. 얀은 프란츠로부터 상속받은 재산(2만 즈오티)의 절반을 세 명의 고아에게 전해 주었고, 자기가 죽을 때까지 그들을 돌봐 주었다.

특이한 집안이었다!

또다시 본론에서 벗어났다. 나는 보쿨스키에 대해 써야 했는데, 민첼 집안에 대해서 썼다. 내가 지금처럼 정신이 온전하지 않다면, 늙었을 때 오는 수다 증세를 의심할 만도 했다.

스타시 보쿨스키의 많은 행동을 내가 이해하지 못했으며, 그때마다 왜 그걸 하려 하지……? 라고 묻고 싶었다는 말은 이미 했다.

상점으로 돌아온 이후, 거의 저녁마다 우리는 2층에 있는 할머니 방에 모였다. 얀과 프란츠 그리고 가끔 마우고시아 파이퍼. 마우고시아와 얀은 창문가에 서로 손을 잡고 앉아 하늘을 바라보았고, 프란츠는 주석 뚜껑이 달린 커다란 맥주잔으로 맥주를 마셨고, 할머니는 양말을 만들고, 그리고 나는 몇 년간 외국에 있었던 일을 이야기했다.

당연한 일이지만 주로 한 이야기는 방랑자의 향수, 군대 생활의 불편함 혹은 전투에 대한 것이었다. 내가 이야기하는 동안 프란츠는 맥주를 2인분 마셨고, 마우고시아는 얀에게 몸을 기댔고(나에게 몸을 기댄 사람은 아무도 없었다), 할머니는 양말에 정신이 팔려 있었다. 내가 이야기를 마치면 프란츠는 한숨을 쉬고 소파에 팔다리를 뻗으며 앉았고, 마우고시아는 얀에게, 얀은 마우고시아에게 키스했고, 할머니는 머리를 흔들며 독일어로 이렇게 말했다.

"이그나시! 정말 끔찍하구나……. 그런데 말해 봐, 이그나시, 뭣 때문에 헝가리까지 갔던 거야?"

"할머니, 아시잖아요, 그가 헝가리로 전쟁하러 간 것." 얀이 성급하게 끼어들었다.

그러나 할머니는 여전히 머리를 흔들면서 혼자 중얼거렸다.

"커피는 항상 맛있었고, 그는 점심도 잘 먹었는데…… 왜 그런 일을 했을까?"

"오! 할머니는 오로지 커피와 점심만 생각하시는군요." 얀이 화난 듯 말했다.

내가 마지막으로 카츠의 죽음을 이야기했을 때 할머니는 울음을 터뜨렸다. 할머니를 만난 이후 처음으로 우는 모습을 보았다. 그러나 할머니는 눈물을 닦고 다시 양말 만드는 일을 계속하면서 속삭이듯 독일어로 말했다.

"이상한 일이야! 커피는 항상 맛있었고, 그는 점심도 잘 먹었는데…… 왜 그런 일을 했을까?"

할머니가 나에게 했던 말을 떠올리며 나는 요즈음 거의 매 시간마다 보쿨스키에 대해 생각하고 있다. 그는 부인이 죽은 뒤 먹고살 것은 충분했는데 뭣 때문에 불가리아에까지 갔을까? 한밑천 잡아서 상점을 확장한다. 그렇다면 무엇 때문에 상점을 확장할까? 새로 연 상점에서 거두어들이는 돈만도 대단한데. 그리고 왜 회사를 차릴까……?

왜 자기 혼자 살면서 그렇게 큰 아파트를 빌릴까? 그리고 무엇 때문에 마차와 말을 살까? 왜 대귀족들 사회에 들어가려고 애쓰며, 이런 일을 못마땅하게 여기는 상인들을 피할까?

그리고 무슨 목적으로 마부 비소츠키와 철도 건널목지기인 그의 형을 거둬들였을까? 그리고 무엇 때문에 가난한 도제들을 위해 공장을 지어 줄까? 그리고 왜 그의 평판을 떨어뜨리면서 막달레나 수도원(거리 여인들의 재생을 위한 수도원)에 살고 있는 매춘부들까지 돌보아 줄까……?

그는 대단히 재치 있는 인물이지……. 내가 증권 거래소에서 회델이라는 자가 빌헬름 황제를 저격했다는 소식을 듣고 상점으로 돌아와 다급한 목소리로 이렇게 말했을 때,

"스타시, 소식 들었어, 회델이라는 사람이 빌헬름 황제를 저격했대……."

그때 그는 아무 일도 아니라는 듯 말했다.

"미친놈이군."

"그런데 그 미친 사람을 사형시킨대."

"당연하지. 미친 사람 가족이 더 이상 늘어나지 않겠구먼."

그는 눈썹도 까닥하지 않았다. 나는 그의 냉정함에 몸이 굳어졌다.

이보게 스타시, 자네도 재치 있는 사람이지만, 나도 바보는 아니라네. 자네가 생각하는 것보다 나는 더 많이 알고 있다네. 한 가지 마음 아픈 일은, 자네가 나를 신뢰하지 않는 것이네. 친구인 늙은 군인의 조언이 자네에 대한 좋지 않은 평판을 막아 주진 못해도 자네를 어리석음으로부터 보호할 수는 있다네…….

내가 여기서 말하고자 하는 것들은 일이 진행되는 것을 보면 알게 될 것이네.

5월 초에 우리는 새 상점으로 이사했다. 그 상점은 다섯 개의 커다란 매장을 가지고 있었다. 왼쪽에 있는 첫 번째 방은 러시아 섬유 제품들로 가득했다 ── 면직물, 아마, 비단, 우단 등. 두 번째 방

절반도 러시아 섬유로 채워졌고, 절반은 제복용 소품들이 차지하고 있었다 — 모자, 칼라, 넥타이, 우산 등. 정면에 있는 방은 가장 우아한 장식품들로 가득했다 — 갖가지 동제품들, 마요르카 도자기들, 크리스털 제품, 상아 제품 등. 오른쪽에 있는 방에는 나무와 강철로 만든 장난감들이 있고, 오른쪽에 있는 마지막 매장에는 가죽과 고무 제품들이 진열되어 있었다.

내가 이렇게 진열했다. 잘했는지는 모르겠지만, 최선을 다했음을 신은 아실 것이다. 진열에 대해서 스타시에게 물어보았지만, 그는 조언하는 대신 어깨를 으쓱하더니 웃으며 말했다.

"나하고 무슨 상관이 있어……."

이상한 사람이야! 천재나 할 수 있는 일을 기획하고, 대범하게 그것을 수행하지만, 세세한 것들에 대해서는 전혀 신경 쓰지 않으니. 그는 상점을 이전하도록 명령하고, 새로 연 상점을 러시아 섬유와 외국 장식품들 무역의 중심지로 만들었다. 이 모든 작업은 그의 작품이다. 그러나 그 일이 끝난 지금 그는 상점 일에 조금도 간섭하지 않는다. 그는 높은 분들을 방문하거나, 자기 마차를 타고 와지엥키 공원에 가거나, 혹은 어디론가 흔적도 없이 사라졌다가 상점에는 하루에 단 몇 시간 나타난다. 그럴 때마다 정신을 다른 데 두고 있거나, 예민하거나, 혹은 무엇인가를 기다리고 있거나, 혹은 무엇인가를 두려워했다.

그러나 마음이 얼마나 고운 사람인가!

부끄럽지만 고백해야 할 일이 한 가지 있다. 나에게는 상점을 옮기는 일이 약간 언짢았다. 그러나 그것이 전부가 아니었다. 나는 전에 있던 가게 같은 곳이 아니라 파리 스타일의 거대한 매장에서 일하고 싶었다. 그리고 애석한 일은 내가 25년 동안 줄곧 살았던 방에서 나오는 것이었다. 7월까지 계약이 유효해서 나는 5월 중순에 내 방에서 정든 벽과, 자모시치에서 보낸 즐거웠던 시절을 회상케 하는 쇠창살들과 낡은 가구들을 바라보며 앉아 있었다.

'이 모든 것들을 어떻게 옮기지, 어떻게 가져가지, 세상에……!' 나는 생각했다.

5월 중순경(그때 평화에 대한 소문이 널리 퍼졌다) 어느 날, 닫힌 상점 문 앞에서 스타시가 다가오더니 말했다.

"이보게, 늙은이, 새집으로 이사 갈 때가 된 것 같은데."

내 몸에서 피가 모두 빠져나가는 것 같은 느낌이 들었다. 그는 말을 계속했다.

"나와 같이 가세, 자네에게 새집을 보여 줄게. 이 건물에 자네를 위해 마련했네."

"어떻게 마련했어?" 내가 물었다. "집주인과 아직 집세도 합의를 못 보았는데."

"집값은 이미 지불했네."

그는 내 팔을 잡고 상점 뒷문을 통해 나를 현관으로 안내했다.

"그런데……." 내가 놀라서 말했다. "이 집을 빌렸다고……."

대답 대신 그는 현관 다른 편에 있는 문을 열었고…… 나는 방 안으로 들어갔다. 세상에, 그것은 살롱이었다! 가구들은 수놓은 비단으로 덮여 있고, 테이블 위에는 화첩이, 창가에는 마요르카 도자기들이…… 벽 아래에는 책장이 자리 잡고 있었다.

"여기가 자네 집이야." 고급스럽게 제본된 책들을 가리키며 스타시가 말했다. "세 권으로 된 나폴레옹 1세의 역사, 가리발디와 코슈트의 생애 그리고 헝가리 역사라네……."

나는 책에 매우 만족했다. 그러나 살롱은 나에게 언짢은 인상을 주었다. 스타시가 그것을 눈치챘다. 그리고 웃더니 갑자기 두 번째 문을 열었다.

"세상에……!" 그곳은 내가 25년 동안 살았던 방이었다. 쇠창살이 달린 창문, 푸른색 커튼, 내 검은색 테이블, 맞은편 벽 아래에 놓여 있는 침대, 소총과 기타가 들어 있는 상자…….

"어떻게 이 모든 것이?" 내가 물었다. "나도 이미 이사 온 것이야……?"

"그렇다네." 스타시가 대답했다. "못 하나 빼놓지 않고 다 옮겨놓았다네. 심지어 개 덮개까지."

다른 사람에게는 우스운 일일지 몰라도 나에겐 눈물 나는 일이었다. 나는 그의 거칠게 생긴 얼굴과 슬픈 눈을 바라보았다. 나는 도저히 상상할 수 없었다. 저런 사람이 그렇게 깊은 생각과 섬세한 감정을 가지고 있다니. 나는 그에게 이사하는 일에 대해 한마디도 언급 안 했는데…… 그 스스로 내가 옛집을 그리워하게 될 것이라 생각했고, 내 짐 옮기는 일을 직접 감독했던 것이다.

그와 결혼하는 여인은 행복할 것이다(그에게 맞는 신붓감도 나는 알고 있다……). 하지만 그는 결혼하지 않을 것이다. 그는 무슨 이상한 생각들은 하고 있지만, 결혼에 대해서는 생각하고 있지 않다. 유감스러운 일이다……! 우리 상점에 중요한 사람들이 많이 온다. 그들은 물건 사러 오는 척하지만 사실은 스타시를 중매하려는 사람들이다. 그러나 이 모든 것이 아무 소용 없었다.

스페르링고바 부인은 현금 10만 루블과 증류주 제조 공장을 가지고 있다. 이 부인은 우리 상점에서 안 사는 것이 없는데, 오로지 나한테 묻기 위해서다.

"그런데 보쿨스키 씨는 결혼 안 해요?"

"안 한답니다, 마님."

"참 안됐네요!" 스페르링고바 부인은 한숨을 쉬었다. "아름다운 가게, 많은 재산. 그러나 이 모든 것이 사라질 텐데…… 안주인이 없으면. 만일 보쿨스키 씨가 어떤 중요하고 재산이 있는 부인을 얻게 된다면 그의 신용도 한층 올라갈 텐데."

"옳으신 말씀입니다, 마님……."

"아듀! 제츠키 씨." 그녀가 말했다(카운터에 20루블 혹은 50루블을 놓으면서). "그러나 보쿨스키 씨에게 내가 결혼 문제에 대해 이야기했다고 아무 말도 하지 마세요. 늙은 아줌마가 그를 염두에 두고 있다고 생각할지 모르니까…… 아듀, 제츠키 씨……."

물론 나는 그에게 그 문제에 대해 말하는 걸 잊지 않을 것이다.

나는 생각했다. 내가 보쿨스키라면, 망설이지 않고 이 돈 많은 미망인과 결혼할 텐데. 게다가 그녀의 몸매도 아름답지 않은가, 보쿨스키 양반아……!

그리고 마구 제조업을 하는 슈메터링도 우리 가게에서 얼마나 많은 물건을 샀던가. 그때마다 그는 이런 말을 했다.

"그런데 보쿨스키는 결혼 안 한답니까? 그렇게 힘이 넘치고 건장한 청년이……. 그런 청년에게 딸을 시집 못 보내면 내가 벼락 맞을 일이지. 그리고 지참금으로 매년 1만 루블…… 어때요?"

또 자문 위원 브로인스키, 부자는 아니고 조용한 사람. 그러나 우리 가게에서 매주 장갑을 사면서 그때마다 이렇게 말한다.

"원, 세상에, 보쿨스키 같은 사람이 결혼 안 하는데, 폴란드가 어떻게 안 망하겠어. 그런 사람은 지참금도 필요 없고, 피아노 치고, 집안 살림 잘 꾸리고, 외국어 아는 처녀를 찾을 거야……."

그런 중매쟁이가 수십 명이 우리 가게에 들른다. 많은 어머니, 고모 혹은 아버지들이 결혼 적령기에 달한 처녀들을 데리고 우리 상점으로 온다. 어머니, 고모 혹은 아버지가 1루블짜리 물건을 사는 동안 처녀는 상점 안을 돌아다니기도 하고, 앉기도 하고, 허리를 잡기도 한다. 이런 행동은 오로지 자기 몸매로 시선을 끌기 위한 것이다. 오른발을 앞으로 내밀었다가 왼발을 내밀고, 나중에는 손을 내밀기도 한다……. 목적은 단 하나, 보쿨스키를 사로잡기 위해서다. 그러나 보쿨스키는 상점에 없을 때가 많고, 상점 안에 있을 때에도 그는 물건은 쳐다보지도 않고 이렇게 말한다.

"물건값은 제츠키 씨 담당입니다."

다 큰 딸을 가진 가족들과 미망인들 혹은 결혼 적령기에 이른 처녀들을 제외하면 우리 가여운 보쿨스키는 인기가 없었다. 이상할 것도 없는 일이다. 그는 비단 공장주나 면직 공장주뿐만 아니라 그들의 물건을 파는 상인들을 화나게 하고 있다.

어느 일요일에, 그런 일은 어쩌다 있지만, 아침을 먹으러 식당에 갔다. 아니스주 한 잔, 청어 한 마리, 내장 수프 1인분, 흑맥주 0.25리터 — 오랜만의 성찬이었다! 1루블 조금 못 되었다. 그러나 연기도 실컷 마셨고, 온갖 소리도 들을 만큼 들었다. 이런 데는 몇 년에 한 번으로 충분하다.

훈제실처럼 어둡고 습한 방에 앉아 있을 때 내장 수프가 나왔다. 옆 테이블에는 여섯 명의 신사가 앉아 있었다. 그들은 잘 먹고 사는 사람들 같았고 옷차림도 점잖았다. 틀림없이 상인들이고, 도시에 사는 사람들처럼 보였다. 혹은 공장주들일 수도 있겠다. 연수입이 3천에서 5천 루블쯤 될 것 같았다.

내가 그들을 모르고 그들도 나를 모르기 때문에, 그들이 무슨 생각을 하고 있는지 추측하기는 어렵다. 그런데 이런 우연이 있다니. 내가 방에 들어설 때 그들은 보쿨스키에 대해 이야기하고 있었다. 누군가가 말했다. 그러나 연기 때문에 볼 수는 없었다. 게다가 접시에서 눈을 떼어 보려고도 하지 않았다.

"출세했지!" 굵은 목소리가 말했다. "젊었을 때에는 우리 같은 사람들에게 봉사하더니, 나이 들어서는 높은 양반들에게 아부하려 하더군."

"오늘날 귀족들도……." 천식기 있는 신사가 말했다. "그 친구보다 나을 게 없지. 결혼으로 벼락부자가 된 상인을 백작 집 파티에 초대해서 함께 어울리고 있으니…… 웃기는 일이지!"

"결혼은 문제 될 것이 없고……." 굵은 목소리가 가볍게 기침한 다음 대꾸했다. "부자와 결혼하는 것이 부끄러운 일은 아니지. 그러나 전시에 군수품을 공급해서 벌어들인 수백만 루블은 멀리서도 범죄 냄새가 난단 말이야."

"아마 훔친 돈은 아닐 거야." 작은 소리로 세 번째 사람이 말했다.

"그런 식으로 수백만 루블은 못 벌지." 저음이 크게 말했다. "그런데 왜 오만할까! 무엇 때문에 대귀족들 사회에 비집고 들어가려 할까?"

"소문에 의하면……." 다른 목소리가 들렸다. "그가 귀족들과 함께 회사를 차린다지 아마……."

"아하! 그들에게서 돈을 뜯어낸 다음 도망치겠군." 천식기의 목소리가 끼어들었다.

"그건 아니야." 저음이 말했다. "그가 군수품 납품한 일은 산업용 강력 세제로도 씻어 낼 수 없는 오점이지. 장식품이나 취급하던 상인이 군납을 했다! 바르샤바 사람이 그 먼 불가리아까지 가다니……!"

"엔지니어인 당신 동생도 돈 벌기 위해서 더 멀리까지 갔는데." 작은 목소리가 말했다.

"그래!" 저음이 말을 막았다. "하지만 내 동생이 모스크바에서 면직물을 수입하겠어? 여기에 다른 문제가 있는 거야. 국내 산업을 죽이는 일이지……!"

"에헤······!" 지금까지 조용히 있던 사람이 말했다. "상인에게 그런 말 하면 안 되지. 상인에게는 보다 싼 물건을 사서 이익을 많이 남기는 게 중요한 것 아니야? 그렇지 않아?"

"어떻든 나는 그의 애국심을 믿을 수 없어." 저음이 대꾸했다.

"그렇지만······." 낮은 목소리가 끼어들었다. "보쿨스키가 애국심을 말로만 보여 주는 것 같지는 않던데······."

"그게 더 나쁘지." 저음이 말을 중단시켰다. "돈이 없을 때는 애국하는 척했지! 그러다 돈이 생기면서 원래 모습으로 돌아간 거야."

"오! 우리는 항상 누군가가 나라를 배신했다든가 혹은 도둑이라고 의심하는데, 그건 좋은 일이 못 돼!" 작은 목소리가 화를 내며 말했다.

"당신은 무엇 때문에 그를 그렇게 옹호하고 나서는 거요······?" 의자를 밀며 저음이 물었다.

"내가 들은 바 있으니까요." 작은 목소리가 대답했다. "비소츠키라는 마부가 우리 집에서 일하는데, 그 사람은 보쿨스키가 도와주지 않았으면 굶어 죽었을 겁니다."

"불가리아에서 군납으로 번 돈으로 자선 사업을 했구먼······!"

"이보세요, 폴란드 돈으로 부자 된 사람들, 그들이 무엇을 했습니까? 한 일이 아무것도 없습니다!"

"어쨌든 그는 음흉한 인물이야." 천식기의 목소리가 결론적으로 말했다. "이리 갔다 저리 갔다 하고, 상점은 돌보지 않고, 면직물을 수입하고, 귀족들을 끌어들이려 애쓰고······."

그 순간 종업원이 새 술병을 가져왔기 때문에, 나는 조용히 자리에서 일어나 밖으로 나왔다. 그들이 하는 대화에 나는 끼어들지 않았다. 어렸을 때부터 스타시를 알기 때문이다. 내가 그들에게 해 줄 수 있는 말은 이 한마디뿐이다. "당신들, 참 못됐다······."

내가 그의 미래에 대한 걱정 때문에 몸서리를 치고, 잠자리에 누울 때나 일어날 때 "그는 무슨 일을 할까? 무엇 때문에 그 일을 할까? 어떤 결과가 나올까?" 이렇게 자문할 때, 사람들도 그에 대해 내 생각과 같은 말을 했었다. 어제 마부 비소츠키가 자기 형을 스키에르니에비체로 전근시켜 준 것과 도움을 준 것에 감사하면서 그 앞에 무릎 꿇는 것을 직접 본 내 앞에서도 사람들은 여전히 그에 대해서 같은 말을 하고 있다…….

비소츠키는 단순하고 정직한 사람이었다. 열 살 먹은 아들을 데리고 와서 보쿨스키를 가리키며 이렇게 말했다.

"피에트렉, 이분은 우리의 은인이시다. 이분이 너의 손을 자르기를 원하시면, 그렇게 해라. 그래도 그분의 은혜에 대한 보답으로는 모자란다……."

또는 막달레나 수도원에서 그에게 편지를 쓴 아가씨도 있다. "선생님을 위해 어릴 때 했던 한 가지 기도를 생각했습니다……."

그들은 단순한 사람들이고, 그 아가씨는 부도덕하다. 그러나 고귀한 품성 면에서 그들은 양복 입고 다니는 우리보다 도덕적으로 조금도 열등하지 않다. 우리 중 아무도 믿지 않는 덕행을 그들은 온 도시를 다니며 칭찬한다. 불쌍한 사람들을 도와주는 스타시가 옳다. 그런데…… 좀 더 조용히 그들을 돌보아 주었으면 싶다.

아하! 그가 새로 사귀는 사람들이 나를 불안하게 한다.

나는 기억한다. 5월 초에 우리 상점으로 붉은 턱수염과 별로 좋지 않은 눈빛을 가진 평범한 신사가 들어왔다. 그는 계산대에 명함을 놓고 서툰 폴란드어로 말했다.

"보쿨스키 씨에게 말해 주시오, 내가 오늘 7시에……."

그게 전부였다. 명함에 '윌리엄 콜린스, 영어 선생'이라고 적혀 있었다. 이 무슨 코미디인가? 혹시 보쿨스키가 영어 배우는 것 아니야……?

다음 날 회델의 암살 사건에 대한 전보가 왔을 때 모든 것은 명백해졌다…….

그리고 멜리톤 부인이라는 또 다른 새로운 사람. 이 부인은 스타시가 불가리아에서 돌아온 이후 우리 상점을 자주 방문했다. 몸이 마르고 작은 부인은 물방아처럼 입을 가만두지 않았다. 내 느낌에 이 부인은 자기 하고 싶은 말만 하는 것 같았다. 5월 말에 왔을 때는 이런 말을 했다.

"보쿨스키 씨 계세요? 틀림없이 없겠지, 내가 그럴 줄 알았어. 그러면 제츠키 씨하고 말해야겠네. 이 여행 가방 참 예쁘네……! 올리브 나무, 내가 알지. 보쿨스키 씨에게 말해요. 이것 나에게 보내라고. 내 주소는 그가 알고 있어요. 그리고 내일 1시에 와지엥키 공원이라고……."

"어디라고요? 실례지만……." 안하무인격인 그녀의 태도에 화가 나서 내가 물었다.

"당신 바보예요……! 와지엥키 공원!" 부인의 대답이었다.

그런데 이게 웬일인가……! 보쿨스키는 그녀에게 가방을 보내고 와지엥키 공원에도 갔다. 돌아와서는 나에게 베를린에서 동쪽 지역 전쟁을 끝내기 위한 회의가 열린다고 말했다…… 그리고 회의가 열렸다!

그 부인이 두 번째 찾아왔다. 아마 6월 1일이었을 것이다.

"아하!" 부인이 감탄했다. "이 꽃병 예쁘네! 틀림없이 이탈리아 마요르카 도자기일 거야. 내가 알지……. 보쿨스키 씨에게 말해요. 이것 나에게 보내라고." 그리고 부인은 속삭이는 소리로 말했다. "그리고 그에게 말해요. 모레 1시경이라고……."

부인이 나간 뒤 나는 리시에츠키에게 말했다.

"모레 틀림없이 중요한 정치적 소식을 듣게 될 거야."

"6월 3일에······?" 그가 웃으면서 말했다.

실제로 베를린에서 노빌링 암살 사건을 전하는 전보가 왔을 때 우리의 표정을 상상해 보시라! 나는 기절해서 쓰러질 것 같았고, 리시에츠키는 그 이후 나에게 쓸데없는 농담을 하지 않았다. 심지어는 그가 나에게 자주 정치적인 소식을 묻기까지 했다.

크게 평판 나는 일은 정말 불행한 일이다! 리시에츠키가 나를 '정보통'으로 간주하면서부터 나는 잠도 못 자고 입맛도 잃었다.

우리의 불쌍한 보쿨스키에게 무슨 일이 일어날 것 같다. 그는 여전히 콜린스와 그 멜리톤 부인과 접촉하고 있으니······.

신이시여, 우리를 보호하소서!

내가 소문을 퍼뜨릴 때(사실 나는 허풍을 떨었다) 우리 상점에는 무언가 불안한 분위기가 맴돌았다. 상점에는 나 말고 일곱 명의 점원이 있었다. 늙은 민첼은 아마 이런 것을 꿈꾸었으리라. 그러나 점원들 사이에 통일성은 없었다. 오래전부터 일하고 있는 클레인과 리시에츠키는 자기들끼리 가깝게 지내면서, 다른 점원들을 무시하지는 않지만 어느 정도 아래로 보고 있었다. 새로 온 세 명은 각자 장신구와 금속 제품 그리고 고무 제품을 담당하고 있다. 이들은 주로 셋이서 어울렸는데, 경직되고 표정이 어두웠다. 솔직한 성격의 지엠바는 늙은 세대와 젊은 세대가 서로 가깝게 지내도록 양쪽을 설득한다. 그러나 그에게 운이 없는지 양쪽을 화해시키려고 할 때마다 관계가 더 악화되었다.

만일 우리 상점이(실제로 우리 상점은 대규모이고, 상점 중에서도 일류다!) 단계적으로 발전하려면, 1년에 한 명씩 점원을 채용해야 좋을 것이다. 그러면 신입 점원은 기존 점원들 분위기에 흡수되어 조화가 형성될 것이다. 그러나 한꺼번에 다섯 명을 채용하면 서로에게 방해되는 일이 자주 일어날 수 있다. 왜냐하면 짧은 기간에 상품을 제대로 진열할 수 없을 것이고, 자기 담당 영역을 정확히 파악하기가 어렵기 때문이다. 그렇게 되면 다툼이 일어나는 것은 자연스러운 일이다. 하지만 내가 주인이 하는 일을 비판할 수도 없고, 그는 우리 모두보다도 더 생각이 깊다.

한 가지 점에서는 늙은 팀과 젊은 팀이 합의하고 있다. 여기엔 지엠바의 도움이 있었다. 그것은 우리의 일곱 번째 점원 슐랑바움을 놀리는 일이다. 유대교 신자인 슐랑바움을 나는 오래전부터 알고 있다. 그는 나무랄 데 없는 사람이다. 작고, 피부가 어둡고, 몸이 조금 휘었고, 수염이 많다. 한마디로 호감을 주는 인상은 아니다. 그러나 손님이 상점에 들어오면(슐랑바움은 러시아 섬유 팀에서 일하고 있었다), 세상에…… 그는 팽이처럼 민첩하게 움직인다. 오른쪽 맨 위 선반에 있는가 하면, 어느새 중앙에 있는 맨 아래 서랍을 뒤지는가 싶더니 거의 동시에 왼쪽 천장 아래 어딘가에 있다. 그가 섬유 두루마리를 던지기 시작하면 사람이 아니라 기계가 일하는 것 같다. 그가 두루마리를 펼쳐서 잴 때는 손이 세 개 있는 것처럼 보인다. 타고난 세일즈맨인 그가 시종 엄숙한 톤으로 물건을 추천하고, 흥정하고, 고객의 취향과 의도를 파악해서 말하고 있는 것을 보고 있으면, 므라체프스키는 상대가 될 수 없다는 생각이 든다. 그가 작고, 외모가 보잘것없었다는 것이 참으로 안타깝다. 여성 고객을 위해서 그의 조수로 잘생기고 좀 둔한 점원을 붙여 주는 것이 좋을 듯싶다. 실제로 여성 고객들은 잘생긴 점원과는 더 오랫동안 앉아 있으며, 불만도 적고, 흥정도 오래 끌지 않는다.

(그 밖에, 신이여, 우리를 여성 고객들로부터 보호하소서. 내가 결혼할 엄두를 내지 못하는 이유도 상점에서 항상 여성들을 보기 때문이다. 조물주께서는 여성이라 불리는 자연의 기적을 창조하

실 때, 여성들이 세일즈맨에게 어떤 패배감을 불러일으킬지 미처 생각지 못했을 것이다.)

슐랑바움은 어느 의미로 보나 반듯한 시민이다. 그럼에도 불구하고 모두가 그를 좋아하지 않는다. 왜냐하면 불행하게도 그는 유대교 신자이기 때문이다.

1년 전부터 나는 유대인들에 대한 혐오가 전반적으로 증대하고 있음을 느끼고 있다. 몇 년 전까지만 해도 그들을 유대교 신자인 폴란드인이라고 부르던 사람들조차 지금은 유대인이라고 부른다. 또 유대인들의 근면, 끈기, 능력을 칭찬하던 사람들까지도 지금은 유대인들이 자신들을 착취하며 속이고 있다고 말한다.

그런 말을 들으면서 나는 인류에게 밤과 같은 정신적 어둠이 내리고 있음을 가끔 생각한다. 낮에는 모든 것이 아름답고, 명랑하고, 좋다. 그러나 밤에는 모든 것이 깨끗하지 않고, 안전하지도 않다. 그렇게 생각하지만 나는 침묵한다. 늙은 점원의 판단이란 게 뛰어난 언론인들을 상대로 무슨 의미가 있겠는가. 그들은 유대인들이 마차(maca)* 만드는 데 기독교인들의 피를 이용한다는 증거를 대면서 유대인들의 권리를 제한해야 한다고 주장한다. 우리 머리 위로 날아가던 총알들 소리가 제각각이었지, 카츠, 기억나나?

이런 분위기가 슐랑바움에게 이상한 방법으로 영향을 미쳤다. 작년까지만 해도 사람들은 그를 슐랑고프스키라고 불렀으며, 그는 부활절과 크리스마스 행사에 참여했고, 어떤 신앙심 깊은 가톨릭 신자보다도 소시지를 많이 먹었다. 제과점에서 내가 그에게 물은 적이 있다.

"슐랑고프스키 씨께서는 아이스크림을 좋아하지 않으세요?"

그가 대답했다.

"저는 소시지만 좋아합니다, 마늘 없는. 마늘은 먹지 못합니다."

그는 시베리아에서 스타시와 슈만 박사와 함께 돌아왔다. 그리고 바로 기독교인 상점에 취직했다, 당시 유대인들이 그에게 더 좋은 조건을 제의했지만. 그 후 계속 기독교인 상점에서 일하다가 금년에 해고되었다.

5월 초에 처음으로 스타시를 찾아와서 취직을 부탁했다. 그의 몸은 구부러졌고, 눈은 충혈되어 있었다.

"스타시." 기죽은 목소리로 그가 말했다. "자네가 나를 받아들이지 않으면, 나는 날레브키 거리를 못 벗어나."

"왜 바로 나한테 오지 않았나?" 스타시가 물었다.

"용기가 안 났어…… 유대인이 어디에나 끼어들려 한다고 사람들이 말하지 않을까 걱정했어. 애들만 아니었으면 오늘도 여기 오지 않았을 거야."

스타시는 어깨를 한 번 으쓱하더니 그 자리에서 연봉 1천5백 루블에 슐랑바움을 채용했다.

새 점원은 바로 일을 시작했다. 30분쯤 지나자 리시에츠키가 클레인에게 중얼거렸다.

"이게 무슨 일이야, 마늘 냄새가 나는 것 같은데……?"

15분 후에 그가 무슨 근거로 그러는지 알 수 없지만 이렇게 덧붙여 말했다.

"어떻게 크라코프스키에 프세드미에시치에 거리로 불량배 같은 유대인들이 밀려오고 있지! 그 옴 같은 종자들을 날레브키 거리나 시비엔토에르스키 거리 밖으로 못 나오게 통제할 수 없나?"

슐랑바움은 아무 말도 하지 않았다. 다만 그의 붉은 눈꺼풀이 부르르 떨었다.

다행히 두 사람의 공격을 보쿨스키가 들었다. 그가 의자에서 일어나더니 내가 좋아하지 않는 톤으로 말했다.

"이봐…… 리시에츠키 씨! 헨릭 슐랑바움 씨는 내가 아주 어려웠을 때 내 동료였소. 내가 지금 형편이 좀 나아졌으니 그를 모른 척해야 되겠소……?"

리시에츠키는 자기 자리가 위태롭다는 것을 느끼고 당황했다. 그는 무어라고 중얼거리면서 머리를 숙였다. 보쿨스키가 슐랑바움에게 다가가 그를 한 번 껴안고 말했다.

"이보게, 헨릭, 사소한 농담을 너무 심하게 받아들이지 말게. 여기서는 모두 동료 사이에 그런 농담을 한다네. 내가 분명히 말하는데, 언젠가 자네가 이 가게를 떠나게 되는 날, 나도 떠날 것이네."

슐랑바움의 위치는 즉시 분명해졌다. 사람들은 이제 그에게보다 나에게 먼저 말한다. 심지어 욕도 나에게 먼저 한다. 그런데 누가 암시나 얼굴 표정 혹은 눈빛에 대항하는 방법을 고안했을까……? 그러나 이 모든 것이 불쌍한 그에게는 독이 되었다. 그는 가끔 한숨을 쉬면서 나에게 이야기했다.

"내 애들이 유대인이 되는 걸 내가 두려워하지 않는다면, 나는 당장 여기를 떠나 날레브키 거리로 갈 겁니다……."

"그러면 왜……." 내가 물었다. "기독교 세례를 받지 않으세요?"

"몇 년 전이라면 그랬을 겁니다. 그러나 지금은 아닙니다. 이제 알게 되었습니다. 유대인은 기독교인들에게만 미움을 받지만, 기독교로 개종한 유대인은 유대인들도 증오합니다. 사람은 누군가와 함께 살아야 합니다. 그 밖에……." 여기서 그가 목소리를 낮췄다. "저에게는 애가 다섯이 있고, 부자인 아버지가 있습니다. 제가 아버지 재산을 상속할 겁니다."

흥미로운 일이다. 슐랑바움의 부친은 고리대금업자다. 하지만 그의 아들은 아버지로부터 한 푼도 받지 않기 위해 점원으로 상점을 전전하며 가난하게 살고 있다.

나는 몇 차례 리시에츠키와 단둘이서 그에 대해 이야기한 적이 있다.

"그런데 무슨 이유로……." 내가 그에게 물었다. "당신은 그를 놀리는 거요? 그는 집에서 기독교식으로 가정을 꾸려 가고, 애들에게 크리스마스트리도 만들어 주고 있는데……."

"왜냐하면 그는……." 리시에츠키가 대답했다. "마차를 소시지와 먹는 것이 마차만 먹는 것보다 더 이득이라고 생각하기 때문이지."

"그도 시베리아에서 유형 생활을 했는데, 위험한 고비도 겪으면서……."

"그것도 비즈니스를 위해서…… 비즈니스를 위해 이름도 슐랑고프스키로 바꾸었고, 지금은 다시 슐랑바움이지, 왜냐하면 자기 아버지가 해수(咳嗽)로 얼마 못 살 것 같으니까."

"당신이……." 내가 말했다. "그의 옷차림이 기독교식이라고 놀려 대니까, 그가 원래대로 돌아간 거야."

"그전 이름으로 돌아간 대가로 그의 아버지한테 유산으로 10만 루블 받을 텐데." 리시에츠키의 대답이었다.

이번에는 내가 할 말을 잃고 입을 다물었다. 슐랑바움도 안 좋고, 슐랑고프스키도 안 좋고, 유대인이라는 것도 안 좋고, 기독교로 개종해도 안 좋고……. 밤이 온다. 밤, 밤에는 모든 것이 회색이고, 의심스럽다!

그건 그렇고, 스타시는 그것 때문에 괴로워한다. 스타시는 슐랑바움을 채용했을 뿐만 아니라, 유대인 상인들에게 물건을 대 주고, 유대인 몇 명을 취직시켰다. 우리 직원들은 큰 소리로 저항하고 협박까지 했다. 비록 그들이 스타시를 괴롭혔을지라도, 그는 조금도 놀라지 않았고, 단호했고 조금도 양보하지 않았다.

이 사태가 어떻게 끝날지, 자비로운 신이시여…….

그러나, 그러나……! 나는 본론에서 항상 벗어나는 바람에 아주 중요한 일들을 잊는단 말이야. 나는 므라체프스키에 대해 생각하고 있었다. 그는 언제부터인가 내 계획을 망가뜨리거나, 의도적으로 잘못되게 만들고 있다.

그는 보쿨스키가 있는 데서 사회주의를 비방했다가 우리 상점에서 해고되었다. 하지만 나중에 보쿨스키는 그에게 월급을 올려 주면서 부활절이 끝나자마자 모스크바로 보내 주었다.

이것이 그에게 여행인지 추방인지 나는 며칠 밤을 생각했다.

하지만 그가 3주 동안의 여행 끝에 모스크바에서 물건을 가지러 우리에게 왔을 때 나는 스타시의 계획을 이해했다.

외관상 그는 거의 변하지 않았다. 여전히 말이 많고, 단정했다. 다만 약간 창백했다. 모스크바가 그의 마음에 들었는데, 무엇보다도 그곳 여자들이 좋았다고 말했다. 그는 그곳 여자들이 폴란드 여자들보다 아는 것도 많고 더 정열적이면서 편견은 더 적다고 말했다. 내가 젊었을 때 여자들이 지금 여자들보다 편견이 덜 심했다고 생각한다.

이것은 서론에 불과하다. 므라체프스키는 대단히 의심스러워 보이는 세 명을 데리고 왔는데, 그는 그들을 세일즈맨이라고 불렀다. 그는 또한 팸플릿이 가득 든 상자를 가지고 왔다. 이 세일즈맨들은 우리 상점을 둘러보면서, 우리 중 아무도 눈치채지 못하게 교묘한 방법으로 관찰했다. 그들은 하루 종일 배회하고 있는데, 틀림없이 어떤 혁명을 준비하고 있었다. 내가 그들을 주시하고 있다는 것을 알아차리자 그들은 우리 상점에 올 때마다 술 취한 척했으며, 나와는 여자 이야기만 하면서, 므라체프스키와는 반대로 폴란드 여자들이 기막히게 예쁘고 약간 유대 여자들 같다고 주장했다.

나는 그들의 말이 옳다고 인정하는 척했다. 그리고 의도적인 질문을 통해 그들이 가장 잘 아는 곳이 감옥 주위에 있는 홍등가라는 것을 알아냈다. 그들은 그곳에 볼일이 있었다. 그리고 내 추측이 근거 없지 않다는 것이 증명되었다. 이 세일즈맨들은 경찰의 주목을 받아 10일 동안 세 차례나 경찰서로 연행되었다. 하지만 큰 배경이 있는지 모두 풀려났다.

내가 보쿨스키에게 이들에 대한 나의 의심을 말했을 때, 그는 웃으면서 이렇게 말했다.

"아직은 아무것도 아니야."

이것으로 나는 스타시와 니힐리스트 혁명 분자들의 관계가 상당히 진전되어 있다는 것을 알게 되었다.

내가 클레인과 므라체프스키를 우리 집으로 초대해서 함께 차를 마시며 알게 된 것은 클레인보다 므라체프스키가 훨씬 더 심한 사회주의자라는 것이었다. 그 사실을 알았을 때 내가 얼마나 놀랐을지 한번 생각해 보시길……. 므라체프스키는 사회주의자들을 비난했다가 우리 상점에서 해고되지 않았던가……! 그때 나는 너무 놀라서 저녁 내내 아무 말도 할 수 없었다. 클레인은 속으로 좋아했고, 므라체프스키는 계속 열변을 토했다.

내 생전에 그런 일은 처음이었다. 이 젊은 친구는 사람들의 이름을 들면서 — 그들은 아마도 매우 현명한 사람들일 것으로 생각되는데 — 모든 자본가는 도둑이고, 토지는 경작자 소유가 되어야 하고, 공장, 광산, 기계는 공동 소유물이 되어야 하고, 신이나 영혼은 존재하지 않는데, 신부들이 십일조를 거두어들이기 위해 만들어 낸 것이라고 증명하듯 나에게 말했다. 그는 계속해서 혁명을 하게 되면(그가 세 명의 세일즈맨과 함께), 그때부터 모두 여덟 시간만 일하고, 나머지 시간은 즐기고, 늙으면 모두 연금을 받고,

그리고 장례는 무상이라고 말했다. 그리고 최종적으로 토지, 건물, 기계, 부인 들까지 공동 소유가 될 때 비로소 지상에 낙원이 찾아온다고 마무리했다.

나는 총각이라서(사람들은 나를 늙은 총각이라고 부른다), 그리고 이 회고록을 솔직하게 쓰고 있기 때문에, 부인의 공동 소유라는 말이 어느 정도 마음에 들었다는 것을 인정한다. 심지어 나는 사회주의와 사회주의자들에 대해 어느 정도 호감을 가지고 있다는 말도 할 것이다. 그런데 혁명 없이도 사람들이 부인을 공동으로 소유할 수 있었는데, 왜 꼭 혁명을 하려고 할까?

나는 그렇게 생각했다. 그러나 프라체프스키는 자기 이론을 다 동원해서 나를 가르치려 했다. 그리고 동시에 내 계획을 엉망으로 만들었다.

그런데 나는 스타시가 결혼하기를 진심으로 바란다. 만일 그에게 부인이 있다면, 그는 콜린스나 멜리톤 부인과 자주 어울릴 수 없을 것이다. 만일 그에게 아이들이라도 생긴다면, 의심스러운 관계를 모두 끊을 수도 있을 것이다. 군인다운 성격을 가진 그가 무기를 들고 싸우는 전장에는 감히 나서지도 못할 그런 사람들과 어떻게 어울릴 수 있을까? 헝가리 보병은, 사실 어느 보병이나 마찬가지로, 무장 해제된 적을 향해 총을 쏘지 않을 것이다. 그러나 시대가 변하고 있다.

나는 스타시가 결혼하길 진심으로 바란다. 그리고 그에게 맞는 신붓감도 알고 있다. 그 여인은 가끔 우리 상점에 온다(전에 있던 상점에도 왔다). 대단히 매력적인 여인이다. 머리는 짙은 갈색이고, 눈은 회색이고, 얼굴은 놀랍도록 아름답고, 몸매는 뛰어나고, 손과 발도…… 매력 덩어리다! 나는 그녀가 마차에서 내리는 것을 보았다. 그때의 모습이 내게 강한 인상을 남겼다. 정직한 스타시는 그녀에게서 엄청난 좋은 점들을 발견하게 될 것이다. 몸매도 균형이 잘 잡혀 있고, 입술은 붉은 산딸기 같다…… 그리고 가슴은……! 그녀가 옷을 잘 차려입고 우리 상점에 들어올 때는…… 하늘에서 내려온 천사가 날개를 접고 들어온다는 생각이 들었다……!

그녀는 미망인처럼 보였다. 남편과 온 적이 한 번도 없었다. 헬루니아라는 어린 딸을 데리고 온 적은 있다. 아주 예쁘게 생긴 딸이었다. 스타시가 이 부인과 결혼하면 니힐리스트 혁명가들과 관계를 끊지 않을 수 없을 것이다. 부인에게 봉사하고 어린 딸을 귀여워할 시간도 모자랄 텐데. 게다가 그런 부인은 그에게 자유 시간도 많이 허용하지 않을 것이다.

나는 계획을 수립하고 여러 가지로 생각했다. 어떤 방법으로 이 부인을 사귀고, 나중에 이 부인에게 스타시를 어떻게 소개할까 등. 그런데 갑자기 악마가 므라체프스키를 모스크바에서 데려왔다. 내가 얼마나 화났을지 상상해 보시라. 건달 같은 므라체프스키가 도착한 다음 날, 이 부인과 함께 우리 상점에 들어오는 것이 아닌가! 그리고 그는 부인 주위에서 분주히 뛰어다니고, 눈알을 굴려 대고, 그녀의 생각을 알아맞히려 애쓰고……. 내 몸이 뚱뚱하지 않은 것이 천만다행이었다. 그렇지 않았더라면 뻔뻔스러운 그의 수작을 보면서 나는 졸도했을 것이다.

그가 몇 시간 후 상점으로 돌아왔을 때, 나는 태연하게 그 부인이 누구냐고 물었다.

"당신 마음에 들어요?" 그가 이렇게 말했다. "그래요……? 여자가 아니라 샴페인이지요." 그러고는 수치심도 없이 눈을 깜박거리면서 말했다. "그러나 당신이 좋아해도 소용없어요. 그녀는 나한테 홀딱 반해 있으니까. 아, 그런데 얼마나 집요한지, 그리고 몸은…… 잠옷 차림의 그녀를 당신이 보았어야 하는데……!"

"기대해 보지, 므라체프스키 씨……." 냉정하게 내가 말했다.

"나 아무 말도 안 할 겁니다!" 그가 손을 비비면서 말하는데, 그 태도가 느끼하게 보였다. "나 아무 말도 안 할 겁니다! 제츠키 씨, 남자가 지켜야 할 가장 큰 덕목은 신중함이지요. 제츠키 씨, 특히 은밀한 관계에서는 더욱더 그렇지요."

나는 그의 말을 막았다. 그대로 두었다간 이 젊은 녀석을 내가 경멸하게 될 것 같았다. 시대가 이렇게 변했고, 이런 인간이 있다니……! 내가 만일 어떤 여인의 마음을 사로잡는 행복한 존재라면, 나는 그런 일을 생각도 못 할 것이다. 이렇게 큰 상점에서 큰 소리로 떠들어 대다니, 생각할 수 없는 일이다.

므라체프스키가 부인의 공동 소유 이론을 말했을 때 내 머리를 스치는 것이 있었다.

'스타시도 니힐리스트 혁명가, 므라체프스키도 니힐리스트 혁명가…… 한 사람이 결혼하면 다른 사람이 그 부인을 공동으로 소유한다……. 그런 여인이 므라체프스키 차지라니, 참으로 유감스러운 일이다.'

5월 말에 보쿨스키는 상점 개업식을 하기로 결정했다. 이를 계기로 나는 시대가 많이 변했다는 것을 실감했다. 내가 젊었을 적에는 상인들도 개업식을 할 때 특별히 신경 써서, 나이 지긋하고 경건한 신부의 주도하에 의식을 치렀다. 행사장에는 진짜 성수와 성수를 뿌릴 새 종려나무 잎도 준비하고, 라틴어를 아는 오르간 연주자도 초대했다. 성수를 뿌리고 거의 모든 진열대와 물건들 앞에서 기도를 올리는 의식이 끝난 후에는 상점 문지방에 편자를 두드려서 손님들을 준비된 음식으로 안내했다. 보통은 보드카와 맥주 그리고 소시지가 제공되었다.

그런데 오늘날에는(늙은 민첼의 동년배들이 보면 뭐라고 하겠는가!) 사람들이 이런 질문만 한다. "샴페인과 헝가리 와인은 몇 병이나 되나? 그리고 점심에는 뭐가 나오지?" 점심이 행사의 가장 중요한 부분을 차지하고 있다. 손님들은 식탁에 무엇이 오르는가에 관심이 있고, 의식은 누가 주도하든 관심이 없다…….

개업식 전날, 우리 상점에 처음 보는 중년 남자 한 사람이 찾아왔다. 키가 짓눌린 듯 작고, 땀을 흘리고 있어서 그의 상의 칼라가 목을 더럽히는지 목이 칼라를 더럽히는지 알 수 없었다. 그는 다 해어진 외투에서 두꺼운 노트를 꺼냈고, 기름기에 찌든 코안경을 걸치고 있었다. 그는 사람을 몹시 불안하게 하는 표정을 지으며 매장을 돌아다니기 시작했다.

'별사람 다 보겠네.' 이런 생각이 들었다. '경찰에서 나왔나, 아니면 법원 집달관실 서기가 우리 상점 물건들 파악하러 온 건가……?'

두 번이나 내가 길을 막고 최대한 공손하게 "무엇을 도와 드릴까요?"라고 물었다. 처음에는 "방해하지 마세요!"라고 중얼거리듯 말하더니, 두 번째는 아무 말 없이 옆으로 빠져나갔다.

더 놀랍게도 우리 점원 몇이 아주 공손히 그에게 인사하고, 마치 은행장 앞이라도 되는 것처럼 손을 비비면서 온갖 설명을 하고 있었다.

나는 속으로 생각했다. '혹시 보험 회사에서 나온 사람인가. 하지만 보험 회사 직원은 저렇게 해진 옷을 입고 다니지는 않을 텐데…….'

리시에츠키가 나에게 귓속말로 전했다. 저 사람은 아주 유명한 기자인데 우리를 신문에 내려 한다고. 신문에 인쇄된 내 이름을 보게 될 것을 생각하니 가슴이 따뜻해지는 것 같았다. 인쇄된 내 이름을 신문에서 처음 본 것은 내가 서류를 잃어버려 경찰 신문에 내 이름이 실렸을 때이다. 순간 나는 저 사람에게는 모든 게 크다는 것을 알았다. 머리도 크고, 노트도 크고, 왼발 구두에 붙어 있는 수선용 가죽 조각도 아주 컸다.

그는 마치 공작새처럼 으스대면서 매장 안을 계속 돌아다녔고, 끊임없이 기록하고 있었다. 그러더니 드디어 입을 열었다.

"요즘 이 상점에 아무 일도 없었나요? 작은 화재라든가 절도, 혹은 배신, 혹은 소란 같은 것……?"

"다행히 없었습니다!" 내가 용기를 내어 말했다.

"안됐습니다." 그의 반응이었다. "제일 좋은 상점 광고는 누가 상점 안에서 목매는 일인데……."

세상에 저런 바람도 있다니, 나는 놀랐다.

"어르신." 내가 절을 하면서 용기 내어 말했다. "물건을 하나 고르시지요. 저희가 아무 조건 없이 보내 드리겠습니다……."

"뇌물인가……?" 그가 마치 코페르니쿠스 동상을 보듯 나를 쳐다보며 말했다. "나는……." 그가 말을 이었다. "마음에 드는 물건이 있으면 삽니다. 선물은 누구한테서도 받지 않습니다."

그는 매장 가운데에서 지저분하고 얼룩진 모자를 쓰더니 호주머니에 손을 넣고 장관처럼 밖으로 나갔다. 그의 구두에 댄 가죽 조각이 길을 사이에 두고도 선명하게 보였다.

다시 개업식 행사로 돌아간다.

행사의 가장 중요한 부분인 점심은 유럽 호텔의 대연회장에 마련되었다. 홀은 꽃으로 장식되었고, 편자 모양의 커다란 식탁이 차려지고, 음악이 연주되었다. 저녁 6시에는 150명 이상의 손님이 모였다. 없는 사람이 없었다……! 주로 상인들과 공장주들인데, 그들은 바르샤바, 지방, 모스크바, 심지어 빈과 파리에서도 왔다. 백작도 둘이나 있었고, 공작도 한 사람 있었으며, 여타 귀족들은 많이 있었다. 술에 대해서는 말하기 어려웠다. 홀을 장식하고 있는 온갖 식물들의 잎이 더 많은지, 술병이 더 많은지 알 수 없을 정도였다.

이 연회에 들어간 비용이 3천 루블이 넘었다. 그런데 식사하고 있는 사람들의 모습이 정말 볼 만했다. 장내가 조용한 가운데 공작이 자리에서 일어나 스타시의 건강을 위해 건배를 제의했다. 음악이 울렸다. 무슨 곡인지는 알 수 없지만 아주 아름다웠다. 그리고 150명이 한꺼번에 스타시를 위해 "만세!"라고 외쳤다. 눈물이 나왔다. 나는 보쿨스키에게 가서 그를 껴안으며 속삭였다.

"보게, 사람들이 자네를 저렇게 사랑하는 것을……."

"저들은 샴페인을 좋아하는 거라네." 그의 반응이었다.

사람들의 만세 소리도 그를 전혀 감동시키지 못한다는 것을 알았다. 연사 중 한 사람이(틀림없이 문학하는 사람일 것이다. 말이 길고 내용도 없는 것으로 미루어) 자기 생애에서 가장 아름다운 날이라고 말했는데, 그것이 자기한테 그렇다는 것인지, 보쿨스키한테 그렇다는 것인지는 모르겠지만, 이런 찬사에도 보쿨스키의 표정은 여전히 어두웠다.

보쿨스키는 주로 웽츠키 씨 주위에서 맴돌고 있었다. 이 사람도 파산하기 전까지는 유럽의 귀족들 저택을 휩쓸고 다녔을 것이다. 그러나 불행하게도 항상 줄을 잘못 섰지……!

연회 초반은 아주 진지하고 점잖게 진행된다. 그러다 손님 중 누군가가 큰 목소리로 마신 포도주가 얼마나 되고, 먹은 음식이 어느 정도가 될지 알아맞히는 말을 한다. 점점 많은 빈 술병이 수거될수록, 점잖은 분위기도 따라 사라진다. 그리고 결국 목소리들이 너무 커서 음악 소리는 들리지 않게 된다.

나는 너무 화가 나서 므라체프스키라도 붙들고 화풀이를 하고 싫었다. 나는 그를 테이블에서 끌어 내려 겨우 이렇게 말했다.

"이 모든 것이 도대체 무엇 때문이야?"

"무엇 때문이냐고……?" 그가 이상한 눈으로 나를 보면서 말했다. "그거야 웽츠키 양을 위해서지……."

"당신 미쳤어요! 웽츠키 양을 위해서라니, 무슨 말이야……?"

"몰랐어요…… 새로운 상점, 점심…… 모든 것이 그녀를 위해서지. 내가 상점에서 나간 것도 그녀 때문이고……." 므라체프스키는 몸을 가누지 못해서 내 어깨를 잡고 말했다.

"뭐라고?" 그가 완전히 취한 것을 보며 내가 물었다. "그녀 때문에 자네가 모스크바로 가게 되었다는 거야?"

"당연하지…… 당연한 일이지. 그녀가 한마디 하니까, 길게 말할 것도 없어, 그래서…… 연봉 3천 루블 이상 받았지. 그녀는 자기 마음에 드는 건 무엇이든 그 늙은이에게 시킬 수 있어……."

"그래, 어서 가서 자." 내가 말했다.

"지금 자러 안 갈 거야…… 내 친구들한테 가야지. 그런데 그들은 어디에 있지? 그들이 그녀를 더 잘 조종할 수 있어. 그녀는 그들을 그 늙은이처럼 마음대로 못하거든……. 내 친구들은 어디에 있느냐 말이야?" 그가 소리 지르기 시작했다.

나는 호텔 방으로 그를 데려가도록 지시했다. 나를 혼란시키기 위해 그가 취한 척했다는 것을 느꼈다.

자정쯤 되었을 때 연회장은 병원 시체실과 다름없었다. 취한 사람들을 호텔 방이나 마차로 데리고 나가지 않으면 안 되었다. 드디어 의사 슈만을 발견했다. 그는 취하지 않았다. 그래서 그와 함께 차를 마셨다.

의사 슈만도 유대인인데, 그는 특이한 인물이다. 그는 가톨릭 신자인 아가씨를 사랑해서 가톨릭 세례를 받았다. 그러나 그 아가씨가 죽는 바람에 다시 유대교로 돌아왔다. 그는 깊은 슬픔에 빠졌으나, 사람들이 그를 구제했다고 들었다. 지금은 진료를 하지 않는다. 그는 재산을 많이 가지고 있으며, 인간과 인간의 머리카락을 연구하고 있다. 그는 체구가 작고, 피부가 황색이고, 눈빛이 날카롭다. 그 때문에 그의 앞에선 무엇을 숨기는 것이 쉽지 않다. 그는 스타시를 오래전부터 알고 있다. 그는 틀림없이 스타시의 비밀도 알고 있을 것이다.

요란한 만찬 후에 나는 울적해졌다. 그래서 슈만을 만나 이야기를 듣고 싶었다. 만일 오늘 그가 나에게 스타시에 대해 말해 주지 않는다면, 나는 스타시에 대해 앞으로도 알 수 없을 것이다.

나는 그를 데리고 우리 집에 와서 차를 대접하며 말했다.

"의사 선생, 솔직히 말해 주세요, 스타시에 대해서 어떻게 생각하는지……. 그를 생각하면 몹시 불안해요. 1년 전부터 엉뚱한 일을 저지르고 있어요. 불가리아에까지 갔다가…… 새로운 상점을 열고…… 회사를 차리고…… 마차를 사고…… 그의 성격이 이상하게 변한 것 같아요."

"나는 변화를 못 느껴요." 슈만이 대답했다. "그는 항상 행동하는 사람이지요. 그는 머리나 가슴으로 무엇을 느끼면 그것을 바로 실행했답니다. 대학에 들어가기로 결정했을 때 대학에 들어갔고, 돈을 벌기로 결정했을 때 돈을 벌었잖습니까. 그래서 바보 같은 생각을 하게 되면 역시 물러서는 법 없이 아주 바보 같은 일을 저지르고 말아요. 그는 그런 사람입니다."

"이 모든 것에서……." 내가 끼어들었다. "그의 행동에 여러 가지 모순이 보입니다."

"놀랄 것 없어요." 그가 말을 막았다. "그의 안에는 두 사람이 녹아 있어요. 1860년대 이전의 낭만주의자와 1870년대의 실증주의

자. 밖에서 보는 사람에겐 모순으로 보이지만, 그의 내부에서는 완벽한 일관성을 갖추고 있지요."

"그가 새로운 일에 관여하고 있나요……?" 내가 물었다.

"모르겠습니다." 슈만이 냉정하게 대답했다.

한동안 아무 말 없이 있다가 그에게 다시 물었다.

"결국 어떻게 될까요……?"

슈만이 눈썹을 치켜뜨고 두 손을 깍지 끼며 말했다.

"좋지 않을 겁니다. 그런 사람들은 모든 것을 자기에게 맞추고, 커다란 장애에 직면하면, 그 장애에 머리를 부딪히고 맙니다. 지금까지는 순조로웠지요. 그러나…… 일생 동안 항상 좋은 일만 있는 사람은 없습니다."

"그래서 어떻게 되지요……?" 내가 물었다.

"우리는 비극을 보게 될 겁니다." 슈만이 말을 마쳤다. 그는 레몬을 넣은 차를 다 마시고 집으로 돌아갔다.

밤새 나는 한숨도 잘 수 없었다. 오늘처럼 성공을 축하하는 날, 그처럼 무서운 예언이라니…….

에! 늙은이, 신께서 슈만보다 더 많이 아시겠지. 신은 스타시가 잘못되도록 그냥 두지 않으실 거야…….

제11장 오래된 꿈과 새로운 만남

멜리톤 부인은 사는 동안 어려운 일을 많이 겪어서, 일반적으로 인정되는 의견들을 무시하는 법을 배웠다.

그녀가 젊었을 때 사람들은 예쁘고 착하면 재산이 없어도 시집 갈 수 있다고 그녀에게 말했다. 그녀는 착하고 예뻤지만, 결혼하지 못했다. 그 후에 사람들은 교육을 잘 받은 여교사는 학생들의 사랑과 학부모들의 존경을 받는다고 말했다. 그녀는 교육을 잘 받은 사랑받는 여교사였지만, 학생들은 그녀를 괴롭혔고, 학부모들은 아침부터 저녁까지 그녀를 화나게 했다. 나중에 그녀는 소설을 많이 읽었다. 소설에서는 사랑에 빠진 공작, 백작, 남작은 모두 훌륭한 사람들로, 그들은 가난한 여교사에게 청혼을 했다. 그녀도 젊고 훌륭한 백작에게 마음을 준 적이 있지만, 청혼을 받지는 못했다.

그녀는 서른 살이 넘어서야 어느 정도 늙은 가정 교사 멜리톤과 결혼했다. 결혼의 유일한 목적은 술을 약간 과하게 마시는 그를 도덕적으로 구제하기 위해서였다. 하지만 그녀의 남편은 결혼 후에 전보다 더 많이 술을 마셨고, 도덕적으로 그를 구제하려는 아내를 막대기로 자주 때렸다.

그가 죽자 — 아마도 거리에서 죽었을 것이다 — 멜리톤 부인은 그를 묘지에 매장했다. 틀림없이 그를 매장했다는 것을 확신하고, 개를 기르기 시작했다. 사람들은 개가 가장 충성스러운 동물이라고 말했다. 실제로 개는 충성스러웠지만, 화도 내고, 여주인을 물어서 심하게 앓게 했다.

그녀는 반년을 병원에 누워 있었다. 독방에서 외롭게 지냈다. 학생들과 학부모들, 자기가 마음을 주었던 백작들 모두 그녀를 잊었다. 그녀는 병원에서 많은 생각을 했다. 그녀가 몸도 마르고, 늙고, 머리도 회색으로 변하고, 머리숱도 빠져서 퇴원했을 때, 병이 그녀를 몰라보게 만들었다고 사람들은 자주 말했다.

"세상 물정을 알게 되었지요." 이렇게 멜리톤 부인이 대답했다.

그녀는 이제 더 이상 교사가 아니었다. 그러나 여자 가정 교사들에게 결혼하지 말라고 권했다. 그러면서도 젊은 쌍들을 맺어 주었다. 하지만 누구에게도 마음을 주지 않았다. 그녀는 젊은 쌍들에게 자기 집을 만남의 장소로 제공했다. 물론 각자에게서, 그리고 모든 것에 대해서 돈을 받았다. 그 돈으로 생활을 유지했다.

처음에는 이 새로운 일에 대해 썩 마음이 내키지 않았고 또 냉소적이었다.

"공작은⋯⋯." 그녀는 친한 사람들에게 이렇게 말했다. "결혼으로 수입을 챙기고, 나는 약혼을 통해서 돈을 번다. 백작들은⋯⋯ 말을 교미시키고 돈을 받지만, 나는 사람들을 소개시키고 돈을 받는다."

그러나 시간이 지나면서 그녀가 말을 더 신중하게 하고, 때로는 도덕적으로 좋은 말을 하게 되면서, 그녀의 의견이 다른 사람들에게 받아들여졌고 그녀의 수입도 늘어났다.

멜리톤 부인은 오래전부터 보쿨스키를 알았다. 그녀는 음악회

등 공연을 좋아했고 무엇이든 추적했다. 그래서 곧 보쿨스키가 이 자벨라를 몹시 흠모하고 있다는 사실을 알게 되었다. 그것을 알고 나서 그녀는 어깨를 으쓱했다. 웽츠키 가문의 딸을 양품점 상인이 사랑한다는 사실이 그녀와 무슨 상관이 있겠는가? 돈 많은 과부 나 공장주의 딸을 그가 마음에 두고 있다면 멜리톤 부인이 어떻 게 해 보겠지만, 그러나 이런 경우에는……!

보쿨스키가 불가리아에서 사람들이 기적이라고 할 만큼 많은 돈을 벌어 가지고 돌아왔을 때, 멜리톤 부인이 이자벨라와 그를 연결하는 일을 하겠다고 제안했다. 두 사람 사이에 암묵적인 합의 가 이루어졌다. 보쿨스키는 넉넉히 지불했고, 멜리톤 부인은 웽츠 키 가문 및 그 가문과 연결된 상류 사회의 인물들에 대한 모든 정 보를 보쿨스키에게 제공했다. 부인의 소개로 보쿨스키는 웽츠키 의 약속 어음과 이자벨라의 은제품들을 손에 넣을 수 있었다.

이 일을 계기로 멜리톤 부인은 보쿨스키의 개인 집을 방문해서 축하했다.

"아주 이성적으로 대처해 나가야 해요." 그녀가 말했다. "은제품 들과 정찬용 식기들은 큰 수확이라고 볼 수 없어요. 그러나 웽츠 키의 약속 어음을 사들인 것이 히트입니다…… 상인이 무엇인지 를 알아야지!"

그런 칭찬을 듣고 나서 보쿨스키는 서랍을 열어 약속 어음 뭉치 를 꺼냈다.

"이것 말이오?" 그가 멜리톤 부인에게 보여 주며 말했다.

"그래요, 그만큼 돈이 있었으면 좋겠어요." 한숨을 쉬며 그녀가 말했다.

"당신이 안됐어요."

"무슨 말인지요, 부인……?"

"당신이 안됐어요." 그녀가 반복했다. "여자라서 아는데, 여자는 희생으론 사로잡히지 않아요. 여자를 사로잡는 것은 오로지 힘입니다."

"그래요?"

"외모와 건강과 돈의 힘……."

"지성." 보쿨스키가 끼어들었다.

"지성은 별로예요, 폭력만큼이나……." 멜리톤 부인이 비웃음을 지으며 말했다. "나는 여자들을 잘 알아요. 남자들의 순진함을 몇 번 동정한 적이 있지요."

"나한테는 그런 수고를 안 하셔도 됩니다."

"당신에게 필요 없다고 생각하세요?" 그의 눈을 똑바로 보며 그녀가 물었다.

"부인." 보쿨스키가 말했다. "만일 이자벨라 양이 내가 생각하고 있는 여자라면, 언젠가는 나를 제대로 평가하겠지요. 만일 그렇지 않다면, 나는 실망할 때가 많겠지요……."

"빨리 실망하세요, 보쿨스키 씨, 빨리 실망하는 것이 좋습니다." 소파에서 일어나며 그녀가 말했다. "내 말 믿으세요, 호주머니에서 수천 루블 꺼내어 버리는 것이 가슴에 있는 마음 버리는 것보다 쉬운 일입니다. 더구나 이미 자리 잡고 있는 것은 더욱 버리기가 어렵지요. 그런데 잊지 말고, 많지 않은 내 자본, 좋은 곳에 투자해 주세요. 수천 루블 헛되지 않게 하세요. 그만큼 벌기 위해선 얼마나 힘들게 일해야 하는지 잘 아시잖아요."

5월과 6월에 멜리톤 부인의 방문이 더 잦아졌다. 무슨 일을 꾸미고 있다고 의심하는 제츠키의 걱정도 그만큼 더 커졌다. 그의 생각은 빗나가지 않았다. 그것은 이자벨라를 목표로 한 음모였다. 늙은 부인은 이자벨라에 관한 중요한 정보를 보쿨스키에게 넘겼다. 그녀는 시시콜콜한 것까지 그에게 알려 주었다, 언제 백작 부인이 조카를 데리고 와지엥키 공원을 산책하는지.

그런 경우에 멜리톤 부인은 상점으로 와서 보상으로 십 몇 루블 하는 비싼 물건들을 몇 개 고른 뒤에야 제츠키에게 날짜와 시간을 말한다.

보쿨스키에게는 이상한 시절이었다. 내일 귀부인들이 와지엥키 공원을 산책한다는 것을 알게 되면, 오늘 이미 그는 안정을 잃었다. 사업에는 관심이 없고, 아주 예민해졌다. 그에게는 시간이 멈추어 있는 것 같고, 내일은 오지 않는 것처럼 느껴졌다. 밤에는 이상한 꿈을 꾸었고, 비몽사몽간에 의식이 거의 없는 상태에서 한숨을 쉬었다.

'이러다 어떻게 될까……? 아무것도 아니야! 아, 내가 어쩌다 이런 바보가 되었을까…….'

그러다 아침이 되면 하늘에 구름이 끼지나 않았는지 걱정되어 창문 바라보는 것을 두려워했다. 그리고 정오까지의 시간이 그의 전 생애만큼 길었고, 오늘은 지독히 쓴 맛에 중독된 하루였다.

'이것이 사랑일까……?' 그는 절망감을 느끼며 자문했다.

흥분된 그는 정오에 벌써 마차를 준비하고 떠나도록 지시했다. 매 순간마다 그는 돌아오고 있는 백작 부인이 탄 마차와 마주치는 것 같았고, 고삐가 늘어진 말들이 너무 천천히 가고 있는 것처럼 느껴졌다.

와지엥키 공원에 도착하자마자 마차에서 내려 연못 주위로 갔다. 백조들에게 먹이를 주기 좋아하는 백작 부인은 이곳에서 자주 산책한다. 그는 시간에 맞게 도착했다. 벤치에 앉으니 식은땀이 흘렀다. 미동도 없이 앉아 있었다. 그는 세상일 모두 잊고 왕궁 쪽만 바라보았다.

드디어 길 끝에 검은 옷과 회색 옷을 입은 두 여인의 모습이 보였다. 보쿨스키의 머리로 피가 모두 몰렸다.

"오고 있군! 그런데 나를 붙들까……?"

그는 벤치에서 일어나 마치 몽유병자처럼 그들을 향해 숨도 못 쉬면서 걸어갔다. 그렇다. 이자벨라 양이다. 그녀는 고모와 다정히 이야기를 나누면서 오고 있었다.

보쿨스키는 이자벨라를 보면서 생각했다.

'저 여인에게 특별한 것이 도대체 뭐람? 다른 여자와 같은 여자다…… 아무래도 내가 쓸데없이 저 여인에게 미쳐 있는 것 같다.'

그는 두 여인에게 인사했다. 그들도 답례를 보냈다. 그는 속마음을 들키고 싶지 않아서 뒤돌아보지 않고 계속 걸었다. 나중에 둘러보니 두 여인은 나무들 사이로 사라졌다.

'돌아갈까.' 그는 생각했다. '가서 다시 한 번 볼까…… 아니야, 적절치 못해!'

순간 그는 연못의 반짝이는 물이 거역할 수 없을 만큼 강하게 그를 유혹하는 것을 느꼈다.

'아, 죽음이 망각이라는 것을 알았더라면…… 만일 그렇지 않다면……? 아닐 거야, 자연에는 자비가 없어……. 불쌍한 사람의 가슴에 그리움이 끝도 없이 쏟아져도 되는 건가, 그리고 죽음은 완벽한 망각이라는 위로조차 없어도 되는 건가?'

거의 같은 순간에 백작 부인이 이자벨라에게 말했다.

"내가 점점 더 확실하게 생각하는데, 벨라, 돈이 행복을 가져오는 건 아니야. 저 보쿨스키는 나름대로 대단한 출세를 했지만, 그러나 얻은 것이 뭐니……? 이제 상점에서 일도 안 하지, 와지엥키 공원에서 할 일 없는 사람처럼 산책이나 하고, 그의 얼굴에 나타난 지루해하는 기색을 보았지?"

"지루해하다니요?" 이자벨라가 반문했다. "제가 보기엔 즐기고 있는 표정이던데요."

"그래, 나는 못 느꼈는데." 백작 부인이 의아해했다.

"그런데…… 밝지는 않았어요." 이자벨라가 자신이 한 말을 수정했다.

보쿨스키는 와지엥키 공원에서 차마 나가지 못했다. 그래서 다른 길로 공원을 걸어 다니며 먼빛으로 나무들 사이에서 아른거리는 이자벨라의 회색 옷을 바라보았다. 나중에 알게 되었지만, 회색 옷 입은 여인이 둘이고 푸른 옷 입은 여인이 한 사람인데 그중에는 이자벨라가 없다는 사실이다.

'내가 이렇게 멍청하다니.'

하지만 그에게는 이런 생각도 아무 도움이 못 되었다.

6월 초순 어느 날, 멜리톤 부인이 내일 정오에 이자벨라가 백작 부인과 회장 부인과 함께 산책할 것이라고 보쿨스키에게 알려 왔다. 그런 작은 일도 일급 정보의 가치를 가질 수 있다.

보쿨스키는 연로한 회장 부인을 만났던 부활절 이후 몇 차례 더 노부인을 방문하면서 노부인이 자기에게 호감을 가지고 있다는 것을 알았다. 그는 주로 노부인의 옛날 이야기를 들었고, 자기 삼촌 이야기도 들려주며 마지막 방문했을 때에는 삼촌을 위한 비석 일로 노부인과 약속도 했다. 그런 생각을 서로 나누는 중에 어쩌다 그랬는지는 모르겠지만 이자벨라의 이름이 갑자기 튀어나와 보쿨스키는 놀라움을 감추지 못했다. 그의 얼굴이 변하고 목소리도 짓눌렸다.

노부인이 코안경을 쓰더니 보쿨스키를 바라보며 물었다.

"이자벨라도 자네에게 관심이 없진 않는 것 같던데?"

"저는 이자벨라 양을 거의 모릅니다…… 지금까지 그녀와 딱

한 번 말한 적이 있습니다." 당황하면서 보쿨스키가 말했다.

노부인이 생각에 잠기더니 고개를 끄덕이며 한숨을 쉬었다.

"하!"

보쿨스키는 노부인을 하직하고 나왔다. 그러나 그 '하!'가 가슴에 그대로 남았다. 그는 노부인에겐 적이 없다는 것을 매번 확신했다. 그 일이 있고 일주일이 채 안 되어, 노부인이 백작 부인과 이자벨라를 대동하고 와지엥키 공원으로 산책 나온다는 소식을 들은 것이다. 노부인은 와지엥키 공원에서 보쿨스키를 만나게 되리라는 것을 알고 있었을까……? 그리고 보쿨스키와 이자벨라를 가깝게 만들 수 있을까?

보쿨스키는 시계를 보았다. 오후 3시였다.

'그러면 내일.' 그는 생각했다. '시간으로 24시간 뒤에…… 그렇게 많이 남았단 말이야. 몇 시간 뒤라고……?'

지금부터 내일 오후 1시까지 시간이 어떻게 지나갈지 알 수 없었다. 불안이 그를 엄습했다. 그는 점심도 안 먹었다. 상상이 앞질러 갔다. 그러나 다행히 냉정한 이성이 상상을 억제했다.

'내일 어떻게 될지 두고 보자. 비는 오지 않겠지. 그리고 세 사람 중 아무도 아프지는 않겠지?'

그는 밖으로 나가서 정처 없이 걸으며 속으로 중얼거렸다.

'글쎄, 내일 어떻게 될지 두고 보자…… 그들이 나를 그냥 스쳐 지나가는 일은 없겠지? 이자벨라 양은 아름답다. 뛰어나게 아름답다는 것도 인정한다. 그러나 이 세상엔 수천 명의 아름다운 여인들이 있다. 한 여인의 치마만 악착같이 붙들고 있는 것도 나는 생각하지 않는다. 나를 뿌리친다……? 좋아! 그러면 큰맘 먹고 다른 여인의 품에 안기지…….'

저녁에 그는 극장에 갔다. 그러나 제1막이 끝나자 밖으로 나왔다. 그는 다시 시내를 배회했다. 하지만 어디를 가든 내일 산책에 대한 생각이 그를 따라다녔고, 이자벨라와 가까워지게 되리라는 희미한 예감이 들었다.

밤이 지나고 아침도 끝났다. 정오에 마차를 준비하라고 지시했다. 상점에는 오늘 늦게 들른다고 쪽지에 써서 보내고, 장갑을 꺼내 손에 끼웠다. 하인이 들어왔다.

"말이 준비되었습니다."

보쿨스키는 모자를 향해 손을 뻗었다.

"공작님이 오셨습니다……!" 하인이 보고했다.

보쿨스키의 눈이 어두워졌다.

"들어오시라고 해."

공작이 들어왔다.

"보쿨스키 씨, 안녕하세요." 공작이 인사했다. "어디 가려고요? 틀림없이 상점이나 역에 가시겠지. 하지만 상관없어요. 나와 함께 우리 집에 가야 합니다. 실례지만 당신 마차를 타고 가야겠어요. 오늘 내 마차를 안 타고 왔어요. 그러나 좋은 소식을 가지고 왔기 때문에 모든 것이 용서되리라 확신합니다."

"공작님, 좀 앉으시죠……."

"잠깐 앉지. 한번 생각해 봐요." 공작이 앉으면서 말했다. "내가 우리 귀족 형제들을 좀 괴롭혔지……. 내 표현이 괜찮지요? 내가 그들을 끈질기게 설득해서 오늘 몇 명이 우리 집에 옵니다. 당신이 말한 프로젝트 설명을 들으려고 말입니다. 그래서 당신을 데려가야 합니다. 아니, 나와 같이…… 우리 집에 가는 거지요."

보쿨스키는 높은 곳에서 떨어져 가슴을 땅에 부딪히는 느낌을 받았다.

그러나 보쿨스키의 당황은 공작에겐 관심 밖의 일이었다. 공작은 시종 즐거워했는데, 그것은 자기가 보쿨스키를 데리러 오게 된 기쁨 때문이라고 말했다. 물론 공작은 보쿨스키에겐 공작들이니 회사니 하는 것보다 와지엥키 공원으로 산책 가는 것이 더 중요하다는 사실을 알 리 없었다.

"아, 그럼 갈 준비 되었나?" 소파에서 일어나며 공작이 물었다.

보쿨스키에게는 "가고 싶지 않습니다. 그리고 회사도 원치 않습니다"라고 말할 수 있는 몇 초도 없었다. 그러나 동시에 이런 생각이 스쳤다.

'산책은 나를 위해서지만 회사는 그녀를 위해서지.'

그는 모자를 집어 들고 공작과 함께 나갔다. 보쿨스키에게는 마차가 길로 가고 있는 것이 아니라 자신의 뇌 위로 가고 있는 것 같았다.

"여자는 희생으로 얻는 것이 아니라, 오로지 힘으로, 하다못해 주먹으로라도……." 멜리톤 부인의 말이 떠올랐다. 이 말을 생각하면 그는 공작의 멱살을 잡아 거리로 팽개치고 싶었다. 하지만 그 생각은 순간에 지나지 않았다.

눈을 가늘게 뜨고 보쿨스키를 관찰하던 공작은 보쿨스키의 얼굴이 붉어졌다가 창백해지는 것을 보며 이렇게 생각했다.

'이 착한 보쿨스키를 내가 이렇듯 기쁘게 할 줄은 미처 몰랐단 말이야. 하여튼 새로운 사람들에게 손을 내밀 필요가 있어…….'

공작은 귀족 사회에서 열렬한 애국자, 심지어 쇼비니스트로 알려져 있다. 하지만 그 사회 밖에서는 가장 훌륭한 시민으로 인기가 높다. 그는 폴란드어로 말하는 것을 좋아하고, 프랑스어로 이야기할 때에도 내용은 공공의 이익에 관한 것이었다.

그는 머리끝에서 발끝까지 정신도, 마음도, 피도 대귀족이었다. 그는 사회가 두 개의 요소로 구성되어 있는데, 그중 하나는 일반

대중이고 다른 하나는 선택된 계급이라고 믿었다. 일반 대중은 자연의 산물로서, 성서에 반하여 다윈이 주장하는 것처럼 원숭이에게서 생겨났을 수도 있다. 그러나 선택된 계급은 그 시작이 보다 고귀하며, 만일 신으로부터 유래하지 않았다면 적어도 신과 혈연관계에 있는 헤라클레스나 프로메테우스, 하다못해 오르페우스 같은 영웅들로부터 시작되었다.

공작은 프랑스에 백작 친구가 있다. 그 친구는 민주주의에 심하게 전염되어 있어서 대귀족이 초자연적 기원을 가지고 있다는 말을 비웃는다.

"사촌은······." 그 백작이 말했다. "내 생각에 가문의 문제를 제대로 의식하지 못하고 있는 것 같습니다. 이 얼마나 대단한 가문입니까? 조상이 군 최고 사령관들이고, 상원 의원들이고, 도지사들이고, 오늘날의 벼슬로 치면 의회 의장들이고, 고위직 위원들이고, 지방 장관들인데. 그런 사람들을 내가 알고 있습니다만 그들에게선 비범한 것을 조금도 볼 수 없습니다······ 먹고, 마시고, 카드놀이하고, 여자들의 환심을 사기 위해 애쓰고, 빚을 내고, 일반 사람들과 똑같고, 때론 일반 사람들보다 더 어리석던데요."

공작의 얼굴에 병적인 붉은빛이 돌았다.

"사촌께서는······." 공작이 반문했다. "우리 조상들의 초상화에서 보는 근엄한 표정을 가진 지방 장관이나 의회 의장을 만나 본 적이 있나요?"

"조금도 이상할 것 없습니다." 백작이 웃었다. "초상화의 표정은 가문 연구가나 역사가들이 꾸며 낸 동화 같은 이야기를 듣고 화가가 실물과 다르게 얼마든지 만들지요. 알고 보면 모두 속임수에 불과합니다. 그것은 단지 의상과 배경에 지나지 않습니다. 평범한 사람을 공작으로도 만들고, 일꾼으로도 만들지요. 사실은 모두가 보잘것없는 배우에 지나지 않아요."

"그렇게 냉소적이면 이야기를 더 이상 할 수 없겠소!" 공작이 화를 내며 밖으로 나갔다. 공작은 자기 집으로 돌아와 긴 소파에 팔을 베고 누워 천장을 바라보았다. 천장 위로 초인적 크기의 강력하고 용감하고 이성적이고 공명정대하게 보이는 형상들이 스쳐 지나갔다. 그와 백작의 조상들이었다. 그런데 백작은 조상들을 부정한단 말이야. 혹시 그의 피에 다른 피가 섞여 있는 것 아니야……?

공작은 일반 대중을 경멸하지 않을 뿐만 아니라, 일반 대중에 대해 호감도 가지고 있고, 그들을 만나기도 하고 그들의 요구에도 관심을 가진다. 그는 자신이 하늘에서 땅으로 불쌍한 사람들에게 불을 가지고 오는 명예로운 의무를 수행하는 여러 프로메테우스 중 하나라고 상상하고 있다. 또한 종교는 그에게 신분이 낮은 사람들에게 동정을 베풀기를 요구하고 있다. 공작은 자기와 어울리는 대부분의 대귀족들은 자기처럼 봉사를 하지 않으므로 언젠가는 신의 심판대 앞에 서게 될 것을 생각하면서 얼굴을 붉히기도 한다.

그래서 공작은 스스로 부끄럽지 않기 위해 여러 모임을 만들어 집으로 사람들을 초대하고, 공적인 행사를 위해서 25루블이나 100루블을 내놓기도 한다. 그리고 항상 불행한 나라의 처지를 걱정하고, 언제나 이 말을 하면서 이 이야기를 마친다.

"여러분, 우리의 불행한 나라를 끌어올리는 일을 먼저 생각합시다……."

이 말을 할 때면 언제나 그의 가슴에서 무거운 짐 같은 것이 덜어지는 것을 느꼈다. 청중이 많을수록, 그리고 사회 운동을 위해 더 많은 돈을 기부할수록 그가 느끼는 부담감이 줄어드는 것 같았다.

그는 회의를 소집하고, 사업을 권장하고, 끊임없이 불행한 나라를 걱정했다. 그는 그것이 시민의 의무라고 생각했다. 만일 누군가 그에게 사람들과 땅을 뜨거운 햇빛으로부터 보호하기 위해 나무를 심은 적이 있거나, 말이 다치지 않도록 길에서 돌덩어리를 치운 적이 있느냐고 묻는다면 그는 의아해할 것이다.

그는 수백만을 위해서 느끼고 생각하고 바라고 걱정했다. 그러나 유익한 행동은 한 번도 한 적이 없다. 그는 나라를 걱정하는 것이, 어린아이 코 닦아 주는 것보다 비교할 수 없을 정도로 높은 가치 있는 일이라고 생각했다.

6월에 바르샤바는 눈에 띄게 변했다. 전에는 텅텅 비었던 호텔들이 손님들로 가득 찼고, 물가는 오르고, 많은 집 앞에 '가구 있는 아파트 몇 주 동안 세놓음'이라는 광고가 나붙었다. 마차마다 손님을 태웠고, 심부름꾼들은 쉴 새 없이 분주했다. 거리에, 공원에, 극장에, 음식점에, 전람회장에, 상점에, 여성복 가게에 보통 때 못 보던 사람들이 나타났다. 남자들은 몸집이 크고 얼굴은 햇볕으로 붉게 탔으며, 넓은 구두에 챙 있는 모자를 쓰고, 꼭 끼는 장갑을 끼고, 시골 재단사가 만든 양복을 입고 있었다. 그들의 수만큼 여성들을 대동하고 있었다. 바르샤바 스타일과 다른 옷을 입고 있는 여자들은 눈에 띄게 아름답지는 않았다. 어른들 수보다 적지 않은 어린애들이 곁에 있었다. 입을 크게 벌리고 있는 세련되지 않은 어린애들은 건강해 보였다.

대목장에 내놓기 위해 양털을 가지고 시골에서 온 사람들도 있고, 각종 경기를 구경하기 위해 온 사람도 있고, 또 양털도 보고 경기도 보러 온 사람도 있고, 또는 1킬로쯤 떨어져 사는 이웃들을 만나러 온 사람도 있고, 대도시의 먼지와 탁한 물을 마시면서 기분 전환을 하기 위해 온 사람도 있고, 무엇하러 왔는지도 모르면서 며칠 동안의 여행에 지친 사람도 있다.

공작은 보쿨스키와 대귀족인 지주들 간의 만남을 위해 이와 비슷한 모임을 이용했다. 공작은 자기 저택 2층에 있는 서재와 흡연실, 신사의 방을 남자들의 모임 장소로 만들어 공공의 사업에 관한 자신과 다른 사람들의 프로젝트를 시연하는 데 이용했다. 1년에 몇 차례 그런 행사가 이루어졌다. 지난봄에는 비스와 강에 기선을 띄우는 문제를 토론하기 위해 모였다. 토론은 세 그룹으로 나누어 진행되었다. 공작과 그의 친구는 기선을 반드시 띄워야 한다는 쪽이었고, 상공인들은 프로젝트가 좋다는 것은 인정하면서도 아직은 시기상조라면서 그런 사업에 투자하려 하지 않았다. 세 번째 그룹은 어떤 기술자와 귀가 어두운 대귀족 두 사람으로 구성되어 있는데, 기술자는 비스와 강에 기선을 띄울 수 없다고 주장했고, 귀가 어두운 대귀족은 사람들이 그에게 돈을 내놓으라는 말을 할 때마다 못 들은 척 같은 말만 반복했다.

"좀 더 큰 소리로 말하시오, 내가 알아들을 수 없소이다⋯⋯."

공작과 보쿨스키는 1시에 도착했고, 15분 후에 모임 참가자들이 오기 시작했다. 공작은 손님 한 사람 한 사람을 친절하게 맞으면서 동시에 보쿨스키를 소개했다. 나중에 공작은 길고 붉은 연필로 초청자 명단에서 방문자를 체크했다.

맨 처음 도착한 그룹에 웽츠키도 있었다. 웽츠키가 보쿨스키를 한쪽으로 끌고 가서 회사의 목표에 대해 여러 가지를 물었다. 웽츠키의 말은 자기가 온 정신을 이 회사에 걸고 있는데, 아직도 무슨 일을 하는 회사인지 도대체 모르겠다는 것이었다. 그사이 다른 귀족들이 불청객을 쳐다보면서 작은 목소리로 그에 대한 이야기를 했다.

"황소 얼굴이구먼⋯⋯." 귀족 의회 의장이 보쿨스키를 눈으로 가리키며 작은 소리로 말했다. "머리털은 멧돼지 털처럼 곤두서 있고, 가슴은…… 맙소사, 눈은 번득거리고. 사냥을 쉽게 포기하진 않겠군!"

"게다가 얼굴은, 의장님……." 얼굴이 악마처럼 생긴 남작이 맞장구를 쳤다. "이마는, 의장님…… 좁고, 의장님, 얼마 안 되는 뾰족한 수염에, 의장님, 도대체, 의장님…… 얼굴 윤곽이 약간…… 의장님…… 그러나 전체적으로, 의장님……."

"두고 봅시다, 비즈니스가 어떻게 될지." 약간 등이 굽은 백작이 덧붙여 말했다.

"그는 대담하고, 위험을 두려워하지 않고, 그렇습니다." 또 다른 백작이 마치 지하실에서 들려오는 듯한 목소리로 말했다. 의자에 딱딱한 자세로 앉아 있는 그는 숱이 많은 구레나룻을 기르고 있는데, 자기처럼 반짝이는 눈으로 프랑스 풍자 주간지 『르 주르날 아뮈장(Le Journal Amusant)』에 나오는 영국 사람처럼 앞만 바라보고 있었다.

공작이 소파에서 일어나 가볍게 기침을 했다. 그러자 모두 조용해졌다. 그래서 의회 의장의 나머지 이야기를 들을 수 있었다.

"우리 모두 숲을 바라보고 있었는데, 말 밑에서 찍찍거리는 소리가 들렸어요. 신사 여러분, 상상해 보세요. 말들 옆에서 가고 있던 사냥개가 토끼를 물어 죽이고 있었다오……!"

이렇게 말하면서 의회 의장은 우람하게 생긴 손바닥으로 자기 허벅지를 내리쳤는데, 만일 그것을 맞았다면 그의 비서와 조수 두 사람이 한꺼번에 쓰러졌을 것이다.

공작이 두 번째 기침을 했다. 의회 의장이 당황해하며 유별나게 큰 비단 손수건으로 이마의 땀을 훔쳤다.

"존경하는 여러분." 공작이 말했다. "여러분을 수고스럽게 여기까지 오시라고 했습니다. 어떤…… 무엇보다도 중요한 공적인 문제를 위해서……. 여러분께서도 느끼시고 계시겠지만, 우리가 지켜야 할 공공의 사업입니다. 제가 말하고 싶습니다, 우리의 아이디어에 대해서……. 그것은……."

공작이 당황해하는 것 같았다. 그러나 곧 숨을 돌리더니 다시 말을 이었다.

"그것은 사업에 관한…… 국제적인…… 그것은 계획에 관한…… 오히려 무역을 용이하게 하기 위한 회사 설립과 관련된 프로젝트에 관한 것입니다."

'곡물 무역' 구석에서 누군가가 끼어들었다.

"바로……." 공작이 계속했다. "곡물 무역에 관한 것입니다. 그러나……."

"화주 무역!" 곡물 무역이라고 했던 사람이 서둘러 말했다.

"아니요! 무역에 관한 것, 그러나 러시아와 외국 사이의 무역을 용이하게 하는 것에 관한 내용입니다. 그렇지. 물품을…… 우리 도시가 그런 일의 중심이 되어야 한다는 요구가 제기되고 있습니다."

"그런데 무슨 물건을?" 등 굽은 백작이 물었다.

"전문적인 분야에 대해서는 보쿨스키 씨가 우리에게 친히 설명하실 것입니다…… 전문가이십니다." 공작이 덧붙이며 말을 마쳤다. "그러나 여러분, 잊지 말아야 할 것은 의무입니다. 공공의 이익과 이 불쌍한 나라에 대해 걱정해야 하는……."

"당연한 일입니다. 당장 1만 루블을 내놓겠소!" 의회 의장이 소리치듯 말했다.

"무엇에 말요?" 영국인인 척하는 백작이 물었다.

"그건 조금도 중요하지 않소!" 의회 의장이 큰 소리로 대응했다.

"내가 말하지 않았소. 바르샤바에 5만 루블을 내놓는다고. 그래서 1만 루블은 자선 목적에 쓸 것이오, 왜냐하면 우리가 좋아하는 공작께서 훌륭하게 말씀하셨기 때문이오! 이성과 가슴으로, 맹세코……."

"죄송합니다." 보쿨스키가 나섰다. "지금 거론되고 있는 것은 자선 목적의 회사가 아니라, 이익을 남기기 위한 회사입니다."

"바로 그거요!" 등 굽은 백작이 끼어들었다.

"오, 저런!" 영국인인 척하는 백작이 말했다.

"1만 루블에서 나에게 돌아오는 이익이 얼마나 될까?" 의회 의장이 불만스러운 목소리로 말했다. "그런 이익이 생긴다면 주머니 들고 오스트라 브라마* 성문 아래까지 가겠소."

등 굽은 백작이 갑자기 크게 말했다.

"지금 문제 되는 것에 대해 말해 주시오. 적은 이익은 무시되는 것인가요! 그러면 우리는 망하지요! 그렇습니다. 여러분." 그가 소파 팔걸이를 손톱으로 두드리면서 크게 말했다.

"백작." 공작이 부드럽게 말했다. "보쿨스키 씨가 아직 말하고 있는 중이오."

"오, 저런!" 영국인인 척하는 백작이 숱 많은 구레나룻을 만지면서 그를 지지했다.

"우리 보쿨스키 씨에게……." 새로운 목소리가 들렸다. "우리를 여기 공작의 살롱에 모이게 한 그 공공의 사업을 분명하고 간략하게 설명해 주십사 부탁합시다."

보쿨스키가 그렇게 말한 사람을 바라보았다. 그는 공작의 친구이자 오른팔인 변호사였다. 그는 손으로 박자를 맞추면서 미사여구를 동원해 말하기 좋아하고, 남의 말을 자기 식으로 듣고 해석하는데 그것이 항상 정확했다.

"우리 모두 잘 이해할 수 있도록." 구석에서 누군가가 중얼거리 듯 말했다. 그는 대귀족을 증오하는 귀족들과 어울려 있었다.

"여러분께서도 알고 계시겠지만……." 보쿨스키가 설명하기 시작했다. "바르샤바는 서유럽과 동유럽 사이에 있는 무역 중간 역입니다. 프랑스와 영국 물건들 일부가 우리 손을 거쳐 이곳에 모였다가 러시아로 넘어갑니다. 거기서 우리는 이익을 취할 수 있습니다. 만일 우리 무역이……."

"유대인 손에 없으면……." 상인들과 사업가들이 앉아 있는 테이블에서 누군가가 작은 목소리로 끼어들었다.

"아닙니다." 보쿨스키가 대응했다. "우리 무역이 제대로 이루어질 때, 비로소 이익이 발생합니다."

"유대인들과는 제대로 할 수가 없지요."

"오늘날 그러나……." 공작의 변호사가 말을 중단시켰다. "존경하는 보쿨스키 씨께서 우리에게 유대인들의 자본 대신 기독교인들의 자본을 투입할 수 있는 가능성을 제시하셨습니다."

"보쿨스키 씨 스스로 유대인들을 사업에 끌어들이고 있습니다." 상인 신분의 반대자가 투덜거렸다.

방 안에 침묵이 깔렸다.

"저는 사업상 문제를 누구에게도 넘기지 않습니다." 보쿨스키가 계속했다. "바르샤바에서 외국과 어떻게 무역할 것인지 그 길을 여러분에게 제시하겠습니다. 이것이 제 사업의 절반을 차지하고, 국내 자본을 위한 한 가지 수입원이기도 합니다. 다른 수입원은 러시아와의 무역입니다. 우리가 찾는 물건이 러시아에 있습니다. 그것도 싼값에 살 수 있습니다. 그 물건을 취급하는 회사는 1년에 투자한 금액의 15퍼센트에서 20퍼센트의 이익을 낼 수 있습니다. 처음에는 섬유를 취급할 것입니다……."

"그건 우리 산업의 붕괴를 뜻합니다." 상인 그룹에서 반대의 목소리가 터졌다.

"나의 관심을 끄는 것은 소비자이지, 공장주들이 아닙니다." 보쿨스키가 대응했다.

상인들과 산업 자본가들이 보쿨스키를 비난하며 자기들끼리 웅성거리기 시작했다.

"이제 우리는 공공의 사업에 접근했습니다!" 흥분된 목소리로 공작이 크게 외쳤다. "사안은 이렇게 요약할 수 있습니다. 존경하는 보쿨스키 씨의 프로젝트가 나라를 위해 유익한 일입니까? 변호사님……." 공작이 약간 복잡한 상황에서 지원을 바라는 듯 변호사를 향해 물었다.

"존경하는 보쿨스키 씨……." 변호사가 지원에 나섰다. "우리에게 정확히 설명해 주실 수 있겠습니까? 그 먼 곳에서 섬유를 수입하게 되면 우리 공장들에 손해를 끼치지 않을까요?"

"무엇보다도……." 보쿨스키가 말했다. "우리 공장들이라고 하셨는데, 그건 우리 공장이 아니라 독일인 공장입니다……."

"오호……!" 상인 그룹 쪽에서 반대의 목소리가 들렸다.

"저는……." 보쿨스키가 말했다. "지금 당장 경영진 모두와 고액의 임금을 받는 노동자 전원이 독일인인 공장들을 열거할 수 있습니다. 물론 자본도 독일 자본입니다. 경영진은 독일에 거주하고 있습니다. 이런 공장에서는 우리 노동자들이 전문 기술을 배울 가능성이 전무합니다. 이런 공장에서 노동자들은 저임금의 머슴 같은 존재에 불과하고, 학대받고, 심지어 독일화되어 있습니다……."

"그건 아주 중요한 문제입니다!" 등 굽은 백작이 끼어들었다.

"오, 저런……." 영국 사람이 되고 싶은 백작이 속삭이듯 말했다.

"맹세코, 그 말을 들으면서 감정이 움직이는 것을 느낍니다!" 의회 의장이 크게 말했다. "이런 대화를 즐길 수 있다는 것을 한 번도 생각하지 않았습니다. 곧 돌아오리다……."

그리고 그가 방을 나갔다. 그의 육중한 체구에 마루가 휘는 것 같았다.

"이름을 열거할까요?" 보쿨스키가 물었다.

그 순간 상인들과 사업가들 그룹이 이름 밝히는 것을 원하지 않는다는 듯한 보기 드문 신중한 반응을 보였다. 변호사가 재빨리 자리에서 일어나 손을 비비며 말했다.

"현지 공장 문제는 그 정도로 하고, 다음 안건으로 넘어가는 게 좋을 것 같습니다. 이제 존경하는 보쿨스키 씨께서 우리에게 간략히 설명해 주시기 바랍니다. 그 프로젝트가 어떤 긍정적인 이득을 가져오게 되는지……."

"우리 불행한 나라." 공작이 말을 끝냈다.

"여러분……." 보쿨스키가 말했다. "내가 고급 무명천을 지금보다 두 자에 2그로시 싸게 산다면 백만 루블어치당 만 루블씩 절약한 셈이 됩니다."

"만 루블이라고……?" 그 사이 방으로 돌아왔으나, 아직 토론의 진행에 참여하지 못하고 있던 의회 의장이 물었다.

"대단한 일이오, 대단해!" 등 굽은 백작이 큰 소리로 말했다. "아주 작은 몇 그로시 이익이 그렇게 커진다는 것을 배웠습니다."

"오, 저런…… 펜스가 모여서 금화가 되는 것이지요." 영국 사람 같은 백작이 덧붙였다.

"만 루블이면……." 보쿨스키가 계속했다. "적어도 스무 가족이 살아갈 수 있습니다."

"새 발의 피죠." 상인들 중 한 사람이 중얼거렸다.

"그러나 다른 시각도 있습니다." 보쿨스키가 말했다. "자본가들에게만 해당되는 일입니다만. 제가 연간 처리하는 물건이 3백만에서 4백만 루블어치입니다."

"굉장하군!" 의회 의장이 작은 소리로 말했다.

"그것은 제 재산이 아닙니다." 보쿨스키가 말을 이었다. "제 재산은 그보다 보잘것없습니다."

"나는 그런 사람들을 좋아합니다." 등 굽은 백작이 말했다.

"오, 저런……." 영국인 같은 백작이 덧붙였다.

"이 3백만 루블이 저의 개인적인 신용을 말해 주는 것입니다. 사실 중개인으로서 저에게 오는 부분은 적습니다." 보쿨스키가 말했다. "그러나 분명히 말씀드릴 수 있는 것은, 신용이 현금으로 바뀌는 만큼 거기서 나오는 이득은 15에서 20퍼센트, 그 이상도 될 수 있습니다. 바로 이 문제가 은행에 저금리로 돈을 맡기고 있는 분들에게 해당됩니다. 그 돈을 다른 사람들이 이용해서 이득을 취하고 있습니다. 저는 그 돈을 직접 이용해서 재 재산을 늘릴 수 있는 기회를 여러분을 위해서 희생하겠습니다. 제 설명은 이것으로 마치겠습니다."

"훌륭합니다." 등 굽은 백작이 말했다. "그런데 좀 더 자세히 알 수 없을까요?"

"그에 대해서는 오로지 저의 파트너들에게만 이야기할 수 있습니다." 보쿨스키가 대답했다.

"내가 파트너가 되겠습니다." 등 굽은 백작이 말하면서 손을 내밀었다.

"오, 저런!" 영국 신사를 모방하고 있는 백작이 이렇게 말하고 보쿨스키에게 두 손가락을 내밀었다.

"여러분!" 대귀족을 싫어하는 소귀족들 중 깨끗하게 면도한 사람이 발언했다. "여러분은 여기서 우리와는 아무 상관도 없는 옥

양목 무역에 대해 말하고 있습니다. 그러나 여러분……!" 그가 울음 섞인 목소리로 계속했다. "우리는 그 대신 창고에 곡식을 가지고 있습니다. 그리고 지하실에는 화주가 있습니다. 이 물건들을 가지고 중개상들이 우리를 착취하여 이득을 얻고 있습니다. 점잖지 못한 방법이라고 꼭 말하진 않겠습니다……." 그가 말을 마치고 방 안을 둘러보았다. 대귀족을 경멸하는 귀족들이 그에게 브라보라고 말하며 응원했다.

비밀스러운 기쁨을 발하고 있는 공작의 얼굴이 그 순간 진정한 영감의 빛으로 밝아졌다.

"그런데, 여러분!" 공작이 말했다. "오늘은 직물 무역에 대해서만 이야기합시다. 그러나 내일과 모레 다른 문제에 대해서 이야기하는 것을 누가 금지하겠습니까? 그래서 제가 제안하겠습니다."

"그렇습니다. 친애하는 공작께서 정확히 말씀해 주셨습니다." 의회 의장이 말했다.

"옳습니다…… 옳습니다!" 공작을 열렬히 지지하는 분위기에 맞추기 위해 애쓰고 있다는 것을 강하게 드러내 보이면서 변호사가 말했다.

"그러면, 여러분……." 감동한 공작이 계속했다. "다음 모임을 제안하겠습니다. 1부는 곡물 무역에 대해서, 2부는 화주 무역에 대해서……."

"그러면 농민들을 위한 대출은……?" 반항적인 귀족들 중 한 사람이 물었다.

"3부는 농민들을 위한 대출에 대해서……." 공작이 말했다. "4부는……."

"4부와 5부에서는……." 변호사가 말을 가로챘다. "논의합시다…… 전반적인 경제 상황에 대해서."

"불행한……." 변호사가 감동한 목소리로 코를 닦으면서 큰 소리로 말했다. "우리를 초대해 주신 훌륭하시고 고매하신 분, 사람들 중에서 가장 존경받는 시민의 한 분이신 주인어른께 경의를 표합시다."

"만 루블, 맹세코……." 의회 의장이 크게 말했다.

"자리에서 일어섭시다!" 변호사가 재빨리 끝냈다.

"브라보! ……공작 만세!" 발소리와 의자 소리를 내면서 사람들이 큰 소리로 외쳤다.

대귀족을 미워하는 귀족들이 가장 크게 외쳤다. 공작은 감동을 억누르지 못하고 손님들을 껴안기 시작했다. 변호사가 그를 도왔다. 공작은 모두에게 키스하고, 자신도 눈물을 감추지 못했다. 몇 명이 보쿨스키 주위로 모여들었다.

"내가 5만 루블을 가지고 시작을 알리겠습니다." 등 굽은 백작이 말했다. "내년에는…… 두고 봅시다."

"3만…… 3만 루블을 내놓지요." 메피스토펠레스처럼 보이는 남작이 망설이듯 말했다.

"나도 3만 루블을……." 언행이 영국인 같은 백작이 머리를 끄덕이며 말했다.

"나는 친애하는 공작보다 두 배, 세 배를 내놓겠소. 분명히!" 의회 의장이 말했다.

상인들 그룹에서 몇 명의 반대자들도 보쿨스키에게 다가왔다. 그들은 아무 말 하지 않았지만 그들의 진심 어린 시선은 어떤 감동적인 말보다도 백배 더 많은 것을 말하고 있었다.

그때 어떤 젊은이가 보쿨스키에게 다가왔다. 초라하고, 얼굴에는 수염이 듬성듬성 나 있었고, 전체적으로 일찍이 몸이 망가진 것처럼 보였다. 보쿨스키는 여러 차례 공공장소에서 그를 만났고, 최근에는 빠르게 달리는 마차 위에 앉아 있는 그를 보기도 했다.

"제 이름은 마루세비츠입니다." 기분 좋은 미소를 띠며 초라한 젊은이가 말했다. "초면에 무례한 모습으로 나타나서, 또 뵙자마자 부탁을 드리게 되어 죄송하게 생각합니다……."

"무슨 일이십니까?"

젊은이가 보쿨스키의 팔을 잡고 창가 쪽으로 가서 말했다.

"제 명함을 한 장 드리겠습니다. 선생님 같으신 분에게는 다르게 접근할 수가 없었습니다. 저는 가진 게 없습니다. 그러나 저에게는 직감이란 게 있습니다. 저는 지금 직업을 찾고 있습니다. 선생님께서 회사를 차리시는데, 제가 선생님 밑에서 일할 수 있을까요……?"

보쿨스키는 그를 유심히 바라보았다. 그가 하는 부탁이 그의 망가진 외모나 그의 불확실한 눈빛과는 어울리지 않았다. 보쿨스키는 기분이 별로 좋지 않았다. 그러나 물어보았다.

"당신은 무엇을 잘할 수 있죠? 전문 분야는 무엇입니까?"

"전문 분야는 아직 없습니다만, 저는 어떤 일이든 잘할 수 있습니다."

"그러면 연봉은 어느 정도 생각하십니까?"

"천 루블…… 2천 루블……." 당황한 젊은이가 대답했다.

보쿨스키는 자신도 모르게 머리를 흔들었다.

"글쎄요, 당신의 요구에 맞는 자리가 있을지 모르겠습니다. 그렇지만 나에게 한번 오십시오."

방 가운데에서 등 굽은 백작이 큰 소리로 말했다.

"그러면 여러분, 우리가 보쿨스키 씨가 제안한 회사에 합류한다는 것을 전제로 말씀드리겠습니다. 전망은 대단히 좋습니다. 지금 우리가 할 일은 세부적인 문제를 논의해서, 서류를 접수하는 것입니다. 그래서 회사에 참여하실 분들을 내일 저녁 9시에 우리 집으로 초대하고자 합니다⋯⋯."

"친애하는 백작, 내일 꼭 가겠습니다." 체구가 큰 의회 의장이 말했다. "그리고 리투아니아인 몇 명을 동행할 수도 있습니다. 그런데 나한테 이야기해 줄 수 있겠습니까? 왜 우리가 회사를 설립해야 하는지, 상인들이 하면 될 텐데⋯⋯."

"그거야⋯⋯." 백작이 격앙된 목소리로 말했다. "우리가 하는 일도 없이 배당금이나 받아먹고 있다는 말을 못하게 하기 위해서입니다."

공작이 말하기 시작했다.

"그 밖에도 우리는 두 개의 회사를 생각하고 있습니다. 바로 곡물 무역과 화주 무역 회사입니다. 그중 하나가 마음에 들지 않으면 다른 회사를 택하면 됩니다⋯⋯. 그리고 우리의 다른 협의에도 보쿨스키 씨가 참석하도록 부탁합시다."

"그래야지요." 영국인을 모방하는 백작이 말했다.

"그가 탁월한 능력으로 문제들을 해결할 겁니다." 변호사가 동조했다.

"제가 여러분께 도움이 될지 잘 모르겠습니다." 보쿨스키가 대답했다. "제가 곡물과 화주를 다룬 적이 있습니다만, 조건이 예외적이었습니다. 그런 무역에서는 가격이 아니라 양과 기한을 맞추는 것이 중요했습니다. 그러나 이곳의 곡물 사업에 대해서는 잘 모릅니다."

"전문가들이 있지요, 존경하는 보쿨스키 씨." 변호사가 끼어들었다. "그들이 우리에게 구체적인 것들을 제공하고, 선생께선 그것들을 정리해서 선생 특유의 뛰어난 능력으로 설명해 주시면 됩니다."

"우리가 부탁드립니다…… 진심으로 부탁합니다." 백작들이 큰 소리로 말했다. 그 뒤를 이어, 대귀족을 미워하는 귀족들이 더 크게 말했다.

오후 5시가 가까워지자, 사람들이 헤어지기 시작했다. 그 순간 보쿨스키는 멀리 있는 방에서 웽츠키가 젊은이를 대동한 채 자기에게 오고 있는 것을 보았다. 보쿨스키는 그 젊은이를 백작의 저택 파티에서 보았는데, 그때 그는 이자벨라 옆에 있었다. 두 사람이 보쿨스키 옆에 와서 걸음을 멈추었다.

"보쿨스키 씨, 실례합니다. 율리안 오호츠키 씨를 소개합니다. 우리 사촌이고, 약간 독특합니다. 그러나……."

"오래전부터 선생님과 이야기를 나누고 싶었습니다." 오호츠키가 보쿨스키의 손을 힘 있게 잡으며 말했다.

보쿨스키는 아무 말 없이 바라보았다. 그는 채 서른 살도 안 되어 보였고, 실제로 외모가 특이했다. 그는 나폴레옹 1세를 닮았고, 몽롱한 구름으로 가려 있는 듯한 표정이었다.

"어느 방향으로 가십니까?" 젊은이가 보쿨스키에게 물었다. "제가 선생님을 모시겠습니다."

"힘드실 텐데요……."

"괜찮습니다. 저는 시간이 많습니다." 젊은이가 대답했다.

'이 친구가 나한테서 얻으려는 게 무엇일까?' 보쿨스키는 생각했다. 그리고 큰 소리로 말했다.

"와지엥키 공원 쪽으로 갑시다."

"좋습니다." 오호츠키가 말했다. "잠깐 공작에게 작별 인사를 한 뒤 바로 선생님을 따라가겠습니다."

그가 자리를 뜨자마자 변호사가 보쿨스키를 붙들었다.

"성공하시길 빕니다." 그리고 작은 소리로 말했다. "공작께서는 선생을 대단히 신임하고, 두 백작과 남작도 마찬가지입니다. 선생께서도 아시고 계시듯이 그들은 독특한 분들이고, 선의를 가지고 있고…… 그들은 무엇인가를 하고자 합니다. 그들은 교육도 받았고, 이성도 갖추고 있습니다. 그런데…… 그들에게는 의지가 부족합니다. 의지의 병……. 이 병이 전체 계급에 퍼져 있습니다. 그들은 모든 것을 가지고 있습니다. 돈, 칭호, 존경, 심지어 여자 복도 있습니다. 그래서 그들은 바라는 것이 없습니다. 그들에겐 추진력이 없기 때문에 그들은 새로운 야심 있는 사람들의 도구가 되어야 합니다. 우리에게는, 보쿨스키 씨, 아직 갈망하는 것이 많습니다." 여기서 그는 목소리를 더 낮추었다. "우리를 만난 것은 그들의 행운입니다……."

보쿨스키가 아무 말도 하지 않자 변호사는 보쿨스키를 노련한 외교관으로 보기 시작했다. 그리고 혼자만 속마음을 털어놓은 것을 후회했다.

'그런데……' 변호사는 보쿨스키를 몰래 쳐다보며 생각했다. '우리 대화를 공작에게 말한다고 해서, 공작이 나에게 무엇을 하겠나? 그를 좀 더 시험해 보겠다고 공작에게 말해야지…….'

'그는 내 어떤 야심을 의심하는 거지……?' 보쿨스키가 마음속으로 생각했다.

그는 공작과 헤어지면서 모든 모임에 참석하겠노라 약속하고, 거리로 나와 마차를 집으로 돌려보냈다.

'오호츠키가 나한테 바라는 것이 무엇일까?' 보쿨스키는 의심했다. '물론 이자벨라 양과 관련이 있겠지. 나를 이자벨라 양에서 떼어 놓을 의도로 접근한 것일까? 그러나 어리석은 일…… 만일 그녀가 그를 사랑한다면, 말할 필요도 없지. 내가 스스로 물러나야지……. 하지만 그녀가 그를 사랑하지 않는다면, 나를 그녀에게서 떼어 놓으려고 감시하라지……. 내 생각엔 내 일생 가장 큰 실수를 이자벨라 양을 위해 하게 될 것 같다. 그런 일이 그에게는 없기 바란다. 젊은이가 아깝지…….'

현관은 서두르는 사람들의 발소리로 요란했다. 보쿨스키가 돌아와 오호츠키를 보았다.

"기다리고 계셨나요……? 실례했습니다!" 젊은이가 말했다.

"와지엥키 공원 쪽으로 갈까요?" 보쿨스키가 물었다.

"좋습니다."

두 사람은 한동안 말없이 걸었다. 젊은이는 생각에 잠겼다. 보쿨스키는 화가 났다. 그래서 단도직입적으로 물어보려고 마음먹었다.

"당신은 웽츠키 집안의 가까운 사촌인가요?"

"약간." 젊은이가 대답했다. "제 어머니가 웽츠키 집안 출신이지요." 그가 비꼬는 투로 말했다. "아버지는 오로지 오호츠키입니다. 그것이 가족 관계를 아주 약하게 만들고 있지요……. 외가 쪽 삼촌뻘인 토마쉬 씨가 재산을 몽땅 날리지 않았다면 오늘까지도 그를 몰랐을 것입니다."

"웽츠키 양은 대단히 매력 있는 분입니다." 보쿨스키가 앞을 보면서 말했다.

"매력 있다고요?" 오호츠키가 되물었다. "여신 같죠! 그녀와 이야기할 때는 그녀가 나의 전 인생을 충만하게 하는 것 같다는 생각이 듭니다. 그녀 옆에 있으면 나는 평화롭고, 나를 애태우던 모든 그리움이 사라지는 것 같습니다. 그렇지만……! 나는 하루 종일 그녀와 함께 살롱에 앉아 있을 수도 없고, 그녀 역시 나와 함께 실험실에 있을 수도 없죠……."

보쿨스키는 거리로 나왔다.

"당신은 물리학이나 화학에 관련된 일을 하세요?" 보쿨스키가 놀라서 물었다.

"아하, 저는 하는 일이 없어요!" 오호츠키가 대답했다. "물리학, 화학, 공학…… 대학 자연 과학부를 졸업했고, 공대에서는 기계 공학을 전공했습니다…… 이 모든 분야 일을 하고 있습니다. 아침부터 저녁까지 일하고 있습니다. 그러나 사실 아무것도 안 하고 있습니다. 현미경을 조금 개선시키는 데 성공했고, 일종의 램프와 같은 전기 리액터를 고안했습니다."

보쿨스키는 점점 더 의아해졌다.

"아, 그러면 당신이 발명가 오호츠키 씨입니까?"

"그렇습니다." 젊은이가 대답했다. "하지만 그게 무슨 상관이죠? 아무것도 아니에요. 많은 것을 이루어 냈다고 생각하던 스물여덟 살에 절망감이 저를 엄습했습니다. 저는 실험실을 부수고 살롱 생활에 탐닉하고 싶었습니다. 사람들이 저를 그런 생활로 이끌기도 했습니다. 저는 그때 머리를 부수고 싶었습니다. 오호츠키 전지 혹은 오호츠키 전구…… 그런 어리석은 것들! 유치한 것들로부터 벗어나 전구에 매달리고 싶었습니다. 그건 지독한 일이죠…… 인생의 한가운데로 달려가고 싶었지만 제가 가고 싶어 했던 길을 발견하지 못했습니다. 이 얼마나 절망적인 상황인가요……!"

젊은이는 침묵했다. 그들은 어느새 공원 식물원에 도착해서 모자를 벗었다. 보쿨스키는 젊은이를 유심히 관찰하면서 새로운 것을 발견했다. 젊은이는 세련되게 보였는데, 지금 보니 조금도 세련되지 않았다. 그는 자기 외모에 전혀 신경을 쓰지 않는 것 같았다. 머리는 흐트러져 있고, 넥타이는 느슨하게 풀려 있고, 조끼 단추도 채워 있지 않았다. 그러나 그의 단정하지 않은 외모가 사실은 누군가가 세심하게 신경을 써서 꾸며 놓은 것이어서, 이상하게 귀족적인 면모를 풍기고, 그에게 독특한 매력을 부여한다고 생각할 수도 있다. 그의 몸놀림은 무의식적으로 이루어지고 있고, 어깨와 팔의 움직임도 크지만 멋있게 보였다. 또 그의 시선도, 듣는 태도도, 듣지 않고 있는 모습도, 심지어 모자를 다루는 태도도 아름답게 보였다.

그들은 높은 곳으로 올라갔다. 그곳에서 원형물이라 불리는 둥그런 우물이 보였다. 사방에서 온 산책객들이 두 사람을 에워쌌다. 하지만 그들의 존재는 오호츠키에게 아무런 영향도 미치지 않았다. 오호츠키가 모자로 벤치를 가리키며 말했다.

"열망을 가진 사람은 행복하다는 글을 읽었습니다. 그런데 그것은 거짓말입니다. 저는 비범한 열망을 가지고 있지만 그것이 저를 웃음거리로 만들고, 가장 가까운 사람들이 저를 멀리하게 합니다. 이 벤치를 좀 보십시오…… 여기에 6월 초 저녁 10시쯤 저는 친척 여동생과 플로렌티나 양과 함께 앉아 있었습니다. 달빛도 밝았고 나이팅게일들도 노래하고 있었습니다. 저는 꿈에 젖어 들었습니다. 갑자기 친척 여동생이 물었지요.

'친척은 천문학을 알아요?'

'약간.'

'그러면 저 별에 대해 이야기해 줄 수 있어요?'

'몰라.' 제가 이렇게 말했지요. '그렇지만 확실한 것은 우리는 저 별에 도달할 수 없어. 마치 굴이 바위에 붙어 있듯이 인간은 지구에 붙어 있거든…… 그 순간에…….' 오호츠키가 말을 계속했다. '저의 이상인지 광기인지 알 수 없는 것이 제 안에서 일어났습니다. 저는 아름다운 친척 여동생도 잊고 비행하는 기계에 대해 생각하기 시작했습니다. 생각하면서 걸어야 했기 때문에 저는 벤치에서 일어나 친척 여동생에게 인사도 하지 않고 자리를 떴지요! 다음 날 플로렌티나 양은 저를 수치심도 없는 사람이라 불렀고, 웰츠키 씨는 저를 괴상한 사람이라 했고, 친척 여동생은 일주일 동안 저와 말을 나누려고 하지 않았답니다. 무엇인가를 생각해 내려고 했지만, 아무것도, 글자 그대로 아무것도 생각해 내지 못했습니다. 이 구릉지에서 우물까지 그 기계를 타고 내려가겠노라 맹세도 했건만, 비행 기계에 대한 전반적인 윤곽은 제 머릿속에 있는데…… 이것이 정말로 어리석은 짓일까요?"

'그러니까 달이 밝고 나이팅게일이 울 때 그들이 여기서 시간을 보냈다……?' 보쿨스키는 이런 생각을 하면서 가슴에 심한 통증을 느꼈다. '이자벨라 양은 오호츠키를 사랑하는구나. 만일 사랑하지 않는다면, 그것은 오로지 오호츠키의 괴벽 때문이겠지. 사랑하는 것도 당연한 일이지. 오호츠키는 좋은 사람이고, 또 비범하니까…….'

"물론……." 오호츠키가 말했다. "이 일에 대해서 우리 친척 아주머니한테는 한마디도 하지 않았습니다. 이 아주머니는 내 옷에 핀을 꽂아 주실 때마다 버릇처럼 이렇게 반복했답니다. '사랑하는 율리안, 이자벨라 마음에 들게 좀 해 봐라. 너에게 꼭 맞는 신붓감이다. 똑똑하고 예쁘고……. 오로지 그 애만이 너의 망상을 치료할 수 있어.' 그러나 제 생각은 이렇습니다. 나에게 아내라니? 내 조수가 되는 것만으로도 가난해질 텐데……. 그리고 그녀가 실험실을 위해서 살롱을 버릴 수 있다고! 그녀에게는 살롱이 그녀의 삶터인데. 새들이 날기 위해 공기를 필요로 하듯이, 물고기는 물을 필요로 하고……. 아, 오늘 참 아름다운 저녁입니다!" 그가 한참 후에 이렇게 말했다. "제가 좀 흥분한 것 같습니다. 이런 일은 거의 없었는데……. 보쿨스키 선생, 괜찮습니까?"

"약간, 피곤한 것 같군요." 보쿨스키가 작은 소리로 말했다. "여기 좀 앉읍시다."

그들은 와지엥키 공원 가장자리 언덕의 비탈진 곳에 있는 벤치에 앉았다. 오호츠키는 턱을 무릎에 괴고 생각에 잠겼다. 보쿨스키는 미움과 놀라움이 교차하는 마음으로 그를 바라보았다.

'이 친구가 어리석은 것인가, 영리한 것인가? 왜 나에게 이런 이야기를 할까?' 보쿨스키는 생각했다.

그러나 오호츠키가 하는 말은 솔직하고, 그의 몸동작이나 성격처럼 별난 면이 있다는 것은 사실이었다. 그들은 처음 만났지만, 마치 어릴 때부터 아는 사이인 것처럼 오호츠키는 보쿨스키와 이야기했다.

'이 친구와 확실히 해야겠군.' 보쿨스키는 스스로에게 말하고 숨을 깊이 쉬고 나서 물었다.

"결혼할 겁니까, 오호츠키 씨?"

"미친다면 몰라도……." 젊은이는 어깨를 으쓱하며 중얼거리듯 말했다.

"그건 왜죠……? 친척 여동생이 당신 마음에 드는 것 아니에요?"

"아주 마음에 들죠. 하지만 그게 전부가 아닙니다. 제가 학문에서 아무것도 할 일이 없다는 확신이 들 때, 아마 결혼할지도 모릅니다……."

보쿨스키의 가슴속에서 미움과 경탄 외에 기쁨이 빛났다. 그 순간 오호츠키가 마치 꿈에서 깨어난 사람처럼 이마를 문지르더니 보쿨스키를 쳐다보며 갑자기 말했다.

"그런데, 그런데…… 한 가지 잊은 것이 있는데요. 선생님에게 용건이 있습니다."

'이 친구가 원하는 것이 뭘까……?' 보쿨스키는 마음속으로 연적의 갑자기 변한 말소리와 똑똑한 시선에 놀라면서 생각했다. 그의 입을 통해서 마치 다른 사람이 말한다고 생각했다.

"선생님에게 물어볼 것이 있습니다. 아니, 두 가지 질문이 있습니다. 아주 은밀하고 예민할 수도 있는 문제입니다. 심한 무례가 되지 않을지……?"

"말해 보십시오." 보쿨스키가 말했다.

보쿨스키는 단두대 앞에 선다 해도 이 순간의 두려움보다는 심하지 않을 것이라고 생각했다. 이자벨라 양에 대한 문제이고, 이자리에서 자신의 운명이 결정된다고 그는 확신했다.

"선생님은 자연 과학자이시죠?" 오호츠키가 물었다.

"그렇소."

"거기다 열정도 있으신 분입니다. 선생님이 어떤 길을 걸어오셨는지 알고 있습니다. 그래서 오래전부터 선생님을 존경하고 있습니다…… 아니, 그것으론 부족합니다. 더 말씀드리죠…… 1년 전부터 선생님이 싸우고 계시는 어려운 문제들을 생각하면서 용기를 얻습니다. 저 스스로에게 말했습니다. 적어도 저분이 겪었던 일을 해야겠다. 그런데 제게는 그런 장애물이 없었기 때문에 훨씬 더 멀리까지 가 보아야겠다고……."

보쿨스키는 그의 이야기를 들으면서 자기가 지금 꿈을 꾸고 있거나 미친 사람과 대화하고 있다고 생각했다.

"슈만 박사에게서 들었습니다."

"아, 슈만에게서. 그런데 결론이 무엇이죠……?"

"곧 말씀드리죠." 오호츠키가 말했다. "선생님은 한때 열렬한 자연 과학자이셨죠. 그리고 나중엔 자연 과학을 버리셨죠. 그런데 몇 살 때 자연 과학에 대한 열정이 식었습니까……?"

보쿨스키는 마치 도끼로 머리를 얻어맞은 듯했다. 질문이 너무 뜻밖이고 당혹스러워서 대답할 수 없을 뿐만 아니라, 생각을 가다듬을 수도 없었다.

오호츠키는 보쿨스키를 예의 주시하면서 질문을 반복했다.

"몇 살 때였느냐고?" 보쿨스키가 말했다. "지난해에…… 금년에 내가 마흔여섯이니……."

"그러면 저는 열정이 완전히 식을 때까지 15년이 남았네요. 그 말을 들으니 용기가 나는데요……." 혼잣말을 하듯 오호츠키가 중얼거렸다.

한참 후에 그가 다시 말했다.

"또 한 가지 질문이 있는데, 그러니까 두 번째 질문이 되겠죠? 기분 나쁘게 생각하지 마십시오. 선생님은 몇 살 때 남자로서 여자에 대한 관심이 사라졌습니까……?"

또 이게 무슨 날벼락인가. 보쿨스키는 젊은이의 멱살을 잡고 목을 조르고 싶은 충동을 느꼈다. 그러나 애써 감정을 누르고 가볍게 웃으면서 말했다.

"여자에 대한 관심은 절대로 없어지지 않을 것 같다고 생각하는데…… 오히려 여자들이 점점 더 매력적으로 보이는걸……."

"그건 좋지 않은데요!" 오호츠키가 한숨 쉬듯 말했다. "음, 남자와 여자 중 누가 더 센지 두고 보죠."

"여자들이지요, 오호츠키 씨."

"상대에 따라 다르겠죠, 선생님." 젊은이가 생각에 잠겨 대답했다. 그러고는 중얼거리듯 말했다.

"여자들, 중요한 물건이죠, 저도 여자들 많이 사랑했습니다. 글쎄, 몇 번이나 될까? 네 번? 여섯 번? 일곱 번? 그래, 일곱 번, 맞아…… 시간도 많이 뺏겼고, 절망적인 생각도 많이 들었죠. 어리석은 일, 사랑이라는 것…… 사귀고, 사랑하고, 괴로워하고…… 나중에는 싫증 나거나 배신당할 겁니다. 저도 두 번 싫증을 느꼈고, 다섯 차례 배신을 당했죠. 그다음엔 지금까지 사귄 여자들보다도 더 완벽한 새로운 여자를 발견하게 되고……. 하지만 그 여자도 결국은 똑같고 별 볼일 없어질 겁니다. 아하, 여자들이란 얼마나 보잘것없는 종자들인가! 여자들의 뇌는 우리를 이해할 수 없게 만들어졌음에도 불구하고 우리와 즐기고 있지요…… 호랑이도 사람과 즐길 수 있겠죠…… 여자들은 보잘것없지만 매력적이긴 하지요. 그건 중요하지 않습니다. 이상이 인간을 지배하게 되면, 이상은 인간을 버리지도 배반하지도 않습니다.”

오호츠키가 보쿨스키의 어깨에 손을 얹고, 꿈꾸는 듯한 시선으로 보쿨스키를 바라보며 물었다.

“그런데 선생님은 날아다니는 기계에 대해 생각해 본 적 있으신가요? 애들 장난 같은 공기보다 더 가벼운 기구를 조종하는 것이 아니라, 철갑선처럼 무겁고 속이 차 있으면서 단단한 기계가 날아다니는 것에 대해 생각해 보셨나요? 이와 같은 발견이 있게 되면 세상이 어떻게 뒤집힐지 선생님은 이해가 됩니까? 요새도 군대도 국경도 사라질 거예요, 민족도 사라지고……. 그러나 그 대신 초자연적인 신전 안에 천사나 그리스·로마 시대의 신들과 같은 존재가 세상에 나타날 것입니다. 우리는 바람, 열, 빛, 번개를 정복했습니다……. 그래서 우리가 무게로부터 자유로워지는 시대가 온다는 것이 상상되지 않습니까……? 이러한 이상이 오늘날의 시대정신입니다…… 이미 많은 사람들이 이것을 위해서 일하고 있습니다. 그 이상이 저를 머리끝에서 발끝까지 매료시키고 있습니다. 아주머니의 다정한 말씀도…… 결혼, 여자들 심지어는 현미경, 전구, 충전 이런 것들이 나에게 무슨 의미가 있겠습니까! 저는 지금 기뻐서 미칠 것 같습니다…… 제가 인류에게 날개를 달아 줄 것입니다."

"만일 당신이 인류에게 날개를 달아 준다면 그건 무엇을 위해서죠?" 보쿨스키가 물었다.

"지금까지 어느 누구도 얻지 못한 명예를 위해서죠." 오호츠키가 대답했다. "이것이 저의 아내이고, 저의 여인입니다. 안녕히 계세요. 저는 가 봐야겠습니다……."

그는 보쿨스키와 악수하고 언덕길을 내려가 나무 사이로 사라졌다.

식물원과 와지엥키 공원에도 어둠이 깔렸다.

"그는 미친 사람일까, 천재일까?" 보쿨스키는 정신이 혼미해지는 것을 느끼면서 중얼거렸다. "만일 그가 천재라면……?"

그는 자리에서 일어나 공원 안쪽으로 갔다. 그곳에는 산책하는 사람들이 많이 있었다. 자기가 금방 내려온 그 언덕 위에 성스러운 두려움 같은 것이 서려 있는 것 같았다.

식물원은 사람들로 가득했다. 거리마다 행렬이 늘어서 있었고, 사람들이 운집해 있었고, 산책하는 사람들이 줄을 지어 있었다. 벤치마다 사람들의 무게로 휘어질 정도였다. 사람들이 보쿨스키에게 길을 비켜 줄 때 뒤꿈치가 밟혔고, 팔꿈치에 몸이 부딪혔다. 사방에서 웃고 떠들어 댔다. 우야즈도프스키 대로를 따라 벨베데르 정원 벽 아래, 병원 쪽 울타리 아래 평소 사람들이 적은 거리에도 심지어 울타리가 쳐진 샛길에도 곳곳에 사람들로 가득 찼고 모두들 즐거워했다. 어둠이 짙어질수록 사람들은 더 많아졌고, 더 소란스러워졌다.

"세상에서 내가 들어설 곳이 사라지기 시작하는구나!" 보쿨스키는 혼자 속삭였다.

와지엥키에 이르러서야 비로소 그는 평온함을 느꼈다. 하늘에는 몇 개의 별이 빛났다. 대로 쪽에서 사람들의 목소리가 들렸고, 호수에서는 습기가 밀려왔다. 머리 위로 가끔 풍뎅이가 요란한 소리를 내며 날아갔고, 바람을 가르며 박쥐가 날아갔다. 공원 안쪽 깊은 곳에서 짝을 찾는 슬픈 새소리가 들렸다. 호수에서는 가끔씩 노 젓는 소리와 젊은 여인들의 웃음소리가 멀리서 들렸다.

맞은편에 한 쌍의 젊은이들이 서로 기댄 채 속삭이는 모습이 보였다. 그는 길에서 벗어나 우거진 나무들 사이로 사라졌다. 그에게 조소와 비감이 스며들었다.

'저들은 행복한 연인들이겠지!' 그는 생각했다. '속삭이다가 달아나고⋯⋯. 세상은 참 재밌는 곳이야, 그렇지⋯⋯? 악마 루시퍼가 나를 지배하게 되면 얼마나 좋을까⋯⋯. 갑자기 강도가 나타나 이 후미진 데서 나를 죽이면 어떨까?'

뜨거운 심장에 차가운 칼날이 박히면 얼마나 기분이 좋을지 그는 상상했다.

'불행하게도 오늘은 다른 사람을 죽여서는 안 된다. 다만 나 자신을 죽일 수는 있다. 그것도 당장. 그래⋯⋯!'

완벽한 도피 수단에 대한 생각이 그를 평온하게 했다. 그는 점점 축제 같은 분위기에 빠져들었다. 양심과 인생 전체를 결산해야 하는 순간이 온 것 같았다.

'내가 가장 높은 법정에 서서, 누가 이자벨라 양에게 가치 있는 사람인가라는 질문을 받게 된다면 나는 오호츠키라고 대답하지 않을 수 없을 것이다. 나보다 더 젊고(열여덟 살이나⋯⋯!) 또한 수려하고⋯⋯ 스물여덟에 대학에서 전공 두 개를 끝냈고(나는 그 나이에 공부를 시작했는데!), 세 가지를 발명했다(나는 하나도 못했는데!). 그 밖에도 그는 위대한 사상을 피워 낼 수 있는 훌륭한 그릇이다……. 이상한 일이야. 날아다니는 기계, 확실한 것은 그가 그 기계를 위해서 천재적이고 가능한 출발점을 발견했다는 사실이다. 날아다니는 기계는 무거울 텐데, 공기보다 가벼운 기구는 아닐 텐데, 날아다니는 모든 것은 파리부터 독수리까지 공기보다 무거운 것이 사실이다. 현미경과 전구를 발명할 때처럼 창의적인 생각과 올바른 출발점이 있어야 한다. 그가 날아다니는 기계를 만들지 못한다고 누가 말할 수 있겠는가? 그렇게 되면 그는 뉴턴과 나폴레옹, 아니 둘을 합한 것보다 더 위대한 일을 인류를 위해서 하게 될 것이다. 그런데 내가 감히 그의 경쟁자가 된다고……? 우리 두 사람 중에 누가 사라져야 하는지 묻는다면 내가 그때 망설일 수 있겠는가? 언젠가는 죽게 되고, 질병과 실수에 취약하고, 또한 무엇보다도, 어리석은 사람들을 위해 아무것도 아닌 내 존재를 희생으로 바쳐야 한다고 스스로에게 말하는 것은 얼마나 가소로운 일인가!'

이상한 우연의 일치야. 보쿨스키가 양품점 점원으로 일할 때, 그는 영구 기관(Perpetum mobile)을 꿈꾼 적이 있었다. 그가 대학 예비 학교에 들어가서 그런 기계는 실현 불가능하다는 것을 알게 된 후, 마음속으로 가장 원했던 일은 공중에 띄운 기구를 운전하는 방법을 발견하는 것이었다. 보쿨스키가 상상했던 것이 잘못된 길에서 방황하는 환상적인 그림자라면, 오호츠키가 구상하고 있는 것은 실현 가능한 문제라는 형식을 취하고 있었다.

'얼마나 소름 끼치는 운명들인가!' 쓴맛을 느끼며 보쿨스키는 생각했다. 두 사람에게 동일한 열망이 부여되었는데, 단지 한 사람은 18년 먼저 태어났고, 다른 사람은 나중에 태어났을 뿐이다. 한 사람은 가난하게, 다른 사람은 부유하게 태어났기 때문에, 한 사람은 학업을 위해 1차적 관문에도 다가갈 수 없었는 데 반해, 다른 사람은 두 개의 관문을 가볍게 통과했다……. 나는 정치적 풍파 때문에 정상 궤도에서 밀려났지만, 다른 사람에게는 그런 일이 없었다. 그에게는 사랑이 유희였기 때문에 사랑으로 아무런 방해도 받지 않았지만, 6년을 혹독한 사막 같은 데서 보낸 그에게 사랑의 감정은 하늘 같은 것이었고 구원이었다…… 아니, 오히려 그 이상이었다! 내가 감정과 상황에 대한 인식에서 그와 차이가 없을지라도, 그는 모든 면에서 나를 능가했다. 하지만 내가 그보다 더 많은 일을 가지고 있는 것은 확실하다.

보쿨스키는 사람들을 잘 안다. 그래서 자주 그들과 자신을 비교한다. 어디에서든 도처에서 그는 자신이 남들보다 우월하다는 것을 알고 있다. 그는 점원으로 일할 때도 밤에는 잠을 안 자고 공부했고, 가난을 이기고 대학생이 되었고, 비 오듯 쏟아지는 총탄 속에서도 군인으로 살아남았고, 추방되었을 때에도 점토로 지은 오두막에서 눈을 맞으면서도 학문을 연구했다. 그에게는 항상 미래에 대한 꿈이 있었지만, 다른 사람들은 하루하루 먹고사는 데 급급했다.

그런데 오늘 비로소 자신보다 더 고차원적인 사람을 만난 것이다. 비행하는 물체를 만들겠다는 미친 사람을……!

'하지만 나에게는 1년을 바쳐서 집중할 아이디어가 있지 않은가, 재산을 모아서 사람들을 도와주었고, 그들은 나를 존경하지 않는가……?

그래, 하지만 사랑은 개인적인 감정이고, 사랑을 수반하는 모든 선행은 마치 격랑에 휩쓸린 물고기와 같은 거야. 이 세상에서 한 여인이 사라지고, 그녀에 대한 회상이 너에게서 없어진다면 무엇이 남겠는가? 무료함을 달래기 위해 클럽에서 카드놀이나 하는 평범한 자본가가 되겠지. 그런데 오호츠키는 끊임없이 스스로를 앞으로 추진시키는 아이디어를 가지고 있다. 그에게서 영혼이 꺼지지 않는 한……

좋아. 하지만 그가 아무것도 이루지 못하고, 비행 물체를 만드는 대신 정신 병원 신세를 지게 되면……? 나는 그사이에 실제로 무엇인가를 이루게 될 것이다. 현미경, 전구들도 내가 생존을 가능하게 한 수백 명의 사람보다 더 많은 의미를 가지지는 않을 것이다. 극단적인 기독교적 겸양이 어디서 나에게 왔는가? 누가 무엇을 하게 될지 아직은 알 수 없는 일이다. 나는 현재 행동하는 사람이고, 그는 몽상가이다. 1년을 두고 보자…….'

1년! 보쿨스키는 몸을 떨었다. 1년이라는 길의 마지막에 모든 것을 빨아들이고도 그 안에 아무것도 없는 헤아릴 수 없이 깊은 심연을 보는 것 같았다.

'그래, 아무것도……? 아무것도!'

본능적으로 그는 주위를 둘러보았다. 그는 와지엥키 공원 깊은 곳의 어느 길에 와 있었다. 사람들의 소리도 들리지 않았다. 우거진 숲도 정적에 묻혀 있었다.

"몇 시쯤 되었습니까?" 갑자기 쉰 목소리가 그에게 물었다.

"몇 시……?"

보쿨스키는 눈을 비볐다. 희미한 어둠 속에서 걸인의 모습이 나타났다.

"공손히 물으면 공손히 대답해야지." 이렇게 말하며 걸인이 다가왔다.

"나를 죽여라. 그러면 스스로 보게 될 거다." 보쿨스키가 대꾸했다.

걸인은 물러났다. 길 왼쪽에 사람 그림자가 몇 개 보였다.

"어리석기는!" 보쿨스키는 앞으로 가면서 말했다. "나에게는 금시계도 있고, 수백 루블 현금도 있는데…… 내가 나를 방어할 생각도 없다. 그런데……!"

그림자들은 나무들 사이로 사라졌다. 그중 한 사람이 작은 소리로 이렇게 말했다.

"빌어먹을, 저런 사람이 쓸데없이 나타난단 말이야."

"짐승들! 겁쟁이……!" 보쿨스키가 무의식적으로 말했다.

도망가는 사람들의 소란스러운 발소리가 들렸다.

보쿨스키는 생각을 가다듬었다.

'내가 지금 어디에 있지……? 와지엥키 공원 어디쯤일까? 다른 쪽으로 가 보아야겠군.'

몇 번이나 방향을 바꾸었다. 이제는 어디로 가야 할지 알 수가 없었다. 심장이 거세게 뛰었다. 이마에 식은땀이 흘렀다. 난생처음으로 밤의 두려움과 방향 감각의 상실을 느꼈다.

몇 분 동안 숨도 쉬지 않고 목적 없이 걸었다. 머릿속에서는 이상한 생각들이 맴돌았다. 드디어 왼편에 담이 보이고, 건물들도 보였다.

'아, 오렌지 온실이구나.'

그리고 어느덧 조그만 다리에 이르렀다. 그는 휴식을 취하며 난간에 기대어 생각했다.

'내가 여기까지 왔단 말이야? 위험한 라이벌이야. 내 신경도 엉망이고……. 오늘 코미디의 마지막 장을 쓸 수 있을 것 같군.'

그는 일직선으로 뻗은 길을 따라 연못까지 왔다. 그리고 와지엥키 공원에 있는 왕궁에 다다랐다. 20분 후에 그는 우야즈도프스키 거리로 나와, 그곳에서 지나가는 마차에 탔다. 15분 후에 그는 집에 도착했다.

불빛과 거리의 움직임들을 보자 기분이 좋아졌다. 그는 웃으면서 작은 소리로 말했다.

"무슨 망상인가? 오호츠키라는 친구…… 자살……! 아, 어리석은 생각……. 어쨌든 나는 대귀족 사회에 입성했잖은가. 앞으로 어떻게 될지는 두고 보아야지."

그가 서재에 들어왔을 때, 멜리톤 부인이 쓴 편지를 하인이 전했다.

"이 부인이 오늘 두 차례나 왔습니다." 충실한 하인이 그에게 말했다. "5시에 오고, 8시에 다시 왔습니다."

제12장 다른 사람의 일로 돌아다님

보쿨스키는 얼마 전의 일을 생각하면서 천천히 멜리톤 부인의 편지를 뜯었다. 빛이 들지 않는 자기 사무실에서 와지엥키 공원의 빽빽이 들어선 나무들과 그의 길을 막았던 걸인들의 희미한 모습들 그리고 오호츠키가 자기 생각을 말했던 우물이 있는 언덕을 보는 것 같았다. 그러나 빛을 보았을 때 희미한 영상들은 사라졌다. 녹색 등갓이 있는 전등, 책상 위에 놓여 있는 서류 뭉치와 청동기로 된 여러 가지 형상들을 보고 순간적으로 비행 물체와 함께 오호츠키와 자신의 절망은 한낱 꿈이라는 생각이 들었다.

"그는 얼마나 대단한 천재인가?" 보쿨스키는 혼자 중얼거렸다. "흔히 있는 몽상가겠지! 이자벨라 양도 별다를 게 없는 여자이겠지. 그녀가 나와 결혼하면 물론 좋지. 나하고 결혼 안 한다고 내가 죽을 것도 아니고."

그는 편지를 펴서 읽기 시작했다.

선생! 중요한 정보입니다. 며칠 후에 웽츠키 씨가 건물을 매각합니다. 유일한 구매자는 크세소프스카 남작 부인입니다. 웽츠키 집안의 친척이면서 원수입니다. 남작 부인이 집값으로 6만 루블을 지불할 것이 확실합니다. 그럴 경우 이자벨라 양의 지참금 3만 루블이 사라지게 되죠. 지금이 절호의 기회입니다. 왜냐하면 이자벨라 양은 가난이냐 의회 의장과 결혼하느냐 하는 기로에 서 있습니다. 다른 선택의 여지가 있다면 이자벨라 양은 기꺼이 그걸 선택할 겁니다. 이번에는 선생께서 웽츠키 씨의 어음 사건 때처럼 행동하지 않기 바랍니다. 그때도 좋은 기회였는데 내 눈앞에서 그 어음을 찢어 버렸죠. 잘 기억하십시오. 여자들은 억압받는 것을 좋아합니다. 효과를 증대시키기 위해서는 가끔 여자들을 발로 밟는 것이 필요합니다. 무자비하게 다룰수록 여성은 당신을 더 사랑하게 됩니다. 이 점을 명심하십시오! 그 밖에도 이자벨라 양을 기쁘게 할 일이 한 가지 있습니다. 크세소프스키 남작이 자기가 사랑하는 경주마를 자기 부인에게 팔지 않으면 안 되게 되었습니다. 이 말은 며칠 후 경주에 나갈 건데 우승 가능성이 가장 큽니다. 제가 파악한 정보에 따르면 경마 시합이 있는 날 남작이나 남작 부인이 그 말을 소유하지 않게 되면 이자벨라 양은 대단히 기뻐할 것입니다. 남작은 자기 말을 파는 것을 대단히 부끄럽게 생각하고, 남작 부인은 그 말이 경주에서 이겨 다른 사람에게 이득을 가져다주면 절망할 것입니다. 특권층 상류 사회의 대단히 민감한 음모입니다. 선생께서는 그걸 잘 이용하십시오. 기회는 좋습니다. 내가 들은 바에 의하면, 남작 부부의 친구인 마루세비츠라는 사람이 선생에게 그 경주마를 사라고 제안할 것입니다. 기억하십시오, 여자들은 자기들을 꽉 붙들고 변덕을 잘 받아 주는 사람의 노예입니다. 선생은 행복한 별 아래에서 태어났다고 나는 믿기 시작했습니다. 진심으로 바라면서 A. M.

보쿨스키는 숨을 깊이 들이쉬었다. 두 가지 정보는 대단히 중요했다. 그는 같은 여성에 대한 멜리톤 부인의 거친 말투에 놀라고 웃으면서 편지를 두 번이나 읽었다. 모든 기회와 모든 사람을 단단히 붙드는 것, 그것이 보쿨스키의 본성이다. 그는 모든 것을 꼼짝 못하게 움켜잡는다. 유일한 예외는 이자벨라뿐이다. 자신이 지배하지 못한다면 절대적인 자유를 허용하고 싶은 유일한 존재가 바로 이자벨라다.

그는 우연히 옆을 보았다. 하인이 문 옆에 서 있었다.

"가서 자." 보쿨스키가 말했다.

"곧 가겠습니다. 그런데 손님 한 분이 오셨습니다." 하인이 대답했다.

"어떤 손님이?"

"책상 위에 명함을 남겨 놓았습니다."

책상 위에 명함이 놓여 있었다.

"아……! 그가 뭐라고 했지?"

"그는 아무 말도 하지 않았는데요. 다만 주인님이 언제 댁에 계시는지를 물었습니다. 그래서 제가 아침 10시쯤에는 집에 계시다고 말했습니다. 그러자 그가 내일 10시 정각에 오겠다고 말했습니다."

"알았어, 잘 자!"

"주인님도 안녕히 주무세요."

하인이 밖으로 나갔다. 보쿨스키는 조금도 졸리지 않았다. 오호츠키와 그의 날아다니는 기계에 대한 관심도 시들해졌다. 그는 불가리아로 떠날 때처럼 힘이 솟는 것을 느꼈다. 그때 그는 돈을 벌기 위해 갔고, 지금은 그때 번 돈의 일부를 이자벨라를 위해 쓸 기회를 가지고 있다. 멜리톤 부인의 편지가 마음에 걸렸다. '가난과 의회 의장에게 시집가는 것, 둘 중 하나를 택해야 한다니. 하지만 그녀에게 그런 일은 절대로 없을 것이다……. 그런 상황에선 오호츠키도 그의 날아다니는 기계도 그녀를 구하지 못할 것이다. 그러나 보쿨스키…….' 그는 지금 천장이 두 개나 무너져 내린다 해도 충분히 버틸 수 있을 것 같은 힘을 느꼈다.

그는 책상에서 수첩을 꺼내 계산하기 시작했다.

'경주마 ─ 어리석은 일…… 천 루블 이상은 지불하지 않을 거야, 적어도 일부는 다시 돌아오겠지만……. 집값 6만 루블, 지참금 3만 루블, 합이 9만 루블. 적지 않은 돈이네…… 내 재산의 거의 3분의 1이구면. 어떻게 되든 집값 6만 루블은 다시 돌아오게 되고, 그 이상이 올 수도 있지. 웽츠키 씨를 잘 설득해서 3만 루블을 외상으로 하고, 그 대신 매년 배당금으로 5천 루블씩 내가 주는 것으로 하고……. 아마 그들에게는 충분하겠지? 말은 기수에게 맡겨 말을 경주에 내보내게 하고…… 10시에 마루세비츠가 오고, 11시에 나는 변호사에게 가고…… 돈은 8퍼센트 이자로 빌리고, 1년에 7천2백 루블이라. 나는 15퍼센트 이자를 확실히 받을 수 있다. 그리고 집에서 어느 정도 수입이 생기고……. 내 파트너들이 뭐라고 할까? 아, 나한테는 아주 중요한 일이지! 나는 매년 4만 5천 루블씩 받고, 1만 2천에서 1만 3천 루블씩 나가도 3만 2천 루블은 남게 되는 거지. 내 아내는 지루해할 수 없게 될 거고…… 1년 안에 그 집에서 나오면 3만 루블이 손해나겠지만…… 그건 손실이 아니라 그녀의 지참금이지…….'

밤 12시가 되었다. 보쿨스키는 옷을 벗기 시작했다. 흐트러졌던 신경이 정확히 계산을 한 덕분에 다시 안정되는 것을 느꼈다. 그는 불을 끄고 자리에 누워 열린 창문 사이로 들어오는 바람에 흔들거리는 커튼을 바라보다가, 이내 깊은 잠에 빠졌다.

아침 7시에 일어났을 때 몸이 가뿐하고 기분이 좋았다. 방 안을 서성대고 있는 하인이 눈에 띄었다.

"무슨 일이야?" 보쿨스키가 물었다.

"제가 아니라 경비가 여쭙고 싶어 하지만, 주인님께 폐가 될까 봐 못하고, 그의 애가 영세를 받을 때 주인님이 대부가 되어 주실 수 있으신지……."

"아! 그에게 애가 있기를 내가 원하는지 그가 내게 물어봤나?"

"못 물어보았죠. 그때 주인님은 전쟁터에 나가 계셨으니까요."

"좋아, 내가 대부가 되지."

"그러면 저에게 주인님이 입으시던 양복 한 벌 주실 수 있습니까? 저도 영세를 받을 때 가 보아야 하는데……."

"그래, 가져가."

"수선은 어떻게 할까요?"

"멍청하긴, 그만 귀찮게 해. 뭔지 모르겠지만 수선하라고 해."

"그런데 주인님, 깃은 우단으로 했으면 하는데……."

"그래, 우단으로 하고, 이제 제발 가 봐."

"주인님, 공연히 화내시네요. 이게 저 위해서 하는 일입니까? 다 주인님 명예를 위해서랍니다." 하인이 이렇게 말하고 문을 쾅 닫고 나갔다.

하인은 주인이 오늘 이상하게 기분이 좋다는 것을 알고 있었다.

보쿨스키는 옷을 입고 따뜻한 차를 마시면서 계산을 하기 위해 책상에 앉았다. 계산을 마친 다음에는 10만 루블을 입금하라고 모스크바로 보낼 전보를 썼다. 그리고 빈 지점에 보내는 전보에서는 몇 가지 주문을 유예시키라고 했다.

10시 조금 못 되어 마루세비츠가 들어왔다. 어제보다도 더 초라하고 수줍어하는 젊은이였다.

"실례합니다." 몇 마디 인사말을 나눈 다음에 마루세비츠가 말했다. "제 명함을 책상 위에 놓겠습니다…… 특별한 제안을 드리려고 합니다."

"말씀해 보십시오."

"크세소프스카 남작 부인께서(저는 남작 부부의 친구입니다)……." 젊은이가 말했다. "경주마를 처분하시려고 합니다. 선생님의 지위로 보아서 그 정도의 말 한 필쯤은 가지실 만하시다고 생각했습니다. 이 경주마는 경주에서 이길 확률이 대단히 높습니다. 다른 두 필의 경주마가 출전하는데, 이 말에 비해 훨씬 약합니다……."

"그러면 남작 부인이 왜 직접 출전시키지 않지요"

"부인께서요……? 부인은 경주를 몹시 싫어하십니다."

"그런데 경주마는 왜 사셨죠?"

"두 가지 이유에섭니다." 젊은이가 대답했다. "우선 남작이 빚을 갚기 위해 돈이 필요했습니다. 그는 자기가 사랑하는 말을 팔아서라도 8백 루블을 얻지 못하면 총으로 자살하겠다고 선언했으니까요. 두 번째, 남작 부인은 자기 남편이 경주에 참가하는 것을 원하지 않으셨습니다. 그래서 경주마를 샀지만, 불쌍한 남작 부인은 지금 수치심과 절망감으로 괴로워하십니다. 그래서 낮은 가격에라도 다시 팔려고 하십니다."

"그래서?"

"8백 루블입니다." 눈을 내리깔면서 젊은이가 대답했다.

"말은 어디 있습니까?"

"밀러 마장에 있습니다."

"말 문서는?"

"여기 있습니다." 기분이 한결 좋아진 젊은이가 양복 주머니에서 서류 뭉치를 꺼내며 말했다.

"바로 일을 끝낼까요?" 서류를 보면서 보쿨스키가 물었다.

"좋습니다."

"점심 후에 말을 보러 같이 갈까요?"

"오, 물론입니다."

"영수증을 쓰시겠습니까?" 보쿨스키가 말하고 책상에서 돈을 꺼냈다.

"8백 루블이라고……? 물론 그렇지요!" 젊은이가 말했다.

그는 종이와 펜을 들고 쓰기 시작했다. 보쿨스키는 젊은이의 손이 떨리고, 얼굴 표정도 변하는 것을 보았다.

영수증은 형식에 맞게 작성되었다. 보쿨스키는 8백 루블을 건네고 영수증을 받았다. 조금 후에 젊은이는 여전히 당황스러운 표정으로 방을 나와 계단을 내려가면서 생각했다.

'내가 바보 같았어…… 며칠 뒤 부인을 찾아가 20루블을 내놓으면서 보쿨스키가 말의 훌륭한 점을 보고 더 주었다고 말하지 뭐. 그들이 서로 만날 일은 없을 테고, 남작이 부인 만날 일도 없을 거고, 말 구매자가 남작 부부 만날 일은 더더욱 없을 테고……. 영수증을 쓰라고 나에게 지시했다…… 훌륭해! 상인과 벼락부자는 티가 나. 오! 내가 저지른 경솔한 짓으로 나는 심한 벌을 받을 거야.'

11시에 보쿨스키는 변호사에게 가기 위해 집을 나섰다. 그가 대문을 나서자마자 그의 밝은 색 외투와 흰 모자를 보고 마차 세 대가 동시에 달려왔다. 마부들은 말에게 채찍을 가하며 서로 빨리 오려고 하면서, 마차 한 대가 다른 무개 마차의 진로를 방해했고, 세 번째 마차는 두 대의 마차를 피하면서 하마터면 무거운 장을 운반하고 있는 짐꾼을 칠 뻔했다. 그러자 소란이 일어나고 채찍으로 서로 때리는 소리, 경찰의 호각 소리, 구경꾼들 그리고 결국 두 대의 마차는 경찰서로 끌려갔다.

'예감이 좋지 않은데.' 보쿨스키는 생각하다가 갑자기 이마를 탁 쳤다. "남는 장사야!" 혼잣말을 했다. "변호사에게 가서 내가 집을 사고 싶다고 말할 거야. 그런데 집이 어떻게 생겼는지, 어디에 있는 지도 아직 모르잖아."

다시 집으로 돌아온 그는 머리에 모자를 쓴 채, 지팡이를 겨드 랑이에 끼고, 일정표를 훑어보기 시작했다. 다행히 웽츠키의 집이 예로졸림스키 거리에 있다는 것을 알았다. 그럼에도 불구하고 그 는 거리와 집 번지수를 찾기까지 몇 분이나 걸렸다.

'변호사에게 말을 잘해야겠지!' 계단을 내려오면서 그는 생각했 다. '나는 어느 날 다른 사람들을 설득해서 나에게 돈을 빌려 주 라 하고, 다음 날은 그 돈으로 물건을 보지도 않고 산다. 물론 당 장 나를 위험에 빠뜨릴 수도 있고, 아니면 이자벨라 양을……'

그는 마차에 올라타 예로졸림스키 거리로 가자고 말했다. 마차 가 길모퉁이에 왔을 때 그는 마차에서 내려 옆길로 들어섰다.

날씨는 맑았다. 하늘에는 구름도 거의 없었고 포장된 길에는 먼 지도 없었다. 집들의 창문들은 열려 있었고 집 안을 청소하는 사 람들도 보였다. 장난스러운 바람이 청소하는 하녀의 치마를 팔락 이게 했다. 그 모습에서 알 수 있듯이 바르샤바의 하녀들에게 3층 유리창 청소는 식은 죽 먹기처럼 쉬워 보였다. 여러 집에서 피아노 소리가 들렸다. 여러 후원에서 손풍금 소리, 모래 장수, 솔 장수, 고 물 장수 등 온갖 장사꾼들의 외치는 소리가 단조롭게 들렸다. 여 기저기 대문 아래에서는 푸른색 제복을 입은 경비들이 하품을 했 다. 몇 마리의 개가 텅 빈 거리를 돌아다니고 어린애들은 아직 잎 이 연두색인 어린 서양밤나무 껍질을 벗기며 놀고 있었다.

거리는 전반적으로 깨끗하고 평온했으며 밝았다. 거리 끝에 지평선 일부와 우거진 나무들이 보였다. 바르샤바에 걸맞지 않은 이런 시골 풍경은 임시 구조물과 벽돌담에 가려져 있었다.

오른쪽 보도로 가면서 보쿨스키는 왼쪽을 바라보았다. 거리 중간쯤 왔을 때 이상하게 노란색의 집이 있었다. 바르샤바에는 노란 집들이 꽤 많다. 아마 바르샤바가 지상에서 가장 노란 도시일 것이다. 그런데 이 집이 다른 어느 집보다도 노랗게 보였다. 만일 노란 집 경연 대회가 열린다면(언젠가 그런 경기가 열릴지도 모르지만) 아마 이 집이 일등을 할 것이다.

보쿨스키는 거리를 지나면서 자신이 건물만 하나하나 유심히 보는 것이 아니라, 어느 곳보다도 이곳에 많은 흔적을 남겨 놓은 개들에게도 눈길을 주고 있다는 것을 알았다.

"제기랄!" 그는 혼자 속삭였다. "바로 이 집인 것 같군……."

정말 웽츠키의 집이었다.

그는 집을 유심히 바라보기 시작했다. 집은 4층으로 되어 있었다. 발코니는 쇠로 되어 있었고 각 층마다 다른 스타일로 지어져 있었다. 그 대신 대문은 하나의 모티프로 되어 있었는데 바로 부채 모양이었다. 대문 윗부분은 펼쳐진 부채 모양으로 거대한 괴물까지도 시원하게 해 줄 만큼 커다란 부채였다. 대문 양 날개에는 커다란 정사각형이 조각되어 있었으며 그 네 모퉁이에는 반쯤 펼쳐진 부채 모양이 조각되어 있었다. 문에서 가장 아름다운 장식은 그 날개 가운데에 조각되어 있는 두 개의 커다란 못대가리인데, 그 형상이 마치 이 대문이 집을 단단히 붙들고 있는 것 같고, 이 집이 바르샤바를 지탱하고 있는 것처럼 보였다.

정말 특이한 것은 집 안으로 연결된 바닥이 형편없는 복도였다. 그러나 벽에는 매우 아름다운 풍경화가 그려져 있었다. 그 풍경화에는 언덕과 숲, 바위와 개울들이 많아서 이 집에 사는 사람은 여름 별장으로 나갈 필요가 없을 듯싶었다.

사방이 4층짜리 건물들에 둘러싸인 후원은 마치 향기로운 냄새로 가득한 커다란 우물 바닥처럼 보였다. 구석마다 두 개의 문이 있었다. 경비원이 살고 있는 집 창문 아래에는 쓰레기통과 수도가 있었다.

보쿨스키는 얼핏 주 계단의 난간을 보았다. 그 계단으로 유리문이 나 있었다. 계단은 몹시 지저분했는데, 계단 옆에는 벽공이 있었고 그곳에는 머리에 항아리를 이고 있는, 코가 없는 요정 조각상이 있었다. 항아리는 보라색을 띤 붉은색이었고 요정의 얼굴은 노란색이었다. 가슴은 초록색, 다리는 푸른색이었다. 그래서 요정이 다양한 색깔의 유리창 맞은편에 서 있는 것 같았다.

"그렇구나!" 보쿨스키가 별로 놀라지 않은 듯 중얼거렸다.

그 순간 오른편에 있는 건물에서 한 아름다운 부인이 어린애를 데리고 나왔다.

"엄마, 우리 정원에 가는 거야?" 어린아이가 물었다.

"아니야. 지금은 가게에 가고, 정원은 점심 먹고 갈 거야." 아름다운 목소리로 엄마가 대답했다.

부인은 키가 크고 짙은 갈색 머리에 회색 눈빛이었고, 몸매는 고전적이었다. 보쿨스키와 눈이 마주치자 부인의 얼굴이 붉어졌다.

'저 부인을 어디서 보았더라?' 보쿨스키는 거리로 나오면서 생각했다.

부인은 주위를 둘러보다가, 그를 보고 얼른 고개를 돌렸다.

'그렇지.' 보쿨스키는 생각해 냈다. '4월에 성당 안 성체 안식처에 서였지. 그리고 나중에 우리 가게에서도 보았지. 그때 제츠키가 부인을 유심히 보고는 부인의 다리가 예쁘다고 했지. 정말 예쁜 다

리였어.'

그는 다시 대문 쪽으로 돌아와서 거주자들 명패를 살펴보았다.

'이게 뭐야? 크세소프스카 남작 부인이 3층에 산다고! 아니, 이건 또 뭐야? 마루세비츠는 왼쪽 건물 2층에 살고? 이 무슨 우연의 일치야. 왼쪽 건물 3층 전면에는 대학생들이 살고 있구나. 저 아름다운 여인은 누구일까? 오른쪽 건물 2층, 야드비가 미시에비츠, 연금 생활자. 딸 하나와 사는 헬레나 스타프스카. 틀림없이 그녀일 거야.'

그는 후원으로 들어가 둘러보았다. 거의 모든 창문이 열려 있었다. 뒤쪽에 있는 건물 맨 아래층에는 파리 세탁소가 있고, 4층에서는 제화공의 망치 소리가 들렸다. 추녀에서 비둘기 몇 마리의 구구거리는 소리가 들렸다. 같은 건물 3층에서는 조금 전부터 피아노 소리와 발성 연습을 하는 소프라노 소리가 들렸다. 아……! 아……! 아……! 아……! 아……! 아……! 아……! 아……!

보쿨스키 머리 위로 4층에서 저음의 남자 목소리가 들렸다.

"오! 애가 또 약을 먹었나 봐…… 촌충이 나오네. 마리아, 어서 좀 와 봐!"

그와 동시에 3층 창문 밖으로 여자 머리가 나오더니 큰 소리로 말했다.

"마리아! 어서 집으로 돌아와…… 마리아!"

"저분이 크세소프스카 부인일 거야." 보쿨스키가 혼자 중얼거렸다.

바로 그 순간 물이 쏟아지는 이상한 소리가 들렸다. 4층에서 쏟아진 물줄기가 크세소프스카 부인의 머리에 맞고 뒷마당으로 흩어져 내렸다.

"마리아, 어서 우리에게 와!" 베이스 목소리가 들렸다.

"못된 사람들……!" 크세소프스카 부인이 위를 보며 말했다.

다시 4층에서 물이 쏟아져 내려 부인의 말을 막았다. 그리고 금방 물이 쏟아진 그 창가에 검은 수염을 기른 젊은이의 얼굴이 나타나더니, 창밖으로 내밀었던 머리를 안으로 거두는 크세소프스카 부인을 보고 아름다운 목소리로 말했다.

"아, 인자하신 부인이셨군요! 대단히 죄송합니다……."

그 말에 대한 대답처럼 크세소프스카 부인의 방에서 발작을 일으키는 듯한 여인의 울음소리가 들렸다.

"아, 나는 불행해! 틀림없이 그 못된 사람이었을 거야. 나를 해치라고 날강도 같은 사람들을 보낸 사람이……. 곤경에 처했을 때 내가 그를 구해 주었건만, 세상에 은혜를 이런 식으로 갚다니! 내가 그의 말을 사 주기까지 했는데……!"

그러는 사이에도 아래층에선 빨래하는 여인들이 옷들을 세탁하고 있었고, 4층에서 구두공은 열심히 망치질을 하고 있었으며, 뒤편의 건물 3층에서는 피아노 소리와 발성 연습을 하는 고성이 울렸다.

아……! 아……! 아……! 아……! 아……! 아……! 아……! 아……!

"참 재미있는 집이구먼……." 소매에 묻은 물방울을 털면서 보쿨스키가 중얼거렸다.

그는 뒷마당에서 거리로 나와, 자기가 곧 주인이 될 집을 다시 한 번 살펴보고 예로졸림스키 거리 쪽으로 방향을 바꾸었다. 거기서 마차를 타고 그는 변호사에게 갔다.

변호사 사무실 입구에서 남루한 옷차림의 유대인들과 머리에 수건을 쓴 늙은 부인을 만났다. 열린 문을 통해 왼편에 문서로 가득 찬 책장과, 뭔가를 열심히 쓰고 있는 세 명의 직원과 손님 몇 사람이 보였는데, 그중 한 사람은 범죄자 인상이고, 나머지는 몹시 지친 얼굴이었다.

흰 수염을 기른 하인이 의심스러운 눈빛으로 보쿨스키의 외투를 받으면서 물었다.

"손님, 오래 걸릴 일입니까?"

"별로."

그가 보쿨스키를 오른편에 있는 홀로 안내했다.

"뭐라고 말씀드릴까요?"

보쿨스키는 하인에게 명함을 주었다. 홀에는 기차 일등칸처럼 진홍색 우단으로 덮인 가구들이 있었고, 아름답게 제본된 책들이 꽂혀 있는 장식장이 있었는데, 그 책들은 한 번도 읽힌 적이 없는 것처럼 보였다. 책상 위에는 사진첩과 사진이 많은 잡지들이 서너 권 놓여 있었다. 그것들은 누구나 읽는 것 같았다. 홀 한구석에 법의 여신 테미스 석고상이 있었다. 여신이 들고 있는 저울은 놋이었고, 여신의 무릎에는 때가 묻어 있었다.

"변호사님께서 들어오시랍니다." 조금 열린 문틈으로 하인이 말했다.

유명한 변호사의 방에 있는 가구들은 갈색 가죽으로 덮여 있었다. 창문 커튼도 갈색이었고, 벽지도 갈색 무늬였다. 변호사 자신도 갈색 양복을 입고 있었으며, 손에 긴 담뱃대를 들고 있었는데, 담뱃대 끝에 1파운드는 될 만한 호박과 새털 깃이 붙어 있었다.

"오늘 선생님께서 방문하시리라 생각하고 있었습니다." 변호사가 보쿨스키 쪽으로 소파를 밀 때 약간 접혀진 양탄자를 발로 펴면서 말했다. "한마디로……." 변호사가 말을 이어 갔다. "우리 회사에 대한 출자금이 30만 루블쯤 될 것 같습니다. 공증인에게 서둘러 가십시다. 그리고 현금은 동전까지 잘 챙기고. 그 문제는 저에게 맡겨 주십시오……."

이렇게 말할 때 변호사의 표정은 엄숙하리만큼 진지했으며, 보쿨스키의 손을 힘주어 꼭 잡은 채 시선을 아래로 내려 보쿨스키를 보았다.

"아, 그렇지…… 회사!" 보쿨스키가 소파에 앉으며 말했다. "현금을 얼마나 모으느냐는 그들이 알아서 할 일이지요."

"그렇지요, 언제나 자본이……." 변호사가 말했다.

"자본은 회사 아니어도 있습니다."

"신용이 있다는 증거겠지요."

"내 말이면 충분합니다."

변호사는 입을 다물고 서둘러 담배 연기를 빨았다.

"변호사님에게 부탁이 있습니다." 한참 뜸을 들인 뒤에 보쿨스키가 말했다.

변호사가 몹시 궁금한 눈빛으로 보쿨스키를 바라보았다. 도대체 무슨 부탁일까? 왜냐하면 부탁의 성격에 따라 듣는 태도가 달라지기 때문이다. 변호사의 표정이 진지하되 호의적인 것으로 미루어 보쿨스키가 무리한 부탁을 하지 않을 것이라고 이미 눈치챈 것 같다.

"건물을 하나 사려고 합니다." 보쿨스키가 한참 뒤에 말했다.

"벌써요……?" 변호사가 놀란 듯 고개를 기울이며 말했다. "그러시길 바랍니다. 물론 바라고말고요. 사업을 하려면 반드시 건물이 필요하지요. 사업하는 사람에게 건물은 말 타는 사람에게 등자 같은 것이지요. 건물이 있어야 안정적으로 사업을 할 수 있지요. 건물 같은 실질적인 기반 없이 하는 사업은 잡화점 같은 것이지요. 존경하는 선생님께서 저를 믿으신다면 어떤 건물인지 말씀해 주실 수 있겠습니까?"

"지금 경매에 나와 있는 웽츠키 씨의 건물입니다."

"알고 있습니다." 보쿨스키의 말이 끝나기도 전에 변호사가 말했다. "벽은 양호하지만, 목재 부분들은 단계적으로 교체해야 합니다. 정원도 손볼 곳이 많습니다. 크세소프스카 남작 부인이 6만 루블에 사려고 합니다. 아마 경쟁자는 나타나지 않을 겁니다. 우리가 산다면 6만 루블 이상 줄 필요 없습니다."

"9만 루블에 살 겁니다. 아니, 그 이상을 주고라도." 보쿨스키가 말을 막았다.

"무엇 때문에요……?" 변호사가 놀라 소파에서 일어났다. "남작 부인은 6만 루블 이상은 주지 않을 겁니다. 지금은 아무도 집을 사지 않습니다…… 좋은 거래라곤 할 수 없는……."

"저에게는 9만 루블에 사도 좋은 거래입니다."

"6만 5천 루블이면 괜찮을 겁니다."

"제 미래의 파트너에게 손해를 주고 싶지 않습니다."

"파트너라니요?" 변호사가 놀란 듯 물었다. "그러나 웽츠키 씨는 파산자입니다. 선생께서 그에게 몇천 루블 더 준다면 그를 해치는 것밖에 안 됩니다. 이 문제에 대한 그의 누나인 백작 부인의 생각을 나는 알고 있습니다……. 웽츠키 씨가 한 푼도 없는 빈털터리가 되면, 모든 남자들이 흠모하는 그의 딸은 남작이나 의회 의장한테 시집가게 될 겁니다……."

보쿨스키의 눈에서 무서운 빛이 나자, 변호사가 입을 다물었다. 보쿨스키를 바라보다 생각에 잠기더니…… 변호사가 갑자기 손으로 이마를 쳤다.

"선생께선 그 무너질 것 같은 집을 사는 데 9만 루블을 내놓을 겁니까?"

"그렇습니다." 보쿨스키가 무겁게 대답했다.

"9만 루블 중 6만 루블이라…… 이자벨라 양의 지참금이군." 변호사가 중얼거렸다. "그렇군!"

변호사의 표정과 태도가 몰라볼 만큼 변했다. 그는 호박 파이프에서 담배 연기를 깊이 빨아들이더니, 소파에 편하게 앉아서 보쿨스키 쪽으로 손을 흔들며 말했다.

"보쿨스키 선생, 이제 알겠습니다. 한 가지 고백할 것이 있는데, 5분 전까지만 해도 선생께서 무슨 말씀을 하시는지 이해하지 못했습니다. 왜냐하면 선생께서는 항상 공정하게 거래했기 때문입니다. 이제 선생께서는 저를 믿으셔도 됩니다. 저는 선생에게 온갖 성의를 다할 것입니다. 그리고…… 우리는 동맹자입니다."

"이제는 내가 변호사님을 이해할 수 없습니다." 보쿨스키가 눈을 아래로 향하면서 작은 소리로 말했다.

변호사의 얼굴이 붉어졌다. 그가 벨을 누르자 하인이 들어왔다.

"내가 부르기 전까지는 아무도 들여보내지 말게." 그가 하인에게 말했다.

"알겠습니다, 주인님." 어두운 표정으로 하인이 말했다.

다시 두 사람만 남았다.

"스타니스와프 선생." 변호사가 말했다. "선생께서는 우리 대귀족이 어떤 사람들인지 아시지요……? 그들은 기껏 몇천 명인데, 그들이 이 나라 돈을 모두 차지하고 있으며, 외국에 돈을 숨기고 있고, 외국의 가장 나쁜 풍습을 들여와 그것이 마치 좋은 것인 양 중산층에 퍼뜨리고 있습니다. 그들은 아무 도움도 받지 못하고 스스로 경제적으로, 생리적으로 그리고 도덕적으로 멸망합니다. 그들에게 노동이나, 다른 계층과의 이종 교배를 강제할 수만 있다면…… 좋은 결과가 나타날 수도 있을 겁니다. 왜냐하면 그들은 우리와 달리 예민하고 섬세한 조직체이니까요. 아시겠습니까, 선생…… 이종 교배. 하지만 그들을 위해서 3만 루블을 쓸 필요는 없습니다. 이종 교배를 위해서는 선생을 돕겠습니다. 그러나 3만 루블을 버리는 데에는 반대합니다."

"선생의 말을 이해하지 못하겠습니다." 보쿨스키가 작은 소리로 말했다.

"선생은 알고 있습니다. 다만, 나를 못 믿는 거지요. 불신은 큰 덕목이지요. 나는 선생의 그런 불신을 고칠 생각이 없습니다. 한 가지만 말하겠습니다. 파산자 웽츠키는 상인의, 더구나 귀족적인 상인의 친척이 될 수 있습니다. 그러나 호주머니에 3만 루블을 가진 웽츠키는……!"

"변호사님……." 보쿨스키가 말을 막았다. "선생께서 나 대신 그 집 경매에 참가하실 수 있겠습니까?"

"그러지요. 하지만 크세소프스카 남작 부인이 제시한 금액보다 기껏 몇천 루블 더 부르는 것으로 하겠습니다. 보쿨스키 선생, 용서하십시오. 내 생각을 굽히면서까지 할 수는 없습니다."

"만일 제3의 경매인이 나타나면?"

"하, 그럼 선생의 변덕에 맞추기 위해 그와 거리를 두어야겠지요."

보쿨스키는 자리에서 일어났다.

"솔직하게 말해 주셔서 고맙습니다. 선생의 말도 맞습니다. 그러나 나도 생각이 있습니다……. 돈은 내일 드리겠습니다. 그럼 안녕히 계십시오."

"마음이 아픕니다." 변호사가 악수하면서 말했다.

"왜요?"

"왜냐하면…… 정복하려면 승리하고 상대를 제압해야지, 자기 창고에서 꺼내 상대에게 먹이를 주면 안 되지요. 선생은 실수를 범하고 있습니다. 그 실수가 선생을 목표에 접근시키기보다는 목표에서 멀어지게 합니다."

"선생께서 잘못 생각하고 있습니다."

"낭만주의자! 낭만주의자……!" 변호사가 웃으면서 반복해 말했다.

보쿨스키는 변호사 사무실에서 나와 마차를 타고 마부에게 엘렉토르 거리로 가라고 지시했다. 그는 변호사가 자기의 비밀을 알고 있고, 또한 자기의 처신 방법을 비판한 것에 화가 났다. 물론 정복하려고 하는 사람은 상대방을 제압해야 한다. 그런데 여기서 전리품은 이자벨라 양이어야 한다!

그는 검은 바탕에 연한 누런색으로 '슐랑바움 복권과 환전소'라고 쓰인 간판이 걸려 있는 평범한 가게 앞에서 마차를 멈추게 했다. 가게 문은 열려 있었다. 철망 안쪽으로 함석으로 덮인 책상 뒤에 대머리에 흰 수염이 있는 늙은 유대인이 「쿠리에르 신문」에 붙어 있는 것처럼 앉아 있었다.

"안녕하세요, 슐랑바움 씨?" 보쿨스키가 인사했다.

유대인이 고개를 들고 이마에 있는 안경을 눈으로 내렸다.

"아, 오셨습니까?" 유대인이 악수하면서 말했다. "벌써 돈이 필요하십니까……?"

"아닙니다." 상점 주인 맞은편에 있는 등나무 줄기를 엮어 만든 의자에 앉으면서 보쿨스키가 대답했다. 그는 자기가 여기에 온 이유를 바로 말하는 것이 조금 부끄럽게 생각되어 주인에게 먼저 물었다.

"슐랑바움 씨, 무슨 새로운 소식은 없나요?"

"좋지 않은 소식이 있다오." 늙은이가 말했다. "유대인들을 박해하기 시작했다는군요. 그것이 좋은 일도 될 수 있겠지요. 우리를 발로 차고, 우리에게 침을 뱉고, 우리를 괴롭히면 자기 종교를 저버리고 우리 전통 의상도 입지 않는 내 아들 헨릭 같은 젊은 유대인들이 정신을 차리겠지요."

"누가 유대인들을 박해한다는 겁니까?" 보쿨스키가 물었다.

"선생께선 증거를 원하는 겁니까?" 유대인이 물었다. 「쿠리에르 신문」에 그 증거들이 있지 않습니까? 그제 내가 그들에게 이런 철자 수수께끼를 보냈습니다.

첫째와 둘째 철자는 — 발굽 있는 동물이고
첫째와 셋째 철자는 — 여성 머리 장식하는 것이고
모두가 함께 전쟁에서 무섭게 쫓고,
신이시여, 우리를 그것으로부터 보호하소서.

뭔지 아시겠습니까……? 첫째와 둘째는 koza(염소)이고, 첫째와 셋째는 ko-ki지요. 그리고 합치면 ko-za-ki가 됩니다. 그런데 그들이 나에게 어떤 답을 주었는지 아세요? 잠깐만요……."

유대인이 「쿠리에르 신문」을 들고 읽었다.

"편집부로부터의 대답. W 씨에게. 오르겔브란드 더 큰 백과사전은…… 아니, 이것이 아니고…… 모틸렉 씨에게. 연미복 입는 것은…… 이것도 아니고. 아, 여기 있구먼. 슐랑바움 씨에게, 선생의 정치적 철자 수수께끼는 문법적으로 맞지 않습니다. 그런데 무엇이 정치적이라는 말입니까? 내가 철자 수수께끼를 디즈레일리나 비스마르크에 대해 썼다면, 그것은 정치적인 것이 되겠지만, 코사크에 대한 것인데…… 이건 정치적인 것이 아니고 단지 군사적인 것에 불과한데."

"그런데 어디에 유대인들에 대한 박해가 있습니까?" 보쿨스키가 물었다.

"금방 이야기하지요. 선생 스스로 내 아들의 박해자로부터 방어해야 합니다. 비록 그가 나에게 말하지 않아도, 나는 모든 것을 알고 있습니다. 이제 철자 수수께끼에 대해서 말하지요. 내가 반년 전에 내 철자 수수께끼를 쉬마노프스키 씨에게 보냈을 때, 그가 나에게 말했습니다. 슐랑바움 씨, 우리는 그 철자 수수께끼를 인쇄하지 않을 것입니다. 그렇지만 한 가지 충고하고 싶은데, 당신은 이자를 취하는 것보다 철자 수수께끼를 쓰는 것이 더 좋을 겁니다. 그래서 내가 이렇게 말했지요. 편집장님, 내가 이자로 취하고 있는 만큼, 선생이 나에게 철자 수수께끼에 대해 지불하면, 앞으로도 철자 수수께끼를 쓰겠습니다. 그러자 쉬마노프스키 씨가 이렇게 보내왔습니다. 슐랑바움 씨, 우리에겐 당신의 철자 수수께끼에 대해서 그만큼 지불할 돈이 없습니다. 쉬마노프스키 씨가 직접 그렇게 말했다오. 들으셨습니까? 그리고 그들이 오늘 「쿠리에르 신문」에 그것은 비정치적이며 비문법적이라고 썼더군요. 반년 전에는 다르게 말하지 않았습니까. 그들은 오늘날 신문에서 유대인들에 대해 무어라고 쓰고 있습니까······!"

보쿨스키는 손가락으로 책상을 두드리며 복권 당첨 번호표가 걸려 있는 벽을 쳐다보면서 유대인 박해 이야기를 듣고 있었다. 하지만 그의 생각은 다른 데 있었으며, 망설이고 있었다.

"그래서 슐랑바움 씨는 여전히 철자 수수께끼를 쓰고 계시는군요?" 보쿨스키가 물었다.

"내가 뭐하느냐고······!" 늙은 유대인이 말했다. "선생, 나에게 아홉 살 먹은 손자가 있는데, 그 애가 지난주에 나에게 쓴 것을 들어 보시겠소. '할아버지 — 어린 미하시가 이렇게 썼다오 — 저에게는 이런 철자 수수께끼가 필요합니다.

첫째는 아래를 의미하고, 두 번째는 부정을 뜻합니다.

합치면 두꺼운 옷입니다.

할아버지께서 — 손자가 계속해서 썼다오 — 맞히시면 할아버지가 저에게 두꺼운 옷 살 돈 6루블을 보내 주십시오.' 내가 다 읽고 나서 눈물을 흘렸다오. 그 첫째 아래는 spód를 뜻하고 부정은 nie니까 합치면 spodnie(바지)가 되지요. 이렇게 영리한 애가 지아비의 고집 때문에 바지 없이 다녔다니 내가 어떻게 울지 않을 수 있었겠소. 하지만 나는 손자에게 이렇게 썼다오. 사랑하는 손자야, 네가 이 할아버지한테 철자 수수께끼 만드는 것을 배워서 나는 만족한다. 그러나 너는 아직 절약을 배워야 하기 때문에 너에게 바지 값으로 4루블만 보낸다. 그리고 네가 잘 배우면, 방학 후에 너에게 이런 철자 수수께끼를 내주겠다.

첫째는 독일어로 입을 뜻하고, 둘째는 시간.

어린애에게 사 주는 것 – 어린 애가 김나지움에 다니기 시작할 때.

이건 교복을 뜻하는 것이지요. 보쿨스키 씨, 금방 알아차렸지요?"

"온 가족이 철자 수수께끼 놀이를 하십니까?" 보쿨스키가 끼어들었다.

"우리 가족만 하는 것이 아니지요." 슐랑바움이 대답했다. "우리 유대인 젊은이들은 모이면, 당신네들처럼 춤이나 과장된 칭찬, 옷 이야기 혹은 그 외 쓸데없는 일로 시간을 낭비하지 않고, 계산을 하거나 학자들의 책을 보거나, 서로 문제를 내어 풀고, 철자 수수께끼, 그림 맞추기, 체스 문제 풀기를 합니다. 우리는 끊임없이 머리를 쓰기 때문에 유대인들에게는 이성이 있습니다. 그래서 듣기에 좀 거북하시겠지만, 유대인들이 세계를 정복하고 있습니다. 당신네들은 모든 것을 흥분해서 하고, 전쟁으로 해결하려고 합니다. 그러나 우리는 지혜와 인내로써 합니다."

마지막 말이 보쿨스키에게 와 닿았다. 그는 이자벨라를 지혜와 인내로 정복하려고 한다……. 그의 마음속에 용기가 일어났다. 그는 더 이상 주저하지 않고 말했다.

"슐랑바움 씨, 부탁이 하나 있습니다."

"선생의 부탁은 나에겐 명령과 같은 것이지요."

"웽츠키 씨의 집을 사려고 합니다."

"그 집을 알고 있습니다. 6만 몇천 루블에 팔릴 겁니다."

"그 집이 9만 루블에 팔리기를 원합니다. 그래서 그 금액을 부를 사람을 찾고 있습니다."

유대인의 눈이 커졌다.

"무슨 일로……? 선생께서 3만 루블을 더 주고 사겠다는 겁니까?" 유대인이 물었다.

"그렇습니다."

"잠깐, 이해가 안 됩니다. 누구나 선생 같은 분에게 집을 팔려고 하겠습니다. 웽츠키 씨가 집을 사려 하고, 선생이 집을 팔려고 하면 값을 높게 부르는 것이 선생한테는 이익이 되지요. 반대로 선생이 살 때는 값을 깎아서 불러야 하는 것 아닌가요……."

"비싸게 사는 것이 나에겐 이익입니다."

늙은이가 머리를 흔들더니 한참 만에 입을 열었다.

"내가 선생을 모른다면 선생이 거래를 잘못한다고 생각하겠지만, 나는 선생을 아니까…… 선생께서 이상한 거래를 한다고 생각합니다. 선생은 벽 속에 현금을 묻을 뿐만 아니라, 그렇게 함으로써 1년에 10퍼센트씩 손해를 보는 것입니다. 그런데 거기다 3만 루블을 더 지불하려고 합니다…… 보쿨스키 선생." 그가 보쿨스키의 손을 잡고 계속했다. "제발 그런 어리석은 일은 하지 마세요. 부탁합니다. 이 슐랑바움이 부탁합니다……."

"나를 믿으세요. 그러는 것이 나에게 좋습니다."

유대인이 갑자기 손가락을 들어 이마로 향했다. 그의 눈이 번쩍하는 것 같더니 진주처럼 흰 이를 드러냈다.

"하! 하……!" 유대인이 웃었다. "이제 늙었나 보군. 그것을 바로 이해하지 못했다니. 선생이 3만 루블을 웰츠키 씨에게 주면, 그가 선생에게 10만 루블어치 거래를 해결하겠지요. 좋습니다! 제가 선생에게 경매인 한 사람을 소개하겠습니다. 그에게 15루블만 주면 그가 집값을 올려서 부를 겁니다. 그는 틀림없는 사람이지요. 가톨릭 신자입니다. 그러나 입찰 보증금을 그에게 주지는 마십시오. 선생에게 아주 우아한 여성을 소개할 수도 있습니다. 10루블만 주면 집값을 올려서 부를 겁니다…… 유대인 여자 몇 명도 선생에게 줄 수 있습니다. 5루블씩만 주면 됩니다. 선생이 원하면 15만 루블에 그 집이 입찰되도록 할 수도 있고, 누구도 어떤 거래인지 알지 못할 것입니다……."

보쿨스키가 약간 당황해하며 말했다.

"무슨 일이 있어도 우리 둘만 아는 일입니다."

"보쿨스키 선생." 유대인이 엄숙하게 말했다. "선생께서 그 이야기를 할 필요는 없겠지요. 선생의 비밀은 곧 나의 비밀입니다. 선생은 제 아들 헨릭을 지켜 주셨습니다. 또 선생은 유대인을 박해하지도 않습니다."

유대인과 헤어진 뒤 보쿨스키는 집으로 돌아왔다. 집에서 그는 마루세비츠를 만나 자기가 산 경주마를 보러 승마 학교에 함께 갔다.

승마 학교는 두 개의 건물로 연결되어 있는데, 전체가 마치 장교의 견장처럼 보였다. 둥근 건물에 마장이 있었고, 마구간은 정사각형 건물에 있었다.

보쿨스키가 마루세비츠와 함께 들어갔을 때, 승마 수업이 진행되고 있었다. 남자 네 명과 여성 한 명이 벽을 따라 나란히 말을 타고 있었다. 중앙에 승마 학교장이 서 있었다. 군인 같은 얼굴의 그는 짙은 푸른색 재킷에 통이 좁은 흰 바지와 박차가 달린 승마용 구두를 신고 있었다. 그가 바로 밀러였다. 그는 잘못 가고 있는 말들을 긴 채찍을 이용해 때리면서 말을 타고 있는 사람들을 도와주고 있었다. 그가 채찍으로 말을 때릴 때마다 말을 타고 있는 사람은 몸을 굽혔다. 보쿨스키는 한눈에 알아보았다. 오른팔을 등 뒤에 대고 등자 없이 말을 타고 있는 남자는 도둑놈 얼굴이고, 다른 남자는 말 등 위에서 균형을 잡으려 애쓰고 있고, 다른 남자는 매 순간 말에서 내려오려 하는 것으로 미루어 평생 승마 기술을 배우지 못할 것 같았다. 승마복을 입은 여성만이 용감하고 재치 있게 말을 타고 있었다. 그것을 보면서 보쿨스키는 이 세상에 여성에게 불편하거나 위험한 곳은 없다는 생각이 들었다.

마루세비츠가 승마 학교장에게 보쿨스키를 소개했다.

"그렇지 않아도 여러분을 기다리고 있었습니다. 바로 도와 드리겠습니다. 슐츠 씨……!"

슐츠가 들어왔다. 금발의 청년인 그도 짙은 푸른색 재킷을 입고 있었다. 그러나 그가 신고 있는 구두가 더 길었고, 바지통은 더 좁았다. 그는 군대식으로 인사하고 승마 학교장의 권위의 상징인 채찍을 받았다. 보쿨스키는 마장을 떠나기 전에 젊은 슐츠가 승마 학교장보다 더 힘 있게 채찍을 휘두르는 것을 보았다. 두 번째 남자가 불만스러운 소리를 냈고, 네 번째 남자는 항의했다.

"선생께서……." 승마 학교장이 보쿨스키에게 말했다. "남작 부인의 경주마를 안장, 담요 등 모든 장비와 함께 가져가실 겁니까?"

"물론입니다."

"그러면 남작 부인이 지불하지 않은 60루블을 지불하셔야 합니다."

"할 수 없지요."

그들은 방처럼 보이는 마구간으로 들어갔다. 마구간은 그렇게 비싼 것은 아니지만 양탄자로 장식되어 있기까지 했다. 새 구유에는 말의 먹이가 들어 있었다. 격자로 된 건초 선반도 새것이었고 건초가 가득 놓여 있었다. 바닥에는 신선한 건초가 깔려 있었다. 그럼에도 불구하고 승마 학교장의 날카로운 눈에 잘못된 것들이 비쳤다. 그가 큰 소리로 말했다.

"이게 정돈인가, 크사베리 씨, 제기랄…… 당신 침실에도 이런 물건들을 가져다 놓을 거예요?"

승마 학교장의 보조원이 잠깐 나타나 둘러보고는 사라지더니 복도에서 큰 소리가 들렸다.

"보이치에흐! 이런 제기랄…… 당장 정돈해, 안 그러면 모두 네 책상 위에 가져다 놓으라고 할 거야."

"슈체판! 이런 오라질……." 세 번째 목소리가 칸막이 뒤에서 들렸다. "개 같은 녀석아, 마구간을 그런 식으로 놔두면 모든 것을 네 입으로 물어서 한곳에 모으라고 할 거야……."

동시에 머리끼리 부딪치고 머리를 벽에 부딪히는 둔탁한 소리가 몇 차례 났다. 곧이어 보쿨스키는 마구간 창문을 통해 쇠 단추가 달린 재킷을 입은 젊은이가 마당으로 나와 빗자루를 찾더니, 지나가면서 그를 무심히 쳐다보고 있는 어린 유대인의 머리를 빗자루로 때리는 광경을 보았다. 자연 과학자로서 보쿨스키는 승마 학교장의 분노가 승마 학교 밖에 있는 사람에게까지 구체적인 방법을 통해 전이되는 에너지 이동의 새로운 형태를 목격하고 놀랐다.

그사이에 승마 학교장은 경주마를 끌고 오라고 지시했다. 발이 가늘고 머리가 작은 말은 아름다웠다. 말의 눈에서는 기지와 슬픔의 빛이 보였다. 복도로 나온 말은 마치 주인을 알아보듯 보쿨스키를 향해 킁킁거리며 냄새를 맡고 씩씩거리며 숨을 쉬었다.

"말이 벌써 주인을 알아보고 있습니다." 승마 학교장이 말했다. "말에게 설탕 조각을 주시죠…… 아름다운 경주마입니다."

이렇게 말하면서 승마 학교장은 호주머니에서 담배 냄새가 나고 지저분하게 보이는 설탕 조각을 꺼냈다. 보쿨스키가 그 설탕 조각을 주자 말은 주저하지 않고 그것을 받아먹었다.

"이 말이 경주에서 이길 거라 믿고 50루블을 걸겠습니다." 승마 학교장이 말하고 보쿨스키에게 물었다. "선생께서도 걸겠습니까?"

"물론이지요." 보쿨스키가 대답했다.

"틀림없이 이길 겁니다. 뛰어난 기수를 붙이겠습니다. 그는 내 지시대로 움직일 겁니다. 만일 이 말이 크세소프스카 남작 부인 소유라면, 무슨 일이 있어도 확실한 것은, 이 말이 3등 할 겁니다. 그리고 이 말을 우리 마구간에 두지도 않았을 것입니다."

"교장 선생께서는 아직도 마음이 불편하신가 보군요." 마루세비츠가 선하게 웃으며 끼어들었다.

"조용히 하시오!" 교장이 분노로 얼굴이 붉어지면서 큰 소리로 말했다. "보쿨스키 선생께서 판단하십시오. 내가 루블린에서 콜레라에 걸린 말을 팔았다고 말하는 사람과 계속해서 관계를 유지할 수 있겠습니까? 그런 일은……." 그가 목소리를 높였다. "잊을 수가 없습니다, 마루세비츠 씨. 만일 백작께서 이 일을 무마시키지 않으셨다면, 크세소프스키 씨 엉덩이에 오늘 총알이 박혔을 겁니다…… 콜레라에 걸린 말을 내가 팔았다고……! 이 말이 이긴다고 백 루블도 걸 수 있습니다. 만일 이 말이 죽는다면…… 말이 콜레라에 걸렸다는 남작이 한 말이 사실이 되지요! 하! 하! 하!" 교장이 악마 같은 웃음을 터뜨렸다.

말을 둘러본 후에 세 사람은 변호사 사무실로 갔다. 그곳에서 보쿨스키는 모든 계산을 치르고 어떤 말도 콜레라에 걸렸다는 얘기를 하지 않겠다고 다짐했다. 헤어질 때 보쿨스키가 말했다.

"교장 선생님, 이 말을 익명으로 경기에 내보낼 수 없겠습니까?"

"그렇게 하겠습니다."

"그런데……."

"오! 걱정 마세요." 교장이 보쿨스키의 손을 잡으며 말했다. "비밀은 신사의 첫 번째 덕목입니다. 마루세비츠 씨도 그렇게 하시길 바랍니다."

"오……!" 마루세비츠가 가슴에 묻어 둔 비밀은 절대 발설하지 않는다는 의미로 머리와 손을 흔들었다.

돌아오는 길에 마장 옆을 지날 때 보쿨스키는 채찍 휘두르는 소리를 다시 들었다. 그 뒤를 이어 네 번째 사람이 승마 학교장을 대신해서 교육을 담당하고 있는 사람과 다투는 소리가 들렸다.

"여보시오, 그건 교양 있는 행동이 아니지요……!" 네 번째 사람이 소리쳤다. "내 옷이 찢어졌소……."

"꼭 잡으세요." 슐츠가 두 번째 남자 쪽으로 채찍을 날리면서 침착하게 말했다.

보쿨스키는 승마 학교를 떠났다.

마루세비츠와 헤어진 뒤 마차에 올라탔을 때 보쿨스키의 머릿속에 이상한 생각이 떠올랐다.

'만일 내 말이 우승하면 이자벨라 양이 나를 사랑하게 될 거야.'

그리고 그는 갑자기 오던 길로 되돌아갔다. 조금 전까지만 해도 그에게 별 관심이 없었던 말이 그에게 다정하고 흥미로운 존재가 되었다. 그가 마구간으로 들어섰을 때, 사람의 머리가 벽에 부딪히는 소리가 다시 들렸다. 옆에 있는 칸막이에서 얼굴이 벌게진 마구간 담당 소년 슈체판이 뛰쳐나왔다. 심하게 헝클어져 있는 그의 머리로 미루어 방금 손에서 벗어난 것 같았다. 그의 뒤를 이어 마부 보이치에흐가 나타났다. 그는 기름기 묻은 손가락을 윗도리에 닦았다. 보쿨스키는 더 늙은 사람에게 3루블을 주고, 젊은 사람에겐 1루블을 주었다. 그리고 그들에게 다음에 보너스를 더 주겠다고 말했다. 그 대신 자기 말에게 어떤 안 좋은 일도 있어서는 안 된다고 말했다.

"말을 제 아내보다 더 잘 보살피겠습니다." 머리를 낮게 숙이며 보이치에흐가 말했다. "물론 말에게 어떤 해로운 일도 없을 것입니다…… 어르신, 말이 경마장에 나갈 때에는 유리처럼 반짝거릴 것입니다."

보쿨스키는 마구간으로 들어가 25분 동안 말을 살펴보았다. 말의 발이 약해 보이는 것이 그를 불안하게 했다. 우단 같은 말의 피부가 가볍게 떨리는 것을 보았을 때에는 혹시 병에 걸린 것은 아닌지 걱정되어 소름이 돋았다. 그가 나중에 말의 목을 껴안고, 말이 그의 어깨에 머리를 기댔을 때 그는 말에게 키스하면서 속삭였다.

"너의 역할이 얼마나 중요한지 네가 알고 있다면 얼마나 좋을까! 그걸 네가 안다면⋯⋯."

이후 그는 하루에도 몇 번씩 마장에 들러 말에게 설탕을 주고 말을 쓰다듬어 주었다. 그는 자신의 현실적인 생각 속에 어떤 미신 같은 것이 싹트기 시작한 것을 느꼈다. 말이 그를 반갑게 맞이하면 좋은 징조라 생각되었고, 말이 슬프면 그의 가슴에 불안이 엄습했다. 그래서 그는 마장에 가면서 스스로에게 말했다. "말이 기분 좋으면, 이자벨라 양이 나를 사랑하는 것이다."

이따금 그의 내면에서 이성이 눈을 뜨기도 했다. 그럴 때마다 자기 자신에 대한 분노와 경멸을 억제할 수 없었다.

"내 인생이 한 여인의 변덕에 좌지우지되다니, 이게 도대체 무슨 일인가? 찾으려고 하면, 내가 다른 여인 백 명인들 못 찾겠는가? 멜리톤 부인도 약속하지 않았던가, 그만큼 아름다운 여인 세 명, 네 명도 만나게 해 준다고! 제기랄, 내가 정신 차려야지!"

하지만 그는 점점 더 깊이 망상에 빠져들었다. 의식이 깨어나는 순간에는 지상에 마술적인 힘들이 존재하는데, 그 마술적인 힘 하나가 그에게 저주를 내렸다고 생각되었다. 그럴 때마다 그는 두려워하면서 말했다.

"내가 이전의 내가 아니야, 내가 다른 사람이 되었어⋯⋯. 누군가가 내 영혼을 변화시킨 것 같아!"

순간적으로 그의 내부에서 심리학자와 자연 과학자의 목소리가 들렸다. "그것은⋯⋯." 뇌의 깊은 곳 어딘가에서 그에게 속삭이는 소리가 들렸다. "자연의 법칙을 무시한 것에 대해 자연이 복수하는 거야. 젊은 날에는 가슴의 소리에 귀 기울이지 않았으며, 사랑을 우습게 보고, 자신을 팔아 늙은 부인의 남편이 되었지. 그래서 지금처럼 된 거야⋯⋯! 오랫동안 축적된 감정이라는 자본에 이자가 붙어서 되돌아온 것이지…….”

“좋아. 그렇다면 나는 탕아가 되어야 하는데, 왜 나는 그 여인 하나만 생각할까?”

“악마는 알겠지.” 반대 목소리가 대답했다. “바로 그 여인이 너에게 가장 잘 어울릴 수도 있다. 전설이 말하고 있는 바와 같이, 너희의 영혼은 수백 년 전에는 실제로 하나였다…….”

“그렇다면 그 여인이 나를 사랑해야 하는 것 아닌가…….” 보쿨스키가 말했다. 조금 후에 그는 다시 말했다. “만일 말이 경주에서 이기면 이자벨라 양이 나를 사랑하고 있다는 표시가 될 것이다. 아! 어리석은 늙은이여, 너 미쳤구나, 너는 도대체 어디로 가고 있는 것이냐?”

경주가 있기 며칠 전에 영국을 좋아하는 백작이 그의 집을 방문했다. 그는 이 백작을 공작 집의 모임에서 알게 되었다. 의례적인 인사말이 오간 다음에 백작이 의자에 꼿꼿한 자세로 앉더니 이렇게 말문을 열었다.

“용건을 가지고 왔는데……. 그렇지! 이야기해도 되겠어요?”

“백작님, 말씀하십시오.”

“크세소프스키 남작께서, 그분의 말을 선생께서 사셨지요, 최대한 예의를 표하여 감히 그 말을 다시 살 수 있는지 여쭙고자 하십니다. 값은 상관없습니다…… 남작께서 크게 내기를 걸었답니다. 말을 되사는 값으로 천이백 루블을 제안했습니다…….”

보쿨스키는 몸이 오싹해지는 것을 느꼈다. 만일 말을 팔게 되면 이자벨라가 자신을 경멸할 것이다.

“저도 말에 대해 걸고 있는 희망이 있는데, 백작님, 어쩌죠?”

“그렇다면 선생께 우선권이 있겠죠. 그렇고말고요.” 백작이 마지못한 듯 말했다.

"백작님께서 문제를 해결하셨습니다." 보쿨스키가 인사하며 말했다.

"그런가요? 남작이 안됐군. 그러나 선생의 권리가 우선이지요."

백작은 마치 스프링 인형처럼 의자에서 일어나더니 작별 인사를 하고는 덧붙여 말했다.

"그런데 선생께서는 우리가 세우려는 회사를 언제쯤 공증하실 건가요? 내가 생각해 보았는데, 5만 루블을 출자할까 합니다…… 그렇습니다."

"그건 여러분에게 달린 문제입니다."

"꽃이 피는 그 나라를 매우 보고 싶습니다. 그래서 보쿨스키 선생, 그렇습니다, 선생께서 남작에게는 유감스러운 일을 하셨지만, 그와는 별도로 나는 당신에게 호감과 존경심을 가지고 있습니다. 그렇습니다. 선생이 남작에게 말을 양보하시리라 믿습니다."

"그럴 수는 없습니다."

"선생을 이해합니다." 백작이 말을 마쳤다. "귀족은 사업을 하더라도 언제든 귀족의 면모를 가지고 있습니다. 이런 말씀을 드려도 될지 모르겠지만, 선생은 무엇보다도 귀족이십니다. 그것도 영국식 귀족이십니다. 사실 모든 귀족이 그래야 하는데, 그렇지 못한 분들이 많습니다."

그는 보쿨스키와 힘주어 악수한 다음 집에서 나갔다. 보쿨스키는 백작이 영국 백작 흉내를 내려고 애쓰는 특이한 사람이지만, 호감이 가는 점이 많다고 생각했다.

"그래." 보쿨스키는 중얼거렸다. "저런 사람들과 지내는 게 상인들과 어울리는 것보다 나아. 저 사람들은 근본적으로 다르게 생겼어……."

그리고 그는 이렇게 덧붙였다.

"그런데 이자벨라 양이 저 사람들과 동일한 교육을 받은 나 같은 사람을 경멸하는 것은 이상한 일이지…… 저 사람들이 이 세상을 위해서 하는 일이 도대체 무엇인가? 저 사람들은 자기들 자본에 15퍼센트 이자를 주는 사람들을 존경해. 그런데 그것은 사회에 대한 봉사도 기여도 아니지."

"제기랄!" 그가 손가락을 튕기며 말했다. "그런데 내가 말을 샀다는 걸 그들은 어떻게 알았지? 중요한 일이 아니야! 그래, 나는 마루세비츠를 통해 크세소프스카 남작 부인의 말을 샀다. 그런데 내가 너무 자주 마장에 가서 모든 사람이 다 알게 된 것이 아닐까. 아! 내가 바보 같은 짓을 했군. 조심성이 부족했어. 그 마루세비츠가 마음에 안 들어……."

제13장 대귀족들의 놀이

드디어 경마의 날이 왔다. 날씨는 화창하지만 덥지는 않았다. 경마에 적당한 날씨였다. 보쿨스키는 5시에 일어나서 곧바로 말을 보러 나갔다. 말은 그에게 별다른 관심을 보이지 않았으나 건강했다. 밀러는 쾌활했다.

"별일 없지요……?" 보쿨스키의 어깨를 치면서 그가 말했다. "흥분되시죠? 스포츠맨 기질이 살아나는 것 같습니다! 우리는 경마 중에 몸이 달아오르지요. 우리, 내기하는 것 유효하지요? 저도 챙겨 왔습니다. 지금 바로 돈을 걸어도 좋습니다."

"기꺼이 그러지요." 이렇게 대답하고 보쿨스키는 생각했다.

'내 말이 이길까? 이자벨라 양이 나를 사랑하게 될까? 아무 일도 없을까? 만일 말의 다리가 부러지면……!'

아침 시간은 마치 소가 끌고 가는 것처럼 더디게 갔다. 보쿨스키는 자기 상점에는 잠깐 동안만 들렀고, 점심은 먹을 수 없었다. 나중에 끊임없이 생각하면서 사스키 공원에 갔다. '말이 우승할까? 그리고 이자벨라 양이 나를 사랑하게 될까……?' 그러나 스스로를 억제하고 있다가 5시경에야 비로소 집에서 나갔다.

우야즈도프스키 거리에는 온갖 종류의 마차들이 천천히 가고 있었다. 길모퉁이에서는 아예 흐름이 정지했다. 그곳에서 15분 정도 대기했다. 짜증스러운 기다림을 겪고 나서야 보쿨스키의 마차는 모코토프스키 벌판으로 나올 수 있었다.

길이 휘는 곳에서 보쿨스키의 몸이 한쪽으로 기울었다. 얼굴과 옷에 내려앉는 안개처럼 피어오르는 누런 먼지 사이로 넓은 벌판이 보였다. 오늘따라 벌판이 한없이 넓게 보였고, 자기 머리 위에 불안의 유령이 떠돌고 있는 것 같아 언짢았다. 자기 앞으로 멀리 반원 모양의 긴 행렬이 보였다. 그 줄은 사람들이 계속 모여들면서 더 커졌다.

드디어 그는 자기 자리에 도착했다. 매표소에 간 하인이 표를 가지고 돌아오는 데 10분 정도 걸렸다. 그의 마차 주위는 무료 관람객들이 서로 밀치는 바람에 온갖 목소리로 몹시 소란스러웠다. 모두 자기 말에 대해 이야기하는 것 같았고, 경마를 즐기러 온 자기를 조롱하는 것 같았다.

드디어 마차의 입장이 허락되었다. 보쿨스키는 마차에서 내려 말을 향해 빠른 걸음으로 다가갔다. 그는 태연하려고 애썼다.

한참 찾은 후에야 경마 광장 가운데 있는 자기 말을 발견했다. 말 옆에는 밀러와 슐츠가 있었다. 그들 옆에는 입에 커다란 시가를 물고, 푸르고 노란 모자를 쓰고 어깨에 외투를 걸친 기수가 있었다. 커다란 광장, 수많은 관중들에 비해 그의 말은 왜소하고 볼품없어 보였다. 절망한 그는 모든 것을 포기하고 집으로 돌아가고 싶었다. 그러나 밀러와 슐츠의 얼굴에는 자신만만한 희망의 빛이 역력했다.

"드디어 오셨군요." 슐츠가 인사하고, 눈으로 기수를 가리키면서 말했다. "인사하시죠. 융 씨입니다. 이 나라 최고의 기수입니다. 그리고 이분은 보쿨스키 씨입니다."

기수가 푸르고 노란 모자에 두 손가락을 대고 거수경례를 하더니, 다른 손으로 입에 물고 있던 시가를 빼고 잇새로 침을 뱉었다.

보쿨스키는 이렇게 마르고 작은 사람을 지금까지 본 적이 없다고 생각했다. 그러면서 그는 기수가 자기를 마치 말을 보듯 머리부터 발끝까지 훑어보면서 구부러진 다리를 움직이는데, 그것이 마치 자기를 말처럼 타고 앉아서 가고 있는 동작을 취하는 것처럼 느껴졌다.

"융 씨, 말해 봐. 우리, 이길 수 있지요?" 슐츠가 물었다.

"오!" 기수가 인정했다.

"저기 있는 두 마리 말도 괜찮지만, 우리 말이 더 훌륭하지." 슐츠가 말했다.

"오!" 기수가 인정했다.

보쿨스키가 기수를 한쪽으로 데리고 가서 말했다.

'만일 우리가 이기면 당신은 계약금 외에 50루블을 더 받게 될 것이오."

"오!" 기수가 이렇게 대답하고 나서, 보쿨스키를 쳐다보더니 한마디 덧붙였다.

"선생님은 진짜 스포츠맨이신데, 약간 격앙되신 것 같습니다. 하지만 내년에는 침착해지실 겁니다."

기수는 다시 말의 길이만큼 길게 침을 뱉더니, 관람석 쪽으로 갔다. 보쿨스키는 밀러와 슐츠에게 작별 인사를 한 다음 자기 말을 한 번 쓰다듬어 주고 마차 쪽으로 돌아갔다.

이제 그는 이자벨라를 찾기 시작했다.

그는 경마장 주로를 따라 길게 늘어선 마차들의 긴 줄을 지나면서 말과 하인들을 유심히 보고, 양산을 쓰고 있는 여인들을 살펴보았지만, 이자벨라는 보이지 않았다.

'여기 오지 않았을 수도 있지?' 이런 생각이 들자 군중들로 가득한 경마장이 자기와 함께 땅 밑으로 꺼지는 것 같았다. 그 여인이 여기 오지 않는데, 뭣 때문에 그 많은 돈을 들였단 말인가! 늙은 모사꾼 멜리톤 부인이 마루세비츠와 짜고 자기를 속인 것은 아닐까……?

그는 심판석과 연결된 계단을 올라가서 사방을 둘러보았지만, 헛일이었다. 계단을 내려올 때, 두 사람이 등을 뒤로하고 서서 길을 막고 있었다. 그중 키가 크고 여러모로 보아 스포츠맨 같은 사람이 커다란 목소리로 말했다.

"10년 전부터 우리의 무절제한 생활에 대해 비난하는 것을 읽고 있는데, 이제 좀 고쳐 보려고 마구간도 팔 생각을 했어. 그런데 어제 한밑천 잡은 사람이 오늘 말을 경마에 보냈더군……. 그렇지! 이런 식으로 살아도 되는 것 아니야? 우리한테는 온갖 설교 다 하면서, 행동하는 걸 보면 우리와 다른 것이 뭐가 있어? 그래서 지금까지 했던 대로 살기로 했어. 마구간도 안 팔 거야, 안 팔고말고……."

그의 말상대가 보쿨스키를 보고 그의 몸을 건드렸다. 그러자 그가 말을 끊었다. 그 순간을 이용해 보쿨스키가 지나가려 하자, 키 큰 사람이 붙들었다.

"죄송합니다." 그가 모자에 손을 올리면서 말했다. "감히 그런 말을 해서……. 저는 브제신스키라고 합니다……."

"재미있게 들었습니다." 보쿨스키가 웃는 얼굴로 말했다. "저도 속으로 그렇게 생각하고 있습니다. 그리고 제 생전 처음으로, 그리고 마지막으로 경마장에 나왔습니다."

그들은 서로 악수를 나누었다. 보쿨스키가 몇 발짝 멀어졌을 때, 키 큰 스포츠맨이 중얼거리듯 말했다.

"활력이 넘치는 친구로군……."

이제 비로소 보쿨스키는 프로그램을 샀다. 그는 슐탄카가 X.X의 소유인 알리와 클라라 다음으로 세 번째 경마에 출전한다는 것을 읽고 부끄러운 생각이 들었다. 기수는 푸른 소매가 달린 노란 상의를 입은 융이고, 상금은 3백 루블이며 경마에서 승리한 말은 현장에서 팔린다는 것도 알았다.

"내가 미쳤군!" 이렇게 중얼거리면서 보쿨스키는 맨 위층에 있는 관람석을 향해 갔다. 만일 그곳에도 이자벨라가 없으면 곧장 집으로 돌아가야겠다고 그는 생각했다.

마음이 우울해졌다. 여자들은 하나같이 못생겼고, 그들의 색깔 옷도 이상하게 보였고, 아양 떠는 모습도 역겨웠다. 남자들은 모두 어리석게 보였고, 군중은 천박스러웠으며, 음악은 시끄럽기만 했다. 맨 위층 관람석으로 오를 때 삐걱거리는 계단과 비가 샌 흔적이 그대로 남아 있는 낡은 벽이 그에게 웃음을 자아냈다. 안면 있는 사람들이 그에게 인사했고, 여자들이 그에게 웃음을 보냈다. 그리고 여기저기서 속삭였다. "저기 봐! 저기……!" 하지만 그는 개의치 않았다. 맨 위층 관람석에 올라선 그는 울긋불긋하고 소란스러운 군중들 너머 멀리 있는 길을 보았다. 보이는 것은 피어오르는 누런 먼지구름뿐이었다.

'이 관람석은 1년 내내 무엇을 할까?' 이런 생각이 들자, 죽은 파산자들, 유령이 된 창녀들, 심지어 지옥에서도 추방된 온갖 신분의 게으름뱅이들이 곰팡이 낀 의자에 밤마다 앉아 슬픈 별빛 아래 이 경마장에서 죽은 말들의 해골이 달리는 것을 바라보고 있는 듯한 착각을 했다. 그에게는 지금 이 순간에도 곰팡이 낀 옷들이 눈앞에 보이는 것 같고 칙칙한 곰팡이 냄새가 나는 것 같았다.

그를 깨운 것은 군중들의 함성, 종소리와 브라보 소리였다. 1차 경마가 끝난 것이다. 그는 갑자기 출입구 쪽을 보았다. 마차가 입장하고 있었는데, 백작 부인이 귀족 부인회 회장과 앉아 있었고, 마차 앞에는 웽츠키와 그의 딸이 앉아 있었다.

언제 여기서 내려가 저 마차가 있는 곳으로 가야 할지 보쿨스키 자신도 알 수 없었다. 그는 다른 사람을 밀쳤고, 누군가 그에게 표를 보자고 말했다. 그는 똑바로 달려가 이내 마차에 접근했다. 백작의 하인이 마부석에서 그에게 인사하고, 웽츠키가 큰 소리로 불렀다.

"보쿨스키 씨가 오셨군요⋯⋯!"

보쿨스키는 부인들에게 인사했다. 그때 회장 부인이 의미 있게 보쿨스키의 손을 꼭 잡았다. 웽츠키가 물었다.

"당신이 크세소프스키 씨의 말을 샀다는 게 사실이오, 보쿨스키 씨?"

"그렇습니다."

"그것이 그를 제대로 놀려 주고, 한편으로 내 딸에게는 뜻밖의 좋은 선물이었다는 걸 아셨어요?"

이자벨라가 그를 향해 미소를 지었다.

"고모와 내기를 했거든요. 남작은 자기 말이 경마에 출전하는 것을 막지 못할 것이라고, 그래서 제가 이겼어요. 그리고 두 번째 내기는 회장 부인님과 했습니다. 그 말이 이길 것이라고⋯⋯."

보쿨스키가 마차 주위를 돌아 이자벨라에게 갔다. 이자벨라가 말을 계속했다. "정말로 그 경마만 보러 여기 왔어요, 회장 부인님과 저는. 고모는 이 경마에 대해 화내시고 계신 것처럼 하고 계세요. 아, 반드시 이겨야 해요⋯⋯."

"아가씨께서 원하시면 제 말이 우승합니다." 보쿨스키가 놀란 표정으로 이자벨라를 바라보며 말했다. 초조한 빛을 감추지 못하는 아가씨가 지금처럼 아름답게 보인 적이 없었다. 이 아가씨가 자기와 이렇듯 다정하게 이야기하리라고는 꿈도 꾸지 못했다.

주위를 둘러보았다. 회장 부인은 즐거워하고, 백작 부인은 웃는 얼굴이고, 웽츠키의 얼굴에서는 빛이 났다. 마부석에서 백작 부인의 하인은 마부와 작은 소리로 보쿨스키가 이길 것이라고 내기를 했다. 그들 주위에 웃음과 기쁨이 넘쳐 났다. 군중도, 맨 위층의 관람석도, 마차들도 모두 만족스러워했다. 다양한 색깔 옷을 입고 있는 아가씨들이 꽃처럼 아름답고 새처럼 활기 있어 보였다. 음악은 엉터리로 연주되고 있지만, 힘이 느껴졌다. 말들의 울음소리도 우렁차고, 스포츠맨들은 내기를 걸고, 행상들은 맥주, 오렌지, 과자 사라고 외쳐 댔다. 태양도, 하늘도, 땅도 기쁨을 발산하고 있었다. 보쿨스키는 모든 것을, 모든 사람을 껴안고 싶은 이상한 충동을 느꼈다.

두 번째 경마가 끝났다. 다시 음악이 연주되었다. 보쿨스키는 서둘러 관중석 쪽으로 갔다. 손에 안장을 들고 체중 검사소에서 나오는 기수 융을 보자 그에게 작은 소리로 말했다.

"융 선생, 우린 반드시 이겨야 합니다. 백 루블 더 드리겠소."

"오!" 기수는 냉정한 표정으로 의아해하면서 신음 같은 소리를 냈다.

보쿨스키는 자기 마차를 백작 부인 마차에 가까이 대라고 지시한 뒤, 부인들에게로 돌아왔다. 그런데 와서 보니 놀랍게도 부인들 주위에는 아무도 없었다. 그때 의회 의장과 남작이 백작 부인 마차를 향해 다가왔다. 그러나 이자벨라가 차갑게 대하자 그들은 곧 물러났다. 한편 젊은이들은 멀리서부터 인사하며 지나갔다.

'이해가 돼.' 보쿨스키는 생각했다. '집이 경매에 들어갔다는 소식이 그들을 얼어붙게 한 거야. 아, 그리고······.' 그가 이자벨라를 바라보면서 속으로 말했다. '확신을 가지세요, 누가 정말로 당신 재산이 아닌 당신을 사랑하는지.'

세 번째 종이 울렸다. 이자벨라가 자리에서 일어섰다. 그녀의 얼굴이 붉게 물들었다. 그녀와 불과 몇 발짝을 사이에 두고 슐탄카에 올라앉은 융이 얼굴에 지루한 표정을 띠고 지나갔다.

"잘해야 해, 너 참 예쁘구나!" 이자벨라가 말을 향해 말했다.

보쿨스키는 자기 마차로 가서 망원경을 꺼냈다. 그는 경마에 온 정신을 빼앗겨 순간적으로 이자벨라를 잊고 있었다. 몇 초가 몇 시간처럼 느껴졌다. 그 자신이 경마에 출전하는 세 필의 말과 연결된 것 같은 느낌이 들었다. 그래서 말들의 필요 없는 동작이 자기 몸을 잡아채는 것 같았다. 그의 말은 지나치게 태연해 보였고, 융은 방심하고 있는 것 같았다. 그의 주위에서 하는 말이 들렸다.

"융이 타는가 보군."

"그런데······ 저 적갈색 말 좀 봐요."

"보쿨스키가 이기는 데 10루블 걸겠소. 백작 부부에게 한 수 가르쳐 주게 될 거야······."

"크세소프스키가 머리끝까지 화가 나겠군."

종이 울렸다. 세 마리의 말이 달리기 시작했다.

"융이 선두에 섰다."

"그건 잘못하는 거야."

"이제 커브를 지났군."

"첫 번째 커브인데, 적갈색이 바로 그 뒤에 붙었어."

"두 번째 커브······ 다시 선두로 나서는데······."

"적갈색도 만만치 않은데······."

"붉은 재킷이 뒤로 처지네."

"세 번째 커브…… 그러나 융은 아무런 방해도 받지 않는군."

"적갈색이 치고 나오는데……."

"저것 봐, 저것 봐! 붉은 재킷이 적갈색을 따라잡네."

"적갈색이 뒤로 처지네…… 당신이 졌소."

"붉은 재킷이 융을 따라잡네."

"따라잡지는 못하고, 말에 채찍을 가하는군."

"그런데, 그런데…… 브라보, 융! 브라보 보쿨스키…… 말이 마치 물처럼 달리는구나! 브라보!"

"브라보! 브라보!"

종이 울렸다. 융이 승리했다. 키 큰 스포츠맨이 말고삐를 잡고 심판석 앞으로 와서 큰 소리로 말했다.

"슐탄카! 기수는 융! 주인은 무명……."

"무명이라니…… 보쿨스키…… 브라보, 보쿨스키……!" 군중이 소리쳤다.

"주인은 보쿨스키……!" 키 큰 신사가 반복해서 말한 뒤 말을 경매로 넘겼다.

군중 속에서 보쿨스키에 대한 열렬한 응원이 일어났다. 지금까지 어떤 경마도 오늘처럼 군중을 열광시키지 못했다. 군중은 바르샤바의 상인이 두 백작을 제압한 것에 대해 환호하고 있었다.

보쿨스키가 백작 부인의 마차로 왔다. 웽츠키와 늙은 귀부인들이 그를 열렬히 환영했다. 이자벨라는 침묵했다.

그 순간 키 큰 스포츠맨이 다가왔다.

"보쿨스키 선생." 그가 말했다. "여기 돈이 있습니다. 3백 루블은 상금이고, 8백 루블은 말 값입니다. 말은 제가 샀습니다……."

보쿨스키는 돈뭉치를 들고 이자벨라를 향해 돌아섰다.

"아가씨의 보호를 위해 아가씨의 손에 이것을 바치도록 허락해 주시겠습니까……?"

이자벨라가 미소와 아름다운 눈빛으로 돈뭉치를 받았다.

그 순간 누군가가 보쿨스키의 몸을 쳤다. 바로 크세소프스키 남작이었다. 얼굴이 창백할 정도로 화가 난 그가 마차로 다가오더니 이자벨라에게 손을 내밀고 프랑스어로 말했다.

"사촌, 너를 숭배하는 사람들이 승리해서 기쁘다. 다만 그것이 나를 희생시킨 대가라는 점이 유감이다……. 부인들께 인사드립니다!" 그가 백작 부인과 회장 부인에게 인사했다.

백작 부인의 얼굴이 어두워졌고, 웽츠키는 당황스러워했으며, 이자벨라의 얼굴은 창백해졌다. 남작은 아래로 내려뜨린 코안경을 무례한 태도로 코에 걸치더니 이자벨라를 계속 쳐다보며 말했다.

"그렇지, 나는 사촌의 숭배자들에게 아주 특별한 행운을 가지고 있지……."

"남작……." 회장 부인이 말을 막았다.

"제가 나쁜 말을 하려는 것이 아니라…… 단지 제가 행운을 가지고 있다는 말을……."

그의 뒤에 서 있던 보쿨스키가 그의 어깨를 잡았다.

"잠깐, 남작님!" 보쿨스키가 말했다.

"아하, 당신." 남작이 보쿨스키를 바라보며 말했다.

그들은 한쪽으로 갔다.

"선생께서 제 몸을 치셨지요, 남작님……."

"대단히 미안합니다."

"그것 가지고는 안 되겠는데요."

"결투를 바라는 거요?"

"그렇습니다."

"좋습니다. 그렇게 해 드리죠." 명함을 찾으며 남작이 말했다. "아하, 이런. 명함을 가져오지 않았군. 연필과 종이를 가지고 계십니까, 보쿨스키 선생……?"

보쿨스키가 그에게 명함과 종이를 주었다. 남작이 글씨체에 멋을 부리면서 자기 이름과 주소를 종이에 썼다.

"저는 기쁠 겁니다." 보쿨스키에게 인사하며 남작이 말했다. "제 슐탄카에 대한 계산을 마무리하게 되면……."

"남작님이 만족하시도록 노력하겠습니다."

두 사람은 서로 예의를 갖추어 인사하고 헤어졌다.

"한바탕 소란이 끝났군!" 두 사람이 인사하고 헤어지는 것을 보며, 걱정했던 웽츠키가 말했다.

화가 난 백작 부인이 경마가 아직 끝나지 않았는데, 집으로 돌아가자고 지시했다. 보쿨스키는 서둘러 마차에 다가가 부인들에게 작별 인사를 했다. 말들이 움직이기 전에 이자벨라가 몸을 아래로 기울고 보쿨스키에게 손가락 끝을 내밀면서 속삭이듯 말했다.

"Merci, monsieur……."

보쿨스키는 너무 기쁜 나머지 몸이 얼어붙었다. 그는 자기 주위에서 무슨 일이 일어나는지도 보지 못하고, 경마가 한 번 더 끝날 때까지 그 자리에 있다가 쉬는 시간을 이용해 경마장을 떠났다.

경마장에서 그는 곧바로 슈만에게 갔다.

의사인 그는 솜을 넣은 다 해어진 실내용 가운을 입고 열린 창가에 앉아 30쪽짜리 인종학 관련 논문 교정을 보고 있었다. 이 논문을 쓰기 위해 그는 4년 동안 천 번 이상 관찰했다. 그것은 폴란드 왕국*에 거주하는 주민들의 머리 색깔과 형태에 관한 논문이었다. 그는 큰 소리로 이 논문은 10여 부만 발행될 것이라고 말했지만, 4천 부를 인쇄하라고 작은 소리로 지시했다. 그는 2판도 확신했다. 아무도 자기 논문에 관심을 가지지 않는다는 불만과 자기가 좋아하는 전공 분야에 대한 농담에도 불구하고, 문명 세계에서는 사람 머리카락의 굵기와 색깔 문제에 대해 누구나 큰 관심을 가지고 있다고 그는 속으로 믿고 있었다. 이 순간 그는 논문 서두에 이런 경구를 넣으면 어떨까 생각하고 있었다. '너의 머리카락을 보여 주렴. 그러면 네가 누구인지 말해 주지.'

보쿨스키는 그의 방으로 들어오자마자 소파에 지친 몸을 던졌다. 의사가 말했다.

"이런 엉터리 교정을 보았나…… 소수점 이하 세 자리까지 있는 숫자가 수백 개인데, 그 절반이 잘못되어 있으니 상상 좀 해 보게…….

그들은 1000분의 1 심지어 100분의 1이 중요하지 않다고 생각하는데, 비전문가는 모른단 말이야, 그게 바로 핵심이라는 것을. 단언하는데, 폴란드에서는 대수 도표를 고안하는 것은 물론, 인쇄하는 것조차 불가능하단 말이야. 보통 폴란드 사람은 소수점 이하 두 자리만 내려가려면 땀을 흘리고, 세 자리가 되면 열이 나고, 일곱 자리쯤 되면 뇌졸중으로 죽게 되지……. 그런데 자넨 무슨 일인가?"

"결투를 하게 됐어." 보쿨스키가 말했다.

의사가 의자에서 튕기듯 일어나 보쿨스키가 있는 소파로 너무 빨리 가는 바람에 가운의 옷자락이 나부껴 마치 박쥐처럼 보였다.

"뭐라고……? 결투라고……?" 눈에서 광채를 뿜으며 그가 소리쳤다. "그러면 내가 의사로서 자네와 동행하리라 생각하는 것 아니야? 두 결투자가 어떻게 서로 머리에 총을 쏘는지 봐 주지. 그리고 둘 중 한 사람을 치료해야 할지도 모르겠지……? 나는 그 바보 같은 짓에 개입하고 싶지 않네!" 그가 머리를 붙들면서 소리쳤다. "그리고 나는 외과 의사가 아니야. 게다가 진료와는 오래전에 결별

했네……."

"의사가 아니라 증인으로 오면 되네."

"아, 그럼 다르지." 의사는 주저 없이 말했다. "그런데 상대는 누구야……?"

"크세소프스키 남작."

"총을 잘 쏘는데!" 의사가 아래턱을 내밀면서 중얼거렸다. "무엇 때문이야?"

"경마장에서 내 몸을 밀쳤어."

"경마장에……? 자네가 거기엔 왜 갔어?"

"말을 출전시키고 상금도 받았지."

슈만이 손으로 자기 머리 뒤를 때리고 눈을 깜빡이더니 보쿨스키의 눈을 유심히 쳐다보았다.

"내가 미쳤다고 생각하는 거야?" 보쿨스키가 그에게 물었다.

"아직은 아니야. 그런데……." 조금 후에 그가 말을 이었다. "그거 농담이야, 진심이야?"

"백 퍼센트 진심이야. 협상 같은 건 절대로 바라지 않네. 조건을 엄격하게 해 주게."

의사가 자기 책상으로 돌아와 의자에 앉아서 턱을 손으로 괴고 한참 생각하더니 말했다.

"여자 때문이군, 그렇지……? 심지어 수탉도 서로 싸울 때는 오로지……."

"슈만, 말조심하게!" 보쿨스키가 잔뜩 힘이 들어간 목소리로 말을 막고, 자리에서 일어났다.

의사가 탐색하는 눈으로 다시 그를 바라보았다.

"그러면 이미 그렇게 된 거야?" 의사가 중얼거렸다. "좋아. 내가 자네 증인이 되어 주지. 머리를 박살 내고 싶다면, 내가 보는 데서

하게. 그렇게 하도록 내가 자네를 도와줄 수도 있지……."

"자네에게 제츠키를 바로 보내겠네." 의사와 악수하면서 보쿨스키가 말했다.

의사와 헤어진 그는 자기 상점으로 왔다. 그는 제츠키와 짧게 이야기하고 집으로 돌아와서 10시 전에 잠자리에 들었다. 그는 깊은 잠에 빠졌다. 사자와 같은 그의 성격에는 감정의 격렬한 동요가 필요했다. 공격을 받은 그의 영혼은 열정에 의해 비로소 균형을 회복했다.

다음 날 오후 5시에 제츠키와 슈만이 함께 영국-백작을 찾아갔다. 백작은 크세소프스키의 증인이었다. 보쿨스키의 두 친구는 가는 길에 서로 말이 없었는데, 제츠키가 딱 한 번 이렇게 말했다.

"의사 선생께서는 이 일을 어떻게 생각해요?"

"이미 말했습니다. 이번이 다섯 번째인데, 이것이 한 용감한 사람의 종말이 될 수도 있고, 혹은 앞으로 계속될 어리석은 일들의 시작이 될 수도 있지요."

"정치적 어리석음이 최악이지요……." 제츠키가 끼어들었다.

의사는 어깨를 으쓱하더니 마차의 다른 쪽을 바라보았다. 제츠키의 끝없는 정치적 견해 표명이 그를 지겹게 만들었다.

영국-백작은 또 다른 신사와 함께 그들을 기다리고 있었다. 그 신사는 창문을 통해 끊임없이 구름을 바라보고 있었다. 그는 몇 분마다 마치 힘들게 무엇인가를 삼키고 있는 것처럼 목이 꿈틀거렸다. 그의 얼굴은 정신 나간 사람처럼 보였다. 그는 실제로 범상치 않은 인물이었다. 그는 사자 사냥꾼이었고, 이집트 고대 문명 학자였다.

영국-백작의 서재 중앙에는 초록색 책상보로 덮인 테이블이 있고, 테이블 주위에는 네 개의 높은 의자가 놓여 있었다. 테이블 위에는 네 장의 종이와 네 자루의 연필이 있었고, 두 개의 펜과 좌욕 통만큼 커다란 잉크병도 있었다.

모두 자리에 앉자 백작이 입을 열었다.

"여러분, 크세소프스키 남작은 그때 정신이 없어서 보쿨스키 선생과 부딪칠 수밖에 없었습니다. 그렇습니다. 그래서 말씀인데, 우리의 요구에 따라…….."

여기서 백작은 동석한 신사를 쳐다보았다. 그 신사는 그때 근엄한 표정으로 무언가를 목구멍으로 삼켰다.

"우리의 요구에 따라…….." 백작이 말을 이었다. "남작은 모두가 존경하는 보쿨스키 선생에게 서면으로 사과할 준비가 되어 있다는 것입니다. 그렇습니다…… 이에 대해 여러분께서는 어떻게 생각하십니까?"

"우리는 결투에 대해 어떠한 변경도 할 수 있는 권한을 가지고 있지 않습니다." 이렇게 말하는 제츠키에게서 과거 헝가리 장교의 풍모가 되살아나는 듯했다.

이집트학 학자가 눈을 크게 뜨더니 두 차례 목으로 무엇을 삼켰다.

백작의 얼굴에 놀라는 표정이 스쳤다. 그러나 바로 마음의 평정을 되찾고 사무적인 공손한 태도로 말했다.

"그렇다면 조건을 들읍시다…….."

"여러분께서 말씀해 주십시오." 제츠키가 대답했다.

"오! 우리가 여러분께 부탁합니다." 백작이 말했다.

제츠키가 헛기침을 했다.

"제가 감히 제안하겠습니다…… 두 대결자는 스물다섯 발을 떨어져 서 있다가, 각자 다섯 발씩 앞으로 나옵니다."

"좋습니다."

"권총으로 하고…… 피가 처음으로 보일 때까지……." 제츠키가 작은 목소리로 말을 마쳤다.

"좋습니다."

"시간은 가능하다면 내일 오전으로……."

"좋습니다."

제츠키는 의자에서 일어나지 않은 채 인사했다. 모두가 침묵하는 가운데 백작이 종이를 잡더니 프로토콜을 작성했다. 슈만이 곧바로 그것을 베꼈다. 두 개의 문서가 증명하는 용건은 45분도 걸리지 않고 끝났다. 보쿨스키의 두 증인은 집주인과 그의 동반자에게 작별 인사를 했다. 집주인의 동반자는 다시 구름에 정신이 팔려 있었다.

두 사람이 거리로 나왔을 때, 제츠키가 슈만에게 말했다.

"대귀족인 두 분은 대단히 친절한 사람들입니다."

"그들을 악마가 데려갈 일이지! 당신들도 그 선입견과 함께 악마가 데려가야 해!" 의사가 주먹을 휘두르며 소리쳤다.

제츠키는 권총을 구입한 뒤 저녁에 보쿨스키에게 갔다. 보쿨스키는 혼자 차를 마시고 있었다. 제츠키가 자신이 마실 차를 따른 다음 말을 꺼냈다.

"잘 들어 보게, 스타시, 그들은 대단히 훌륭한 분들이야. 남작은 자네도 알듯이, 다른 데 정신이 팔려 있었다네. 그래서 자네에게 사과할 준비가 되어 있어……."

"어떤 사과도 필요 없어."

제츠키는 침묵 속에 조용히 차를 마시고 이마를 문질렀다. 한참 동안 말없이 있다가 입을 열었다.

"물론 자네는 틀림없이 사업에 대해 생각하겠지. 사고가 날 경우에……."

"나에겐 어떤 사고도 나지 않아." 보쿨스키가 화난 목소리로 대꾸했다.

제츠키는 15분 정도 말없이 앉아 있었다. 차도 맛이 없었고, 머리도 아팠다. 그는 차를 다 마신 다음 시계를 보고 작별 인사를 한 뒤 친구의 집을 나왔다.

"내일 아침 7시 반에 출발하세."

"알았네."

제츠키가 나가자 보쿨스키는 책상에 앉아 편지지에 몇십 줄의 글을 쓰고, 봉투에 제츠키의 주소를 적었다. 그의 귀에 여전히 남작의 불쾌한 목소리가 들리는 것 같았다.

"사촌, 너를 숭배하는 사람들이 승리해서 기쁘다. 다만 그것이 나를 희생시킨 대가라는 점이 유감이다……."

그리고 보쿨스키가 어디를 바라보든 상관없이 수치심으로 붉어진 이자벨라의 얼굴이 보였다.

그의 가슴에는 맹목적인 분노가 끓고 있었다. 그는 자기의 두 손이 쇠막대기처럼 단단하게 변한 것을 느꼈고, 몸은 이상하게 강해져서 그의 몸을 때리는 어떤 총알도 튕겨 보낼 것 같았다. 그의 머릿속으로 죽음이라는 단어가 스쳐 지나가자 잠깐 동안 그는 웃었다. 그는 알았다, 죽음은 용기 있는 사람들을 피한다는 것을. 죽음은 다만 성난 개처럼 용기 있는 사람들 앞에 서서 초록빛 눈으로 바라보고 있을 뿐이다. 용기 있는 사람들이 두려움에 눈을 깜박거리기를 기다리면서.

바로 그날 밤에도, 다른 날과 마찬가지로, 남작은 카드놀이를 했다. 그날 밤 같은 클럽에 있던 마루세비츠가 다음 날 아침 7시에 그를 깨워야 하기 때문에 그에게 자러 갈 시간이라면서 자정이라고, 새벽 1시라고, 새벽 2시라고 말해 주었다. 그러나 정신이 팔려 있는 남작은 "금방 갈게! 금방……!"이라고 대답하면서 3시까지 앉아 있었다. 그 시간에 함께 카드놀이를 하고 있던 한 사람이 말했다.

"이런, 세상에! 남작…… 어서 몇 시간이라도 자게나. 그렇지 않으면 손이 떨려서 잘 맞히지 못할 거야."

그 말보다 함께 있던 사람들이 자리를 뜨자 비로소 남작은 정신을 차렸다. 클럽에서 나와 집으로 돌아온 남작은 하인 콘스탄티에게 아침 7시에 자기를 깨우라고 지시했다.

"틀림없이 남작님께서 어리석은 일을 하신 것 같습니다!" 기분이 상한 하인이 중얼거렸다.

"거기서 지금 뭐라는 거야?" 옷을 벗으며 화난 목소리로 남작이 물었다.

"이 바보야!" 남작이 화를 냈다. "내가 너한테 설명하길 바라는 거야? 내가 결투를 한단 말이야, 알았어……? 내가 원해서 하는 거야. 아침 9시에 어떤 구두쟁이인지 이발쟁이인지를 상대로 총을 쏜단 말이야, 알았어……? 그런데 네가 나를 말릴 수 있어?"

"남작님께선 늙은 악마를 상대로 총을 쏘실 수도 있지요!" 콘스탄티가 대꾸했다. "그런데 한 가지 궁금한 건 남작님이 발행한 어음은 누가 지불하지요? 집세는요……? 집 안 유지 비용은요……? 남작님은 분기마다 포봉스키 공동묘지에 관심이 있으시기 때문에, 집주인이 집사를 우리에게 보내기라도 하면 저는 굶어 죽지 않을까 걱정됩니다…… 꼴좋은 하인 신세입니다!"

"꺼지지 못해!" 남작이 소리 지르면서 각반을 집어 물러나는 하인의 뒤를 향해 던졌다. 각반은 벽에 맞았으나, 하마터면 소비에스키 왕의 청동상을 넘어뜨릴 뻔했다.

충실한 하인이 물러나자, 남작은 침대에 누워 자기의 한심스러운 상황에 대해 생각하기 시작했다.

'행운이 따라 주어야 할 텐데.' 그는 한숨을 내쉬었다. '장사꾼과 결투하기 위해서. 내가 그를 맞히면 곰 사냥 가서 농부의 새끼 밴 암소를 죽인 꼴이 되고, 그가 나를 맞히면 마부가 채찍으로 나를 넘어뜨린 꼴이 되는데. 만일 둘 다 못 맞히면…… 아니지, 피를 볼 때까지 쏘기로 했으니. 사람들이 나를 짓밟으라지, 만일 내가 그 나귀 같은 친구에게 사과하기를 싫어한다면, 비록 공증인 사무실에서 내가 축제용 연미복에 흰 넥타이로 치장하더라도. 아, 자유주의의 미천한 시대여! 우리 아버지 같으면 사냥개 관리인을 시켜서 그런 녀석의 버릇을 고치라고 하실 텐데. 나는 그런 녀석과 결투를 하다니, 마치 내가 계피 장사꾼인 것처럼…… 바보 같은 사회 혁명이 한번 왔으면 좋겠다, 우리 아니면 자유주의자들을 박살 내도록…….'

그는 보쿨스키가 자기를 죽이는 꿈을 꾸었다. 두 인부가 자기 시체를 자기 부인의 집으로 운반하고, 부인이 실신하여 피에 젖은 자기 가슴에 쓰러지는 것을 보았다…… 부인이 자기 빚을 모두 갚고, 장례 비용으로 천 루블을 따로 놔두는 것을 보고 죽었던 그가 살아나 자기 용돈으로 쓰려고 그 천 루블을 가져갔다…….

핼쑥해진 남작의 얼굴에 행복한 미소가 피어오르고, 남작은 어린애처럼 깊은 잠에 빠졌다.

7시에 콘스탄티와 마루세비츠가 그를 깨웠다. 남작은 투덜거리면서 일어나려 하지 않았다. 이렇게 일찍 일어나는 것보다는 차라리 망신과 불명예를 당하는 쪽을 택하고 싶었다. 그러다가 찬 물병을 보고서야 정신을 차렸다. 그는 침대에서 벌떡 일어나 콘스탄티를 때리고, 마루세비츠에게 욕을 했다. 그리고 속으로는 보쿨스키를 죽여야겠다고 맹세했다.

남작은 옷을 입자마자 거리로 나왔다. 날씨는 좋았다. 그는 자신이 해 뜨는 것을 보고 있다고 상상했다. 보쿨스키에 대한 증오가 누그러졌다. 그래서 그의 다리만 맞혀야겠다고 생각했다.

'아, 그렇지!' 조금 후에 그는 덧붙여 생각했다. '내가 그에게 상처를 내면 그는 죽을 때까지 발을 절뚝거리며 살겠지. 그리고 사람들에게 크세소프스키 남작과의 결투에서 얻은 상처 때문이라고 말하겠지! 나에겐 수치스러운 일이야……. 그들은 나에게 무슨 짓을 할까, 그리고 나의 친애하는 증인들은 어떻게 생각할까……? 그리고 어떤 상인이 나를 총으로 쏘려고 대들면, 결투를 통해서보다는 내가 산책할 때 쏘는 게 낫겠다……. 어쨌든 좋은 상황은 아니다! 내가 상인과 싸우는 것에 대해 사랑하는 나의 부인은 뭐라고 말할까?'

그들은 두 대의 마차에 나누어 타고 갔다. 한 마차에는 남작과 영국-백작이 탔고, 다른 마차에는 몇 자루 권총을 소지한 이집트 학자와 외과 의사가 탔다. 그들은 비엘라니 쪽으로 갔다. 그들 뒤에 몇 분 간격으로 남작의 하인 콘스탄티가 삯마차를 타고 쫓아왔다. 충실한 하인은 오늘의 출장 비용을 주인에게 두 배로 계산할 것이라고 맹세했다. 그러나 그는 불안했다.

비엘라니 숲에서 남작과 그의 세 동행인은 상대방 일행이 이미 와 있는 것을 확인했다. 두 그룹은 비스와 강가 바로 옆에 있는 빽빽하게 우거진 숲으로 들어갔다. 의사 슈만은 불안해했고, 제츠키는 굳어 있었다. 보쿨스키의 얼굴도 어두웠다. 남작은 많지 않은 자기 수염을 쓰다듬으면서 유심히 그를 바라보고 생각했다.

'영양 상태가 좋구먼, 저 상인 친구. 그에 비하면 나는 황소 옆에 있는 오스트리아 시가 담배처럼 보이겠군. 내가 저 바보의 머리 위로 총을 쏘지 않으면, 악마가 나를 데려갔으면 좋겠다, 혹은 총을 아예 쏘지 않는다…… 그것이 제일 좋겠다.'

하지만 그는 곧 깨달았다, 결투는 피를 볼 때까지 계속된다는 것을. 그러자 화가 치솟아 올라 남작은 보쿨스키를 바로 죽여야겠다고 결심했다.

"저 상인배들이 감히 우리에게 도전하는 일이 없기를……." 남작은 혼자 중얼거렸다.

그에게서 몇십 보 떨어져 있던 보쿨스키는 두 개의 소나무 사이를 마치 시계추처럼 왔다 갔다 하고 있었다. 지금 그는 이자벨라를 생각하고 있지 않았다. 그는 온 숲을 울리는 새소리와 강둑에 부딪히는 비스와 강의 물결 소리를 듣고 있었다. 자연의 평화로운 반향을 배경으로 덜거덕거리는 권총 소리와 공이치기의 쇳소리가 이상하게 울렸다. 보쿨스키에게 맹수의 본성이 깨어났다. 온 세상이 그의 눈앞에서 사라졌다. 그리고 오직 한 사람만 남았다. 모욕당한 이자벨라의 발밑으로 그는 남작의 시체를 끌고 가지 않으면 안 되었다.

그들은 마주 섰다. 남작은 상인을 어떻게 할까 끊임없이 망설이다가, 마지막으로 상대방의 손을 쏘기로 결심했다. 보쿨스키의 얼굴에 야수 같은 집요함이 나타났기 때문에 놀란 영국-백작이 생각했다.

'이건 단순히 경주마 때문도 아니고, 경마에서 이기고 진 것 때문도 아닌 것 같군……!'

침묵하고 있던 이집트학 학자가 결투의 시작을 알리자, 마주 보고 있던 두 사람은 권총을 겨누고 움직였다. 남작은 보쿨스키의 오른쪽 빗장뼈를 겨냥하여 권총을 낮추고 부드럽게 방아쇠를 당겼다. 마지막 순간에 그의 코안경이 기울어지는 바람에 그의 권총은 보쿨스키의 머리카락을 겨냥하고 발사되었다. 총알은 2~3센티미터 거리를 두고 보쿨스키의 어깨를 지나갔다.

남작은 총신으로 얼굴을 가리고, 총신 너머로 바라보면서 생각했다.

'저 바보는 맞히지 못할 거야…… . 저 친구, 내 머리를 겨냥하고 있군.'

갑자기 그는 관자놀이에 심한 충격을 느꼈다. 귀에서는 바람 소리가 들리고 눈앞에 검은 조각들이 아른거렸다…… . 그의 손에서 권총이 떨어지고 그는 무릎을 꿇었다.

"머리에 맞았다!" 누군가가 소리쳤다.

보쿨스키가 권총을 던지고 조준선에서 나왔다. 모두 무릎을 꿇고 있는 남작에게 갔다. 죽지 않은 남작이 새된 소리로 말했다.

"이상한 일이야! 얼굴에 구멍이 나고, 이가 빠졌는데, 총알이 보이지 않아…… 내가 총알을 삼킨 것도 아닌데…… ."

이집트학 학자가 남작의 권총을 집어 들고 자세히 살펴보더니 말했다.

"아! 이제 알겠어…… 총알이 권총 안으로 들어가고, 총의 안전장치가 턱을 친 거야. 권총은 망가지고, 아주 신기한 발사야."

"보쿨스키 씨는 만족한가요?" 영국-백작이 물었다.

"그렇습니다."

외과 의사가 남작의 얼굴에 붕대를 감아 주었다. 놀란 콘스탄티가 나무들 사이에서 뛰쳐나와 말했다.

"이게 웬일이야! 주인님이 벌 받을 거라고 제가 말했잖아요."

"조용히 해, 이 멍청아!" 남작이 우물거리듯 말했다. "지금 바로 남작 부인에게 가라. 그리고 여자 요리사에게 내가 심하게 부상당했다고 말해…… ."

"부탁 말씀 드립니다." 영국-백작이 정중히 말했다. "두 분이 이제 악수하시기 바랍니다."

보쿨스키가 남작에게 다가와 그를 껴안았다.

"멋있는 발사였어요, 보쿨스키 선생." 남작이 보쿨스키의 손을 흔들면서 힘겹게 말했다. "내게 생각할 기회를 주었습니다, 선생과 같은 직업의 인물이…… 그런데 이렇게 말하면 실례가 될까요?"

"전혀 아닙니다!"

"그런데 선생과 같은 직업의 인물이, 물론 존경하지만, 그렇게 총을 잘 쏘다니……. 제 코안경이 어디 있지요? 아, 여기 있군. 보쿨스키 선생, 개인적인 말씀 한마디 부탁해도 될까요?"

남작이 보쿨스키의 팔에 몸을 의지하고 두 사람은 숲으로 10여 발짝을 걸어갔다.

"제가 보기 흉하게 되었습니다." 남작이 말했다. "제 얼굴이 이하선염에 걸린 늙은 원숭이처럼 보입니다. 다시는 선생과 이런 일이 없을 겁니다, 선생에게는 행운이 따른다는 것을 알았으니까……. 그런데 하나만 말해 줄 수 있겠어요, 내가 무슨 이유로 이렇게 상처를 입게 되었는지……? 몸 좀 부딪친 것 때문은 아닐 테고." 남작이 보쿨스키의 눈을 쳐다보며 말했다.

"선생께서 한 여인에게 무례를 범했습니다." 보쿨스키가 작은 소리로 말했다.

남작이 한 걸음 물러섰다.

"아…… 그거였군!" 남작이 말했다. "이해합니다…… 다시 한 번 선생께 사과드립니다. 아, 그렇지…… 제가 어떻게 해야 할지 알겠습니다."

"그리고 남작께서도 저를 용서하시기 바랍니다." 보쿨스키가 화답했다.

"별거 아닙니다, 별말씀을…… 괜찮습니다." 남작이 그의 손을 힘 있게 잡으면서 말했다. "얼굴이 흉해지지는 않을 것입니다. 그리고 제 이는…… 의사 선생, 내 이가 어디 있지요? 이를 종이에 싸 주세요. 제 이는…… 사실 오래전에 갈아 끼워야 했습니다. 보쿨스키 선생, 믿기 어렵겠지만, 제 치아 상태가 좀 엉망이거든요."

모두 만족한 상태로 헤어졌다. 남작은 그런 직업의 사람이 그처럼 총을 잘 쏠 수 있다는 사실에 놀랐다. 영국-백작은 어느 때보다도 허수아비 같았고, 이집트학 학자는 다시 구름을 바라보기 시작했다. 상대방 진영은, 보쿨스키는 생각에 잠겼고, 제츠키는 남작의 용기와 겸손함에 감동을 받았다. 그러나 슈만은 기분이 좋지 않았다. 그들이 탄 마차가 카메두 수도원 옆으로 내려왔을 때 의사가 보쿨스키를 바라보며 중얼거리듯 말했다.

"야만적인 일이야! 그리고 그런 바보 같은 일에 내가 경찰을 부르지 않았다니……."

그런 이상한 결투가 있고 나서 3일째 되는 날 보쿨스키는 윌리엄 콜린스라는 사람과 함께 문이 잠긴 자기 사무실에 앉아 있었다. 일주일에 몇 차례씩 열리는 그런 모임에 오래전부터 호기심을 보여 온 하인은 옆방에서 먼지를 닦고, 가끔 창문에 귀를 기울이고, 문의 열쇠 구멍에 귀를 대기도 했다. 그는 테이블 위에 놓여 있는 책들을 보았고, 그의 주인이 노트에 무엇인가를 쓰는 것도 보았다. 그리고 손님이 자기 주인에게 무슨 질문을 하면, 그 질문에 대해 보쿨스키가 때로는 큰 소리로, 때로는 작은 소리로 혹은 수줍은 듯 대답하는 것도 들었다. 그런데 도대체 그들은 무엇에 대해 저렇게 이상한 방식으로 이야기하고 있는 것일까? 그들이 하인이 모르는 외국어로 말하고 있었기 때문에 하인은 짐작할 수 없었다.

"독일어는 아니고." 하인이 중얼거렸다. "독일어로 말하면 'bite majn her*······' 정도는 내가 알지. 프랑스어도 아니야. 'maşie, bażur······' 이런 말이 안 나오잖아······ 유대인들 말도 아니고, 이것도 저것도 아닌데, 도대체 무슨 말이람? 저 양반이 이상한 말을 만들어 낸 것 같아. 저런 말로 하면 악마도 이해하지 못할 거야. 그리고 같이 말할 사람까지 찾아냈구먼······ 빌어먹을!"

그때 현관 벨이 울렸다. 조심스러운 하인은 손가락으로 조심스럽게 문을 연 다음, 일부러 시끄러운 소리를 내며 현관방으로 갔다가 잠시 후 돌아와 주인의 서재 문을 노크했다.

"무슨 일이야?" 문틈으로 머리를 내밀고 주인이 못마땅한 듯 물었다.

"여기 몇 차례 왔던 사람이 또 왔습니다." 하인이 말하며 서재 안을 들여다보았다. 그러나 테이블 위의 노트와 콜린스의 붉은 구레나룻을 제외하고는 그의 흥미를 끌 만한 것이 아무것도 없었다.

"내가 집에 없다고 왜 말하지 않았나?" 보쿨스키가 화를 내며 말했다.

"잊어버렸습니다." 눈썹을 찡그리고 손을 흔들면서 하인이 대답했다.

"그 사람을 응접실로 모셔, 이 바보야." 보쿨스키가 말하고 문을 소리 나게 닫았다.

곧이어 마루세비츠가 응접실에 나타났다. 그는 보쿨스키가 드러내 놓고 불친절하게 맞이하자 당황스러워했다.

"죄송합니다, 실례를 범한 것 같습니다. 중요한 일이 있으신데······."

"지금은 어떤 일도 없습니다." 보쿨스키가 어두운 표정으로 말했다. 그의 얼굴이 약간 붉어진 것을 마루세비츠가 눈치챘다. 그는 확신했다. 집안에 무슨 일이 있거나 혹은 여인이 집에 있다고 생각했다. 어떻든 마루세비츠에게서 용기가 살아났다. 그는 당황하는 사람 앞에서는 항상 힘이 솟았다.

"잠깐만 시간을 내주실 수 있겠습니까?" 이미 대담해진, 몹시 피곤해 보이는 젊은이가 지팡이와 모자를 맵시 있게 흔들면서 말했다. "잠깐이면 됩니다."

"말씀하십시오." 보쿨스키가 털썩 소파에 앉으면서 손님에게도 앉으라고 권했다.

"존경하는 선생께 사과드리러 왔습니다." 그가 부자연스럽게 말했다. "웽츠키 씨 집의 경매 건에 대해서는 제가 도울 수 없습니다."

"그 경매에 대해서 당신이 어떻게 알고 있죠……?" 보쿨스키는 진심으로 놀랐다.

"선생께선 예측하지 못하셨어요?" 기분 좋아진 젊은이가 자연스럽게 물었다. 하지만 그는 아직 완전히 자신이 없었기 때문에 가볍게 눈을 껌벅거렸다. "선생께선 예측 못하셨어요? 그 친절한 슐랑바움이……."

갑자기 그가 말을 끊었다. 채 끝나지 않은 말이 열린 입에 걸려 있는 것처럼 보였다. 그리고 지팡이를 든 왼손과 모자를 들고 있는 오른손이 소파 팔걸이에 떨어졌다. 그사이 보쿨스키는 미동도 하지 않고 그를 바라보았다. 그는 마치 사냥꾼이 토끼가 달아난 휴경지에서 그 흔적을 추적하듯, 마루세비츠의 얼굴에 가볍게 일어나는 물결을 예의 주시했다. 그는 젊은이를 바라보면서 생각했다.

'아, 이 친구가 그 나무랄 데 없는 가톨릭 신자로군. 슐랑바움이 이 친구에게 15루블을 주고 경매를 위해서 고용했군. 그러나 이 친구에게 보증금을 직접 주라고는 하지 않았지? 오! 그런데 이 친구가 크세소프스키 경주마 값으로 8백 루블을 받고는 혼란스러워졌던 거야. 아! 내가 경주마를 샀다는 소문을 이 사람이 퍼뜨린 거였군……. 이 사람이 두 신을 섬겼어. 남작과 남작 부인. 그렇군, 그런데 이 친구는 내 사업에 대해 너무 많이 알고 있단 말이야. 슐랑바움이 조심성이 없었군…….'

보쿨스키는 이렇게 생각하고 침착한 시선으로 마루세비츠를 바라보았다. 피곤해 보이는 젊은 친구는 불안에 떨면서 마치 살모사의 시선에 쏘인 비둘기처럼 몸이 마비되는 것 같았다. 처음엔 약간 창백해지더니, 나중에는 피곤해진 눈을 벽이나 천장으로 돌리려 했으나 눈이 의지할 만한 곳을 찾지 못했다. 그는 식은땀이 흐르는 것을 느꼈다. 그는 눈 둘 곳을 찾지 못하는 자기의 시선이 보쿨스키의 영향권에서 벗어날 수 없다는 것을 느꼈다. 침울한 상인이 그의 영혼을 집게로 잡고 있어서 그에게 저항하는 것은 불가능한 일처럼 보였다. 그래서 몇 차례 머리를 흔든 다음 확실하게 믿고 보쿨스키의 시선에 내맡기기로 했다.

"선생님." 그가 다정한 목소리로 말했다. "선생님께는 다 털어놓고 말해야 한다고 생각합니다. 그래서 지금 말씀드리겠습니다."

"마루세비츠 선생, 그러실 것 없습니다. 내가 무엇을 알고 싶은지 알고 있습니다."

"선생께서는 소문을 듣고 실망하셔서 저에 대해 좋지 않게 생각하실 수 있습니다. 그런데 저는 솔직히 말씀드리자면 더할 수 없는 호의를 가지고 있습니다."

"마루세비츠 선생, 믿기 바랍니다. 나는 소문을 근거로 생각하지 않습니다."

마루세비츠는 소파에서 일어나 다른 쪽을 바라보았다. 그것이 그에게 생각할 여유를 주었다. 젊은이는 서둘러 보쿨스키에게 작별 인사를 하고 방에서 나와 빠른 걸음으로 계단을 내려오며 생각했다.

'세상에, 저런 소매상 주제가 나를 제압하려 하다니! 정말이지 그를 막대기로 후려치고 싶은 순간이 있었다니까…… 무례한 친구야…… 내가 자기를 두려워한다고 생각했을 거야. 신이시여, 저의 경솔함을 엄히 벌하십시오! 천박한 고리대금업자들이 나에게 집달관을 보냈어. 며칠 내로 빚을 갚아야 하는데, 저 상인, 저 악당이……! 저 친구가 나에 대해 어떻게 생각하고 있는지 궁금한데……. 아무것도 아니야, 다만 저 친구는 누군가를 살해하고 말 것 같아. 점잖은 사람은 저런 눈빛을 가질 수가 없어. 물론 하마터면 그가 크세소프스키를 죽일 뻔했지. 아, 비열한 사람이야! 그가 나를 그런 식으로 쳐다보았어…… 나를, 정말로!'

그럼에도 불구하고 그는 다음 날 다시 보쿨스키를 방문했는데, 보쿨스키는 집에 없었다. 그래서 그는 가게 앞에 마차를 세우게 했다.

가게에서 그를 맞이한 사람은 이그나치였다. 이그나치는 마치 가게 전체를 그에게 내줄 듯이 손을 크게 벌리면서 그를 환영했다. 그러나 내심으론 이 손님이 5루블 이상 물건을 사지 않을 것이라고 말하고 있었다. 그것도 외상으로 살 가능성이 높다고 생각했다.

"보쿨스키 선생은?" 마루세비츠가 모자도 벗지 않은 채 물었다.

"곧 오십니다." 이그나치가 고개를 깊이 숙이면서 대답했다.

"곧이 무슨 뜻이죠……?"

"늦어도 15분 안에는 오십니다." 제츠키가 대답했다.

"기다리죠. 그리고 마부에게 1루블 주라고 지시하시오." 젊은이가 이렇게 말하고 의자에 털썩 앉았다. 하지만 내심 저 나이 많은 점원이 지시를 거부하면 어쩌나 하는 생각에 다리가 굳어졌다. 제츠키는 더 이상 머리를 숙이지 않았지만 손님의 지시를 수행했다.

몇 분 후에 보쿨스키가 들어왔다. 보쿨스키의 못마땅한 표정을 본 마루세비츠는 무슨 말을 해야 할지는 물론 무엇에 대해서 생각하고 있는지조차도 알지 못했다. 그는 단지 보쿨스키가 자기를 가게 뒤편에 있는 철제 금고가 있는 사무실로 인도한 것을 기억할 뿐이다. 그는 보쿨스키의 표정을 보고 자기에 대해서 경멸과 무시가 섞여 있는 감정을 가지고 있다는 것을 알았다. 보쿨스키는 자신의 그런 감정을 과장된 공손으로 위장했는데, 그것이 비굴해 보이기까지 했다는 것을 그는 나중에 기억했다.

"저에게 무슨 말씀을 하시려고요?" 그들이 자리에 앉자 보쿨스키가 물었다. (마루세비츠는 언제 자리에 앉아야 할지 알 수 없었다.) 하지만 그는 더듬거리며 말하기 시작했다.

"선생님에게 제가 호감을 가지고 있다는 말씀을 드리고 싶습니다…… 크세소프스카 남작 부인께서, 선생님도 아시다시피, 웽츠키 씨의 집을 사려고 합니다. 그런데 남작께서 부인의 재산 일부에 대해 거부권을 행사하고 있습니다. 그렇게 되면 부인은 집을 구입할 수 없습니다. 남작은 현재 곤란한 처지에 놓여 있습니다. 남작에게…… 남작에겐 천 루블이 필요합니다. 그는 빚을 내려고 합니다. 돈을 빌리지 않고는, 선생님께서도 이해하시겠지만, 남작이 부인의 뜻에 강하게 저항할 수 없게 되어 있습니다."

마루세비츠는 이마의 땀을 닦으면서 보쿨스키가 자기를 탐색하듯이 쳐다보고 있는 것을 보았다.

"남작에게 돈이 필요하다는 말이지요?"

"그렇습니다." 젊은이가 빠르게 대답했다.

"천 루블은 힘들고, 3백이나 4백 루블은 가능합니다. 그런데 남작의 서명이 들어간 영수증이 있어야 합니다."

"4백 루블!" 젊은이가 반사적으로 말하고 즉시 덧붙여 말했다. "한 시간 내로 남작의 서명이 있는 영수증을 가지고 오겠습니다…… 선생님께선 여기 계실 거죠?"

"그럴 겁니다……."

방에서 나간 마루세비츠는 정말로 한 시간 안에 크세소프스키 남작이 서명한 영수증을 가지고 왔다. 보쿨스키는 서류를 훑어본 후 그것을 금고에 넣고, 마루세비츠에게 4백 루블을 주었다.

"남작은 가능한 한 빠른 시일에……." 마루세비츠가 중얼거렸다.

"서두를 것 없습니다." 보쿨스키가 말했다. "남작께선 지금 편찮으시죠?"

"예…… 조금. 내일이나 모레 출타하십니다. 곧 돌아오실 겁니다."

보쿨스키는 건성으로 머리를 끄덕이고 그를 보냈다.

젊은이는 서둘러 가게를 나오는 바람에 제츠키에게 빌린 마차 값 1루블을 돌려주는 것도 잊었다. 그는 거리에 나오자 한숨을 쉬고 나서 생각했다.

'아, 천박한 장사꾼! 감히 나에게 4백 루블밖에 안 주다니……. 신이시여, 저의 경솔함을 이렇게 엄히 벌하시나이까? 내가 게임에서 이겼다면 4백 루블과 지난번 2백 루블을 그의 얼굴에 내던졌을 텐데……. 세상에, 내가 이 정도로 몰락했다니…….'

여러 식당의 종업원들, 당구장의 계산원, 호텔의 수위들이 그의 머리에 떠올랐다. 그는 그들한테서도 여러 가지 방법으로 돈을 빌렸으나, 그들 중 아무도 보쿨스키처럼 그에게 혐오스럽고 점잖은 경멸을 보이지 않았다.

"사실대로 말하자면, 나 스스로 그의 사나운 발톱 안으로 들어간 셈이지. 내가 경솔해서 벌을 받고 있는 거야."

한편 보쿨스키는 마루세비츠와 헤어지고 나서 기분이 좋았다.

'형편없는 친구가 교활하기까지 하군. 나한테 자리 하나 얻으려 하는데, 그것도 자기가 생각해 낸 자리지. 내 뒤를 밟아서 알아낸 정보를 다른 사람에게 고자질하고 있어. 4백 루블을 안 주었으면 나에게 문제를 만들 친구야. 그가 받아 온 서명도 가짜인 게 확실해. 크세소프스키는 별나고 게으르긴 하지만 정직한 사람이야. 그런데 게으른 사람이 정직할 수 있을까……? 어떻든 그는 자기 부인의 사업이든 변덕이든 나한테 빌린 돈 때문에 희생시킬 사람은 아니야…….'

그는 기분이 언짢아졌다. 그래서 머리를 팔에 묻고 눈을 감은 채 생각을 계속했다.

'내가 도대체 무슨 짓을 한 건가? 의식적으로 악당을 도와서 못된 짓을 하도록 부추긴 것 아닌가. 내가 오늘 죽으면, 크세소프스키는 그 돈을 내 유산에 귀속시켜야 할 것이고…… 아니지, 마루세비츠는 감옥에 갈 것이고……. 아무튼 그는 벌을 피할 수 없게 되겠지.'

조금 후에 보쿨스키는 더 심한 비관적인 생각에 빠졌다.

'4일 전에 나는 한 사람을 죽일 뻔했고, 오늘은 다른 사람이 감옥에 가도록 다리를 놓아 주었다. 이 모든 것이 그 여인을 위해서다. 그 여인의 한마디, merci…… 때문이다. 그래, 그 여인을 위해서 재산을 모았고, 수백 명의 사람들에게 일자리를 마련했고, 국가의 부를 증대시켰다. 그 여인이 없다면 나는 도대체 무엇인가?

보잘것없는 액세서리 상인에 불과하다. 오늘날 온 바르샤바가 나에 대해 말하고 있다. 와……! 소량의 석탄이 수백 명의 운명을 싣고 있는 배를 움직이고, 사랑은 나를 움직이고 있다. 나를 태우면 한 줌의 재만 남겠지? 아, 얼마나 비참한 세상인가……. 오호츠키 말이 맞아. 여자는 불쌍한 동물이어서 자기가 이해할 수 없는 물건을 가지고 놀지…….'

그는 고통스러운 상념에 빠져 있었기 때문에 문 여는 소리도, 그의 뒤에서 나는 빠른 발걸음 소리도 듣지 못했다. 누군가의 손이 닿는 것을 느끼고 나서야 그는 깨어났다. 그는 머리를 뒤로 돌려 커다란 서류철을 겨드랑이에 끼고 어두운 얼굴로 서 있는 변호사를 보았다.

보쿨스키는 당황한 표정으로 자리에서 일어나 손님을 소파에 앉혔다. 저명한 변호사는 조심스럽게 한 손을 테이블에 올려놓고, 손가락 하나로 빠르게 목덜미를 문지르며 작은 소리로 말했다.

"여보세요, 여보세요, 보쿨스키 선생! 보쿨스키 씨, 자애로우신 어른께서 무슨 일을 하셨나요? 이의를 제기합니다…… 부인합니다…… 자비로우신 보쿨스키 님, 경망한 친구, 점원에서 출발해 학자가 되고, 우리의 외국 무역을 개혁한 친애하는 스타니스와프에게 호소합니다. 스타니스와프 선생, 그럴 수는 없습니다!"

이렇게 말하면서 그는 목의 양쪽을 문지르고 마치 입안에 키니네가 가득 있는 것처럼 얼굴을 찡그렸다.

보쿨스키는 눈을 아래로 향하고 아무 말도 하지 않았다. 그러자 변호사가 말을 이어 갔다.

"선생, 한마디로 말하면, 좋지 않은 소식이오. 사노츠키 백작, 동전 하나도 아끼는 절약의 대변인이 공동 투자 회사에서 완전히 빠지겠다고 하네. 이유가 뭔지 아나? 이유가 두 가지인데, 하나는 자네가 경마 놀이를 했다는 것이고, 두 번째는 자네가 경마에서 그를 이겼다는 것이네. 그의 말도 자네 말과 함께 경주를 했는데, 그가 진 거지. 백작이 몹시 침통해하면서 '미쳤다고 내가 투자를 해? 상인이 나와 경쟁해서 이기고, 내가 보는 데서 내가 받을 상을 가로채 갈 수 있도록 투자를 해……?' 이렇게 투덜거렸다네."

변호사가 말을 끊었다가 다시 시작했다. "내가 설득해 보았지만 실패했어. 경마도 다른 것과 마찬가지로 좋은 일거리이고, 그만한 것도 없다면서. 또 자네 같은 경우는 8백 루블을 며칠 동안 투자해서 3백 루블을 벌었다고 말한 뒤 백작이 갑자기 입을 다물더니 나중에 '보쿨스키는 상금과 말 값을 모두 여인들에게 기부했고, 그 밖에도 융과 밀러에게 얼마나 주었는지 아무도 모르지……' 하고 말하더군."

"내가 그렇게 하면 안 되는 거야?" 보쿨스키가 변호사의 말을 막았다.

"물론 할 수 있지, 할 수 있고말고." 저명한 변호사가 친절히 응답했다. "물론 할 수 있지만, 그렇게 하면서 자네는 다른 사람들이 더 잘 범하는 죄를 저지른 것이네. 나나 공작이나 백작들이 자네에게 온 이유는 자네가 이전에 해 놓은 음식을 데우기를 기대해서가 아니라, 우리에게 새로운 길을 보여 주길 바라기 때문이라네."

"그들이 공동 투자 회사에서 손을 떼면 될 것 아니야." 보쿨스키가 퉁명스럽게 말했다. "그들을 붙잡을 생각은 없어."

"그들도 손을 뗄 것이네." 변호사가 손을 흔들면서 말했다. "자네가 한 번만 더 실수하면……."

"그러면 내가 실수를 많이 했다는 말이군⋯⋯!"

"자네, 참 어처구니없군." 변호사가 손으로 무릎을 치면서 화를 냈다. "그 영국 사람 흉내 내는 리친스키 백작이 뭐라고 하는지 아나? '보쿨스키는 완벽한 젠틀맨이야, 님로드(Nimrod)처럼 훌륭한 사수이고. 그러나⋯⋯ 상업 쪽 책임자는 아니야. 왜냐하면 오늘 수백만 루블을 사업에 투자하고, 내일 누구에게 결투를 신청하니 모든 것을 위태롭게 하는 일이지⋯⋯.' 그가 이렇게 말했다네."

보쿨스키는 소파와 함께 뒤로 물러났다. 그런 비난을 들을 거라고는 미처 생각하지 못했다. 변호사는 보쿨스키의 표정이 변하는 것을 보고, 쇠는 달구어졌을 때 망치질을 해야 한다고 생각했다.

"이보게 스타니스와프, 좋게 시작한 사업을 자네가 망치고 싶지 않거든, 더 이상 일을 어렵게 하지 말게. 그리고 무엇보다도 웽츠키의 집을 사지 말게. 그 집에 9만 루블을 투자하면, 공동 투자 사업은 물거품이 되네. 자네가 6, 7퍼센트 이익을 보기 위해 많은 자본을 투자하는 것을 보면서, 사람들은 자네가 그들에게 약속한 고수익에 대한 신뢰를 접을 걸세. 심지어 그들은, 내 말 알겠는가, 의심할 준비가 되어 있는 상태야."

보쿨스키가 자리에서 일어났다.

"공동 투자 사업 같은 것 원치 않아!" 보쿨스키가 소리쳤다. "나는 누구의 호의도 원치 않아. 오히려 내가 다른 사람들에게 호의를 베풀지. 나를 믿지 못하는 사람이 있으면 모든 거래를 확인하라고 해. 그러면 내가 그를 속이지 않았다는 걸 알게 될 거야. 하지만 그는 더 이상 나의 파트너가 될 수 없어. 백작들과 공작들만 판타지를 독점하라는 법은 없어. 나는 나의 판타지를 가지고 있고, 사람들이 내 일에 간섭하는 걸 좋아하지 않아."

"천천히…… 천천히. 마음을 좀 가라앉히게, 스타니스와프 선생." 그를 다시 소파에 앉히면서 변호사가 달랬다. "그래서 저택 구매 건은 물러서지 않겠다는 것인가……?"

"물러서지 않아. 그 집은 이 세상 모든 귀족들과 함께하는 공동 투자 사업보다도 나에게 더 큰 가치가 있어."

"좋아, 좋아. 그러면 적당한 시기에 누군가를 자네 대신 앉힐 수 있다는 거지. 결국에는 내가 자네에게 회사를 빌려 주겠네. 소유권을 확보하는 데는 문제가 없어. 가장 중요한 일은 이미 있는 사람들의 사기를 꺾지 않는 것이네. 대귀족들은 일단 공공사업에 관심을 가지면, 그 일에 집착하게 되지. 1년이나 6개월 뒤에 자네가 건물의 기명상 소유자가 되네. 어떤가, 동의하는가?"

"그렇게 되길 바라네." 보쿨스키가 대답했다.

"좋아." 변호사가 말했다. "그 방법이 가장 좋을 걸세. 자네가 그 건물을 사게 되면 자네는 웽츠키 가문과도 곤란한 상황에 처할 것이네. 우리는 보통 자기 재산을 차지하는 사람을 좋아하지 않거든. 그게 첫 번째 이유이고. 두 번째 이유는, 웽츠키네 사람들의 머릿속에서 온갖 추측들이 난무하지 않는다고 누가 보장하겠어……? 그들은 이렇게 생각할 수도 있지. 건물을 너무 비싸게 사거나 너무 싸게 샀을 경우를 가정해 보세. 너무 비싸게 사면, 감히 우리에게 자선을 베풀려고 하다니, 그리고 너무 싸게 사면, 우리를 착취하는 거야……."

변호사의 마지막 말을 보쿨스키는 거의 듣지 못했다. 그때 그는 다른 생각에 빠져 있었다. 그 생각들은 손님이 간 뒤에도 집요하게 그를 붙잡았다.

'변호사 말이 맞을지도 몰라. 사람들이 나를 두고 온갖 말을 하며 판단하겠지. 하지만 모두 나 없는 데서 하기 때문에 나는 아무 것도 몰랐던 거야. 오늘 비로소 구체적인 것들이 생각났어. 일주일 전부터 나와 거래하는 상인들은 불만스러운 표정들이고, 내 반대 편은 기고만장이고. 상점에도 무슨 일이 있어. 이그나치는 슬픈 표 정이고, 슐랑바움은 생각에 잠겨 있고, 리시에츠키는 전보다 더 쌀쌀해졌어. 다른 사람이 보면, 마치 곧 상점 일을 그만둘 것처럼 행동하고. 클레인은 울적한 표정이고. 사회주의자인 그는 경마나 결투에 대해서는 화를 내지. 광대 같은 지엠바는 벌써 슐랑바움 에게 알랑거리는데…… 그가 미래에 상점 주인이 될 거라고 예감 이라도 한 것인가? 아, 재미있는 친구들!'

보쿨스키는 사무실 문지방에 서서 제츠키에게 눈짓을 했다. 그 런데 이 나이 든 점원은 무엇인가 석연치 않은 얼굴이고, 주인의 눈을 똑바로 보지 못했다.

보쿨스키가 그에게 의자를 권하고, 좁은 방을 몇 차례 왔다 갔 다 한 후 말했다.

"늙은이……! 숨기지 말고 말해 보게. 사람들이 나에 대해 뭐라 고 말하고 있는 거야?"

제츠키가 모른다는 뜻으로 두 손을 벌렸다.

"글쎄, 사람들이 무슨 말을 하고 있지……."

"솔직히 말해 보라니까." 보쿨스키가 재촉했다.

"솔직히 말하라고? 좋아. 어떤 사람들은 자네가 미치기 시작했 다고 말하고……."

"브라보!"

"다른 사람들은…… 다른 사람들은 자네가 사기를 꾸미고 있다 고 말하고 있어."

"저런……."

"그리고 모두가 말하기를, 자네가 파산할 거래. 그것도 얼마 못 가서."

"많이 듣던 말이고." 보쿨스키가 끼어들었다. "그런데 자네는, 자네도 같은 생각이야?"

"내 생각에는." 그가 조금도 주저하지 않고 말했다. "자네가 커다란 구덩이에 깊이 빠져 있는 것 같아. 거기서 완전히 빠져나오기는 어려울 것 같아…… 이성이 있을 때, 적당한 시기에 손을 떼면 몰라도."

보쿨스키가 화를 냈다.

"나는 물러서지 않아!" 보쿨스키가 소리쳤다. "갈증이 심한 사람은 우물에서 물러나지 않아. 죽어야 한다면 마시면서 죽겠어. 도대체 자네들은 나한테 무엇을 기대하는 건가? 어린 시절부터 나는 새장에 갇힌 새처럼 살았어. 군대에 있을 때나 감옥에 있을 때는 물론, 나를 팔았던 불행한 결혼 생활 중에도…… 그런데 지금은 나에게 날개가 다 자랐는데, 자네들은 마치 집에서 기르는 거위들이 이미 날고 있는 야생 오리에게 불만스럽게 꽥꽥거리듯 나에게 소리 지르기 시작했어. 골치 아픈 상점이나 공동 투자 사업이 나에게 뭐 그리 중요해! 나도 살고 싶어, 살고 싶단 말이야……."

그 순간 사무실 문을 노크하는 소리가 들렸다. 웽츠키의 하인 미코와이가 편지를 가지고 들어왔다. 보쿨스키는 빼앗듯 편지를 받아서 바로 봉투를 열고 읽었다.

친애하는 선생, 내 딸이 선생을 좀 더 가까이 알기를 간절히 소망하고 있습니다. 여자의 의지는 성스럽습니다.

그래서 선생을 내일 점심(12시)에 초대합니다. 선생께서는 거절하지 마시기 바랍니다. 선생에 대한 존경의 마음을 받아 주시기 바랍니다.

T. 웽츠키

보쿨스키는 온몸에서 힘이 빠지는 것을 느꼈다. 그는 의자에 앉지 않을 수 없었다. 그는 편지를 두 번, 세 번, 네 번 읽었다……. 드디어 정신을 차려 답장을 쓰고, 미코와이에게 5루블을 주었다.

그사이 이그나치는 몇 분 동안 상점에 가 있었다. 미코와이가 거리로 나간 뒤에야 그는 보쿨스키에게 돌아와서 마치 이야기를 새로 시작하는 것처럼 말했다.

"이보게 스타시, 상황을 잘 살펴보고, 혼자라도 빠져나오게."

보쿨스키는 휘파람을 불면서 모자를 쓰고, 오랜 친구의 어깨에 손을 올려놓으며 대답했다.

"들어 보게. 내 발밑에서 땅이 갈라진다 해도…… 알겠어? 하늘이 머리 위에서 무너지더라도, 나는 물러서지 않아. 알겠어? 그런 행복을 위해서라면 나는 목숨도 바칠 거야."

"그런데 어떤 행복을 말하는 거야……?" 이그나치가 물었다.

하지만 보쿨스키는 이미 뒷문으로 나간 뒤였다.

제14장 처녀의 꿈

부활절 이후 이자벨라는 자주 보쿨스키에 대해 생각했다. 그를 생각할 때마다 특별하고 구체적인 일이 떠올랐다. 이 사람은 그때마다 새로운 모습을 보여 주었다.

이자벨라는 많은 사람을 알고 있었다. 그러다 보니 그녀는 한 사람 한 사람의 특징을 요약하는 특출한 재능을 가지고 있다. 그래서 자기가 아는 모든 사람을 한마디로 정확히 표현할 수 있다. 공작은 애국자이고, 그의 변호사는 대단히 재치 있고, 리친스키 백작은 영국 사람인 척하고, 이자벨라 자신의 고모는 자존심이 강하고, 공작 부인인 회장님은 좋은 분이고, 오호츠키는 별종이고, 크세소프스키는 카드놀이꾼이다. 한마디로 각자에게는 장점 혹은 단점, 때로는 공적(功績)이 있고, 대부분 직함과 재산이 있다. 그리고 유행에 맞춰 옷을 입는 사람도 있고 그렇지 않은 사람도 있다.

그녀는 보쿨스키에게서 새로운 인간형을 보았다. 그것은 그녀가 전혀 기대하지 않았던 현상이었다. 그는 백 마디로도 규정할 수 없었다. 그는 누구와 비교할 수도 없고, 닮은 사람도 없었다. 굳이 비교한다면 그는 어떤 지형 같은 인물이다. 하루 종일 돌아다니다보면 평지도 있고, 산과 숲과 초원도 만나고, 물과 사막도 보고, 마을과 도시도 있다. 거기다 더해서 희미한 지평선 너머에 알 수 없는 어떤 분명하지 않은 형상이 나타나기도 한다. 놀라움이 그녀를 엄습했고, 그녀는 스스로에게 물었다. "내 감정이 격앙된 상태에서 나타난 상상의 장난인가, 아니면 그가 실제로 초인적인 어떤 존재인가, 적어도 귀족들의 살롱을 초월하고 있는가?"

순간 그녀가 알고 있는 그의 인상들이 떠오르기 시작했다.

처음에 그녀는 그를 전혀 못 보았다. 다만 어떤 거대한 그늘이 다가오고 있다는 것을 느꼈을 뿐이다.

그는 자선 활동과 그녀 고모의 자선 모금을 위해 기꺼이 수천 루블을 내놓았다. 그는 나중에 클럽에서 그녀 아버지와 카드놀이를 하며 매일 돈을 잃었다. 그 후에 누군가가 아버지의 약속 어음을 사들였고(혹시 보쿨스키가 아니었을까……?), 그러고 나서 그녀 자신의 만찬용 식기 세트를 구입해 갔고, 그 후에도 그리스도 묘역 장식을 위해 여러 가지 재물들을 제공했다.

그는 대담한 벼락부자로, 1년 전부터 극장과 음악회에서 그녀로부터 시선을 떼지 않고 있었다. 그는 또한 냉소적인 무자비한 사람으로, 의심스러운 점이 많은 투기를 통해 재산을 모았는데, 목적은 사람들 사이에서 좋은 평판을 얻고, 그녀 즉 이자벨라를 그녀의 부친에게서 사기 위한 것이었다……!

당시 그에 대한 기억은 대체적인 윤곽과 붉은 손, 무뚝뚝한 태도뿐이었다. 그의 태도는 다른 점원들의 친절함과 대조적으로 불만스럽게 보였고 — 부채, 여행 가방, 우산, 지팡이 등 액세서리들을 배경으로 — 한마디로 우스꽝스럽게 보였다. 그는 자기 가게 안에서 타락한 장관처럼 포즈를 취하고 있는 교활하고 대담한 상인이었다. 그는 혐오스럽고, 죽이고 싶을 만큼 증오스러웠다. 왜냐하면 그는 만찬용 식기 세트를 사는 식으로 혹은 카드놀이에서 부친에게 일부러 져 줌으로써 자기 집안을 경제적으로 돕는 일을 감행했기 때문이다.

오늘 그런 일을 생각하면서 이자벨라는 옷을 잡아 찢었다. 그녀는 소파에 몸을 던지며 주먹으로 소파를 쳤다. 그리고 작은 소리로 말했다.

"불한당……! 불한당……!"

그녀의 집이 몰락하리라는 불행한 예감이 이미 그녀를 절망으로 가득 채웠다. 이제는 깊이 숨겨진 가장 은밀한 비밀 속까지 누군가가 파고 들어와서 심지어 신에게도 숨기고 싶은 상처를 치료하려 들 정도가 되었다. 그녀는 모든 것을 용서할 수 있었다. 하지만 그녀의 자존심을 건드린 것만은 용서할 수 없었다.

장면이 바뀌었다. 다른 인물이 등장했다. 그는 복선을 깔지 않고 그녀의 눈을 똑바로 쳐다보며 식기 세트를 산 것은 이익을 남기기 위해서라고 말했다. 그는 이자벨라를 경제적으로 지원하는 것은 허용되어 있지 않다고 느끼고 있다. 그럼에도 불구하고 그가 경제적 지원을 한다면, 그것은 좋은 평판이나 고마움을 얻기 위한 것이 아닐뿐더러 감히 그런 것에 대해 생각조차도 하지 않을 것이다.

동일 인물이 므라체프스키를 가게에서 해고했다. 이유는 그가 그녀에 대해서 좋지 않은 말을 했기 때문이다. 이자벨라의 적인 크세소프스키 남작 부부가 그 젊은이를 위해 개입했지만 소용없었다. 백작 고모가 그 젊은이를 위해 나서 보았지만 결과는 마찬가지였다. 백작 고모는 거의 고마움을 표하지 않으며, 무엇을 부탁하는 일은 더더욱 없었다. 그러나 보쿨스키는 양보하지 않았다. 그런데 그녀, 이자벨라의 한마디가 이 굽힐 줄 모르는 사람을 꺾었다. 그는 양보했을 뿐만 아니라, 므라체프스키에게 더 좋은 일자리를 주었다. 그가 존경하지 않는 여인을 위해서 그는 그런 양보를 하지 않는다.

그 순간에 숭배자에게서 자선 모금 접시에 금화 꾸러미를 던졌던 벼락부자의 모습이 나타난 것은 유감스러운 일이다. 아, 얼마나 상인적인 태도인가! 그가 어떻게 영어를 이해하지 못하고, 유행하고 있는 언어에 대한 상상력이 없다니……!

세 번째 단계. 부활절 첫날 그녀는 보쿨스키를 고모의 살롱에서 보았다. 그는 모인 사람들보다 머리 하나는 더 크게 보였다. 최고의 대귀족들이 그와 안면을 트려고 앞을 다투었다. 하지만 냉정한 벼락부자는 그들과 거리를 두었다. 그는 어색한 태도로 방안을 돌아다녔다. 그러나 이 살롱이 누구도 부정할 수 없는 자기 소유물임을 과시하는 태도를 보였고, 자기에게 쏟아지는 칭찬들을 들으면서도 어두운 표정을 지었다. 나중에 가장 존경받는 귀부인인 회장님이 친히 그를 부르고, 몇 분 동안 그와 이야기를 나누더니 슬프게 울었다. 이 사람이 그 붉은 손을 가진 벼락부자 맞는가……?

이제 비로소 이자벨라는 보쿨스키가 평범한 얼굴이 아니라는 것을 깨달았다. 얼굴 윤곽이 뚜렷했으며, 단호한 표정이고, 머리카락은 화난 것처럼 위로 뻗쳐 있고, 작은 콧수염과 흔적이 뚜렷한 턱수염, 동상(銅像)을 연상시키고, 눈빛은 밝고 매서웠다. 이 사람이 상점 대신 대토지를 소유했더라면 대단히 멋있었을 것이다. 만일 그가 공작으로 태어났더라면 남을 압도할 정도로 아름다웠을 것이다. 어떻든 그는 트로스티, 사격수 여단의 대령 그리고 승리한 검투사를 연상시켰다.

그사이에 거의 모든 사람들이 이자벨라의 주위에서 사라졌다.

나이 많은 신사들은 그녀의 우아함과 아름다움 때문에 그녀에게 공손했다. 그러나 젊은이들, 특히 작위와 재산이 있는 젊은이들은 그녀에게 냉담했다. 외로움과 진부한 말들에 지친 그녀가 다정하게 말을 걸기라도 하면, 상대는 그녀가 당장 목을 끌고 가서 결혼이라도 하자고 할까 봐 걱정스러운 듯 놀란 눈으로 쳐다보았다.

이자벨라는 살롱의 세계를 죽고 사는 것만큼 좋아했다. 그녀에게 살롱의 세계를 떠난다는 것은 죽음 이외에는 있을 수 없는 일이었다. 그러나 해가 갈수록, 아니 달이 바뀔 때마다 그녀는 사람들을 더 경멸하게 되었다. 그녀에게는 자기처럼 아름답고, 착하고, 교육을 잘 받은 여성을, 단지 재산이 없다는 이유로 세상이 거들떠보지도 않는다는 것은 이해할 수 없는 일이었다.

"이런 사람들이 있다니……! 자비로운 신이시여!" 그녀는 커튼을 옆으로 밀치고 옷을 잘 차려입은 젊은이들이 타고 가는 마차를 보면서 속삭였다. 그들은 여러 가지 이유로 그녀에게 인사하는 번거로움을 피하기 위해 창문에서 고개를 돌리고 지나갔다. 그녀가 자신들을 바라보고 있다고 그들은 생각했을까?

그러나 실제로 그녀는 그들을 바라보고 있었다……!

그때 뜨거운 눈물이 그녀의 눈에 가득 고이고, 그녀는 화가 나서 예쁜 입술을 깨물고, 커튼 줄을 당겨 창문을 가렸다.

"세상에 저런 사람들이 있다니……! 세상에 저런 사람들이 있다니……!" 그녀가 반복해서 말했다. 한편 그녀는 심한 말로 그들을 비난하는 자신을 부끄럽게 생각했다. 왜냐하면 그들은 평범한 사람들이기 때문이다. 불한당이라고 부를 만한 사람은 그녀의 상상에 의하면 보쿨스키뿐이었다.

짓궂은 운명에 설상가상으로 한때 그토록 많던 그녀의 추종자들 중 두 사람만 남았다. 오호츠키에 대해서는 이미 환상이 깨졌다. 그는 그녀보다도 비행하는 기계에 더 관심이 많았다. 아마 미친 것 아닐까. 그리고 지나치게 치근덕거리지는 않지만, 항상 그녀를 따라다니는 두 사람이 있는데, 의회 의장과 남작이다. 의회 의장을 생각하면 그녀는 길거리에서 가끔 본 정육점 배달 마차의 삶은 돼지가 떠올랐다. 남작은 그녀가 자주 보는 마차에 가득 쌓여 있는 다듬어지지 않은 짐승 가죽처럼 생각되었다. 이 두 사람이 그녀를 양쪽에서 수행했다. 만일 그녀를 천사라고 말한다면 이들이 그녀의 양 날개가 되는 셈이다……! 지독한 조화를 이루며 이 두 늙은이가 밤낮으로 그녀를 쫓아다녔다. 가끔 그녀는 자기가 저주를 받아서 생전에 이미 지옥이 시작되었다고 생각했다.

　이와 비슷한 순간에 이자벨라는 마치 술 취한 사람이 멀리 보이는 대안의 빛을 바라보듯 보쿨스키에 대해 생각했다. 주위에서 화제의 대상이 되고 있는 어떤 특별한 사람이 자기에게 미쳐 있다는 것을 알고 있으면서 그녀는 말할 수 없이 씁쓸한 심정으로 마음이 가벼워지는 것을 느꼈다. 그때 그녀는 파리 살롱들에서 멀리서 자주 보았던 유명한 여행가와 수년 동안 광산에서 힘들게 일해 부자가 된 미국의 사업가들을 생각했다.

　"저 남자 보이세요?" 얼마 전 수도원에서 나온 백작의 딸이 부채로 한곳을 가리키면서 수다스럽게 말했다. "장거리 여객 마차 마부처럼 보이는 저 남자요." 저 사람, 대단한 사람인데, 무엇인가를 발견했다는데, 무엇인지는 잘 모르겠네요. 금광인지 북극인지……. 저 사람 이름도 기억나지 않지만, 학술원에서 오신 대귀족이 나한테 말했는데, 저분은 10년 동안 북극에서, 아니…… 땅속에서 살았답니다…… 지독한 사람이지요! 내가 그곳에 있었다면 무서워서 죽었을 거예요. 아가씨도 역시 죽었겠지요?"

만일 보쿨스키가 그런 여행가이거나 아니면 적어도 10년 동안 땅속에 살면서 수백만 달러를 모은 광산가였다면……! 그러나 그는 상인에 불과하다. 그것도 액세서리를 취급하는 상인이지 않은가……! 그는 영어도 모르고, 그에게서는 늘 벼락부자 티가 난다. 그것도 젊은 날 식당 종업원으로 일하면서 손님들에게 음식을 가져다주었던 사람이 아닌가. 그런 사람은 기껏해야 좋은 조언자, 심지어 더할 나위 없이 좋은 친구(방문객이 없을 때에 한해서)가 될 수는 있다. 하지만 그런 사람을 남편으로 만나면 매우 불행해질 것이고, 애인으로는…… 한마디로 웃기는 일이다. 대귀족 여인이 필요에 의해 더러운 물에 목욕을 한다면, 미친 사람이 아니고서는 누가 즐거워하겠는가.

제4국면. 이자벨라는 와지엥키 공원에서 몇 차례 보쿨스키를 만났다. 그때마다 그녀는 그의 인사에 친절하게 응대했다. 그 세련되지 못한 사람이 초록의 나무들 사이 그리고 동상들 옆에 있으니 상점 진열대 뒤에 있을 때와는 다르게 보였다. 만일 그가 대토지를 소유하고 있고, 그곳에는 공원도 있고, 궁궐도 있고, 호수도 있다면……? 그가 벼락부자인 것은 사실이다. 그러나 그도 귀족이라 하고, 장교의 아들이라고 하는데…… 의회 의장이나 남작에 비하면 그는 아폴론처럼 보인다. 대귀족들이 점점 더 많이 그를 입에 올리고, 게다가 회장 부인은 눈물을 쏟지 않았던가……?

그 밖에도 공작 부인인 회장 부인이 자기 친구인 백작 부인과 백작 부인의 조카인 이자벨라가 있는 데서 보쿨스키를 확실하게 지지했다. 몇 시간에 걸친 고모와의 와지엥키 공원 산책은 몹시 지루했다. 유행, 자선 활동, 세상에서 일어나는 계획적인 결혼 이야기들은 견디기 어려울 정도여서 이자벨라는 보쿨스키가 산책

도중 그들에게 다가와 15분 정도라도 같이 이야기하지 않은 것이 안타까울 정도였다. 사교계 사람들에게는 그런 종류의 인간들과의 대화가 흥미롭다. 예를 들면 이자벨라에게는 언어와 생각이 다른 농민들이 재미있게 보였다.

비록 자기 마차를 타고 다니는 액세서리 상인은 농민만큼 재미있지는 않겠지만…….

그러나 회장 사모님으로부터 어느 날 고모인 백작 부인과 자기와 함께 와지엥키 공원으로 산책 가서 보쿨스키를 그곳에서 만나자는 제안을 받았을 때 의외였으나 그렇게 싫지만은 않았다.

"우리끼리는 지루하니까 그가 우리를 좀 즐겁게 하라지." 나이 많은 부인이 말했다.

오후 1시경 와지엥키 공원에 들어섰을 때 회장 사모님이 밝은 표정으로 이자벨라에게 말했다.

"이 근방에서 그를 만날 것 같은 예감이 들어……."

이자벨라는 얼굴이 살짝 붉어지는 것을 느꼈다. 그래서 보쿨스키를 만나더라도 그와는 한마디도 하지 않을 것이라고 작심하고, 그가 아무런 상상도 하지 못하도록 그를 무시하는 투로 대하리라 생각했다. 사랑은 물론, 그 '상상'에 대한 이야기도 있을 수 없는 일이다. 이자벨라는 친근감을 주는 친절함을 바라지도 않았다.

'붉은 기분을 좋게 한다. 특히 겨울에 어느 정도 거리를 두었을 때'라고 그녀는 생각했다.

그 시간에 보쿨스키는 공원에 없었다.

"어떻게 그가 기다리지 않을 수 있다니?" 이자벨라가 혼잣말했다. "혹시 아픈 것일까……."

자기를 보는 일보다 더 급한 업무가 보쿨스키에게 있을 수 있다고 그녀는 생각하지 않았다. 만일 그가 늦으면, 그를 무시할 뿐만 아니라 그에게 자기의 불만을 보여 주어야겠다고 생각했다.

'시간을 잘 지키는 것이 왕들의 친절이라면, 상인들에게는 의무여야 한다……!'고 그녀는 생각했다.

반 시간이 지나고, 한 시간이 지나고, 두 시간이 지났다. 이제 집으로 돌아갈 시간이었다. 그런데 보쿨스키는 오지 않았다. 하는 수 없이 귀부인들은 마차에 탔다. 백작 부인은 평소처럼 몸이 추운 것을 느꼈고, 회장 사모님은 정신이 좀 혼란스러웠고, 이자벨라는 화가 났다. 저녁때 아버지로부터, 정오에 공작 댁에서 모임이 있었는데, 보쿨스키가 그 자리에서 거대한 공동 투자 무역 회사 프로젝트를 소개했을 때, 의욕을 상실하고 있던 대귀족들이 열렬한 반응을 보였다는 이야기를 들었을 때에도 이자벨라의 화는 누그러지지 않았다.

"오래전부터 그런 예감이 들었어." 웽츠키가 말을 마쳤다. "그 사람의 도움으로 우리 집안이 걱정에서 해방되고, 나는 내가 마땅히 있어야 할 자리에 다시 서게 될 것이다!"

"그런데 아버지, 공동 투자 회사에 투자할 돈이 필요하지 않아요?" 이자벨라가 어깨를 가볍게 으쓱하며 말했다.

"그래서 우리 집을 팔려고 한다. 빚 갚는 데 6만 루블이 필요하고, 적어도 4만 루블은 남을 거다."

"고모는 집값으로 6만 루블 이상은 아무도 주지 않을 거라고 말하던데요."

"아, 고모……!" 웽츠키는 화를 냈다. "그분은 항상 내가 잘못되는 쪽으로 말하거나 얕잡아 보는 투로 말하니까. 크세소프스카 부인이 6만 루블을 불렀다지. 그 부인은 틈만 나면 우리에게 못된 짓을 하려고 하니까…… 중인 계층의 부인이야……! 네 고모가 그 부인한테 동조하는 것은 알겠어. 내 집이고 내 자리에 관한 일이니까……."

그는 얼굴이 붉어지고 숨소리가 거칠어졌다. 그러나 딸 앞에서 화내는 것을 보이고 싶지 않아, 딸의 이마에 키스를 하고 자기 방으로 갔다.

'아버지 말이 맞을 수도 있지 않을까……?' 이자벨라는 생각했다. '아버지를 심하게 비판적으로 생각하는 모든 사람들보다 아버지가 더 현실적일지도 모르지 않은가? 아버지가 그…… 보쿨스키를 맨 처음 알아보지 않았던가. 하지만 그는 얼마나 무례한 사람인가. 그는 와지엥키 공원에 오지 않았다……. 회장님 사모님이 분명히 그에게 말했을 텐데. 어쩌면 더 잘된 일인지도 모르지. 우리가 액세서리 상인과 함께 산책하는 것을 아는 사람이 보기라도 했다면 보기 좋은 그림은 아니지!'

그 후 며칠 동안 이자벨라는 오로지 보쿨스키에 대한 이야기만 들었다. 살롱들은 그의 이름으로 요란했다. 의회 의장은 보쿨스키가 전통 있는 가문 출신이 확실하다고 단언했고, 한나절을 거울 앞에서 보내는 사람으로 남성의 미에 대해 일가견이 있는 남작은 보쿨스키야말로 "정말로…… 정말로……"라고 주장했다. 사노츠키 백작은 보쿨스키가 이 나라 최초의 이성적인 사람이라고 장담했다. 그리고 리친스키 백작은 보쿨스키가 영국의 산업가들을 모델로 삼고 있다고 큰 소리로 말했다. 공작은 손을 비비고 미소 지으면서 "아하……?"라고 말했다.

어느 날 이자벨라를 방문했던 오호츠키마저도 보쿨스키와 함께 와지엥키 공원을 산책했다고 말했다.

"그와 무슨 이야길 했는데?" 놀란 그녀가 물었다. "아마도 하늘을 나는 기계 이야기는 하지 않았겠지……."

"무슨 말이야?" 사려 깊은 사촌이 불만스럽다는 투로 대꾸했다.

"그 문제에 대해 이야기할 수 있는 사람은 바르샤바에서 보쿨스키 말고는 없을 거야. 그는 좋은 사람이야……."

'유일하게 이성적인 사람…… 유일한 상인…… 오호츠키와 대화할 수 있는 유일한 사람이라고……?' 이자벨라는 생각했다. '도대체 그는 어떤 사람일까? 아하! 이제 알겠어…….'

이자벨라는 보쿨스키에 대한 수수께끼가 풀렸다고 생각했다. 그는 야심만만한 투기꾼으로서 몰락한 명문 집안의 규수와 결혼할 생각을 가지고 의도적으로 살롱에 들어온 것이다. 그리고 그녀의 부친과, 고모인 백작 부인과, 모든 대귀족들을 자기편으로 만들었다. 그녀 없이도 대귀족 사회에 진입했다고 확신하자, 사랑은 식었고…… 그래서 와지엥키 공원에도 오지 않은 것이다……!

"그를 축하해야지." 그녀는 자신에게 말했다. "그는 출세에 필요한 모든 장점들을 구비하고 있다. 못생기지 않았고, 능력 있고, 힘이 넘치고, 그리고 무엇보다도 뻔뻔스러울 정도로 대담하고 또한 야비하다. 마치 나를 몹시 사랑하고 있는 것처럼 가장하고, 그것도 힘들이지 않고, 그렇게 할 수 있다니……. 실제로 벼락부자들의 이중성은 우리와 거리가 있다. 얼마나 비열한 사람인가……!"

그녀는 화난 나머지 하인 미코와이에게 보쿨스키가 살롱 문턱을 넘지 못하도록 지시하고 싶었다…… 사업상 용건이 있으면 아버지 방에 가는 것은 허용하더라도. 그런데 보쿨스키가 자기 집을 찾아온 적이 없었다는 데 생각이 미치자 그녀는 수치스러운 생각에 얼굴이 붉어졌다.

그때 그녀는 멜리톤 부인으로부터 크세소프스키 남작이 부인과 갈등 관계에 있다는 사실을 알게 되었다. 남작 부인이 남편으로부터 경주마를 8백 루블에 샀지만, 그 말을 다시 남편에게 돌려

줄 것이라고 했다. 왜냐하면 며칠 후 경마 시합이 열리는데 남작이 적지 않은 돈을 그 말에 걸었기 때문이라고 했다.

"남작 부부가 이를 계기로 화해할 수도 있겠지요." 멜리톤 부인이 자기 생각을 말했다.

"무슨 일이 있어도 남작이 그 경주마를 다시 차지해서는 안 돼. 그리고 남작이 내기에서 져야 해!" 이자벨라가 큰 소리로 말했다.

그리고 며칠 후 이자벨라는 보쿨스키가 그 말을 사 버렸기 때문에, 남작이 그 경주마를 다시 차지하지 못하게 되었다는 것을 플로렌티나로부터 아주 비밀스럽게 알았다.

그 비밀은 아주 잘 지켜져서 이자벨라가 백작 부인 고모에게 갔을 때, 고모와 회장 사모님이 그 경주마를 통해 크세소프스키 부부를 화해시킬 방법을 의논하고 있었다.

"그러나 아무런 성과가 없을 거예요." 이자벨라가 웃으면서 끼어들었다. "남작이 그 경주마를 다시 차지하지 못할 테니까요."

"확실해? 내기할 수 있겠어?" 백작 부인이 차갑게 물었다.

"물론이죠, 제가 이기면 고모한테서 사파이어 팔찌를……."

내기는 성립되었다. 그래서 백작 부인과 이자벨라는 경마에 지대한 관심을 가지게 되었다.

얼마 동안 이자벨라는 걱정했다. 남작이 보쿨스키에게 손해 배상으로 4백 루블을 따로 주고, 리친스키 백작이 두 사람 사이에 중재를 맡았다는 말을 들었기 때문이다. 백작 부인의 살롱에서는 보쿨스키가 돈 때문이 아니라, 백작을 위해서 합의 사항에 동의할 것이라는 귓속말이 오갔다. 그때 이자벨라는 생각했다.

'그가 탐욕스러운 벼락부자라면 동의할 것이고, 그가 만일 ……이라면 동의하지 않겠지.'

그녀는 만일 …… 다음 말을 차마 할 수 없었다. 보쿨스키가 그녀를 위해 그 일을 처리했던 것이다. 그는 경주마를 팔지 않고, 자기가 직접 경주마를 마구간 안으로 들여보냈다.

"그는 그 정도로까지 형편없는 사람은 아니야." 이자벨라가 혼잣말했다.

이런 생각을 했기 때문에 그녀는 경마장에서 보쿨스키와 다정하게 이야기를 나눌 수 있었다. 그러나 자기가 베푼 작은 친절에 대해서도 이자벨라는 속으로 그와 자신을 비난하고 있었다.

"그의 경마가 우리에게 중요하다는 것을 그가 왜 알아야 해? 다른 사람들보다 우리에게만 더 중요한 것도 아닌데……. 그리고 나는 무엇 때문에 그에게 '이겨야 해요'라고 말했지? 그리고 '아가씨께서 원하시면 제가 이깁니다'라는 그의 대답은 무슨 뜻일까? 그는 자기가 누구인지 벌써 잊은 거야. 그런데 친절한 몇 마디 말 때문에도 크세소프스키는 심하게 화를 내는데, 그런 것은 중요하지 않아."

이자벨라는 크세소프스키를 미워했다. 그가 그녀에게 치근덕거리다 거절당하자 복수하는 것이다. 그녀는 그가 자기에 대해 나중에 자기 집 하인과 결혼할, 늙어 가는 처녀라고 험담하고 있다는 것을 알고 있다. 그것만으로도 그녀는 평생 그를 잊지 못할 것이다. 하지만 남작은 계속해서 험담했고, 그녀에 대해 비웃는 태도를 취했으며, 그녀의 집이 파산한다는 것을 암시하는 말을 하고, 과거 그녀를 숭배했던 남자들을 조롱했다. 이자벨라도 그에 대한 혐오감으로 그의 부인에 대해 생각했다. 그의 부인은 귀족이 아니라 도시 상공 계급 출신으로, 그가 돈 때문에 결혼했지만, 그의 부인으로부터 돈은 한 푼도 얻어 내지 못해서 부부 싸움이 끊이지 않는데, 때로는 민망할 정도로 싸운다.

경마가 있던 날은 이자벨라에게는 승리의 날이었고, 남작에게는 패배와 치욕의 날이었다. 그는 경마장에 올 때 겉으로는 명랑한 것처럼 행동했으나 속으로는 분노가 끓고 있었다. 보쿨스키가 경마에서 이겨 받은 상금과 경주마를 판 돈을 모두 이자벨라의 손에 쥐어 주는 것을 보고, 그는 자신에 대한 통제력을 잃고 마차로 다가와 수치스러운 일을 벌인 것이다.

이자벨라에게는 남작의 뻔뻔스러운 시선과, 보쿨스키를 그녀의 숭배자라고 공개적으로 부르고 다니는 것이 충격적인 일이었다. 만일 그것이 교육을 잘 받은 여성에게 어울리는 일이라면 그녀는 그를 죽였을 것이다. 백작 부인은 남작의 무례한 행동을 가만히 보고만 있었고, 회장 사모님은 당황스러워했고, 아버지는 오래전부터 크세소프스키를 자극해서는 안 되고 너그럽게 대해야 하는 정신병자로 간주하면서 아무 말도 하지 않았기 때문에 그녀의 고통은 더욱 참을 수 없었다.

그 순간에 다른 마차에서 그들을 주시하고 있던 보쿨스키가 이자벨라를 돕기 위해 왔다. 그는 남작의 불만스러운 행동을 중단시켰을 뿐만 아니라 그에게 결투를 청했다. 이에 대해서 그들 중 아무도 의심하지 않았다. 회장 사모님은 자기가 총애하는 보쿨스키를 걱정했고, 백작 부인은 보쿨스키가 달리 행동할 수 없었다는 것을 알았다. 왜냐하면 남작이 마차에 접근하면서 보쿨스키를 툭치고 사과하지 않았기 때문에.

"그래, 여러분들 스스로 말해 보세요." 회장 사모님이 걱정스러운 목소리로 말했다. "그런 사소한 일로 결투를 해야 하는지? 우리 모두는 알고 있지. 크세소프스키는 제정신이 아니고, 바보 같은 사람이라는 것을⋯⋯. 그에 대한 가장 확실한 증거는 그가 우리에게 지껄였던 말들이지요."

"그렇습니다." 웽츠키가 말했다. "그러나 보쿨스키가 그것을 알 의무는 없고, 그가 당연히 요구해야 했습니다."

"둘이서 화해해야지!" 백작 부인이 대수롭지 않게 말하고, 집으로 가자고 지시했다.

그때 이자벨라가 자신의 생각에 정면으로 반하는 행동을 하고 말았다. 바로 보쿨스키의 손을 힘주어 잡은 것이었다.

도시 변두리까지 오면서도 그녀는 그 사실을 받아들이기 어려웠다.

'어떻게 그런 일을 할 수 있었지……? 그가 날 어떻게 생각하겠어……?' 그녀는 속으로 말했다. 그때 그녀 내부에서 정의감이 깨어났다. 그녀는 보쿨스키가 그렇고 그런 사람이 아니라는 것을 인정하지 않을 수 없었다.

"그는 나를 기쁘게 해 주려고(확실히 다른 이유는 없다) 경주마를 사들임으로써 남작을 방해했다. 또 상금 전액을(이권 때문이 아니라는 분명한 증거이다) 자선을 위해서 나에게 주었다. 그것을 남작이 보았다. 그리고 무엇보다도 그는 어떻게 내 마음을 읽고 그에게 결투를 청했을까……? 오늘날 결투들은 대부분 샴페인 마시는 것으로 끝난다. 남작은 내가 아직 그렇게 늙지 않았다고 항상 생각하고 있어. 아니야, 보쿨스키에게는 무언가가 있어. 매우 유감스러운 일이야, 그가 액세서리 상인이라는 것이. 나를 숭배하는 그와 같은 사람이 있다는 것은 얼마나 흐뭇한 일인가. 그런데 만일…… 만일 그가 사회적으로 다른 지위를 가지고 있었더라면……."

집으로 돌아온 이자벨라는 경마장에서 있었던 사건을 플로렌티나에게 이야기하고, 한 시간이 지나자 그 일에 대해 더 이상 생각하지 않았다. 그런데 아버지로부터 밤늦게 크세소프스키가 결투

입회인으로 리친스키 백작을 택했는데, 백작이 남작에게 무조건 보쿨스키에게 사과할 것을 요구했다는 말을 듣고 이자벨라는 경멸하는 표정을 지으며 입을 찡그렸다.

'행복한 사람이야!' 그녀는 생각했다. '나를 모욕하고 그에게 사과하다니. 만일 누가 내 옆에서 내 연인을 모욕한다면, 나는 사과 같은 것은 절대로 받아들이지 않을 거야. 물론 그는 화해하겠지…….'

그녀는 침대에 누웠다. 그때 갑자기 새로운 생각이 떠올랐다.

'만일 보쿨스키가 화해를 거절하면……? 리친스키 백작도 경마에 돈을 걸었지만, 아무것도 얻지 못했지! 아, 맙소사, 내가 별생각을 다하네.' 그녀는 혼자 어깨를 으쓱하고는 잠들었다.

다음 날 정오까지 아버지와 그녀 그리고 플로렌티나는 보쿨스키가 남작과 화해할 것이며, 그가 달리 행동할 수 없을 것이라 믿고 있었다. 오후가 되어서야 토마쉬는 시내에 갔다가 침통한 얼굴로 점심 식사 때 돌아왔다.

"아버지, 어떻게 됐어요?" 이자벨라가 걱정스러운 표정으로 물었다.

"불행한 일이야!" 가죽 소파에 몸을 던지며 토마쉬가 대답했다. "보쿨스키가 화해 제안을 거절하고, 그의 입회인들이 엄격한 조건을 제시했다는구나."

"언제라고 해요?" 작은 소리로 그녀가 물었다.

"내일 오전 9시 이전이란다." 그가 대답하고 이마의 땀을 닦았다. "불행한 일이야." 그가 계속해서 말했다. "우리 동업자들 모두 불안해하고 있어. 왜냐하면 크세소프스키는 총을 잘 쏘거든……. 만일 그 친구가 죽기라도 하면 내 모든 계획이 수포로 돌아가고 말아. 내 오른팔을 잃게 되는 셈이지……. 내 계획을 수행할 수 있는 유일한 사람인데…… 내가 유일하게 믿고 투자할 수 있는 사람이고, 매년 적어도 8천 루블씩 받게 될 텐데…… 운명이 나를 심각하게 괴롭히는구나!"

집안 어른의 침울한 기분은 다른 사람들에게도 옮아가서 아무도 점심을 먹지 않았다. 점심 후 토마쉬는 자기 방에 들어가 문을 잠그고 방 안을 뚜벅뚜벅 걸었다. 그가 몹시 동요하고 있다는 증거였다.

이자벨라도 자기 방으로 들어가서 불안할 때는 언제나 그러하듯 소파에 누웠다. 그녀에게도 불길한 생각이 엄습했다.

"나의 승리가 짧게 끝나는구나." 그녀는 혼자 중얼거렸다. "크세소프스키는 사실 총을 잘 쏘아……. 만일 그가 오늘 나를 보호했던 한 사람을 죽이면 어떻게 되지? 결투는 정말로 야만적인 유습이야. 보쿨스키는 (도덕적 측면에서) 크세소프스키보다 훨씬 더 가치 있는 사람이거든. 그런데…… 그가 죽을 수도 있다니……! 아버지가 희망을 걸고 있는 유일한 사람인데."

이자벨라의 내부에서 가문의 자존심이 말하기 시작했다.

'그래, 아버지는 보쿨스키의 자비 같은 것은 필요하지 않아. 아버지가 그에게 자본을 맡기는 것이고, 아버지가 그를 보호하고, 그가 아버지에게 이윤을 지불하는 것이지. 어쨌든 그가 안됐어……'

그녀의 머리에 한때 자기 집에서 30년 동안 일하면서, 재산을 관리하던 집사가 떠올랐다. 그녀는 그를 아주 좋아했고, 그를 신뢰했다. 보쿨스키가 자기와 아버지를 위해서 그녀가 신뢰했던 죽은 그 집사를 대신해 일할 수 있잖아. 그러다가 그도 죽는 거지 뭐!

한참 동안 그녀는 눈을 감고 아무것도 생각하지 않은 채 누워 있었다. 그러다 그녀의 머리에 생각지도 않은 이상한 결합이 떠올랐다.

"이 무슨 예상치 못한 일인가……!" 그녀 혼자서 말했다. "내일 나 때문에 두 사람이 싸운다. 두 사람 모두 그녀를 죽도록 모욕했다. 크세소프스키는 악의적인 조롱으로, 보쿨스키는 나를 위해 감행해서 바친 재물로 모욕했다. 그녀는 이미 거의 모든 것에 대해 그를 용서했다. 자기 세트 구매, 약속 어음, 몇 주일 동안 온 집안을 다 차지하고 계속된 카드놀이에서 일부러 아버지에게 돈을 잃은 것……. (아니야, 아직 그녀는 그를 용서하지 않았어. 그리고 절대 용서하지 않을 거야!) 그러나 그녀가 당한 모욕을 처벌하기 위해 신의 정의가 나섰다. 누가 내일 죽을까……? 둘 다 죽을 수도 있지. 어쨌든 나에게 감히 금전적 도움을 제공했던 자가 죽겠지. 클레오파트라의 애인과 같은 그런 사람은 살 수가 없어……."

눈물을 참지 못하면서 그녀는 그렇게 생각했다. 그녀를 위해 희생한 하인이 안됐다는 생각도 들었다. 그녀가 신뢰할 수 있는 사람일 수도 있는데. 그러나 자신에 대한 모욕을 용서하지 않는 신의 보살핌에 의한 심판 앞에서 그녀는 몸을 한껏 낮추었다.

만일 보쿨스키가 이 순간 그녀의 마음속을 들여다볼 수 있었다면 놀라서 도망갔을 것이고, 또 그녀에 대한 그의 광적인 사랑에서도 벗어났을 것이다.

이자벨라는 밤새 한숨도 못 잤다. 계속해서 그녀의 눈앞에 어떤 프랑스 화가가 그린 결투 장면이 어른거렸다. 잎이 무성한 나무들 아래에서 검은 옷을 입은 두 남자가 서로 권총을 겨누고 있었다.

나중에 (그 그림에는 없었지만) 한 남자가 머리에 총을 맞고 쓰러졌다. 보쿨스키였다. 이자벨라는 자신의 놀라움을 보이고 싶지 않아서 그의 장례식에 가지 않았다. 그러나 밤에 몇 차례 울었다. 그 별난 벼락부자가 마음을 아프게 했다. 그는 그녀에게 자신이 저지른 죄에 대한 대가를 그녀를 위한 죽음으로 치른, 그녀의 충실한 노예였다.

그녀는 아침 7시가 되어서야 겨우 잠이 들었다. 그리고 정오까지 깊은 잠에 빠졌다. 낮 12시 조금 전에 그녀의 침실 문을 성급하게 두드리는 소리에 그녀는 잠에서 깼다.

"누구세요?"

"나다." 아버지의 기쁨에 찬 목소리가 들렸다. "보쿨스키는 다치지 않았고, 남작은 얼굴에 상처를 입었단다."

"그래요……?"

그녀는 편두통을 느껴 오후 4시까지 침대에 누워 있었다. 그녀는 남작이 상처를 입은 것에 대해서 기뻐했다. 그런데 자신이 울기까지 했는데 보쿨스키가 죽지 않았다니 이상했다.

이자벨라는 늦게 침대에서 일어난 후 점심 먹기 전에 알레에로 잠깐 산책하러 나갔다.

맑은 하늘, 아름다운 나무들, 날아다니는 새들, 사람들의 즐거운 표정을 보니 지난밤 망상들의 흔적이 지워졌다. 지나가는 마차로부터 몇 차례 인사를 받다 보니 그녀의 가슴에서 기쁨이 깨어났다.

'역시 신은 자비로우셔.' 그녀는 생각했다. '우리에게 쓸모가 있을지도 모르는 한 사람을 구해 주신 것을 보면. 아버지가 그에게 그토록 의지하고 있고, 나도 그에게 점점 믿음이 간다. 합리적이고 힘 있는 그런 친구를 가지고 있으면 살면서 실망하는 일은 별로 없겠지."

'친구'라는 말이 그녀 마음에 들지 않았다. 자신의 친구가 되려면 적어도 많은 토지를 소유하고 있어야 한다. 그러니 잡화상을 경영하는 상인은 기껏해야 조언자나 지시를 수행하는 사람 정도밖에 될 수 없다.

집으로 돌아온 그녀는 아버지의 기분이 대단히 좋다는 것을 알게 되었다.

"그런데……." 아버지가 말했다. "축하차 보쿨스키에게 갔다 왔다. 그는 용기 있는 진정한 신사더구나. 그는 결투에 대해서는 깨끗이 잊고, 오히려 남작에 대해 애석해하는 것 같더라. 어쩔 수 없는 일이야, 사회적 지위가 무엇이든 귀족의 피는 숨길 수가 없어……."

나중에 그는 딸을 자기 방으로 데리고 가서, 몇 차례 거울을 들여다보더니 말했다.

"너 스스로 말해 봐라, 신의 섭리를 믿지 않을 수 있겠니? 그 사람이 죽었다면 나에게는 큰 충격이 되었을 것이다. 그런데 그는 구제되었어! 나는 그와 더 긴밀하게 지내야 해. 나중에 두고 보면 알겠지, 대변호사에게 의지하고 있는 공작이 잘될지, 보쿨스키에게 의지하는 내가 잘나갈지. 너는 어떻게 생각하니?"

"조금 전에 저도 같은 생각을 했어요." 아버지와 자기의 예감이 일치하는 것을 느끼며 이자벨라가 말했다. "아빠는 반드시 능력 있고 믿을 만한 사람을 곁에 두고 있어야 해요."

"그 밖에도 그는 나에게 끌려서 스스로 온 사람이다." 토마쉬가 말했다. "아주 똑똑한 친구야! 그는 또한 이해하고 있어. 자기 혼자 발버둥 치며 신분 상승을 도모하기보다는 과거 전통 있는 가문이 일어서는 것을 도움으로써 더 좋은 평판을 얻게 되고, 더 많은 일을 하게 된다는 것을. 아주 이성적인 사람이야." 토마쉬가 반복해서 말했다. "지금 비록 공작과 대귀족 모두를 자기편으로 만들고 있지만, 나와의 관계가 가장 가깝다는 것을 보여 주고 있지. 내가 과거의 지위를 다시 회복하는 것을 그는 유감스럽게 생각하지 않을 거야……."

이자벨라는 책상 위에 놓인 장식품들을 바라보며, 보쿨스키가 아버지에게 끌려 아버지와 가깝게 지낸다고 생각하는 것은 착각이라고 생각했다. 그러나 그녀는 아버지의 오판을 시정하지 않고, 오히려 반대로 마음속으로 자기가 이 상인과 좀 더 가까이 지내고 그의 사회적 신분을 인정해야겠다고 생각했다. '변호사와 상인…… 둘이 무슨 차이가 있나. 변호사도 공작의 신임을 받고 있다면, 왜 상인(아, 상인이라는 말은 마음에 안 들어!)은 웽츠키 가문의 친구가 되면 안 되는 거야?'

그날 점심, 저녁 그리고 그 후 며칠을 이자벨라는 기분 좋게 보냈다. 예전의 한 달 동안 찾아오던 사람들 수보다 더 많은 사람들이 짧은 기간에 자기 집을 방문할 정도로 상황이 변한 것에 그녀는 주목하게 되었다. 한때 텅 비어 있던 살롱이 지금은 몇 시간 동안 웃음과 이야기 소리로 가득하고, 비어 있던 가구들은 물건들로 가득 채워지고, 부엌에서는 웽츠키가 많은 돈을 다시 찾아왔다고 수군댔다. 경마장에서 이자벨라와 미처 첫인사를 나눌 수 없었던 귀부인들까지도 지금은 그녀를 방문했다. 청년들은 집으로 오지는 않았지만 거리에서 만나면 아는 체했고, 깍듯이 인사도 했다.

그리고 토마쉬는 자주 손님을 맞이했다. 사노츠키 백작이 그를 찾아와서 보쿨스키가 경마와 결투는 그만하고 공동 투자 사업을 위해 나서야 한다고 걱정스러운 듯 말했다. 리친스키 백작도 보쿨스키의 특이한 신사적인 면에 대해 이야기했다. 그러나 무엇보다도 공작이 몇 차례 방문해서 토마쉬에게 보쿨스키가 남작과의 사건은 잊어버리고, 대귀족들에 대해 비호감을 가지지 말고, 나라의 불행한 처지를 잊지 않기 바란다고 부탁했다.

"그리고 사촌이 나서서……." 공작이 끝으로 말했다. "그가 더 이상 결투를 못하도록 말리게. 그건 필요한 일이 아니야. 젊은 사람들에게는 좋을지 몰라도, 점잖고 공적이 있는 시민들에게는 좋지 않지."

특히 자기를 위한 이 모든 갈채와 환대가 자기 집을 팔기 전 며칠 동안에 일어난 것을 생각할 때 토마쉬는 감동했다. 1년 전 이와 비슷한 일이 있을 때 사람들은 찾아오지도 않았다.

"이제 내게 적합한 지위를 내가 다시 차지하기 시작했어." 토마쉬는 작은 소리로 이렇게 말하고 갑자기 주위를 둘러보았다. 그의 뒤에 보쿨스키가 서 있는 것 같았다. 그래서 마음을 가라앉히기 위해 몇 차례 반복해서 말했다.

"그에게 상을 주어야지…… 상을 주고말고. 그도 나의 지지를 확신하고 있을 거야."

보쿨스키의 결투가 있고 나서 3일 후에 이자벨라에게 고급 상자와 편지가 배달되었다. 그것이 그녀를 떨리게 했다.

사랑하는 사촌! 나의 불행한 결혼을 용서한다면, 나는 나에게 고통을 주는 내 부인을 자네에게 주겠네.

자네와 나 사이에 맺어진 영원한 평화 협정의 물질적 상징으로 치아를 보내네. 이것은, 내 생각에, 내가 경마장에서 자네에게 무례한 말을 한 대가로 보쿨스키 씨가 총으로 쏘아 뽑은 것이라네. 자네에게 보장하는데, 사랑하는 사촌, 바로 이 이가 지금까지 자네를 향해 갈던 바로 그 이니까, 앞으로는 그런 일이 절대 없을 것이네.

자네는 이 이를 거리에 버려도 되지만, 상자는 기념으로 간직하기 바라네. 환자가 — 아주 심한 정도는 아니라네 — 보내는 이 작은 물건을 받아 주기 바라네. 언젠가 자네가 나의 현명하지 못했던 악의를 잊어 주기 바라네.

자네를 사랑하고 깊이 존경하는 사촌 크세소프스키

P. S. 만일 내 이를 창밖으로 버리지 않으려면, 나에게 다시 보내 주게. 나는 그것을 나의 잊을 수 없는 부인에게 바치겠네.

그러면 며칠 동안 이것 때문에 걱정하겠지. 아마 의사들도 불쌍한 영혼에게 그렇게 권할 것이네. 보쿨스키 씨는 대단히 친절하고 고귀한 사람이네. 비록 나를 수치스럽게 했지만, 내가 그를 진심으로 좋아한다는 것을 고백하네.

고급스러운 상자에는 실제로 엷은 종이에 싼 이가 들어 있었다. 이자벨라는 한참 생각한 뒤에 자기는 이미 더 이상 화내지 않으며, 상자는 받아들인다고 진심 어린 편지를 남작에게 썼다. 그리고 이를 주인에게 보냈다.

여기서 의심할 여지가 없는 것은 오로지 보쿨스키 덕택에 남작이 그녀와 화해하고, 그녀에게 용서를 빌었다는 사실이다. 이자벨라는 자신의 승리를 만끽했다. 그리고 보쿨스키에게 고마움을 느꼈다. 그녀는 방문을 닫고 상상하기 시작했다.

그녀는 상상했다. 보쿨스키가 자기 상점을 팔고 토지를 구입한다. 그러나 막대한 수입을 가져오는 무역 회사 사장 직은 그대로 유지한다. 모든 대귀족들이 그를 집으로 초대해서 환대한다. 그리고 그녀는 그를 자신의 심복으로 삼는다. 그는 그녀의 집 재산을 늘려서, 과거의 영광스러웠던 시절로 돌려놓는다. 그는 그녀의 모든 지시를 수행한다. 그는 필요하다면 언제든 어떤 모험이라도 감행한다. 그리고 드디어 그는 훌륭한 웽츠키 집안에 어울리는 그녀의 남편감을 찾아낸다.

그는 이 모든 것을 수행한다. 왜냐하면 그는 자신의 생명보다 더 고귀한 이상적인 사랑으로 그녀를 사랑하기 때문이다. 그녀가 그에게 미소를 짓거나, 애정 어린 눈길을 보내거나, 혹은 그가 특별한 일을 했을 때 그의 손을 한 번 잡아 주면 그는 완전한 행복을 느낀다. 그녀가 아이들을 낳게 되면 그는 유모와 가정 교사를 구해 오고, 또 그 아이들의 재산도 불려 준다. 그리고 그녀가 죽으면(이 대목에서 이자벨라의 아름다운 눈에 눈물이 고였다), 그는 그녀의 무덤에서 권총으로 자살한다……. 아니지, 그녀로부터 배운 섬세함 때문에 그는 그녀의 무덤에서 조금 떨어진 곳에서 총으로 자살한다.

그녀의 환상은 아버지가 들어오는 바람에 여기서 중단된다.

"크세소프스키가 너에게 편지를 보냈다지?" 토마쉬가 흥미로운 듯 물었다.

딸이 책상 위에 놓인 편지와 황금빛 상자를 가리켰다. 토마쉬가 편지를 읽으면서 머리를 갸우뚱하더니 말했다.

"비록 좋은 녀석이지만, 역시 미쳤군. 그러나…… 보쿨스키가 이번에 너에게 정말 큰일을 했어. 너의 숙적을 네가 완전히 이긴 거야."

"아버지, 제 생각인데, 그 사람을 한번 점심에 초대해야 할 것 같아요…… 저도 그를 좀 더 알고 싶고요."

"그렇지 않아도 며칠 전부터 나도 그 생각을 하고, 너에게 물어보려던 참이었다!" 크게 기뻐하며 토마쉬가 대답했다. "그처럼 도움이 되는 사람을 너무 에티켓 따져서 거리를 두고 지낼 필요는 없지."

"그래요." 이자벨라가 말했다. "믿을 만한 하인과는 우리가 어느 정도 깊은 이야기도 나눌 수 있지요."

"벨라야, 나는 너의 이성을 존경한다……!" 감동한 토마쉬가 이렇게 말하고, 처음에는 딸의 손에 나중에는 딸의 이마에 키스했다.

제15장 열정은 인간의 영혼을
어떤 식으로 뒤흔드는가

웽츠키의 점심 초대를 받고 보쿨스키는 상점에서 거리로 나왔다. 좁은 방이 견디기 어려울 정도로 답답하게 느껴졌고, 계속해서 그를 나무라듯 말하는 제츠키와의 대화는 이상할 정도로 바보 같은 짓처럼 생각되었다. 오로지 상점과 나폴레옹 보나파르트밖에 모르는 나이 들고 경직된 홀아비가 그를 미쳤다고 비난하니 웃기는 일 아닌가……!

'내가 잘못한 게 뭐가 있어.' 보쿨스키는 생각했다. '내가 사랑 좀 한다고……? 좀 늦었을 수는 있어. 그러나 내 생전 처음으로 이런 사치 좀 누리는 건데. 수백만 명의 사람들이 사랑하고 있고, 감정이 있는 온 세상이 사랑하고 있는데. 왜 나에게는 그런 일이 허용되지 않는단 말이야? 만일 그 원칙이 존재 이유를 가지고 있다면, 내가 하는 모든 일에도 존재 이유가 있지. 결혼하고 싶은 사람은 재산이 있어야 해. 그래서 나도 재산을 모았어. 그리고 자기가 선택한 여인에게 가까이 가야지. 그래서 나는 접근했어. 그리고 그녀를 물질적으로 보살피고, 그녀를 적으로부터 보호해야지. 나는 두 가지를 다 하고 있어. 내가 나만의 행복을 얻기 위해 누군가에게 부당한 짓을 했는가? 내가 사회와 내 가까운 사람들에 대한 의무를 소홀히 했는가……? 아, 그 사랑하는 가까운 사람들과 한 번도 나를 돌본 적이 없는 사회가 내가 하는 모든 일에 장애가 되면서 언제나 나만 희생할 것을 요구하고 있다. 오늘 내가 미쳤다고 하는 바로 그들이 나더러 어떤 허구적인 의무를 수행하라고 강요하고 있어. 만일 그들이 아니었다면 나는 책벌레처럼 책에 파묻혀 있고, 수백 명의 사람들은 지금보다 돈을 더 적게 벌겠지. 그런데 그들은 나에게 무엇을 요구하는 거야?' 신경이 예민해진 상태에서 그가 스스로에게 물었다.

신선한 공기 속을 걷다 보니 마음이 안정되었다. 그는 예로졸림스키 거리까지 갔다가 비스와 강 쪽으로 향했다. 동쪽에서 불어오는 강바람에 그의 어린 시절을 생생히 떠올리게 하는 표현하기 어려운 감정이 깨어났다. 그가 어린애로 노비 시비아트 거리에 있고, 아직 그에게서 끓어오르는 젊은 피를 느끼고 있다는 생각이 들었다. 그는 야윈 말이 끄는 짐마차에 모래를 싣고 가는 모래 장수를 보고도 미소 지었다. 그에게는 악마같이 구걸하는 노파도 착한 늙은이처럼 보였으며, 공장에서 흘러나오는 시끄러운 기계 소리도 듣기 좋았다. 그는 길가 언덕에 서서 지나가는 유대인들에게 돌을 던지며 즐거워하는 어린애들과도 말을 나누고 싶었다.

그는 오늘 받은 편지와 내일의 웽츠키 집 방문에 대한 생각을 떨쳐 버리고 냉정해지려 애썼지만, 격렬해진 감정에 압도되고 말았다.

"그들은 왜 나를 초대했을까?" 보쿨스키는 내적으로 가벼운 찬 기운을 느끼며 물었다. "이자벨라 양이 나를 알고 싶다고……. 그러나 그들은 내가 결혼할 수 있다는 데 이의가 없다는 것을 보여 주고 있는 것이다. 그녀에 대해 내 안에서 일어나고 있는 것을 눈치채지 못한다면 그들은 눈이 멀었거나 바보다……."

너무 떨리기 시작해서 이 부딪치는 소리가 났다. 그때 내부에서 억눌렸던 이성이 말했다.

"잠깐, 한 번의 점심과 한 번의 방문으로 보다 깊이 알기까지는 아직 멀었다. 오래 알고 지낸 천 가지 경우 중에 겨우 하나 정도가 청혼하게 되고, 열 가지 청혼 중에 겨우 하나 정도가 받아들여지지만, 그런 청혼 중 겨우 절반 정도가 결혼으로 이어진다. 그래서 오래 사귄다고 결혼에 대해 생각한다면, 그는 완전히 미친 사람이다. 결혼하는 경우는 하나이고, 그 반대의 경우는 2만이니…… 이제 이해되었나? 아니면 아직 이해가 안 된 거야?"

보쿨스키는 이해했다고 인정하지 않을 수 없었다. 만일 모든 사귐이 결혼으로 이어진다면 한 여자가 수십 명의 남편을 가져야 하고, 모든 남자는 수십 명의 아내를 가져야겠지. 그렇게 되면 신부들은 그 많은 결혼식을 감당하지 못할 것이다. 그리고 전 세계는 하나의 거대한 정신 병원으로 변하겠지. 그런데 보쿨스키는 아직 이자벨라와 잘 아는 사이도 아닐뿐더러, 이제 겨우 그녀와 사귀려고 하는 전 단계에 있었다.

"그래서 내가 얻은 게 무엇이지?" 그는 스스로에게 물었다. "불가리아까지 가서 위험을 무릅쓰고 일하고, 경마에서 이기고, 결투에서도 지지 않았지만……."

"더 큰 기회를 얻었잖아." 이성이 설명했다. "1년 전에 너는 그녀와 결혼할 수 있는 기회를 1억분의 1 혹은 2억분의 1밖에 가지지 못했지만, 1년이 지난 지금은 2만분의 1로 기회가 커졌다……."

"1년 후에는 어떻게 될까……?" 보쿨스키는 반복했다. 다시 차가운 기운이 그를 에워싸는 것 같았다. 그러나 곧 그런 기운이 사라지자 그는 자문했다. "만일 이자벨라 양이 나에게 사랑을 느끼고 있거나 혹은 이미 사랑하고 있다면……?"

"먼저 알아야겠지, 이자벨라 양이 누군가를 사랑할 수 있는 여성인지……."

"혹은 그녀가 여자가 아닌 것은 아닐까?"

"수시로 변하는 변덕 이외에는 아무것도 누구도 사랑할 수 없는, 도덕적으로 결함 있는 여자들이 있고, 또 그와 비슷한 남자들도 있지. 그런 것은 멍청한 것, 눈이 먼 것, 마비와 같은 결점인데, 다만 잘 보이지 않을 뿐이야."

"계속 추정해 보자……."

"좋아." 보쿨스키에게 슈만 박사의 날카로운 지적들을 회상시키는 목소리가 말했다. "만일 그 아가씨가 누군가를 사랑할 수 있다고 하자. 그러면 두 번째 질문이 나오는데, 그것은……. 그녀가 너에게 사랑을 느끼느냐? 이다."

"그래도 내가 그 정도로 혐오스럽지는 않은 것 아니야."

"물론 너도 혐오스러울 수 있지. 사자가 아무리 잘생겼어도 암소에게는 혐오스럽고, 독수리는 거위에게 혐오스러운 존재지. 내가 너를 사자와 독수리에 비교한 것은 대단한 칭찬이라는 걸 알아야 해. 사자와 독수리는 아무리 장점이 많아도, 그들과 다른 종류의 암컷들에게는 혐오감을 불러일으킨다. 그러니 너도 여성들은 피해라……."

보쿨스키는 정신을 차리고 주위를 둘러보았다. 그는 이미 비스와 강 근처의 나무로 지어진 창고들 옆까지 와 있었다. 지나가는 마차들이 검은 먼지를 그에게 날렸다. 그는 서둘러 시내로 돌아와 자신에 대해 생각하기 시작했다.

'내 안에는 두 사람이 살고 있는데, 한 사람은 완전할 만큼 이성적이고, 다른 사람은 미친놈이다. 그런데 누가 이길까……? 아, 그런 건 이제 걱정하지 않아. 그런데 현명한 쪽이 이기면 내가 무엇

을 하지……? 자기와 다른 종류의 이성인 암소, 거위 암컷 또는
더 못한 것에게 선사할 풍부한 감정을 가지고 있다는 것은 얼마나
가공할 일인가……? 또 얼마나 굴욕적인 일인가, 황소나 수컷 거
위의 승리를 보고 웃으면서, 동시에 찢어지게 아프고 수치스러울
만큼 짓밟힌 자신의 가슴에 대해 우는 것은……? 그런 비슷한 조
건에서 계속 살 만한 가치가 있는 일인가?'

그런 생각을 하면서 보쿨스키는 강렬한 죽음의 유혹을 느꼈다.
그는 너무 철저하게 생각하여 자신이 죽은 후 한 줌의 재도 이 지
상에 남기고 싶지 않았다.

하지만 점차 마음이 평정을 되찾아 집에 돌아온 후에는 완전히
냉정해져서 내일 점심 초대에 연미복을 입을까, 프록코트를 입을
까 생각했다.

혹은 이자벨라를 좀 더 가까이 사귈 수 있는 기회를 놓치는 예
상치 못한 일이 내일 일어나지 않을까 하는 걱정도 들었다. 나중
에 그는 최근의 영업 거래 장부를 정리하고, 모스크바와 페테르부
르크에 전문들을 보내고 나서, 드디어 늙은 슐랑바움에게 웽츠키
씨의 집을 사기 위해 이름을 빌려 달라는 편지를 썼다.

'변호사 말이 맞을 수도 있어.' 보쿨스키는 생각했다. '다른 사람
이름으로 그 집을 사는 게 더 나을 거야. 안 그러면 내가 그들을
이용해 돈을 벌려 한다고 의심할 수도 있고, 더 좋지 않은 경우는
내가 그들에게 선심을 쓴다는 의혹을 살 수도 있다……'

비록 겉으로는 태연한 척하지만 그의 내부에서는 폭풍이 휘몰
아치고 있었다. 이성이 큰 소리로 말했다. 내일 점심은 별 의미가
없을 것이고, 아무 희망도 주지 않을 것이다. 그러나 또 한편으로
희망이 작은 소리로…… 아주 작은 소리로 속삭였다. 그가 사랑
의 대상이 될 수도 있고, 앞으로 그렇게 될 수도 있다고…….

하지만 그 소리가 너무 약해서 보쿨스키는 최대한 집중해서 그 속삭이는 소리를 들어야 했다.

보쿨스키에게 대단히 중요한 다음 날, 바르샤바에도 자연에도 관심을 끌 만한 아무런 특이한 현상이 나타나지 않았다. 경비들의 빗질로 여기저기에서 먼지가 일어나고 있고, 마부들은 아무 생각 없이 마차를 빠르게 몰고, 이유도 없이 마차를 세우기도 했다. 끊임없이 오가는 행인들의 흐름은 도시의 움직임을 유지하기 위한 것처럼 보였다. 이따금 집들의 담 밑에 걸인들이 모여들었다. 그들은 6월인데도 마치 1월인 것처럼 몸을 웅크리고, 손을 소매 깊숙이 집어넣고 있었다. 가끔 거리 중앙으로 양철통을 가득 실은 농부의 마차가 지나갔는데, 그 마차는 짙은 푸른색 카프탄*을 입고 머리에 붉은 수건을 쓴 건장한 부인이 끌고 있었다.

이 모든 것이 다양한 색깔의 기다란 두 건물 사이에서 일어났다. 그 벽돌 위로는 교회들의 두드러진 전면들이 솟아 있었다. 길 끝부분 양쪽에는 마치 도시를 지키는 경비처럼 두 개의 동상이 있다. 그중 하나는 거대한 양초 위에 서 있는 지그문트 왕이다. 그는 베르나르디니 수도원 쪽으로 기울어 있는데, 행인들에게 무엇인가 말하고 싶어 하는 것처럼 보인다. 다른 하나는 움직이지 않는 지구의를 들고 있는, 움직이지 않는 코페르니쿠스다. 그는 태양을 향해 뒤로 고개를 돌리고 있다. 해는 아침에 카라시 집 쪽에서 떠올라 학술원 건물 위에 머물다가 마치 "그는 해를 붙들고, 지구를 움직인다"라는 말을 반박이라도 하듯 자모이스키 궁궐 뒤로 숨는다. 마침 자기 집 발코니에서 그쪽을 바라보고 있던 보쿨스키는 코페르니쿠스의 진정한 친구는 짐꾼과 톱질하는 사람이었다는 것을 회상하고 자기도 모르게 한숨을 쉬었다. 이들은 코페르니쿠스의 업적에 대해서는 잘 알지 못했다.

'몇 권의 책에서 코페르니쿠스를 민족의 자존심이라 부르는 것은 코페르니쿠스에게 적지 않은 일이지.' 보쿨스키는 생각했다. '행복을 위한 일, 이것은 이해할 수 있지. 그러나 사회나 명성 같은 픽션을 위한 일을 나는 하지 않을 거야. 사회나 명성은 스스로 알아서 자기들이 챙기라지…… 예를 들면 내가 시리우스별에서 명성을 얻고 있다고 상상하는 것을 무엇이 방해하겠어? 그리고 오늘날 코페르니쿠스는 지구와 관련해서 더 좋은 위치에 있지도 않아. 어떤 별 베가에 있는 나를 위한 피라미드만큼 바르샤바에 있는 동상이 그를 추모하고 있는 정도지! 순간의 행복을 위해 나는 3백 년의 명성도 버리겠어. 한때는 이와 다르게 생각했던 나의 어리석음에 대해 지금은 의아해할 뿐이야.'

마치 그에 대한 대답이기라도 하듯 그는 길 건너편에 있는 오호츠키를 보았다. 대단한 마니아인 그가 호주머니에 손을 넣고 머리를 숙인 채 천천히 걸어가고 있었다.

이 단순한 조우가 보쿨스키의 마음을 심하게 흔들어서, 그는 순간적으로 예감을 믿게 되고, 기쁘고 놀라운 마음으로 생각하게 되었다.

'그는 코페르니쿠스와 같은 명성을 얻게 되고, 날아다니는 행복을 얻게 되리라고 나에게 암시하는 것 아닌가……? 그는 날아다니는 기계를 만들고, 그 대신 그의 여사촌은 나에게 남겨 두라는 뜻이지! 이 또한 무슨 미신 같은 소리인가……?' 잠시 후 그는 정신을 차렸다. '나와 미신이라……!'

어쨌든 "오호츠키는 불멸의 명성을 얻게 되고, 자기는 살아 있는 이자벨라 양을 얻게 될 것이다"라는 문장이 아주 마음에 들었다. 그의 가슴은 용기로 가득 찼다. 그는 자기 자신에 대해 농담도 했다. 그럼에도 불구하고 그는 더 많은 평온과 더 많은 용기를 가지고 있다는 느낌이 들었다.

"그러면 생각을 계속해 보자." 보쿨스키가 말했다. "나의 모든 노력에도 불구하고 그들이 나를 거절하면…… 그렇게 되면……? 맹세코 나는 곧바로 애인을 하나 구한 뒤, 그 애인과 함께 극장에 가서 웽츠키 씨 가족의 특별석 옆에 앉을 거야. 정직한 멜리톤 부인 혹은 그…… 마루세비츠는 이자벨라 양과 닮은 애인을(만 몇천 루블이면 얼마든지 찾을 수 있다) 나를 위해 찾을 것이다. 나는 그 애인을 머리부터 발끝까지 비단으로 싸고, 온몸을 보석으로 꾸밀 것이다. 그러면 그녀를 보고 이자벨라 양이 창백해지지 않는지 알게 되겠지. 그리고 나중에 이자벨라 양은 시집갈 테면 가라지, 의회 의장이나 남작에게……."

하지만 그녀의 결혼에 생각이 미치자 그는 분노와 절망에 휩싸였다. 순간 그는 온 세상을 다이너마이트로 폭파하고 싶은 생각이 들었다. 하지만 곧 정신을 가다듬었다.

"그런데 만일 그녀가 시집가고 싶어 한다면, 내가 할 수 있는 일이 뭐가 있겠어……? 아니, 만일 그녀가 애인이라도 가지고 싶어 하게 되면……. 처음에는 내가 데리고 있는 점원, 다음에는 어떤 장교나, 세 번째는 마부나 혹은 하인…… 그럴 경우 내가 거기다 대고 무슨 말을 할 수 있겠어……?"

보쿨스키는 다른 사람의 인격과 자유를 존중하는 마음이 크기 때문에 심지어 그의 광기까지도 그 앞에서는 수그러들었다.

"내가 할 수 있는 일이 무엇인가……? 내가 할 수 있는 일이 무엇인가……?" 이 말을 반복하면서 그는 손바닥으로 뜨거워진 머리를 감쌌다.

그는 상점에 들러 한 시간 동안 업무를 처리하고 집으로 돌아왔다. 4시에 하인이 옷장에서 내의를 꺼내 왔고, 그를 면도하고 머리를 빗기기 위해 이발사가 왔다.

"피툴스키 씨, 무슨 새로운 소식 없나?" 그가 이발사에게 물었다.

"아무 일도 없습니다. 그런데 상황이 나빠질 겁니다. 베를린 회의(1878)는 유럽의 목을 조르려 하고, 비스마르크는 베를린 회의의 목을 조르려 하고, 유대인들은 우리의 남은 것까지 싹쓸이하려고 합니다……." 패션 잡지에서 금방 나온 듯한 남자 천사처럼 아름답고 솜씨 좋은 젊은 이발사가 말했다.

그는 번개처럼 빠른 속도로 보쿨스키의 목을 수건으로 감싸고 얼굴에 비누칠을 하면서 계속 말했다.

"시내에서는, 선생님, 그때까지는 조용했습니다. 아무 일도 없이. 어제 저는 몇이서 사스카 켐파에 갔습니다. 그런데 선생님, 젊은 친구들, 그런 저질들은 처음 보았습니다! 춤추다가 서로 싸우는데, 선생님, 생각해 보십시오…… 머리를 조금 위로 하시겠어요, 죄송합니다."

보쿨스키는 머리를 조금 위로 올렸다. 그러자 이발사의 몹시 더러운 소매에 달린 금으로 된 커프스단추가 보였다.

"글쎄, 춤추면서 서로 싸우는데." 보쿨스키의 눈앞에서 면도날을 번쩍거리며 멋쟁이 이발사가 말을 계속했다. "생각해 보십시오. 사람을 때려서 진열대 안으로 집어넣으려 하질 않나, 숙녀를 때리기까지 하고……! 온갖 소란을 피우고…… 결투까지……. 제가 당연히 입회인으로 선택되었지요. 오늘 제가 곤란했습니다. 왜냐하면 제게 권총이 한 자루밖에 없었거든요. 30분 전에 모욕을 가한 자가 제게 와서 말하기를 결투는 어리석은 짓이고, 모욕을 당한 사람에게 한 번쯤 양보할 수 있는 것 아니냐고……. 머리를 오른쪽으로 하시겠습니까, 죄송합니다……. 선생님, 제가 (30분 전에) 화가 너무 나서 그 녀석을 복도 뒤로 끌고 가서 무릎으로 중간층 아래로 밀어 넣고, 당장 꺼지라고 했지요. 그런 바보하고는 결투가 안 되지요. 그건 아니지요? 이제 머리를 왼쪽으로 하시겠습니까, 죄송합니다…….”

그는 면도를 마치고, 보쿨스키의 얼굴을 씻겼다. 그는 범죄자의 수의처럼 생긴 옷으로 보쿨스키를 감고, 말을 계속했다.

“선생님 댁에서는 여성의 흔적을 한 번도 본 적이 없네요. 제가 다양한 시간대에 왔는데도…….”

그는 솔과 빗을 손에 들고 머리를 빗기기 시작했다.

“제가 다양한 시간대에 왔는데도, 제가 그런 데는 보는 눈이 있거든요……! 그런데도 치마 끝자락이나 여성의 샌들 혹은 띠 같은 것도 안 보이네요! 제가 한번은 가톨릭 성직자 방에 가 본 적이 있는데, 거기에 여성 코르셋이 있더라고요. 그가 길에서 주운 것이라며 익명으로 신문사에 보내려고 한다는데, 사실이겠지요. 그런데 선생님, 장교들 집에, 특히 기병대들 집에는……! (죄송합니다만, 머리를 조금만 숙이시겠습니까……) 제가 한 기병대 집에 네 명의 젊은 아가씨들이 있는 것을 보았는데, 모두 웃는 얼굴이었습니다. 그날 이후, 정말이지, 그 장교를 길에서 만나면 저는 90도로 절합니다. 비록 그가 저와 관계를 끊고 저에게 5루블을 빚지고 있긴 하지만. 그런데 선생님, 제가 루빈스타인 연주회 티켓 한 장을 6루블 주고 살 수 있다면, 그런 고수를 위해서 5루블쯤은 아깝지 않지요…… 머리를 조금 염색해야 할 것 같은데…….”

“됐네.” 보쿨스키가 대꾸했다.

“염색하면 좋겠는데.” 이발사가 한숨을 쉬었다. “선생님은 자신을 조금도 내세우려 하시지 않는데, 그게 꼭 좋은 것만은 아니지요……! 제가 발레리나를 몇 명 아는데, 그들은 선생님 같으신 분과 사귀고 싶어 합니다. 정말이지, 사귀어 볼 만합니다! 몸매 좋지요, 단단한 근육에, 스펀지처럼 탄력 있는 가슴에, 아름다운 동작에다가, 그리고 젊은 그녀들은 요구하는 것도 많지 않습니다. 선생님, 아세요, 여자는 늙을수록 비쌉니다. 그래서 여자 나이 60이 되면 아무도 끌리지 않지요, 가격이 없을 정도로 비쌉니다. 로스차일드도 감당 못할 걸요……! 그러나 여자 초년생은 1년에 3천 루블이면 됩니다. 거기에 작은 선물 몇 개 더해 주면 선생님만 믿고 살 겁니다……. 아, 그 아가씨들……! 제가 그녀들 때문에 좌골신경통을 얻긴 했지만, 그녀들에게 화를 낼 수는 없지요.”

이발사는 정성을 다해 일을 마치고 아주 깍듯하게 인사를 한 다음 웃는 얼굴로 나갔다. 그의 잘생긴 얼굴과 가죽 가방을 보면, 비록 그 안에는 빗과 면도기가 들어 있지만, 사람들은 그를 정부 부처의 공무원으로 볼 것이다.

이발사가 돌아간 후에 보쿨스키는 젊은 발레리나들을 생각한 것이 아니었다. 그의 생각을 사로잡고 있는 것은 오로지 두 가지 문제, 즉 연미복이냐, 예복이냐였다.

‘만일 연미복을 입으면, 내가 별로 입고 싶지도 않은 옷을 속물처럼 남들 따라 입는 꼴이 될 것이다. 만일 예복을 입으면, 웽츠키 집안에 모욕적인 일이 될 것이다. 그리고 누군가 모르는 사람이라도 있으면…… 내가 마차와 경주마를 산 것과 같은 그런 바보 같은 일을 한 것이 아무 소용 없게 되는 거지. 그러니 연미복을 입어야 해!’

그런 생각을 하면서 그는 이자벨라 때문에 빠지게 된 유치함의 극치에 대해 스스로 쓴웃음을 지었다.

“아, 나의 오랜 친구 호퍼여! 나의 대학 친구들과 시베리아에서 함께 고생했던 친구들이여, 자네들 중 누가 이런 일에 정신이 팔려 있는 나를 상상이나 하겠는가……?”

연미복을 입고 거울 앞에 서자 그는 만족스러웠다. 몸에 꽉 조이는 옷이 그의 발달된 근육을 아주 잘 보여 주고 있었다.

말들은 15분 전부터 기다리고 있었고, 벌써 5시 반이 되었다. 보쿨스키는 가벼운 외투를 걸치고 집을 떠났다. 마차에 오르면서 그는 아주 창백했고, 또한 아주 침착했다, 마치 위험에 맞서기 위해 떠나는 사람처럼.

제16장 '그 여자' ―
'그' 그리고 다른 사람들

그날, 보쿨스키가 점심 초대를 받은 날, 이자벨라는 백작 부인 댁에서 5시에 집으로 돌아왔다. 그녀는 약간 화가 났고, 또 잔뜩 꿈에 젖어 있었다. 그래서 무척 아름다웠다.

오늘 그녀는 행복과 실망을 다 맛보았다. 파리 시절부터 고모인 백작 부인과 가깝게 지냈던 유명한 이탈리아 비극 배우 로시가 공연차 바르샤바에 왔다. 그는 바르샤바에 오자마자 백작 부인을 방문하여 이자벨라에 대해 조심스럽게 이것저것 물어보았다. 그는 오늘 두 번째로 백작 부인 집에 오기로 되어 있었다. 그래서 백작 부인이 그를 위해 조카딸인 이자벨라를 집으로 초대했다. 그런데 로시는 오지 않고 편지만 보내왔다. 편지에는 높은 분이 갑자기 방문하는 바람에 올 수 없게 되어 죄송하다고 쓰여 있었다.

몇 년 전 파리에서 로시는 이자벨라의 이상이었다. 그녀는 그에게 빠졌고, 그녀는 자기 신분이 허용하는 범위 내에서 자신의 감정을 숨기지 않았다. 뛰어난 예술가인 그는 그것을 알아차렸고, 매일 백작 부인 댁을 방문하여 연기도 보여 주고, 이자벨라가 원하는 것을 낭송하기도 했다. 그리고 미국으로 떠나면서 『로미오와 줄리엣』 이탈리아어판에 "힘없는 곤충 파리도 로미오보다 더 많은 힘과 존경과 행복을 가지고 있다오……"라고 써서 그녀에게 선물했다.

로시가 바르샤바에 왔으며, 그녀를 잊지 않고 있다는 소식은 이자벨라를 감동시켰다. 오후 1시에 이미 그녀는 백작 부인 집에 도착했다. 매 순간 일어나서 창밖을 보았고, 마차 소리가 나면 그녀의 심장이 더 빨리 뛰었으며, 벨 소리가 나면 그녀는 몸을 떨었다. 이야기하면서도 정신은 다른 데 가 있었다. 그녀의 얼굴에는 홍조가 짙게 피어오르고 있었다. 그런데 로시는 오지 않았다……!

오늘 그녀는 유난히 아름다웠다. 그녀는 오늘 그를 위해 특별히 옷을 골라 입었다. 크림빛 비단옷을 입고(멀리서 보면 주름진 아마 같았다), 귀에는 다이아몬드 귀걸이(완두콩보다 크지 않은), 그리고 어깨에는 밝고 짙은 붉은 장미를 달았다. 그런 그녀를 로시가 보지 못했다니 얼마나 유감스러운 일인가!

네 시간이나 기다리다가 그녀는 속이 상해서 집으로 돌아왔다. 몹시 화가 났지만 그래도 『로미오와 줄리엣』을 들고 책장을 넘기며 생각했다.

'로시가 갑자기 여기에 나타난다면……?'

백작 부인 댁보다는 이곳으로 오는 것이 더 낫지. 옆에서 보는 사람도 없으니 그녀에게 더 뜨거운 말도 속삭일 수 있을 테고. 그가 준 선물을 그녀가 얼마나 소중히 간직하고 있는지도 확인할 수 있을 것이고, 그리고 무엇보다도 (커다란 거울이 커다란 소리로 말하고 있었다) 이 의상과 이 장미로 장식하고 있는 그녀가 이 푸른빛 소파를 배경으로 마치 여신처럼 보이는 것을 그가 확인할 수도 있을 텐데.

그녀는 만찬에 보쿨스키가 오기로 되어 있다는 것을 생각하자 자기도 모르게 어깨를 으쓱했다. 온 세상이 경탄하는 로시 다음에 액세서리 상인이라니, 그녀의 눈에 그가 너무 우습게 보여 그가 측은하게 생각되었다. 만일 보쿨스키가 이 순간에 그녀의 발아래 있었다면, 그녀는 마치 커다란 개를 쓰다듬듯 그의 머리에 손가락을 집어넣고, 로미오가 로런스 수사 앞에서 했던 탄식을 읽었을 것이다.

"줄리엣이 있는 이곳이 천상이오. 개도 고양이도 보잘것없는 쥐도 천상에 살고 있고, 줄리엣을 볼 수 있는데. 그런데 로미오는 볼 수 없다오! 힘없는 파리도 로미오보다 더 많은 힘과 존경과 행복을 가지고 있다오. 파리는 줄리엣의 고귀한 손을 만져 볼 수도 있고, 불타는 입술에서 불멸의 구원을 훔칠 수도 있는데. 파리는 그런 자유를 가지고 있건만, 로미오는 추방되었기 때문에 그런 자유가 없다오……! 오, 신부님, 지옥에서 추방이라는 말을 들으면 악령이 울부짖는다오. 따뜻한 마음이 있는 당신, 성스러운 고해 신부이며 친구여, 나를 그 무서운 추방이라는 말의 굴레에서 벗어나게 해 주오……."

그녀는 한숨을 쉬었다. 위대한 추방자가 그녀를 생각하면서 얼마나 많이 이 말을 반복했는지 누가 알리오? 그녀에게는 믿을 만한 친구도 없었을 텐데……! 보쿨스키는 그런 믿을 만한 사람이 될 수 있을 것이다. 그는 아마 알 수 있으리라, 그녀로 인한 절망이 어떤 것인지. 그는 그녀를 위해 목숨까지 걸지 않았던가.

그녀는 뒤로 몇 쪽을 더 넘겨 다시 읽었다.

"로미오! 너는 무엇이냐? 네 이름을 버려라 혹은…… 나의 사랑에 충실하겠다고 맹세하라. 그러면 나는 캐풀렛 가문과 절연하리라……. 그 밖에도 오로지 너의 이름 뒤에 있는 성(姓)이 나에게 적대적이다. 너는 본래 나에게 몬터규가 아니었기 때문이다. 오, 다른 성을 택하라, 도대체 성이 무엇인가……? 우리가 장미라고 부르는 것을 다른 이름으로 불러도 향기 나는 것은 마찬가지 아 닌가. 그렇다, 로미오, 성이 없어도 자기의 가치 모두를 그대로 간 직하지 않는가. 그러니 로미오, 너의 성을 버리고 그 대신에 너의 한 부분이 아닌 나를 택하라…… 아! 전부를……."

얼마나 기이한 유사성인가. 그 – 로시, 배우 그리고 그녀 – 웽 츠카 양. 성을 버리고, 자신의 직업을 버리면…… 그래, 그런데 남는 것이 무엇인가……. 그 밖에도 공작의 피가 로시와 결혼할 수도 있을 것이다. 그러면 세상은 그녀의 희생을 의아하게 여길 것이다…….

로시와 결혼한다고? 그의 무대 의상들에 대해 신경 써야 하고, 그의 밤무대 복장에 단추를 달아 주어야 할 일도 생길 테지?

이자벨라는 몸을 크게 떨었다. 그를 사랑하지만 가망 없는 일 이다 — 그것으로 충분하다……. 사랑하고 그리고 이 비극적인 사랑에 대해서 누군가와 가끔씩 이야기하는 것……. 플로렌티나 와 이야기할 수도 있지. 아니야, 그녀는 감정이 풍부하지 않아. 그 런 일에는 보쿨스키가 훨씬 더 잘 어울릴 거야. 그는 그녀의 눈을 바라보면서 자기 자신 때문에 그리고 그녀 때문에 괴로워할 거 야. 그녀는 자기와 그의 고통에 대해 괴로워하면서 이야기하겠지. 그런 식으로 아주 기분 좋게 몇 시간이 금방 지나가겠지! 액세서 리 상인이 속마음을 털어놓고 이야기할 수 있는 믿을 만한 사람 의 역할을 하는 거지! 그리고 그는 비즈니스에 대해 잠시나마 잊 을 수도 있고…….

바로 그 시간에 토마쉬는 자신의 잿빛 수염을 꼬면서 자기 방 안에서 왔다 갔다 하며 생각에 잠겼다.

'보쿨스키는 대단히 능력 있고 에너지 넘치는 사람이야! 내가 그런 전권 대리인을 가질 수만 있다면(여기서 그는 한숨을 쉬었

다) 재산이 줄어드는 일은 없을 텐데……. 그래, 이제 됐어. 그 대신 내가 그를 가지고 있잖아. 집을 팔게 되면 4만, 아니 5만, 잘되면 6만 루블쯤 남겠지. 아니야, 과장하지 말고 5만만 되어도, 그래, 4만만 되면……. 그것을 그에게 주면 그가 나에게 매년 8천 루블씩 지급하게 된다. 그리고 나머지를(내가 기대하고 있는 대로 사업이 그의 손에 넘어가면), 나머지 수익금을 자금화하도록 지시한다. 5년이나 6년 후에는 총액이 배로 늘어나고, 10년이 되면 네 배로 증가할 수 있다. 돈이 사업 자금으로 이용되면 미친 듯 불어나니까……. 내가 할 말이 뭐가 있겠어! 만일 보쿨스키가 진정으로 천재적인 사업가라면 당연히 백 퍼센트 확실하겠지. 그러면 내가 그의 눈을 똑바로 보고 솔직히 말하지. 매년 15퍼센트나 20퍼센트를 나에게 주지 말고, 다른 사람에게 주게, 나의 은인이여, 나는 그 일을 잘 알고 있네. 물론 그는 다른 사람이 누굴 말하는지 알고 즉시 마음이 누그러져서 내가 꿈도 못 꿀 정도로 수입을 올릴 거야…….'

앞방의 벨이 두 차례 울렸다. 토마쉬는 방 안쪽으로 가서 소파에 앉은 다음 이런 경우를 위해 미리 준비해 둔 수핀스키의 경제학 책을 손에 들었다. 미코와이가 문을 열자 곧이어 보쿨스키가 나타났다.

"아, 어서 와요……!" 토마쉬가 손을 내밀면서 말했다.

보쿨스키는 자기가 아버지라 부르고 싶은 머리가 하얀 신사에게 머리를 깊이 숙여 인사했다.

"스타니스와프 선생, 어서 앉게. 담배 한 대 하겠는가? 무슨 새로운 소식은 없는가? 방금 수핀스키를 읽고 있는데, 대단한 인물이야! 맞아, 일할 줄 모르고 저축할 줄 모르는 민족은 지상에서 사라질 수밖에 없어…… 오로지 저축과 노동뿐이야……! 그럼에도 불구하고 우리 동업자들은 벌써부터 불만을 토로하기 시작했단 말이야, 이게 말이 되나……?"

"하고 싶은 대로 하라지요." 보쿨스키가 말했다. "저는 그 사업에서 1루블도 가져가지 않을 겁니다."

"내가 자네를 그렇게 하도록 두지 않을 거야, 스타니스와프 선생." 토마쉬가 확신에 찬 목소리로 말했다. 그리고 곧이어 말했다. "내가 최근에 집을 팔려고 내놓았다네. 집 때문에 골치가 아프네. 세든 사람들은 집세를 내지 않고, 관리인은 내 돈을 도둑질하고 있으니 내 호주머니 돈으로 채권자들을 달랠 수밖에 없다네. 그런 일이 나를 지겹게 한다네."

"그러시겠지요." 보쿨스키가 거들었다.

"한 가지 바라는 것은……." 토마쉬가 말을 계속했다. "집을 처리하고 나서 5만이나, 하다못해 4만 루블이라도 내게 남게 되는 것이라네."

"어르신께선 집값으로 얼마쯤 생각하고 계시는지요……?"

"10만에서 11만 루블까지……. 얼마를 받든 나는 그 돈을 자네에게 맡길 생각이라네, 스타니스와프 씨."

보쿨스키는 동의한다는 의미로 고개를 숙였지만, 토마쉬가 집값으로 9만 루블 이상은 받기 어려울 것이라고 생각했다. 그도 그럴 것이 자기가 지금 쓸 수 있는 돈이 그만큼밖에 없고, 돈을 빌리면 자기 신용에 문제가 생길 수도 있기 때문이었다.

"자네에게 다 맡기겠네. 스타니스와프 씨." 웽츠키가 말했다. "그런데 미리 꼭 묻고 싶은 것이 있는데, 자네가 받아 주겠는가……?"

"물론이고말고요."

"이자는 몇 퍼센트나 주겠는가?"

"20퍼센트 보장합니다. 사업이 잘되면 그 이상도 가능합니다."
보쿨스키는 이렇게 대답했지만, 속으로는 다른 누구에게도 15퍼
센트 이상은 줄 수 없다고 생각했다.

'교활한 친구로군……!' 토마쉬는 생각했다. '자기는 100퍼센트
가지면서 나에게는 20퍼센트만 주겠다고…….'

그러나 그는 큰 소리로 말했다.

"좋네, 스타니스와프 씨. 20퍼센트 받아들이겠네. 그런데 선불로
할 수 있을지."

"그렇게 하시지요. 미리 드리겠습니다…… 6개월마다." 그렇게
말하면서도 보쿨스키는 토마쉬가 돈을 너무 빨리 주지 않을까 걱
정했다.

"그렇게 합의했네." 토마쉬가 진심에서 우러난 목소리로 말했다.
"20퍼센트 이상의 모든 이익은, 자네에게 부탁하는데, 그것을 나
에게 주지 말고, 비록…… 간절히 부탁하는데, 알겠는가? 그것을
투자해 주게. 돈이 불어나도록, 그렇지……?"

"아씨들이 기다리고 계십니다." 그 순간 하인 미코와이가 문을
열고 나타나 말했다.

토마쉬가 소파에서 품위 있게 일어나 마치 중요한 행사장으로
향하듯 엄숙한 걸음으로 보쿨스키를 살롱으로 안내했다.

나중에 보쿨스키는 자기가 그날 어떻게 살롱으로 들어갔으며,
살롱에서 무슨 일들이 있었는지 여러 차례 회상했다. 그러나 모
든 것을 기억할 수는 없었다. 그는 살롱 문 앞에서 여러 번 토마쉬
에게 머리를 숙여 인사했으며, 곧이어 매혹적인 향기가 자기 몸
을 에워싸는 바람에 어깨에 붉은 장미가 달린 크림빛 의상을 입
은 여인에게 인사를 했고, 나중에 키가 크고 검은 옷을 입은 다른
여인에게도 인사했는데, 그 여인이 놀란 눈으로 자기를 바라보았

다는 것을 기억할 수 있었다. 적어도 그의 눈에는 그렇게 보였다.

조금 후에야 그는 크림빛 옷을 입은 여인이 이자벨라였다는 것을 알았다. 그녀는 소파에 앉아 있었는데, 더할 수 없이 아름다운 모습으로 그를 향해 고개를 숙이고 친절한 눈빛으로 그를 바라보면서 말했다.

"제 부친은, 귀하의 동업자로서, 귀하를 만족스럽게 하시기까지 오랜 실습이 필요하실 거예요. 아버지의 이름으로 너그럽게 보아주시기를 제가 부탁드립니다."

그녀가 손을 내밀었다. 보쿨스키는 황송스럽게 그 손에 겨우 손을 댔다.

"웽츠키 어르신은……." 그가 대답했다. "동업자로서, 그때그때 계산서를 확인할 믿을 만한 변호사와 회계 직원만 있으면 됩니다. 나머지는 우리가 할 일들입니다."

그가 무엇인가 아주 바보 같은 소리를 했고, 얼굴도 붉어졌다고 생각되었다.

"그런 상점을 운영하려면 할 일이 많으시겠어요." 검은 옷을 입은 플로렌티나가 끼어들었다. 그녀는 더 놀라는 표정을 지었다.

"할 일이 그렇게 많지는 않습니다. 제가 하는 일은 운영 자금 조달과, 공급자와 수요자를 연결하는 정도입니다. 물품 종류와 가격에 관한 일들은 상점 경영진이 합니다."

"그런 일을 다른 사람에게 맡겨도 되나요!" 플로렌티나가 한숨을 쉬었다.

"저의 모든 권한을 위임받은 점장이 있습니다. 제 친구이기도 합니다. 그가 저보다 상점을 더 잘 운영하고 있습니다."

"자네는 운이 좋은 거야." 웽츠키가 말을 끊었다. "금년에는 외국에 갈 일이 없나?"

"파리 박람회에 가려고 합니다."

"부럽네요." 이자벨라가 말했다. "두 달 전부터 저는 파리 박람회만 꿈꾸고 있거든요. 그런데 아빠는 해외여행 생각이 없으신 것 같으시니……."

"우리 여행이야 완전히 보쿨스키 씨에게 달렸지." 아버지가 말했다.

"그러니 그에게 맛있는 것을 대접하여 그의 기분이 좋도록 가능한 한 자주 네가 그를 만찬에 초대하는 것이 어떻겠니?"

"제가 약속하겠어요. 우리 집에 몇 번을 오시든 제가 직접 부엌일을 보살피겠어요. 그런데 그 일에 그런 선의만으로 되겠어요……."

"고마운 마음으로 그 약속을 받아들이겠습니다." 보쿨스키가 말했다. "하지만 그건 여러분께서 파리로 떠나는 것과 관계없는 일입니다. 그건 오로지 여러분의 의지에 달려 있습니다."

"Merci……." 이자벨라가 속삭이듯 말했다.

보쿨스키가 고개를 숙였다. '아, 이 merci를 알지! 이 한마디 때문에 나는 목숨을 걸지 않았던가…….'

"여러분을 식탁으로 모셔도 되겠습니까……?" 플로렌티나가 말했다.

모두 식당 방으로 이동했다. 방 가운데에 있는 원탁에 4인분이 준비되어 있었다. 보쿨스키는 이자벨라와 그녀의 아버지 사이에 앉았다. 그는 플로렌티나와 마주 보고 있었다. 그의 마음이 너무도 차분해져서 스스로도 놀랄 정도였다. 광기 같은 사랑의 열정이 완전히 사라져서 이 여인이 그가 그토록 사랑하는 여인이 맞는지 스스로에게 물었다. 지금 자기의 광적인 사랑의 대상과 불과 한 발짝 떨어진 곳에 앉아 있으면서 이토록 말할 수 없는 평온함을 느끼고 있으니 이것이 과연 가능한 일인가……? 그의 마음은 너무도 자유로워서 식탁에 앉아 있는 사람들 얼굴의 미세한 움직임까지도 자세히 바라볼 수 있을 뿐만 아니라, (조금 우스운 일이지만) 이자벨라를 바라보면서 속으로 다음과 같은 계산을 하기도 했다.

'입고 있는 옷. 비단 원단이 15자쯤 되니 15루블, 레이스 값이 10루블, 수공비 15루블…… 옷값으로 합이 40루블, 귀걸이가 150루블, 장미는 10그로시…….'

미코와이가 음식을 내오기 시작했다. 보쿨스키는 입맛이 전혀 없었지만, 냉국을 몇 술 뜨고, 포르투갈 와인을 마시고, 나중에 등심 스테이크를 먹고 맥주를 마셨다. 그 자신도 이유는 알 수 없지만, 웃음이 나왔다. 소년 같은 기쁨이 솟아올라 그는 식사 중에 일부러 실수를 저지르고 싶었다. 처음에 등심을 조금 먹고 그는 나이프와 포크를 접시 옆에 있는 받침 접시 위에 올려놓았다. 플로렌티나는 몸을 떨었고, 토마쉬는 활기 넘치는 목소리로 파리 튈르리 궁전 만찬에서 에우게니아 황후의 요청으로 육군 원수의 부인과 미뉴에트를 추었던 이야기를 신나게 하기 시작했다.

창꼬치 요리가 나왔다. 그것을 보쿨스키는 나이프와 포크로 공격했다. 플로렌티나는 거의 졸도할 지경이었고, 이자벨라는 보쿨스키를 너그러운 동정심으로 바라보았고, 토마쉬도 창꼬치 고기를 나이프와 포크로 먹기 시작했다.

'당신들, 어리석기는!' 보쿨스키는 이들에 대한 경멸감 비슷한 감정이 일어나는 것을 느끼면서 혼자 생각했다. 그런데 설상가상으로 이자벨라가, 조금도 악의 있는 것은 아니지만, 이런 말을 했다.

"아빠가 저에게 언제 창꼬치 고기를 나이프로 먹는 법을 가르쳐 주셔야겠어요."

보쿨스키에게는 그 말이 마음에 들지 않았다.

'이 식사가 끝나기 전에 사랑도 완전히 식을 것 같군.' 그는 혼자 속으로 말했다.

"사랑하는 애야." 토마쉬가 딸에게 말했다. "생선을 나이프로 먹지 않는 것은 사실 미신이야…… 내 말이 맞지요, 보쿨스키 씨?"

"미신이라고요……? 말하지 않겠어요." 보쿨스키가 말했다. "그것이 맞았던 조건에서 나온 습관이 그것이 맞지 않는 조건으로 이어 내려온 것에 지나지 않지요."

토마쉬는 의자에서 흔들거렸다.

"영국 사람들은 그것을 모욕이라고 생각할 텐데……." 플로렌티나가 선언하듯 말했다.

"영국 사람들에게는 바다 생선이 있어서 포크만으로도 그것을 먹을 수 있습니다. 그러나 우리가 먹는 생선은 가시가 많아서 그들과는 다른 방식으로 먹을 수도 있는 거지요……."

"오, 영국 사람들은 형식을 무시하는 법이 없어요." 플로렌티나가 방어했다.

"그렇습니다." 보쿨스키가 말했다. "그들은 정상적인 조건에서는 형식을 잘 지킵니다. 그러나 비정상적인 조건에서는 원칙에 따릅니다. 즉 더 편한 대로 합니다. 저는 대단히 높은 영국 귀족들을 여러 차례 보았습니다. 그들은 쌀 넣은 양고기를 손가락으로 먹었고, 닭고기 수프를 그릇째 들고 마셨습니다."

수업은 적중했다. 토마쉬는 만족스럽게 들었고, 이자벨라는 감탄했다. 영국 귀족들과 함께 양고기를 먹고, 생선을 나이프로 먹는다는 이론을 대담하게 전개하는 이 상인이 그녀의 머릿속에서 상상력의 날개를 달았다. 이론이 크세소프스키와의 결투보다 그녀에게 더 중요해 보이지 않는다고 누가 알겠는가.

"그러면 귀하께선 에티켓을 싫어하시나요?" 그녀가 물었다.

"아닙니다. 다만 에티켓의 노예가 되는 것이 싫습니다."

"에티켓을 항상 지키는 사회도 있지요."

"그건 잘 모르겠습니다. 다만, 저는 최고의 상류 사회도 보았습니다. 그곳에서도 어떤 조건하에서는 에티켓이 무시되었습니다."

토마쉬는 고개를 가볍게 숙였고, 플로렌티나의 얼굴에는 푸른 빛이 감돌았고, 이자벨라는 보쿨스키를 거의 다정한 눈빛으로 바라보았다. 아니, '거의' 이상이었다. 순간적으로 그녀는 보쿨스키를 상인의 모습으로 나타난 『천일 야화』속 아라비아의 왕 하룬 알라시드라고 상상했다. 그녀의 가슴에서 경이로움과 호감이 피어났다. 그는 틀림없이 그녀가 신뢰할 수 있는 사람일 것이다. 이 사람과는 로시에 대해서도 이야기할 수 있을 것이다.

아이스크림을 먹은 후 다른 사람들은 커피를 마시러 토마쉬의 서재로 갔다. 머리가 혼란스러워진 플로렌티나는 그대로 식당 방에 남아 있었다. 보쿨스키가 커피를 다 마시자마자 미코와이가 쟁반 위에 편지를 들고 와서 말했다.

"주인님, 답을 기다리고 계십니다."

"아, 백작 부인님 편지군⋯⋯." 토마쉬가 주소를 보고 나서 말했다. "실례하겠소⋯⋯."

"귀하께서 반대하지 않으신다면⋯⋯." 이자벨라가 보쿨스키를 향해 미소 지으며 말했다. "우리가 응접실로 가지요, 아버지께서 그사이에 답장을 쓰시게⋯⋯."

그녀는 알고 있었다. 그 편지는 토마쉬가 자신에게 보낸 편지라는 것을⋯⋯. 점심 식사 후에 그는 최소한 30분이라도 반드시 자야 했다.

"그래도 괜찮으시겠소?" 토마쉬가 보쿨스키의 손을 잡으며 말했다.

보쿨스키는 이자벨라와 서재를 나와 응접실로 들어갔다. 그녀는 몸에 밴 우아한 동작으로 소파에 앉으면서 보쿨스키에게 몇 발짝 떨어진 다른 자리를 권했다.

둘이만 있게 되자 보쿨스키는 피가 머리로 올라오는 것 같았다. 그런 흥분 상태는 이자벨라가 마치 그를 바닥까지 꿰뚫고 그를 꼭 붙들고 싶은 것 같은 이상한 눈빛으로 바라보고 있는 것을 알아차렸을 때 더욱 고조되었다. 그녀는 부활절 자선 모금 행사장이나 경마장에서 보았던 이자벨라가 아니었다. 그녀는 매우 이성적이고, 그에게 진지한 문제에 대해 물어볼 것이 있고, 그에게 무엇인가 솔직하게 말하고 싶어 하는 사람이었다.

보쿨스키는 그녀가 무슨 말을 할지 몹시 궁금한 나머지 자신에 대한 통제력을 완전히 잃고 있었기 때문에, 만일 이 순간에 그들을 방해하는 자가 나타나기라도 했다면 아마 그를 죽였을 것이다. 그는 침묵 속에서 이자벨라를 바라보며 기다렸다.

이자벨라는 당황스러웠다. 전에는 지금처럼 이렇게 감정이 혼란스러웠던 적이 없었다. 머릿속으로 그녀 자신이 했던 말들이 스쳐 지나갔다. '식기 세트를 그가 샀고', '그가 카드 게임에서 일부러 아버지에게 져 주었고', '그가 나를 모욕했고', 그리고 나중에, '그가 나를 사랑하고', '그가 경주마를 샀고', '그가 결투를 했고', '그가 최고의 영국 상류 사회에서 귀족들과 양고기를 먹었고······'. 경멸, 분노, 감탄, 호감이 마치 굵게 떨어지는 빗방울처럼 그녀의 영혼을 차례로 건드렸다. 하지만 그런 격정의 밑바닥에는 일상의 걱정거리들, 온갖 회의적인 일들, 그리고 위대한 배우에 대한 그녀의 비극적인 사랑 등을 신뢰할 만한 누군가에게 털어놓고 싶은 욕망이 꿈틀거리고 있었다.

'그래, 그는 될 수 있어…… 그는 내가 백 퍼센트 신뢰할 수 있는 나의 친구가 될 거야!' 이자벨라는 보쿨스키의 놀란 눈에 달콤한 시선을 부어 넣으면서, 그리고 마치 그의 이마에 키스라도 하려는 것처럼 앞으로 몸을 숙이면서 생각했다. 나중에 이유도 알 수 없는 수치심이 그녀를 엄습했다. 그녀는 몸을 세워 다시 소파 팔걸이에 손을 얹었다. 얼굴이 붉어지고, 긴 속눈썹이 천천히 아래로 내려왔다, 마치 잠이 쏟아지기라도 하는 것처럼. 그녀 얼굴의 움직임을 바라보면서 보쿨스키는 자정 북극광의 경이로운 물결과 이따금 인간의 영혼 속에서 마치 천상의 메아리처럼 울리는 소리도 말도 없는 이상한 멜로디를 회상했다. 꿈꾸듯 그는 탁상시계 소리와 자신의 심장 박동을 들으면서 두 개의 빠른 현상이 그의 생각의 흐름과 비교되는 것을 느끼며 놀라워했다.

'만일 천상이 있다면…….' 그는 스스로에게 말했다. '축복받은 사람들도 지금 이 순간의 나보다 더 행복하지는 않으리라.'

침묵이 너무 길어져서 조금 이상해지기 시작했다. 이자벨라가 먼저 깨어났다.

"선생님은…….." 그녀가 말했다. "크세소프스키 씨와 오해가 있었지요."

"경마에 대해서…….." 보쿨스키가 서둘러 말했다. "남작은 제가 자기의 말을 산 것을 받아들일 수 없었습니다."

잠깐 동안 그녀는 다정한 미소로 그를 바라보았다.

"그리고 나중에…… 우리를 아주 불편하게 했던 남작과 선생님이 결투를 하셨습니다." 그녀가 조용한 목소리로 말했다. "그후…… 남작이 제게 사과했습니다." 그녀는 눈을 내리깔며 서둘러 말을 마쳤다. "저에게 보낸 사과 편지에서 남작은 선생님에 대해 대단한 존경과 우정을 표했습니다…….”

“저는 말할 수 없이…… 더없이 행복합니다.” 보쿨스키가 더듬거렸다.

“어떤 이유에서요?”

“그런 식으로 일이 잘 해결되었기 때문입니다. 남작은 훌륭한 분입니다.”

이자벨라가 손을 뻗었다. 그리고 타는 듯 뜨거운 보쿨스키의 손바닥 위에 잠깐 동안 손을 그대로 둔 채 말했다.

“남작의 의심할 여지 없는 선의에도 불구하고 저는 오로지 선생님에게만 고마울 뿐입니다. 쉽게 잊을 수 없는 은혜가 있습니다. 그리고 정말로…….” 여기서 그녀는 더 천천히 그리고 더 조용히 말했다. “선생님께서 보여 주신…… 친절에 보상이 될 만한 무엇인가를 요구하시면 제가 느끼는 양심의 부담이 덜어질 것 같습니다.”

보쿨스키가 그녀의 손을 내려놓고 의자 위에서 몸을 바로 세워 앉았다. 보쿨스키는 정신이 너무 혼미해져서 ‘친절’이라는 표현에 별로 신경 쓰지 않았다.

“좋습니다.” 그가 대답했다. “아가씨께서 지시하시면 저는…… 무슨 일이든 기꺼이 하겠습니다. 대신 아가씨께 한 가지 부탁을 드려도 되겠습니까?”

“그러세요.”

“그러면…….” 온몸이 달아오른 그가 말했다. “한 가지만 부탁드리겠습니다. 제 힘이 다할 때까지 아가씨께 봉사하게 해 주십시오. 언제나 그리고 모든 것에 대해서.”

“선생님!” 이자벨라가 웃으면서 말을 막았다. “그러면 또 새로운 부담이 되지요. 저는 한 가지 빚을 갚으려 하는데, 선생님이 저더러 새로 빚을 더 지라고 하시는군요. 그건 아닌 것 같은데요……?"

"그건 아니라니요……? 아가씨께서는 공적인 심부름꾼의 봉사도 받아들이시지 않으십니까?"

"하지만 그들의 봉사에 대해서는 지불하고 있지요." 그녀가 보쿨스키의 눈을 바라보면서 장난스럽게 말했다.

"바로 그것이 그들과 저의 차이입니다. 그들에게는 지불해야 하지만, 저에겐 해당되지 않습니다. 그리고 가능하지도 않습니다."

이자벨라가 이해하기 어렵다는 듯 고개를 흔들었다.

"제가 부탁드리는 것은……." 보쿨스키가 계속해서 말했다. "가장 평범한 인간관계의 범주를 벗어나는 것도 아닙니다. 아가씨들은 항상 지시하고, 우리는 그것을 이행합니다. 그게 전부입니다. 아가씨가 속한 사회의 사람들은 자비를 요청할 필요가 없습니다. 자비는 그들에게 일상의 의무이고 또한 권리입니다. 저는 노력으로 이루었습니다. 오늘 저는 자비를 요청드립니다. 왜냐하면 아가씨의 지시를 이행하는 것이 저에게는 일종의 귀족화입니다. 세상에! 마부나 하인도 아가씨와 같은 색의 옷을 입을 수 있는데, 무슨 이유로 저는 그런 영광스러운 봉사를 할 수 없습니까?"

"아, 그런 말씀이시군요……? 그럼 저의 장식 띠를 선생님에게 드릴 필요가 없네요. 선생님이 그것을 힘으로 가져가셨으니. 다시 찾아오는 것은…… 이미 늦었지요. 남작의 편지를 감안하더라도."

그녀는 다시 손을 그에게 주었다. 보쿨스키는 존경심으로 그 손에 키스했다. 옆방에서 발소리가 들리더니 곧이어 토마쉬가 들어왔다. 잠을 푹 자고 난 그의 얼굴은 빛났다. 그의 아름다운 얼굴이 진실성을 보여 주고 있었다. 보쿨스키에게는 그렇게 보였다.

"나는 인간쓰레기가 될 것이오, 정직한 분이시여, 당신의 3만 루블이 매년 만 루블을 당신에게 가져오지 못한다면."

15분 정도 그들 세 사람은 함께 앉아서 얼마 전 자선 목적으로 스위스 계곡에서 있었던 이벤트에 대해, 로시의 도착과 파리 여행 등에 대해 이야기했다. 드디어 보쿨스키가 아쉬운 작별을 고했다. 헤어질 때 그는 더 자주 올 것과, 그들과 함께 파리로 갈 것을 약속했다.

"파리에 가면 얼마나 즐거울지 선생님은 보시게 될 거예요." 이자벨라가 헤어질 때 말했다.

제17장 여러 가지 씨앗과 환상이 싹트다

보쿨스키가 집으로 돌아왔을 때에는 이미 저녁 8시 반이었다. 해는 조금 전에 졌지만, 시력 좋은 사람은 황금빛 푸른 하늘에서 반짝이는 커다란 별들을 볼 수 있었다. 거리는 행인들의 즐거운 이야기 소리로 가득하고, 보쿨스키의 가슴에는 기쁜 평온함이 자리 잡았다.

그는 이자벨라의 모든 동작, 모든 웃음, 모든 눈빛, 모든 표정을 생생히 기억했다. 그는 그것들 속에서 불안한 마음으로 오만과 혐오의 흔적을 찾으려 했지만, 찾을 수가 없었다. 그녀는 그를 자기와 동등한 인물로 친구처럼 대했으며, 자신들을 더 자주 방문해 줄 것을 부탁했다. 세상에……! 그리고 자신에게 무엇을 요구하라고 요청하기도 했다.

'만일 내가 그 순간에 고백을 했더라면……' 그에게 그런 생각이 들었다. '무엇을……?' 그는 자신의 정신을 가득 채우고 있는 그녀의 분위기와 모습을 열심히 떠올렸다. 그러나 그를 싫어하고 있는 흔적은 찾아볼 수 없었다. 물론 장난기 있는 웃음은 있었다. '그녀는 아마 이렇게 대답했겠지. 우리는 아직 서로를 충분히 알지 못하고, 자신을 위해 내가 더 많은 일을 해야 한다는 둥……

그래, 틀림없이 그렇게 대답했을 거야.' 그는 이렇게 반복했다. 그는 여전히 의심할 여지가 없는 그녀의 호의적인 행동을 떠올렸다.

'일반적으로…….' 그는 생각했다. '나는 대귀족들에 대해 부당한 선입견을 가지고 있었던 거야. 그들도 우리와 같은 사람들이고, 어쩌면 우리보다 더 민감할 거야. 내가 무지막지한 사람처럼 이익을 추구하는 걸 알고 그들이 나를 피했을 거야. 하지만 내가 정직하다는 걸 알고 나서 나를 자기들에게로 끌어들이고 있는 거야……. 그런 여인을 아내로 맞이하면 얼마나 달콤할까! 물론 나는 그녀를 위해서 일을 많이 해야지. 아직은 멀었어……!'

그런 생각의 영향을 받아 그는 내부에서 진심 어린 인정(人情)이 크게 깨어나는 것을 느꼈다. 그런 마음이 먼저 웽츠키의 집을, 다음으로는 그 가족과, 자기의 상점과 그 상점에서 일하는 모든 사람들과, 자기와 거래하는 모든 상인들 그리고 드디어 온 나라와 모든 인류를 포용했다. 보쿨스키에겐 길 가는 모든 사람들이 멀고 가까운, 슬프고 즐거운 친척처럼 보였다. 그는 행인들에게 다가가 마치 걸인처럼 그들에게 물을 뻗했다. "여러분 중에 혹시 무언가 필요한 사람이 있습니까……? 말씀하시고, 지시하십시오, 여러분, 제발…… 그녀의 이름으로…….."

'지금까지 나의 삶은 초라했다.' 그는 스스로에게 말했다. '나는 이기주의자였다. 오호츠키, 그는 훌륭한 사람이다. 그는 인류에게 날개를 달아 주려고 한다. 그는 그 이상을 위해 자신의 행복을 잊었다. 명예는 물론 어리석은 것이지만, 모든 사람의 복지를 위한 일……. 그것은 원칙이다.' 그리고 웃으면서 덧붙였다. '그 여인이 나를 부자로 그리고 명성 있는 사람으로 만들었다. 그러나 그녀가 이대로 계속되면 나를 또 무엇으로 만들지 누가 알겠는가……? 아마 직업도 심지어 생명까지도 다른 사람들의 복지를 위해서 내

주는 성스러운 희생자로 만들 수도 있을 것이다. 물론 그녀가 원하면 나는 모든 것을 내줄 것이다……!'

그의 상점은 이미 닫혔다. 그러나 문틈으로 빛이 새어 나오고 있었다.

'무슨 일들을 하고 있는 것일까?' 보쿨스키는 생각했다.

그는 대문으로 들어가 뒷문을 통해 상점 안으로 들어갔다. 밖으로 나오는 지엠바와 문지방에서 마주쳤다. 그는 머리를 숙여 인사하고 헤어졌다. 상점 안에는 몇 명이 있었다. 클레인은 사다리를 타고 올라가서 선반 위의 물건들을 정리하고 있었다. 리시에츠키는 외투를 입고 있었고, 책상 안쪽에서 제츠키는 장부를 보고 있었는데, 그 앞에 어떤 사람이 서서 울고 있었다.

"이 늙은이는 갑니다!" 리시에츠키가 큰 소리로 말했다.

제츠키가 손을 눈 위로 올려 빛을 가리고 보쿨스키를 보았다. 클레인이 사다리 맨 위에서 고개를 몇 번이나 숙여 보쿨스키에게 인사했다. 울고 있던 사람이 갑자기 몸을 돌리더니 보쿨스키의 다리를 잡고 큰 소리로 울먹였다.

"이게 무슨 일인가……?" 울고 있는 사람이 늙은 수금원 오버만이라는 것을 알고 놀란 보쿨스키가 물었다.

"그가 4백 몇십 루블을 잃었답니다." 제츠키가 냉정하게 대답했다. "물론 고의적인 범행은 아니라는 것을 제가 보장하지만, 그렇다고 회사가 손해 볼 수는 없습니다. 오버만 씨가 우리 회사에 저축해 놓은 돈이 몇백 루블 됩니다. 그래서 둘 중 하나를 택해야 합니다." 흥분한 제츠키가 말했다. "오버만 씨가 돈을 내놓든가, 아니면 그만두든가…… 수금원들이 모두 오버만 씨 같으면 우리가 나쁘지 않은 비즈니스를 하겠구먼……."

"돈을 내놓겠습니다." 수금원이 울먹이며 말했다. "지불하겠습니다. 그런데 몇 년 동안 분납하게 해 주십시오. 회사에 맡겨 놓은 5백 루블은 제 전 재산입니다. 아들 녀석은 학교를 마친 뒤 의사 공부를 하고 싶어 합니다. 저도 곧 늙어 갑니다……. 그만큼 돈을 모으려면 사람이 어느 정도 힘들게 일해야 한다는 걸 아시잖아요…… 그만큼 모으려면 저는 다시 태어나야 합니다……."

옷을 다 입은 클레인과 리시에츠키가 사장의 판결을 기다리고 있었다.

"그렇소." 보쿨스키가 말했다. "회사가 손해 볼 수는 없소. 오버만이 지불하시오."

"알겠습니다." 불행한 수금원이 한숨을 내쉬었다.

클레인과 리시에츠키가 인사하고 밖으로 나갔다. 그들 뒤를 따라 한숨을 쉬면서 오버만이 상점 밖으로 나가려고 했다. 세 사람만 남았을 때, 보쿨스키가 빠르게 말했다.

"오버만, 지불해, 내가 다시 돌려줄게……."

수금원이 보쿨스키의 발아래 엎드렸다.

"일어나! 일어나!" 보쿨스키가 그를 일으키면서 말했다. "우리끼리만의 이 일을 만일 다른 사람에게 말하면 선물을 취소할 거다. 알겠나, 오버만……? 그렇게 되면 모두 돈을 잃으려고 할 테니까. 이제 집에 가. 그리고 아무 말도 하지 마……."

"무슨 말씀인지 알겠습니다. 신의 축복이 있기를 바랍니다." 기쁨을 감추지 못하면서 수금원이 대답하고 나갔다.

"이미 축복이 왔어." 보쿨스키는 이자벨라를 생각하면서 말했다.

제츠키는 불만이었다.

"이 사람아." 두 사람만 남게 되자 제츠키가 말했다. "상점 일에는 자네가 간섭하지 않는 것이 더 낫겠네. 나도 알고 있었네, 자네가 그에게 전액을 배상하라곤 하지 않을 거라고. 나도 전액을 요구할 생각은 없었네. 그러나 백 루블은, 벌의 상징으로 그 멍청이가 지불해야 했어. 그런데 제기랄, 그에게 모든 것을 다 줄 수도 있었겠군. 그러나 몇 주 동안이라도 불안하게 했어야 했는데……. 아예 당장이라도 상점 문을 닫는 것이 낫겠네."

보쿨스키는 웃었다.

"신이 노하실까 걱정했네" 보쿨스키가 대답했다. "이런 날, 사람에게 못된 짓을 하면."

"어떤 날인데……?" 제츠키가 눈을 크게 뜨며 물었다.

"그건 중요하지 않아. 오늘 나는 내가 동정심을 가져야 한다는 것을 알았어."

"자네는 동정심이 너무 많아." 이그나치가 흥분했다. "사람들은 자네에 대해 그렇지 않다는 것을 자네가 알아야 해."

"사람들도 그래." 보쿨스키가 말하고 그에게 작별의 뜻으로 손을 내밀었다.

"사람들도 그렇다고……?" 이그나치가 보쿨스키를 보며 믿을 수 없다는 듯 말했다. "사람들도 그렇다……! 자네가 사람들의 동정심의 시험대에 오르지 않기를 바랄 뿐이네…….

"시험 같은 것 필요 없이 이미 동정을 받고 있네. 잘 자게."

"이미 받고 있다……! 이미 받고 있다……! 그게 정말 필요할 때 어떻게 되는지 두고 보세. 잘 가게, 잘 가…….." 장부를 소리 나게 꽂으면서 늙은 점원이 말했다.

보쿨스키는 자기 집으로 돌아와 생각했다.

'크세소프스키를 한번 방문해야겠어…… 내일 가 봐야지. 그는 정말 점잖은 사람이야. 그가 이자벨라 양에게 사과했다. 내일 그에게 고맙다고 해야지. 만일 내가 도우려 하지 않으면 나를 악마로 여길 거야. 그 게으르고 경박한 사람에겐 쉽지 않은 일이겠지만…….

그러나 그건 중요하지 않아. 시도해 보겠어…… . 그가 이자벨라 양에게 사과했으니, 나는 그를 빚에서 구해 주어야지.'

평온과 확신의 감정이 이 순간 보쿨스키의 모든 정신을 압도하고 있었기 때문에, 그는 평소처럼 꿈꾸는 대신 일하기 시작했다. 그는 두꺼운 공책을 꺼냈다. 공책 대부분은 이미 글씨로 메워져 있었다. 그리고 그는 폴란드어-영어 연습 책을 꺼내 가능한 한 윌리엄 콜린스의 발음대로 말하려고 노력하면서 쓰기 시작했다.

몇 분 동안 쉬면서 그는 내일 있을 크세소프스키 남작 방문과, 남작을 부채에서 구해 줄 방법에 대해, 그리고 불행에서 구제해 준 오버만에 대해 생각했다.

'만일 축복이 어떤 가치를 가지고 있다면…… .' 그가 스스로에게 말했다. '오버만이 말한 축복의 전부에 이자까지 합쳐서 그녀에게 양도할 텐데…… .'

나중에 그에게 이런 생각이 들었다. 한 사람을 행복하게 하는 것은 이자벨라를 위한 좋은 선물이 못 된다고. 그렇다고 온 세상을 행복하게 할 수는 없는 일이고. 그러나 이자벨라와 좀 더 가까워진 것을 계기로 몇 사람을 끌어올려 주는 것은 가치 있는 일이라고 생각되었다.

'두 번째는 크세소프스키가 될 거야.' 그는 생각했다. '하지만 그런 친구를 구하는 것은 훌륭한 일이 아닌데…… 아!'

그는 손으로 이마를 치고 영어 연습 책을 한쪽으로 밀어 놓은 뒤, 개인 서신집을 꺼냈다. 고급 염소 가죽으로 만들어진 서신집은 날짜별로 받은 편지들이 들어 있었는데, 서신집 처음에 편지들 표시가 적혀 있었다.

"아!" 그가 말했다. "도덕적으로 타락한 여성의 갱생을 위한 막달레나 수도원에 있는 여성과 수도원 수녀들의 편지는 63쪽에…… ."

그는 63쪽을 찾아 주의 깊게 두 개의 편지를 읽었다. 하나는 우아하게 쓰였고, 다른 하나는 어린애 필체였다. 첫 번째 편지는 보쿨스키에게 윤리적으로 문란했던 마리아라는 여자가 지금은 바느질과 재단을 배우고 있는데, 경건하고 순종적이고 친절하고 품행이 단정하다는 사실을 알려 주고 있었다. 두 번째 편지는 바로 그 마리아가 보쿨스키에게 지금까지의 도움에 감사를 표하고, 일자리를 찾아 달라고 부탁하는 내용이었다.

"인자하신 선생님께서는……." 마리아가 썼다. "신의 은총으로 그처럼 많은 재산을 가지게 되셨을 때, 죄 많은 저에게는 돈을 지출하지 마시기 바랍니다. 저는 이제 혼자 살아갈 수 있습니다. 저는 일거리도 가지고 있습니다. 불행하고 수치스러운 저보다 더 절실하게 돈이 필요한 사람들이 바르샤바에는 적지 않습니다……."

이 편지를 자기에게 보내고 며칠 전부터 대답을 기다리고 있었을 것을 생각하자 보쿨스키는 미안한 마음이 들었다. 그는 바로 답장을 쓰고 하인을 불렀다.

"이 편지를 아침에 막달레나 수도원으로 보내 주게."

"알겠습니다." 하인이 하품을 참으려고 애쓰면서 말했다.

"그리고 탐카 거리에 사는 마부 비소츠키 알지? 그를 나에게 데려오게."

"오! 왜 모르겠어요. 그런데 주인님, 들으셨죠……?"

"그가 내일 아침에 오도록 하게."

"오! 알겠습니다. 그런데 오버만이 많은 돈을 잃었다는 소식 들으셨죠? 그가 저녁에 여기 와서 주인님이 자기에게 동정심을 보여 주지 않으시면 자살을 하든가 자해를 하겠다고 맹세했습니다. 그래서 제가 이렇게 말했지요. 어리석은 짓 하지 말고, 자살할 생각도 하지 말게. 기다려 보게…… 우리 늙은이는 마음이 약하셔……. 그러자 그가 이렇게 말하더군요. 나도 그걸 계산하고 있지. 그런데 말썽은 있게 마련이고, 내 월급을 조금 깎더라도, 아들이 의학을 공부할 거고, 그리고 나도 곧 늙어 가고……."

"이제 가서 자게." 보쿨스키가 말을 막았다.

"가고말고요." 하인이 화가 나서 말했다. "주인님 집에서 일하는 것은 감옥만도 못해요. 자고 싶을 때 잠도 못 자고……."

하인이 편지를 들고 나갔다.

다음 날 아침 10시경에 하인이 보쿨스키를 깨우면서, 비소츠키가 기다린다고 말했다.

"들어오라고 해."

조금 후 마부가 들어왔다. 그는 옷을 단정히 입었고, 얼굴빛은 건강했고, 즐거운 눈빛이었다. 그는 침대로 다가와서 보쿨스키의 손에 키스했다.

"이보게, 비소츠키, 자네 집 근처에 혹시 빈방이 있나?"

"예, 어르신, 제 삼촌이 돌아가시고, 삼촌 집에 세 들어 살던 짐 승만도 못한 사람이 집세를 내려고 하지 않아서 제가 내쫓았습니다. 그 형편없는 친구는 보드카 살 돈은 있으면서 집세는 내려고 하지 않습니다……."

"내가 자네한테 그 방을 빌리겠네." 보쿨스키가 말했다. "그 방을 깨끗이 청소 좀 해 주게."

마부가 놀라서 보쿨스키를 바라보았다.

"그곳에 젊은 여자 재봉사가 살게 될 거네." 보쿨스키가 말을 계속했다. "식사는 자네 집에서 하도록 하게. 그리고 자네 부인이 그 여자 빨래를 해 주기 바라네……. 그리고 그 여자가 무엇이 필요한지 좀 보아 주게. 그 여자 살림살이와 내의 살 돈은 내가 주겠네. 그리고 그 여자가 집으로 사람을 데려오지 못하도록 잘 감시하게……."

"오, 아니지요!" 마부가 생기 있는 목소리로 말했다. "어르신이 몇 번이든 필요하시다면, 제가 직접 그 여자를 데려오겠습니다. 그러나 시내에서 누군가를 데려오는 것은, 그건 아니지요! 그런 일은 어르신을 불행하게 만듭니다……."

"이 멍청한 친구야. 나는 그 여자를 볼 필요가 없어. 그 여자가 집에서 잘 지내고, 청결을 유지하고, 열심히 일하면 돼. 그 여자가 가고 싶은 곳에 가는 건 상관없어. 그러나 다른 사람이 그 여자한테 와서는 안 돼. 이제 알겠는가. 방의 벽들을 새로 칠하고, 바닥도 닦고, 가구도 비싸지 않은 것으로 사게. 그러나 새것이고 좋은 것으로. 자네가 그런 것 잘 알지……?"

"알고말고요. 제 평생 얼마나 많은 가구들을 실어 날랐습니까."

"좋아. 그리고 그 여자 내의나 옷이 필요한 게 있는지 자네 부인이 알아보도록 해서 내게 알려 주게."

"어르신, 잘 알겠습니다." 그가 대답하고 다시 그의 손에 키스했다.

"그리고…… 자네 형님은 어떻게 지내시는가?"

"잘 지내고 계십니다, 어르신. 신과 어르신께 감사하면서 스키에르니에비체에 살고 계십니다. 땅도 있고, 일꾼도 하나 고용하고, 이제 어엿한 주인이 되었습니다. 몇 년 후에는 땅을 또 살 겁니다. 형 집에서 철도 건널목지기, 경비원, 윤활유 담당 직원 두 사람이 고정적으로 식사하고 있습니다. 그리고 철도 공무원 월급도 받고 있습니다."

마부가 떠나자 보쿨스키는 옷을 갈아입었다.

'그녀를 보기 전까지 푹 자고 싶었는데.' 보쿨스키는 생각했다.

그는 상점에는 가고 싶지 않았다. 책을 꺼내 1시와 2시 사이에 크세소프스키 남작을 방문하기로 생각하면서 읽었다.

11시에 현관방 벨 소리가 들리더니 문 여는 소리가 났다. 하인이 들어왔다.

"어떤 아가씨가 기다리고 있습니다."

"응접실로 안내해." 보쿨스키가 말했다.

응접실에서 여자 옷 스치는 소리가 났다. 문지방에서 보쿨스키는 막달레나 수도원에서 온 마리아를 보았다.

마리아의 변한 모습이 그를 놀라게 했다. 그녀는 검은 옷차림에, 얼굴빛은 창백했지만 건강했다. 눈길에는 수줍음이 배어 있었다. 보쿨스키를 보더니 얼굴이 붉어지고 몸을 떨기 시작했다.

"마리아 아가씨, 앉아요." 의자를 가리키며 보쿨스키가 말했다.

우단 소파 가장자리에 앉은 그녀는 더 부끄러워하는 모습이었다. 눈꺼풀이 빠르게 잠겼다가 열리고, 눈이 아래로 향하더니 속눈썹에서 눈물방울이 빛났다. 그녀는 몇 개월 전과는 다르게 보였다.

"그래, 이제 바느질할 줄 알아요, 마리아 아가씨?"

"예."

"어디서 살 생각이에요?"

"어떤 상점이나 남의 집에서 일해 주는 것…… 러시아에 가는 것도…….."

"러시아는 왜?"

"그곳이 일자리 구하기가 더 쉬울 것 같아서요. 여기선…… 누가 저를 받아 주겠어요?" 그녀가 한숨 쉬었다.

"만일 어떤 가게가 아가씨한테서 옷을 가져간다면, 여기 머무를 만도 하지 않아요?"

"오, 그렇습니다. 하지만 제 재봉틀과 집과 모든 것이 있어야 하는데…… 그런 게 없는 사람은 하녀로 가는 수밖에 없습니다."

그녀의 목소리도 변했다. 보쿨스키는 유심히 그녀를 관찰하고 나서 말했다.

"아가씨는 당분간 바르샤바에 머무세요. 탐카 거리에 있는 마부 비소츠키 집에서 살게 될 겁니다. 아주 좋은 사람들입니다. 아가씨 방은 따로 있습니다. 식사는 그 집에서 하고, 재봉틀과 옷을 만드는 데 필요한 것들도 모두 준비될 겁니다. 옷 가게에 보낼 추천장도 내가 줄게요. 몇 달간 두고 봅시다. 아가씨가 이 일을 계속할 수 있는지. 이것이 비소츠키 집 주소입니다. 지금 바로 가서 비소츠카 부인과 함께 가구들을 사시오. 그리고 방도 잘 정리하고 있는지 감독도 하고. 재봉틀은 내일 아가씨에게 보내 주겠소. 그리고 이건 살림을 꾸려 갈 돈이오. 이건 빌려 주는 것이오. 일을 시작하면 분할하여 갚으시오."

그는 비소츠키에게 보내는 편지와 함께 몇십 루블을 그녀에게 주었다. 그녀가 돈을 받아야 할지 망설이자, 그가 돈과 편지 묶음을 쥐어 주면서 말했다.

"받아요. 그리고 지금 바로 비소츠키 집으로 가시오. 며칠 후에 그가 옷 가게에 보낼 편지를 아가씨에게 줄 거요. 일이 생기면 바로 나에게 알리시오. 이제 가시오……."

그는 인사하고 자기 방으로 들어갔다.

아가씨는 얼마 동안 응접실 한가운데 머물러 있었다. 나중에 눈물을 닦고, 놀라고 환희에 찬 표정으로 나갔다.

"새로운 환경에서 그녀가 어떻게 잘 살아갈지 두고 보자." 보쿨스키는 혼자 중얼거리고 책을 읽기 위해 다시 앉았다.

오후 1시에 보쿨스키는 크세소프스키 남작을 방문하기 위해 집을 나섰다. 길을 가면서 그는 자기의 과거 적수인 사람을 너무 늦게 방문하는 건 아닌지 자책하기도 했다.

"그건 중요하지 않아." 그는 스스로를 위로했다. "그를 갑자기 방문할 수도 없었지, 그가 건강하지 않았으니까. 적어도 편지는 보냈으니까."

남작이 살고 있는 집 가까이 왔을 때 보쿨스키는 건물의 벽 색깔이 마루세비츠의 건강하지 않은 누런빛처럼 빛바랜 엷은 초록색이라는 것을 알았다. 크세소프스키가 살고 있는 방 창문의 블라인드는 위로 걷혀 있었다.

'이제 건강해졌나 보군.' 그는 생각했다. '그의 빚에 대해서 지금 묻는 것은 적절하지 않아. 그 문제는 두 번째나 세 번째 방문 때로 미루어야지. 그의 빚을 모두 갚아 주면 남작이 안도의 숨을 쉬겠지. 이자벨라 양에게 사과한 사람을 내가 모른 척할 수는 없지…….'

그는 건물 1층으로 들어가 초인종을 쳤다. 집 안에서 발소리가 들렸지만, 서둘러 문을 열려고 하지 않았다. 다시 초인종을 쳤다. 문 뒤에서 발소리와 가구들 미는 소리는 여전히 들렸지만, 문은 열리지 않았다. 그는 화가 나서 초인종이 거의 떨어질 정도로 거칠게 쳤다. 그제야 비로소 문 쪽으로 다가오는 발소리가 들리더니 느리게 쇠사슬을 풀고, 열쇠를 돌리고 중얼거리면서 빗장을 풀었다.

"우리 쪽 사람 같은데…… 유대인은 이렇게 종을 치지 않지."

드디어 문이 열리고 문지방에 하인 콘스탄티가 서 있었다. 보쿨스키를 보더니 눈을 껌벅이고 아랫입술을 앞으로 내밀면서 물었다.

"그런데 무슨 일로……?"

보쿨스키는 결투 현장에 있었던 충실한 하인이 자신의 방문을 반가워하지 않는다는 것을 느꼈다.

"남작님은 집에 계시는가?" 보쿨스키가 물었다.

"남작님은 편찮으셔서 자리에 누워 계시는데, 아무도 맞이할 수 없고, 지금 의사가 옆에 계십니다."

보쿨스키는 명함과 2루블을 꺼냈다.

"언제쯤 남작님을 찾아뵐 수 있을까?"

"아주, 아주, 당장은 어렵고……." 콘스탄티가 좀 더 친절하게 대답했다. "주인님은 총상 때문에 아프시고, 의사들이 오늘이나 내일 따뜻한 나라나 시골로 가라고 권했습니다."

"그럼 떠나시기 전에 뵙기는 어렵겠네……?"

"오, 어렵지요……. 의사들이 누구에게도 방문을 허용하지 말라했고, 주인님은 여전히 고열입니다."

카드놀이용 탁자 두 개. 그중 하나는 다리가 부러졌고, 다른 하나의 탁자 덮개에는 글씨가 빽빽이 적혀 있었고, 타다 남은 여러 개의 초들이 촛대에 꽂혀 있는 것으로 보아 남작의 건강 상태에 대한 콘스탄티의 정확한 설명이 의심스러웠다. 그러나 보쿨스키는 그에게 1루블을 더 주고 영접에 불만스러운 상태로 밖으로 나왔다.

'아마도 남작이…….' 그는 생각했다. '나의 방문을 원하지 않는 것 아니야? 하, 그러면 그가 고리대금업자들에게 돈을 지불하고 몇 겹으로 문을 잠그고 그들로부터 자신을 보호하라지…….'

그는 집으로 돌아왔다.

남작은 실제로 시골로 갈 생각을 하고 있는 데다 건강하지도 않았다. 하지만 그렇게 심한 것도 아니었다. 얼굴의 상처는 아주 더디게 아물어 갔다. 그 원인은 상처가 심해서라기보다는 환자의 신체가 손상되어 있었기 때문이었다. 보쿨스키가 찾아왔던 그 시간에 그는 마치 늙은 여자처럼 온몸을 차갑게 감싸고, 침대에 누워 있지 않고 소파에 앉아 있었으며, 그 옆에는 의사가 아니라 리친스키 백작이 있었다.

그는 자신의 한심한 건강 상태에 대해 불평하고 있었다.

"악마가 데려갈 일이지, 이런 비참한 인생이라니! 부친이 내게 50만 루블 정도 유산으로 남겨 주셨지만, 병도 네 가지나 물려주신 거야. 병 하나 고치는 데 백만 루블 정도 들 거야…… 코안경 없이는 얼마나 불편한지! 백작, 상상 좀 해 보시오. 돈은 다 나가고, 병은 그대로 남아 있는 데다 내가 서너 개의 병과 빚을 더 추가했으니, 상황이 분명해졌지. 나는 편으로 온몸이 할퀴어진 상태이니, 관과 공증인을 부르러 사람을 보내야 합니다."

"아니지!" 백작이 말했다. "남작이 공증인을 부를 정도로 몰락했다고 생각하진 않아요."

"바로 집행관들이 나를 몰락시키고 있어요."

남작은 이야기하면서도 초조하게 현관방에서 나는 소리에 귀를 기울이고 있었다. 그러나 아무 소리도 알아들을 수 없었다. 문이 닫히고 빗장이 채워지고 쇠사슬이 걸리는 소리를 듣고 나서야 그가 갑자기 소리쳤다.

"콘스탄티!"

조금 후에 하인이 쓸데없이 서두르는 시늉을 하면서 방으로 들어왔다.

"누구야? 틀림없이 골드치기에르지……. 내가 분명히 말했지, 그 악당하고 논쟁하는 데 절대 말려들지 말고, 그냥 머리를 잡아서 계단 밑으로 던져 버리라고. 백작, 생각해 보시오." 그가 리친스키에게 고개를 돌렸다. "그 비열한 유대인이 4백 루블짜리 위조 어음을 나에게 가져와서 뻔뻔스럽게 지불을 요구해요!"

"소송을 제기해야지, 그렇지……."

"그럴 생각은 없어요……. 내가 위조자를 추적해야 할 의무가 있는 검사도 아닌데. 그 밖에도 남의 서명 추적하는 일 때문에 과로사하는 어떤 불쌍한 사람에게 사망 원인을 제공하고 싶지는 않소. 그래서 골드치기에르 스스로 물러날 때까지 기다리겠소. 그때 비로소 누군가를 고소하지 않고도 그것이 내 서명이 아니라는 것을 내가 알게 되지요."

"아, 그런데 왔던 사람은 골드치기에르가 아닙니다." 콘스탄티가 말했다.

"그럼 누구야? 관리인…… 재단사야?"

"아니요, 그 사람은……." 하인이 말하면서 크세소프스키에게 명함을 주었다. "나무랄 데 없는 사람이었어요. 하지만 그를 내쫓았습니다. 주인님이 그렇게 지시하셔서……."

"뭐라고?" 놀란 백작이 명함을 보면서 물었다. "남작께서 보쿨스키를 맞아들이라는 지시를 하지 않았다고……?"

"그렇습니다." 남작이 말했다. "좋지 않은 사람입니다. 적어도…… 상종할 수 없는 사람이지요."

리친스키 백작이 눈에 띄는 동작으로 소파에서 자세를 바르게 고쳤다.

"그분에 대해서 남작으로부터 그런 말을 들으리라고는 전혀 예상하지 않았는데……."

"내가 한 말을 불명예스러운 의미로 새겨듣지 마십시오." 남작이 서둘러 설명했다. "보쿨스키 씨는 비열한 행동을 하지 않았습니다. 다만…… 약간 부당한 짓을, 그것도 거래상의 일이고, 사교와는 상관없는 일입니다."

백작은 소파에서, 콘스탄티는 문지방에서 크세소프스키를 바라보고 있었다.

"백작 스스로 판단하시오." 남작이 말을 계속했다. "내 경주마를 크세소프스카 부인에게(신과 사람들 앞에서 법적으로 나의 부인인) 8백 루블에 양도했지요. 크세소프스카 부인은 나에게 화가 나 있어서(왜 그런지 이유는 알 수 없지만) 그 말을 무조건 팔려고 했지요. 그때 구매자가 나타났는데, 바로 보쿨스키 씨였습니다.

그는 여자의 심리를 이용해 그 말을 사기로 결정하고…… 2백 루블……! 말 값으로 6백 루블만 지불했답니다."

"정당했구먼, 그렇지." 백작이 끼어들었다.

"에헤! 맙소사…… 정당하다는 건 알겠지만…… 남에게 잘 보이려 할 때는 수천 루블을 쓰면서, 히스테리가 있는 여성에게 25퍼센트나 몰래 이익을 남기는 사람을 좋다고는 할 수 없지요…… 젠틀맨도 아니지요, 범죄는 아니지만. 그러나 그는 지인에게는 양탄자나 숄을 선물하면서, 모르는 사람의 손수건을 가로채는 사람처럼 인간관계가 공평하지 않아요. 이것도 부정하십니까?"

백작이 아무 말도 않고 있다가 한참 후에야 입을 열었다.

"그래……! 그런데 그것이 확실해?"

"확실하고말고. 크세소프스카 부인과 그 사람의 계약은 나의 마루세비츠가 성사시켰고, 나는 이 모든 얘기를 그로부터 들은 것이라오."

"그래. 어떻든 보쿨스키 씨는 좋은 상인이고, 우리 공동 출자 회사를 맡고 있지."

"만일 그가 당신들을 속이지 않는다면……."

그때까지 문지방에 서 있던 콘스탄티가 동정하듯 머리를 끄덕이더니 참을 수 없다는 듯 말을 꺼냈다.

"에헤! 주인님께서 무슨 말씀을 하시고 계시나요…… 퓨, 꼭 어린애처럼……."

백작이 흥미롭다는 듯 그를 바라보았다. 그러나 남작이 폭발했다.

"이 멍청아, 무슨 말을 하고 있는 거야, 내가 너한테 말하라고 했어?"

"제가 말하는 것은 당연하지요, 주인님께서 어린애처럼 말씀하시니까……. 저는 하인에 불과합니다. 그러나 저는 제게 3루블을 빌려 간 후 갚을 생각을 조금도 하지 않는 사람보다는 저에게 방문 대가로 2루블을 준 사람을 더 믿고 싶습니다. 이것이 오늘 보쿨스키 씨가 준 2루블입니다. 그런데 마루세비츠 씨는……."

"꺼져!" 남작이 유리병을 집어 들면서 소리쳤다. 그것을 본 콘스탄티는 자기와 주인을 갈라놓고 있는 두꺼운 문이 꽤 쓸모 있다는 것을 인정하지 않을 수 없었다. "저 악당 같은 녀석!" 몹시 화가 난 남작이 덧붙여 말했다.

"남작께선 그 마루세비츠에 대해 약하시네요?" 백작이 물었다.

"그는 정직한 친구입니다…… 그는 저를 어떤 곤란한 상황에서도 빠져나오게 합니다. 게다가 거의 개처럼 나를 따르고 있다는 것을 여러 번 보여 주었습니다."

"그래……!" 생각에 잠긴 백작이 중얼거렸다. 그는 아무 말도 않고 몇 분 더 앉아 있다가, 자리에서 일어나 남작과 헤어졌다.

집으로 오면서 백작은 보쿨스키에 대해 여러 차례 생각해 보았다. 상인이 경주마로 돈을 버는 것은 자연스러운 일이라고 생각했다. 하지만 그런 거래에 대해서는 혐오스럽게 여겼다. 거기다 의심스러운 인물인 마루세비츠와 어울린다니 보쿨스키에 대해 좋지 않게 생각하게 되었다.

"흔한 일이지, 갑자기 돈을 번 벼락부자니까!" 백작이 중얼거렸다. "우리가 너무 서둘러서 그에게 감탄했던 거야. 비록…… 그가 공동 출자 회사를 운영하더라도…… 당연하지, 우리 쪽에서 더 엄격하게 감시해야겠어."

며칠 후 보쿨스키는 두 개의 편지를 받았다. 하나는 멜리톤 부인한테서, 다른 하나는 공작의 변호사로부터 온 것이었다.

서둘러 첫 번째 편지를 읽었다. 멜리톤 부인이 보낸 편지에는 한 문장만 쓰여 있었다. "오늘 와지엥키 공원 항상 그 시간에." 그는 그 문장을 몇 차례 더 읽었다. 그다음에 마음이 썩 내키지 않은 변호사의 편지를 보았다. 오늘 오전 11시에 있는 웽츠키의 집 구매 건에 대한 회합에 초대하는 내용이었다. 보쿨스키는 한숨을 내쉬었다. 아직 시간이 있었다.

그는 11시 정각에 변호사 사무실에 도착했다. 그곳에는 늙은 슐랑바움이 이미 와 있었다. 갈색 가구와 갈색 덮개들을 배경으로 앉아 있는 늙은 유대인이 그의 눈엔 심각하게 보였고, 갈색 염소 가죽 실내화가 변호사에게 잘 어울린다는 생각을 그는 자기도 모르게 했다.

"당신은 운이 좋아요, 보쿨스키 씨." 슐랑바움이 말했다. "당신이 집을 사려고 하니까 집값이 오르네요. 내가 분명히 말하는데, 당신은 반년이면 그 집에 투자한 부분을 다시 찾을 수 있을 터이니 또 무엇을 더 벌겠어요! 나도 당신 곁에서……."

"그렇게 생각하세요?" 보쿨스키가 지나가는 말투로 물었다.

"나는 그렇게 생각하지 않아요." 유대인이 말했다. "나는 이미 벌었어요. 어제 남작 부인의 변호사가 나한테 1만 루블을 1월 1일까지 쓰기로 빌려 가면서 이자로 8백 루블을 주고 갔거든요."

"그래요, 그 부인에게 벌써 돈이 없단 말이에요?" 보쿨스키가 변호사에게 물었다.

"남작 부인은 은행에 9만 루블을 가지고 있지만, 남작이 그 돈을 인출하지 못하도록 동결시켜 놓았지요. 그들은 결혼하기 전에 결혼 약정서를 썼거든, 그렇지 않아요……?" 변호사가 웃었다. "남편이 이혼 소송 중인 부인 소유의 현금 재산을 동결하고 있다…… 나는 그런 결혼 약정서 같은 걸 쓰지 않았지. 하, 하!" 호박 파이프에서 담배 연기를 빨아들이며 변호사가 웃었다.

"남작 부인은 어디에 쓰려고 1만 루블을 당신한테 빌렸어요, 슐랑바움 씨?" 보쿨스키가 물었다.

"당신은 아직 모르고 있었나요?" 유대인이 대답했다. "집값이 오르고 있어서 변호사가 남작 부인에게 웽츠키 씨 집을 7만 루블 이하로는 사지 못한다고 설명했지요. 그 부인은 1만 루블에 그 집을 샀으면 하고 있으니, 어쩌겠어요……?"

변호사가 책상으로 가서 앉더니 말을 꺼냈다.

"그러면 친애하는 보쿨스키 씨, 웽츠키 씨 집을 (그가 가볍게 머리를 숙였다) 당신의 이름으로, 내가 아닌, 이 자리에 계신 (그가 머리를 숙여 인사했다) 슐랑바움 씨가 삽니다……."

"내가 살 수 있지, 못할 게 뭐 있어." 유대인이 작은 소리로 말했다.

"그러나 9만 루블에, 그보다 싸지 않게." 보쿨스키가 강조하며 덧붙였다. "그리고 경매를 통해서……."

"왜 안 되겠어? 내 돈도 아닌데! 당신이 지불하고 싶으면, 경매에 경쟁자들이 있게 될 거요……. 내가 바르샤바에 어떤 비즈니스에나 동원할 수 있는 믿을 만한 가톨릭 신자 수천 명을 가지고 있다면, 내가 로스차일드보다 더 부자가 되겠지."

"그러면 믿을 만한 경쟁자들이 있겠구먼." 변호사가 말했다. "좋습니다. 지금 슐랑바움 씨에게 내가 돈을 주겠소."

"그럴 필요 없소." 유대인이 끼어들었다.

"이제 문서를 작성합시다. 이 문서에 의하면 슐랑바움 씨는 그가 새로 구입하는 웽츠키 씨 집을 담보로 9만 루블을 보쿨스키 씨로부터 빌리고, 1879년 1월 1일까지 이 돈을 보쿨스키 씨에게 갚지 않으면……."

"갚지 않을 거요."

"그럴 경우에는 그가 웽츠키 씨로부터 구입한 집의 소유권이 보쿨스키 씨에게 넘어갑니다."

"지금이라도 넘어가도 되고…… 나는 그 집을 보지도 않을 거요." 유대인이 손을 내저으며 말했다.

"아주 좋습니다!" 변호사가 큰 소리로 말했다. "내일까지 문서가 준비될 것이고, 일주일이나…… 열흘 후에 우리가 집을 가지게 될 것입니다. 그 집으로 인해 스타니스와프 보쿨스키 씨가 만 몇천 루블을 잃지 않았으면 합니다."

"이익을 볼 겁니다." 보쿨스키는 이렇게 말하고 변호사와 슐랑바움과 헤어졌다.

"잠깐, 잠깐……." 변호사가 보쿨스키를 붙들고 응접실로 안내했다. "우리 백작들이 공동 출자 회사를 만드는 데, 출자액을 줄이려 하고 있네. 그러면서 사업에 관한 세부적인 감시를 요구하고 있네."

"그들로서는 당연하지."

"특히 리친스키 백작이 매우 조심스럽게 나오고 있어. 그에게 무슨 일이 있었던 것 같은데, 알 수 없단 말이야……."

"돈 문제가 걸려 있으니까 조심스럽겠지. 그가 말할 때만은 대담하던데……!"

"아니, 아니, 아니야!" 변호사가 말을 막았다. "여기에 뭔가가 있어. 내가 찾아낼 거야. 누군가 우리에게 못된 짓을 꾸미고 있어……."

"당신들이 아니라, 나에게지." 보쿨스키가 웃었다. "어떻게 되든 나와는 상관없어. 그 사람들이 공동 출자 회사에 참여하지 않아도 나는 화내지 않을 거야."

그는 다시 변호사와 작별 인사를 하고 상점으로 갔다. 상점에 처리해야 할 중요한 일들이 있어 예상외로 시간이 오래 걸렸다. 1시 반에 비로소 그는 와지엥키 공원에 도착했다.

공원의 차가운 공기가 그의 마음을 편하게 하는 대신에 초조하게 했다. 그가 너무 빨리 걸었기 때문에 행인들을 잘 보지 못했을 수도 있다는 생각이 들었다. 하지만 천천히 걸으니 가슴이 초조함으로 터질 것 같았다.

'이제 그들을 못 만나는 것 아니야!' 그에게 절망적인 생각이 들었다.

그는 연못가 가까이 초록빛 화단을 배경으로 이자벨라의 잿빛 겉옷을 보았다. 그녀는 백작 부인과 아버지와 함께 연못가에 서서 백조들에게 빵 조각을 던져 주고 있었다. 백조 한 마리가 물에서 나와 못생긴 발로 걸어서 그녀의 발아래까지 다가갔다.

그를 처음 본 사람은 토마쉬였다.

"이게 웬일이야!" 그가 보쿨스키에게 큰 소리로 말했다. "이 시간에 당신이 와지엥키 공원에 있다니……."

보쿨스키가 여인들에게 머리 숙여 인사했다. 그때 이자벨라의 볼에 기쁜 홍조가 피어오르는 것이 보였다.

"일을 좀 많이 했을 때는 여기 옵니다…… 그런 일이 자주 있습니다."

"몸 생각을 하셔야죠, 보쿨스키 씨!" 토마쉬가 보쿨스키를 걱정한다는 뜻으로 손가락으로 경고하는 표시를 품위 있게 했다. "아, 그리고……." 그가 작은 목소리로 말을 이었다. "생각해 봐요, 크세소프스카 남작 부인이 내 집값으로 7만 루블을 주겠다는데…… 내가 10만 루블은 확실하게 받을 수 있고, 11만 루블도 가능한데…… 경매는 축복받을 일이야……!"

"이렇게 오랜만에 보쿨스키 선생을 만나다니." 백작 부인이 끼어들었다. "바로 처리해야 할 일이 하나 있는데……."

"말씀만 하십시오."

"선생." 두 손을 서로 포개면서 조금 웃기는 애걸하는 투로 백작 부인이 말했다. "내 고아들을 위해서 고급 무명 한 필을 부탁하고 싶은데…… 선생은 아시죠, 자선을 부탁할 때 내가 어떻게 하는지?"

"백작 부인께선 두 필을 받아 주시기 바랍니다."

"다른 한 필이 좀 두꺼운 것이라면 그렇게 하지요."

"오, 고모, 너무 지나친 것 아니에요!" 이자벨라가 웃으면서 끼어들었다. "선생께서 더 이상 재산을 잃고 싶지 않으시면……." 그녀가 보쿨스키를 향했다. "이곳에서 도망치세요. 제가 선생을 온실 쪽으로 모시고 갈게요. 저 두 분은 여기서 좀 쉬시라고 하지요."

"벨라, 너 두렵지 않아……?" 고모가 말했다.

"고모는 제가 이분과 동행하는 길에 안 좋은 일이 없으리라는 것을 의심하지 않으시죠……."

보쿨스키는 피가 머리로 올라오는 것 같았다. 백작 부인의 입가에 거의 눈에 띄지 않게 웃음이 스쳤다.

자연이 하나의 보잘것없고 하찮은 존재의 행복을 보여 주기 위해 자신의 거대한 힘을 멈추고 태곳적부터 해 오던 일을 중단하는 그런 순간들 중 하나였다.

바람은 조용히 숨 쉬고 있었다. 둥지에서 잠든 새 새끼들을 시원하게 해 주고, 즐거운 파티에 서둘러 가는 곤충들의 날갯짓을 도와줄 수 있는 정도만큼. 나뭇잎들은 섬세하게 흔들리고 있었다. 마치 그것들을 움직이게 하는 것은 물질적인 바람결이 아니라, 소리 없이 미끄러지는 빛줄기인 양. 여기저기 물기에 잔뜩 젖은 관목 숲에서 마치 하늘의 무지개에서 떨어진 작은 조각들처럼 다채로운 빛깔의 이슬방울이 반짝이고 있었다.

그리고 모든 것들이 제자리에 정지했다. 해, 나무, 빛줄기, 그늘,

연못 위의 백조들, 백조들 위의 모기떼, 심지어 하늘빛 물 위의 반짝이는 물결까지도. 그 순간 시간의 빠른 흐름이 두 개의 하얀 줄만 하늘에 남기고 지상을 떠나갔고, 이 순간부터 아무것도 변하지 않고, 모든 것이 이 상태로 영원히 머무를 것처럼 보쿨스키에게 보였다. 그와 이자벨라는 햇빛 반짝이는 초원을 영원히 거닐 것이고, 초록의 나무 구름들에 에워싸인 두 사람을 여기저기에서 마치 두 개의 검은 다이아몬드처럼 호기심으로 가득한 새의 눈이 반짝이면서 바라볼 것이다. 그는 항상 헤아릴 수 없는 정적에 파묻힐 것이고, 그녀는 언제나 꿈에 젖어 있고, 얼굴에는 홍조가 피어날 것이다. 그들 앞에는 항상 지금처럼 두 마리의 하얀 나비가 공중에서 키스하면서 날아가고 있을 것이다.

그들은 온실로 가는 길 중간쯤 왔다. 그때 자연의 평온함과 두 사람 사이의 침묵으로 어색해진 이자벨라가 입을 열었다.

"정말 아름다운 날이지요? 시내는 더울 텐데, 이곳은 시원하네요. 이 시간의 와지엥키 공원이 아주 좋아요. 사람이 적어서 누구나 자기가 원하는 자기만의 장소를 발견할 수 있지요. 선생님은 고독을 좋아하세요?"

"고독에 익숙해졌습니다."

"선생님은 로시 공연 못 보셨나요?" 얼굴이 더 붉어지면서 그녀가 물었다. "로시를 아직 못 보셨지요……?" 그의 눈을 바라보면서 그녀가 반복해서 물었다.

"공연 못 봤습니다……. 그러나 볼 겁니다."

"저는 고모와 함께 공연을 보았습니다."

"공연마다 보겠습니다……."

"아, 좋아라! 그가 위대한 예술가라는 걸 아시게 될 거예요. 그는 특히 로미오 역을 아주 잘해요. 그는 비록 젊지는 않지만…….

고모와 저는 파리에 있을 때부터 그를 개인적으로 알고 있었어요. 아주 좋은 사람이고, 무엇보다 천재적인 비극 배우예요. 그의 연기에는 가장 진실한 사실이 가장 시적인 이상과 결합되어 있어요……."

"그는 틀림없이 위대한 예술가일 겁니다." 보쿨스키가 말했다. "아가씨에게 그런 경탄과 호감을 불러일으켰다면."

"선생님 말이 맞아요. 제가 일생에 특별한 일을 이룰 수 없다는 것을 알고 있어요. 하지만 적어도 특별한 사람들을 알아볼 수는 있어요, 어떤 분야이든…… 심지어 연극에서도. 바르샤바가 그를 제대로 평가할 줄 모른다는 것을 한번 생각해 보세요."

"있을 수 있는 일일까요? 하지만 그분이 외국인이니까……."

"짓궂으시네요." 그녀가 웃으면서 말했다. "문제는 바르샤바에 있지, 로시가 아니에요. 정말 우리 도시가 부끄러워요! 만일 제가 남자 관객이었다면, 그를 꽃다발 속에 파묻히게 하고, 손이 붓도록 박수를 쳤을 거예요. 그런데 그날 박수 소리도 인색했고, 꽃다발은 아무도 생각조차 하지 않았어요…… 우리는 정말로 아직 야만인이에요."

"박수와 꽃다발은 사소한 일이어서, 다음 공연 때는 박수와 꽃다발이 넘쳐 날 것입니다." 보쿨스키가 말했다.

"자신 있으세요?" 의미 있는 시선으로 그를 바라보면서 그녀가 물었다.

"물론입니다…… 제가 보장합니다. 그렇게 될 겁니다."

"선생님의 예언이 맞게 되면 저는 무척 만족할 거예요. 이제 두 분에게로 돌아갈까요……?"

"아가씨를 기쁘게 하는 사람은 누구나 최고의 인정을 받을 자격이 있습니다."

"죄송하지만……." 그녀가 웃으면서 말을 막았다. "이 순간 선생님은 선생님 자신에게 칭찬의 말을 했습니다."

그들은 온실에서 돌아갔다.

"만일 우레 같은 박수 소리가 터져 나왔더라면……." 이자벨라가 말을 이어 갔다. "로시의 놀라는 모습을 상상해 봅니다. 그는 이미 절망했고, 그리고 바르샤바에 온 것을 후회하고 있을 거예요. 예술가들은 특별한 사람들입니다. 그들은 명성과 숭배 없이는 살지 못합니다. 마치 우리가 공기와 음식 없이는 못 사는 것처럼. 아무리 결실 많은 일일지라도, 조용함과 희생은 그들에게 어울리지 않습니다. 그들은 무슨 일이 있어도 앞에 나서서 모든 사람의 시선을 한몸에 받아야 하고, 수천 명 사람들의 마음을 지배해야 합니다……. 로시 스스로도 이런 말을 했어요. 자기는 관객으로 가득한 극장 무대에서 1년 먼저 죽기를 바란다고, 1년 후에 소수의 사람들이 지켜보는 가운데 죽는 것보다는. 얼마나 이상한 일이에요!"

"그의 생각이 옳습니다. 만일 관객으로 가득한 극장이 그에게 가장 큰 행복이라면."

"행복이 생명까지 단축시킬 가치가 있다고 생각하세요?" 이자벨라가 물었다.

"그런 식으로 피할 가치가 있는 것은 불행입니다."

이자벨라는 생각에 잠기고, 두 사람은 아무 말 없이 걸었다.

백작 부인은 그때까지 연못가에 앉아 백조에게 먹이를 주면서 토마쉬와 이야기를 나누었다.

"느끼지 못했나, 보쿨스키 씨가 벨라에게 마음을 두고 있다는 것을……?"

"그렇게 생각하지 않아요."

"깊이 빠져 있는데, 오늘날 상인들은 대담한 생각을 해."

"생각과 실행은 엄청난 차이가 있지요." 약간 화난 목소리로 토마쉬가 말했다. "그렇다고 해도 나와는 상관없는 일입니다. 보쿨스키 씨의 생각까지 내가 마음대로 할 수는 없고, 벨라에 대해서는 걱정하지 않아요."

"결론적으로 말하면 나는 반대하지 않아요." 백작 부인이 말했다. "결과가 어찌 되든, 나는 신의 뜻에 동의해요. 가난한 사람들이 혜택을 받게 된다면…… 그들은 계속해서 받게 될 거예요. 내 고아원이 얼마 안 있으면 이 도시에서 제일가는 고아원이 될 거야. 왜냐하면 그가 벨라에게 마음을 완전히 빼앗기고 있기 때문이지."

"조용히 하세요…… 그들이 돌아오고 있어요!" 토마쉬가 말을 막았다.

실제로 이자벨라가 보쿨스키와 함께 길 끝에 나타났다.

토마쉬는 그들을 유심히 바라보았다. 두 사람의 키와 걸음걸이가 조화를 이룬다는 것을 그는 비로소 알았다. 그는 머리 하나쯤 더 크고 튼튼한 체구에 군인처럼 걷고 있었다. 그녀는 키는 약간 작지만 몸매가 아름답고, 물 흐르듯 걷고 있었다. 또한 보쿨스키의 하얀 실린더 모자와 밝은 색 외투가 이자벨라의 회색빛 겉옷과 아름다운 조화를 이루고 있었다.

'저 친구는 흰 실린더 모자를 어디서 구했지?' 토마쉬에게 씁쓸한 생각이 들더니 나중에 이상한 연상이 떠올랐다. '보쿨스키는 벼락부자니까 흰 실린더 모자를 쓸 권리의 대가로 자기에게 빌린 돈에 대해 적어도 50퍼센트 이자를 지불해야 할 것이다.' 그러나 토마쉬 자신도 모르겠다는 듯 어깨를 으쓱했다.

"고모, 저쪽 길이 너무 좋아요!" 이자벨라가 다가오면서 큰 소리로 말했다. "고모하고는 저쪽까지 한 번도 안 가 봤어요. 와지엥키 공원은 멀리까지 빨리 걸어 볼 수 있을 때 좋아요."

"그러면 보쿨스키 씨에게 부탁해야겠구나, 너를 더 자주 안내하라고." 백작 부인이 약간 달콤한 투로 말했다.

보쿨스키가 고개를 숙여 인사하고, 이자벨라의 눈썹이 보일 듯말 듯 움직였다. 토마쉬가 말했다.

"이제 집으로 돌아가지요."

"내 생각에⋯⋯." 백작 부인이 말했다. "보쿨스키 씨는 좀 더 계실 거죠?"

"네, 마차까지 모셔 드려도 되겠습니까?"

"그러시겠어요. 벨라야, 손잡자."

백작 부인이 이자벨라와 함께 앞서고, 그들 뒤에 토마쉬가 보쿨스키와 함께 걸었다. 토마쉬는 흰 실린더 모자를 보면서 마음이 몹시 뒤틀렸다. 그러나 불편한 기색을 보이지 않으려고 억지웃음을 지었다. 그는 보쿨스키를 즐겁게 한다는 생각으로 자기 집 이야기를 꺼냈다. 그는 집을 판 돈에서 순이자로만 4만에서 5만 루블을 기대하고 있었다.

그 숫자는 보쿨스키의 기분을 상하게 했다. 그는 속으로 3만 루블 이상은 불가능하다고 생각하고 있었다.

마차가 다가오자 토마쉬가 여인들을 자리에 앉힌 다음 마부에게 "출발해!"라고 말한 뒤에야 비로소 보쿨스키에게서 언짢았던 기분이 사라지고, 이자벨라에 대한 아쉬움이 깨어났다.

"이렇게 짧다니!" 그가 한숨을 내쉬며 와지엥키 공원 산책로를 바라보면서 작은 소리로 말했다. 그 순간 길에 물을 뿌리며 공원 관리인의 초록색 물수레가 나타났다.

그는 온실 가는 쪽으로 다시 걸었다. 조금 전에 걸었던 오솔길의 섬세한 모래 위에서 이자벨라의 구두 자국을 찾아보았다. 여기에 변한 것이 무엇이 있나. 바람은 좀 더 세게 불었고, 연못의 물을 흐리게 했고, 나비와 새들을 서둘러 흐트러지게 했다. 그 대신 더 많은 구름들을 몰고 와서 햇빛을 점점 더 가렸다.

"여기는 재미없다!" 그는 작은 소리로 말하고 큰길로 나갔다.

그는 자기 마차로 돌아가서, 눈을 감고 마차의 가벼운 흔들림에 몸을 맡겼다. 그는 자신이 바람에 의해 좌우로 상하로 흔들리는 나뭇가지 위의 새와 같다는 생각을 했다. 조금 후에 이 조용한 흔들림에 연 1천 루블 정도의 비용이 든다는 생각이 떠오르자 그는 갑자기 크게 웃었다.

"어리석기는, 내가 어리석어!" 그는 반복했다. "무엇 때문에 나는 스스로를 사람들 틈에 억지로 밀어 넣었을까. 그들은 나의 희생을 이해하려 하지 않고, 오히려 나의 노력을 비웃고 있는데. 나에게 마차가 무슨 소용이 있어……? 전세 마차나 아마 커튼이 있는 합승 마차를 타면 안 되는 거야……?"

집 앞에 멈춰 섰을 때 그는 이자벨라에게 했던 로시의 박수 건이 생각났다.

"물론 박수가 터질 거야, 그래! 어떤 박수로 할까…… 내일 공연이……."

저녁때 그는 하인을 상점으로 보내 오버만을 오게 했다. 은빛 머리 수금원은 속으로 보쿨스키가 생각을 바꿔 잃어버린 돈을 상환하라고 하지 않을까 걱정하며 즉시 달려왔다.

하지만 보쿨스키는 그를 아주 따뜻하게 맞이한 뒤, 자기 방으로 데리고 가서 반 시간 동안이나 이야기를 나누었다. 두 사람은 무슨 이야기를 했을까……?

보쿨스키가 오버만과 이야기한 문제는 하인의 호기심을 자극했다. 그렇지, 잃어버린 돈 이야기일 거야……. 걱정스러운 하인은 눈과 귀를 차례로 열쇠 구멍에 대고 많이 보고 많이 들었으나 아무것도 이해할 수 없었다. 그는 보쿨스키가 오버만에게 5루블 묶음을 통째로 주는 것을 보았고, 이런 말을 들었다.

"대극장에서…… 2층 발코니와 맨 꼭대기 층에서…… 극장 직원에게 화환을, 오케스트라를 통해 꽃다발을……."

"미쳤나, 저 늙은이가 이제는 극장표 장사까지 하려는 거야, 뭐야 ……?"

방 안에서 헤어지는 인사 소리가 들리자 하인은 서둘러 현관방으로 가서 오버만이 나오기를 기다렸다. 수금원이 나오자 그가 말을 걸었다.

"그래, 돈 문제는 이제 끝난 거요……? 늙은이가 오버만 씨를 좀 너그럽게 봐주도록 내가 여기서 속으로 얼마나 다그쳤는지 모른다오. 그래서 결국 그가 '그래, 두고 보자고, 순리대로 되어 갈 거야!' 이렇게 말하게 된 거요. 이제 보니 오버만 씨는 흥정을 하나 끝냈구려. 그래, 늙은이 기분은 좋아요……?"

"평소대로." 수금원이 말했다.

"그와 이야기를 많이 하던데. 돈 문제 이외에도 다른 것에 대해 이야기한 것 같던데…… 아마 극장에 대해서도 이야기했죠? 우리 늙은이가 열성적인 극장 팬이거든……."

그러나 오버만은 늑대 같은 눈초리로 하인을 바라보고 아무 말도 없이 나갔다.

하인은 처음에 너무 놀라서 입을 벌리고 있다가, 정신을 차리고 그의 뒤에 대고 주먹을 휘두르면서 말했다.

"기다려!" 하인이 중얼거렸다. "내가 너에게 대가를 치르게 할 거야. 하느님, 그를 좀 보십시오…… 4백 루블을 훔치고, 이제 사람과는 말도 하지 않으려고 합니다."

제18장 늙은 점원의 놀라움,
환상 그리고 관찰

이그나치 제츠키에게 다시 불안과 놀라움의 시기가 다가왔다.

1년 전에 불가리아로 갔던 보쿨스키가 몇 주 전부터 마치 대귀족처럼 경마와 결투를 즐기더니, 이제는 극장 공연에 지대한 흥미를 보이고 있다. 그것도 폴란드어 연극이 아니라 이탈리아어 연극에…… 이탈리아어는 한마디도 이해하지 못하는 그가!

비단 이그나치만 놀라게 하고 낙담시킨 것이 아닌 이 새 마니아의 기행이 시작된 지 일주일이 다 되어 갔다.

예를 들면 늙은 슐랑바움이, 물론 중요한 볼일이 있어, 반나절 동안이나 보쿨스키를 찾아다녔다. 그가 가게에 왔을 때, 보쿨스키는 조금 전에 가게에서 나갔다. 그는 나가기 전에 커다란 독일 작센산 자기 꽃병을 배우 로시에게 배달하라고 지시했다. 슐랑바움이 보쿨스키의 집으로 갔을 때, 보쿨스키는 그가 도착하기 전에 이미 바르데트 화원으로 꽃을 가지러 가고 없었다. 늙은 유대인은 마음이 내키지 않았지만 보쿨스키를 쫓아갈 생각으로 하는 수 없이 마차를 타기로 했다. 그러나 마부가 요구한 1즈오티 40그로시 대신 1즈오티 8그로시를 고집했다. 두 사람은 결국 1즈오티 8그로시에 합의했으나, 흥정이 오래 걸리는 바람에 그들이 바르데트에 도착했을 때, 보쿨스키는 이미 화원을 떠나고 없었다.

"혹시 그가 어디로 갔는지 아십니까?" 슐랑바움이 가장 아름다운 꽃들 속에서 굽은 칼로 꽃들을 베고 있는 화원 주인에게 물었다.

"내가 어찌 알겠소, 아마 극장으로……." 화원 주인이 마치 그 칼로 유대인의 목을 벨 것 같은 얼굴을 하면서 대답했다.

유대인은 빨리 이 화원에서 벗어나야겠다는 생각이 들자 쏜살같이 마차에 탔다. 그러나 마부는 피에 굶주린 화원 주인과 이미 합의라도 했는지 이 세상의 금은보화를 다 준다 해도 더 이상 가지 않겠다고 버텼다. 그러면서 마부는 유대인이 자기에게 40그로시를 더 내고, 여기 오는 마차 삯에서 깎았던 2그로시를 더 낸다면 갈 수 있다고 말했다.

슐랑바움은 마음이 약해지는 것을 느끼고, 처음에는 마차에서 내려 경찰을 부를까 생각했다. 그러나 요즘 기독교도들의 세계에서 유대인들에 대한 적대감, 부당함, 집요함이 널리 퍼져 있는 것을 떠올리고 수치심을 모르는 마부의 조건을 다 들어주고 끙끙 앓으면서 극장으로 갔다.

극장에 왔으나 물어볼 만한 사람이 없었다. 나중에는 아무도 그와 말을 하려고 하지 않았다. 나중에 그는 보쿨스키가 왔다가 바로 조금 전에 우야즈도프스키 거리로 갔다는 것을 알았다. 심지어 정문을 나가는 그의 마차 소리가 들렸다.

슐랑바움의 손이 축 처졌다. 그는 걸어서 보쿨스키의 상점으로 갔다. 가는 길에 그는 자기 아들의 이름을 헨릭이라고 한 것과, 그가 예복을 입고, 유대 율법에 맞지 않은 음식을 먹는 것을 백번도 더 원망했다. 드디어 그는 불만을 털어놓기 위해 이그나치에게 갔다.

"세상에!" 원망하는 목소리로 슐랑바움이 말했다. "그 보쿨스키 씨는 얼마나 좋은 일을 하러 다니는 거요! 5일 안에 그의 자본에서 3백 루블을 벌 수 있는 일거리가 있는데…… 나도 백 루블 벌고……. 그런데 그는 지금 온 도시를 쏘다니고 있으니. 내가 마차 값으로만 2즈오티 20그로시를 지불했소. 야! 마부들이 바로 산적들이더군……."

당연히 이그나치는 슐랑바움에게 그 일거리를 진행하라고 전권을 위임한 뒤, 그가 지불한 마차 값만 준 것이 아니라 자기 돈으로 그를 엘렉토르 거리까지 마차로 모셔 드리도록 조치했다. 이에 감동한 늙은 유대인은 떠나면서 자기 아들에 대한 부모로서의 모든 원망을 깨끗이 털고 심지어 제츠키를 자기 집 토요일 만찬에 초대하기까지 했다.

"이렇든 저렇든." 제츠키가 혼잣말했다. "그 극장에 관한 이야기도 바보 같지만, 무엇보다도 스타시가 사업을 소홀히 하는 게 더 걱정이지……."

한번은 누구에게나 존경받는 변호사가 가게에 왔다. 그는 공작의 오른팔이자, 모든 대귀족들의 고문인데, 보쿨스키를 저녁 모임에 초대했다. 이그나치는 이 저명한 인사를 어느 자리로 모셔야 할지 몰라 당황했고, 변호사는 스타시에게 마련한 그런 명예스러운 초대에 대해 몹시 기뻐했다. 그러나 스타시는 그런 명예스러운 저녁 초대에 시큰둥했을 뿐만 아니라, 변호사의 기분까지 약간 상하게 해서 변호사는 작별 인사도 하는 둥 마는 둥 하고 나갔다.

"왜 그런 초대를 거절한 거야?" 실망한 이그나치가 물었다.

"오늘 나는 극장에 가야 해." 보쿨스키의 대답이었다.

그러나 제츠키를 정말 놀라게 한 것은 바로 그날 수금원 오버만이 저녁 7시 전에 그에게 와서 일일 결산을 하자고 했을 때였다.

"8시 이후에…… 8시 이후에……." 이그나치가 그에게 말했다. "지금은 시간이 없어."

"8시 이후에는 내가 시간이 없는데……." 오버만이 대답했다.

"왜? 그게 무슨 말이야……?"

"아, 7시 반에 나는 사장님과 함께 극장에 있어야 해서……." 오버만이 중얼거리듯 말하면서 가볍게 어깨를 으쓱했다.

바로 그 순간에 지엠바가 웃으면서 이그나치에게 인사를 하러 왔다.

"벌써 퇴근하세요, 지엠바 씨? 6시 45분에……?" 놀라서 눈을 크게 뜨며 이그나치가 물었다.

"화환을 가지고 로시에게 갑니다." 더욱 친절한 미소를 지으며 착한 지엠바가 작은 소리로 말했다.

제츠키는 두 손으로 머리를 감쌌다.

"극장에 모두 미쳤구먼!" 큰 소리로 그가 말했다. "나까지 끌어들이는 것 아니야? 하지만 나하곤 상관없는 일이겠지!"

언젠가 보쿨스키가 자기를 설득하려고 하면 이탈리아인의 공연에 가지 않겠다고 선언할 뿐만 아니라, 보쿨스키에게 잘 생각해 보라고 말해 주리라 이그나치는 생각하고 있었다.

'그만 좀 해…… 이 무슨 바보 같은 짓인가……!' 등등.

그런데 보쿨스키는 그를 설득하는 대신 한번은 6시경에 가게로 와서 계산하고 있는 제츠키를 발견하고 이렇게 말했다.

"이보게, 오늘 로시가 맥베스를 공연하는데, 첫 번째 줄에 앉아 있다가, 여기 입장권 있네, 3막이 끝나면 이 사진첩을 그에게 주게." 그가 곧바로 아무런 부연 설명 없이 이그나치에게 50루블 정도 하는 바르샤바의 풍경과 바르샤바 아가씨들이 있는 사진첩을 건네주었다.

이그나치는 심하게 모욕당한 것 같은 느낌이었다. 그는 의자에서 일어나 눈썹을 찡그리고 입을 열었다. 폭발하기 직전이었다. 그때 보쿨스키가 갑자기 그를 보지도 않고 가게 밖으로 나갔다.

그래서 이그나치는 스타시를 당황시키지 않으려고 극장에 가지 않으면 안 되었다.

극장에서 이그나치는 예상치 못한 수많은 일들을 겪게 되었다.

그는 갤러리로 통하는 계단으로 갔다. 그는 한때 좋은 시절에 이곳에 자주 왔다. 그에게 첫 줄 티켓이라고 상기시키는 안내원의 표정은 제츠키의 짙은 초록색 양복, 겨드랑이 밑에 끼고 있는 사진첩, 나폴레옹 3세와 비슷한 외모가 극장 위계질서상 말단인 그의 눈에 의심스럽게 보인다고 말하고 있었다.

부끄러움을 느끼며 이그나치는 겨드랑이에 힘을 주어 사진첩을 꼭 끼고 앞쪽 대기실로 내려갔다. 가는 길에 그는 만나는 귀부인들에게 고개 숙여 인사했다. 그에게는 이것도 영광스러운 일이었다. 이 같은 예의는 바르샤바 사람들에겐 익숙지 않은 것이어서 대기실에 있는 사람들을 의아하게 했다. 그가 누구인지 묻기 시작했다. 비록 그가 누구인지는 몰라도 사람들은 이그나치의 실린더 모자가 10년 전 것이고, 넥타이는 5년 전, 짙은 초록색 예복과 통이 좁은 격자무늬 바지는 전 시대 유물이라는 것을 즉시 알았다. 모두 그를 외국인으로 보았다. 하지만 그가 종업원들 중 한 사람에게 자기 자리로 가려면 어디로 가야 하는지 묻는 것을 보고 웃음을 터뜨렸다.

"틀림없이 볼린 지방에서 온 귀족일 거야." 우아하게 옷을 입은 사람들이 말했다. "그런데 그 사람이 겨드랑이에 끼고 있는 건 무엇이지……?"

"비고스* 아니면 압축 공기 베개겠지……."

온갖 조롱과 비웃음을 받으며, 식은땀으로 범벅이 된 채 이그나치는 드디어 갈망하던 자리에 도착했다. 7시가 조금 넘자 사람들이 자기 자리로 몰려들기 시작했다. 모두 머리에 모자를 쓰고 있었다. 특별석은 비어 있었고, 2층 싼 좌석은 평민들로 가득 찼고, 맨 위층 가장 싼 자리에선 욕설이 오가고 경찰을 부르는 소동이 일어났다.

"관중석이 꽤나 활기 넘치겠군." 창백한 웃음을 지으며 불행한 이그나치가 제1열 의자에 앉으면서 중얼거렸다.

처음에 그는 눈을 떼지 않겠노라 작심하고 커튼에 있는 오른쪽 구멍만 주시했다. 그렇게 몇 분이 지나자 마음도 평온을 되찾아 그는 주위를 둘러볼 용기도 낼 수 있었다. 홀은 그렇게 크지 않았고, 깨끗하지도 않았다. 이런 변화의 원인을 생각하자 비로소 그는 자신이 마지막으로 극장에 갔을 때가 벌써 16년 전이고, 도브르스키의 할카(Halqa) 공연이었다는 것을 기억했다.

그사이 관중석은 만원이 되었다. 특별석에 앉아 있는 아름다운 여인들의 모습이 이그나치에게 신선한 활기를 불러일으켰다. 늙은 점원은 작은 망원경을 꺼내 얼굴들을 살펴보기 시작했다. 하지만 그는 슬픈 발견을 하게 되었다. 계단식 관람석에서, 멀리 떨어진 좌석들에서, 세상에! 특별석에서도 모두 자기를 바라보고 있었다.

그가 자신의 정신적 능력을 눈에서 귀로 이동하자 말벌처럼 날아다니는 언어들이 잡혔다.

"괴상하지?"

"지방에서 온 사람일 거야."

"그런데 저런 양복은 어디서 났을까?"

"저 사람 시곗줄에 있는 장식 보았어요? 저건 수치야!"

"요즘에 누가 머리를 저렇게 하고 다니나?"

이그나치는 하마터면 사진첩과 실린더 모자를 팽개치고 맨머리로 극장을 빠져나갈 뻔했다. 그러나 다행히도 여덟 번째 줄에 앉아 있는 빵 공장 주인을 보았다. 제츠키가 인사하자 그가 자리에서 일어나 제츠키가 있는 맨 앞줄로 다가왔다.

"피프케 씨, 정말 반갑습니다." 땀에 젖은 제츠키가 작은 소리로 말했다. "여기 앉으십시오, 제가 뒤로 가겠습니다."

"좋습니다." 얼굴이 붉어진 빵 공장 주인이 큰 소리로 말했다. "무슨 일이에요, 여기가 불편해요……? 좋은 자리인데!"

"좋지요. 그러나 저는 뒤쪽으로…… 제게는 좀 덥습니다."

"저기도 마찬가지인데, 제가 여기 앉지요. 그런데 무슨 물건이에요?"

그때 비로소 제츠키는 자신의 의무를 떠올렸다.

"피프케 씨, 제 이야기 좀 들어 보세요. 로시의 어떤 열렬한 팬이 있는데……."

"세상에, 로시의 팬이 아닌 사람이 있어요!" 피프케가 말을 이었다. "나에게 맥베스 각본이 있는데 드릴까요……?"

"좋아요. 그런데…… 그 열렬한 팬이 우리 가게에서 사진첩을 사더니 나에게 부탁했어요. 3막이 끝나면 그것을 로시에게 전해 주라고……."

"기꺼이 내가 전해 주죠." 덩치 큰 피프케가 제츠키 자리로 들어오면서 큰 소리로 말했다.

이그나치는 몹시 불쾌한 일을 몇 가지 더 경험했다. 그는 첫 번째 줄에서 빠져나와야 했다. 그러나 그곳에 있는 상류 사회 사람들이 그의 예복과 넥타이와 벨벳 조끼를 비웃으며 쳐다보았다. 나중에 그는 여덟 번째 줄에 있는 자리로 들어가야 했다. 거기 있는 사람들은 그의 복장을 비웃지는 않았다. 그러나 그곳에 앉아 있는 여성들의 무릎을 부딪쳤다.

"정말 죄송합니다." 부끄러워하며 그가 말했다. "자리가 너무 좁아서……."

"지저분한 말은 할 필요 없어요." 부인들 중 한 사람이 말했다. 그러나 그렇게 말하는 부인의 화장한 눈에서 이그나치는 자기의 실수에 대한 분노는 찾아볼 수 없었다. 하지만 그는 너무 당황한 나머지 작은 충돌로 인해 생긴 얼룩을 자기의 정신에서 씻어 내기 위해 고해하러 가고 싶었다.

드디어 자기 자리를 발견하고 한숨을 쉬었다. 여기에는 적어도 그에게 관심을 가지는 사람이 없었다. 왜냐하면 그가 앉은 자리는 비싼 좌석이 아니고, 극장이 만원인 데다 또 공연이 이미 시작되었기 때문이었다.

공연은 처음에 그의 관심을 끌지 못했다. 그래서 그는 관중석을 둘러보고, 보쿨스키도 보았다. 그는 네 번째 줄에 앉아 있었는데, 로시가 아니라 이자벨라와 토마쉬와 백작 부인이 앉아 있는 특별석을 바라보고 있었다. 제츠키는 지금까지 살아오면서 정신이 완전히 팔린 얼굴을 몇 차례 보았는데, 특별석에 넋을 놓고 있는 보쿨스키의 표정이 바로 그렇다고 느껴졌다. 그는 미동도 없이 마치 눈을 크게 뜨고 자는 사람처럼 앉아 있었다.

도대체 누가 보쿨스키에게 마술을 걸고 있는 것일까? 이그나치는 추측조차 할 수 없었다. 하지만 그는 또 다른 사실을 발견했다. 로시가 무대에 등장하지 않으면 이자벨라는 무관심하게 관중석을 여기저기 바라보거나 고모와 이야기했다. 그러다 맥베스 역을 하는 로시가 나타나면 얼굴을 부채로 절반쯤 가리고 경이롭고 꿈에 젖은 눈으로 그 배우를 빨아들이는 것 같았다. 그녀는 흰 깃으로 만든 부채를 가끔 무릎 위에 내려놓았다. 그때 제츠키는 자기를 놀라게 했던 마술에 걸린 보쿨스키의 표정, 바로 그런 표정을 이자벨라의 얼굴에서 보았다.

그는 또 다른 것도 보았다. 이자벨라의 아름다운 얼굴에 최고의 감동이 나타날 때, 보쿨스키가 손으로 머리를 쓰다듬었다. 그러자 마치 명령에 따르는 것처럼 2층과 맨 위층에서 우렁찬 박수가 터져 나오고 "브라보, 로시, 브라보!"라고 외치는 소리들이 울려 퍼졌다. 이그나치는 그 합창 속에서 수금원 오버만의 피곤한 목소리를 구별할 수 있었다. 그가 처음부터 마지막까지 큰 소리로 외쳤다.

'세상에!' 제츠키는 생각했다. '보쿨스키가 박수 부대를 지휘하는 거야?'

그러나 그는 곧바로 자기의 근거 없는 의심을 떨쳐 냈다. 로시는 훌륭하게 연기했고, 모든 사람이 똑같이 열광적으로 그에게 박수를 보냈다. 그러나 호탕한 빵 공장 주인 피프케가 가장 열광적이었다. 그는 약속대로 3막이 끝난 후에 요란을 떨며 로시에게 사진첩을 전했다.

위대한 배우는 피프케에게 머리를 끄덕이지도 않았다. 대신 그는 이자벨라가 앉아 있는 특별석을 향해서만 깊이 머리 숙여 인사했다.

'환상이야! 환상……!' 이그나치는 공연이 끝난 후에 극장을 나서면서 생각했다. '스타흐*가 그렇게 바보는 아니겠지……'

결과적으로 이그나치는 극장에 간 것을 불만족스럽게 생각하지 않았다. 로시의 공연도 마음에 들었고, 덩컨 왕의 살해 장면과 뱅쿼 영혼의 출현 등은 그에게 강한 인상을 남겼다. 맥베스의 칼 솜씨는 그를 완전히 매료시켰다.

그런 이유로 그는 극장을 나서면서 보쿨스키에 대한 불만이 없었다. 그러나 한편 자기가 좋아하는 스타흐가 오로지 자기를 즐겁게 하기 위해 로시에게 선물을 전달하는 코미디를 고안했을까 하는 의심이 들었다.

'정직한 스타흐, 그는 알고 있지.' 그는 생각했다. '나는 떠밀리지 않고는 이탈리아인의 공연에 가지 않는다는 것을…… 그래서 잘된 거야. 그 친구 연기는 좋았어. 다시 한 번 보러 가야겠어. 그런데…….' 조금 후에 그는 생각했다. '스타흐처럼 돈 많은 사람은 배우들에게 선물을 줄 수도 있지. 나 같으면 몸매 좋은 여배우를 택하겠지만. 그러나…… 나는 구시대 사람이고, 사람들이 나를 나폴레옹주의자, 낭만주의자라고 부르기까지 하니…….'

그는 그렇게 생각했다. 그리고 억누르고 싶은 다른 생각이 피어올랐기 때문에 속으로 중얼거렸다.

'왜 스타흐는 백작 부인과 웽츠키와 웽츠키의 딸이 앉아 있던 특별석을 이상하게 바라보았을까……? 혹시? 에! 무슨……. 보쿨스키는 충분히 이성적이기 때문에 그런 일이 가능하다고 생각할 사람은 아니지……. 어린아이도 금방 알 수 있는 일인데, 얼음처럼 차가운 저 아가씨가 오늘 로시에게 미쳐 있다는 것을……. 그녀가 그를 어떻게 바라보고 있었는가! 그녀는 자기가 어디에 있는지, 극장에 있다는 것도, 천 명의 관객 앞에 있다는 것조차 잊은 듯 행동하고 있었다! 아니야, 그건 어리석은 일이지. 사람들이 나를 낭만주의자라고 부를 만도 해…….'

그는 다시 다른 것을 생각하려고 애썼다. 그는 밤이 늦었음에도 불구하고 식당으로 갔다. 그곳에서는 바이올린, 피아노 그리고 하프로 구성된 악단이 연주를 하고 있었다. 그는 감자와 양배추를 곁들인 구운 고기를 먹고 맥주 한 잔을 마셨다. 나중에 두 번째 잔, 세 번째 잔 그리고 네 번째 잔…… 일곱 번째 잔까지 마셨다. 그런데도 여전히 취한 것 같지 않았다. 그는 하프를 연주하는 여자 악사 앞에 있는 접시에 40그로시 동전 두 개를 놓고 콧노래를 부르기 시작했다. 그러다가 옆 테이블에서 완두콩과 함께 고기를 먹고 있는 네 명의 독일인에게 반드시 가 보아야 한다는 생각을 하게 되었다.

'내가 왜 저들에게 가 보아야 하지……? 그들이 나한테 와야 하는 것 아니야.' 이그나치는 생각했다.

그 순간 독일인들을 제대로 격파했던 과거 헝가리 보병 부대 장교인 그가 나이도 더 많기 때문에 그들이 그에게 와야 한다는 생각이 그를 압도했다. 그는 고기를 먹고 있는 네 명의 독일인에게 보내기 위해 여종업원을 불렀다. 그때 바이올린, 하프, 피아노로 구성된 악단이 「마르세유 아가씨」를 연주했다.

이그나치는 눈에 눈물이 고이는 것을 느끼면서 헝가리 보병 아우구스트 카츠를 회상했다. 그는 금방이라도 울음을 터뜨릴 것 같았다. 그래서 테이블에 놓여 있는 프로이센·프랑스 전쟁 전에 유행하던 실린더 모자를 집어 든 뒤, 테이블에 1루블을 던져 놓고 식당에서 나왔다.

길에 나와서 시원한 공기를 마시며 그는 가스등 기둥에 기대고 물었다.

"제기랄, 내가 벌써 취한 거야……? 세상에! 맥주 일곱 잔이라니……."

똑바로 걸으려고 애쓰면서 그는 집으로 돌아갔다. 바르샤바의 인도가 몹시 울퉁불퉁하다는 것을 그는 비로소 알았다. 열두세 걸음 걸을 때마다 옆으로 벗어나려 하거나 하수구 쪽으로 가거나, 혹은 건물을 향해서 가고 있었다. 나중에 자기의 정신적 능력이 최적의 상태라는 것을 확인하기 위해 그는 하늘의 별을 세기 시작했다.

"하나, 둘, 셋, 일곱, 일곱…… 일곱이 뭐지? 아, 그렇지, 맥주 일곱 잔…… 내가 정말 그럴 수 있었을까? 스타시는 무엇 때문에 나를 극장으로 보냈을까?"

그는 집에 바로 와서 초인종도 금방 찾았다. 경비를 부르기 위해 그는 초인종을 일곱 번이나 쳤다. 그는 문과 벽 사이 구석에 기대고 싶었다. 경비가 문을 열 때까지 몇 분이나 걸리는지 필요에 의해서가 아니라 그냥 세어 보려고 했다.

그럴 목적으로 초침이 있는 시계를 꺼냈다. 그제야 그는 새벽 1시 반이라는 것을 알았다.

"빌어먹을 경비!" 그가 중얼거렸다. "나는 6시에 일어나야 하는데, 경비가 나를 1시 반까지 길에 세워 두고 있는 거야……."

다행히 경비는 바로 문을 열었다. 문을 통해서 이그나치는 평소보다 오히려 더 확실한 걸음으로 복도를 걸어갔다. 걸으면서 그는 자기가 쓰고 있는 실린더 모자가 아주 조금 삐딱하게 머리 위에 놓여 있다는 것을 느꼈다. 그는 아무 어려움 없이 자기 집 문을 찾아 자물쇠 구멍에 열쇠를 넣으려고 여러 차례 시도했지만 계속 실패했다. 손가락 아래서 열쇠 구멍을 느끼고 손에 힘을 주어 열쇠를 눌렀으나 열쇠가 꽂히지 않았다. 그는 지금까지 그렇게 힘 있게 열쇠를 꽂으려고 해 본 적이 없었다.

"내가 이럴 수가……?"

바로 그 순간 문이 열리는 동시에 그의 외눈박이 개 이그가 덮개 속에서 몇 차례 짖었다.

'캥……캥……!'

"조용히 해, 이 멍청아!" 이그나치는 중얼거리면서, 불도 켜지 않은 채 옷을 벗고 침대에 쓰러졌다.

그는 지독한 꿈을 꾸었다. 그가 꿈을 꾼 것인지 환영을 본 것인지는 알 수 없으나, 그는 계속 극장에 앉아서, 특별석 하나만 눈을 크게 뜨고 바라보는 보쿨스키를 보고 있었다. 그 특별석에는 백작 부인, 웽츠키 그리고 이자벨라가 앉아 있었다. 제츠키에겐 보쿨스키가 이자벨라를 쳐다보고 있는 것처럼 보였다.

"있을 수 없는 일이야!" 제츠키가 중얼거렸다. "스타흐는 저렇게 어리석지 않아……."

그사이 (모든 것이 꿈속에서 일어났다) 이자벨라가 자리에서 일어나 특별석에서 나갔다. 보쿨스키는 마치 최면에 걸린 사람처럼 그녀를 바라보면서 그녀 뒤를 따랐다. 극장을 떠난 이자벨라는 테아트랄르니 광장을 지나서 가벼운 걸음으로 시청 탑 안으로 들어갔다. 보쿨스키는 여전히 최면에 걸린 사람처럼 그녀를 바라보면서 그녀 뒤를 따랐다. 나중에 이자벨라는 탑 위에서 새처럼 위로 솟구치더니 극장 건물 쪽으로 수영했다. 보쿨스키도 그녀 뒤를 따라 날려고 하다가 10층에서 땅으로 곤두박질했다.

"하느님, 맙소사……!" 제츠키가 신음하며 침대에서 일어났다.

'캥……! 캥……!' 꿈속에서 이르가 짖었다.

"아, 이제 알겠다. 내가 완전히 취했구나." 이그나치는 다시 자리에 누워 이불을 성급히 잡아당기며 중얼거렸다. 이불 밑에서 그는 몸을 떨었다.

그는 몇 분 동안 눈을 뜨고 누워 있었다. 다시 그가 극장에 있는 환영을 보았다. 그것도 3막이 끝나고 빵 공장 주인 피프케가 로시에게 바르샤바 풍경과 바르샤바 미인들이 있는 사진첩을 전하기로 되어 있는 순간이었다. 이그나치는 잔뜩 긴장했다. 왜냐하면 피프케는 그의 대리인이었기 때문이다. 온 시선을 집중해서 바라보고 있는데, 너무나 황당하게도 파렴치한 피프케가 값비싼 사진첩 대신 이탈리아인에게 종이로 싸고 아무렇게나 끈으로 묶은 꾸러미를 건넸다.

그게 전부가 아니었다. 이그나치는 더 나쁜 광경을 보았다. 이탈리아인이 비웃는 듯 묘하게 웃으며, 이자벨라, 보쿨스키, 백작 부인과 천 명의 관객이 보는 데서 꾸러미를 풀자 나타난 것은…… 앞치마가 달려 있고 밑에는 줄이 달린 누런 난징 목면 바지였다. 이그나치가 유명한 세바스토폴 전투 무렵에 입었던 것이었다!

설상가상으로 한심한 피프케가 외치듯 큰 소리로 말했다. "이것은 스타니스와프 보쿨스키 씨와 그의 대리인 제츠키의 선물입니다." 온 극장에 웃음이 폭발했고, 모든 눈과 모든 사람의 검지가 이그나치가 앉아 있는 여덟 번째 줄 의자를 가리켰다. 불행한 그는 항의하고 싶었으나 말이 목에 걸려 나오지 않았다. 더 불행한 일은 그가 어디론가 깊이 잠겨 버린 것이다. 그는 앞치마와 밑에 끈이 달린 그 난징 목면 바지는 자신의 기념품 중 하나인데, 자기도 모르는 사이에 도둑맞았다고 극장 관객들에게 해명하지 못하고 영원히 머물게 될, 헤아릴 수 없을 만큼 깊은, 아무것도 없는 텅 빈 대양 속에 잠겼다.

비참한 밤이 지나고 제츠키가 눈을 떴을 때는 6시 45분이었다. 시계를 보면서 그는 자기 눈을 믿지 않았다. 그러나 결국 믿지 않을 수 없었다. 심지어 그는 자기가 어제 많이 취했다는 것도 믿게 되었다. 머리도 약간 아프고, 말을 전혀 듣지 않는다는 몸이 그것을 증명하고 있었다.

그러나 이 모든 병적인 현상보다 더 심각한 징후는 가게에 가고 싶지 않다는 것이었다……! 더 안 좋은 것은, 게으름 피우고 싶은 것뿐만 아니라 모든 의욕이 사라졌다는 것이었다. 그는 자기의 파탄 상태를 부끄러워하고, 게으름 피우고 싶은 본능과 싸우는 대신 자기 방에 될 수 있는 대로 오래 머무를 이유를 찾았다.

개 이르가 아픈 것 같고, 한 번도 사용하지 않은 장총이 녹슬고 있는 것 같고, 창문을 가린 초록색 커튼에 뭔가 흠이 있는 것 같고, 차가 너무 뜨거워서 평소보다 더 천천히 마셔야 할 것 같았다.

결국 이그나치는 평소보다 40분 늦게 가게에 갔다. 그는 고개를 숙이고 슬그머니 자기 자리인 사무용 책상 쪽으로 갔다. 모두가 (오늘따라 모두 정시에 출근했다!) 그를 경멸적으로 그의 푸른색이 감도는 눈과 흙색의 얼굴빛, 가볍게 떨고 있는 손을 바라보는 것처럼 보였다.

'내가 방종에 몸을 맡겼다고 모두 생각하겠지!' 불행한 이그나치는 한숨을 쉬었다.

나중에 장부를 꺼내고, 펜에 잉크를 묻히고, 마치 계산을 시작한 것처럼 행동했다.

그는 맥주가 마치 지하실에서 밖으로 내던져진 오래된 술통처럼 냄새를 풍긴다고 확신했으며, 수치스러운 행동을 골고루 했기 때문에 해고되지는 않을까 아주 심각하게 생각했다.

'나는 술을 많이 마셨고…… 집에 늦게 왔고…… 늦잠을 잤고…… 40분 늦게 출근했다.'

그 순간 편지를 가지고 클레인이 그에게 왔다.

"봉투에 '매우 긴급'이라고 쓰여 있어서 제가 뜯어보았습니다." 몸이 마른 점원이 제츠키에게 편지를 주며 말했다.

이그나치가 편지를 꺼내 읽었다.

어리석고 열등한 사람아! 수많은 충심에서 나온 경고에도 불구하고 당신은 그 집을 사려고 한다. 그 집은 그렇게 비양심적으로 취득한 당신 재산의 무덤이 될 것이다…….

이그나치는 편지 맨 아래를 보았다. 서명이 없었다. 그것은 익명의 편지였다. 봉투를 보니 보쿨스키의 주소가 적혀 있었다. 그는 계속 읽었다.

어떤 못된 운명이 당신을 어느 훌륭한 귀부인을 방해하도록 했단 말인가? 당신이 하마터면 그분의 남편을 살해할 뻔하지 않았던가? 그리고 당신이 오늘은 그분에게서 집을 가로채려 하고 있소. 그 집이 어떤 집인가, 그분의 사랑하는 딸이 바로 그 집에서 죽었다오. 그런데 무엇 때문에 그런 일을 하려는 거요? 왜 7만 루블의 가치도 없는 집을 — 그것이 사실이라면 — 9만 루블을 주고 사려는거요……? 그것이 당신의 검은 영혼의 비밀이오. 신의 정의가 언젠가 그것을 밝혀내고 훌륭한 사람들이 경멸로 벌할 것이오. 그러니 시간 있을 때 잘 생각하시오. 영혼과 재산을 잃지 말고, 훌륭하신 귀부인의 평온을 망치지 마시오. 딸이 죽은 후 위로할 수도 없는 슬픔에 잠겨 있는 그분의 오늘날 유일한 위로는 불행한 어린아이가 신에게 영혼을 바친 그 방에서 머무는 것이오. 잊지 마시오, 내가 당신에게 간청하오.

— 호의를 가지고

읽기를 마친 제츠키가 머리를 흔들었다.
"무슨 말인지 모르겠군." 그가 말했다. "그 귀부인의 호의가 매우 의심스럽기는 하지만."
클레인이 걱정스럽게 가게 주위를 둘러보더니. 아무도 그들을 감시하고 있지 않다는 것을 알고 작은 소리로 속삭였다.

"제 이야길 들어 보세요. 사장님이 아마 웽츠키의 집을 사려고 하는데, 바로 내일 대리인들이 경매를 통해 그 집을 팔게 될 겁니다……."

"스타흐가…… 그러니까 보쿨스키 씨가 집을 산다고?"

"그렇다니까요." 클레인이 머리를 끄덕였다. "하지만 자기 이름으로 사지 않고, 늙은 슐랑바움을 통해서 사는 겁니다. 사람들이 그렇게 말하는데, 제가 바로 그 집에서 살고 있거든요."

"9만 루블에?"

"그렇습니다. 크세소프스카 남작 부인이 그 집을 7만 루블에 사고 싶어 한다던데. 그래서 익명의 편지 출처는 틀림없이 그 부인일 겁니다. 그 부인이라고 내기를 할 수도 있지요. 악마 같은 여자거든요."

파라솔을 사려는 손님이 클레인을 제츠키로부터 떼어 놓았다. 이그나치의 머릿속에서 아주 구체적인 생각들이 돌아다니기 시작했다.

"만일 내가……." 그가 혼자 중얼거렸다. "하루 저녁을 잘못 보내면 가게에 숱한 혼란이 생기는데, 스타흐가 요 며칠과 일주일 내내 이탈리아 연극에 정신을 팔고 있으면 사업에 얼마나 많은 차질이 생길까? 그리고 그가 왜 그러는지 알 수 없으니……."

순간 그는 자기 잘못으로 가게에 생긴 혼란이 별로 크지 않을 뿐만 아니라, 도대체 혼란이 거의 없고, 영업은 전반적으로 잘되고 있다는 것을 알았다. 사실 보쿨스키 자신도 이상한 행동을 하면서 사업체 운영에 대한 의무를 소홀히 하지는 않고 있다.

"그러나 왜 그는 9만 루블을 그런 집에 묻어 놓으려 할까? 웽츠키네 식구들이 왜 여기에 개입되지? 혹시…… 에! 스타시가 그렇게 어리석지는 않지."

하지만 집을 구입한다는 생각이 그를 불안하게 했다.

"헨릭 슐랑바움에게 물어봐야겠군." 자리에서 일어나며 그가 말했다.

섬유부에서 눈이 붉고 집요함이 얼굴에 드러나 있는 작은 체구에 몸이 굽은 슐랑바움이 평소처럼 사다리에 오르내리고, 포목 더미 사이에서 몸이 숨었다 드러났다 하면서 바삐 움직이고 있었다. 힘든 일에 이미 익숙해진 그는 손님이 없어도 나중에 제자리에 놓기 위해 고급 무명 두루마리를 꺼내 펴 보고 다시 감는 일을 계속했다.

그가 이그나치를 보더니 성과도 없는 일을 멈추고 이마의 땀을 닦았다.

"무겁네요." 그가 말했다.

"가게에 손님도 없는데, 왜 물건들을 옮기고 있어요?" 제츠키가 대답했다.

"휴……! 이렇게 안 하면 물건이 어디 있는지 잊어버리게 돼요. 관절도 녹슬게 되고……. 게다가 이 일에 익숙해졌어요. 저한테 볼일이 있는 것 아니에요……?"

제츠키는 순간 당황했다.

"아니요…… 그냥 돌아보는 거요." 나이답지 않게 얼굴을 붉히면서 이그나치가 대답했다.

'그가 나를 의심해서 감시하고 있는 걸까……?' 슐랑바움의 머리에 번개처럼 지나가고, 분노가 일어났다. '그래, 아버지 말씀이 맞아…… 오늘날 모두가 유대인들을 경계하고 있어. 머지않아 페이시*를 기르고, 야르무우카*를 써야 할 것 같군…….'

"그는 무언가를 알고 있어!" 제츠키가 생각하고, 큰 소리로 말했다.

"아마도…… 당신의 존경하는 부친께서 내일 건물을…… 웽츠키 씨의 건물을 구입하시지요?"

"전혀 모르는 일인데요." 슐랑바움이 눈을 내리깔면서 말했다. 그는 속으로 이렇게 생각했다.

'아버지가 보쿨스키 대신 집을 사는데, 그들은 알고 틀림없이 이렇게 말하겠지. 거봐, 또 유대인이지, 고리대금업자가 가톨릭 신자 한 사람, 귀족 중의 귀족 한 분을 파멸시키는군…….'

'그는 뭔가 알고 있는데, 말하고 싶지 않은 거야.' 제츠키가 생각했다. '유대인은 항상 그렇지…….'

제츠키는 한동안 매장 안에 서성거리며 머물렀다. 그것을 슐랑바움은 자기를 의심하여 감시한다고 여겼다. 제츠키가 제정신으로 돌아와서 한숨을 쉬었다.

'스타흐가 나보다 유대인을 더 신뢰하고 있다니 놀라운 일이야. 그는 왜 그 집을 사려 하고, 무엇 때문에 웽츠키와 접촉하는 걸까……. 사지 않을 수도 있는 거 아니야? 소문만 그렇다는 거 아닐까?'

9만 루블 현찰을 집에 묻어 놓는다는 일이 그를 걱정스럽게 해서 하루 종일 그는 그 일만 생각했다. 순간적으로 보쿨스키에게 직접 물어볼까 하는 생각도 있었지만, 그럴 용기가 없었다.

'스타흐는…….' 그가 혼자 생각했다. '요즈음 귀족들만 만나고, 유대인들을 신뢰하고 있어. 늙은 제츠키가 그에게 무슨 소용이 있겠어!'

그래서 그는 내일 법정에 가서 늙은 슐랑바움이 실제로 웽츠키의 집을 사고, 클레인이 말한 것처럼 경매를 통해 9만 루블에 낙찰을 받게 되는지 보기로 결심했다. 만일 그것이 사실로 드러나면, 다른 소문들도 사실이라는 증거가 될 것이다.

오후에 보쿨스키가 가게에 들렀다. 그는 어제 연극에 대해, 그리고 왜 1열에서 8번 열로 자리를 바꾸고, 피프케를 통해 로시에게 사진첩을 주려고 했는지 물으면서 제츠키와 대화를 시작했다. 그러나 이그나치의 가슴에 자기가 좋아하는 스타흐에 대해 유감도 많고 의심도 많아서 어두운 얼굴로 대답도 건성건성 했다.

그러자 보쿨스키도 입을 다물고, 씁쓸한 기분으로 가게를 떠났다.

"모두가 나에게서 등을 돌리는구나. 심지어 이그나치까지…… 그마저…… 자네가 나에게 이런 식으로 보답하다니……!" 그는 길로 나와서 우야즈도프스키 거리 쪽을 바라보며 말했다.

보쿨스키가 가게에서 나가자 제츠키는 직원들에게 어느 법정에서, 몇 시에 주택 경매가 열리는지 조심스레 물어보았다. 나중에 그는 리시에츠키에게 내일 오전 10시부터 오후 2시까지 자기 자리를 지켜 달라 부탁하고, 일을 평소보다 두 배 열심히 했다. 그는 기계적으로, 그러나 실수 없이, 노비 시비아트 거리처럼 긴 숫자의 행렬을 더해 갔다. 그리고 쉬는 동안에 생각했다.

'오늘 한 시간 가까이 허비했고, 내일은 다섯 시간 허비할 거야. 그런데 이 모든 것이 스타흐가 나보다 슐랑바움을 더 신뢰하기 때문이다. 그에게 집이 왜 필요할까? 웬 악마가 끼어서, 이미 파산한 웽츠키 일에 그가 관련된 걸까? 머리에 무엇이 쏘여서 그는 이탈리아 연극 공연에 달려가고, 비싼 선물을 떠돌이 로시에게 주었을까?'

머리 한 번 들지 않고 그는 6시까지 책상에 앉아 있었다. 그는 일에 너무 열중한 나머지 돈을 받지도 않았을 뿐만 아니라, 마치 커다란 벌통에 수많은 벌들이 윙윙거리듯 가게 안에서 떼 지어 웅성거리는 손님들을 보지도 듣지도 못했다. 그래서 그는 가게로 찾아오리라고 전혀 기대하지 않았던 손님을 보지도 못했다. 다른 직원들이 그 손님을 큰 소리로 환영하고 요란하게 껴안고 입을 맞추었다.

그 손님이 제츠키 옆에 와서 귀에 대고 말했다.

"제츠키 씨, 접니다."

일에 빠져 있던 제츠키가 정신을 차리고 눈을 들어 브라체프스키를 보았다.

"이게 누구야……?" 제츠키가 젊고, 햇볕에 그을리고, 어른스럽고, 무엇보다 몸이 불어난 세련된 사람을 보면서 물었다.

"그래, 어떻게 지냈나? 정치에 새로운 소식은 없나?" 이그나치가 그에게 손을 내밀면서 물었다.

"새로운 건 없어요." 브라체프스키가 대답했다. "베를린 회의는 제 할 일을 하고, 오스트리아가 보스니아를 먹을 겁니다."

"그래, 농담이겠지! 그런데 젊은 나폴레옹에 대한 소식은?"

"그는 영국 군사 학교에서 공부하고 있고, 아마 여배우와 사랑에 빠졌다고 하지요."

"사랑에 빠졌다고……!" 이그나치가 조롱 투로 말했다. "프랑스로 돌아오지 않는다는 거야? 그래, 어떻게 지냈나? 어디서 온 거야? 어서 말해 보게." 제츠키가 그의 어깨를 치며 반갑게 말했다. "언제 온 거야?"

"이야기하자면 깁니다……!" 브라체프스키가 소파에 앉으며 말했다. "수진과 함께 11시에 도착해서, 1시부터 3시까지 우리는 보쿨스키를 방문했고, 3시 이후에 잠깐 어머니 뵙고, 잠시 스타프스카 부인 집에 갔었습니다…… 아름다운 부인이죠?"

"스타프스카? 스타프스카……." 제츠키가 이마를 치면서 기억을 더듬었다.

"당신도 아실 겁니다. 딸이 하나 있는 아름다운 부인…… 당신 마음에 들었던 그 부인……."

"아, 그래! 이제 알겠어. 내가 좋아한 게 아니라……." 제츠키가 한숨을 쉬었다. "그 부인하고 스타흐가 결혼했으면 좋겠다고 생각했을 뿐이야."

"당신 참 재미있습니다." 므라체프스키가 크게 웃었다. "하지만 그 부인에겐 남편이 있는데……."

"남편이 있다고?"

"물론이죠. 잘 알려진 이름인데. 4년 전에 외국으로 도망갔죠, 살인자라는 의심을 받았거든요……."

"아. 기억나! 그 사람이야……? 그가 아니라고 밝혀졌는데 왜 돌아오지 않았지?"

"그가 죄가 없다는 것이 알려졌지만……." 므라체프스키가 말했다. "그것과는 상관없이 미국으로 간 후, 지금까지 그에 대한 소식이 끊긴 상태입니다. 틀림없이 그 불쌍한 사람은 어디서 시들어 가고 있을 것이고, 부인은 처녀도 아니고, 과부도 못 되었지요…… 가혹한 운명이지요! 부인은 자수, 피아노 레슨과 영어 레슨으로 겨우 살림을 꾸려 가고 있지요. 온종일 소처럼 일하고 있지요, 남편도 없이……. 불쌍한 부인입니다! 이그나치 씨, 우리 같으면 그렇게 오랫동안 지조를 지키지 못하겠지요? 오, 늙은 미친 사람……."

"누가 미쳤단 말인가?" 화제가 갑자기 바뀐 데 놀라서 제츠키가 물었다.

"보쿨스키 아니면 누구겠어요?" 므라체프스키가 대답했다. "수진이 파리에 가는데, 그는 무조건 보쿨스키와 같이 가려고 합니다. 그는 파리에서 물건을 대량 구매하려고 하거든요. 그러나 우리 늙은이가 여행비를 한 푼도 지불하려 하지 않으니……. 그는 제후 같은 생활을 할 텐데, 수진은 부인한테서 멀리 떨어질수록 돈 씀씀이가 커지거든요. 에! 만 루블은 벌 텐데."

"스타흐가…… 우리 사장이 만 루블을 번다는 말이지?" 제츠키가 물었다.

"물론이지요. 하지만 바보 같은 짓을 하니……."

"아니, 그러면 안 되지…… 므라체프스키 씨!" 이그나치가 경고했다.

"그러나 사실대로 말하면, 그는 바보처럼 행동하고 있어요. 그가 파리 박람회에 언제건 가려 한다는 걸 제가 알고 있습니다."

"그래."

"그런데 그는 수진과 동행하려고도 하지 않고, 한 푼도 지출하려고 하지 않으며, 그만큼 벌려고도 하지 않다니……? 수진이 두 시간 동안이나 그에게 애걸했지요. '나랑 같이 갑시다, 스타니스와프 표트로비츠.' 부탁하고 허리를 굽혀 절도 했지만, 결과는 아무것도 없었지요. 보쿨스키는 안 된다고만 한 거예요……. 보쿨스키는 여기서 할 일이 있다고 말했습니다."

"그래, 일이 있지……." 제츠키가 끼어들었다.

"오, 그래요. 할 일이 있지요." 므라체프스키가 그를 흉내 내어 말했다. "그가 해야 할 가장 중요한 일은 수진의 의욕을 꺾지 않는 일이지요. 수진의 도움으로 그가 재산을 모았고, 지금도 수진이 그에게 거액을 빌려 주고 있지요. 수진이 나에게 자주 이런 말을 하던데, 자기는 스타니스와프 표트로비츠가 백만 루블을 가지기 전에는 마음을 놓을 수 없다고……. 그런 친구에게 사소한 일을 거절하다니, 더구나 수익성이 아주 높은 일인데……!" 므라체프스키가 화를 냈다.

이그나치가 입을 벌렸다. 그러나 곧 입술을 다물었다. 하마터면 그는 그 순간에 보쿨스키가 웽츠키의 집을 사려 하고, 로시에게 큰 선물을 주었다는 말을 할 뻔했다.

사무용 책상 쪽으로 클레인과 리시에츠키가 다가왔다. 므라체프스키가 그들이 바쁘지 않다는 것을 알고 그들과 이야기하기 시작했다. 그래서 이그나치는 다시 혼자 장부 일로 돌아왔다.

'불행이야!' 제츠키가 생각했다. '스타흐는 왜 파리에 안 가는 거지. 그리고 왜 수진의 부탁을 거절하는 거지? 어떤 못된 영혼이 그를 웽츠키와 묶어 놓고 있는 것일까…… 혹시……? 에! 그가 그 정도로 어리석지는 않겠지. 어떻든 그 여행과 만 루블은 아까운 일이야. 세상에! 사람들이 그렇게 변하다니…….'

그는 머리를 숙이고 손가락으로 아래서 위로 혹은 위에서 아래로 밀면서 노비 시비아트 거리나 크라코프스키에 프세드미에시치에 거리만큼 긴 숫자의 행렬을 합산했다. 그는 틀리지 않게 합계를 내면서 조용히 중얼거리는, 동시에 스타흐가 파멸의 벼랑에 처해 있다고 생각했다.

'그건 쓸데없는 일인데.' 정신의 맨바닥에 잠재해 있던 목소리가 조용히 속삭였다. '쓸데없는 일이야! 스타흐는 심각한 모험에 개입해 있어…… 틀림없이 정치적인 모험일 거야. 왜냐하면 그와 같은 사람은 여자에게 미칠 수가 없어. 상대가 미스……일지라도……. 아, 제기랄! 내가 무슨 망상을 하고 있는 거야. 그가 좋은 제안을 거절하고, 만 루블을 우습게 보고 있다. 8년 전에 그는 나에게서 한 달에 10루블씩 빌려 갔어. 그것으로 거지처럼 겨우겨우 먹고살았는데……. 그런데 지금은 만 루블을 벌 수 있는데도 거절하고, 집 사는 데 9만 루블을 쓰고, 배우에게 몇십 루블 하는 선물을 주고…… 원, 세상에! 도대체 이해할 수가 없는 일이야! 그는 그래도 현실적으로 생각하는 실증주의자라고 생각했는데……. 사람들이 나를 늙은 낭만주의자라고 하지만, 나도 그런 바보 같은 일은 하지 않겠다. 비록 그가 정치에 발을 들여놓았다 하더라도…….'

그런 생각에 빠져 있는 동안 어느새 가게 문을 닫을 시간이 되었다. 그는 머리가 조금 아팠다. 그래서 노비 즈야즈드 거리로 산책을 나갔다. 집으로 돌아와서는 일찍 잠자리에 들었다.

"내일……." 그가 중얼거렸다. "무슨 일이 일어나는지 알게 되겠지. 만일 슐랑바움이 웽츠키의 집을 사고, 9만 루블을 지불한다면 스타흐가 그를 자기 대신 내세운 것이 확실하고, 그러면 스타흐는 완전히 미친 사람이지……. 스타흐가 집을 안 살 수도 있는데, 그러면 모든 것이 뜬소문일 수도 있겠지……?"

그는 잠이 들었다. 꿈에 어떤 커다란 집 창문에 이자벨라가 보였다. 자기 옆에 서 있던 보쿨스키가 그녀에게 달려가려고 했다. 이그나치가 온몸이 땀에 젖도록 그를 붙들었으나 헛일이었다. 보쿨스키가 그를 뿌리치고 가서 그 집 안으로 사라졌다.

"스타흐, 돌아와……!" 집이 흔들리기 시작하는 것을 보고 이그나치가 외쳤다

실제로 집이 무너졌다. 웃고 있던 이자벨라는 마치 새처럼 집에서 날아가고, 보쿨스키는 보이지 않았다.

'뒷마당으로 가서 살았을 수도 있지…….' 이그나치는 생각했다. 그리고 심하게 심장이 두근거리는 것을 느끼며 잠에서 깼다.

다음 날 이그나치는 6시 조금 전에 일어났다. 바로 오늘 웽츠키의 집 경매가 있고, 그 광경을 보아야 한다고 생각했기 때문에 침대에서 용수철처럼 튀듯 일어났다. 그는 맨발로 커다란 목욕통으로 가서 찬물을 몸에 끼얹었다. 그는 작은 나뭇가지처럼 생긴 자

기 다리를 보면서 중얼거렸다.

"살이 약간 붙은 것 같군."

몸을 씻으면서 오늘따라 이그나치가 시끄러운 소리를 내는 바람에 개 이르가 잠에서 깨어났다. 지저분하게 생긴 푸들이 하나 남은 눈을 떴다. 자기 주인이 오늘 유난히 생기 넘치는 것 같아 보여 이르가 상자에서 마루로 뛰쳐나왔다. 강아지가 몸을 쭉 뻗고, 하품을 하고, 뒷다리 하나를 쭉 뻗더니 이번에는 다른 뒷다리를 뻗고 나서, 죽임을 당하는 암탉의 고통스러운 소리가 들려오는 창문 맞은편에 잠깐 동안 앉아 있었다. 아무 일도 없다는 것을 알고 푸들은 다시 잠자리로 돌아갔다. 이르는 조심스럽게, 혹은 쓸데없이 소란을 피운 이그나치에게 불만스러웠는지 뒷걸음으로 돌아갔다. 강아지는 마치 이그나치에게 이렇게 말하는 듯 코와 꼬리를 벽 쪽으로 향하고 갔다.

'당신의 메마른 몸을 보고 싶지 않아.'

제츠키는 눈 깜짝할 사이에 옷을 입고 사모바르도, 사모바르를 가져다준 하인도 쳐다보지 않고 번개처럼 빠르게 차를 마셨다. 그리고 아직 문이 닫혀 있는 상점으로 가서 세 시간 동안 손님들의 왕래에도 점원들의 이야기 소리에도 아랑곳없이 계산에 몰두하다가 10시 정각에 리시에츠키에게 말했다.

"리시에츠키 씨, 나 2시에 돌아올게⋯⋯."

"무슨 일인지 모르겠군!" 리시에츠키가 중얼거렸다. "무슨 특별한 일이 있는 게 분명해, 저 늙은이가 이 시간에 시내에 가는 걸 보면⋯⋯."

가게 앞 인도에 나서자 이그나치는 양심의 가책을 느꼈다.

'내가 오늘 무슨 일을 하려는 거야⋯⋯?' 그는 생각했다. '건물 뿐만 아니라, 궁궐을 경매한다고 한들 나와 무슨 상관이야⋯⋯?'

그는 망설였다, 법원으로 가야 하나, 가게로 돌아가야 하나? 바로 그 순간에 그는 크라코프스키에 프세드미에시치에 거리에서 지나가는 마차를 보았다. 마차에는 키가 크고, 몸이 여위고, 초라한 모습의 검은 옷을 입은 부인이 있었다. 부인은 그들의 상점을 바라보고 있었는데, 제츠키는 부인의 푹 파인 눈과 푸르스름한 입에서 깊은 증오의 빛을 보았다.

"세상에, 크세소프스카 남작 부인이잖아……." 이그나치가 중얼거렸다. "물론 경매에 가는 거겠지……. 볼 만하겠군!"

그러나 그에게 의심이 들기도 했다. 남작 부인이 법원에 가는지 어떻게 알아, 모든 것이 소문일 수도 있잖아……? '가서 확인할 만하겠네.' 이그나치는 이렇게 생각하고, 점장으로서 또한 가게 점원 중 가장 연장자로서의 의무를 잊은 채 마차 뒤를 따라가기 시작했다. 쇠약한 말이 천천히 가는 바람에 이그나치는 마차가 콜룸나 지그문타* 까지 가는 동안 내내 마차를 관찰할 수 있었다. 거기서 마차는 왼편으로 방향을 바꿨다. 제츠키는 생각했다.

'저 늙은 여자가 미오도바 거리로 가려나 보군. 저 여자는 빗자루를 타고 가는 것이 더 쌀 텐데…….'

레즐러 카페(그저께 그가 취했던 일을 회상시킨)와 세나토르스카 거리 일부를 지나 이그나치는 미오도바 거리에 다다랐다. 이곳에 있는 노비츠키 차 상점 옆을 지나면서 그는 상점 주인에게 "안녕하십니까?"라고 인사하곤 바로 나와서 중얼거렸다.

"이 시간에 나를 거리에서 보고 그가 무슨 생각을 할까? 가게에 앉아 있지 않고 쓸데없이 거리를 돌아다니는 아주 못된 점장이라고 생각하겠지. 그러나 할 수 없지……!"

법원까지는 아직 더 가야 하는데 양심이 이그나치를 괴롭혔다. 양심은 노란 비단 외투와 바지를 입은, 수염 달린 거인의 형상인데, 친절하면서도 비꼬는 투로 그의 눈을 보며 말했다.

"이그나치 씨, 말해 봐요, 어떤 성실한 상인이 이 시간에 쓸데없이 거리를 쏘다니고 있어요? 내가 발레 무용수인 것처럼 당신은 그런 상인이구먼……"

이그나치는 엄격한 판사에게 아무 대답도 할 수 없다는 것을 느꼈다. 그는 얼굴이 붉어지고, 땀이 나고, 회계 일로 (노비츠키가 기대하는 모습으로) 돌아가고 싶었다. 그때 그는 갑자기 예전의 파츠 궁을 보게 되었다.

"여기서 경매가 있을 것이다!" 이그나치가 말했다. 그는 양심의 가책을 잊어버렸다. 수염이 있고 노란 외투를 입은 거인은 그의 영혼의 눈앞에서 안개처럼 사라졌다.

상황을 살펴본 이그나치는 법원 건물 입구에 큰 대문이 두 개 있고, 작은 문이 두 개 있다는 것을 알았다. 매우 심각한 얼굴의 유대인들이 네 곳에 그룹을 지어 모여 있는 것도 그의 눈에 띄었다. 이그나치는 어디로 가야 할지 몰랐다. 그래서 유대인들이 가장 많이 몰려 있는 문 쪽으로 갔다, 그곳에서 경매가 있을 거라 생각하고.

그 순간 법원 건물 앞에 웽츠키가 탄 마차가 도착했다. 이그나치는 그의 잘 다듬어진 흰 수염과 그의 유머에 감탄하지 않을 수 없었다. 웽츠키는 집이 경매 대상이 된 파산자로 보이지 않고, 소액에 불과한 십 몇만 루블을 올리기 위해 공증인에게 온 백만장자처럼 보였다.

웽츠키는 우아하고 품위 있게 마차에서 내려, 의기양양한 걸음으로 법원 문을 향해 걸어갔다. 그와 동시에 거리의 다른 쪽에서 게으름뱅이 행색의 젠틀맨이 그에게 다가왔다. 그래도 그는 변호사였다. 두 사람이 아주 짧고 형식적인 인사를 나눈 뒤 웽츠키가 그에게 물었다.

"별일 없죠……? 언제죠……?"

"한 시간 후입니다, 좀 더 길어질 수도 있습니다." 젠틀맨이 대답했다.

"생각 좀 해 보세요." 웽츠키가 친절하게 웃으며 말했다. "일주일 전에 내 지인이 집값의 두 배를 받았어요. 15만 루블짜리 집이었는데. 내 집도 10만 루블은 나가니까, 형평성에 비추어 12만 5천은 받아야 합니다……."

"흠! 흠!" 변호사의 대꾸였다.

"당신은 웃겠지요." 토마쉬가 계속해서 말했다. "내가 말하는 것을. 당신은 예감이나 꿈 같은 것을 우습게 여기니까. 그런데 오늘 내 집이 12만에 나가는 꿈을 꿨어요. 이 이야기를 경매 전에 당신에게 하는 겁니다. 알겠어요? 꿈을 우습게 여겨선 안 된다는 것을 몇 시간 후에 알게 될 겁니다. 하늘과 땅에는 본질적인 것이 있지요……."

"흠! 흠!" 변호사의 반응이었다. 두 사람은 건물 첫 번째 문으로 들어갔다.

'천만다행이군!' 이그나치는 생각했다. 만일 웽츠키가 집값으로 12만을 받으면, 그것은 스타흐가 집값으로 9만 루블을 지불하지 않는다는 이야기가 되지.

그때 누군가의 손이 그의 어깨에 가볍게 닿았다. 이그나치가 돌아보니 늙은 슐랑바움이 서 있었다.

"혹시 날 찾고 있지 않았나요?" 날카롭게 그의 눈을 바라보며 늙은 유대인이 물었다.

"아니요, 아니……." 당황한 이그나치가 대답했다.

"나한테 할 말이 없다는 말씀이죠?" 붉은 눈꺼풀을 깜박이며 슐랑바움이 재차 물었다.

"아니요, 아니……."

"좋습니다!" 슐랑바움이 중얼거리면서 유대인들이 있는 데로 갔다.

이그나치는 오싹 한기를 느꼈다. 슐랑바움이 여기 왔다는 사실이 그에게 새로운 의구심을 불러일으켰다. 그런 생각을 털어 내기 위해 문 옆에 서 있는 정리에게 경매가 어디서 열리느냐고 물었다. 정리가 계단을 가리켰다.

이그나치는 위로 올라가서 법정 안으로 들어갔다. 법정에는 유대인들이 무리 지어 있었다. 그들은 어떤 말을 집중해서 듣고 있었다. 그때 법정에서는 심리가 진행되고 있었으며, 검사가 말하고 있는 것을 들어 보니 중대한 사기 사건이라는 것을 제츠키는 알게 되었다. 법정은 후덥지근했고, 검사의 논고는 마치 소리 때문에 분명하지 못했다. 판사들은 졸고 있는 듯했고, 변호사는 하품을 하고, 피고는 최고 법원의 재판을 속이고 싶은 얼굴을 하고 있고, 유대인들은 동정 어린 표정으로 그를 바라보면서, 검사의 공소 내용을 열심히 듣고 있었다. 검사가 피고를 강조하여 비난하는 대목에서는 유대인들 쪽에서 얼굴을 찡그리고, "아이 바이!"라고 하면서 놀라움을 표하는 사람들도 있었다.

이그나치는 법정 밖으로 나갔다. 그는 이 일 때문에 여기 온 것이 아니었다.

현관으로 나온 그는 3층으로 가려고 했다. 그때 어떤 남자와 함께 계단을 내려오는 크세소프스카 남작 부인을 만났다. 그 남자의 외모는 피곤한 고전 언어 선생 같았다. 다 해어진 예복 깃에 꽂혀 있는 은배지가 그가 변호사임을 말해 주었다. 한편 정의의 사제가 입고 있는 회색 바지는 무릎 부분이 짓눌려 있는 것으로 보아, 바지 주인은 의뢰인을 변호하는 대신 정의의 여신에게 끊임없이 구애한 것처럼 보였다.

"그래, 만일 한 시간 후라면……." 우울한 목소리로 크세소프스카 부인이 말했다. "그러면 나는 지금 카푸친 수도원으로 갈까 하는데…… 당신은 어떻게 생각하는지……."

"부인의 카푸친 수도원 방문이 경매 진행에 영향을 미치리라곤 생각하지 않습니다." 피곤한 변호사가 대답했다.

"그러나 변호사께서 정말 바란다면, 좀 돌아다닐 수도……."

무릎 부분이 짓눌린 바지를 입은 변호사가 참을 수 없다는 듯 고개를 흔들었다.

"아, 부인." 변호사가 말했다. "저는 이 경매 일로 돌아다닐 만큼 다녔습니다. 그래서 오늘만큼은 쉬어도 된다고 생각합니다. 거기다 몇 분 후에 저는 공무와 관련된 살인 사건을 맡아야 합니다. 아름다운 귀부인들 보셨지요……? 모두 제 변론을 들으러 왔습니다…… 중요하고 흥미로운 사건이지요!"

"그래서 당신은 나를 이대로 두고 가겠다는 거예요?" 남작 부인이 소리쳤다.

"하지만 올 겁니다…… 법정에 있을 겁니다." 변호사가 부인의 말을 막았다. "경매 현장에 있을 겁니다. 다만 나의 의뢰인인 살인자에 대해 몇 분 동안이라도 생각할 시간을 주십시오……."

그리고 변호사는 정리에게 아무도 들여보내지 말라고 지시하면서 열린 문으로 들어가 버렸다.

"이런, 세상에……!" 남작 부인이 목청껏 소리쳤다. "하잘것없는 살인자도 변호사가 있는데, 불쌍하고 외로운 여자는 명예와 평온과 재산을 지켜 줄 사람을 찾지 못하고 있다니……."

이그나치는 그런 사람이 되고 싶지 않아 서둘러 아래로 내려갔다. 젊고 예쁘고 우아한 여성들이 내려가는 그와 부딪쳤다. 그들은 유명한 살인 사건 재판을 보고 싶은 욕망에 쫓겨 서둘러 올라오고 있었다. 그것은 연극보다 더 좋은 구경거리이다. 공적인 쇼 배우들의 연기가 연극배우보다는 못하겠지만, 연극보다는 확실히 더 현실적이다.

계단은 여전히 크세소프스카 부인의 한탄 소리와, 젊고 예쁘고 우아한 여성들의 웃음소리로 가득했다. 그들은 살인자와 피 묻은 옷, 희생자를 죽인 도끼, 땀 흘리고 있는 판사들을 구경하려고 서로 재촉하면서 올라오고 있었다. 이그나치는 복도에서 나와 길 건너편, 카피툴르나 거리와 미오도바 거리 모퉁이에 있는 제과점으로 들어가 어두운 구석 자리로 갔다. 거기에 있으면 크세소프스카 부인도 자기를 알아보지 못할 것이라고 생각했다.

그는 거품이 있는 초콜릿 음료 한 잔을 주문한 뒤 낡은 신문으로 얼굴을 가리고, 이 작은 공간에 더 어두운 구석이 있는 것을 보았다. 그곳에는 몸이 뚱뚱하고 풍채 좋은 귀족과 몸이 굽은 유대인이 앉아 있었다. 이그나치는 생각했다. 저 대귀족은 우크라이나에 거대한 농장을 가지고 있을 것이고, 유대인은 그의 중개인일 것이라고. 그는 두 사람이 나누는 대화에 귀를 기울였다.

"어르신." 몸이 굽은 유대인이 말했다. "바르샤바에서 아무도 어르신을 모르는 것이 아니라면, 저는 어르신에게 그 일로 10루블조차 드리지 않을 겁니다. 그러면 어르신은 25루블을 벌게 되십니다……."

"후덥지근한 법정에 내가 한 시간을 서 있어야 해!" 어르신이 중얼거렸다.

"그렇습니다." 유대인이 말을 이었다. "우리 나이엔 서 있는 것도 힘듭니다. 하지만 걸어 다닌다고 그런 돈이 오는 것도 아닙니다.

만일 어르신이 그 집을 8만 루블에 사려 했다는 것을 사람들이 알게 되면, 어르신께서 어떤 평판을 듣겠습니까……?"

"그러라지. 그러나 25루블은 현찰로 탁자 위에……."

"신도 그것은 허락하지 않습니다." 유대인이 대답했다. "어르신은 5루블을 받게 되십니다. 20루블은 불행한 셸리 쿠퍼만에게 돌아갑니다. 그는 2년 동안 어르신으로부터 한 푼도 받지 못하고 있습니다, 판결이 났는데도."

풍채 좋은 사람이 손으로 대리석 탁자를 치고 밖으로 나가려 했다. 몸이 굽은 유대인이 그의 연미복 자락을 잡자 그가 다시 의자에 앉았다. 유대인이 그에게 6루블을 제안했다.

몇 분 동안의 끈질긴 흥정 끝에 두 사람은 8루블에 합의했다. 그중 7루블은 경매 후에 지불하기로 하고, 1루블은 바로 주기로 했다. 유대인은 못마땅해했다. 그러나 풍채 좋은 양반의 한마디가 유대인의 망설임을 잠재웠다.

"그래, 빌어먹을, 찻값과 케이크 값을 내가 내야 하는 거야!"

유대인이 한숨을 쉬었다. 그는 기름에 전 지갑에서 가장 헌 지폐 한 장을 꺼내 편 뒤 대리석 탁자 위에 놓고, 자리에서 일어나 천천히 어두운 작은 방을 나갔다. 이그나치는 신문 구멍으로 그가 늙은 슐랑바움이라는 것을 알았다.

이그나치는 서둘러 초콜릿 음료를 마시고, 제과점에서 거리로 나왔다. 귀와 머릿속에 가득 찬 경매가 이제 지겨워졌다. 그는 남은 시간을 어떤 식으로든 보내고 싶었다. 카푸친 수도원의 열린 문을 보고 그쪽으로 가면서 수도원 안에서는 평온과, 기분 좋은 서늘함과, 무엇보다 저곳에서는 적어도 경매에 대한 어떤 소리도 듣지 않을 거라 기대했다.

수도원 건물 안으로 들어서자 정말 정적과 시원함을 느꼈다. 관대 위에는 죽은 사람의 관도 있었다. 관 주위에 있는 초들은 불이 꺼져 있었고, 관을 덮고 있는 꽃들에서도 향기가 나지 않았다. 언제부턴가 이그나치는 관을 보는 것을 좋아하지 않았기 때문에 왼편으로 돌았다. 그곳에서 무릎을 꿇고 있는 검은 옷차림의 부인을 보았다. 크세소프스카 남작 부인이었다. 땅을 향해 굴종적인 자세로 몸과 머리를 숙이고 있었다. 심장이 두근거리는 부인은 수시로 손수건을 꺼내 눈물을 닦았다.

'저 부인은 틀림없이 웽츠키의 집이 6만 루블에 낙찰되도록 빌고 있을 거야.' 이그나치의 생각이었다. 크세소프스카 부인의 모습은 그에게 매력적이지 못해서 그는 발소리 나지 않게 조심스레 뒤로 물러난 뒤 오른편으로 돌아서 갔다.

이곳에는 부인만 두 명 있었다. 한 사람은 주기도문을 작은 소리로 암송하고 있고, 다른 한 사람은 자고 있었다. 그 외에는 아무도 보이지 않았다. 다만 기둥 뒤편에 중간 크기의 남자가 몸을 굽히고 있는 것이 보였다. 머리는 희지만 건장한 체격의 그는 머리를 위로 향하고 속삭이듯 기도하고 있었다.

제츠키는 그가 웽츠키라는 것을 알았다.

'그는 틀림없이 신에게 자기 집이 12만 루블에 낙찰되게 해 달라고 빌고 있을 거야……'

그는 서둘러 수도원을 떠나면서, 마음씨 착한 신은 크세소프스카 남작 부인과 웽츠키의 서로 모순되는 소원을 어떤 식으로 만족시킬까 생각했다.

제과점에서도, 수도원에서도 찾던 것을 찾지 못한 이그나치는 법원 건물에서 그리 멀지 않은 거리를 산책했다. 그는 마음이 복잡했다. 그에게는 지나가는 사람들이 모두 비웃으며 자기 눈을 쳐다보고 이렇게 말하는 것 같았다. "늙은 불량한 친구야, 왜, 가게 지키는 것이 싫어졌어?" 그리고 금방이라도 가게 직원 중 하나가 마차에서 뛰어내리며 가게에 불이 났다든가, 가게가 무너졌다고 그에게 외칠 것 같았다. 그래서 그는 경매에 관한 일은 잊어버리고, 가게로 돌아가 회계 장부 일을 보는 것이 낫지 않을까 생각했다. 그때 절망적인 절규 소리가 들렸다.

작은 유대인 하나가 법원 창문 안으로 몸을 기울이고 유대인 무리에게 무슨 말인지 큰 소리로 말했다. 그 말을 들은 유대인들이 마치 좁은 양 우리에 있던 놀란 양 떼처럼 서로 밀치고 천천히 지나가는 사람들과 부딪치며 불안하게 발을 쿵쾅거리면서 문으로 쇄도했다.

"아하, 이제 경매가 시작되는군!" 이그나치는 혼잣말하고 그들 뒤를 따라 위로 올라갔다.

순간 그는 누가 뒤에서 자기 어깨에 부딪히는 것을 느꼈다. 고개를 돌려 보니 제과점에서 슐랑바움한테 선불로 1루블을 받았던 풍채 좋은 사람이었다. 체구가 위엄 있어 보이는 그는 몹시 바쁘게 가고 있었다. 그는 두 주먹을 앞으로 내밀어 길을 만들면서 유대인들의 빽빽한 무리 속을 가르고는 이렇게 큰 소리로 말하며 앞으로 나아갔다.

"유대인들, 옆으로 비켜, 내가 경매에 갈 때는……!"

유대인들은 자기들의 관습과 달리 길을 내주고는, 놀란 표정으로 그를 바라보았다.

"저 사람, 돈이 많을 거야!" 유대인 하나가 옆 사람에게 중얼거렸다.

풍채 좋은 양반과 비교할 수 없을 정도로 용기가 부족한 이그나치는 그 양반처럼 밀고 나가지 못하고, 운명의 자비와 무자비에 몸을 맡겼다. 유대인들이 사방에서 그를 에워쌌다. 바로 앞에 기름에 전 칼라, 더러운 목도리, 그보다 더 더러운 목이 보이고, 뒤에서는 생양파 냄새가 났다. 오른쪽으로는 어떤 사람의 회색 수염이 그의 가슴에 닿아 있고, 왼편에서는 강력한 팔꿈치가 그의 손에 쥐가 날 만큼 압박하고 있었다.

사람들이 그를 밀치고 짓누르며 그의 옷을 잡아당겼다. 누군가는 그의 다리를 잡기도 하고, 누군가는 그의 호주머니에 손을 넣기도 했다. 그의 어깨뼈를 치는 사람도 있었다. 이그나치에게 가슴뼈가 부러졌다고 느끼는 순간도 있었다. 그가 눈을 위로 향해서 보니 문에 거의 다 와 있었다. 이제. 이제…… 숨이 막혔다…….

갑자기 그는 앞에 텅 빈 공간을 느꼈다. 그의 머리가 프록코트 자락으로 조심스럽게 가려지지 않은 누군가의 몸에 부딪혔다. 드디어 그는 홀에 도착했다.

그는 한숨을 내쉬었다. 그의 뒤에서 입찰자들의 외치는 소리와 욕설이 난무했다. 이따금 정리가 큰 소리로 경고했다.

"여러분들, 왜 그렇게 밀고 그래요…… 여러분들이 무슨 양 떼라도 됩니까……?"

"경매장에 이렇게 힘들게 올 줄 몰랐네……!" 이그나치가 한숨을 쉬었다. 그는 두 개의 홀을 지났다. 두 개 모두 비어 있었고, 마루에는 의자도 없었고, 벽에는 못도 없었다. 이 두 개의 홀이 사법부 한 부서의 현관방으로 사용되고 있는데, 밝고 탁 트인 시원한 느낌을 주었다. 열린 창문을 통해 시냇물 줄기 같은 햇빛과 바르샤바의 먼지를 머금은 7월의 뜨거운 바람이 쏟아지듯 들어왔다. 이그나치는 참새들 지저귀는 소리와 끊임없는 마차 소리를 들으면서 불협화음의 이상한 느낌을 받았다.

"법정이……." 그가 혼잣말했다. "빈집 같고, 이렇게 밝을 수 있을까……?"

그에게는 쇠창살 창문, 회색의 벽, 반짝거리는 습기, 걸려 있는 쇠고랑이 사람들에게 사형과 종신형이 언도되는 법정에 더 어울릴 것 같았다.

그러나 이곳이 모든 유대인들이 몰려오고 또한 경매의 모든 절차가 이루어지는 가장 큰 법정이다. 홀이 넓어서 민사부와 경매부를 나누는 낮은 칸막이만 치우면 40쌍이 마주르를 출 수 있을 정도였다. 민사부에는 모직 소파가 몇 개 있고, 경매부에는 연단이 있고, 연단에는 초록색 천으로 덮인 초승달 모양의 테이블이 있었다. 이그나치는 테이블 뒤에서 쇠사슬처럼 생긴 장신구를 목에 걸고, 상원 의원처럼 엄숙한 표정을 짓고 앉아 있는 고관들을 보았다. 그들은 집달관들이었다. 각 고관들 앞 책상 위에는 경매 대상 부동산에 관한 서류 더미가 놓여 있었다. 테이블과 칸막이 사이와 칸막이 앞에 경매 관련자들이 빽빽하게 몰려 있었다. 모두 머리를 위로 향하고 정신을 집중해서 집달관을 바라보고 있었다. 성상을 바라보고 있는 영감을 받은 금욕주의자도 이들의 정신 집중을 부러워할 정도였다.

창문이 열려 있었지만 홀에서는 히아신스와 오래된 접착제 중간쯤 되는 냄새가 났다. 이그나치는 그 냄새가 유대인들의 옷에서 난다고 생각했다.

마차 소리만 없으면 홀은 아주 조용했다. 집달관들은 침묵 속에 각자 서류에 정신이 팔려 있었고, 경매인들도 조용히 집달관들만 바라보고 있었다. 민사부에 모인 방청객들은 조용히 속삭이듯 말하고 있었다. 그들은 다른 사람들에게 자기들의 말이 들리는 것에 관심이 없었다.

그래서 남작 부인의 신음 같은 소리가 더 크게 들렸다. 부인이 변호사의 상의 자락을 붙잡고 아주 다급한 목소리로 말했다.

"제발 부탁입니다. 가지 마세요…… 당신이 원하는 건 다 주겠어요."

"남작 부인, 협박은 제발!" 변호사가 대답했다.

"협박하는 게 아니에요! 제발 나를 두고 가지 마세요!" 남작 부인이 진심 어린 감정으로 말했다.

"경매 때 온다니까요. 그러나 지금은 제 의뢰인인 살인자에게 가 봐야 합니다."

"그래! 천박한 살인자에게 더 많은 동정을 가지고 있다는 말이죠. 자기 재산과 명예와 평온을 지키려는 버려진 여인보다도……."

시달림을 당하던 변호사가 재빨리 도망가는 바람에 그의 바지 무릎 부분이 실제보다 더 짓눌려 있는 것처럼 보였다. 남작 부인이 그의 뒤를 쫓아가려 했다. 하지만 그 순간에 부인은 아주 파란 안경을 끼고 성당지기처럼 보이는 중년 남자에게 붙들렸다.

"오, 부인, 무슨 일입니까……?" 파란 안경의 사나이가 아주 달콤한 목소리로 말했다. "어떤 변호사도 부인이 제시한 집값 이상으로 올리지 못할 겁니다. 제가 그 분야의…… 그러니 처음 가격에서 천 루블 오를 때마다 1퍼센트씩, 그리고 20루블은 비용으로……."

크세소프스카 남작 부인이 그에게서 떨어지더니, 비극의 여주인공 역할을 맡은 배우처럼 뒤로 몸을 젖히고 그에게 한마디로 대답했다.

"사탄……!"

안경 낀 남자는 자기가 사람을 잘못 보았다는 것을 깨닫고, 당황하면서 물러났다. 동시에 불량배처럼 보이는 다른 남자가 그의 길을 막았다. 불량배 같은 남자가 심하게 제스처를 쓰면서 몇 분 동안 그에게 작은 소리로 말했다. 이그나치는 두 사람이 싸울 것이라고 생각했다. 그러나 둘은 조용히 헤어지고, 불량배 같은 사람이 크세소프스카 남작 부인에게 다가오더니 작은 소리로 말했다.

"만일 부인께서 모험을 하신다면, 우리는 7만까지도 올리지 않을 수 있습니다."

"구원자……!" 남작 부인이 큰 소리로 외쳤다. "당신 앞에 있는 부인은 모욕을 당하고, 외롭게 버려져 있으며, 재산과 명예와 평온이……."

"나한테 명예는 필요 없고……." 불량배 같은 남자가 말했다. "부인께서 선금으로 20루블을 먼저 주시겠습니까?"

두 사람이 홀의 가장 먼 구석으로 가더니 이그나치의 눈앞에서 유대인들 그룹 속으로 사라졌다. 그 그룹에는 늙은 슐랑바움과 수염이 없는 젊은 유대인이 있었다. 젊은 유대인은 창백하고 힘이 빠져 있는 것으로 미루어 바로 얼마 전에 결혼했을 것이라고 이그나치는 판단했다. 늙은 슐랑바움이 힘없어 보이는 유대인에게 무언가를 설명하는데, 그의 눈은 점점 더 초점을 잃어 가고 멍청하게 보였다. 도대체 그에게 무슨 말을 하고 있을까? 이그나치는 짐작할 수가 없었다.

이그나치가 홀의 다른 편으로 고개를 돌리자, 몇 걸음 떨어지지 않은 곳에 웽츠키와 그의 변호사가 보였다. 변호사는 몹시 지루해하는 표정이고, 어디론가 가고 싶어 하는 눈치였다.

"만일 11만 5천이라도…… 그래, 11만!" 웽츠키가 말했다. "변호사께서는 어떤 방법을 알고 있어야 하는 것 아니에요……."

"흠! 흠!" 간절한 시선으로 문을 바라보며 변호사가 말했다. "너무 많이 요구하시는 것 아닙니까, 6만 주고 산 집을 12만이라니……."

"하지만 나한테는 10만짜리입니다."

"그렇지요…… 흠! 흠! 약간 비싸게 샀지요……."

"나도 11만 정도만 바랍니다." 웽츠키가 말했다. "이번에 변호사께서 나를 도와주어야 될 것 같다고 생각하는데…… 나는 변호사가 아니어서 모르겠지만, 어떤 방법이 있을 텐데……."

"흠! 흠!" 변호사가 중얼거렸다. 다행히도 그의 동료 한 사람이 ─ 그 역시 옷깃에 은배지를 달고 있었다 ─ 홀에서 그를 불렀다. 1분 후에 파란 안경을 끼고 성당지기처럼 생긴 사나이가 웽츠키에게 접근하더니 이렇게 말했다.

"무슨 문제라도 있습니까, 백작님……? 어떤 변호사도 백작님이 제시한 집값보다 더 올리지 못할 겁니다. 제가 그 분야에선…… 그러니 백작님께서 20루블을 비용으로 주시고, 6만부터 천 루블마다 1퍼센트씩……."

웽츠키가 성당지기처럼 보이는 사나이를 경멸하는 태도로 바라보았다. 백작은 두 손을 바지 호주머니에 넣고 있었다. 그 자신에게도 그런 자세는 이상하게 생각되었다. 백작이 말했다.

"12만부터 천 루블마다 1퍼센트씩 주겠소."

파란 안경을 쓴 성당지기가 왼쪽 어깨를 움직이면서 인사를 하고 대답했다.

"백작님, 죄송합니다."

"거기 서!" 웽츠키가 그를 막았다. "11만……. 아니, 10만부터."

"죄송합니다."

"벼락 맞을 친구! 그래, 얼마를 원하는 거야……?"

"6만 이상부터 1퍼센트 그리고 20루블은 비용으로……." 땅을 향해 몸을 숙이면서 성당지기가 말했다.

"10루블 가져가겠나?" 분노 때문에 보랏빛으로 변한 웽츠키가 물었다.

"저는 1루블도 가볍게 보지 않습니다……."

웽츠키가 근사한 지갑을 꺼내더니, 바스락거리는 소리가 나는 10루블짜리 돈뭉치에서 한 장을 빼 고개를 깊이 숙인 성당지기에게 주었다.

"어르신께서 보시게 되실 것입니다……." 성당지기가 속삭이듯 말했다.

이그나치 옆에 유대인 두 사람이 서 있었다. 한 사람은 키가 크고, 옅은 갈색 머리에 수염은 짙은 푸른빛이 감돌 정도로 검었다. 다른 한 사람은 대머리이고, 상의 깃에 닿을 정도로 턱수염을 길게 기르고 있었다. 턱수염을 기른 젠틀맨이 웽츠키의 10루블 지폐 뭉치를 보고 웃으면서 갈색 머리 남자에게 말했다.

"저 귀족의 돈 보았지요…… 지폐의 바스락거리는 소리도 들었지요? 돈들이 나를 보고 아주 기뻐했어요…… 치나더 씨, 무슨 말인지 아시죠……?"

"웽츠키가 당신 고객입니까?" 갈색 머리가 물었다.

"왜 내 고객이 못 되겠어요?"

"그가 가진 게 무엇이지요?"

"그가…… 그는 크라쿠프에 누나가 있는데, 그 누나가, 아시겠어요, 그의 딸에게 유산을 상속합니다."

"만일 그 누나가 유산 상속을 하지 않으면……."

턱수염을 기른 젠틀맨이 잠깐 당황했다.

"당신은 나에게 그런 바보 같은 말을 합니까! 크라쿠프의 누나가 아프면, 왜 그들에게 유산을 상속하지 않겠어요……?"

"나는 이해할 수 없어요." 멋있는 갈색 머리가 말했다. (이그나치는 속으로 이렇게 멋있는 남자를 본 적이 없다는 걸 인정했다.)

"한데 그에게는 딸이 있어요. 치나더 씨……." 덥수룩한 턱수염이 자신 없는 목소리로 말했다. "당신도 그의 딸 이자벨라 양을 아시잖아요, 치나더 씨……? 나는 그녀에게 흥정 않고 백 루블을 줄 수도 있는데…….”

"나는 150루블을 줄 수 있지." 멋있는 갈색 머리가 말했다. "그건 그렇고 웰츠키가 영양가가 있는지 확실하지는 않아."

"확실하지 않다고……? 그럼 보쿨스키 씨는 어떻고……?"

"보쿨스키 씨는 그렇지…… 그 사람은 영양가가 많지요." 잘생긴 갈색 머리가 말했다. "하지만 그녀는 멍청하고, 웰츠키도 멍청하고, 그들은 모두 바보야. 그리고 그들이 보쿨스키를 파멸시킬 거야. 그러나 그는 그들을 어떻게 할 수 없어……."

이그나치의 눈이 캄캄해졌다.

'세상에!' 그는 한숨을 쉬었다. '경매장에서까지 사람들이 보쿨스키와 그녀에 대해 말하고 있다니……. 그들은 보쿨스키의 파멸을 내다보고 있는 거야. 세상에, 큰일 났군!'

집달관들이 앉아 있는 테이블 주위에서 작은 소란이 일어났다. 방청객들이 그쪽으로 밀려갔다. 늙은 슐랑바움도 그 테이블로 접근했다. 그는 가면서 기진맥진해 있는 작은 유대인에게 머리를 끄덕여 신호를 보내고, 조금 전에 제과점에서 만났던 풍채 좋은 신사를 향해 다른 사람이 눈치채지 않게 눈짓을 보냈다.

크세소프스카 부인의 변호사도 동시에 들어왔다. 그는 부인을 쳐다보지도 않고 테이블 앞에 자리를 잡고, 집달관에게 작은 소리로 말했다.

"빨리, 더 빨리, 시간이 없어요, 정말로…….”

변호사가 들어오고 몇 분 뒤에 새로운 그룹이 홀 안으로 들어왔다. 정육점 주인처럼 보이는 부부였다. 늙은 부인이 열서너 살 먹은 손자와 두 남자와 함께 왔다. 한 남자는 머리가 희었지만 건장했다. 다른 남자는 곱슬머리인데, 폐결핵 환자처럼 보였다. 두 남자는 순종적인 인상이었고, 그들이 입고 있는 옷은 낡았다. 그러나 그들을 보고 유대인들이 속삭이면서 손가락으로 존경과 놀라움을 표했다.

두 사람이 이그나치 바로 옆에 서는 바람에, 그는 흰머리 남자가 곱슬머리에게 하는 말을 듣고 말았다.

"크사베리, 내가 말하는데, 나처럼 해. 물론 나는 서두르지 않아. 이미 3년 전에 나는 작은 집을 하나 사려고 했지. 10만이나 20만 루블짜리로, 노년을 생각해서. 그러나 서두르지는 않아. 어떤 집이 경매에 나오는지 읽고, 내가 직접 보고, 머리로 계산했지. 그런 다음에 여기 와서 사람들이 내놓는 것을 들어 보는 거야. 내가 너에게 말하는데, 이미 경험도 얻었으니, 금년에 사려고 해. 그런데 집 값이 턱없이 올랐단 말이야, 제기랄, 그래서 다시 계산해 봐야겠어! 하지만 우리 둘이 잘 들어 보자. 그러면 거래를 잘할 수 있을 거야……."

"조용히 하세요!" 테이블에서 큰 소리가 들려왔다.

홀은 조용해졌다. 이그나치는 여기저기 있는 건물들에 대한 설명을 들었다. 어떤 건물은 별채가 세 개나 있고, 어떤 건물은 3층이고, 어떤 건물은 정원이 있는가 하면 주위에 넓은 마당이 딸린 건물도 있었다. 경매의 중요한 절차를 경청하는 웽츠키의 얼굴은 수시로 붉으락푸르락했다. 크세소프스카 부인은 금으로 된 케이스에 들어 있는 작은 크리스털 병을 수시로 코에 대고 냄새를 맡았다.

"내가 그 집을 잘 알아요!" 성당지기처럼 보이는 파란 안경의 사나이가 큰 소리로 말했다. "내가 그 집을 잘 알아요! 눈을 감고도 12만 루블 가치는 있어요."

"당신, 무슨 말 하는 거요!" 크세소프스카 남작 부인 곁에 서 있던 불량배처럼 보이는 사나이가 말했다. "어떤 집이라고……? 폐가…… 시체 보관소……!"

웽츠키의 얼굴이 파랗게 변했다. 그가 성당지기에게 고개를 돌리고 작은 소리로 물었다.

"저 악당은 누구지?"

"저거요?" 성당지기가 물었다. "쓰레기입니다! 백작님, 저런 것에 신경 쓰지 마십시오……." 그가 다시 아주 큰 소리로 말했다. "솔직히 말하는데, 그 집은 13만 루블까지도 지불할 만한 가치가 있습니다."

"저 천박한 사람이 누구지요?" 남작 부인이 불량배처럼 생긴 사나이에게 물었다. "저 파란 안경 낀 사람……?"

"저거요?" 질문을 받은 사람이 대답했다. "유명한 인간말짜입니다…… 파비악 형무소에서 나온 지 얼마 안 되죠. 저런 것에 신경 쓰지 마십시오, 침 뱉을 가치도 없어요."

"거기 조용히 하세요!" 테이블에서 관리의 목소리가 울렸다.

성당지기가 웽츠키에게 웃으면서 눈짓을 하고 경매인들 사이에 있는 테이블을 향해 밀고 나갔다. 그곳에 남작 부인의 변호사, 풍채 좋은 사나이, 늙은 슐랑바움 그리고 지쳐 보이는 작은 유대인이 서 있었다. 성당지기는 작은 유대인 옆에 섰다.

"6만 5백 루블." 크셰소프스카 부인의 변호사가 작은 소리로 말했다.

"그렇습니다! 그 이상의 가치는 없습니다." 불량배처럼 보이는 사나이가 말했다.

남작 부인이 의기양양해서 웽츠키를 쳐다보았다.

"6만 5……." 풍채 좋은 사나이가 말했다.

"6만 5천 100루블." 창백한 유대인이 더듬거리듯 말했다.

"6만 6……." 슐랑바웁이 덧붙여 말했다.

"7만!" 성당지기가 외쳤다.

"아! 아! 아!" 남작 부인이 울음을 터뜨리며 모직 소파에 쓰러졌다.

부인의 변호사가 재빨리 테이블에서 떨어져 나오더니 살인자를 변호하러 가 버렸다.

"7만 5천!" 풍채 좋은 사나이가 외쳤다.

"나 죽네……!" 남작 부인이 신음 소리를 냈다.

홀이 소란스러워졌다. 늙은 리투아니아 사람이 남작 부인을 부축하자, 마루세비츠가 그에게서 부인을 인계받았다. 이 엄숙한 사고를 보고 그가 어디서 나타났는지 알 수 없는 일이다. 울음을 참지 못하고 남작 부인은 자기 변호사와 법정과 경매 입찰자들과 집달관들을 저주하면서 마루세비츠에게 의지하여 홀을 떠났다. 웽츠키는 창백하게 웃었다. 그사이 피곤해 보이는 유대인이 말했다.

"8만 천백 루블……."

"8만 5……." 슐랑바웁이 끼어들었다.

웽츠키는 정신을 집중해서 듣고 보았다. 그의 시선은 세 명의 경매 입찰자에게 향해 있었다. 몸집 좋은 남자의 말이 들렸다.

"8만 8천……."

"8만 8천 100." 불쌍해 보이는 작은 유대인이 말했다.

"9만으로 끝냅시다." 늙은 슐랑바웁이 손으로 테이블을 치면서 말을 마쳤다.

"처음으로 9만이 나왔습니다." 집달관이 말했다.

웽츠키가 품위도 잊은 채 성당지기에게 몸을 기울이고 작은 소리로 말했다.

"값을 높여서 부르세요!"

"뭘 그리 생각하세요······?" 성당지기가 지친 유대인에게 물었다.

"거기 왜 그렇게 소란스러워요?" 다른 집달관이 성당지기에게 말했다. "당신 집을 살 거요 말 거요······? 당장 나가세요! 두 번째 9만 루블!" 집달관이 외쳤다.

웽츠키의 얼굴이 회색빛으로 변했다.

"9만 루블······ 세 번째 말합니다!" 집달관이 말하고 작은 망치로 초록 테이블보가 깔린 테이블을 쳤다.

"슐랑바움이 샀다!" 누군가 방청석에서 말했다.

웽츠키가 멍청한 시선으로 주위를 둘러보았다. 그는 비로소 자기 변호사를 보았다.

"아, 변호사!" 떨리는 목소리로 그가 말했다. "저렇게는 안 되지!"

"뭐가 안 돼요?"

"안 되지······ 잘못된 거야!" 화난 웽츠키가 반복해서 말했다.

"뭐가 안 돼요······?" 약간 짜증이 난 변호사가 반복해서 말했다. "저당 잡힌 것 빼면 3만 루블 남습니다."

"10만이 들어간 집이오. 조금만 잘했어도 12만은 받을 수 있었는데······."

"그렇습니다." 성당지기가 거들었다. "12만 가치가 있는 집입니다."

"오! 들었지요, 변호사?" 웽츠키가 말했다. "좀 더 감시를 잘했더라면······."

"저한테 비난 투로 말하지 마십시오! 파비악 형무소에서 나온 불량배의 못된 말만 듣지 마십시오······."

"오, 제발 그만······." 모욕을 당한 성당지기가 대응했다. "파비악에 갔다고 다 불량배는 아닌 거요. 그리고 내가 말한 것은······."

"그렇소······ 집은 12만 가치는 있었지요!" 전혀 예상치 않게 불량배처럼 생긴 사나이가 동맹자가 되어 말했다.

웽츠키가 멍청해진 눈으로 그를 쳐다보았다. 그는 아직 상황 파악을 할 수가 없었다. 변호사에게 간다는 인사말도 하지 않고, 홀 안에서 모자를 쓰고 나가면서 중얼거렸다.

"유대인들과 변호사들 때문에 3만 루블을 잃은 거야. 12만은 받을 수 있었는데……."

늙은 슐랑바움도 나갔다. 그때 이그나치가 처음 본 멋있는 갈색 머리 사나더가 치나더가 슐랑바움의 길을 막았다.

"슐랑바움 씨, 무슨 거래를 하신 거예요?" 멋있는 갈색 머리가 말했다. "그 집은 7만 천에 살 수 있었어요. 그 이상 가치가 없는 집이었어요……."

"어떤 사람에게는 가치가 없지만, 다른 사람에겐 가치가 있는 거지요. 나는 항상 남는 장사만 합니다." 생각에 잠긴 슐랑바움이 대답했다.

드디어 제츠키도 홀을 떠났다. 홀에서는 다른 경매가 시작되고, 새로운 방청객이 몰려왔다. 이그나치는 천천히 계단을 내려오면서 생각했다.

'그래 슐랑바움이 집을 산 거야. 클레인이 예상한 대로 9만에. 보쿨스키가 아니라 슐랑바움이 산 거지……. 스타흐는 그런 바보 같은 일을 안 하지…… 안 하고말고! 이자벨라와의 우스개 같은 소리도 쓸데없는 뜬소문이지…….'

제19장 1차 경고

이그나치가 가게 가까이 왔을 때는 오후 1시였다. 불안하기도 하고 부끄러운 생각도 들었다. 어떻게 그 많은 시간을 허비할 수 있지…… 손님이 가장 많을 때에……? 만약 그새 불행한 일이라도 있었다면? 무더위에, 펄펄 끓는 아스팔트의 열기에, 먼지 속에서 거리를 쏘다니는 것이 도대체 무슨 즐거운 일이라도 되나!

정말로, 날씨는 예외적으로 더웠고 햇볕도 따가웠다. 인도와 돌들은 열에 달구어졌고, 양철 간판과 가로등 기둥도 손을 댈 수 없을 만큼 뜨거웠다. 햇빛이 너무 강해서 이그나치의 눈에서는 눈물이 났고 눈앞에서 움직이는 검은 점들이 그의 시야를 가렸다.

'내가 신이라면…….' 그는 생각했다. '7월 더위의 절반은 12월을 위해 남겨 둘 텐데…….'

갑자기 그는 상점 진열대를 보고(그는 바로 그때 창문 옆을 지나갔다) 몸이 굳어졌다. 진열대가 2주 동안이나 변화 없이 그대로 있었다니! 동일한 청동 제품들, 도자기들, 부채, 동일한 액세서리, 장갑, 우산과 장난감들이라니! 누가 보지 않았을까, 짜증 나는 진열장을?

"내가 형편없는 사람이지……!" 그는 혼자 중얼거렸다. "그저께

는 과음을 하고, 오늘은 여기저기 돌아다니고…… 일자리를 잃어
도 당연해."

가게에 들어서자마자 므라체프스키가 낚아채듯 그를 붙들었을
때 가슴이 더 짓눌리는 건지 다리가 더 무거운지 알 수 없었다. 그
는 벌써 바르샤바 스타일로 이발을 하고, 머리를 단정히 빗고, 전
처럼 향수를 많이 뿌리고 들어오는 손님들을 친절하게 맞이했다,
그 자신이 멀리서 온 손님이면서. 여기 있는 남자들은 놀라지 않
을 수가 없었다.

"세상에, 이럴 수가, 이그나치 씨." 그가 큰 소리로 불렀다. "세 시
간 동안이나 당신을 기다리고 있었어요! 당신들 모두 정신을 잃고
있어요……."

그가 이그나치의 팔을 잡더니, 놀라서 두 사람을 쳐다보는 다
른 사람들은 개의치 않고 금고가 있는 사무실로 급히 끌고 갔다.

여기서 그는 머리가 흰 점원을 딱딱한 소파에 밀어서 앉히고 마
치 비올레타 앞의 절망적인 제르몽*처럼 두 손을 깍지 끼고 서서
말했다.

"아시다시피…… 내가 떠난 다음부터 가게가 엉망이 되었다는
것을 알았어요. 그런데 이렇게 빨리 진행될 줄은 예상 못한 일인
데……. 당신은 가게를 지키지 않고, 하지만 그건 중요하지 않아
요, 그런다고 구멍이 나는 것도 아니니까. 그러나 늙은이가 하는
바보 같은 짓은, 그것은 스캔들이지요!"

이그나치의 눈썹이 놀라움 때문에 위로 곤두서는 것 같았다.

"잠깐만!" 소파에서 일어나며 그가 큰 소리로 말했다.

그러나 므라체프스키가 그를 억지로 다시 앉혔다.

"잠깐…… 제 말 좀 들으세요!" 향수 냄새 풍기는 젊은이가 그
를 중단시켰다. "무슨 일이 일어나고 있는지 아시죠? 수진이 비스

마르크를 만나러 오늘 밤 베를린으로 갑니다. 그 후에는 파리 박람회에 갑니다, 반드시. 듣고 있어요? 무슨 일이 있어도 그와 같이 가도록 보쿨스키를 설득해야 합니다. 그런데 그 멍청한……."

"므라체프스키 씨! 누가 당신을 그렇게 부추기고 있소……?"

"나는 부추김을 받을 필요 없이 원래 용기 있는 사람이오. 그런데 그 미친 보쿨스키가……! 오늘 제가 알게 되었는데…… 늙은이가 파리에서 수진과 함께 벌 수 있는 돈이…… 1만이 아니라 5만 루블입니다, 제츠키 씨! 그런데 그 멍청한 사람이 오늘 가려고 하지 않을 뿐만 아니라, 자기가 언제 갈지도 모르겠다고 말하고 있어요. 수진이 기다릴 수 있는 날이 2, 3일밖에 없다는 걸 그는 모르고 있어요."

"수진은 뭐라고 하지?" 혼란스러워진 이그나치가 물었다.

"수진이……? 그는 화가 나 있고, 더 좋지 않은 것은, 씁쓸하게 생각하고 있지요. 그는 스타니스와프 표트로비츠가 이전의 그가 아니라면서, 그를 경멸한다고 합니다. 한마디로 이상한 일이지요……! 5만 루블의 수입에 무료 여행인데. 당신 같으면 어떻게 하겠어요, 이런 조건이면 심지어 성 스타니스와프 코스트카라도 파리에 안 가겠어요……?"

"가고말고!" 이그나치가 중얼거렸다. "지금 어디 있지, 스타흐는…… 아니, 보쿨스키 씨는?" 자리에서 일어나며 그가 물었다.

"당신 아파트에서 수진을 위한 계산서를 쓰고 있어요. 그가 바보 같은 짓을 해서 무엇을 잃게 되는지 당신은 볼 겁니다."

사무실 문이 열리더니 클레인이 손에 편지를 들고 서 있었다.

"웽츠키네 하인이 가져왔어요." 그가 말했다. "당신이 좀 전해 줄 수 있겠어요, 오늘 늙은이 기분이 무슨 일인지 엉망인 것 같아서……."

이그나치가 물망초 그림으로 장식된 연한 푸른빛 봉투를 받았다. 그러나 가야 할지 망설였다. 그사이 므라체프스키가 어깨 너머로 주소를 보았다.

"이자벨라에게서 온 편지군!" 그가 큰 소리로 말했다. "이제 알겠어!" 그가 웃으면서 사무실에서 나갔다.

"제기랄!" 이그나치가 중얼거렸다. "그 모든 소문이 사실이란 말이야? 그럼 그가 그녀를 위해서 집을 사는 데 9만 루블을 지불하고, 수진의 제안을 거절해서 5만 루블을 잃는다……? 둘을 합하면 14만 루블! 그리고 마차, 경마, 자선 행사 때 기부는……? 거기다 이자벨라 양이 마치 유대인이 십계명 바라보듯 열렬한 눈빛으로 바라보던 그 로시는……? 에! 나 같으면 쓸데없는 격식을 자제하겠는데……."

그는 웃옷 단추를 목까지 채우고, 몸을 꼿꼿이 세운 다음 편지를 들고 자기 집으로 갔다. 그 순간에 그는 자기 구두에서 소리가 나는 것을 알고, 마음이 가벼워지는 것을 느꼈다.

이그나치의 집에서 보쿨스키가 서류 더미들 옆에 앉아 예복과 조끼도 입지 않은 채 뭔가 쓰고 있었다.

"아하!" 제츠키를 보고 그가 고개를 들면서 말했다. "자네 집을 내 집처럼 쓴다고 화내지 않을 거지?"

"사장이 격식을 차리시는군!" 이그나치가 약간 비꼬는 투로 말했다. "여기 편지가 있네. 그, 웽츠키네에게서……."

보쿨스키가 발신인 주소를 보더니 급히 봉투를 뜯고 읽었다. 그는 읽고 또 읽더니 세 번을 읽었다. 제츠키가 자기 책상 위에서 무엇인가를 뒤적이다가, 사장이 다 읽고 머리를 손으로 괴고 생각에 잠겨 있는 것을 보면서, 사무적인 목소리로 물었다.

"오늘 수진과 함께 파리로 가는 거야?"

"생각도 안 해."

"꽤 큰 비즈니스가 있다고 들었는데, 5만 루블……."

보쿨스키는 아무 말이 없었다.

"그러면 내일이나 모레 가는 거야? 듣기로는 수진이 자네의 도착을 2, 3일밖엔 기다릴 수 없다던데?"

"언제 갈지 아직 몰라."

"그러면 안 되지, 스타흐. 5만 루블은 큰돈이야. 그걸 잃다니, 유감이네. 자네가 그 좋은 기회를 흘려보냈다는 것을 그들이 알게 되면……."

"내가 미쳤다고 하겠지." 보쿨스키가 말을 막았다.

그가 다시 침묵을 지키더니 갑자기 입을 열었다.

"만일 내게 5만 루블 버는 것보다 더 중요한 일이 있다면……?"

"정치적인?" 불안한 눈빛으로 제츠키가 조용히 물었다. 그러나 그의 입은 웃고 있었다.

보쿨스키가 그에게 편지를 건넸다.

"읽어 봐." 그가 말했다. "정치적인 것보다 더 좋은 일이라는 걸 알게 될 거네."

이그나치는 약간 망설이면서 편지를 받았다. 그러나 보쿨스키의 반복된 독촉에 읽었다.

화환은 정말 아름다웠어요. 그리고 로시의 이름으로, 선물에 대해 감사드려요. 황금색 잎새들 사이 에메랄드의 우아한 배열은 비교할 수 없을 정도였어요. 선생님은 내일 점심에 꼭 오셔야 해요. 로시와 작별 인사도 하고, 우리의 파리 여행에 대해 이야기해요. 어제 아빠께서 아무리 늦어도 일주일 안에 가자고 하셨어요. 물론 우리 함께 가요. 선생님과의 즐거운 동행이 아니라면 여행은 저에게 절반의 가치밖에 없을 거예요. 그럼 안녕.

이자벨라 웽츠카

"무슨 말인지 모르겠는데." 관심 없다는 듯 책상에 편지를 던지며 이그나치가 말했다. "설마 이자벨라 양과의 즐거운 여행을 위해서, 그 여자가 좋아하는 사람에게 줄 선물을 사는 데 조언하기 위해서 5만 루블을 진흙탕에 버리는 것은 아니겠지…… 만일 그 이상의 무엇이 없다면……."

보쿨스키가 소파에서 일어나더니 두 손을 책상에 짚고 물었다.

"만일 그 여인을 위해서 전 재산을 흙탕물에 버리는 것이 내 마음에 든다면, 그럼 어때……?"

그의 이마에 핏줄이 솟아오르고, 와이셔츠의 가슴 부분이 뜨겁게 물결쳤다. 그의 눈에서 남작과의 결투 순간에 보았던 광채가 번득이다가 사라졌다.

"그럼 어때……?" 보쿨스키가 되풀이했다.

"아무것도 아니야." 제즈키는 침착하게 대답했다. "내가 착각했다는 걸 인정해. 살면서 몇 번째인지 모르겠네."

"무엇을?"

"오늘 자네에 대해서. 죽음에 직면하고, 또 재산 형성에 관한 소문에도 노출된 사람은 좀 더 보편적인 목표를 가지고 있다고 생각했거든……."

"자네의 그 보편론은 그만하게!" 보쿨스키가 주먹으로 책상을 치면서 말했다. "내가 사회를 위해 한 일들을 나는 알고 있어. 그런데 사회는 나를 위해 무엇을 해 주었나! 희생의 요구는 끝이 없어. 그러면서 희생은 나에게 어떤 권리도 준 적이 없어……. 나도 이제 나를 위해 뭔가를 하고 싶어……. 아무도 실행하지 않는 형식적인 말들만 귀에 넘치도록 들었어. 나 자신의 행복, 그것이 오늘날 나의 의무야. 다른 말로 하면…… 엄청난 부담 외에 나를 위해서 다른 것은 보지 못한다면, 나는 총으로 머리를 쏘아 버리겠어. 수천 명은 게으름 피우고 있는데 한 사람이 그들에 대한 의무를 가진다고! 이보다 더 기괴한 일을 들어 본 적이 있나……?"

"로시를 위한 갈채는 부담이 아니었나?" 이그나치가 물었다.

"로시를 위해 한 게 아니야."

"오로지 여인의 만족을 위해서. 나는 알고 있어…… 저축을 위한 모든 금고 중에서 가장 불확실한 것이 여인이라는 것을……." 제츠키가 대답했다.

"자네, 조심성이 없구먼!" 보쿨스키가 씩씩거렸다.

"말하자면 그렇다네……. 자네가 이제 사랑을 찾은 것 같네. 나도 사랑을 아네. 아! 수년간 나는 바보처럼 사랑에 빠졌네. 그사이 나의 헬로이자는 다른 사람들과 사랑 놀이를 하고 있었다네. 제기랄! 얼핏 마주쳤던 눈빛이 나에게 얼마나 많은 것을 희생시켰던가……. 나중엔 내 눈앞에서 저희들끼리 포옹하기도 했다네. 내 말을 믿어, 스타흐, 사람들이 생각하는 만큼 나는 그렇게 나이브하지 않아. 사는 동안 많은 것을 보면서 이런 결론을 얻었다네. 우리는 사랑이라는 놀이에 너무 많은 것을 쏟아붓고 있어!"

"자네가 그 여인을 몰라서 그렇게 말하는 거야." 보쿨스키가 우울하게 말했다.

"어느 여자나 모두 예외적이지, 고개를 다른 데로 돌리고 있지 않는 한. 내가 그녀를 모르는 건 사실이야. 그러나 다른 여자들은 알아. 여자들에게 승리를 거두기 위해서는 어느 정도 뻔뻔스럽고, 적당히 무례해야 돼. 그런데 자네는 이 두 가지 장점을 가지고 있지 못해. 그래서 자네에게 경고하네. 지나치게 모험을 하지 말게. 왜냐하면 상대가 자네와 거리를 두려 할 것이네, 만일 지금까지 그렇지 않았다면. 이런 일에 대해 자네에게 한 번도 이야기한 적이 없지, 그렇지? 내가 그런 철학적인 이야기를 할 것처럼 보이지도 않지…… 그런데 위험이 자네를 위협하고 있다는 것을 느끼네. 그래서 다시 말하는데, 조심해야 하네! 품위 없는 놀이에 마음을 주지 말게. 애송이들과 어울리면 사람들이 자네를 조롱하네. 그런 경우에는, 자네에게 말하는데, 사람은 아주 민망한 표현을 듣게 되니, 제발 그런 말을 자네가…… 듣지 않기를!"

보쿨스키는 주먹을 쥐고 소파에 앉아 있었다. 하지만 그는 침묵했다. 그 순간에 노크 소리가 들리고 리시에츠키가 나타났다.

"웽츠키 씨가 사장님을 뵙고 싶어 합니다. 이곳으로 안내할까요?" 점원이 물었다.

"들어오시라고 해요……." 보쿨스키가 대답하고 서둘러 조끼와 양복을 입었다.

제츠키가 의자에서 일어나 슬프게 고개를 끄덕이고는 자기 방을 나왔다.

"상황이 안 좋다고 생각했지만……." 복도에 나오자 그가 중얼거렸다. "이 정도까지라고는 미처 생각 못했는데……."

보쿨스키가 서둘러 옷을 입자마자 웽츠키가 방으로 들어왔다. 그의 뒤에 상점 하인이 따랐다. 웽츠키의 눈에는 핏발이 서 있었고, 얼굴에는 푸룻푸룻한 점이 돋아 있었다. 그가 소파에 몸을 던지더니 소파 모서리에 머리를 기대고 숨을 가쁘게 쉬었다. 하인은 걱정스러운 얼굴로 서서 제복에 달린 단추를 만지작거리며 지시를 기다리고 있었다.

"스타니스와프 씨, 용서하게. 그런데…… 레몬수 한잔만 주겠나……." 웽츠키가 한숨 쉬듯 말했다.

"레몬, 설탕 탄 소다수 가져오게, 빨리!" 보쿨스키가 하인에게 말했다.

하인이 문에 달린 커다란 장식에 부딪히면서 나갔다.

"별거 아닐세." 웽츠키가 웃으면서 말했다. "목이 짧은 데다 더위에 짜증스러운 일이 있어서…… 잠깐만 쉬겠네……"

걱정된 보쿨스키는 웽츠키가 매고 있는 넥타이를 풀고 와이셔츠 단추를 끌렀다. 그리고 제츠키의 책상에서 찾은 향수를 수건에 뿌린 다음 아들 같은 정성으로 환자의 목덜미와 얼굴과 머리를 닦았다.

웽츠키가 그의 손을 꼭 쥐었다.

"이제 좋아졌네. 자넨 복 받을 거야……" 그리고 작은 소리로 이어서 말했다. "자비로운 간호사 같은 자네 역할이 마음에 드네. 벨라는 이렇게 세심하게 할 줄 모를 거야. 그 애는 항상 봉사만 받으면서 자랐기 때문에……"

하인이 탄산수 병과 레몬을 가져왔다. 보쿨스키가 레몬수를 만들어 웽츠키에게 건넸다. 그의 얼굴에 있던 푸른 점들이 서서히 사라졌다.

"우리 집에 가서……" 보쿨스키가 하인에게 지시했다. "마차를 준비해서, 가게 앞에 대기하라고 해."

"자네…… 정말 고맙네……" 웽츠키가 보쿨스키의 손을 힘주어 잡고 고마움이 담긴 충혈된 눈으로 그를 보면서 말했다. "이런 정성스러운 간호에 내가 익숙하지 못하네. 벨라는 이런 일에 대해서 모르니까."

이자벨라가 환자를 잘 간호할 줄 모른다는 말이 보쿨스키의 마음에 걸렸다. 하지만 그것도 잠깐이었다.

웽츠키는 서서히 원기를 회복했다. 그의 이마에 땀방울이 송송

맺히고, 목소리에도 힘이 실렸다. 눈에 남아 있는 실핏줄만이 그가 겪은 충격을 말해 주고 있었다. 그는 방 안을 돌아다니고 기지개를 켜더니 말했다.

"아…… 스타니스와프 씨, 자네는 모를 거야, 내가 오늘 무슨 꼴을 당했는지. 내 말 믿겠는가? 내 집이 9만 루블에 팔렸다네!"

보쿨스키가 몸을 떨었다.

"나는……." 웽츠키가 계속했다. "10만은 받을 것으로 믿었거든. 사람들이 12만의 가치가 있는 집이라고 말하는 것을 내가 경매장에서 들었어. 그런데 뭔가, 유대인이 사려고 하는 바람에, 그 비열한 고리대금업자 슐랑바움이…… . 그는 경쟁자들과 사전에 합의했어. 누가 알겠나, 내 변호사도 그중 하나가 아닌지. 그래서 2만 혹은 3만을 잃은 거지…… ."

이번에는 보쿨스키가 뇌졸중 환자처럼 보였다.

"나는 이렇게 계산했어." 웽츠키가 말했다. "5만 루블에서 자네가 나에게 매년 만 루블씩 주는 것으로. 그러면 생활비로 6천에서 8천이 들고, 나머지로 벨라와 함께 매년 외국에 갈 수 있겠다 싶어 벨라에게 약속까지 했는데, 일주일 안에 파리에 가자고…… 하필! 6천 루블 가지고는 겨우겨우 살 수밖에 없지, 여행은 생각할 수도 없고…… . 비열한 유대인…… . 사회도 비열하긴 마찬가지야, 고리대금업자에게 굴복하고 있으니. 심지어 경매에서도 고리대금업자를 상대로 싸우려고 나서질 않으니…… . 나를 가장 고통스럽게 하는 것은, 자네에게 말하는데, 그 비열한 슐랑바움 뒤에 어떤 기독교 신자, 심지어 대귀족이 숨어 있을 수 있다는 사실이야."

그의 목소리는 다시 짓눌린 것 같았고, 뺨에는 다시 푸른빛이 감돌았다. 그는 자리에 앉더니 물을 마셨다.

"비열한, 비열한 사람들!" 그가 한숨 쉬듯 말했다.

"좀 쉬십시오." 보쿨스키가 말했다. "제게 현금으로 얼마쯤 주실 수 있겠습니까?"

"우리 공작의 변호사에게 — 내 변호사는 악당이야 — 부탁했네, 내가 받을 몫을 가져다 달라고. 그걸 스타니스와프 씨, 자네에게 주겠네. 합이 3만 루블이네. 거기서 20퍼센트를 준다고 자네가 약속했으니, 그러면 내가 매년 6천 루블씩 생활비로 쓸 수 있지만, 비참하게 사는 거지 뭐!"

"저에게 맡기시는 총액을……." 보쿨스키가 말했다. "제가 보다 유리한 사업에 투자할 수 있습니다. 그럼 1만 루블씩 받으시게 될 겁니다."

"그게 정말인가?"

"그렇습니다. 특별히 좋은 기회가 생겼습니다."

웽츠키가 소파에서 일어났다.

"구제자…… 선행자!" 감동한 목소리로 그가 말했다. "자네야말로 인간들 중에서 가장 고귀한 사람이네. 그런데……." 그가 한 걸음 뒤로 물러서면서 팔을 벌리고 말을 계속했다. "자네가 손해 보는 것 아닌가……?"

"제가요? 저는 상인입니다."

"상인! 그렇지……!" 웽츠키가 외쳤다. "자네 덕분에 알게 되었네, 상인이라는 말이 오늘날 위대한 정신, 우아함, 영웅적 행동의 동의어라는 것을……. 고귀함……!"

보쿨스키의 목을 껴안은 그는 거의 울려고 했다.

보쿨스키가 그를 세 번째 소파에 앉혔다. 그 순간 노크 소리가 들렸다.

"들어오세요."

창백한 얼굴로 눈에 광채를 띤 헨릭 슐랑바움이 들어왔다. 그가 웽츠키 앞에 서서 인사를 하고 말했다.

"어르신, 제가 슐랑바움입니다. 어르신이 가게에서 제 동료들과 손님들 앞에서 그토록 욕을 했던 바로 그 '비열한' 고리대금업자의 아들입니다…….."

"나는 몰랐습니다. 어떤 사과도 할 수 있습니다……. 우선 미안합니다. 내가 몹시 화가 났었습니다…….." 마음이 동요한 토마쉬가 말했다.

슐랑바움도 평온을 되찾았다.

"그런데……." 그가 말했다. "저에게 사과하는 대신 제가 하는 말을 들어 보세요. 제 부친께서 왜 어르신 집을 사셨겠습니까? 그건 중요하지 않습니다. 제 부친께서 어르신을 속이신 것이 아닙니다. 확실한 증거를 말씀드리죠. 제 부친은 당장에라도 9만 루블에 그 집을 어르신께 다시 드릴 수 있습니다…… 더 말씀드리겠습니다." 그가 흥분했다. "구매자는 그 집을 어르신께 7만에 넘깁니다…….."

"헨릭!" 보쿨스키가 끼어들었다.

"이제 말을 마치겠습니다. 저는 갑니다." 슐랑바움이 토마쉬에게 머리 숙여 인사하고 방에서 나갔다.

"웬 황당한 희극인가!" 조금 지나자 웽츠키가 말했다. "사실, 가게에서 늙은 슐랑바움에 대해 몇 마디 쓴소리를 했는데, 그의 아들이 여기 있다는 건 정말 몰랐네. 9만에 산 집을 7만에 나에게 돌려준다…… 이상하지! 스타니스와프 씨, 자넨 그에 대해서 어떻게 생각하나……?"

"집이 실제로 9만 가치밖에 없는지도 모르죠……." 보쿨스키가 자신 없는 목소리로 말했다.

토마쉬가 와이셔츠 단추를 잠그고 넥타이를 매기 시작했다.

"고맙네, 스타니스와프 씨." 그가 말했다. "도와준 것, 그리고 내일을 맡아 준 것……. 슐랑바움과는 별 희극 같은 일이었네! 그리고…… 그리고…… 벨치아가 자네를 내일 점심에 초대했네. 돈은 우리 공작의 변호사한테서 가져가게. 이자에 대해서는, 그래 주면 고맙겠네……."

"반년 후에 미리 이자를 드리겠습니다."

"자네에게 고마운 마음이네." 그가 보쿨스키의 두 뺨에 키스하면서 말했다.

"잘 있게, 내일 보세…… 점심 잊지 말게……."

보쿨스키가 마당을 지나 대문까지 그를 배웅했다. 그곳에 이미 마차가 기다리고 있었다.

"날씨가 몹시 덥군!" 토마쉬가 보쿨스키의 도움을 받아 힘들게 마차에 앉으면서 말했다. "그 유대인들과 도대체 무슨 희극 같은 일이지……? 9만을 주었는데, 7만에 다시 돌려준다니…… 재미있는 일이야, 정말!"

마차가 우야즈도프스키 거리를 향해 움직였다.

집으로 가는 길에 토마쉬는 정신이 혼미해졌다. 더위를 느끼지는 않았으나, 몸에서 힘이 모두 빠져나간 듯하고, 귀에선 윙윙거리는 소리가 났다. 이따금 눈이 제각각 다르게 보고, 두 눈으로 더 잘못 보는 것 같기도 했다. 마차가 조금 세게 움직일 때마다 마치 술 취한 사람처럼 이리저리 흔들리면서 구석에 몸을 의지했다.

생각과 느낌이 서로 이상하게 뒤엉켰다. 자기가 음모의 덫에 갇힌 것 같고, 거기서 구해 줄 사람은 보쿨스키밖에 없다는 생각이 가끔 들었다. 또다시 그가 심하게 아프고, 보쿨스키만이 자기를 돌봐 줄 수 있다고 상상했다. 또 자기가 죽고, 모두 떠나면 혼자 가난하게 남은 딸을 보쿨스키만이 보살펴 줄 수 있다고 생각했다. 그리고 지금 타고 가는 마차처럼 경쾌하게 달리는 마차가 하나 있으면 좋겠다는 생각이 들었다. 보쿨스키에게 부탁하면 그가 선물로 줄 것이라는 생각도 들었다.

"지독한 더위야!" 토마쉬가 중얼거렸다.

어느새 말들이 집 앞에 섰다. 토마쉬는 마부에게 고개도 끄덕하지 않고 마차에서 내려 위로 올라갔다. 힘들게 발을 끌면서 들어서자마자, 모자도 벗지 않고 그대로 소파에 쓰러지듯 앉아 그대로 몇 분 동안 있었다. 하인이 너무 놀라 아가씨에게 알려야겠다고 생각했다.

"일은 잘된 것 같아요." 하인이 아가씨에게 말했다. "어르신께서 뭔가…… 약간……."

겉으로는 냉정한 것 같아도 내심 초조하게 아버지의 마차와 집의 경매 결과를 기다리고 있던 이자벨라는 예의범절에 어긋나지 않는 범위 안에서 가능한 한 빠른 걸음으로 아버지의 방으로 갔다. 그녀는 자기 가문의 아가씨들은 심지어 파산을 당하더라도, 자기의 생생한 감정을 드러내선 안 된다는 것을 잊지 않았다. 그녀가 자신을 통제하고 있음에도 불구하고 하인 미코와이는 그녀 얼굴에 나타난 붉은 점들에서 그녀가 동요하고 있음을 알고 다시 한 번 작은 소리로 말했다.

"오! 일이 잘된 것은 틀림없어요. 왜냐하면 어르신께서…… 그것을……."

이자벨라의 아름다운 이마에 주름이 나타났다. 그녀가 아버지 서재의 문을 뒤에서 닫았다.

"아빠, 무슨 일이세요?" 그의 붉은 눈을 보면서 그녀가 못마땅한 기색으로 물었다.

"불행이야…… 파탄!" 토마쉬가 힘겹게 모자를 벗으면서 말했다. "3만 루블을 잃었어……."

이자벨라가 창백해지더니 가죽 소파에 앉았다.

"비열한 유대인, 고리대금업자가 경쟁자들을 물러나게 하고 변호사를 매수하고, 그리고……."

"그러면 우린 아무것도 없는 거예요?" 그녀가 한숨을 쉬었다.

"왜 아무것도 없어? 3만 루블이 있고, 그 돈에서 이자로 만 루블이……. 고결한 보쿨스키…… 그처럼 고결한 사람을 알지 못해. 그가 나를 어떻게 간호해 주었는지 네가 알았다면……."

"왜 그가 간호를 해요?"

"내가 더위와 화 때문에 약간 뇌졸중 증세를 보였거든."

"어떤 증상인데요?"

"피가 머리로 오르는 것을 느꼈어. 하지만 이젠 괜찮아. 비열한 유대인……. 그러나 보쿨스키가…… 너에게 말하지만, 그는 초인적이야."

그가 울기 시작했다.

"아빠, 무슨 일이에요? 의사를 불러야겠어요." 이자벨라가 소파 밑에 무릎을 꿇고 앉으면서 다급한 목소리로 말했다.

"아니야, 괜찮아…… 걱정 마. 내가 죽으면 네가 믿을 수 있는 유일한 사람은 보쿨스키밖에 없다는 생각이 들었어."

"무슨 말씀인지 모르겠어요……."

"아빠는 저를 모르세요, 라고 말하고 싶은 거지, 그렇지? 너의 운명을 상인에게 맡길 수도 있다니 네가 놀란 거지? 그러나 생각해 보렴……. 우리가 불행을 당하면, 우리에게 적대적인 사람들은 자기들끼리 뭉치고, 우리를 떠나는 사람들도 생기겠지. 하지만 그는 우리를 돕기 위해 한걸음에 달려올 것이다. 그가 내 생명을 구했어. 우리 같은 뇌졸중 환자는 언제 죽을지 몰라…….
그래서 내가 의식을 되찾았을 때, 너를 진심으로 돌봐 줄 수 있는 사람이 누구일까 생각하게 되었다. 요아시아도 호르텐시아도 아니고, 아무도 없어…… 돈 많은 고아는 보호자를 쉽게 찾을 수 있겠지만…….”

이자벨라는 아버지가 서서히 원기를 회복하여 몸을 추스르는 것을 보고 무릎 꿇고 있는 자세에서 일어나 소파에 앉았다.

“그러면 아빠는 그 사람에게 어떤 역할을 맡기시려고 하세요?” 딸이 냉정하게 물었다.

“역할……?” 딸을 유심히 바라보면서 아버지가 되물었다. “역할이라…… 조언자, 집안의 친구, 보호자, 너에게 남겨진 재산 관리인…….”

“오, 그런 점에서는 저도 오래전부터 그를 높이 평가하고 있어요. 그는 의지가 강한 사람이고, 또 우리 집안과 친하고…… 그런 것은 중요하지 않고…….” 조금 후에 딸이 말을 이었다. “집 경매는 어떻게 됐어요?”

“어떻게 됐는지 말해 주마. 불량배 같은 유대인이 9만에 샀어. 그래서 우리에게 남은 돈이 3만이야. 정직하고 성실한 보쿨스키가 그 3만에 대해 나에게 매년 1만을 줄 거야…… 33퍼센트가 되는 거지. 한번 생각해 봐라.”

“어떻게 33이 돼요?” 이자벨라가 말을 끊었다. “1만이면 10퍼센트지요.”

“무슨 말이니? 30에서 10이면 33퍼센트지. 퍼센트는 procent-rum, 즉 100에 대해서야, 알겠니?”

“이해가 안 돼요.” 머리를 흔들면서 이자벨라가 대답했다. “10은

10으로 알고 있어요. 그러나 상인들의 언어에서 10이 33이라면, 그렇게 하라지요, 뭐."

"네가 이해를 못하는구나. 내가 너에게 설명하마. 그런데 내가 피곤해서 좀 자야겠구나……."

"의사를 부를까요?" 이자벨라가 자리에서 일어나며 물었다.

"그럴 필요 없어!" 토마쉬가 큰 소리로 말하면서 손을 흔들었다. "내가 의사에게 맡겨지면, 틀림없이 죽을 것이다……."

이자벨라는 더 이상 재촉하지 않고, 아버지의 손과 이마에 키스한 뒤, 깊이 생각에 잠긴 채 자기 방으로 돌아갔다.

며칠 전부터 그녀는 경매 결과에 대해 몹시 불안해했는데, 그런 불안이 흔적 없이 사라졌다. 그들은 매년 1만 루블을 받게 되고, 3만 루블은 현금으로 가지고 있게 되었다……? 그러면 그들은 파리 박람회에도 가고, 나중에 스위스에도 가고, 겨울엔 다시 파리에 간다. 아니지……! 겨울에는 바르샤바로 돌아와서 집안을 다시 일으켜야지. 젊고 잘생긴 돈 많은 사람을(예를 들어 남작이나 의회 의장 같은 사람은 말고……. 느끼해!) 찾게 되면, 벼락부자는 안 되고, 어리석지 않고……(그래, 어리석은 것은 어쩔 수 없지. 그들 중에 어리석지 않은 사람은 오호츠키뿐이지만, 그는 괴짜이니!). 그런 구혼자가 있으면…… 최종 결정은 이자벨라 자신이 한다.

'아빠가 보쿨스키와 함께한 것은 아주 잘하신 일이야!' 방 안을 돌아다니면서 이자벨라는 생각했다.

'보쿨스키가 나의 보호자! 보쿨스키는 아주 유능한 조언자, 대리인, 재산 관리인이 될 수 있다. 그러나 보호자 신분은 공작이어야 하니까, 우리 사촌이고 우리 집안의 오랜 친구가 좋겠다!'

그녀는 여전히 팔짱을 낀 채 방 안을 돌아다녔다. 갑자기 그녀의 머리에 떠올랐다. 아버지는 무슨 일로 보쿨스키에게 감동하셨을까……? 그 사람에게 어떤 마력이 있기에 그는 주위 사람들을 모두 자기편으로 끌어들이고, 아버지의 마음까지도 차지했을까! 아버지, 토마쉬 웽츠키, 그가 울었다…… 어머니가 돌아가신 이후 한 번도 그의 눈에 눈물이 고인 적이 없었는데…….

"나도 인정하지 않을 수 없어, 그가 좋은 사람이라는 것을." 그녀가 혼잣말했다. "보쿨스키의 보살핌이 없었다면, 로시도 바르샤바에 대해 그렇게 만족하지 못했을 거야. 그래, 하지만 나의 보호자는, 불행한 일을 당하더라도, 그는 아니야……! 물론 재산에 관해서는 그에게 조언하라고 해야지! 그러나 보호자는 아니야! 아버지가 많이 쇠약해지셨어. 그런 생각까지 하신 걸 보면……."

저녁 6시경 이자벨라가 응접실에 있을 때 현관 초인종이 울렸다. 그리고 미코와이의 다급한 목소리가 들렸다.

"말했잖아요, 내일 오라고. 오늘은 주인님이 편찮으십니다."

"나더러 어쩌라는 거요? 돈이 있을 때는 아프고, 돈이 없을 때는 건강하니……." 유대인 특유의 억양이 약간 배어 있는 다른 목소리가 대답했다. 그 순간 현관방에서 여인의 옷자락 스치는 소리가 들리더니 플로렌티나가 말하면서 들어왔다.

"조용히 해! 제발, 조용히 좀 해요! 슈피겔만 씨는 내일 오세요. 슈피겔만 씨는 아시잖아요, 돈이 있다는 것을……."

"그래서 오늘 세 차례나 온 것 아닙니까. 내일 다른 사람들이 오면, 저는 다시 기다려야겠지요……."

이자벨라의 머리로 피가 몰리는 것 같았다. 어떻게 해야 할지도 모르면서 그녀는 현관방으로 들어갔다.

"무슨 일이야……?" 그녀가 플로렌티나에게 물었다.

미코와이가 어깨를 으쓱하더니, 조심스럽게 뒷걸음으로 나갔다.

"접니다, 백작 아씨…… 다비드 슈피겔만입니다." 검은 수염에 검은 안경을 낀 키 작은 사람이 말했다. "작은 일 때문에 저는 백작님을 뵈러 왔습니다."

"벨라……." 플로렌티나가 사촌 동생을 밖으로 데려가려고 하면서 말했다.

그러나 이자벨라가 그녀의 손을 뿌리치더니, 아버지의 방이 비어 있는 것을 보고 슈피겔만에게 들어가라고 지시했다.

"잘 생각해 봐, 벨라, 지금 뭐하는 거니……?" 플로렌티나가 말했다.

"사실을 알고 싶어." 이자벨라가 말했다. 그녀는 아버지 방의 문을 닫고 소파에 앉더니 슈피겔만의 안경을 보면서 물었다.

"아버지에게 무슨 볼일이 있으세요?"

"백작 아씨, 죄송합니다." 그가 인사하면서 말했다. "아주 사소한 일입니다. 저는 다만 제 돈을 가져가고 싶습니다."

"얼마인데요?"

"합하면 8백 루블입니다……."

"내일 당신이 받을 겁니다."

"죄송합니다, 백작 아씨. 저는 반년 전부터 매주 내일이라는 말만 들었습니다. 그러나 지금까지 이자도, 본전도 보지를 못했습니다."

이자벨라는 숨이 막히고 가슴이 짓눌리는 것 같았지만 곧바로 정신을 가다듬었다.

"당신도 알고 있지요, 아버지가 3만 루블을 받게 되신다는 것을……. 그 외에도 (왜 그런 말을 하는지 자기도 모르게) 우리는 매년 만 루블씩 받게 됩니다. 당신이 받을 돈이 이보다 많지는 않을 거예요, 무슨 말인지 아시죠……."

"만 루블은 어디서……?" 유대인이 묻고, 거만하게 머리를 들었다.

"어디서라니?" 그녀가 화를 내며 말했다. "우리 돈의 이자지."

"3만 루블의……?" 유대인이 웃으면서 끼어들었다. 그는 자신을 속인다고 생각했다.

"그래요."

"죄송합니다, 백작 아씨." 비웃는 투로 슈피겔만이 말했다. "제가 오래전부터 돈놀이를 하고 있지만, 그런 이자는 들어 본 적이 없습니다. 3만 루블이면 백작님은 3천을 받을 수 있습니다. 그것도 담보 물건이 아주 불확실할 때에 한해서. 그러나 저와는 상관없는 일이고…… 제 볼일은 제 돈을 찾아가는 겁니다. 내일 다른 사람들이 오면, 그 사람들이 다비드 슈피겔만보다 더 유리하겠지요. 백작님이 나머지 돈에 대한 이자를 어떻게 주실지, 저는 또 1년을 기다려야 합니다."

이자벨라가 소파에서 일어났다.

"그럼 내가 당신에게 보장하지요, 분명히 내일 돈을 받게 될 거예요!" 경멸하는 태도로 그를 보면서 그녀가 큰 소리로 말했다.

"약속했습니다?" 유대인이 속으로 그녀의 아름다움을 음미하면서 물었다.

"약속했어요. 내일 모든 사람에게 완제될 것입니다…… 모두에게, 한 푼도 남김없이!"

유대인이 머리 숙여 인사하고, 뒷걸음으로 방에서 나갔다.

"백작 아씨가 어떻게 약속을 지키는지 두고 보겠습니다." 떠나면서 그가 말했다.

늙은 미코와이가 다시 현관방에 나타나 아주 정중하게 문을 열어 주었다. 이미 복도로 나온 유대인이 말했다.

"집사 양반, 왜 아까와는 다르지요?"

분노로 창백해진 이자벨라가 아버지의 침실로 갔다. 그러나 플로렌티나가 그녀의 앞을 막았다.

"벨라, 제발 침착해." 두 손을 모으고 그녀가 말했다. "네 아버지는 편찮으시잖아……."

"내가 그 사람에게 약속했잖아, 모든 빚을 갚는다고. 다 갚아야 해…… 우리가 파리에 못 가더라도……."

딸이 들어왔을 때, 토마쉬는 양복을 벗고 실내화를 신고 천천히 방 안을 돌아다니고 있었다. 그녀는 아주 초췌해진 아버지를 보았다. 어깨는 축 처졌고, 흰 수염도 생기를 잃었고, 눈꺼풀도 처져 있고, 노인처럼 허리도 굽었다. 이런 아버지의 모습이 그녀의 분노 폭발은 막았으나, 그녀가 하고 싶은 말까지 막지는 못했다.

"벨라야, 미안하다, 내가 잠옷 차림으로 있어서……. 그런데 무슨 일이니?"

"별거 아니에요, 아빠." 감정을 억제하며 딸이 말했다. "어떤 유대인이 왔었어요……."

"아, 슈피겔만일 거야, 틀림없이……. 아주 귀찮은 존재야, 숲에 있는 모기처럼!" 머리 뒤를 만지면서 그가 말했다. "내일 오라고 해……."

"바로 그 사람이었어요, 그리고 다른 사람들도……."

"좋아, 아주 잘됐어…… 그들을 모두 해결하려고 전부터 생각했어. 아, 다행이야, 조금이나마 날씨가 수그러드니……."

이자벨라는 아버지의 태연함과 좋지 않은 건강 상태를 생각했다. 정오부터 아버지는 몇 년을 한꺼번에 늙은 것 같았다. 그녀는 의자에 앉아 침실을 둘러보고 내키지 않는 질문을 했다.

"아버지가 그들에게 빚이 많아요?"

"많지 않아…… 얼마 되지 않아…… 몇천 루블……."

"고모가 말한 그 돈이에요? 누군가가 3월에 어음을 모두 인수했다는……?"

웽츠키가 방 가운데 멈춰 서더니 손가락들로 소리를 내면서 말했다.

"그렇지! 그걸 까맣게 잊고 있었다……."

"그러면 빚이 몇천보다 많은 거예요……?"

"그래…… 그래…… 조금 더 많지. 5천이나 6천쯤 될 거야. 정직한 보쿨스키에게 부탁해야겠어, 그걸 좀 해결하라고……."

이자벨라는 자기도 모르게 머리를 흔들었다.

"슈피겔만이 말하는데……." 한참 후에 그녀가 말했다. "우리 돈에서 이자로 만 루블은 받을 수 없다고 했어요. 아무리 많이 받아야 3천이고, 그것도 저당 물건이 아주 불확실한 것일 때라고 하던데……."

"그의 말이 맞아, 저당을 잡았을 때는 그렇고. 하지만 상업은 저당이 아니니까…… 상업에선 33퍼센트도 가능해. 그런데…… 슈피겔만이 우리 이자에 대해 어떻게 알지?" 토마쉬가 잠깐 생각하더니 물었다.

"저도 모르게 제가 말했어요……." 이자벨라가 얼굴을 붉히면서 설명했다.

"유감스러운 일이다, 그에게 그런 말을 했다니…… 정말 유감이다! 그런 일은 말하지 않았어야 했는데……."

"나쁜 거예요?" 그녀가 한숨을 쉬었다.

"나쁜 거냐고? 나쁜 것은 아니지만, 오, 맙소사. 사람들이 남의 수입 액수나 수입의 원천에 대해 아는 것은 좋은 일이 아니지. 남작이나 의회 의장도 백만장자나 박애주의자라는 평판을 얻지 못했을 거야, 사람들이 그들의 비밀을 다 알고 있다면……."

"그건 왜요, 아빠?"

"너는 아직 어리구나." 토마쉬가 조금 걱정스러운 듯 말했다. "너는 이상주의자야. 그래서…… 너는 그들을 혐오하게 될 수도 있다. 그러나 너에게는 이성이 있다. 남작은 말이야, 고리대금업자들과 관련된 회사를 가지고 있어. 그리고 의회 의장의 재산 대부분은 운 좋은 화재의 결과로 얻은 것이야. 그리고 크리미아 전쟁 때 소 장사를 해서 어느 정도 이익을 봤지……."

"그런 사람들이 저의 구혼자들이에요……?" 이자벨라가 한숨을 쉬었다.

"그건 아니야. 벨라! 그들에게는 돈도 있고, 빌려 준 돈도 많지. 그것이 주된 일이지." 토마쉬가 딸을 안심시켰다.

이자벨라가 머리를 흔들었다, 마치 혐오스러운 생각들을 털어 버리려는 듯.

"그래서 아빠, 우리 파리에 안 가는 거예요……."

"왜, 내 딸아, 왜……?"

"만일 아빠가 5천이나 6천 루블을 유대인들에게 지불하면……."

"그건 걱정 마라. 내가 보쿨스키에게 부탁해야겠다. 그 총액에 대해 6퍼센트에서 7퍼센트 이자를 지급하는 것으로 해 보라고. 그러면 우리가 매년 4백 루블씩 이자만 내면 되니까. 그래, 우리가 매년 만 루블씩 받잖니."

이자벨라가 고개를 떨어뜨리고, 손가락으로 책상을 가볍게 두드리면서 생각에 잠겼다.

"그런데 아빠는……." 딸이 잠시 생각을 하고 나서 말했다. "보쿨스키가 두렵지 않으세요……?"

"내가……?" 토마쉬가 큰 소리로 말하고 주먹으로 가슴을 쳤다. "나는 요아시아, 호르텐시야, 심지어 공작과 나머지 그들 모두에 대해서는 두려움이 있어. 그러나 보쿨스키에 대해서는 그런 감정이 없어. 그가 오늘 향수로 나를 닦아 주는 것을 네가 보았다면……. 얼마나 걱정스러운 눈빛으로 그가 나를 바라보았는지……! 내가 평생 보아 온 사람들 중에 그는 가장 고귀한 사람이야. 그는 돈에 대해 신경 쓰지 않아, 그는 나를 상대로 거래할 수 없는 사람이야, 나와의 우정을 중요하게 생각하지. 신이 그를 나에게 보냈어. 내가 늙음과…… 죽음을 느끼기 시작할 때……."

그렇게 말하고 토마쉬는 눈꺼풀을 깜박였다. 그의 눈에서 눈물이 몇 방울 떨어졌다.

"아빠, 아프신 것 같아!" 놀란 이자벨라가 소리쳤다.

"아니야, 괜찮아……! 더위와 속상함 때문이야. 그리고 무엇보다도…… 사람들에 대한 실망이 컸어. 생각해 봐라, 오늘 누가 우리 집에 왔는지. 아무도 오지 않았잖니. 그들은 우리가 모든 것을 잃었다고 생각하는 거야. 요안나는 우리가 내일 점심을 준비하기 위한 돈을 빌려 달라고 할까 봐 걱정하고 있는 거야…… 남작이나 공작도 마찬가지고. 남작은 우리에게 3만 루블이 남아 있다는 것을 알면 여기로 올 거야…… 너를 위해서. 네가 지참금 없이 그와 결혼하더라도, 그는 나한테 돈을 한 푼도 쓸 필요 없다고 생각할 것이다. 그러나 안심해라, 우리가 매년 만 루블씩 받는다는 것을 그들이 알게 되면 모두 몰려들 것이고, 너는 너의 살롱에서 지난 날과 같이 여왕처럼 즐길 수 있으니……. 오, 오늘 내가 얼마나 화가 났었는지……!" 눈물을 닦으며 토마쉬가 말했다.

"의사를 부를까요, 아빠?"

아버지는 생각에 잠겼다.

"내일, 내일…… 내일까지는 이대로 괜찮을 것 같다."

그 순간 노크 소리가 들렸다.

"누구세요? 거기 누구세요……?" 토마쉬가 물었다.

"백작 부인께서 오셨습니다." 복도에서 플로렌티나가 대답했다.

"요아시아가……?" 토마쉬가 놀라움과 반가움이 섞인 목소리로 크게 말했다. "벨랴, 나가 보아라…… 나는 옷을 좀 갈아입어야겠다. 그렇지, 그래……! 확실해, 이미 알고 있는 거야, 3만 루블에 대해서……. 벨라는 나가 보고…… 미코와이!"

그는 옷을 찾느라 침실을 이리저리 돌아다니기 시작했다. 그사이 이자벨라는 살롱에서 기다리고 있는 고모에게 갔다.

이자벨라를 보더니 백작 부인이 껴안았다.

"신께서……." 백작 부인이 말했다. "너희에게 그 많은 행복을 주셨구나! 토마쉬가 집값으로 9만을 받았다고 하니, 네 지참금도 구제되었겠지? 나는 그렇게까지는 생각 못했다……."

"아버지는, 그런데 고모, 더 많이 받으리라고 기대하셨는데, 집의 구매자인 어떤 유대인이 다른 경쟁자들을 방해했어요." 약간 기분이 상한 이자벨라가 말했다.

"아, 애야, 너는 아직도 아버지의 비현실적인 생각을 모르는구나. 그는 집이 백만 루블쯤의 가치가 있다고 상상할 수도 있지. 나는 나름대로 그 방면의 전문가들한테 들어서 알고 있지. 그 집은 최고가가 7만 2천에서 7만 3천 루블 가치밖에 없다고 하더라. 며칠 전부터 매일 집이 경매로 팔리는데, 어떤 집이 얼마에 팔리는지 다 알려져 있다. 하지만 그에 대해서는 할 말이 없고, 아버지는 자기가 기만당했다고 생각하고 싶으시면 그렇게 하시라 하고, 벨라, 너는 너희에게 9만 루블을 준 그 유대인의 건강을 위해 기도해라. 그건 그렇고, 카지오 스타르스키가 돌아온 것 알고 있니?"

이자벨라의 얼굴에 갑자기 짙은 홍조가 나타났다.

"언제요? 어디에서 왔대요……?" 당황한 그녀가 물었다.

"지금은 영국에서 왔다는구나. 중국에서 곧장 영국으로 갔다고 한다. 여전히 얼굴이 곱더구나. 지금 할머니에게 갔다. 할머니가 그에게 재산을 준다고 하는 것 같더라."

"고모 이웃이잖아요?"

"바로 그걸 말하려고 하던 참이야. 그가 너에 대해 무척 많이 묻더구나. 너의 변덕이 이제 치유되었다고 생각해서, 그에게 내일 너희 집을 방문하라고 권했다."

"아주 잘하셨어요!" 이자벨라가 기뻐하며 큰 소리로 말했다.

"이제 알겠지!" 백작 부인이 그녀에게 키스하면서 말했다. "고모는 항상 너를 생각하고 있다. 그는 너에게 아주 좋은 결혼 상대이다. 토마쉬가 많은 재산은 아니지만, 충분할 만큼 가지고 있다는 것이 그에게는 문제가 되지 않고, 그리고 호르텐시아 고모가 너에게 유산을 상속한다는 것에 대해 카지오가 어느 정도 들었다. 그리고 내 생각에 그가 빚이 좀 있는 것 같다. 어떻든 할머니가 그에게 재산을 남겨 주시고, 너도 호르텐시야로부터 받게 되니, 너희에게 한동안은 충분할 것이다. 그 후에는 두고 보자. 그에겐 큰아버지가 있고, 너에게는 내가 있으니, 너희 애들은 가난을 모를 것이다."

이자벨라가 말없이 고모의 손에 키스했다. 그 순간 그녀가 너무 아름다워서 백작 부인이 그녀를 껴안은 채 끌고 거울 앞으로 가서 웃으며 말했다.

"그래, 내일도 이렇게 예뻐야 해. 카지오의 가슴에서 아물었던 상처가 다시 생겨나는 것을 볼 수 있을 것이다. 그때 네가 그를 거절한 게 유감이야……! 너희가 지금은 10만이나 15만 루블쯤 가지게 될 수도 있었는데……. 내 생각에 그 불쌍한 젊은이가 절망한 나머지 돈을 많이 지출한 것 같아. 그런데, 그런데……." 백작 부인이 말을 이었다. "너희가 파리에 간다는 게 사실이니?"

"그럴 계획이에요."

"제발, 벨라야." 고모가 말렸다. "가지 마라. 나는 너희가 남은 여름을 우리 집에 와서 지냈으면 싶다. 스타르스키를 생각해서도 그러는 게 좋을 것 같다. 젊은 남자는 시골에서는 지루해하고, 꿈을 꾸게 된다는 것을 네가 알아야 한다. 하지만 너희들이 매일 보게 되면, 쉽게 서로 가까워지고, 심지어…… 서로에 대한 의무감도 생기게 된다."

이자벨라의 얼굴이 이전보다 더 붉어지고 아름다운 머리가 숙여졌다.

"고모!" 작은 소리로 그녀가 불렀다.

"애야, 나한테까지 숨길 것 없다. 네 나이의 처녀는 이미 결혼했어야 한다. 무엇보다 이전 잘못을 반복해선 안 된다. 카지오는 아주 훌륭한 네 결혼 상대야. 너를 쉽게 싫증 나게 하지는 않을 것이다. 네가 싫증이 나더라도…… 그는 네 남편이 될 사람이니, 그도 많은 일에 관대할 것이고, 너도 그에게 관대해야겠지. 아버지는 어디 계시니?"

"아버지가 편찮으세요……."

"맙소사! 예상치 못한 행복으로 너무 감격했나 보군."

"아버지는 유대인에 대한 분노 때문에 편찮으신 건데요……."

"그는 영원히 환상 속에서 살고 있으니!" 백작 부인이 소파에서 일어나며 말했다. "네 아버지에게 잠깐 들러서 너희 휴가에 대해 이야기해야겠다. 너에게 하고 싶은 말은, 벨라야, 네가 시간을 잘 이용할 수 있길 바란다."

백작 부인은 반 시간 동안 토마쉬와 긴밀하게 이야기를 나눈 다음 조카와 헤어지면서 다시 한 번 스타르스키를 추천했다.

저녁 9시경에 토마쉬는 평소와 달리 자리에 들었고, 이자벨라는 이야기를 나누기 위해 사촌 플로렌티나를 자기 방으로 불렀다.

"플로로, 그런데⋯⋯." 소파에 반쯤 누운 자세로 앉으면서 이자벨라가 말했다. "카지오 스타르스키가 돌아왔대. 내일 우리 집에 올 거야."

"아아⋯⋯!" 마치 그런 일을 이미 알고 있었던 것처럼 플로렌티나가 한숨 쉬었다. "그런데 화나 있지 않대⋯⋯?" 마지막 말을 강조하면서 그녀가 물었다.

"확실히 아니야. 그런데 나도 몰라⋯⋯." 이자벨라가 웃었다. "고모가 말하는데, 그는 여전히 얼굴이 아주 예쁘대⋯⋯."

"그리고 빚도 많겠지. 하지만 그게 무슨 상관이야. 요즘 빚 없는 사람이 어디 있겠어!"

"어떻게 생각해, 플로로, 만일 내가⋯⋯."

"만일 네가 그와 결혼한다면⋯⋯? 물론 너희 둘을 축하하지. 그러나 그에 대해서 남작과 의회 의장과 오호츠키 그리고 누구보다도⋯⋯ 보쿨스키는 뭐라고 말할까⋯⋯?"

이자벨라가 갑자기 일어났다.

"어떻게 그⋯⋯ 보쿨스키가 다 생각났어⋯⋯?"

"생각난 게 아니야." 플로렌티나가 보디스 끈을 살짝 잡아당기며 말했다. "기억했을 뿐이야. 네가 4월에 나에게 말한 것을⋯⋯. 그 사람이 1년 전부터 너에게서 시선을 떼지 않고, 너를 사방에서 포위해 온다고 했잖아⋯⋯."

이자벨라가 크게 웃었다.

"아, 기억나! 실제로 그때는 그렇게 보였어. 하지만 지금은 그를 좀 더 알고 나니 걱정할 만한 그런 종류의 사람이 아니라는 것을 알게 되었어. 그는 남몰래 나를 흠모하고 있어. 그건 사실이야. 만일 내가…… 결혼하게 되어도 그는 나를 여전히 흠모할 거야. 보쿨스키 같은 열성적인 숭배자들에게는 눈짓이나 손 한 번 잡아 주는 것으로 충분해……."

"그렇게 확실해?"

"확실하고말고. 그리고 한 가지 분명히 알게 된 것이 있는데, 그에게 관심 있는 것은 오로지 비즈니스인 것 같아. 아버지가 그에게 3만 루블을 빌려 주기로 했어. 그러니까, 누가 알아, 지금까지 그의 행동은 모두 그것 때문이 아니었는지……."

"그런데 만일 그것이 아니라면?" 플로렌티나가 여전히 보디스 끈을 만지작거리면서 물었다.

"네가 말했잖아, 그 사람들은 끈기 있게 기다리고, 아부하고, 모든 것을 걸고 모험을 하고, 모든 것을 버릴 수도 있다고……."

"남작을 생각해 봐."

"남작이 사람들 보는 데서 그를 모욕했으니까."

"남작이 사과한 사람은 그가 아니라 너인데."

"아, 플로로, 제발, 나 그만 괴롭혀!" 이자벨라가 화를 벌컥 냈다. "너는 상인을 악마로 만들려고 해. 왜……? 우리가 집 때문에 많은 손해를 보았고…… 아버지가 아프고…… 스타르스키가 돌아왔기 때문에……."

플로렌티나가 뭔가를 말하려 하다가 그만두었다.

"잘 자, 벨라." 플로렌티나가 말했다. "지금은 네 말이 맞을지도 몰라."

그리고 그녀는 방에서 나갔다.

이자벨라는 밤 내내 꿈을 꾸었다. 꿈에서 스타르스키가 남편이고, 로시는 플라톤적인 첫사랑이고, 오호츠키는 두 번째 사랑이고, 보쿨스키는 집안의 재산 관리인이었다.

아침 10시경에 플로렌티나가 그녀를 깨우면서, 슈피겔만과 다른 유대인이 왔다는 말을 전했다.

"슈피겔만······? 아, 그렇지! 그를 깜빡 잊고 있었네. 그에게 가서 나중에 오라고 해. 아빠는 일어나셨어?"

"한 시간 전에 일어나셨어. 유대인들이 왔다고 말했어. 네 아버지가 너더러 보쿨스키에게 편지를 쓰라고 하셨어······."

"무엇 때문에······?"

"정오에 우리 집에 와서 그 유대인들 빚을 계산해 주라고."

"그렇지, 보쿨스키가 우리 돈을 가지고 있지." 이자벨라가 말했다. "하지만 내가 그런 일로 그에게 편지 쓰는 것은 맞지 않아. 플로로, 네가 써, 아버지 이름으로······. 여기 종이가 있어. 내 책상에서······."

플로렌티나가 편지를 쓰는 동안 이자벨라는 옷을 입기 시작했다. 유대인들이 왔다는 말이 그녀에게 찬물을 끼얹은 것 같았다. 그리고 보쿨스키에 대한 생각이 그녀를 불안하게 했다.

'정말 우리가 그 사람 없이는 지낼 수 없는 것일까······?' 그녀는 속으로 말했다. '그래, 그가 우리 돈을 가지고 있으니, 우리 빚은 그가 갚아야겠지······.'

"그에게 부탁해." 그녀가 플로렌티나에게 말했다. "가능한 한 서둘러 오라고 해······ 스타르스키가 우리 집에서 그 혐오스러운 유대인들과 마주치지 않도록······."

"그가 유대인들을 우리보다 더 오래전부터 알고 있는데······." 플로라가 작은 소리로 말했다.

"어쨌든 그건 끔찍한 일이야. 너는 몰라, 어제 어떤 말투로 나에게 말했는지, 그······ 그······."

"슈피겔만." 플로렌티나가 이름을 말해 주었다. "오, 그 무례한 유대인……."

편지를 봉인한 뒤 플로렌티나가 들고, 현관방에서 기다리고 있는 유대인들을 돌려보내기 위해 나갔다. 이자벨라는 설화 석고로 된 성모상 앞에 무릎을 꿇고 편지를 가지고 가는 심부름꾼이 보쿨스키를 집에서 만나고, 스타르스키가 자기 집에서 유대인들과 만나지 않게 해 달라고 빌었다.

설화 석고 성모상은 이자벨라의 부탁을 들어주었다. 한 시간 후 아침 식사 때 미코와이가 세 통의 편지를 가지고 왔다.

그중 하나는 백작 부인 고모가 보낸 것이었다. 편지에서 고모는 오늘 2시에서 3시 사이에 의사가 아버지를 진찰하기 위해 방문하고, 카지오 스타르스키가 저녁이 되기 전에 떠나니 언제라도 집에 올 수 있다고 알려 주었다.

사랑하는 벨차야, 잊지 마라, 젊은이가 여행 중에도, 그리고 시골에 가서도 너에 대해 생각하도록 행동할 것을. 며칠 후에 너는 아버지와 함께 시골로 그를 찾아가야 한다. 내가 이미 조치해 놓았다, 그가 바르샤바에서도 시골에서도 (너 외에는 요정만 빼고) 어떤 처녀도 만나지 못하도록. 인자하신 그의 할머니와 별로 보잘것없는 할머니 손녀들과는 만나겠지.

이자벨라는 가볍게 입을 삐쭉거렸다. 그런 압력이 그녀의 마음에 들지 않았다.

"고모는 나를 보호하려고 해." 그녀가 플로렌티나에게 말했다. "마치 내가 모든 희망을 상실하기라도 한 것처럼……. 그런 게 내 마음에 들지 않아!"

그녀의 마음속에서 잘생긴 카지오 스타르스키의 모습이 어느 정도 퇴색했다.

두 번째 편지는 보쿨스키에게서 온 것이었다. 그는 1시에 오겠다고 알렸다.

"유대인들에게는 몇 시에 오라고 했어, 플로로?" 이자벨라가 물었다.

"1시에."

"다행이네! 스타르스키가 그 시간에만 우리 집에 안 왔으면." 세 번째 편지를 들며 이자벨라가 말했다. "필체가 눈에 많이 익은데? 이게 누구 편지야, 플로로……?"

"모르겠어?" 플로렌티나가 봉투를 보면서 대답했다. "크세소프스카의……."

이자벨라의 얼굴이 분노로 붉어졌다.

"아, 그렇군!" 편지를 책상에 던지면서 그녀가 말했다. "플로로, 너에게 부탁이 있는데, 편지를 돌려보내고, 봉투에 '읽지 않았음'이라고 써. 우리에게 뭘 원한담, 그 혐오스러운 여자가……!"

"읽어 보면 바로 알 텐데." 플로렌티나가 작은 소리로 말했다.

"아니, 아니야! 그 참을 수 없는 여자에게선 어떤 편지도 받고 싶지 않아. 뻔해, 또 사람 괴롭히려는 편지겠지. 그 여자는 다른 건 쓸 줄 몰라. 플로로, 당장 돌려보내든가 혹은 뭐라고 썼는지 한번 보든가…… 마지막으로 악필을 받아 주는 거야."

플로렌티나가 천천히 봉투를 뜯고 읽기 시작했다. 그녀의 얼굴에서 의아해하던 표정이 점차 호기심으로 바뀌더니 나중에는 당황하는 빛이 역력했다.

"내가 읽기엔 맞지 않는 것 같아." 이자벨라에게 편지를 주면서 그녀가 소곤거리듯 말했다.

친애하는 이자벨라 양! 지금까지의 내 행동 때문에 아가씨가 나를 싫어하고, 정성스럽게 당신을 보살펴 주시는 자비로우신 신의 분노를 자초한 것을 인정합니다. 그래서 나는 모든 것에서 물러나고, 당신 앞에 몸을 굽히고, 친애하는 아가씨, 나를 용서하시기를 간청합니다. 당신에게 보쿨스키를 보내신 것이 당신에게 하늘이 베푸시는 자비의 증거가 아니겠습니까? 다른 사람과 마찬가지로 나약한 사람이 나를 벌하고, 당신에게 상을 주기 위해 가장 존귀하신 손의 도구가 되었습니다. 그 사람이 결투에서 나의 남편(제 남편이 저에게 저질렀던 모든 잘못에 대해서도 신께서 용서하시기 바랍니다)에게 상처를 입히고, 나의 사랑하는 딸이 목숨을 잃었던 집도 구입했습니다. 그는 틀림없이 집세를 많이 받을 것입니다. 그러나 이런 것들뿐만 아니지요. 당신은 나의 패배를 바라보고만 있는 것이 아니라, 원래 집값보다 2만 루블을 더 받았습니다.

제가 후회하는 대가로, 친애하는 아가씨, 보쿨스키(그가 저에 대해 왜 적대적인지 모르겠습니다)를 설득해 주시기 바랍니다, 월세 계약을 계속 연장하고, 나의 유일한 딸이 생을 마감했던 집에서 지나친 요구로 내쫓지 않도록. 하지만 그런 일은 조심스럽게 해야 합니다. 보쿨스키는 제가 알지 못하는 이유에서 원하지 않습니다,

그가 집을 구입한 것에 대해 사람들이 이야기하는 것을. (정직한 사람들처럼) 자기가 직접 집을 사는 대신, 그는 고리대금업자 슐랑바움을 내세웠습니다. 거기다 내가 제시한 가격보다 2만 루블을 더 지불하게 했습니다. 이를 위해서 그는 경매장에 위장 경매인들을 동원했습니다. 왜 그는 비밀리에 그런 행동을 했을까요? 저보다는 그에게 자금을 맡겼다고 하는 당신들이 더 잘

알겠지요. 적은 자금이지만 (당신들을 보살펴 주시는) 신의 자비와 잘 알려진 보쿨스키의 상업적 수완이 확실한 이자를 보장함으로써, 지금까지 당신들이 비참하게 살아온 것에 대한 보상이 되겠지요. 친애하는 아가씨에게 마음을 전하며, 또 우리의 관계가 신의 정의에 어긋나지 않기를 바라며, 비록 모욕을 당했지만 당신들의 사촌이자 복종하는 하인으로 언제나 성실하게 남겠습니다.

— 크세소프스카

편지를 읽으면서 이자벨라의 얼굴이 종이처럼 창백해졌다. 책상에서 일어나더니 편지를 구겨 마치 누군가의 얼굴에 내던질 듯 높이 쳐들었다. 그녀는 갑자기 두려움을 느끼고, 어디로 도망갈까 아니면 누굴 부를까 하다가, 그 순간에 정신을 차리고 아버지에게 갔다.

웽츠키는 잠옷 차림으로 실내화를 신고 소파에 누워 「쿠리에르 신문」을 읽고 있었다. 그는 반갑게 딸을 맞았다. 그러나 딸이 자리에 앉는 것을 유심히 보고 말했다.

"이 방 불빛이 안 좋은지, 내가 보기에 어린 아가씨 기분이 좋지 않은 것 같다……?"

"저는 좀 혼란스러워요."

"그래 보인다. 아마 더위 때문일 거야. 그런데 너는 오늘……." 그가 일부러 엄숙한 표정을 짓더니 웃으면서 말했다. "오늘은, 애야, 잘 보여야지. 카지오가, 어제 고모가 나에게 말한 것처럼, 온다고 하니까……."

이자벨라는 침묵하고, 아버지는 말을 계속했다.

"사실 그는 세상을 끊임없이 돌아다니느라 세월을 허송했지. 그리고 빚도 좀 있고. 하지만 젊고, 잘생겼고, 너를 아주 좋아하고 있고. 요아시아는 회장 사모님이 그를 시골에 몇 주 동안 머물게 하시길 바라고 있다. 그리고 나머지는 너에게 달렸지. 그것이 나쁘지 않다는 걸 너도 알지? 성씨도 훌륭하고…… 재산 상태는 여러 군데서 나오면 어느 정도 나아질 것이고……. 거기다 그는 여행을 많이 해서 세상 경험도 많고, 그가 지구를 한 바퀴 돌았다는 것이 사실이라면, 일종의 영웅이지."

"크세소프스카에게서 편지가 왔어요." 이자벨라가 아버지의 말을 막았다.

"오……? 그 미치광이가 뭐라고 썼대?"

"우리 집을 슐랑바움이 아니라 보쿨스키가 샀으며, 위장 입찰자들을 동원해서 집값보다 2만 루블을 더 주고 샀다던데요."

그녀는 목이 죄는 목소리로 말하면서 아버지를 걱정스럽게 바라보았다. 뭔가 폭발하지 않을까 마음을 졸였다. 그러나 토마쉬는 소파에서 몸을 일으키더니 손가락을 서로 부딪쳐 소리를 내고 말했다.

"잠깐! 잠깐! 알겠니, 그것이 사실일 수도 있어……."

"어떻게요!" 이자벨라가 자리에서 일어났다. "그가 우리에게 2만 루블을 거저 주었는데, 아버지는 그것에 대해 아무렇지도 않게 말하세요……?"

"아무렇지 않게 말하는 건, 내가 집 파는 일을 기다릴 수만 있었다면 9만이 아니라 12만 루블을 받을 수 있었기 때문에……. 그러나 우리는 기다릴 수가 없었잖니, 집이 곧 경매에 들어가는데…… 우리가 기다릴 수 없어서 손해를 봤던 거야. 보쿨스키는 이익을 보고. 그는 기다릴 수 있으니까."

그 설명을 듣자 이자벨라는 마음이 좀 편해졌다.

"그러면 아빠는 그가 우리를 위해서 좋은 일을 했다고 인정할 필요가 없겠네요! 어제 아빠는 보쿨스키에 대해 말하시면서 마치 그에게 사로잡혀 있는 것 같았어요……."

"하! 하! 하!" 토마쉬가 크게 웃었다. "너 놀랍구나…… 대단해. 어제는 머리가 좀 혼란스러웠지. 아니, 몹시…… 머리가 혼미해졌던 거야. 그러나 오늘은…… 하! 하! 하! 보쿨스키더러 집값을 비싸게 지불하라지. 그는 상인이니까, 얼마를, 왜 지불하는지 알겠지. 그는 한쪽에선 잃고, 다른 데서 이익을 보지. 나는 그가 내 집 경매에 참여한 것에 대해 나쁘게 생각하지 않으면 돼. 그러나 부당한 거래라는 의심을 가질 수는 있지, 예를 들면 슐랑바움을 내세운 것 같은……."

이자벨라가 사랑스럽게 아버지를 껴안았다.

"그래요." 그녀가 말했다. "아빠 말이 맞아요. 제가 그런 문제를 다 이해하지 못하지만, 집을 사면서 유대인들을 내세운 건 그 사람이 우정을 이용해서 거래했다는 증거지요."

"물론이지." 토마쉬가 딸의 말을 거들었다. "그렇게 간단한 일을 네가 이해 못할 리 없어. 그가 나쁜 사람은 아니지만, 그는 역시 장사꾼이야…… 장사꾼!"

현관방에서 초인종 소리가 심하게 울렸다.

"틀림없이 그가 왔을 거예요, 저는 나갈게요. 두 분이 말씀하세요."

그녀는 아버지의 침실에서 나갔다. 그러나 현관방에서 그녀는 보쿨스키 대신 유대인 세 사람을 보았다. 그들은 미코와이와 플로렌티나를 상대로 큰 소리로 언쟁하고 있었다. 그녀는 응접실로 피했다. 그녀는 마음속으로 말했다.

'어쩌나! 왜 그가 안 오지…….'

그녀의 가슴속에서 감정의 격랑이 일었다. 이자벨라는 아버지의 말에 동조하면서도, 아버지가 말하는 것이 진실이 아니라는 것과, 보쿨스키는 집을 가지고 장사하려는 게 아니라 파산 상태에 있는 자기들을 구제하기 위해서라는 것을 이해했다. 그것을 받아들이면서도, 그녀는 증오를 느꼈다.

"비열한! 비열한……!" 그녀가 작은 소리로 말했다. "어떻게 감히……."

그사이 현관방에서는 유대인들이 플로렌티나와 정식으로 싸우기 시작했다. 그들은 돈을 받기 전에는 한 발짝도 물러서지 않을 것이며, 백작 아씨가 어제 약속했다고 선언하듯 분명히 말했다. 미코와이가 복도로 나가는 문을 열었을 때, 그들은 심한 말을 하기 시작했다.

"이건 강탈이야! 이건 사기야! 당신들은 돈을 가져갈 줄도 알고, '친애하는 나의 다비드 씨!'라고 빈말도 할 줄 알고…… 그러나 우리가 오면……."

"그게 무슨 말인가?" 그 순간에 다른 목소리가 들렸다.

유대인들이 입을 다물었다.

"이게 뭔가……? 여기서 뭐하고 있어요, 슈피겔만 씨?"

이자벨라는 보쿨스키의 목소리를 알아보았다.

"저요, 아무것도 아닙니다, 존경하는 어르신……. 다만 백작님에게 볼일이 있어서……." 전과는 완전히 다른 목소리로 슈피겔만이 설명했다. 조금 전만 해도 그는 큰 소리로 소란을 피웠다.

"오늘 저희더러 와서 돈을 가져가라고 하셨습니다." 다른 유대인이 거들었다.

"어제 백작 아씨께서 직접 말씀하셨습니다, 오늘 저희들 모두에게 한 푼도 남김없이 완제하시겠다고……."

"그렇게 될 거네." 보쿨스키가 말을 막았다. "내가 웽츠키 씨의 대리인이니, 오늘 6시에 내 사무실에서 자네들과 청산할 것이네."

"서두르실 것 없습니다. 어르신께서는 그렇게 급하게 하지 않으셔도 됩니다." 슈피겔만이 말했다.

"6시에 나한테 오게. 그리고 미코와이는 여기에 업무상 오는 사람들을 들여보내지 말게, 어르신이 편찮으신 동안에는."

"알겠습니다, 어르신……. 주인어른께선 침실에서 기다리고 계십니다."

보쿨스키가 나가자, 미코와이가 유대인들을 문밖으로 밀어내면서 말했다.

"옴 같은 사람들, 어서 가!"

"아니야…… 아니지! 왜 그가 우리에게 화를 냈을까……?" 몹시 당황한 유대인들이 중얼거렸다.

토마쉬가 보쿨스키를 맞이할 때, 그의 손이 떨리고 머리가 흔들렸다.

"그래, 봤지요." 토마쉬가 말했다. "그 유대인들이 어떻게 하는지…… 그 불량배들이! 집에까지 와서 내 딸을 놀라게 하고……."

"그들에게 6시에 내 사무실로 오라고 했습니다. 허락하신다면, 계산을 정리하겠습니다. 계산할 게 많습니까……?" 보쿨스키가 물었다.

"하찮은 걸세, 거의 아무것도 아니지…… 5천에서 6천 루블 정도야."

"5천에서 6천 루블이라고요?" 보쿨스키가 따라 말했다. "세 사람에게 줄 돈이 그렇게 많아요……?"

"아니야. 그들에겐 2천 루블의 빚이 있어, 그보다 조금 더 많을 수도 있어……. 그러나 자네에게 말하는데, 스타니스와프 씨, (아주 이상한 일이 있었어!) 내가 전에 발행한 어음을 누군가가 3월에 모두 구입한 거야. 누구냐고? 나도 모르지. 하지만 나는 만일의 경우에 대비하고 싶어."

보쿨스키의 얼굴이 밝아졌다.

"부채를 청산하십시오." 그가 말했다. "채권자들이 나타나면. 오늘은 기한이 지난 어음을 정리합시다. 그게 2천에서 3천 루블이라는 거죠?"

"맞아, 그래……. 그런데 스타니스와프 씨, 이런 낭패가 있나! 자네가 반년 후에 나에게 줄 5천 루블을…… 가져올 수 있겠나?"

"물론이지요."

"정말 고맙네. 그런데 이런 낭패가 있나! 하필 우리가 벨라와…… 자네와 함께 파리에 가려고 할 때, 유대인들이 나한테 2천 루블을 떼어 가다니! 당연히 파리는 물 건너간 거지."

"왜요?" 보쿨스키가 말했다. "갚아야 할 것은 제가 처리합니다. 이자는 건드리실 필요 없습니다. 파리에 가는 것은 그대로 추진하셔도 됩니다."

"어떻게 표현해야 할지 모르겠네……!" 토마쉬가 그에게 달려들어 껴안았다. "알겠나, 이보게." 감정을 좀 가라앉히고 나서 그가 계속해서 말했다. "내가 지금 생각했는데, 유대인들에게 진 빚 갚을 돈을 어디서 좀 빌릴 수 없겠나, 7이나 6퍼센트로……."

보쿨스키는 토마쉬의 금융 분야의 무지함을 보고 웃었다.

"물론이죠." 기분 좋은 감정을 숨기지 않고 그가 말했다. "돈을 빌리신다는 거죠. 그 유대인들에게 3천 루블을 주고, 그 3천 루블에 대한 이자를 낸다는 거죠. 이자를 얼마쯤 내고 싶으세요?"

"7이나 6……."

"좋습니다." 보쿨스키가 말했다. "그럼 180루블을 이자로 내시는 겁니다, 원금은 그대로 남고."

토마쉬는 몇 번인지 알 수 없을 정도로 눈을 깜박이기 시작했다. 그의 눈에 다시 눈물이 고였다.

"품위 있어…… 고결해!" 보쿨스키를 껴안으면서 그가 말했다. "신이 보낸 사람이야!"

"제가 다르게 할 거라고 생각하셨습니까……?" 보쿨스키가 작은 소리로 말했다.

노크 소리가 났다. 미코와이가 들어와 의사들이 왔다고 알렸다.

"아하!" 토마쉬가 큰 소리로 말했다. "누나가 보낸 분들이군요. 세상에, 한 번도 치료를 받아 본 적이 없었는데. 오늘은…… 미안하지만, 스타니스와프 씨, 벨라에게 좀 가 있게. 미코와이, 보쿨스키 씨를 아씨에게 안내해 드려."

'예상치 못한 행운이구나…… 이런 때도 있구나!' 보쿨스키는 미코와이 뒤를 따라가면서 생각했다. 현관방에서 그는 의사들을 만났다. 그들은 서로 잘 아는 사이였다. 그는 의사들에게 토마쉬 씨를 잘 부탁한다는 말도 잊지 않았다.

응접실에서는 이자벨라가 그를 기다리고 있었다. 그녀는 조금 창백했지만, 그만큼 더 아름다웠다. 그는 그녀에게 인사하고 반갑게 말했다.

"로시에게 보낸 화환이 아가씨 마음에 드셨다니 저는 행복합니다."

그는 멈칫했다. 생전 처음 보는 것처럼 약간 놀란 눈으로 그를 보는 그녀의 표정을 보고 그는 한 대 맞은 것 같았다.

두 사람은 한동안 말없이 서 있었다. 이자벨라가 회색 옷에서 먼지를 털어 내며 물었다.

"당신이 우리 집을 샀지요?" 가늘게 뜬 눈으로 그를 쳐다보면서 그녀가 물었다.

보쿨스키는 너무 놀라 한동안 말을 잃었다. 그의 머릿속에서 갑자기 사고의 흐름이 멈춰 버린 듯했다. 그의 얼굴이 창백해졌다가 붉어졌다. 그가 이내 의식을 되찾고 낮지만 힘 있는 목소리로 말했다.

"그렇습니다. 제가 샀습니다."

"왜 당신은 유대인을 경매에 내세웠습니까?"

"왜냐고요……?" 보쿨스키가 마치 놀란 어린애 같은 그녀를 쳐다보면서 되물었다. "왜냐고요……? 아가씨가 아시다시피 저는 상인입니다. 그래서…… 그렇게 돈을 가둬 놓으면 저의 신용에 해로울 수도 있습니다."

"당신은 오래전부터 우리에게 관심을 가지고 있었어요. 4월에도…… 그래요, 4월에 당신은 우리 그릇 세트를 사 간 것 같은데……?" 여전히 같은 어조로 그녀가 말했다.

그녀의 어조가 그를 냉정하게 만들었다. 그는 머리를 들고 냉담하게 말했다.

"그릇 세트는 언제라도 다시 가져가실 수 있습니다."

이번에는 이자벨라가 고개를 숙였다. 보쿨스키는 그것을 보고 마음이 살짝 흔들렸다.

"그런데 당신은 왜 그랬어요?" 그녀가 물었다. "왜 당신은 우리를…… 추적하고 있어요?"

그녀가 금방이라도 울음을 터뜨릴 것 같다는 생각에 보쿨스키는 자신에 대한 통제력을 상실했다.

"내가 당신들을 추적했다고!" 완전히 다른 목소리로 그가 말했다. "나보다 더 충실한 하인을…… 아니, 개를 당신들이 알고 있어요……? 2년 전부터 나는 오로지 한 가지만 생각했어요. 당신들에게 방해되는 것은 무엇이든 제거해야겠다고……."

그 순간 초인종 소리가 들렸고, 이자벨라가 몸을 떨었다. 보쿨스키가 말을 멈췄다.

미코와이가 문을 열고 말했다.

"스타르스키 씨입니다."

그와 동시에 중키의 사나이가 문지방에 나타났다. 민첩해 보이는 그는 갈색 머리에, 수염을 약간 길렀고, 약간 대머리였다. 그는 명랑해 보이는 듯하지만, 약간 냉소적인 인상이었다. 그가 큰 소리로 말했다.

"얼마나 반가운 일이야, 사촌, 너를 다시 볼 수 있다니."

이자벨라가 말없이 그에게 손을 내주었다. 뚜렷한 홍조가 그녀의 얼굴에 퍼졌고, 눈에서는 꿈같은 황홀함이 반짝였다.

보쿨스키는 옆 테이블로 물러났다. 이자벨라가 두 남자를 소개했다.

"보쿨스키…… 씨이고, 스타르스키 씨입니다."

스타르스키는 보쿨스키에게 고개를 한 번 끄덕하고 몇 걸음 떨어진 곳에 있는 의자에 옆으로 돌아서 앉았다. 보쿨스키도 답례로 벽 아래 있는 작은 테이블에 앉아 화집을 보기 시작했다.

"사촌은 중국에서 돌아온 건가요?" 이자벨라가 물었다.

"지금은 영국에서 왔어. 내가 아직도 배에 있다는 생각이 들어." 스타르스키가 대답했다. 그의 폴란드어가 자연스럽지 못했다.

이자벨라가 영어로 말하기 시작했다.

"이번에는 사촌이 폴란드에 좀 더 오래 있었으면 해요."

"그것은 ……달렸지." 스타르스키도 영어로 대답했다. "저 사람은 누구야?" 그가 눈으로 보쿨스키를 가리키며 물었다.

"아버지의 대리인. 그런데 무엇에 달렸다는 거야?"

"사촌은 물을 필요가 없다고 생각하는데." 젊은 사람이 웃으면서 대답했다. "그것은…… 우리 할머니의 관대함에 달렸지."

"참 좋네요, 나를 칭찬하는 말을 들을 줄 알았는데……."

"여행자들은 칭찬하는 말을 안 해. 세계 어디에서든 칭찬은 여자들 눈에는 남자들의 신뢰도만 낮춘다는 것을 아니까."

"사촌은 그걸 중국에서 발견했나요?"

"중국에서, 일본에서, 그러나 무엇보다도 유럽에서."

"사촌은 그것을 폴란드에서도 적용하려고 생각하고 있네요."

"자네가 허락하면, 자네와 같이 있을 때 그렇게 해 보려고. 우리가 아마 함께 휴가를 보내게 된다지. 그렇지……?"

"적어도 고모와 아버지가 바라고 계시죠. 그런데 저한테는 사촌이 자신의 인종학적 관찰을 확인하려는 의도를 가지고 있다는 게 별로 유쾌하지 않아요."

"그건 단순히 내 쪽에서의 보복이지."

"아, 그러면 싸움이군요……?" 이자벨라가 물었다.

"이전에 진 빚을 갚는 것은 자주 화해로 이어지거든."

보쿨스키는 너무 열심히 화집을 보고 있어서 이마의 혈관이 튀어나왔다.

"그러나 복수가 그렇게는 안 되지요." 이자벨라가 대답했다.

"복수가 아니라 내가 사촌의 채권자임을 상기시키는 거지."

"그러면 제가 이전의 빚을 갚아야 한다는 거예요……?" 이자벨라가 웃었다. "사촌은 여행 중에도 시간을 잃지 않았군요."

"휴가 중에도 시간을 잃고 싶지는 않아." 그녀의 눈을 똑바로 쳐다보면서 스타르스키가 말했다.

"그건 복수의 방법에 달려 있을 거예요." 이자벨라가 대답했다. 그녀의 얼굴이 다시 붉어졌다.

"주인님이 찾으십니다!" 미코와이가 응접실 문을 열고 말했다.

두 사람의 대화가 중단되었다. 보쿨스키가 화집을 덮고 의자에서 일어나 이자벨라와 스타르스키에게 인사하고 천천히 하인의 뒤를 따라 나갔다.

"저 사람 영어 못해……? 우리가 그와 함께 이야기하지 않아서 그가 모욕감을 느끼지 않았을까……?" 스타르스키가 물었다.

"오, 아니야." 이자벨라가 대답했다.

"그럼 더 좋고. 우리와 같이 있는 것을 불만스럽게 생각하는 것 같아서."

"그래서 나간 거지." 이자벨라가 아무렇지 않게 말했다.

"응접실에 있는 내 모자 좀 가져오게." 이미 다른 방으로 온 보쿨스키가 미코와이에게 말했다.

미코와이가 모자를 가지고 토마쉬의 침실로 갔다. 현관에서도 들렸다. 보쿨스키가 두 손으로 머리를 누르면서 하는 소리가.

"오, 맙소사……!"

보쿨스키가 웽츠키의 방으로 들어갔을 때, 의사들은 이미 가고 없었다.

"오, 생각 좀 해 보게." 웽츠키가 큰 소리로 말했다. "진단 결과, 파리 여행은 힘들게 되었네. 내가 목숨을 건지려면 시골로 가야 한다는군. 더위를 피해서 어디로 가야 할지 정말 모르겠네. 자네도 더위 영향을 많이 받은 것 같네, 자네가 변한 것을 보니……. 정말 집이 몹시 덥지……?"

"그렇습니다. 그리고 여기……." 보쿨스키가 호주머니에서 두툼한 뭉치를 꺼냈다. "돈을 드리겠습니다."

"어…… 정말이군."

"1월 중순까지 이자 5천 루블입니다. 세어 보십시오. 그리고 여기 영수증입니다."

웽츠키는 신권 백 루블짜리를 몇 차례나 세어 보고, 영수증에 사인한 다음 펜을 놓고 말했다.

"좋아, 한 가지는 됐고…… 이제 부채에 대해서는……."

"유대인들에게 진 빚 2천에서 3천 루블은 오늘 완제될 겁니다."

"내가 자네에게, 스타니스와프 씨, 부탁이 있는데, 공짜는 나도 싫고…… 정확히 계산해서 이자에서 감하게."

"연 120에서 180루블이 될 겁니다."

"그래, 그래……." 토마쉬가 수긍했다. "그러나…… 만일 내가…… 돈이 좀 필요할 때면 자네 직원들 중 누구를 찾아가야 할까?"

"이자의 나머지 절반은 1월 중순에 받게 되실 겁니다." 보쿨스키가 대답했다.

"그건 알겠네. 그런데 있잖아, 스타니스와프 씨, 만일 내가 원금 중 일부가 필요하게 되면…… 거저는 아니고, 이해하지…… 이자를 내겠네."

"6퍼센트……." 보쿨스키가 말을 막았다.

"좋아, 6퍼센트…… 7퍼센트."

"아니요, 어르신의 자금은 33퍼센트 이자를 받고 있으니까, 7퍼센트로 그것을 빌려 드릴 수가 없지요."

"좋아요. 그럼 내 원금은 그대로 있는 거지. 그러나…… 뭔가 내게서 나가는 것도 있겠지."

"내년 1월 중순에 어르신은 저에게서 자금을 회수하실 수 있습니다."

"맙소사! 10년 안에는 내 돈을 회수하지 않을 거네……."

"저는 어르신의 돈을 1년만 쓸 생각입니다."

"그게 어떻게······? 왜······?" 점점 눈을 크게 뜨면서 토마쉬가 놀랐다.

"오늘부터 1년 후에 무슨 일이 일어날지 저도 모르기 때문이죠. 매년 사업이 잘되는 것은 아니니까요."

"아, 그건 그렇고." 언짢고 당황했던 토마쉬가 조금 후에 말했다. "시내에서 사람들이 말하기를, 보쿨스키 씨, 자네가 내 집을 샀다던데······?"

"그렇습니다. 제가 어르신의 집을 샀습니다. 그러나 반년이 지나기 전에 어르신께 유리한 조건으로 다시 넘겨 드릴 수 있습니다."

웽츠키는 얼굴이 붉어지는 것을 느꼈다. 그러나 약자의 모습을 보이기 싫어 대귀족다운 어조로 물었다.

"매도가를 얼마쯤 생각하는지, 보쿨스키 씨?"

"한 푼도 이익 볼 생각은 없고. 집을 9만 루블에 어르신께 양도할 수 있습니다. 좀 더 싸게 드릴 수도 있습니다······."

토마쉬가 물러났다. 그가 팔을 벌리더니 바로 커다란 소파에 주저앉았다. 눈물 몇 방울이 그의 얼굴로 흘러내렸다.

"실제로, 스타니스와프 씨." 약간 울먹이면서 그가 말했다. "더할 수 없이 좋은 관계도 돈이 망칠 수 있다는 걸 알고 있네······. 자네가 내 집을 샀다고 내가 자네에게 화를 냈나? 내가 자네를 비난하는가? 자네는 마치 모욕을 당한 것처럼 나에게 말하는군."

"미안합니다." 보쿨스키가 말을 막았다. "그러나 사실 저는 조금 신경이 날카로웠습니다. 아마 더위 때문일 겁니다······."

"오, 틀림없이 더위 때문일 것이네!" 토마쉬가 그의 손을 꼭 쥐고 소파에서 일어나며 큰 소리로 말했다. "그래서······ 우리 거슬린 말에 대해 서로 사과하세······ 나는 자네에게 화내지 않네. 그것이······ 더위 때문이라는 걸 아니까."

보쿨스키는 그와 헤어져 응접실로 들어갔다. 스타르스키는 그곳에 없고 이자벨라 혼자 앉아 있었다. 그를 보고 그녀가 자리에서 일어났다. 그녀의 얼굴은 밝았다.

"가시나요?'

"아가씨에게 작별 인사를 하려던 참이었습니다."

"그런데 로시에 대해 잊지 않으셨죠?" 그녀가 가볍게 웃으면서 말했다.

"아니요, 그에게 화환을 주라고 말하겠습니다."

"직접 주지 않으시려고요……? 왜요……?"

"오늘 밤에 저는 파리로 갑니다." 보쿨스키가 대답했다.

그는 그녀에게 머리를 숙여 인사하고 나왔다.

그녀는 한동안 놀란 얼굴로 서 있었다. 그리고 아버지 방으로 서둘러 갔다.

"무슨 뜻이에요, 아빠? 보쿨스키가 아주 쌀쌀하게 저를 대하고 헤어지면서 말하기를, 자기는 오늘 밤 파리에 간다고 했어요."

"뭐? 뭐라고? 지금 뭐라고 했니……?" 토마쉬가 두 손으로 머리를 감싸면서 큰 소리로 말했다. "틀림없이 그가 모욕을 당했다."

"아…… 정말로! 그가 우리 집 산 것을 제가 말했거든요."

"맙소사! 왜 그런 일을 했니……? 아, 모든 게 날아갔다. 이제 알겠다…… 당연히 그가 모욕감을 느끼겠지…… 그래." 조금 후에 그가 말했다. "하지만 누가 상상이나 했을까, 그것이 그렇게 모욕적인 것이 되리라고……? 그것이 전형적인 상인이지!"

제20장 늙은 점원의 회고(3)

……그리고 그는 떠났다! 스타니스와프 보쿨스키, 물류 회사의 창업자이자 연간 4백만 루블을 운용하는 회사의 위대한 사장이 미오스나로 가는 첫 우편배달원처럼 파리로 떠났다. 어느 날 그는 나에게 언제 갈지 모른다 해 놓고, 다음 날 후다닥……. 이제 그는 없다.

대귀족 웽츠키 댁에서 우아한 점심을 들고, 커피를 마시고, 이를 닦은 후 — 그리고 출발. 물론 보쿨스키는 사장에게 며칠간 휴가 허락을 구걸해야 하는 점원이 아니다. 자본가인 그는 매년 6만 루블씩 벌어들이고, 백작들이나 공작들과 호형호제하며, 남작들과 결투도 하며, 그가 원하면 언제든 떠난다. 그리고 자네들, 나의 점원들은 사업을 위해 골머리를 앓고 있다. 그 대가로 월급과 배당을 받고 있지.

이것이 상인이라고……? 이것은 광대 짓이다, 내가 분명히 말하는데, 상업이 아니다……!

물론 그는 파리에도 가고, 심지어 미친 짓도 할 수 있겠지. 그러나 이런 시기에는 아니지. 지금 베를린 회의는 바보 같은 짓을 저지르고 있고, 영국은 키프로스를, 오스트리아는 보스니아를 요구하고 있다. 이탈리아인들은 "우리에게 트리에스테를 달라, 그렇지 않으면……"이라고 목청껏 외치고 있다. 여기서 듣기에 보스니아에서는 피가 시냇물처럼 흐르고 있으며, 수확이 끝나자마자 겨울이 오기 전에 틀림없이 전쟁이 터지고……. 그런데 그는 파리로 잠적한다……!

쉿! ……? 그는 도대체 무엇 때문에 파리에 간 거야? 박람회에……? 박람회가 그와 무슨 상관이 있나. 수진과 관련된 그 사업 때문에 가는 걸까……? 무슨 사업이기에 손쉽게 5만 루블을 버는 건지도 궁금하다. 그들이 나에게는 석유나 기차 혹은 거대한 설탕 제조 기계에 관련된 것이라고 했는데……. 하지만 그대, 천사들이여, 특별한 기계 대신 평범한 대포를 구입하기 위해 가시는 것은 아닌지……? 프랑스는 독일과 곧 한판 붙을 것 같고…… 어린 나폴레옹은 아마 영국에 있다고 하지. 하기야 런던에서 파리는 바르샤바에서 자모시치보다 더 가까우니까…….

에이……! 이그나치, W 씨(이럴 때는 Wokulski보다는 이렇게 쓰는 것이 낫겠지요)에 대한 판단을 서두르지 마시오. 그를 그렇게 비난하지 마시오, 스스로 웃음거리가 될 수도 있으니. 이곳에서 어떤 중대한 논의가 있었을 수도 있지. 나폴레옹 3세를 자주 만났던 웽츠키 씨, 로시라는 배우, 이탈리아 사람……(이탈리아인들은 강력하게 트리에스테를 요구하고 있고), 그리고 출발 직전 웽츠키 댁에서의 점심 그리고 웽츠키의 건물을 구입한 일…….

아름다운 이자벨라 양, 물론 아름답지. 그러나 여자일 뿐이고, 그녀 때문에 스타흐가 어리석은 짓을 하지는 않겠지……. 여기에 뭔가 p와(이럴 때는 panna Izabela를 이렇게 쓰는 것이 더 나을 거야) 관련이 있을까…… 여기에 어떤 대문자 P가 뜻하는 것과 관련이 있을까…….

가여운 친구가 떠난 지 2주일이 되었다. 그는 영원히 떠났을지도 모른다……. 그는 편지를 짧게 사무적으로 썼고, 자신에 대해서는 아무 말도 쓰지 않았다. 나는 슬픈 생각이 들어서, 자주 어떻게 해야 할지 몰랐다. (하지만 그 때문이 아니라, 평소 내 습관일 수도 있다.)

그가 떠났을 때를 기억한다. 가게 문을 닫고, 나는 식탁에서 차를 마시고 있었다. 이르는 계속 칭얼대고 있었다. 그때 스타흐의 하인이 내 방에 들어왔다.

"주인님이 찾아요!" 그는 큰 소리로 말하고 곧 사라졌다.

(저런 건방진 녀석이 있나, 세상에 저런 쓸모없는 놈이 있다니……! 그가 문지방에 서서 "주인님이 찾아요!"라고 말할 때 그 녀석의 표정을 봤어야 하는데, 짐승 같은 놈!)

나는 그를 나무랄 생각이었다. "이 바보야, 네 주인은 너한테만 주인이야"라고. 그러나 그는 쏜살같이 도망쳤다.

나는 차를 서둘러 마시고, 이르를 위해 그릇에 우유를 조금 부어 준 다음 스타흐에게 갔다. 그의 하인은 대문에서 암사슴처럼 생긴 세 여자와 시시덕거리고 있었다. 저런 게으름뱅이가 여자들을 셋씩이나 상대하고 있다니……. (저런 여자들은 악마도 잘 다루지 못할 거야. 예를 들면 야드비가는 몸매가 작고 가냘프다. 그녀의 세 번째 남편은 벌써 그녀에게서 폐결핵을 전염받았다.)

나는 위로 올라갔다. 문은 열려 있었다. 스타흐 혼자 등불 아래서 가방을 싸고 있었다. 왠지 마음이 찡했다.

"뭐하는 건가?" 내가 물었다.

"오늘 파리로 가네." 그가 대답했다.

"어제는 그렇게 빨리 간다고 하지 않았는데?"

"아, 어제……." 그가 대답했다.

그가 가방에서 물러나더니 잠깐 생각에 빠졌다. 한참 뒤에 이상한 어조로 말했다.

"어제까지는…… 내가 착각했어……."

그 말이 내 귀엔 이상하게 들렸다. 나는 스타흐를 유심히 바라보았다. 나는 그에게서 놀라운 점을 발견했다. 건강한 사람이 아무런 상처도 입지 않았는데 불과 몇 시간 만에 그렇게 변할 수 있을 거라고 나는 한 번도 생각해 본 적이 없었다. 얼굴은 창백했고, 눈은 푹 들어갔으며, 거의 야성적으로 변했다.

"어떻게 갑자기 바뀌었지…… 계획이?" 내가 알고자 하는 건 그게 아니라는 것을 느끼면서 물었다.

"이보게." 그가 대답했다. "자네는 모르나? 때론 말 한마디가 계획뿐 아니라, 심지어 사람들까지도 변화시킨다는 것을…… 긴 대화가 아니더라도!" 그가 작은 소리로 말했다.

그는 계속해서 짐을 쌌고, 여러 가지 물건들을 가지러 응접실로 나갔다. 1분이 지났다. 그는 돌아오지 않았다. 2분이 지나도…… 그는 돌아오지 않았다. 조금 열린 문 사이로 바라보았다. 그는 멍하니 창밖을 보면서 의자 팔걸이에 기댄 채 서 있었다.

"스타흐……."

그가 정신을 차렸다. 짐을 싸기 위해 돌아와서 그가 물었다.

"왜?"

"자네에게 무슨 일이 있는 거야?"

"아무것도 아니야."

"이런 자네를 본 적이 없어."

그가 웃었다.

"치과 의사가 이를 잘못 뽑은 후부터 그래." 그가 대답했다. "멀쩡한 이까지 뽑았거든……."

"자네가 길을 떠난다니 내겐 이상하게 보여. 나에게 해야 할 말이 있을 것 같은데……?"

"해야 할 말……? 그래 맞아…… 은행에 12만 루블이 있어. 돈은 자네에게 부족하지 않을 거야. 그리고…… 그리고 뭐가 있더라……?" 그가 혼자 물었다. "아! 내가 웰츠키 집을 산 사실을 이제 숨기지 않아도 돼. 물론 거기 가서 집세를 지금까지 받던 대로 정하게. 크세소프스카 부인한테는 전보다 십 몇 루블 더 받게. 짜증 좀 나라고. 하지만 가난한 사람들은 압박하지 말게. 거기에 제화공과 학생들이 살고 있는데, 그들이 정기적으로 집세를 내고 있는 한, 주는 대로 받게."

그가 시계를 보더니 아직 시간이 있다는 것을 알고, 소파에 누워 손을 머리 위로 올리고 눈을 감은 채 말없이 있었다. 그 모습이 슬프게 보였다.

내가 그의 발아래 앉아서 물었다.

"자네에게 무슨 일이 있나, 스타흐……? 무슨 일인지 말하게. 내가 자네를 도울 수 없다는 건 나도 알아. 그러나 자네도 알다시피 걱정은 독 같은 거라서 뱉어 버리는 것이 좋아……."

스타시가 다시 조용히 웃었다. (나는 그의 그런 어설픈 웃음을 좋아하지 않는다.) 그러고 나서 조금 후에 말했다.

"오래전 일인데 기억하고 있어. 떠돌이 광대와 한방에 있게 되었는데, 그는 이상할 정도로 정직했어. 그가 자기 가족에 대해, 자기의 인간관계나 자기의 위대한 업적에 대해 황당한 이야기를 했지. 그리고 나중에 나의 지난 이야기를 주의 깊게 들었어. 그는 내 이야기를 잘 이용했다네……."

"그게 무슨 뜻인가……?" 내가 물었다.

"이보게, 나는 자네 안에 있는 어떤 말도 끄집어내고 싶지 않네.

그래서 자네에게 내 이야기도 하고 싶지 않네."

"어떻게 그럴 수가." 내가 큰 소리로 말했다. "친구의 신뢰를 그런 식으로 대할 수 있나?"

"그만하게." 그가 소파에서 일어나며 말했다. "그런 건 여학생들에게나 좋을지 모르지……. 나는 자네에게도 털어놓고 싶지 않네. 얼마나 피곤한지……!" 그가 말하고 기지개를 켰다.

그때 불한당 같은 하인이 들어왔다. 그는 가방을 들더니 마차가 집 앞에서 기다린다고 알렸다. 우리는 마차에 탔다. 스타흐와 나는 기차역에 도착할 때까지 말 한마디 나누지 않았다. 그는 가볍게 휘파람을 불면서 별을 쳐다보았다. 나는 마치 장례식장에 가고 있는 듯한 느낌이 들었다.

기차역에서 슈만 박사를 만났다.

"파리에 가나?" 그가 스타흐에게 물었다.

"자네가 그걸 어떻게 알지?"

"오, 나는 다 알고 있어. 자네가 타고 가는 기차를 스타르스키도 타고 간다는 것도 알고 있어."

스타흐가 몸을 떨었다.

"어떤 사람이야?" 그가 박사에게 물었다.

"건달에 파산자지…… 그쪽 사람들이 다 그렇듯." 슈만이 대답했다. "그리고 과거 청혼 경쟁자였지."

"나와는 상관없는 일이야."

슈만이 아무 말도 하지 않고 옆만 쳐다보았다.

종이 울리고 호루라기 부는 소리가 났다. 여행자들이 기차로 몰렸다. 스타흐가 우리와 악수했다.

"언제 돌아올 거야?" 박사가 그에게 물었다.

"돌아오지…… 않을 거야." 스타흐가 대답하고 텅 빈 일등칸으로 가서 앉았다.

기차가 움직이기 시작했다. 박사는 생각에 잠겨 멀어져 가는 불빛을 바라보았고, 나는…… 하마터면 울음을 터뜨릴 뻔했다.

역원이 승강장으로 가는 문을 닫을 때, 내가 박사에게 예로졸림스키 거리를 좀 걷자고 제안했다. 밤은 따뜻했고, 하늘은 맑았다. 그렇게 많은 별들을 본 적이 언제였는지 기억나지 않았다. 스타흐가 불가리아에서 자주 별을 보았다고 하던 말이 생각나서, 나도 그때부터 밤마다 하늘을 바라보기로 결심했다. (반짝이는 빛들 중 어느 하나에서 정말 우리의 시선이 서로 만날 수도 있잖은가. 그러면 그가 그때처럼 외로움을 느끼지 않을 수도 있지 않을까?)

갑자기, 어쩌다 그랬는지 나도 모르겠지만, 스타흐의 예기치 않은 출국이 정치와 관련이 있으리라는 데 생각이 미쳤다. 그래서 슈만에게 물어보기로 했다. 그를 속이고 싶은 생각도 있어서 이렇게 말했다.

"내가 보기에 보쿨스키는…… 사랑에 빠진 게 아닌지……?"

박사가 인도에서 걸음을 멈추고 자기 지팡이에 의지하더니 너무 크게 웃기 시작하는 바람에 여러 행인들의 시선을 끌었다.

"하! 하! 당신은 오늘에야 비로소 그런 대단한 발견을 하셨어요……? 하! 하! 그 늙은이가 마음에 들어……!"

작전은 서툴렀다. 그러나 나는 입술을 깨물고 이렇게 대꾸했다.

"그런 발견은 나보다…… 덜 민첩한 사람들에게 쉬운 것이지요. (이 대목에서 그를 약간 놀려 주었다.) 그러나 나는 판단하는 데 신중하고자 했습니다. 슈만 씨…… 그 밖에도 사랑과 같은 평범한 일이 사람을 가지고 시시한 연극 같은 일을 만들어 내리라곤 생각하지 못했지요."

"이보게, 그건 자네가 잘못 생각한 것이라네." 박사가 손을 저으면서 말했다. "사랑은 자연에 대해서 평범한 일이지, 심지어 자네가 원하면 신에 대해서도. 그러나 이미 오래전에 죽었고 장사 지낸 지 오래된 로마적 관점에, 교황의 이익에, 트루바두르(Troubadour) 음유 시인들에, 금욕주의에, 카스트 제도에, 그 밖의 하찮은 것들에 바탕을 두고 있는 당신들의 바보 같은 문명이 자연스러운 감정에서…… 만들어 내는 것이 무엇인지 아나……? 기껏 신경 질환 정도야! 자네들의 기사도적, 교회적, 낭만적 사랑이라는 건 속임수에 근거한, 정말로 혐오스러운 거래에 지나지 않아. 그 속임수가 당연히 죽을 때까지 부부라는 노예선을 타고 있어야 하는 벌을 내린 거라네. 그런 시장에 심장을 가지고 오는 자들이여, 슬프도다……. 그는 얼마나 많은 시간과 노동과 능력을 희생했던가, 세상에! 심지어 존재 자체까지도……. 내가 잘 아네." 그가 계속해서 말했다. 그는 분노로 숨이 막히는 것 같았다. "나는 유대인이고, 죽을 때까지 유대인으로 남겠지만, 나는 자네들 사이에서 교육을 받았고, 기독교 신자인 아가씨와 약혼도 했네……. 우리의 의도를 편하게 해 주려고 사람들이 우리에게 많은 일을 해 주었지. 종교와 윤리와 전통 등등의 이름으로 너무나 정성스럽게 우리를 돌보아 주어서 그녀는 죽고 말았다네. 나도 독약을 먹고 자살을 시도했다네. 그렇게 영리하고, 그렇게 대머리인 내가……!"

그가 다시 멈추어 섰다.

"이그나치 씨, 나를 믿게." 목쉰 소리로 그가 말을 마쳤다. "심지어 동물들 중에도 인간들과 같은 그런 비열한 동물은 없지. 자연계에서는 서로 마음에 드는 암컷과 수컷끼리 짝을 이루게 되지. 그래서 짐승들에게는 바보가 없어. 그런데 우리는 어떤가! 나는 유대인이니까 기독교인을 사랑해선 안 되는 거야. 그는 상인이니까 백작 아가씨를 사랑할 권리가 없는 거야. 자네는 돈이 없으니까 여자를 가질 권리가 없는 거야. 자네들의 그 잘난 문명이라는 것이 그런 거라네……! 나는 당장 죽고 싶다네. 그다음엔 자네들 문명의 쓰레기 밑에 묻히겠지……."

우리는 시내 변두리 쪽으로 걸어갔다. 조금 전부터 습기를 가득 머금은 바람이 일더니 우리의 눈을 향해 정면으로 불어왔다. 서쪽 하늘에서는 구름에 가려 별들이 사라지기 시작했다. 가로등은 점점 띄엄띄엄 나타났다. 큰길을 빈번히 달려가는 마차들이 우리에게 보이지 않는 먼지를 뿌렸다. 귀가가 늦은 행인들이 도망치듯 집을 향했다.

'비가 올 것 같군! 스타흐는 지금 그로지스코 근방을 지나고 있겠지.' 나 혼자 생각했다.

의사는 모자를 눌러쓰고 화난 듯 말없이 걸었다. 그의 얼굴이 점점 슬프게 보였는데, 그것은 아마 어둠이 점점 짙어졌기 때문에 그렇게 보였을 수도 있다. 나는 그 말을 절대로 누구에게도 하지 않겠지만, 스타흐가…… 그 여인의 치마폭에 푹 빠져서 정말로 정치에 대해 더 이상 관심을 가지고 있지 않다는 생각이 가끔 머리에 떠오르곤 했다. 나는 그저께도 그에게 어느 정도 그 문제를 상기시켰는데, 그의 대답은 나의 의심을 해소시키는 데 전혀 도움이 되지 않았다.

"그것이 가능할까요?" 내가 말을 꺼냈다. "보쿨스키가 사회 일반적인 문제, 정치와 유럽에 대해 그처럼 무관심할 수 있다는 것이……."

"포르투갈에 대해서도." 의사가 끼어들었다.

의사의 냉소적인 응답이 나를 화나게 했다.

"당신은 농담하시는군요." 내가 말했다. "그러나 부정하지는 않는군요. 스타흐가 웽츠키 양의 불행한 숭배자보다는 좀 더 나은 사람이 될 수 있다는 것을. 그는 그래도 사회적으로 활동하는 사람이고, 한숨이나 쉬고 있는 못난 사람은 아니지요……."

"당신 말이 맞습니다." 의사가 말했다. "그렇다고 달라진 게 뭐 있나요……? 증기 기관은 커피 분쇄기가 아니지요. 그건 거대한 기계입니다. 하지만 그 기계에 있는 작은 바퀴 하나가 녹슬면 아무 쓸모 없는 폐품이 됩니다. 심지어 위험하기까지 하지요. 바로 보쿨스키에게서 바퀴 하나가 녹슬고 망가졌어요……."

바람이 점점 강해지고, 우리 눈에 모래 먼지가 들어왔다.

"어쩌다 그에게 그런 불행이 닥쳤을까요……?" 내가 물었다. (그러나 아무렇지도 않은 톤으로 말했다. 내가 뭔가를 알고 싶어서 하는 말이 아니라고 슈만이 생각하도록.)

"그건 스타흐의 성격과 문명이 만들어 낸 여러 가지 관계의 합작품이지요." 의사가 말했다.

"성격이라고요……? 그는 사랑에 빠질 사람이 아닌데."

"그 성격 때문에 그가 파멸하는 거요. 10만 킬로그램의 눈 덩어리도 가볍고 엷은 눈송이로 나뉘어 떨어지면 가장 작고 연약한 풀조차 상하게 하지 않지요. 그러나 눈사태로 내려오는 10만 킬로그램의 눈은 가옥을 파괴하고 사람들까지 희생시킵니다. 만일 보쿨스키가 일생 동안 일주일 단위로 다른 여인들을 사랑한다면, 그는 꽃봉오리처럼 보일 것이고, 생각도 자유로워질 것이고, 세상에 좋은 일을 많이 할 수 있을 겁니다. 그러나 그는 수전노처럼 사랑의 자본을 모았는데, 그 결과는 우리가 보다시피 어떻습니까? 사랑은 나비와 같은 매력을 가질 때 아름다운데, 오랫동안 가사 상태에 있다가 깨어나면 호랑이처럼 되어, 보는 사람도 재미가 없지요…… 입맛이 좋은 사람과 배가 고파서 속이 뒤틀린 사람은 다르지요."

구름은 점점 더 높이 올라갔다. 우리는 거의 도시 변두리까지 갔다가 돌아왔다. 나는 스타흐가 지금쯤 루다 구조프스카 가까이 갔을 것이라고 생각했다.

의사는 이야기를 계속했다. 그는 점점 더 흥분했고, 점점 더 세게 지팡이를 휘둘러 댔다.

"주택과 의복에도 위생이 있고, 음식과 일에도 위생이 있지만, 하층민들은 그것을 지키지 않지요. 그래서 그들은 수명이 짧고, 나약하지요. 마찬가지로 사랑에도 위생이 있어요. 그것은 눈에 띄지 않지만, 지식 계급을 공격하여 그들을 파멸시킵니다. 위생은 이렇게 외치지요. '입맛이 당길 때 먹어라!' 하지만 그에 반해 천 개의 규정들이 옷깃을 붙들고 외치지요. '그러면 안 된다! 네가 윤리와 전통과 유행 등이 만든 수많은 조건들을 충족시킬 때, 우리가 너에게 허락하면 그때 너는 먹을 수 있다.' 이 경우에 가장 후진적인 나라들이 가장 선진적인 사회들, 더 정확히 말하면 그 사회들의 지식 계급을 앞서고 있다는 것을 인정하지 않을 수 없지요.

보십시오, 이그나치 씨, 인간을 어리석게 만들기 위해 어린이집, 살롱, 시, 소설과 연극들이 어떻게 일하고 있는지. 그것들은 당신에게 이상을 찾으라고 합니다. 이상적인 것과 동일한 금욕주의자가 되라고 하지요. 기존의 조건들을 충족시킬 뿐만 아니라, 새로운 인위적인 조건들을 만들라고 하지요. 그 결과가 무엇입니까……? 보통 그런 일에 덜 길들여진 남자는 오로지 이 방향으로만 길들여진 여성의 먹이가 되지요. 그래서 여성들이 문명을 지배하고 있어요……!"

"그래서 나쁠 게 뭐 있습니까?" 내가 물었다.

"제기랄!" 의사가 소리쳤다. "이그나치 씨, 못 봤어요? 정신적인 면에서 본다면 남자는 파리예요. 여자는 더 못한 파리이고요. 날개도 발톱도 없으니까. 교육, 전통, 세습이 외관상 여자로부터 더 고차원적 존재를 만들려고 했지만, 실제로는 괴물 같은 존재를 만들고 말았거든요. 그런데 이 쓸모없는 괴물이 굽은 발, 짓눌린 듯한 몸통, 텅 빈 골을 가지고 인류의 다음 세대를 교육할 의무를 지니고 있어요⋯⋯! 그런 여자들이 그들에게 무엇을 주입하겠어요⋯⋯? 어린이들이 먹고살 방법을 배우나요⋯⋯? 아니지요, 그들은 우아하게 포크와 나이프 사용하는 법을 배우지요. 그들은 언젠가 그들이 더불어 살아가야 할 사람들을 사귀는 법을 배우나요⋯⋯? 아니지요, 적당한 표정과 인사로 사람들 마음에 드는 방법을 배웁니다. 그들이 우리의 행복과 불행을 결정하는 실제적 사실을 배웁니까⋯⋯? 아니지요, 그들은 사실에 대해서는 눈감는 것을 배우고, 이상을 꿈꾸는 것을 배웁니다. 우리의 나약한 생활력, 우리의 비실용성, 태만, 굴종 의식, 수 세기 동안 인류를 억누르고 있는 어리석음에서 놀라울 정도로 못 벗어나는 것, 이 모든 것은 여성들이 만든 교육의 결과입니다. 그런데 우리 여성들은 교회의 교권주의적, 봉건적, 시적 사랑에 관한 이론의 결과이지요. 그런 이론은 위생적이고 건전한 이성에 대한 모욕입니다."

내 머릿속에서 의사의 말이 계속 맴돌았다. 그는 그사이에 마치 미친 사람처럼 터벅터벅 걸었다. 다행히 번개가 치고, 빗방울이 하나둘 떨어지기 시작했다. 격앙되었던 의사가 갑자기 냉정해지더니, 마차를 향해 뛰어가서 그걸 타고 집으로 돌아갔다.

스타흐는 이제 로고보 근방쯤 가고 있겠지. 그도 생각하고 있을까, 우리가 오로지 그에 대해 말하고 있으리라고? 머리에 폭풍우를 맞고, 가슴에 더 심한 폭풍우를 맞은 불쌍한 사람, 그는 무엇을 느끼고 있을까?

세상에, 무슨 비가 이렇게 퍼붓듯 내리고, 천둥이 대포 소리처럼 계속 울리다니……. 실몽당이를 몸에 감은 개 이르가 꿈결에 천둥소리와 빗소리에 놀라 짓눌린 소리로 짖었다. 나는 침대 커버만 덮고 침대에 누웠다. 더운 밤이었다. 하느님, 이런 밤에 불행을 당해 외국으로 도망가는 사람들을 보호하소서.

가끔 아주 하찮은 일로 아주 오래된 인간의 죄 같은 일들이 전혀 새로운 모습으로 나타난다.

예를 들면 나는 바르샤바 구시가지를 어렸을 때부터 잘 안다. 나에게 그곳은 언제나 좁고 지저분한 곳으로 보였다. 내가 구시가지에 있는 건물들 중 하나의 특이한 모습을 보았을 때, 그것은 '사진이 있는 주간지'에 설명과 함께 실렸다. 갑자기 구시가지가 아름답다는 것을 알았다……. 그 후 나는 적어도 일주일에 한 번씩은 구시가지에 가서 특이한 모습들을 새롭게 발견했을 뿐만 아니라, 내가 전에 보지 못한 것에 대해 놀라곤 했다.

보쿨스키에 대해서도 그랬다. 나는 그를 20년 전부터 알고 있고, 그는 정치에 몸과 마음을 다 바치고 있다고 생각했다. 스타흐는 정치 말고는 아무것에도 관심이 없다는 데 나는 목숨을 걸고 내기할 수도 있었다. 그가 남작과 결투하고 로시에게 열광하는 것을 보며 나는 그가 사랑에 빠질 수도 있다고 생각하게 되었다. 특히 슈만과 이야기를 나눈 후, 나는 이제 더 이상 그것을 의심하지 않는다.

그러나 그것은 중요하지 않다. 정치가도 사랑에 빠질 수 있다. 나폴레옹 1세도 좌우로 사랑했고, 그러면서도 유럽을 뿌리째 흔들었다. 나폴레옹 3세 역시 여러 명의 애인을 가지고 있었다. 내가 듣기로는 그의 아들이 그의 뒤를 따르고 있으며, 지금은 영국에 있다고 한다.

만일 사랑에 약하다고 해서 보나파르트의 명예가 실추되지 않았다면, 왜 보쿨스키에게는 명예롭지 못한 일일까……?

내가 그런 생각을 하고 있을 때, 작은 일 하나가 떠올랐다. 그것은 10여 년 전 어느 장례식에서의 일인데, 보쿨스키의 완전히 다른 모습을 보여 준 사건이었다. 오, 그는 전혀 정치가가 아니었고, 그는 완전히 다른 사람이었다. 나는 그 일을 조금도 이해할 수가 없다.

가끔 나는 그가 사회로부터 부당한 대우를 받는다고 생각했다. 잠깐, 그러나 그것에 대해서는 말을 말아야 한다……! 사회는 누구에게도 부당한 일을 하지 않는다……. 일단 그것을 믿지 않게 되면, 어떤 요구들이 쏟아질지 아무도 모른다. 아마 정치에 종사하는 사람이 없을지도 모른다. 사람들은 자기와 가장 가까운 사람들과의 청산에 대해서만 생각하는지도 모른다. 그래서 그런 문제는 거론하지 않는 것이 낫다. 나처럼 나이 들어 말을 많이 하지만, 모든 것이 내가 말하고자 하는 것은 아니다.

어느 날 저녁 나는 집에서 차를 마시고 있었다. 푸들 이르는 침울했다. 문이 열리더니 누군가가 들어왔다. 그는 몸이 뚱뚱하고, 얼굴은 통통하고, 코는 붉고, 머리는 희었다. 갑자기 방에서 포도주 냄새와 곰팡내가 났다.

'이분은…….' 내가 생각했다. '죽은 사람이거나 아니면 와인 감정사가 아닐까……? 왜냐하면 곰팡내 나는 사람은 없잖은가……?'

"세상에, 이럴 수가……!" 손님이 놀랐다. "자네가 사람을 몰라볼 정도로 오만해진 거야……?"

나는 눈을 비비고 보았다. 바로 마할스키가 아닌가, 호퍼에서 온 와인 감정사……! 우리는 함께 헝가리에 있었고, 나중에 여기 바르샤바에서도 같이 있었다. 그러나 15년 동안 우리는 서로 만나지 못했다. 그는 계속 갈리치아에서 살면서 와인 감정사로 일했다.

물론 우리는 쌍둥이처럼 한 번, 두 번, 세 번 껴안고 인사했다.

"언제 온 거야?" 내가 물었다.

"오늘 아침에." 그가 대답했다.

"지금까지 어디 있었던 거야?"

"지에칸카에 갔다가 그리움 때문에 레시스에 갔지, 물론 포도주 지하실에. 거기 가니까 살 것 같더군."

"거기서 뭐한 거야?"

"늙은이 좀 도와주고, 주로 앉아 있었지. 쓸데없이 시내 돌아다니는 것보다는 그런 지하실에 앉아 있는 것이 낫지."

그는 지난 시대의 진짜 와인 감정사이다……! 오늘날 멋이나 부리는 이들은 형편없는 사람들로, 지하실에 앉아 있으려 하지 않고 춤추러 다니려고 한다. 그들은 지하실에 갈 때에도 반짝거리는 구두를 신고 간다…… 그런 형편없는 사람들과 더불어 폴란드가 망하고 있다……!

이야기에 이야기를 계속하면서 우리는 첫날을 꼬박 새웠다. 마할스키는 우리 집에서 묵고 아침 6시에 다시 레시스로 갔다.

"점심 후엔 뭘 할 거야?" 내가 물었다.

"점심 후에 푸키에르에게 들렀다가, 밤엔 자네에게 올 거야."

그는 일주일 동안 바르샤바에 있었다. 잠은 우리 집에서 자고, 낮 시간은 포도주 지하실에서 보냈다.

"나에게 일주일 동안 시내만 돌아다니라고 하면……." 그가 말했다. "차라리 죽어 버릴 거야. 서로 밀치는 군중들, 무더위,

먼지……! 돼지나 살지, 어디 사람이 살겠나. 이런 데서 자네들은 어떻게 사나?"

내 생각에 그가 약간 과장하는 것 같다. 나도 크라코프스키에 프세드미에시치에 거리보다는 상점을 더 좋아하지만, 그래도 상점은 지하실이 아니지. 와인 감정사로 있다 보니 그가 이상해졌어.

물론 내가 마할스키와 이야기할 때는 지난 시절 아니면 스타흐에 대한 것 말고 뭐가 있겠는가? 그래서 그의 젊은 날 이야기는 마치 어제 일처럼 눈앞에 생생하다.

내 기억에(그때가 1857년 아니면 1858년이다) 마할스키가 일하는 호퍼네 포도주 양조장에 한 번 간 적이 있다.

"얀 씨는 어디 있어요?" 내가 젊은이에게 물었다.

"지하실에."

나는 지하실로 내려갔다. 얀은 수지 촛불 아래 사이펀으로 큰 포도주 통에서 병으로 포도주를 빨아올리고 있었고, 구석진 곳에 두 그림자가 어른거리는 것이 보였다. 모래빛 가운을 입은, 머리가 흰 사람의 무릎 위에는 종이 뭉치가 놓여 있었다. 젊은이는 머리를 짧게 깎았는데, 얼굴은 도둑놈 같았다. 그들이 바로 스타흐 보쿨스키와 그의 아버지였다.

나는 말없이 앉아 있었다. (마할스키는 자기가 포도주를 통에서 병으로 옮기고 있을 때 방해받는 것을 무척 싫어했다.) 모래빛 가운을 입은, 머리가 흰 사람이 젊은이에게 단조로운 목소리로 말하고 있었다.

"책에다 왜 돈을 낭비하나……? 그런 돈 있으면 나에게 줘라. 나는 소송을 중단시켜야 해. 모든 것이 망가지고 있다. 책은 네가 처해 있는 굴욕적인 상황에서 너를 구하지 못해. 소송은 할 수 있어. 내가 소송에서 이기면 할아버지 유산을 찾을 수 있어. 그러면 사람들이 보쿨스키 가문이 구귀족 가문이라는 것을 알게 되고, 친척들도 찾아올 것이다. 지난달에 너는 책 사는 데 20즈오티를 썼다. 나한테 정확히 그만큼의 돈이 변호사 비용으로 부족했다. 책……! 언제나 책이…… 네가 상점에 있는 이상, 비록 네가 귀족이고, 너의 외할아버지는 성주이셨고, 네가 솔로몬처럼 현명할지라도 사람들은 너를 경멸할 것이다. 그러나 내가 소송에서 이기고, 시골로 내려가면……."

"여기서 나가요, 아버지." 눈을 아래로 향하고 나를 보면서 젊은 이가 중얼거리듯 말했다.

늙은이는 어린애처럼 말없이 서류들을 붉은 보자기에 싸서 들고 아들과 함께 나갔다. 계단을 오를 때 아들이 그를 부축해 주었을 것이다.

"어떤 별종이야?" 내가 마할스키에게 물었다. 그는 방금 일을 마치고 걸상에 앉아 있었다.

"아!" 그가 손을 저었다. "저 늙은이는 머리가 정상이 아니고, 아들은 똑똑해. 스타니스와프 보쿨스키라고 하는데, 영리한 악당이야……!"

"전에 뭐했는데?" 내가 물었다.

마할스키가 손가락으로 탄 심지를 떼어 촛불을 더 밝히고는 나에게 포도주를 한 잔 따라 주었다.

"그가 이곳에서 일한 지 4년 됐는데, 상점이나 지하실에서 일할 타입은 아니야……. 그는 기계공이야! 그가 물을 아래서 위로 끌어 올린 다음 다시 물을 아래 바퀴로 떨어뜨려 펌프 작용을 하는 기계를 만들었어. 그런 기계는 이 세상이 끝날 때까지 돌아가면서 펌프 작용을 할 수 있지. 그런데 뭔가가 잘못되는 바람에 15분 동안만 작동하고 말았어. 그 기계가 위의 식당 방에 있을 때, 그걸 구경하려고 한때 손님들이 호퍼네 집에 몰려들었지. 그런데 반년 전에 기계가 망가졌어."

"그가 그랬군……!" 내가 말했다.

"그래, 하지만 그게 다가 아니야." 마할스키가 계속했다. "이곳에 실업 고등학교 교수 한 분이 와서 그 기계를 보고 말하기를, 기계는 쓸모가 없지만, 젊은이는 재주가 있으니 공부해야 한다고 했지. 그날 이후 가게 분위기가 복잡해졌어. 보쿨스키는 고집쟁이가 되어 손님들을 통명스럽게 대하고, 낮에는 졸고 있는 것처럼 보였고, 밤에는 공부하고, 그리고 책을 샀지. 그의 아버지는 여전히 할아버지 유산에 관한 소송에 돈을 쓰기를 원했고……. 그가 말하는 걸 자네도 들었잖아."

"그는 공부해서 뭘 하려는 거야?" 내가 물었다.

"그는 대학에 가기 위해 키예프로 갈 거라고 말했지. 하! 가라고 하지." 마할스키가 말했다. "점원 하나라도 사람이 되려 간다는데. 나는 그를 조금도 방해하지 않아. 그가 지하실로 내려와도 그에게 일하라고 다그치지도 않아. 책을 읽게 내버려 두었지. 위에 있으면 점원들과 손님들이 그를 괴롭히거든."

"그에 대해 호퍼는 뭐라고 하나?"

"아무 말도 안 했어." 마할스키가 손잡이 있는 쇠 촛대에 수지 양초를 새로 꽂으면서 말했다. "호퍼는 그를 내쫓고 싶지 않았지. 그의 딸 카시아가 보쿨스키한테 빠져 있었거든. 그리고 보쿨스키가 할아버지 유산이라도 물려받는다면……?"

"그도 카시아를 사랑했나?" 내가 물어보았다.

"눈길 한 번 주지 않았어, 이상한 녀석이야!" 마할스키가 대답했다.

그때 나는 생각했다. 책을 사고 여자에 관심이 없는 머리도 영리한 청년은 좋은 정치가가 될 수 있을 거라고. 그날 나는 스타흐와 사귀었고, 나와 스타흐 사이는 나쁘지 않았다…….

스타흐는 3년 더 호퍼네 집에서 일했다. 그때 그는 대학생들과 정부의 여러 부처 젊은 관리들을 많이 사귀었다. 그들이 서로 다투어 그에게 책을 구해 주었다. 그가 대학 입학시험에 합격할 수 있도록.

그중에 아주 뛰어난 레온이라는 청년이 있었다. 아마 스무 살도 안 되었을 것이다. 그는 잘생겼고, 머리 좋고…… 열정적이었다……! 내가 보쿨스키에게 정치 교육을 시킬 때 그가 내 조수 같은 역할을 했다. 내가 나폴레옹과 보나파르트가의 위대한 사명에 대해 이야기하면, 레온은 마치니, 가리발디 등 그들과 비슷한 뛰어난 인물들에 대해 말했다. 그는 사람의 정신을 어떻게 고양시키는지 알고 있었다……!

"공부해." 그가 스타흐에게 자주 말했지. "그리고 믿어. 강한 신뢰는 태양의 회전도 막을 수 있어, 인간관계를 개선시키는 것은 물론이고."

"굳게 믿으면 내가 대학에도 갈 수 있나?" 스타흐가 물었지.

"나는 확신해." 레온이 불타는 눈빛으로 말했다. "자네가 한순간이라도 열두 제자 같은 신념을 가진다면, 오늘이라도 대학에 갈 수 있어……."

"아니면 미친 사람들 중에 있거나." 보쿨스키가 중얼거렸다.

레온이 손을 흔들면서 방 안을 걸어 다니기 시작했다.

"저 가슴에 얼음이 있구나! 저렇게 차가울 수가……! 저렇게 비참하다니……!" 레온이 울부짖었다. "당신 같은 사람이 아직도 믿지 못한다니. 그래, 한번 생각해 봐, 그 짧은 시간에 얼마나 많은 일을 했는지. 자네는 오늘이라도 시험에 합격할 수 있을 만큼 실력을 갖추었어…….”

“내가 거기서 무얼 하지?” 스타흐가 한숨처럼 말했다.

“자네 혼자서는 많은 일을 못하겠지만, 자네와 나 같은 사람 수십 명, 수백 명이 힘을 합치면…… 우리가 무엇을 할 수 있는지 아는가……?”

순간 그의 목소리가 끊겼다. 그에게 경련이 일어났던 것이다. 우리는 간신히 그를 안정시킬 수 있었다.

다음번에 레온은 희생정신이 부족하다고 우리를 비난했다.

“자네들은 아는가, 그리스도는 희생의 힘 하나로 혼자서 인류를 구제했다는 것을……? 자기 생명을 바칠 준비가 되어 있는 개인이 계속해서 존재하는 한, 이 세상은 그만큼 완전해질 수 있는 거야……!”

“나를 개처럼 취급하면서 욕하는 손님들, 나를 조롱하는 녀석들과 점원들을 위해 내가 목숨을 바쳐야 한다고?” 보쿨스키가 물었다.

“피하지 말게!” 레온이 소리쳤다. “그리스도는 심지어 자기에게 사형을 집행한 자들을 위해 죽었네……. 자네들에게는 정신이 없어…… 자네들에게서 정신이 죽었어. 티르테우스*가 한 말을 들어 보게. ‘오, 스파르타여, 멸망해라! 너희들의 위대한 기념물이, 조상의 무덤이 메세니아인들의 망치에 파괴되고, 성스러운 뼈가 개의 먹이로 던져지고, 조상의 그림자가 너희의 문에서 내쫓기기 전에…… 너희 백성들아, 적의 사슬에 매여 끌려가기 전에, 네 아버지들의 무기를 집의 문턱에서 부수어 절벽으로 던져라……. 세상이 알지 못하게 하라, 칼이 너희 중에 있었으나, 너희에게는 마음이 없었다는 것을……!’ 마음이……!” 레온이 반복했다.

스타흐는 레온의 이론을 받아들이는 데 무척 조심스러웠다. 그러나 젊은이에게는 데모스테네스처럼 사람들을 설득하는 능력이 있었다.

나는 기억하고 있다. 어느 날 저녁, 젊은 사람들과 늙은 사람들이 많이 모인 자리에서 레온이 어리석음, 불행과 불의가 사라지는 완전한 세계에 대해 이야기했을 때 모두가 울었다는 것을.

"지금 이 순간부터……." 그가 격앙되어 말했다. "사람들 사이에 차별은 없을 것입니다. 귀족과 부르주아, 농민과 유대인 모두 형제가 될 것입니다……."

"그러면 점원들은……?" 구석에서 보쿨스키가 말했다.

하지만 그런 방해가 레온을 당황하게 하지 않았다. 갑자기 레온이 보쿨스키에게로 향하더니, 가게에서 스타흐에게 했던 모든 부당한 일들과 스타흐에 대한 모든 방해를 열거한 다음에 이렇게 말을 끝냈다.

"자네는 우리와 동일하고, 우리가 자네를 형제처럼 사랑하고 있다는 것을 믿기 바라네. 우리를 향한 자네 마음속의 분노를 잠재우기 바라네. 내가 자네 앞에 무릎을 꿇고, 인류의 이름으로 부당함에 대해 자네에게 용서를 비네."

실제로 그는 스타흐 앞에 무릎을 꿇고, 스타흐의 손에 입을 맞추었다. 모여 있던 사람들이 더욱 감동하여 스타흐와 레온을 위로 들어 올리고, 그들과 같은 사람들을 위해서는 목숨도 바치겠다고 맹세했다.

오늘 그 일을 생각하면 그게 꿈이 아니었을까 하는 생각이 든다. 실제로 나는 그전이나 그 후에도 레온 같은 정열적인 사람을 본 적이 없다.

1861년 초에 스타흐는 호퍼네 가게를 떠났다. 그는 내 방에서 살았다. 쇠창살이 있고 초록색 커튼이 쳐진 방이었다. 그는 가게 일은 하지 않고, 청강생으로 대학 강의를 들으러 다녔다.

그가 호퍼네 지하실 일을 그만두고 나올 때의 장면이 특이했다. 내가 그를 데리러 그곳에 갔기 때문에 직접 본 일이다. 그는 호퍼에게 키스를 하고, 지하실로 내려가 마할스키와 작별 인사를 하고, 그곳에 몇 분간 머물렀다. 내가 식당 방 의자에 앉아 있을 때, 가게에서 일하는 청년들과 손님들의 떠드는 소리와 웃음소리가 들렸다. 하지만 그것이 장난 같지는 않았다.

갑자기 나는(지하실로 내려가는 커다란 구멍이 바로 그 방에 있었다) 지하실로부터 붉은 두 손이 올라오는 것을 보았다. 두 손이 방바닥을 잡고 스타호의 머리가 한 번, 두 번 나타났다. 손님들과 청년들은 크게 웃었다.

"아하!" 식당에서 일하는 청년이 말했다. "계단을 이용하지 않고 지하실에서 밖으로 나오는 것이 얼마나 힘든 일인지 보았지? 너는 가게에서 곧장 대학으로 한번에 뛰어넘고 싶은 거지……! 밖으로 나와라, 네가 영리하다면……."

스타호가 다시 안에서 손을 내밀었다. 다시 출입구 가장자리를 붙들고, 몸을 올려 몸의 절반이 올라왔다. 그의 얼굴이 금방이라도 터져서 피가 솟구칠 것 같았다.

"그가 저렇게 빠져나오다니…… 정말 멋있게 나왔어!" 다른 점원이 큰 소리로 말했다.

스타호는 발을 바닥에 박고 있었다. 그리고 잠시 후 그는 어느새 방에 있었다. 그는 화를 내지도 않았지만, 동료들 중 어느 누구에게도 손을 내밀지 않고, 자기 짐을 들고 문으로 향했다.

"이게 뭐야, 손님들에게 작별 인사도 하지 않았잖아, 박사님!" 그의 등 뒤에서 호퍼네 점원들이 소리쳤다.

우리는 아무 말 없이 길을 건넜다. 스타흐는 입술을 깨물었다. 나에게 이런 생각이 들었다. 그가 지하실에서 나온 것은 그의 인생에서 하나의 상징적인 일이다. 그의 인생은 호퍼 가게에서 빠져나옴으로써 더 넓은 세계로 흘러갔던 것이다.

예언적인 사건이다⋯⋯! 왜냐하면 오늘까지도 스타흐는 끊임없이 새로운 표면으로 나오고 있다. 만일 그가 빠져나올 때마다 그에게서 사다리를 치우지 않았더라면, 그래서 그가 빠져나오는 데 시간과 힘을 낭비하지 않았더라면, 그와 같은 사람이 나라를 위해 무엇을 할 수 있을지는 아무도 알 수 없는 일이다.

나와 같이 살게 된 이후 그는 밤낮으로 쉬지 않고 일했다. 나중에 그는 가끔 화가 나 있었다. 그는 6시 전에 일어나서 책을 읽었다. 10시경에는 코스에 갔고, 돌아와서는 다시 읽었다. 4시 이후에는 과외 수업을 하러 몇몇 집을 돌아다녔다. (주로 유대인들 집에 갔는데, 그때 슈만을 알았다.) 집으로 돌아온 후에는 다시 읽고 또 읽었다. 그는 지칠 대로 지쳤으나 자정이 넘을 때까지 잠자리에 들지 않았다.

과외 수업을 통한 그의 수입은 나쁘지 않았던 것 같다. 그 당시 그의 아버지가 가끔씩 그를 찾아왔다. 그의 아버지에게서 변한 것이라고는 모래 빛깔 가운 대신 타박 빛깔 가운을 입고 있었고, 서류들을 푸른색 보자기로 싸고 있다는 것뿐이었다. 그 밖의 것들은 그를 처음 보았을 때 그대로였다. 그는 아들의 책상 옆에 앉아 무릎 위에 서류 보따리를 올려놓고, 작고 단조로운 목소리로 말했다.

"책은⋯⋯ 책일 뿐이지⋯⋯! 너는 공부하는 데 돈을 낭비하고 있어. 나에게는 소송 비용이 필요해. 네가 대학을 두 개 졸업해도, 지금의 비참한 상태에서 못 벗어나, 우리가 할아버지 유산을 찾지 못하면. 유산만 찾으면 사람들은 네가 귀족이고, 다른 사람과 대등하다는 것을 인정할 거야. 그때 우리 가문은 제자리를 찾게 될 거야…….”

공부하는 중에 시간이 날 때마다 스타흐는 풍선 실험에 열중했다. 그는 커다란 병을 구해 온 뒤 그 병 안에서 황산을 이용해 가스를 만들었다. 무슨 가스인지는 기억나지 않는다. 그는 그 가스를 그리 크지 않은 풍선에 주입했다. 풍선은 아주 정교하게 만들어졌다. 그 풍선 밑에 환풍기가 달린 기계가 붙어 있었다. 그래서 그것이 벽에 부딪혀 망가질 때까지 천장 아래서 날아다녔다.

그러면 스타흐는 다시 풍선을 띄웠다. 기계를 고치고, 병에 온갖 지저분한 것을 넣고, 끝없이 시도했다. 한번은 병이 폭발하여 황산이 그의 눈을 태울 뻔했다. 하지만 그는 그런 사고에도 개의치 않고, 풍선의 도움으로 자신의 암담한 상황에서 탈출하고 싶어 했다.

보쿨스키가 들어온 이후, 우리 가게에 새로운 여성 고객이 생겼다. 바로 카시아 호퍼다. 우리의 무엇이 그녀의 마음에 들었는지는 알 수 없다. 나의 수염일까, 혹은 얀 민첼의 뚱뚱한 몸일까? 그녀 집 가까이에 뉘른베르크 상점이 스무 개나 있는데, 그녀는 일주일에 몇 번씩 우리 가게에 왔다.

“뜨개질용 실 주세요. 그리고 비단도 주시고, 바늘은 10그로시 어치만 주세요…….” 그 물건들을 사기 위해 그녀는 비가 오는 날이나, 날씨가 화창한 날이나 1킬로 이상 되는 길을 걸어왔다. 그녀는 몇 그로시만큼 핀을 산 다음, 가게에 앉아서 30분 동안 나와 이야기했다.

“당신들은 왜 우리 집에 안 오는 거예요…… 스타니스와프 씨와 같이?” 이 말을 할 때 그녀의 얼굴에 홍조가 피어올랐다. “아버지도 당신들을 사랑하시는데. 그리고…… 우리 모두도……."

처음에 나는 늙은 호퍼 씨가 뜻밖에 우리를 사랑한다는 말에 놀라서 카시아 양에게 설명했다. 그녀의 아버지를 내가 잘 모르기 때문에 방문하기 어려웠노라고. 하지만 그녀는 여전히 자기 생각을 말했다.

"스타니스와프 씨가 틀림없이 우리에게 화를 내고 있어요. 왜 그러는지는 알 수 없지만. 아버지와…… 우리 모두는 마음이 착하고 항상 호의적인데. 스타니스와프 씨는 우리 집에서 아주 작은 불쾌한 일도 겪은 적이 없었을 거예요. 스타니스와프 씨는……."

스타니스와프에 대한 이야기를 하면서 그녀는 뜨개질 실 대신 비단을 사거나, 가위 대신 바늘을 샀다.

더 안된 것은 일주일이 지나고 또 일주일이 지나면서 이 불쌍한 아가씨는 점점 시들어 갔다. 몇 차례 그녀는 사소한 물건들을 사러 오면서 얼굴이 조금 펴지는 것 같았다. 그러나 그녀의 얼굴에서 순간적인 동요로 피어나던 붉은빛이 사라졌을 때, 나는 분명히 보았다. 그녀는 점점 창백해지고, 그녀의 눈은 점점 슬픈 빛을 띠고 또 더 깊어졌다.

그녀가 "스타니스와프 씨는 가게에 안 나와요……?"라고 자주 물을 때, 그녀가 내 방으로 통하는 복도를 바라보고 있을 때, 그녀로부터 불과 몇 발짝 떨어지지 않은 내 방에서는 주름진 얼굴의 보쿨스키가, 여기서 그녀가 자기를 그리워하고 있다는 것을 상상도 하지 못한 채 책과 씨름하고 있었다.

아가씨가 하도 안되어 보여 어느 날 저녁 보쿨스키와 차를 마시면서 내가 말을 꺼냈다.

"그렇게 바보처럼 하지 말고, 호퍼 씨에게 한번 가 보게. 그 노인네는 돈도 많잖은가."

"내가 왜 가야 해? 나는 이미 그 집에 있을 만큼 있었어⋯⋯."

그렇게 말하면서 그는 몸서리를 쳤다.

"카시아가 자네를 사랑하고 있으니까, 한번 가 보라는 거지."

"카시아 이야기는 하지 말게⋯⋯! 정말 좋은 아가씨야. 그녀는 떨어진 내 외투 단추를 달아 가지고 몰래 오기도 했지. 창을 통해 나에게 꽃을 던지기도 했고. 하지만 그녀는 나와 안 맞아, 나도 그녀에게 안 맞고."

"비둘기처럼 귀여운 아가씨야, 어린애가 아니야!" 내가 말했다.

"불행한 일은 내가 비둘기가 아니라는 거지. 나에게는 나 같은 여자가 어울려. 그런 여자를 아직 못 만났네." (그는 그런 여자를 16년 후에 만났지만, 정말이지 그가 기뻐할 일은 하나도 없었다⋯⋯!)

카시아의 발길이 조금씩 뜸해지더니 이제는 완전히 끊겼다. 그 대신 늙은 호퍼 씨가 얀 민첼 부부를 방문했다. 그가 민첼 부부에게 스타호에 대해 무슨 말을 한 것이 분명하다. 왜냐하면 다음 날 마우고자타 민첼 부인이 아래로 내려와서 나에게 물었다.

"이그나치 씨의 방에 누가 와서 살고 있지요? 그 사람에게 아가씨가 푹 빠져 있다고 하던데⋯⋯. 보쿨스키라는 사람이 어떤 사람이에요⋯⋯? 여보." 부인이 남편을 향했다. "그 사람은 왜 우리집에 안 왔지요? 우리가 그 사람 중매를 서야겠어요. 당신 그 사람 지금 위로 좀 오라고 하세요⋯⋯."

"먼저 위로 올라가." 얀 민첼이 말했다. "나는 그를 중매하지 않을 거야. 나는 정직한 상인이야. 중매할 생각은 없어."

마우고자타 부인이 땀이 난 남편의 얼굴에 키스했다. 마치 그가 아직 청춘이기라도 한 것처럼. 민첼이 부드럽게 아내를 밀치면서 인조견 목도리로 땀을 닦았다.

"여자들은 못 말려!" 얀 민첼이 말했다. "여자들은 사람들을 무조건 불행으로 끌어당기고 싶어 하지. 중매를 하게나, 중매를 해. 호퍼도 중매하고, 보쿨스키도 중매하고. 하지만 나는 그런 일에 한 푼도 지불하지 않는다는 것을 알아 둬."

그런 일이 있은 후 얀 민첼이 맥주를 마시러 나가거나 클럽에 갈 때마다 마우고자타 부인이 나와 보쿨스키를 집으로 초대했다. 스타흐는 차를 빨리 마셨다. 그는 민첼 부인을 쳐다보지도 않았다. 그는 호주머니에 손을 넣고 틀림없이 자기의 풍선들을 생각하거나, 꿰다 놓은 보릿자루처럼 아무 말 없이 앉아 있었다. 우리를 초대한 부인은 그를 사랑 쪽으로 이끌려고 애썼다.

"보쿨스키 씨는 한 번도 사랑을 해 본 적이 없는 것 같아요? 내가 듣기로, 당신이 스물여덟 살이라면, 나와 거의 같은 나이인데…… 나는 오래전부터 내가 늙은 여자라고 생각하고 있어요. 그런데 당신은 여전히 순진한 사람이니……."

보쿨스키가 다리를 꼬았다. 그러나 그는 여전히 침묵했다.

"오! 카시아 양은 귀엽지." 부인이 말했다. "눈도 예쁘고(비록 오른쪽인지 왼쪽인지 내가 보기에 흠이 있긴 하지만)…… 몸매도 좋고, 키가 찻숟가락 하나 정도 더 컸으면 싶지만, 그것이 매력이기도 하지. 코는 내 취향이 아니고, 입은 약간 너무 크고. 그러나 좋은 아가씨야……! 좀 더 철이 들면…… 그러나 철은, 보쿨스키 씨, 여자 나이 서른쯤 되어야 들지요. 내가 카시아 나이 때, 나도 카나리아 새만큼 어리석었지…… 지금의 남편 같은 사람을 사랑했으니……!"

우리가 세 번째 방문했을 때 마우고자타 부인은 잠옷 차림이었고(가장자리에 레이스를 단 아름다운 잠옷이었다), 네 번째 방문때는 스타흐 혼자만 초대되었다. 나는 정말 알 수 없다. 그들이 무슨 이야기를 그리 오래 했는지. 확실한 것은 스타흐가 점점 더 피곤한 기색으로 돌아왔다는 것이다. 그는 여자가 시간을 많이 뺏는다며 불평했고, 마우고자타 부인은 남편에게 보쿨스키라는 사람은 아주 미련해서 그를 중매하기 전에, 한참 동안 작업을 해야 한다고 설명했다.

"작업을 잘해 봐요, 당신이, 잘해 봐요." 남편이 부인을 격려했다. "그 처녀도 안됐고, 보쿨스키도 안됐잖아. 생각만 해도 유감스러운 일이지. 그처럼 올바른 청년이 그렇게 오랫동안 점원 생활을 하고, 호퍼 가게를 유산으로 받을 수도 있는데, 대학에서 쓸데없이 시간만 허송하려 하니. 쯧쯧……!"

자기가 올바른 판단을 하고 있다고 확신한 민첼 부인은 보쿨스키에게 저녁에 차 마시러 오라고 초대할 뿐만 아니라 — 보쿨스키는 대부분 그런 초대에 응하지 않았지만 — 부인 스스로 자주 내 방으로 내려와서 걱정스러운 표정으로 혹시 보쿨스키가 아프지 않는지 물었고, 자기보다 나이 많은 그가 아직도 사랑에 빠지지 않는 것이 이상하다고 말했다. 그런데 내가 보기에는 부인이 그보다 더 나이가 많다. 부인은 그 무렵부터 웃기도 하고 눈물을 흘리기도 하고, 하루 종일 밖에 나가 있는 남편을 욕하기 시작했다. 부인은 또한 내가 눈치도 없고, 인생이 무엇인지 알지 못하고, 또 의심스러운 사람을 집으로 데려와서 같이 살고 있다며 나에게도 불만을 터뜨리기 시작했다.

그 무렵 집 안에선 이런 일들이 있었다. 얀 민첼은 맥주를 점점 더 많이 마셨는데도 불구하고 점점 더 여위어 갔고, 나는 둘 중 하나를 선택해야 한다고 생각했다. 민첼 가게에서의 일을 내가 그만두든지, 아니면 스타흐에게 내 방에서 나가라고 말하든지.

세상에, 알 수 없는 일은 나의 그런 고민을 마우고자타 부인이 알고 있었다는 것이다. 나는 의식을 잃을 정도였다. 부인이 내 방으로 내려와 내가 부인의 적이고, 보쿨스키처럼 남자다운 사람을 집에서 나가라고 하면 나는 틀림없이 아주 비열한 사람일 것이라고 말했다. 나중에 부인은 자기 남편도 비열하고, 보쿨스키도 비열하고, 모든 남자들이 비열하다고 말하더니, 내 소파에서 발작을 일으켰다.

그런 광경이 며칠 동안 계속되었다. 내 생전 처음 경험한 그런 이상한 일이 끝나지 않고 계속된다면 어떤 일이 벌어질지 알 수 없었다.

어느 날 마할스키가 나와 보쿨스키를 저녁 파티에 초대했다. 우리는 10시 넘어서 갔다. 그가 초대한 곳은 그가 좋아하는 지하실이 아니면 어디겠는가. 지하실에는 수지 초 세 개가 타고 있었다. 그곳에는 이미 10여 명이 모여 있었는데, 그중에 레온도 있었다. 대부분이 젊은 얼굴인 그 모임을 나는 결코 잊지 못할 것이다. 그들은 검은 벽을 배경으로 하고 있었는데, 커다란 포도주 통 사이로 보이기도 했고, 어둠 속에 흩어져 있기도 했다.

친절한 마할스키가 계단에서부터 커다란 잔에 포도주를 가득 따라 주며 우리를 맞았다. 포도주는 아주 좋았다. 그는 나를 특별히 반갑게 대해 주었다. 그래서 나는 금방 취기를 느꼈고, 몇 분 후에는 완전히 취했다. 나는 식탁에서 멀리 떨어진 한쪽 구석에 앉아 비몽사몽간에 파티 손님들을 바라보았다.

그때 내 머릿속에서 이상한 환상이 감돌았기 때문에 그곳에서 무슨 일이 있었는지 나는 잘 모른다. 레온이 그전처럼 신념의 힘에 대해서, 정신의 타락에 대해서, 그리고 희생의 필요성에 대해서 말했고, 사람들이 큰 소리로 그를 지지했다고 나는 꿈꾸듯 생각했다. 그러나 레온이 각오를 행동으로 옮기는 시도를 할 때가 왔다고 말하기 시작했을 때, 그를 지지하던 함성이 약해졌다. 나는 완전히 취해 있었던 것이 확실하다. 왜냐하면 눈앞에서 이런 광경이 환상처럼 어른거렸기 때문이다. 레온이 우리 중 누가 노비 즈야즈드 다리에서 밑에 있는 포장도로로 뛰어내리겠느냐고 제안했을 때, 모든 사람들이 갑자기 조용해졌고, 여러 사람은 통 뒤로 숨었다.

"그러면 아무도 시도할 결심을 하지 못했다는 거로군!" 레온이 당황하여 손을 맞잡고 비볐다.

침묵. 지하실이 텅 빈 공간처럼 변했다.

"그래서 아무도…… 아무도 없다는 말입니까……?"

"여기 있습니다." 낯선 목소리가 대답했다.

나는 소리 나는 쪽을 바라보았다. 희미한 촛불 옆에 보쿨스키가 서 있었다.

마할스키의 와인이 너무 강해서 나는 그 순간 의식을 잃었다.

지하실 파티 이후 며칠 동안 스타흐는 집에 나타나지 않았다. 드디어 그가 돌아왔을 때, 그는 낯선 옷을 입고 있었고, 행색이 아주 초라했다. 그러나 머리는 꼿꼿해졌다. 그때 처음으로 나는 그의 목소리에 강한 톤이 있다는 것을 알았다. 그것은 지금까지도 내 귀에 거슬렸다.

이후 그의 생활 방식이 완전히 변했다. 그는 환풍기가 달린 풍선을 구석에 던져 버렸다. 얼마 안 되어 거기에 거미줄이 쳐졌다. 가스를 만드는 데 쓰이던 병은 경비에게 물병으로 쓰라고 주었다. 책을 들여다보는 일도 없었다. 인간을 현명하게 만드는 보물 상자들은 그렇게 서가에, 책상 위에 펼쳐지거나 덮인 채 놓여 있었다. 그러는 사이에 그는…….

그는 자주 며칠씩 집에 들어오지 않았다. 밤에 자러 오지도 않다가, 갑자기 밤에 들어와 이불도 깔려 있지 않은 침대에 옷을 입은 채 쓰러져 그대로 잠에 떨어졌다. 때로는 그 대신 내가 알지도 못하는 남자들이 와서 소파에서, 스타흐의 침대에서, 심지어 내 침대에서 잠을 자면서 고맙다는 말도 하지 않았다. 그들은 이름이 무엇인지, 어디서 일하는지 아무 말도 하지 않았다. 그러다 어디선가 갑자기 스타흐가 나타나 며칠씩 아무것도 하지 않고 방에 앉아 있었다. 마치 유부녀 애인을 가진 남자가 약속 장소에 왔다가 애인 대신 그녀의 남편을 본 것처럼, 그는 흥분해서 열심히 엿듣고 있었다.

나는 마우고자타 민첼로바가 그 유부녀라고 의심하지 않는다. 왜냐하면 그녀는 마치 쇠파리에 쏘인 듯 정신없이 돌아다니고 있었다. 아침부터 그녀는 성당을 세 개나 돌아다니면서, 자비로우신 신을 여러 가지로 귀찮게 하고 있었다. 점심이 끝나자마자 그녀는 자기 집으로 부인들을 초대해서 회의를 열었다. 부인들은 그 중요한 회합에 참석하기 위해 남편과 아이들을 팽개치고 와서 잡담하느라 시간 가는 줄 몰랐다. 저녁에는 그녀에게 남자들이 찾아왔다. 그들은 부인과는 한마디도 나누지 않고, 그녀를 부엌으로 내보냈다.

집 안이 그렇게 어수선하니 결국 나도 머리가 혼란스러워졌다. 놀랄 일도 아니다. 바르샤바에 사람들이 더 많아진 것 같고, 모두 제정신이 아닌 것처럼 보였다. 시간마다 예상치 못한 일들이 벌어졌지만, 사람들은 즐거운 표정이고, 머리는 온갖 계획으로 가득 차 있는 것처럼 보였다.

그러는 사이 집에서 부인에게 구박을 당한 얀 민첼은 아침부터 맥주를 마시러 나갔다가 저녁 늦게 집으로 돌아왔다. 그는 이런 말도 그사이에 배워 가지고 왔다. "될 대로 되라지……! 나하고 무슨 상관이야……." 그는 죽을 때까지 이 말을 반복했다.

드디어 어느 날 스타흐가 내 눈앞에서 완전히 사라졌다. 그로부터 2년 뒤 이르쿠츠크에서 나에게 편지를 보내, 자기 책들을 보내달라고 부탁했다.

1870년 가을(병석에 누워 있는 얀 민첼을 문병하고 집으로 돌아왔을 때) 나는 내 방에 앉아서 저녁 차를 마시고 있었다. 갑자기 누군가가 문을 두드렸다.

"헤라인!" 들어오라고 내가 독일어로 말했다.

문이 삐걱거렸다……. 문지방에 수염 난 짐승이 서 있는 것이 보였다. 그는 털이 밖으로 나온 물개 가죽 외투를 입고 있었다.

"그래, 자네 틀림없이 보쿨스키지……."

"그렇다네." 물개 외투 입은 남자가 말했다.

"하느님, 맙소사! 자네 농담하는 거야, 아니면 길을 잃은 거야? 자네 어디서 오는 거야? 자네 혹시 죽은 영혼 아닌가……."

"나 죽지 않았네." 그가 말했다. "배고프네."

그는 모자와 외투를 벗고 촛불 옆에 앉았다. 틀림없는 보쿨스키였다. 수염은 강도 같고, 입은 그리스도의 옆구리를 찌른 롱기누스 같았지만, 보쿨스키가 맞았다…….

"돌아온 거야, 잠깐 들른 거야?"

"돌아왔어."

"그 나라는 어때?"

"나쁘지 않아."

"사람들은?"

"나쁘지 않아."

"뭐하고 살았어?"

"과외로." 그가 말했다. "6백 루블 가지고 왔어."

"그래……! 뭘 할 생각이야?"

"호퍼네 가게로는 안 돌아가." 주먹으로 테이블을 치면서 말했다. "자넨 모를 거야. 나 학자가 되었네. 페테르부르크 학술원에서 받은 감사장도 여러 개 있어…….

'호퍼네 점원이 학자가 되었다……! 스타흐 보쿨스키가 페테르부르크 학술원에서 감사장을 받았다니……! 정말 웃기는 일이군…….' 나는 생각했다.

여기서 할 말이 많다. 그는 바르샤바 구시가지 어딘가에 자리를 잡았다. 반년 동안 그는 가져온 돈을 주로 책 사는 데 쓰고, 먹는 데는 적게 쓰면서 살았다. 그는 일자리를 찾았으나, 이상한 일에 부딪혔다. 상인들은 그가 학자라며 일자리를 주지 않았고, 학자들은 그가 과거에 점원이었다고 일자리를 주지 않았다. 그는 하늘과 땅 사이에 붙들린 트바르도프스키*였다.

때때로 내가 도와주러 오지 않았다면, 그는 노비 즈야즈드 다리 밑에서 스스로 머리를 박살 내고 말았을지도 모른다.

그의 인생이 그러했듯이 그는 극심한 불안 속에서 살았다. 그는 점점 더 초라해졌고, 표정이 어두워졌으며, 짐승처럼 거칠어졌다……. 그러나 불평은 하지 않았다. 그와 같은 사람들에게는 이곳에 일자리가 없다고 사람들이 말했을 때, 딱 한 번 그는 한숨처럼 말했다.

"나를 속이고 있는 거야……."

그사이에 얀 민첼이 죽었다. 미망인은 천주교식으로 장례를 치렀다. 미망인은 일주일 동안 방에서 나오지 않았다. 일주일이 지나자 그녀는 나를 초대했다.

나는 가게 문제를 이야기할 것으로 생각했다. 테이블에는 오래된 헝가리 포도주 병이 놓여 있었다. 그러나 마우고자타 부인은 가게 문제에 대해선 한마디도 꺼내지 않고 내 앞에서 울기만 했다. 마치 내가 일주일 전에 죽은 사람을 회상시키기라도 한 것처럼. 부인은 내 잔에 포도주를 가득 따른 뒤 울먹이는 소리로 말했다.

"나의 천사가 죽고 나서야 내가 불행하다고 생각했습니다."

"무슨 천사라고요?" 내가 물었다. "혹시 얀 민첼 말입니까? 죄송합니다. 제가 돌아가신 분의 충실한 친구였지만, 죽은 후에도 2백 파운드가 나가는 사람을 천사라고 부른다고는 생각하지 않습니다……."

"살아 있을 때에는 3백 파운드 나갔는데…… 들었어요?" 위로받지 못한 미망인이 말을 막았다. 부인은 다시 얼굴을 가리고 울먹이면서 말했다.

"오! 제츠키 씨, 당신은 어쩌면 그렇게 눈치가 없어요……. 오! 이런 충격이라니! 죽은 양반은 사실, 천사인 적이 한 번도 없었어요, 특히 지난 몇 년 동안은. 아니, 언제나 내게 불행이 닥쳤지요…… 제대로 한 번도 위로를 받지 못했고, 보상도 받지 못했으니……!"

"그러나 지난 반년 동안은……."

"지금 무슨 말을 하시는 거예요? 반년이라니……? 불행한 내 남편은 3년 동안 아팠고, 아니 8년 동안……. 아, 제츠키 씨! 부부간 불행의 근원은 그 지긋지긋한 맥주였어요. 8년 동안 나는 사실 남편이 없는 거나 마찬가지였어요. 세상에 그런 사람이 다 있다니, 제츠키 씨! 오늘 나는 내가 엄청나게 불행하다는 것을 느껴요……."

"더 큰 불행도 있었지요." 내가 용기를 내어 끼어들었다.

"그렇지!" 불쌍한 미망인이 신음하는 목소리로 말했다. "당신 말이 맞아요. 더 큰 불행도 있었지요. 예를 들면 그 보쿨스키라는 사람이 돌아왔다고 하는데…… 아직 일자리를 찾지 못했다는 게 사실인가요?"

"못 찾았지요."

"어디서 먹고, 어디서 살아요?"

"어디서 먹느냐고요? 그가 먹는지 안 먹는지도 모릅니다. 어디서 사느냐고요……? 아무 데서도 안 살아요."

"끔찍한 일이군요!" 마우고자타 부인이 울음을 터뜨렸다. "내가……." 부인이 한참 후에 말했다. "죽은 남편의 마지막 뜻을 실행할 수 있다고 생각해요. 당신에게 부탁하면……."

"무슨 말씀이신지……."

"당신이 그와 함께 살면, 내가 당신들에게 점심과 아침을 2인분씩 내려보낼게요."

"보쿨스키가 받아들이지 않을 걸요."

그러자 마우고자타 부인이 다시 울었다. 남편이 죽은 뒤 부인은 절망감 때문에 발작적으로 화를 냈다. 그럴 때면 부인은 나를 세 차례나 인생 바보라고 불렀다. 인생을 모르는 사람이고, 괴물이라고……. 심지어 나가라고까지 했다. 가게 일은 자기가 한다고. 그러고 나서 부인은 나중에 나에게 사과하고 모든 성체를 부르며 자기의 슬픔 때문에 한 말로 내가 모욕감을 느끼지 말게 해 달라고 애원했다.

그날 이후 나는 우리 여사장을 아주 드물게 한 번씩 보았다. 반년 후에 스타흐가 나에게 말했다. 자기가…… 마우고자타 민첼 부인과 결혼한다고.

나는 그를 바라보며…… 손을 저었다.

"알고 있어." 그가 말했다. "내가 돼지 같은 놈이라는 걸. 그러나…… 다른 사람들의 평판 같은 건 중요하지 않아."

요란한 결혼 축하 파티였다. 보쿨스키의 친구들이 그렇게 많은 줄 나도 미처 몰랐다. 그들은 짐승처럼 먹어 대고, 신랑 신부의 건강을 위해서라며 커다란 잔으로 마셔 댔다. 결혼식이 끝나자 스타흐는 2층, 자기 아내에게로 이사했다.

내가 기억하기로 짐이라고 해 봐야 책과 실험 기구들이 들어 있는 상자 네 개에, 긴 담뱃대와 모자 상자뿐이었다.

점원들은 (물론 구석에서) 새 사장을 비웃었다. 나에게도 그가 영웅적인 과거와 가난과 하루아침에 결별한 것이 유쾌하지는 않았다. 인간의 본성은 이상한 것이다. 자기 스스로 순교할 생각이 적은 사람들일수록 주위 사람들에게 순교할 것을 더 집요하게 요구한다.

"보쿨스키는 늙은 여자에게 자신을 판 거야." 아는 사람들이 그렇게 말했다. "브루투스와 다를 바 없지……! 공부도 했고, 온갖 모험도 다한 그가 이제…… 툭 떨어진 거야!"

마우고자타 부인과 결혼하려 했던 열렬한 두 구혼자가 가장 심하게 비난했다.

그러나 스타흐는 아주 빠르게 사람들의 입을 다물게 했다. 바로 일에 착수했던 것이다. 결혼하고 아마 일주일쯤 지났을 때 그는 아침 8시에 가게로 내려와 죽은 민첼이 쓰던 책상 옆자리를 차지하고 손님을 맞이했다. 마치 월급쟁이 점원처럼 돈을 받고 거스름을 내주었다.

그는 그 밖에도 많은 일을 했다. 2년째부터는 모스크바 상인들과 거래를 텄는데, 그 일이 사업에 아주 유리하게 작용했다. 우리 매상이 세 배로 늘었다고 말할 수 있었다.

보쿨스키가 공짜로 빵 먹을 생각을 하지 않는다는 것을 알고 나는 안심했다. 스타흐가 가게에서 자기들보다 일을 더 많이 한다는 것을 안 점원들도 그를 비웃지 않게 되었다. 거기다 그는 2층에서

적지 않은 의무를 수행해야 했다. 우리는 적어도 축제일에는 쉬었다. 하지만 그는 그런 날에는 아침부터 부인과 팔짱을 끼고 행진을 해야 했다. 오전에는 성당에 갔다가, 오후에는 친지의 집을 방문하고, 저녁에는 극장에 가야 했다.

젊은 남편과 살면서 마우고자타 부인에게 새로운 활기가 솟아나는 것 같았다. 그녀는 피아노를 사서 어떤 나이 많은 교수한테 음악을 배우기 시작했다. 마치 부인이 '스타흐가 다른 여자에게 정신 팔지 않도록 하기 위해서'라고 말하는 것 같았다. 피아노 레슨이 없는 시간에 부인은 구두 가게, 의상실, 미장원과 치과에 다니면서 그들의 도움으로 날마다 점점 더 아름다워졌다.

그녀가 남편에 대해 얼마나 예민했던가……! 가끔씩 그녀는 몇 시간 동안 가게에 앉아 스타흐만 바라보았다. 손님들 중에 예쁜 사람도 있다는 것을 알고, 그녀는 스타흐를 가게 전면에 있지 못하게 하고, 진열대 뒤에 따로 공간을 만든 뒤 그곳에 짐승처럼 앉아서 장부를 정리하게 했다.

어느 날 그곳에서 요란한 소리가 들렸다. 나와 점원들이 급히 달려가 보았다. 이게 무슨 광경인가……! 마우고자타 부인이 바닥에 넘어져 누워 있고, 그 위에 책상이 넘어져 있고. 부인은 잉크를 뒤집어쓰고 있었다. 의자는 부러져 있었고, 스타흐는 당황한 표정으로 화가 나 있었다……. 고통 때문에 울고 있는 부인을 우리가 일으켜 세웠다. 부인이 명확하지 않게 중얼거리는 소리로 우리는 부인이 사고를 저질렀다는 것을 알았다. 부인이 갑자기 남편의 무릎에 앉자, 엉성한 의자가 두 사람의 무게를 지탱하지 못하고 주저앉았고, 부인이 넘어지면서 책상을 잡았는데, 책상이 넘어지면서 그 위에 있는 물건들이 쏟아졌던 것이다.

스타흐는 부인의 요란스러운 애정 표현들을 놀랍도록 침착하게 받아들였다. 그는 스스로를 위로하기 위해 장부 정리와 사업상의 교신에 몰두했다. 한편 부인은 점점 더 뜨거워졌다. 남편이 앉아 있는 것이 지겨워서, 혹은 사업상 일을 처리하기 위해 시내에 나가면 부인이 몰래 그를 따라가서…… 여자를 만나러 가지 않나 감시했다……!

스타흐는 자주, 특히 겨울에, 일주일씩 지인인 산지기에게 가서 며칠 동안 사냥하며 숲 속을 헤매고 다녔다. 그럴 때면 3일째 되는 날, 부인이 그를 찾아가 그의 뒤에서 숲 속을 돌아다니다가 결국 바르샤바로 데리고 왔다.

처음 2년 동안 보쿨스키는 부인의 그런 극성에 대해서 침묵했다. 3년째 되는 해에는 정치 이야기를 하러 저녁때 나에게 내려왔다. 가끔 우리가 지난 시절 이야기를 할 때, 그는 방 안을 두리번거리다가 그때까지 하던 이야기를 중단하고 다른 이야기를 시작했다.

"그런데 이그나치……."

그럴 때 마치 작전 명령처럼, 하녀가 내려와서 말했다.

"마님이 찾으십니다……! 마님이 편찮으십니다……!"

불쌍한 그는 손을 한 번 흔들고 나에게 하려 했던 말을 꺼내지도 않고 자기 부인에게 갔다.

포기할 수도 없었던 그런 생활이 3년쯤 지나면서 강철 같던 그는 부인의 우단처럼 부드러운 포옹 속에 휘어지기 시작했다. 그는 창백해졌고, 몸도 휘어졌고, 학술 서적들을 내팽개치고, 신문을 읽고, 시간이 날 때마다 나와 정치 이야기를 했다. 가끔 그는 8시 이전에 가게에서 나가 부인을 데리고 극장에도 가고 다른 집을 방문하기도 했다. 그리고 드디어 집에서 저녁 파티도 열었다. 파티에는 늙은 부인들과 정년 퇴임해서 휘스트 놀이를 하는 늙은

이들이 모였다.

스타흐는 그들과 어울리지 않았다. 테이블을 돌아다니면서 둘러보는 정도였다.

"스타흐." 내가 가끔 말했다. "조심하게, 조심하게…… . 자네 마흔셋이야…… 비스마르크는 그 나이에 출세하기 시작했어."

그 말들이 그를 깨웠다. 그러면 그는 소파에 앉아서 머리를 손에 기대고 생각에 잠겼다. 그럴 때면 마우고자타 부인이 그에게 와서 말했다.

"스타시울크! 또 무슨 생각을 해요, 그건 안 좋은 거예요…… . 저분들 포도주가 떨어졌어요…… ."

스타흐가 자리에서 일어나 찬장에서 새 포도주 병을 꺼내 여덟 개의 잔에 따르고, 테이블을 돌면서 노인들이 휘스트 놀이 하는 것을 들여다보았다.

그런 식으로 천천히, 그리고 한 단계씩 사자는 황소로 변해 갔다. 터키 잠옷에, 진주 박힌 실내화를 신고, 비단 술이 달린 모자를 쓰고 있는 그를 보았을 때, 14년 전 마할스키의 지하실에서 "내가……!"라고 외치던 보쿨스키라곤 도저히 상상이 되지 않았다.

코하노프스키*가 "너는 무서운 사자 위에 두려움 없이 앉을 것이고, 거대한 용을 타고 갈 것이다"라고 썼을 때, 그는 틀림없이 여자를 두고 말했을 것이다…… . 여성은 남성이라는 종족의 승자이고 조련사이다!

그리고 5년째 되는 해에 마우고자타 부인은 얼굴 화장을 하기 시작했다. 처음에는 가볍게 하더니 점점 더 강하게 그리고 새로운 화장품들을 사용했다…… . 나이 든 여성에게 젊음의 매력과 신선함을 회복시키는 액체가 있다는 말을 듣고, 부인은 어느 날 밤 그것을 발끝에서 머리까지 온몸에 정성스럽게 발랐다. 그 결과, 그 날 밤 도움을 받기 위해 의사들을 불렀으나 그들은 부인을 구할 수 없었다. 불쌍한 부인은 채 이틀도 채우지 못하고 혈액 중독으로 죽었다. 의식이 겨우 돌아왔을 때, 부인은 공증인을 불러 자기의 전 재산을 스타시에게 넘긴다고 말했다.

스타흐는 그 불행이 있은 이후 말이 없었다. 그는 더욱 우울해졌다. 그는 몇천 루블의 수입이 생기자 사업에서도 손을 떼고, 친지들과의 교류도 끊고, 학술 서적에 파묻혔다.

내가 가끔 그에게 말했다. "사람들도 만나고, 놀기도 하게. 자네는 아직 젊고 또 결혼할 수도 있잖아……."

그러나 아무 소용이 없었다.

어느 날(마우고자타 부인이 죽은 지 반년이 지났을 때) 내 눈에 스타흐가 늙게 보여서 그에게 제안을 하나 했다.

"스타흐, 극장에 가게…… 오늘 비올레타 공연이 있네. 지난번에 자네 돌아가신 부인과 함께 관람하지 않았나……."

그가 책을 읽고 있던 소파에서 일어나더니 말했다.

"그래, 자네 말이 맞아…… 오늘 공연이 어떤지 보겠네."

그는 극장에 갔다. 그리고…… 다음 날 나는 그를 알아볼 수 없었다. 우리의 스타흐 보쿨스키가 늙음에서 깨어났던 것이다. 자세도 똑바르게 펴지고, 눈은 광채를 되찾았고, 목소리에는 힘이 배어 있었다.

그날 이후 그는 모든 음악회, 연극 상연, 낭독회에 빠지지 않고 다녔다.

그리고 얼마 후 불가리아로 떠났다. 그곳에서 그는 거대한 재산을 모았다. 그가 바르샤바로 돌아온 지 몇 달이 지났을 때 한 늙은 수다쟁이 부인(멜리톤 부인)이 나에게 스타흐가 사랑에 빠졌다고 말했다.

나는 그 말을 웃어넘겼다. 왜냐하면 사랑하는 사람은 전쟁터에 가지 않기 때문에. 그러나 유감스럽게도 이제야 나는 그 부인의 말이 맞다는 것을 느끼기 시작했다…….

비록 스타흐 보쿨스키가 부활했지만 사람은 여전히 알 수 없는 존재이다. 그럴 수 있을까……? 정치에 대해 농담을 하는 슈만 박사의 말을 나는 여전히 믿지 못할 것 같다……!

제21장 늙은 점원의 회고(4)

정치적 상황이 불안해서 12월경에 전쟁이 일어난다 해도 나에게는 놀라운 일이 아니었다.

사람들은 전쟁이 봄에만 일어난다고 생각하는 듯한데, 프로이센·프랑스 전쟁은 여름에 시작되었다는 것을 잊은 모양이다. 겨울 전쟁은 없다고 보는 잘못된 생각이 어디에서 나왔는지 이해할 수 없다……. 겨울에는 창고도 가득하고, 길도 벽처럼 단단하지만, 봄에는 농부들이 수확 전이고, 길은 케이크처럼 물렁물렁해서, 포대가 지나간 자리에서 목욕할 수도 있을 것이다.

그러나 한편으로 겨울에는 밤이 열서너 시간이나 되고, 따뜻한 옷이 필요하고, 군인들의 숙소, 티푸스……. 나는 신에게 자주 감사한다. 나를 몰트케*로 만들지 않은 것에 대해서. 그도 머리를 흔들며 진저리를 쳤을 거야, 불쌍한 사람……!

오스트리아 사람들이, 정확히 말하면 헝가리 사람들이 대대적으로 보스니아 헤르체고비나로 진입했으나, 그곳에서 호된 대우를 받았지. 하지 로야라는 게릴라 대장이 침입자들에게 커다란 골칫거리였지. 내가 과거 헝가리 보병이었다는 것이 대단히 유감스러운 일이다. 오늘날 헝가리는 악마만도 못하다. 1849년에 오스트리아 군대가 헝가리의 목을 조를 때, 그들은 모든 민족이 자기의 자유를 지킬 권리가 있다고 절규했지……!

그런데 오늘날은 어떤가……? 부르지도 않은 보스니아에 스스로 침입해서 그에 저항하는 보스니아인들을 도둑이니 강도니 하고 있다.

정말이지 나는 정치를 점점 더 이해할 수 없게 되었다. 누가 말할 수 있겠는가, 스타흐 보쿨스키가 정치에 흥미를 잃은 것이 옳지 않다고(그가 정말 정치에 관심을 끊었다면……?).

나 자신의 삶에서 커다란 변화가 있었을 때 나는 정치에 대해 말을 많이 했다. 누가 믿겠는가, 내가 몇 주 전부터 가게 일을 돌보지 않고 있다는 사실을. 물론 당분간이지만, 그렇지 않았으면 나는 지루해서 미쳤을지도 모른다.

사실은 이렇다. 스타흐가 파리에서 편지를(그 내용은 그가 파리로 가기 전에 나에게 부탁했던 것이다) 보냈다. 그가 웽츠키에게서 산 집을 잘 돌보라는 내용이었다. '내가 할 일이 없는 줄 아나 보지……!' 그러나 어쩌겠는가……? 나는 리시에츠키와 슐랑바움에게 가게를 맡기고 정보 수집차 혼자서 예로졸림스키 거리로 갔다.

가기 전에 나는 스타흐가 산 건물에 살고 있는 클레인에게 그곳 상황이 어떤지를 물었다. 그는 대답 대신 두 손으로 머리를 감쌌다.

"거기에 관리인이 있나?"

"있지요." 클레인이 얼굴을 찡그리며 말했다. "전면, 3층에 살고 있어요."

"그걸로 충분하네……!" 내가 말했다. "클레인 씨, 됐네!" (나는 내가 직접 보기 전에 다른 사람의 의견을 먼저 듣는 것을 좋아하지 않는다. 그 밖에도 젊은 클레인은 늙은이가 정보를 얻기 위해 묻는다는 것을 눈치채고 우월감에 빠질 수 있기 때문이다.)

하! 하는 수 없다……. 그러면 내 모자를 다리미질하러 보내고, 2즈오티를 지불하고, 만일의 경우에 대비해 소형 권총을 지참하고, 알렉산더 교회 뒤편으로 가 보자.

나는 보았다. 4층짜리 노란색 건물, 번지도 동일하고, 그렇지! 철판에는 스타니스와프 보쿨스키라는 이름도 있다……(분명히 늙은 슐랑바움 이름도 새겨 넣으라고 말했는데).

마당 안으로 들어갔다. 오! 좋지 않은데……. 약국처럼 좋지 않은 냄새가 났다. 쓰레기통에 쓰레기가 2층 높이까지 쌓여 있었고, 하수구에는 비누 거품이 가득했다. 그때 비로소 나는 마당에 면해 있는 1층에 '파리 세탁소'가 있는 것을 보았다. 그곳에는 낙타 같은 커다란 아가씨들이 있었다. 나에게 갑자기 용기가 생겼다.

그래서 불렀다. "경비……!" 한동안 아무도 보이지 않더니 한참 후에야 뚱뚱한 부인이 나타났다. 세상에, 세탁소 바로 옆에, 더군다나 파리 세탁소 이웃에 저렇게 더러운 옷을 입은 사람이 있을 수 있다니. 나는 도저히 이해할 수 없었다.

"경비는 어디에 있습니까?" 나는 모자에 손을 대면서 물었다.

"그건 왜요?" 뚱뚱한 여자가 아주 불친절하게 대꾸했다.

"집주인을 대신해서 왔습니다."

"경비는 감옥에 있어요." 여자가 말했다.

"무슨 일로요?"

"오! 관심이 많으신 분이군요……! 집주인이 그에게 월급을 주지 않았기 때문이죠."

초장부터 좋은 말을 듣는구나!

물론 나는 4층의 관리인에게 갔다. 3층부터 어린아이들 우는 소리, 쿵쾅거리는 소리, 여자의 성난 목소리가 들렸다.

"게으름뱅이들! 쓸모없는 새끼들! 죽어라! 죽어!"

문이 열려 있었다. 문 안에 회색 비슷한 러닝셔츠를 입은 여자가 가죽끈으로 세 아이를 때리면서 씩씩거리고 있었다.

"실례합니다." 내가 말했다. "제가 방해되지 않겠습니까……?"

나를 보자 아이들이 집 안으로 흩어졌다. 여자가 몸 뒤로 가죽 끈을 숨기면서 당황한 표정으로 물었다.

"집주인이세요……?"

"집주인은 아니지만, 집주인 대신 댁의 남편분을 만나러 왔습니다. 제 이름은 제츠키입니다……."

여자가 한참 동안 의심스러운 눈초리로 쳐다보더니 말했다.

"비첵, 창고에 가서 아버지 모시고 와. 응접실로 잠깐 들어오시죠……."

나와 문 사이를 뚫고 남루한 옷차림의 어린애가 나와서 계단 쪽으로 가더니 계단 손잡이를 타고 아래로 내려갔다. 어정쩡한 태도로 나는 집 안으로 들어갔다. 응접실의 가장 중요한 장식은 가운데가 터져서 말 털이 삐죽 나와 있는 소파였다.

"이것이 관리인의 운명이랍니다." 부인이 이렇게 말하면서 낡은 의자를 가리켰다. "남편은 부자 양반들을 위해 일하고 있지만, 석탄 창고에 다니지 않고, 변호사 사무실에서 문서 베끼는 일을 하지 않으면 우리 식구 입에 풀칠도 못합니다. 이게 우리 집입니다. 한번 보십시오. 작은 방 세 개에 매년 180루블을 내고 있습니다."

갑자기 부엌에서 사람을 불안하게 하는 쉬쉬 소리가 났다. 부인이 소리 나는 쪽으로 가면서 작은 소리로 말했다.

"카지아, 응접실로 가서 저 사람 감시해라……."

실제로 갈색 옷에 더러운 양말을 신은 누추한 여자아이가 응접실로 들어왔다. 아이는 문 옆에 있는 의자에 앉아 의심하는 눈으로 나를 바라보았다. 아이의 표정은 한편으로 슬프게 보였다. 사람들이 나이깨나 먹은 나를 도둑으로 여기리라곤 지금까지 한 번도 생각해 본 적이 없었다.

우리는 서로 쳐다보면서 말없이 5분 동안 앉아 있었다. 그때 갑자기 큰 소리가 나고 쿵쿵거리는 소리가 들리더니 넝마 같은 옷을 입은 비첵이라는 남자아이가 방으로 들어왔다. 그의 뒤에서 화난 목소리가 들렸다.

"망할 놈! 가만두나 봐라……."

나는 비첵이라는 아이의 성격이 팔팔하고, 그에게 욕을 하는 사람이 아버지일 것이라고 생각했다. 곧이어 지저분한 프록코트를 입은 관리인이 나타났다. 그의 바지 하단은 닳아서 해어져 있었다. 그는 너그러운 태도를 보였다. 그의 수염은 절반이 회색으로 변해 있었고, 눈은 붉었다.

그가 들어와서 공손히 고개 숙여 인사하고 물었다.

"보쿨스키 님을 뵙게 되어 영광입니다."

"아니요, 저는 보쿨스키 씨의 친구이며 대리인입니다."

"아, 그렇군요!" 그가 악수를 청하며 말했다. "가게에서 뵌 적이 있습니다…… 훌륭한 가게입니다!" 그가 한숨을 쉬었다. "가게에서 번 돈으로 건물도 사고, 그런데…… 우리는 많은 땅이 있었지만, 이런 집에서 살고……."

"어른께서 과거에 재산이 많으셨어요?" 내가 물었다.

"그럼요! 그러나 무슨 소용이 있습니까……. 이 건물에서 나오는 수입과 지출에 대해 알고 싶으시죠? 간단히 말씀드리겠습니다.

이 건물에 세 든 사람은 두 부류입니다. 한 부류는 6개월 동안 집세를 한 푼도 내지 않고, 다른 부류는 관청에 벌금 혹은 집주인을 대신해서 밀린 세금을 냅니다. 그러다 보니 경비가 월급도 못 받고 있고, 지붕은 물이 새고, 경찰은 우리가 쓰레기를 치우지 않는다며 귀찮게 하고, 한 세입자는 지하실 문제로 우리와 소송 중이고, 두 세입자는 다락방 때문에 욕설이 오간 일로 소송하겠다고 하고 있습니다. 그리고……." 그가 한참 있다가 조금 당황한 표정으로 말했다. "그리고 제가 존경하는 보쿨스키 님에게 지게 될 빚 90루블에 대해서는……."

"그건 걱정하지 마십시오." 내가 그의 말을 막았다. "스타흐, 즉 보쿨스키 씨는 당신의 빚을 10월까지 탕감해 줄 것입니다. 그 후에 당신과 계약을 새로 할 것입니다."

지금은 가난한 과거의 땅 부자가 내 두 손을 꼭 잡았다.

과거 한때 토지를 소유했던 그 관리인이 나에겐 아주 흥미로운 인물로 보였다. 그런데 그보다 더 흥미로운 것은 한 푼의 수입도 내지 못하는 이 건물이었다. 나는 천성이 소심하다. 그래서 모르는 사람과 이야기하는 것을 부끄러워한다. 심지어 남의 집에 들어가는 것을 두려워하기까지 한다……. (맙소사! 내가 남의 집에 들어가 본 적이 언제였던가!) 그런데 이번에는 내 안으로 어떤 악마가 들어왔는지 무슨 일이 있어도 이 이상한 건물에 세 들어 살고 있는 사람들에 대해 알고 싶었다.

1849년에는 자주 더웠다. 하지만 사람은 앞으로 나아가지 않았던가!

"그런데……." 내가 관리인에게 말했다. "실례지만…… 제게 이 건물 세입자들 몇 명만 소개해 주실 수 있겠습니까? 스타흐, 그러니까 보쿨스키 씨가 그의 사업을 나에게 부탁했습니다. 그가 파리에서 돌아올 때까지……."

"파리라고요……?" 관리인이 한숨처럼 말했다. "1859년에 파리에 있었습니다. 파리 시민들이 황제를 환영하는 모습을 생생하게 기억합니다. 황제께서 이탈리아 전투에서 돌아오셨을 때……."

"당신께서……." 내가 큰 소리로 말했다. "나폴레옹이 파리로 개선하시는 것을 보았단 말입니까?"

그가 나에게 손을 내밀고 대답했다.

"저는 그보다 더 좋은 일도 보았습니다. 전투 중 저는 이탈리아에 있었는데, 마젠타 전투 전날 이탈리아 사람들이 프랑스 사람들을 어떻게 환영하는지도 보았습니다……."

"마젠타 전투라고요……? 1859년……?" 내가 흥분해서 물었다.

"그렇습니다, 마젠타 전투……."

한때 지주였지만 지금은 더러워진 프록코트를 세탁하지도 못할 만큼 가난한 그와 나는 서로 마주 보았다. 눈을 마주 보면서 내가 말했다.

"마젠타…… 1859년……. 아! 이럴 수가……! 이야기 계속하십시오. 이탈리아 사람들이 마젠타 전투 전날 당신들을 어떻게 환영했는지……."

지금은 가난하지만 한때 지주였던 그가 닳아서 해진 소파에 앉더니 말했다.

"1859년, 제즈키 씨…… 제가 명예롭게 생각되었습니다."

"당연하지요. 제가 헝가리 보병 중위 제츠키입니다."

우리는 다시 서로 마주 보았다. 아! 세상에, 이럴 수가…….

"말씀 계속하십시오." 내가 그의 손을 꼭 잡으며 말했다.

"1859년, 지금부터 19년 전 제 수입은 1년에 만 루블이었습니다. 제츠키 씨…… 그 시절에는! 제츠키 씨…… 이자만 탕진한 것이 아니라 원금까지도 일부 썼던 것이 사실입니다. 그러다가 농노 해방(1861)이 닥쳐서…….

"그러나……." 내가 말했다. "농민들도 사람이지요, 미스터……."

"제 성은 비르스키입니다." 관리인이 말했다.

"비르스키 씨, 농민들은……."

"농민들이 무엇이든 저에겐 상관없는 일입니다."

"1859년에 제 수입이 연 만 루블이고(빌린 돈까지 합쳐서), 제가 이탈리아에 있다는 것만으로도 만족했지요. 독일 놈들을 몰아낸 나라가 어떻게 생겼는지 알고 싶었습니다. 저에겐 처자식도 없었으니 목숨을 아낄 필요도 없었지요. 제가 좋아서 프랑스 첨병들과 함께 다녔지요……. 마젠타 전투 현장에도 있었지요, 제츠키씨, 우리가 어디로 가는지도 몰랐고, 우리 중 누가 살아서 내일 아침 해 뜨는 것을 보게 될지도 몰랐지요……. 다음 날이 불안한 사람이 역시 내일이 불안한 사람들과 함께 있을 때 느낌이 어떤 것인지 선생은 아시지요……?"

"알고말고요! 계속하십시오, 비르스키 씨……."

"정말……." 한때 지주였지만 지금은 가난한 그가 말했다. "그때가 인생에서 가장 아름다운 시절이었습니다. 그때는 젊고, 즐겁고, 건강하고, 처자식이 없으니 걸리는 것도 없고, 마시고, 노래 부르고 그리고 매 순간마다 어떤 검은 벽을 바라보는데, 그 벽 뒤에 우리의 내일이 숨어 있었지요. 헤이! 그대가 부르는구나. 나에게 와인을 따르게나, 검은 벽 뒤에 무엇이 있는지 내가 모르잖나……헤이! 와인. 키스를…… 제츠키 씨." 관리인이 몸을 구부리며 한숨처럼 말했다.

"그러니까 당신이 마젠타 전투 첨병들과 함께 활동했다는 말씀이시죠……?" 내가 그의 말을 막았다.

"우리는 중무장 기병들과 함께 움직였지요." 관리인이 말을 이었다. "중무장 기병 아시지요, 제즈키 씨······? 하늘에는 하나의 태양이 있지만, 중무장 기병대에는 백 개의 태양이 있지요."

"힘든 행군이었겠습니다." 내가 끼어들었다. "쇠로 만든 호두까기로 호두 깨듯 보병이 첨병들을 부수지요······."

"우리가 이탈리아의 어떤 작은 도시에 가까이 갔을 때, 그곳 농부들이 알려 줬지요, 멀지 않은 곳에 오스트리아 군단 병력이 있다는 것을. 우리는 그 농민들을 작은 도시로 보내 도시 주민들이 우리를 보더라도 아무 소리도 내지 말라고 명령 반 부탁 반 했지요······."

"그야 당연한 일이지요." 내가 말했다. "적이 가까이 있을 때에는······."

"그리고 30분 후에 우리는 도시에 들어왔습니다. 길은 좁았고, 길 양편에는 군중이 도열해 있고, 네 명이 함께 겨우 지나갈 정도였지요. 베란다와 창가에는 여인들이······. 어떤 여인들인지 아십니까, 제즈키 씨······ 모두 손에 장미 꽃다발을 들고 있지 않겠습니까. 거리에 서 있는 사람들은 입을 꼭 다물고 있었습니다. 왜냐하면 오스트리아 군대가 가까이 있었기 때문에······. 그러나 베란다에 있는 여인들은 꽃다발에서 꽃잎을 뜯어 땀과 먼지로 뒤덮인 중무장 기병들에게 눈처럼 뿌렸답니다······. 아, 제즈키 씨, 당신이 그 자홍색, 진홍색, 흰색의 꽃잎들과 그 손들, 그 이탈리아 여인들을 보았어야 하는데······. 대령이 손을 입에 댔다가 좌우로 키스를 보냈지요. 그러는 사이에도 장미 꽃잎이 황금빛 갑옷과 투구와 콧김을 내뿜고 있는 말들 위로 눈처럼 쏟아져 내렸지요. 그때 흰머리가 목 밑까지 닿은 한 늙은 이탈리아인이 굽은 지팡이에 몸을 의지하고 대령의 앞을 가로막았지요. 그는 대령이 타고 있는 말의 목을 쓰다듬고 말에 키스를 하더니 'Eviva Italia(이탈리아 만세)!'라고 소리치곤 그 자리에서 쓰러져 죽었지요. 우리의 마젠타 전투 전날은 이랬답니다."

왕년의 지주가 말했다. 그의 눈에 고였던 눈물이 지저분한 그의 프록코트로 흘러내렸다.

"악마가 나를 데려갈 것이오, 비르스키 씨, 만일 스타흐가 이 집에서 당신이 거저 살게 하지 않으면."

"180루블을 추가로 지불하고 있습니다!" 관리인이 훌쩍거렸다.

우리는 눈물을 닦았다.

"그런데……." 내가 말했다. "마젠타는 마젠타고, 거래는 거래입니다. 이 건물에 세 들어 사는 사람 몇 명을 소개해 주시겠어요."

"갑시다." 관리인이 낡은 소파에서 일어나며 말했다.

"갑시다. 가장 이상한 사람들을 보여 드리겠소."

그가 응접실에서 나와 부엌문으로 보이는 문에 머리를 대고 큰 소리로 말했다.

"마니야, 나 나간다. 그리고 비첵, 너는 저녁에 따로 계산하자."

"저는 집주인이 아니니까, 아빠가 저하고 계산할 일은 없어요." 어린아이 목소리가 들렸다.

"그냥 봐주세요." 내가 작은 소리로 관리인에게 말했다.

"저도 그럴 생각입니다. 저 애는 매를 맞지 않으면 잠을 못 잔답니다. 아주 착한 녀석이지요. 제법 똑똑하지만, 말썽꾸러기랍니다……."

우리는 아파트에서 나와 계단 옆 문 앞에서 멈췄다. 관리인이 조심스럽게 노크했다. 피가 내 머리에서 심장으로, 심장에서 다시 다리로 몰리는 것 같았다. 만일 안에서 "들어오세요……!"라는 반응이 없었다면 피는 다리에서 구두로, 구두에서 멀리 계단을 타고 문으로 빠져나갔을지도 모른다.

우리는 아파트 안으로 들어갔다. 방 안에는 침대가 세 개 있었다. 그중 한 침대에 검은 수염을 기른 젊은이가 한 손에 책을 들고 다리를 팔걸이에 올려놓고 누워 있었다. 그는 대학생 교복을 입고 있었다. 다른 두 침대에 있는 이불은 마치 이 방에 폭풍이 불고 지나가서 모든 것이 위로 솟구쳤다가 거꾸로 떨어진 것처럼 보였다. 커다란 궤와 속이 빈 큰 가방도 보였다. 많은 책이 서가에도, 궤 위에도, 바닥에도 널려 있었다. 굽은 의자도 몇 개 있었고, 니스 칠도 하지 않은 책상도 있었다. 책상 위에는 그림이 그려진 체스 판과 넘어진 체스가 있었다.

그때 나는 현기증이 났다. 체스 옆에 해골이 두 개 있었는데, 하나에는 담배가, 다른 하나에는 설탕이 들어 있었다……!

"무슨 일이세요?" 검은 수염의 젊은이가 침대에서 일어나지 않은 채 물었다.

"이분은 제츠키 씨인데, 집주인의 대리인입니다." 관리인이 나를 가리키면서 말했다.

젊은이가 몸을 팔꿈치에 의지하고 나를 힐긋 보더니 말했다.

"집주인이라고……? 지금 여기서 집주인은 난데, 나는 전혀 기억이 안 나는데요, 저분을 대리인으로 임명한 것이……."

대답이 기막히게 직설적이어서 우리 두 사람은 어안이 벙벙해졌다. 그사이 젊은이는 힘들게 침대에서 일어나 천천히 바지와 조끼 단추를 끼웠다. 그가 순서대로 단추 잠그는 일을 하고 있지만, 나는 그가 입은 옷의 단추 절반은 끼워지지 않은 채 남아 있을 것이라고 확신했다.

"아……!" 그가 하품을 했다.

"앉으시죠." 그가 손을 이상하게 움직이면서 말하는 바람에 나는 그가 가방 위에 앉으라는 건지 바닥에 앉으라는 건지 알 수가 없었다.

"덥지요, 비르스키 씨." 그가 말했다. "그렇지요……? 아!"

"건너편에 사는 사람이 당신들에 대해 불평하고 있어요!" 관리인이 웃으면서 말했다.

"무엇 때문에?"

"당신들이 벗고 다닌다고…… 방에서……."

젊은 사람이 화를 냈다.

"늙은이가 미쳤나요, 그렇지요? 이 더위에 우리더러 털옷이라도 입고 있으라는 건가요? 파렴치하죠! 정말로……."

"그렇지만……." 관리인이 말했다. "그에게 다 큰 딸이 있다는 걸 생각하셔야죠."

"그게 나와 무슨 상관이 있어요? 내가 그 여자의 아버지도 아닌데. 늙은 바보로군! 맹세코 그가 거짓말하고 있어요. 우리는 발가벗고 다니지 않아요."

"나도 보았어요." 관리인이 말을 막았다.

"맹세코 거짓말입니다!" 젊은이는 화가 나서 얼굴이 붉어졌다. "말레스키가 러닝셔츠 안 입고 다닌 것은 사실이지만, 팬티는 입었지요. 파트키에비츠는 팬티는 안 입었지만, 러닝셔츠는 입고 다녔지요. 그래서 레오카디아 양이 온갖 옷을 모두 본 셈이지요……."

"그렇습니다. 창문을 모두 가려야 합니다." 관리인이 말했다.

"늙은이가 가리면 되지, 그 여자가 가릴 것은 없지요." 대학생이 손을 저으며 말했다. "그 여자는 커튼과 창문 사이로 봅니다. 그리고 제 말 좀 들어 보세요. 레오카디아 양은 온 집안을 시끄럽게 해도 되고, 말레스키와 파트키에비츠는 자기 방에서 자기들 하고 싶은 대로 걸어 다녀도 되는 것 아니에요."

그렇게 말하면서 젊은이가 큰 걸음으로 방 안을 돌아다녔다. 그가 우리 등 뒤에 몇 차례 멈추었을 때, 관리인이 나에게 눈짓을 하며 절망적인 표정을 지었다. 한동안 침묵이 흐른 뒤에 관리인이 말했다.

"당신들은 4개월 집세를 내지 않았어요……."

"오, 또 그 얘기군요!" 젊은이가 두 손을 호주머니에 넣고 말했다. "제가 몇 번이나 말했잖아요, 그 바보 같은 말은 저에게 하지 마시라고. 그런 말은 파트키에비츠나 말레스키한테 하시라고 했잖아요…… 기억하기도 쉬운 일인데. 말레스키가 짝수 달인 2월, 4월, 6월분 집세를 내고, 파트키에비츠가 홀수 달인 3월, 5월, 7월분 집세를 낸다고……."

"그런데 당신들 중에서 아무도 집세를 낸 적이 없어요!" 참다못한 관리인이 크게 외쳤다.

"당신이 때맞춰 오지 않은 게 누구 잘못입니까……?" 젊은이가 손을 흔들면서 큰 소리로 말했다. "제가 백번은 말씀드렸을 텐데, 짝수 달은 말레스키가 내고, 홀수 달은 파트키에비츠가 낸다고……."

"그럼 당신은……?"

"저는 한 푼도 안 내죠." 젊은이가 위협조로 말했다. "저는 원래 방세를 내지 않습니다. 제가 누구에게 냅니까……? 왜 냅니까……? 하! 하! 흠……."

그는 웃었다 화냈다 하면서 방 안을 더 빠르게 걸어 다녔다. 그러고는 휘파람을 불기 시작하더니 오만한 태도로 우리에게 등을 돌리고 창밖을 쳐다보았다…….

나는 더 이상 참을 수가 없었다.

"계약을 지키지 않는 것이 잘못된 일이라는 걸 알아야지요." 내가 말했다. "누가 당신에게 방을 내주겠어요, 당신은 방값을 내지 않는 걸 당연하게 생각하는데……."

"누가 나에게 방을 내주었어요……?" 젊은이가 창턱에 앉으면서 큰 소리로 말했다. 그는 마치 4층에서 뒤로 떨어지려는 것처럼 몸을 흔들었다. "내 스스로 이 집에 들어왔고, 사람들이 나를 쫓아낼 때까지 나는 여기서 살 겁니다. 계약……! 계약 같은 것이야말로 웃기는 겁니다……. 사회가 내가 집세를 내기를 원한다면, 먼저 과외비를 나에게 많이 지불해서 내가 그것으로 집세를 낼 수 있도록 해야지…… 웃기는 일이지……! 내가 매일 세 시간씩 과외를 해서 한 달에 15루블 받는데, 식비로 10루블이 들고, 세탁과 봉사료로 3루블이 나갑니다. 그러면 교복과 등록비는……? 거기다 방값까지 내라고. 차라리 나를 거리로 내쫓으세요." 화난 목소리로 그가 말했다. "깡패를 시켜 나를 잡고 내 머리를 몽둥이로 때리게 하세요. 당신들에게 그럴 권리는 있을 거요. 그러나 논평하고 변명할 권리는 당신들에게 없어요……."

"나는 당신이 왜 흥분하는지 모르겠습니다."

"그럴 만한 이유가 있습니다!" 더 심하게 몸을 마당 쪽으로 기울이면서 젊은이가 말했다. "내가 태어났을 때, 사회가 나를 바로 죽이지 않았으면, 나더러 배우라 하고 10여 차례 시험에 합격하라고 했으면, 내 삶을 보장할 만한 직업을 주어야 할 의무가 사회에 있는 것 아닙니까……. 사회는 나에게 일도 주지 않을뿐더러, 보상하는 데도 나를 속이고 있어요. 사회가 나에 대해 계약을 지키지 않고 있는데, 어떤 권리로 요구하는 겁니까? 나더러 계약을 지키라고요. 말 나온 김에 한마디 더 하자면, 원칙적으로 저는 방값을 지불하지 않습니다. 이걸로 끝입니다. 더욱이 현재의 집주인이 이 집을 지은 건 아니지요. 그가 벽돌을 구운 것도 아니고, 석회 반죽을 한 것도 아니고, 벽을 쌓은 것도 아니고, 목을 부러뜨릴 위험에 처해 본 적도 없지요. 돈을 가지고 와서 — 아마 훔친 돈이겠지요 — 다른 사람에게 지불한 것이지요. 그 사람도 또 누군가에게서 훔쳤겠지요. 그런 원칙에 따라 내가 그의 노예가 되기를 원하고 있는 겁니다. 이는 건전한 이성을 조롱하는 것입니다!"

"보쿨스키 씨는…….." 내가 의자에서 일어나며 말했다. "누구에게서도 훔치지 않았습니다…… 그는 근면과 저축으로 재산을 모았습니다……."

"듣기 싫습니다." 젊은이가 말을 막았다. "제 부친은 유능한 의사이셨습니다. 밤낮으로 일해서 돈도 어느 정도 벌었고 저축도 했습니다. 그러나 1년에 겨우 3백 루블 정도밖에 안 됩니다. 9만 루블짜리 이 집을 사려 한다면 우리 아버지가 3백 년 동안 정직하게 일해서 벌어야 하는 겁니다. 나는 이 집의 새 주인이 3백 년 동안 일했다고 믿지 않습니다……."

내 머릿속에서 그의 말이 맴돌기 시작했다. 젊은이가 말을 계속했다.

"당신들은 나를 쫓아낼 수 있습니다. 물론이죠! 그러면 그때 비로소 알게 될 것입니다. 당신들이 뭔가를 잃었다는 것을. 이 집에 있는 세탁하는 아가씨, 요리하는 여자들 모두 유머를 잃게 될 겁니다. 그리고 크세소프스카 부인은 아무런 방해도 받지 않고 이웃 사람들을 추적할 겁니다. 이웃집에 오는 손님 수를 세고, 냄비에 넣는 곡식알까지 하나하나 세기 시작할 것입니다. 물론 당신들은 우리를 쫓아낼 수 있습니다! 그러면 레오카디아 양은 목청껏 노래하기 시작할 겁니다. 아침부터 소프라노로 성악 연습을 하고, 오후에는 콘트랄토 연습을 할 겁니다……. 악마들이 이 집을 차지할 겁니다. 그나마 우리가 그런대로 질서를 유지하고 있는 이 집을 말입니다!"

우리는 자리를 뜨려고 했다.

"그래서 당신은 방세를 내지 않겠다는 거요?" 내가 물었다.

"낼 생각도 안 합니다."

"10월부터 내라고 해도?"

"아닙니다. 오래 살 생각은 없습니다. 그래서 한 가지 원칙을 지키고자 합니다. 만일 사회가 개인들이 사회에 대한 계약을 지키기를 원하면, 사회가 먼저 개인에 대한 계약을 존중해야 합니다. 만일 내가 누구에게 방세를 내야 한다면, 다른 사람들도 내가 방세를 낼 수 있을 만큼 나에게 과외비를 충분히 지불해야 합니다. 이해하십니까?"

"다는 이해 못합니다." 내가 대답했다.

"이상할 것도 없지요." 젊은이가 말했다. "나이가 들면 뇌도 시들어서 새로운 진리를 받아들일 수 없게 되니까요……."

우리는 서로 인사하고, 나는 관리인과 함께 방에서 나왔다. 젊은이가 우리 뒤에서 문을 닫았다. 그러나 조금 후에 그가 계단으로 달려오더니 큰 소리로 말했다.

"집달관을 보내 주시죠, 경찰 두 명도 붙여서. 우리를 집에서 쫓아내려면……."

"물론 그러지요!" 내가 다정하게 인사하면서 대답했다. 하지만 나는 이런 괴짜를 집에서 쫓아내고 싶지 않았다.

그 괴짜 젊은이가 방으로 들어가서 우리와의 회담이 서로 이해하는 식으로 끝났다 생각하고 문을 잠갔을 때, 나는 계단 중간쯤에서 멈추고 관리인에게 말했다.

"창문들 색깔이 다양합니다."

"오, 아주 다양합니다."

"그런데 먼지가 많이 끼었습니다."

"오, 먼지가 많이 끼었습니다." 관리인이 대답했다.

"내 생각에⋯⋯." 내가 말했다. "저 젊은이가 방세 안 내겠다고 한 말을 그대로 지킬 것 같은데, 그렇지요?"

"그렇습니다." 관리인이 말했다. "그는 아무것도 아닙니다. 그는 안 내겠다고 하고, 내지 않습니다. 그러나 다른 두 사람은 아무 말도 안 하고, 내지도 않습니다. 제츠키 씨, 그들이 가장 별난 세입자들입니다! 그들은 저를 실망시킨 적이 없어요."

어쨌든 나로서는 도저히 이해할 수 없는 일이다. 나는 머리를 흔들었다. 내가 만일 이 건물의 주인이라면 하루 종일 머리를 흔들고 있을 것이다.

"그래서 여기서는 아무도 집세를 내지 않는다는 말이군요. 정기적으로 내는 사람이 없습니까?" 과거 지주였던 관리인에게 물었다.

"놀라울 것도 없는 일이지요." 비르스키가 대답했다. "그렇게 오랫동안 채권자들이 집세를 받아 간 건물에서는 아무리 정직한 세입자라도 당연히 말을 듣지 않게 되지요. 그럼에도 불구하고 크세소프스카 남작 부인처럼 정기적으로 집세를 내는 사람들이 몇 있습니다⋯⋯."

"뭐라고요!" 내가 큰 소리로 말했다. "아, 그렇지, 남작 부인이 여기 살지⋯⋯ 그 부인이 이 집을 사려고 했지⋯⋯."

"부인이 집을 사게 될 겁니다." 관리인이 한숨을 쉬면서 말했다. "아주 조심해야 합니다. 부인은 자기 재산을 모두 털어서라도 이 집을 살 겁니다⋯⋯ 적지 않은 재산입니다. 비록 남작께서 많이 없애기도 했지만!"

나는 여전히 계단 중간쯤의 황금빛, 붉은빛, 푸른빛 창문 아래
서 있었다. 나는 남작 부인에 대한 회상에 잠겨 있었다. 나는 지금
까지 부인을 몇 번밖에 보지 않았지만, 괴상한 사람으로 기억하고
있다. 부인은 경건하고, 집념이 강하고, 비굴하고, 비열할 수도 있
는 사람이다…….

"남작 부인은 어떤 사람입니까, 비르스키 씨?" 내가 물었다. "평
범한 사람은 아니지요……?"

"히스테리가 심한 여자들은 다 그렇지요." 한때 지주였던 관리
인이 중얼거리듯 말했다. "부인은 딸을 잃고, 남편에게도 버림받았
지요…… 험한 일을 다 당했으니……!"

"부인에게 한번 가 봅시다." 3층으로 내려가면서 내가 말했다.
왠지 용기가 나는 듯했다. 그래서 남작 부인이 두렵지 않고 오히려
나를 끌어당기고 있는 것 같았다.

그러나 우리가 문 앞에 서서 관리인이 초인종을 울렸을 때, 내
장딴지에 경련이 일어났다. 나는 그 자리에서 움직일 수 없었다.
그것이 내가 도망치지 못한 이유였다. 한순간 내게서 용기도 사라
졌다. 나는 경매장을 떠올렸다…….

자물통 안에서 열쇠 돌아가는 소리가 들리더니 빗장이 밀리고,
조금 열린 문틈으로 희고 작은 모자를 쓴 아가씨의 얼굴이 나타
났다.

"누구세요?" 아가씨가 물었다.

"저는 관리인입니다."

"무슨 일이세요?"

"집주인 대리인과 같이 왔습니다."

"그분은 무슨 일입니까?"

"이분이 대리인입니다."

"그래서 뭐라고 말씀드릴까요……?"

"가서 말하세요, 아가씨." 화가 난 관리인이 말했다. "셋집에 대해서 할 말이 있다고……."

"아하!"

아가씨가 문을 닫고 안으로 들어갔다. 2, 3분 뒤에 아가씨는 다시 돌아왔다. 자물쇠를 여러 개 열고 나서 아가씨는 우리를 빈 응접실로 안내했다. 그런데 응접실 모습이 이상했다. 가구들은 모두 짙은 회색 천으로 덮여 있었다. 피아노도 회색 천으로 가려 있고, 천장에 매달려 있는 거미도 회색이고, 구석에 서 있는 흉상의 기둥도 회색 셔츠를 입고 있었다. 방의 전체적인 분위기는 집 안 정돈을 잘하는 하인에게 집을 맡기고 주인은 출타 중인 것처럼 보였다.

문 뒤에서 남자와 여자의 말소리가 들렸다. 여자는 남작 부인인 것 같고, 남자 목소리는 귀에 설지 않지만, 누구인지 생각나지 않았다.

"나는 맹세코 말할 수 있어요." 남작 부인이 말했다. "그가 그녀와 무슨 일인가 있어요. 그저께 심부름꾼을 통해서 그녀에게 그가 꽃다발을 보냈어요……."

"흠……! 흠……!" 남자 목소리가 끼어들었다.

"그 혐오스러운 여자가 나를 속이려고 그 꽃다발을 창밖으로 내던지라고 지시했어요……."

"그러나 남작은 지금 시골에 있는데…… 바르샤바에서 멀리 떨어진 곳에……." 남자가 말했다.

"하지만 그는 이곳에 친구들이 있지요." 남작 부인이 큰 소리로 말했다. "내가 당신을 몰랐다면, 아마도 그가 당신에게 그런 치욕스러운 심부름을 부탁했을 겁니다."

"아니, 부인……!" 남자 목소리가 항의하듯 말했다. 그 순간 두 번 키스 소리가 났다. 손에 키스하는 것이라고 생각했다!

"잠깐, 잠깐, 마루세비츠 씨, 이러지 말고! 나는 당신들을 잘 알아요. 여자가 당신들을 믿지 않으면, 당신들은 온갖 달콤한 말을 쏟아 내죠. 그리고 나중에 여자의 재산을 다 탕진한 뒤에는 이혼을 요구하지요……."

'그래, 바로 마루세비츠였어.' 나는 생각했다. '흥미로운 한 쌍이군…….'

"저는 완전히 다릅니다."

문 뒤에서 조용한 남자 목소리가 들렸다. 또다시 두 번 키스하는 소리가 들렸다. 이번에도 틀림없이 손에 하는 키스였다.

나는 관리인을 쳐다보았다. 그가 양어깨를 거의 귀까지 올리고는 문을 가리키며 속삭였다.

"교활한 친구!"

"그를 아세요……?"

"음……!"

"그러면 당신이 그 10루블을 성십자 성당으로 가지고 가서 세 개의 서원 미사에 바치세요, 신께서 그를 기억하시도록. 아니……." 조금 후에 다른 목소리로 부인이 말했다. "한 서원 미사는 그를 위해서, 그리고 두 서원 미사는 불쌍한 내 딸의 영혼을 위해서."

부인의 훌쩍거리는 소리가 끊어졌다.

"부인, 진정하세요!" 마루세비츠가 부인을 다정하게 위로했다.

"가세요, 이제 가세요……." 부인이 말했다.

갑자기 응접실 문이 열리더니, 마루세비츠가 마치 발이 바닥에 박힌 듯 문지방에 서 있었다. 그 뒤로 누런 얼굴에 붉은 눈의 남작 부인이 보였다. 관리인과 나는 소파에서 일어났다. 마루세비츠는 다른 방으로 물러났다. 아마 다른 문으로 나간 듯했다. 남작 부인 이 화난 목소리로 불렀다.

"마리시아!* 마리시아······!"

조금 전의 흰 모자를 쓴 아가씨가 달려왔다. 그녀는 검은 옷에 흰 앞치마를 두르고 있었다. 옷차림으로 보아서는 환자를 돌보는 사람 같았다. 하지만 그녀의 눈은 너무 강하게 빛났다.

"어떻게 너는 저분들을 집 안으로 들어오게 했니?" 부인이 그녀 에게 물었다.

"부인께서 그러라고 지시하셨잖아요······."

"멍청한 것······. 나가!" 부인이 씩씩거렸다. 곧이어 우리 쪽을 향하더니 물었다.

"무슨 일이세요, 비르스키 씨?"

"제츠키 씨는 집주인의 대리인입니다." 관리인이 대답했다.

"아, 아! 좋습니다······." 남작 부인이 말했다. 부인은 천천히 응 접실로 들어오면서 우리에게 앉으라는 말도 하지 않았다. 부인의 모습은 이랬다. 검은 옷차림에 얼굴은 누렇고, 입은 푸르스름했 으며, 눈은 울어서 붉은빛이고, 머리는 매끄럽게 빗은 상태였다. 나폴레옹 1세처럼 손을 가슴 위에 대고 있었다. 부인이 말했다.

"아! 당신이 대리인이라고, 보쿨스키 씨라는 사람의······ 그렇 습니까······? 그에게 말하시오, 내가 이 집에서 나간다고. 나는 7백 루블을 집세로 정확히 내고 있습니다. 비르스키 씨, 내 말이 맞지요······?"

관리인이 고개를 숙여 인정했다.

"아니면······." 부인이 말을 이었다. "이 건물에서 오물과 비윤리 적인 것들을 제거하든가······."

"비윤리적인 것이라고요?" 내가 물었다.

"그렇습니다." 부인이 고개를 끄덕이며 확인했다. "하루 종일 밑에서 듣기 거북한 노래를 불러 대는 세탁부들, 그들은 저녁이면 우리 집 바로 위층 학생들 방에서 깔깔거려요. 학생들은 범법자들이에요. 그들은 위에서 담배꽁초를 던지고 물을 버려요……. 그리고 스타프스카 부인, 그 여자가 과부인지 이혼녀인지, 무엇으로 먹고사는지 모르겠지만…… 그 여자가 정숙한 아내들의 남편들을 유혹하고 있어요. 그 부인들이 얼마나 불행하겠어요……."

부인이 눈을 깜박이더니 울기 시작했다.

"끔찍한 일이야!" 부인이 훌쩍거리면서 말했다. "가슴에서 떼어 놓을 수 없는 어린 딸에 대한 기억 때문에 이 혐오스러운 집에 박혀 있어야 한다니. 그 아이가 방마다 뛰어다녔고…… 그 애가 방에서 마당을 바라보며 놀았지요. 그 아이가 바라보던 그 창문을, 그 아이를 잃은 어미는 바라보지 못하게 하다니……. 그들이 나를 이 집에서 쫓아내려고 해요, 모두가 한통속이 되어 나를 몰아내려고 해요…… 내가 모두에게 방해된다고……. 하지만 나는 이 집에서 나갈 수가 없어요. 이 마루의 판자 하나하나에 내 딸의 발자국이 남아 있어요…… 벽마다 그 아이의 웃음과 울음의 흔적이 남아 있는데……."

부인이 소파에 쓰러지더니 울음을 터뜨렸다.

"아!" 부인의 울음소리가 커졌다. "사람들이 짐승만도 못해. 내 아이가 이곳에서 마지막 숨을 거두었는데, 사람들은 나를 여기서 쫓아내려 하다니……. 내 딸이 쓰던 침대, 가지고 놀던 장난감들 그대로 제자리에 있는데…… 내 딸의 방 청소는 내가 직접 하고 있어요, 아무리 작은 물건이라도 이 방에서 치우지 못하도록…… 마루 판자 하나하나를 내 무릎으로 누르고, 내 딸의 흔적에 입을 맞추었어요. 그런데 그들이 나를 쫓아내려고 해요! 그러나 당신들이 먼저 나의 고통을, 나의 그리움을, 나의 절망을 쫓아내야지……."

부인이 얼굴을 가리고 찢어진 목소리로 울었다. 나는 관리인의 코가 붉어지는 것을 보았다. 내 눈시울도 뜨거워지는 것을 느꼈다.

죽은 아이에 대한 남작 부인의 절망이 나를 무장 해제시켜, 나는 부인에게 집세 올리는 것에 대해 말할 용기가 나지 않았다. 부인의 울음이 다시 나를 자극하여, 우리가 있는 곳이 3층만 아니었다면 나는 아마 창문으로 뛰어내렸을 것이다.

결국 어떻게든 부인을 달래야 한다는 생각으로 나는 최대한 부드럽게 말했다.

"부인, 진정하십시오…… 부인께서 원하시는 게 무엇입니까? 우리가 무엇을 도와 드릴까요……?"

내 목소리에 깊은 동정심이 배어 있었기 때문에 관리인의 코는 한층 더 붉어졌다. 남작 부인의 한쪽 눈에서는 눈물이 사라졌으나, 다른 쪽 눈은 여전히 울고 있었다. 그것은 부인의 연기가 아직 다 끝나지 않았고, 나에 대한 효과는 만점이라는 표시이다.

"원하는 것이 있지요…… 있고말고요." 한숨을 쉬면서 부인이 말했다. "나를 이 집에서 사람들이 쫓아내지 못하도록 해 줘요. 내 딸이 이 집에서 죽었고, 이 집에 내 딸에 대한 기억들이 남아 있어요. 나는, 나는 내 아이가 쓰던 방과 절대로 떨어질 수가 없어요…… 나는 내 딸이 쓰던 장난감과 물건들을 치울 수가 없어요. 그런 식으로 남의 불행을 이용하는 건 비열한 짓이지요."

"누가 부인의 불행을 이용한다는 겁니까?" 내가 물었다.

"나더러 7백 루블을 내라는 집주인부터 시작해서 모두가……."

"그런데 남작 부인님!" 관리인이 큰 소리로 말했다. "일곱 개나 되는 아주 좋은 방에, 응접실 같은 두 개의 부엌, 두 개의 비밀 방…… 방 세 개를 세 주시지그래요. 전면으로 난 입구가 두 개나 있잖아요."

"아무것도, 누구에게도 내줄 수 없어요." 부인이 단호하게 말했다. "왜냐하면 방황하는 내 남편이 정신을 차리고 언제라도 돌아오리라 확신하고 있거든요……."

"그렇다면 7백 루블을 내셔야지요."

"더 이상만 아니라면……." 부인이 작은 소리로 말했다.

부인은 나를 눈빛으로 불태워 눈물 속에 빠뜨릴 것처럼 쳐다보았다. 오! 저렇게 지독한 부인이라니……. 부인을 생각하면 오한이 들었다.

"집세는 중요하지 않아요." 부인이 말했다.

"아주 현명하십니다!" 비르스키가 머리를 굽히면서 부인을 칭찬했다.

"집주인의 요구도 중요하지 않아요…… 그러나 이런 집에 대해서 7백 루블을 낼 수는 없어요……."

"이 집에 대해 무얼 요구하십니까?" 내가 물었다.

"이 집은 정직한 사람들에게는 수치이지요." 부인이 손으로 제스처를 쓰며 말했다. "그래서 내가 요구하는 것이 아니라, 윤리의 이름으로 부탁하는 것입니다……."

"무슨 일입니까?"

"우리 집 위층에 살고 있는 대학생들을 내보내세요. 그들은 내가 창문으로 밖을 내다보지 못하게 하고, 모든 것을 타락시키고 있어요……." 부인이 갑자기 소파에서 일어났다.

"오! 들리지요?" 부인이 문을 가리키며 말했다. 그 문은 마당 쪽으로 나 있는 방과 통했다.

정말 4층에서 검은 머리 괴짜의 목소리가 들렸다.

"마리시아! 마리시아, 우리에게 와⋯⋯."

"마리시아!" 남작 부인이 소리쳤다.

"저 여기 있어요⋯⋯ 뭘 원하세요?" 얼굴에 약간 홍조를 띠며 하녀가 대답했다.

"꼼짝 말고 집에만 있어! 당신도 보았지요⋯⋯." 남작 부인이 말했다. "날마다 저런답니다. 밤에는 세탁하는 여자들이 그들에게 갑니다⋯⋯ 제발!" 부인이 경건하게 두 손을 모았다. "저 대학생 니힐리스트들을 몰아내세요. 저들이 바로 이 건물 전체의 위험과 타락의 근원입니다. 그들은 사람 해골에 차와 설탕을 넣어 두고 있어요⋯⋯ 그들은 사모바르에 차를 끓일 때 사람의 뼈를 부지깽이처럼 쓰고 있어요⋯⋯ 그들이 언제 사람의 시체를 통째로 이곳으로 가져올지 몰라요!"

부인이 다시 너무 심하게 울어서 경련이 일어나지 않을까 걱정되었다.

"그들은 집세를 내지 않고 있습니다." 내가 말했다. "그러니 가능한 일입니다⋯⋯."

남작 부인이 눈물을 닦았다.

"물론입니다." 부인이 내 말을 막았다. "여러분은 그들을 몰아내야 합니다⋯⋯. 그러나 물론 그들은 나쁘고 타락했지만, 그들보다 더 나쁜 사람은 그⋯⋯ 스타프스카입니다!"

남작 부인이 "스타프스카입니다!"라고 말할 때 부인의 눈에서 번쩍이는 증오의 불길을 보고 나는 놀랐다.

"스타프스카 부인이 여기 삽니까?" 엉겁결에 내가 물었다. "그 아름다운 부인이⋯⋯?"

"오⋯⋯ 희생자가 또 하나 생겼군!" 남작 부인이 나를 가리키며 큰 소리로 말하고 나서 눈에 광채를 띠며 깊은 목소리로 말했다.

"이보세요, 머리가 흰 양반이 지금 무슨 말을 하고 있는지 한번 생각해 보세요. 그 여자 남편은 살인죄로 고소되자 외국으로 도 망쳤다오⋯⋯. 그 여자가 무엇으로 먹고살겠어요⋯⋯? 그 여자가 무슨 돈이 있어서 그렇게 꾸미고 다니겠어요⋯⋯?"

"그 부인은 황소처럼 일하는데요." 관리인이 작은 소리로 말 했다.

"오, 당신도 마찬가지군!" 남작 부인이 큰 소리로 말했다. "내 남 편(그 사람이 틀림없이 내 남편이라고 생각하는데)은 시골에서 그 여자에게 꽃다발을 보내고, 이 집 관리인은 그 여자에게 빠져 있 으며, 매달 그 여자에게서 집세를 걷어 가고⋯⋯."

"무슨 말씀이세요, 부인⋯⋯." 관리인이 항의했다. 그의 얼굴도 코처럼 붉어졌다.

"심지어 정직하면서도 변변치 못한 마루세비츠까지." 남작 부인 이 말을 이어 갔다. "하루 종일 창문으로 그 여자를 쳐다보고 있 으니⋯⋯."

남작 부인의 격앙된 목소리가 울음으로 변했다.

"생각해 보세요." 남작 부인이 한탄했다. "그 부인에게는 딸이 있 는데⋯⋯ 그 부인은 그 딸을 지옥을 위해서 기르고 있어요. 그런 데 나는⋯⋯ 오! 나는 정의를 믿고⋯⋯ 신의 자비를 믿고 있는데, 그러나 이해할 수가 없어요⋯⋯ 그래요⋯⋯ 나에게서 어린 딸을 빼앗아 가고, 그 여자에게는 딸을 남겨 둔 그 심판을 나는 도저히 이해할 수가 없어요. 선생!" 힘찬 목소리로 남작 부인이 소리쳤다. "당신은 그 니힐리스트들을 그냥 살게 해도 돼요. 하지만⋯⋯ 그 여자는 반드시 쫓아내야 해요! 그 여자가 나간 후에 그 방을 그대로 비워 두세요…… 방값은 내가 내겠어요. 그 여자가 살 집이 없어진다면……."

감정에 치우친 그런 말이 전혀 내 마음에 들지 않았다. 나는 관리인에게 가자는 눈짓을 보낸 뒤 부인에게 인사하면서 차갑게 말했다.

"남작 부인님, 그 문제는 집주인 보쿨스키 씨가 직접 결정할 겁니다."

남작 부인은 마치 가슴에 총을 맞은 사람처럼 두 손을 벌렸다.

"아! 그래요……? 그래서 당신도, 그리고…… 그 보쿨스키도 그 여자와 관련되어 있군요……? 하! 그렇다면 신의 심판을 기다리겠어요……."

우리는 조금도 머뭇거리지 않고 밖으로 나왔다. 나는 계단에서 술 취한 사람처럼 비틀거렸다.

"스타프스카 부인에 대해 알고 계시는 것이 있습니까?" 내가 관리인에게 물었다.

"더할 수 없이 정직한 부인입니다. 젊고, 아름답고, 혼자 살림을 꾸려 가고 있지요…… 부인의 어머니가 받는 연금은 집세를 내기에도 빠듯합니다."

"어머니가 계세요?"

"그렇습니다. 그분 역시 좋으신 분이지요."

"집세를 얼마나 냅니까?"

"3백 루블입니다." 관리인이 대답했다. "그건 제단에 있는 돈을 우리가 가져가는 것과 같지요."

"그 부인들에게 가 봅시다." 내가 말했다.

"기꺼이 그러지요!" 그가 큰 소리로 말했다. "그분들에 대해 그 미친 여자가 한 말을 당신은 듣지 않은 걸로 하십시오. 그 여자는 스타프스카를 질투하고 있습니다. 왜 그러는지는 저도 모르겠어요. 아마 스타프스카 부인이 아름답고, 또 부인에게 천사 같은 딸이 있기 때문이 아닐까요⋯⋯."

"그분들은 어디서 살지요?"

"오른쪽 부속 건물 2층에 살고 있습니다."

내가 언제 앞 계단으로 내려와서 마당을 지나 부속 건물 2층으로 갔는지 기억이 없다. 내 눈앞에는 항상 스타프스카 부인이 보쿨스키와 함께 서 있었다⋯⋯. 세상에! 얼마나 아름다운 한 쌍인가. 그런데 부인에게 남편이 있다면 말이 안 되지. 비록 그것이 내가 조금도 관여하고 싶지 않은 일이기는 하지만. 나에겐 그렇게 보였고, 그들에겐 다르게 보였을 테고, 운명은 또 다르게 정해져 있었으리라⋯⋯.

운명! 운명이야⋯⋯! 운명은 사람들에게 이상한 방법으로 접근한다. 수년 전에 내가 호퍼네 지하실로 마할스키를 찾아가지 않았더라면, 나는 보쿨스키를 알지 못했을 것이다. 내가 보쿨스키를 극장으로 보내지 않았더라면, 그는 웽츠카 양을 만나지 않았을 것이다. 내 의지와 관계없이 내가 그에게 골치 아픈 일을 만들었는데, 나는 그런 일을 두 번 다시 반복하고 싶지 않다. 신이 알아서 자신의 종들을 처리하시겠지⋯⋯.

우리가 스타프스카 부인의 집 문 앞에 섰을 때, 관리인이 장난스럽게 웃으면서 작은 소리로 말했다.

"보십시오⋯⋯ 젊은 부인이 집에 있는지 먼저 봅시다. 부인을 보는 것만도 보람입니다!"

"알겠습니다."

관리인은 초인종을 누르지 않고 문을 두드렸다. 갑자기 문이 큰 소리를 내며 열리더니 뚱뚱하고 키가 작은, 소매를 걷어 올린 하녀가 나타났다. 그녀는 손에 비누를 들고 있었는데, 그 손은 운동선수들도 부러워할 정도였다.

"오, 관리인께서 오셨군요……!" 하녀가 큰 소리로 말했다. "저는 또 그런 사람인 줄 알았죠……."

"와서 귀찮게 하는 사람이 있나……?" 비르스키의 목소리에 화가 배어 있었다.

"귀찮게 하는 게 아니라……." 하녀가 시골 여자 말투로 대답했다. "어떤 사람이 오늘 꽃다발을 가지고 왔어요. 건너편에 사는 그 마루세비츠가 보냈다고 하데요……."

"나쁜 놈!" 관리인이 씩씩거렸다.

"남자는 모두 다 그렇지요. 마음에 드는 여자가 있으면 불나비처럼 곧바로 주위에 몰려들잖아요."

"두 부인은 계시나?" 관리인이 물었다.

뚱뚱한 하녀가 의심스러운 눈으로 나를 바라보았다.

"관리인 어른과 같이 오신 분은 누구시죠?"

"이분은 집주인의 대리인이시라네."

"이분은 늙었어요, 젊었어요?" 판사가 죄수 바라보듯 하녀가 유심히 나를 쳐다보았다.

"보다시피 늙었잖아!" 관리인이 대답했다.

"아직 중년이야……." 내가 끼어들었다. (틀림없이 이들은 머지 않아 열다섯 살 된 소년도 늙었다고 하겠지.)

"두 분 마님 다 계세요. 젊은 마님에게는 과외 받는 소녀가 와 있어요. 늙은 마님은 자기 방에 계시고요."

"음!" 관리인이 중얼거렸다. "늙은 마님에게 전하게……." 우리는 부엌으로 들어갔다. 그곳에는 비눗물과 어린애 옷이 가득 들어 있는 빨래 통이 있었다. 벽난로 주위 빨랫줄에는 어린애 치마, 옷 옷과 양말 들이 걸려 있었다. 집에 어린애가 있다는 것을 금방 알 수 있었다.

조금 열린 문 사이로 늙은 부인의 목소리가 들렸다.

"관리인과 어떤 분이 오셨다고?" 모습은 보이지 않는 부인의 목소리였다. "루드빅이 아닐까, 내가 꿈을 꾸었거든……."

"들어오세요." 하녀가 응접실 문을 열면서 말했다.

진줏빛 응접실은 크지 않았다. 사파이어빛 물건들, 피아노, 두 개의 창문에는 흰 장밋빛의 꽃들이 가득했고, 벽에는 미술 협회의 상장이 걸려 있었고, 책상 위에는 튤립 모양의 유리등이 있었다. 어두운 색 덮개로 가려진 가구들이 있는 무덤 같은 크세소프스카 부인의 응접실과 비교하면 이곳이 더 밝아 보였다. 응접실은 마치 손님을 기다리고 있는 것처럼 보였다. 그러나 테이블 주위에 물건들이 정확히 대칭으로 놓여 있는 것으로 미루어 손님이 아직 오지 않았음을 알 수 있다.

조금 뒤 맞은편 문에 회색 옷을 입은 나이 지긋한 부인이 나타났다. 흰머리가 눈에 띄었다. 부인의 균형 잡힌 얼굴은 초라한 빛이었으나 많이 늙어 보이지는 않았다. 부인의 얼굴은 내게 낯설지 않았다.

그사이 관리인은 상의 단추 두 개를 채우고 귀족다운 정중한 태도로 부인에게 인사했다.

"부인, 소개해 드립니다. 집주인의 대리인 제츠키 씨입니다. 제 동료이기도 합니다."

우리는 마주 보았다. 내가 약간 의외라는 표정을 짓자…… 비르스키가 그것을 알아차리고 바로 웃으면서 덧붙였다.

"제가 동료라고 한 것은 우리 두 사람이 외국에 있을 때 흥미로운 일들을 경험했기 때문입니다."

"선생께서 외국에 계셨다고요? 아, 그렇군요!" 늙은 부인이 큰 소리로 말했다.

"1849년과 그 후 몇 년 동안이었습니다." 내가 끼어들었다.

"선생께서는 우연히 루드빅 스타프스키를 만나지 못했나요?"

"마님, 아닙니다." 비르스키가 웃더니 고개를 숙이며 말했다. "제츠키 씨는 30년 전에 외국에 있었고, 마님의 사위는 4년 전에 외국으로 갔습니다……."

늙은 부인이 마치 파리를 쫓듯 손을 흔들었다.

"그렇지! 내가 무슨 바보 같은 말을 하고 있나…… 줄곧 루드빅 생각만 하고 있었으니…… 어서들 앉으세요."

우리는 자리에 앉았다. 앉으면서 관리인이 정중하게 인사하자 부인도 우아하게 답례했다.

지금 보니 부인이 입고 있는 회색 옷은 여러 군데 기워져 있었다. 얼룩진 양복과 여러 군데 꿰맨 옷을 입고 있지만 대귀족처럼 행동하는 두 사람의 모습이 나를 서글프게 했다. 모든 것을 균등하게 하는 시간의 쟁기가 이미 그들 위로 지나갔다.

"선생께서는 틀림없이 우리의 걱정을 알지 못할 것입니다." 부인이 심각한 표정으로 나를 보며 말했다. "내 사위가 4년 전에 아주 불쾌한 일을 당했답니다. 더할 수 없이 부당한 일이지요. 고리대금업을 하는 여자가 살해되었는데…… 아. 세상에! 이야기할 가치도 없어요. 가까운 사람이 그에게 경고했어요, 그가 의심받고 있다고. 그는 조금도 죄가 없는데…… 선생……."

"제츠키입니다." 관리인이 내 성을 말해 주었다.

"제츠키 선생, 그런 부당한 일이 있었다오……. 그 불쌍한 사람은 외국으로 피신했답니다. 지난해에 실제 살인범이 잡혀서, 루드빅의 무죄가 발표되었지요. 하지만 그게 무슨 소용이 있어요. 그는 2년 동안 아무 소식이 없는데……."

부인이 소파에서 내 쪽으로 몸을 기울이더니 낮은 목소리로 말했다.

"내 딸 헬렝카*는…… 선생……."

"제츠키." 관리인이 내 성을 알려 주었다.

"내 딸은, 제츠키 선생, 망가지고 있지요……. 솔직히 말하면, 외국 신문에 난 광고들 때문에 망가지고 있지요. 아무 결과도 없는 일인데…… 젊은 여자가…… 선생……."

"제츠키." 비르스키가 내 성을 알려 주었다.

"젊은 여자가, 제츠키 선생, 못생기지도 않은."

"무척 아름다운 분이지요!" 관리인이 큰 소리로 말했다.

"내가 젊었을 때에는 내 딸과 약간 비슷했답니다." 늙은 귀부인이 한숨을 쉬고는 말을 계속하면서 관리인에게 머리를 끄덕였다. "내 딸은 못생기지도 않았고, 젊고, 애가 하나 있지만…… 다른 사람을 그리워할 수도 있지요. 비록, 제츠키 선생, 맹세코, 내 딸한테서 그런 말을 들어 본 적은 없지만…… 고통스러우면서도 아무 말을 안 하는 거지요, 내 생각에. 나도 서른 살 때……."

"우리 중에 누가 그런 일 안 겪어 봤겠습니까." 관리인이 무겁게 한숨을 쉬었다.

문이 삐걱 열리고 어린 여자아이가 손에 뜨개질바늘을 들고 달려왔다.

"할머니! 제 인형에게 입힐 카프탄을 못 만들겠어요."

"헬루니아!" 할머니가 엄한 목소리로 말했다. "너는 어른들께 인사 안 해……."

어린아이가 두 번 무릎을 굽혀 인사했다. 나는 어정쩡하게 인사를 받았지만, 비르스키는 백작처럼 답례했다. 어린아이는 네모 모양의 검은 털실 뜨개질 조각에 달린 뜨개질바늘들을 할머니에게 보여 주며 말했다.

"할머니, 겨울이 오면 내 인형이 밖에 나갈 때 입을 옷이 없어요…… 할머니, 바늘이 다시 빠졌어요."

(정말 예쁜 아이구나……. 하느님, 맙소사! 왜 스타흐가 저 아이의 아빠가 못 되었나. 그랬다면 지금처럼 그가 미치지도 않았을 텐데…….)

할머니가 우리에게 양해를 구한 뒤 털실과 뜨개질바늘을 건네받았다. 그때 응접실로 스타프스카 부인이 들어왔다.

부인의 모습을 보고도 나는 품위를 잃지 않았지만, 비르스키는 정신을 잃었다고 말하지 않을 수 없다. 그는 학생처럼 소파에서 일어나더니 상의 단추를 하나 더 잠그고, 붉어진 얼굴로 더듬거리며 말하기 시작했다.

"부인, 소개해 드리겠습니다. 제츠키 씨입니다. 집주인의 대리인입니다."

"반갑습니다." 부인이 눈을 아래로 향하고 고개를 숙이면서 말했다. 그러나 부인의 얼굴에 나타난 홍조와 얼굴에 스친 걱정스러운 빛이 내가 반가운 손님이 아니라는 것을 보여 주었다.

'조금만 기다려요!' 지금 이 방에 나 대신 보쿨스키가 있다고 나는 상상했다. '조금만 기다려요, 금방 알게 될 거예요. 당신은 우리를 두려워할 이유가 없다는 것을.'

그사이 스타프스카 부인이 의자에 앉았다. 그러나 당황함을 감추기 위해 자기 딸의 옷매무새를 고쳐 주기 시작했다. 부인의 어머니도 침울해졌다. 관리인도 어리둥절한 표정이었다. '조금만 기다려요!' 나는 속으로 생각하고, 심각한 표정을 지으며 말을 꺼냈다.

"부인들께서는 이 집에 사신 지 오래되셨습니까?"

"5년 됐습니다……." 스타프스카 부인이 대답했다. 부인의 얼굴이 더 붉어졌다. 부인의 어머니는 소파에서 몸을 떨었다.

"집세를 얼마 내고 있습니까?"

"월 25루블 냅니다……." 젊은 부인이 작은 소리로 말했다. 동시에 부인의 얼굴이 창백해졌다. 부인은 옷을 만지작거리기 시작했다. 그리고 자기도 모르게 비르스키를 향해 애걸하는 눈빛을 보냈다. 그 모습이 너무 가여워서 내가 보쿨스키였다면 바로 부인에게 청혼했을 것이다.

"우리는……." 부인이 더 작은 목소리로 말했다. "7월분 집세를 아직 못 냈습니다."

나는 악마 루시퍼처럼 얼굴을 어둡게 하고 방 안에 있는 공기를 다 들이마신 다음 이렇게 말했다.

"부인들께선 우리에게 진 빚이 없습니다…… 10월까지는. 스타흐가…… 그가 보쿨스키 씨입니다, 나에게 보낸 편지에서 길 쪽으로 나 있는 방 세 개에 집세 3백 루블을 받는 것은 부당하다고 했습니다. 보쿨스키 씨는 그런 폭리를 허용하지 않으며, 10월부터 이 집의 세는 연 2백 루블이라는 걸 알려 드리라고 지시했습니다. 그리고 부인들이 원하지 않으시면……."

관리인이 소파와 함께 뒤로 물러났다. 노부인은 두 손을 모았고, 스타프스카 부인은 눈을 둥그렇게 뜨고 나를 바라보았다. 나는 처음으로 부인의 눈을 보았다! 나를 바라보는 부인의 아름다운 눈을……! 내가 보쿨스키라면 당장 부인에게 청혼했을 것이다. 남편과는 이미 끝난 것 같다, 2년 동안 아무 소식이 없는 것으로 보아서. 이혼이 무슨 소용이 있나……? 스타흐는 어디에 쓰려고 그토록 많은 재산을 가지고 있나……?

문 열리는 소리가 다시 들리더니 열두 살쯤 되어 보이는 소녀가 나타났다. 소녀는 머리에 모자를 쓰고 있었고, 손에는 공책 묶음을 들고 있었다. 소녀의 얼굴은 붉고 두툼했으며, 머리가 뛰어나게 좋아 보이지는 않았다. 먼저 우리에게 허리를 굽혀 인사하고, 스타프스카 부인과 부인의 어머니에게 인사한 다음 어린 딸의 두 볼에 키스하고 밖으로 나갔다. 물론 집으로 돌아가겠지. 조금 후에 소녀는 부엌에서 돌아와, 온통 붉어진 얼굴로 물었다.

"모레 몇 시에 올까요?"

"모레는…… 그래, 4시에 오너라." 스타프스카 부인도 당황함을 감추지 못하고 대답했다. 소녀가 나간 후에 스타프스카 부인의 어머니가 불만스러운 투로 말했다.

"소위 과외라고 하는데, 세상에…… 헬레나가 저 아이를 한 시간 반 동안 가르치는데, 그렇게 해서 받는 돈이 고작 40그로시밖에 안 되니……."

"엄마!" 스타프스카 부인이 애원하는 눈빛으로 어머니를 바라보며 말했다.

(내가 만일 보쿨스키였다면 나는 이 부인과 이미 결혼했을 것이다. 얼마나 아름다운 부인인가……! 얼굴 윤곽은 또 어떻고……! 얼굴 표정이 얼마나 매력적인가. 내 평생 이렇게 아름다운 여인을 본 적이 없다! 손, 몸매, 키, 몸의 움직임, 눈, 아, 눈빛……!)

한동안 어색한 침묵의 순간이 있은 후에 젊은 부인이 말했다.

"우리는 보쿨스키 씨에게 대단히 감사하게 생각합니다. 그런 조건으로 우리가 이 집에서 살게 해 주신 것에 대해서……! 집주인이 스스로 집값을 내려 주신 경우는 아마 유일할 것입니다. 그러나 우리가 그분의 그런 호의를 받을 만한 자격이 있는지 모르겠습니다…….”

“그건 호의가 아닙니다. 부인, 그건 고귀한 사람의 정직함입니다!” 관리인이 말했다. “보쿨스키 씨는 제 집값도 내려 주셨습니다…… 길가 집이고, 길이 화려하지도 않고, 통행도 많지 않고…….”

“그러나 세입자는 쉽게 구할 수 있을 겁니다.” 스타프스카 부인이 말했다.

“우리는 우리에게 오래전부터 익숙한 조용함과 정돈을 선호합니다.” 내가 말했다.

“선생 말이 맞습니다.” 노부인이 말했다. “집 안 정돈은 우리가 가장 중요하게 생각하는 원칙입니다…… 헬루니아가 종잇조각을 마당에 버리면 프라누시아가 바로 치운답니다.”

“그런데 할머니, 봉투 만드느라 자른 거였어요. 아빠한테 편지를 썼거든요, 빨리 오시라고.” 어린 소녀가 말했다.

스타프스카 부인의 얼굴에 슬픔과 피곤의 그림자가 스쳤다.

“아직 아무 소식도 없지요?” 관리인이 물었다.

젊은 부인이 천천히 고개를 흔들었다. 부인이 한숨을 쉬지 않았는지 모르겠지만, 그러나 아주 희미하게…….

“그게 젊고, 밉지 않은 여자의 운명이라오!” 노부인이 거들었다. “처녀도 아니고, 남편이 있는 것도 아니고…….”

“엄마……!”

“미망인도 아니고, 이혼한 것도 아니고, 한마디로 아무 소식도 없고, 왜 그런지도 알 수 없고……. 헬레나, 말해 봐라, 네가 원하는 것을. 내가 말했잖아, 루드빅은 이미 죽었을 거라고…….”

“엄마……! 엄마……!”

“그래.” 노부인이 격앙된 음성으로 말했다. “우리 모두 그를 매일, 매 시간 기다렸답니다. 그러나 아무 소식도 없어요……. 그는 죽었거나, 아니면 너를 인정하지 않는 것이지. 그러니 너는 기다릴 의무도 없어……."

두 부인의 눈에 눈물이 고였다. 어머니는 분노로, 그러나 딸은……. 내가 어찌 알겠는가? 망가진 삶에 대한 슬픔 때문일 수도 있겠지.

갑자기 내 머릿속에 한 가지 생각이 떠올랐다. (내 생각이 아니라면 감히 천재적 발상이라고 할 만하다.) 어쨌든 내 얼굴과 태도에 그 생각이 반영되어 나는 의자에서 자세를 바르게 하고, 다리를 꼬고, 헛기침을 했다. 그 바람에 모두 나를 응시했다. 심지어 어린 헬렝카까지도 나를 쳐다보았다.

"우리가 서로 알게 된 지 너무 짧아서……." 내가 말했다. "감히 말씀드리기가……."

"괜찮습니다." 비르스키가 말했다. "좋은 말은 모르는 사람에게서도 받아들입니다."

"우리가 알게 된 것이……." 내가 관리인에게 조용히 하라는 눈짓을 보내고 말했다. "길지 않습니다. 그렇지만 말씀드리겠습니다. 보쿨스키 씨가 영향력을 발휘하여 부인의 남편을 찾아보도록 하는 게 어떨지……."

"아아아……!" 노부인이 신음 소리를 냈다. 그것은 기쁨의 표시라고 보기 어려웠다.

"엄마!" 스타프스카 부인이 말을 막았다.

"헬루니아!" 할머니가 단호한 음성으로 말했다. "네 인형에게 가서 인형 옷을 만들어 주어라. 뜨개질 코를 찾았으니 가지고 가거라……."

어린 소녀는 약간 놀란 표정이었다. 그리고 호기심도 보였다.

그러나 할머니와 엄마의 손에 키스한 뒤 뜨개질바늘을 들고 나갔다.

"선생." 노부인이 말을 이었다. "솔직히 말하면, 나는 기대도 하지 않고, 또…… 루드빅이 살아 있다고 믿지도 않습니다. 살아 있으면서 2년 동안 편지 한 장 안 쓰는 사람이 어디 있습니까……."

"엄마, 그만하세요……!"

"오, 아니야!" 노부인이 말을 막았다. "네가 아직 네 처지를 느끼지 못한다면, 나는 그걸 이해해. 하지만 영원히 그런 희망인지 위협인지 알 수 없는 것과 더불어 살 수는 없잖니……."

"엄마, 내 행복과 내 의무에 대해서는 오로지 저에게 권리가 있어요……."

"행복에 대해 말하지 마라." 노부인이 큰 소리로 말했다. "행복은 재판이 두려워 네 남편이 도망친 날로 끝났다. 법원이 네 남편과 고리대금업 하는 여자의 관계를 알게 되었지. 그에게 죄가 없다는 건 나도 알고 있고, 맹세할 수도 있다. 하지만 나도 너도 이해할 수 없지 않으냐, 왜 그가 그 여자 집에 자주 갔는지."

"엄마! 이분들은 우리가 잘 모르는 분들이시잖아요……." 스타프스카 부인이 절망적인 심정으로 말했다.

"제가 모르는 사람입니까?" 관리인이 불만스러운 목소리로 물었다. 그가 의자에서 일어나더니 머리를 굽혀 인사했다.

"이분은 우리가 모르는 분이 아니고, 저분은……." 노부인이 나를 가리키며 말했다. "틀림없이 정직한 분일 거야……."

이번에는 내가 머리를 굽혀 인사했다.

"선생께 말씀드립니다." 노부인이 나를 날카롭게 쳐다보면서 말을 이었다. "우리는 내 사위에 대해 끊임없는 불안감을 가지고 살고 있습니다. 그 불안이 우리의 평온을 파괴하고 있어요. 그러나 솔직히 말하면, 그가 돌아오는 것이 더 두렵습니다……."

스타프스카 부인이 손수건으로 얼굴을 감싸고 방을 나갔다.

"울어라, 실컷 울어라……." 흥분한 노부인이 딸의 뒤에 대고 말했다. "고통스러운 눈물이지만, 네가 매일 흘리는 눈물보다 오히려 더 낫다……."

"선생." 노부인이 나를 향해 말했다. "신이 우리에게 주시는 것을 우리는 모두 받아들입니다. 하지만 그가 돌아오면, 내 딸에게 남은 마지막 행복도 깨질 겁니다. 나는 맹세코 말할 수 있어요." 노부인이 더 작은 소리로 말했다. "내 딸은 이제 그를 사랑하지 않아요. 비록 내 딸은 그것을 모르고 있지만. 그러나 확실한 것은…… 그가 내 딸을 부르면, 내 딸은 그에게로 갈 겁니다……!"

참고 있는 울음 때문에 노부인은 더 이상 말을 잇지 못했다. 비르스키와 나는 서로 얼굴을 쳐다보고 노부인에게 작별 인사를 했다.

"부인." 나는 떠나면서 말했다. "1년이 지나기 전에 부인의 사위에 대한 소식을 가져오겠습니다. 그리고……." 나도 모르게 웃음이 나와서 작은 소리로 말했다. "모든 사람이 만족하도록 해결될 겁니다…… 모든 사람이…… 여기 없는 사람들까지도……!"

노부인이 무엇인가를 묻는 눈빛으로 나를 바라보았다. 하지만 나는 아무 대답도 하지 않았다. 우리는 다시 한 번 작별 인사를 하고 스타프스카 부인에 대해 묻지 않고 나왔다.

"매일 저녁도 좋으니 우리 집에 한 번씩 들르십시오!" 노부인이 큰 소리로 말했다. 우리는 이미 부엌으로 나와 있었다.

물론 들를 것이다……. 그런데 내가 스타흐와 함께 펼칠 작전이 성공할까? 그걸 누가 알겠는가. 가슴이 움직이기 시작하면 계산은 작동을 멈춘다. 나는 부인의 묶인 손을 풀어 주려고 해 보겠다. 그것도 어느 정도 가치 있는 일이겠지.

스타프스카 부인과 부인의 어머니가 사는 집에서 나와 관리인과 헤어졌을 때 나는 매우 만족스러웠다. 그들은 좋은 사람들이라는 생각이 들었다. 그러나 집으로 돌아와 오늘 세입자들을 만난 결과를 곰곰이 생각해 보니 머리가 복잡했다.

나는 세놓은 건물의 재정 상태를 연 수입 3백 루블 감소하는 방향으로 조정했다. 하! 머지않아 스타흐가 싫증을 느껴서, 그에게 전혀 필요 없는 매입 물건을 팔겠지.

강아지 이르가 나에게 불만스러운 모양이다. 정치는 동일한 차원에서 움직인다. 언제나 불확실하다…….

9   **산스테파노 평화 조약**   Treaty of San Stefano. 러시아와 터키 사
이에 맺은 조약으로, 터키의 지배를 받던 루마니아, 세르비아, 불가
리아 등이 이 조약의 결과로 독립했음.

   새 교황   레오 3세.

18   **스타시**   스타니스와프의 애칭. 스타흐, 스타시우, 스타시울크로도
불림.

23   **즈오티**   Złoty. 폴란드 화폐 단위. 1즈오티는 1백 그로시. 당시 러
시아 점령 지역 폴란드에서는 러시아 화폐 루블과 폴란드 화폐 즈
오티가 혼용되었음. 4즈오티가 약 1루블에 해당함.

25   **라코치 행진곡**   Rakoczego Marsz. 헝가리 국가. 라코치
(Franciszek II Rokoczy, 1676~1735)는 합스부르크의 지배에 저
항하여 일어난 헝가리 봉기군 지도자. 폴란드와 헝가리는 국경을
마주하고 있지 않으며, 전통적으로 두 민족은 서로 우호적이다.

28   **레옹 강베타**   Léon Gambetta(1838~1882). 나폴레옹 3세의 반대
파 지도자. 프랑스 총리.

31   **이그나시**   이그나치의 애칭. 이그나츠, 이그나스로도 불림.

41   **굿 모르겐**   몇 세대에 걸쳐 폴란드에 살고 있는 독일인들이 쓰는

독일어는 표준 독일어와 다른 경우가 있다. Guten Morgen을 할머니는 언제나 Gut Morgen이라고 말하고 있다.

45 **루이 나폴레옹** Louis Napoléon(1808~1873). 훗날의 황제 나폴레옹 3세.

47 **언드라슈** Gyula Andrássy(1823~1890). 오스트리아의 지배에 저항하여 일어난 헝가리 독립운동인 헝가리 혁명(1848)에 가담했고 나중에 오스트리아-헝가리 왕국의 수상이 되었음.

53 **발렌로트** 폴란드 민족 시인 아담 미츠키에비츠(Adam Mickiewicz, 1798~1855)의 작품 「콘라드 발렌로드(Konrad Wallenrod)」의 주인공. 리투아니아와 독일 기사단이 적대 관계일 때 독일 기사단에 납치된 리투아니아 출신 소년이 기사단의 대원 수가 된 후에 자기의 출신을 알게 되어 기사단을 의도적으로 참패의 길로 인도함.

74 **비신적 코미디** Nie-Boska komedia. 폴란드 3대 민족 시인 지그문트 크라신스키(Zygmunt Krasiński, 1812~1859)의 작품. 대참사의 형태로 나타나는 혁명에 의해 귀족 계급은 몰락하고, 맹목적인 민중의 광기는 직업적 혁명가에 의해 무자비하게 이용된다는 암울한 미래상을 보여 주고 있다. 또한 억압된 민중 에너지의 폭발로서가 아니라 조직된 혁명의 가능성을 예고했음.

삼위일체의 요새 Okopy Świętej Trójcy. 터키의 공격에 대항하기 위해 폴란드가 1692년 우크라이나에 있는 드니에스트르 강 유역에 구축한 요새. 러시아의 폴란드 내정 간섭에 대항하기 위해 1768년에 일어난 폴란드 귀족들의 무장 동맹 전투(Konfederacja barska) 기간 동맹군의 본거지. 동맹군 지도자 푸와스키(K. Puławski) 장군이 방어했으나 1769년에 러시아군에 함락됨. 또한 크라신스키의 「비신적 코미디」에 나오는 귀족 계급의 대표 헨릭이 자살한 장소이기도 함.

80 **벨치아** 이자벨라의 애칭. 벨라, 벨루로도 불림.

82 플로라   플로렌티나의 애칭. 플로르치유, 플로로라고도 불림.

93 요아시아   요안나의 애칭.

167 헬루시아   헬루니아의 애칭. 헬치아, 헬루니우, 헬렝카로도 불림.

212 유제프 벰   Józef Bem(1797~1856). 폴란드의 장군. 러시아의 지배에 저항하여 일어난 '11월 봉기(powstanie listopadowe, 1830~1831)' 때 지휘관으로 활약했고, 그 후 헝가리 혁명군 사령관이 되었음. 헝가리에서 '벰 아저씨'로 불릴 만큼 사랑과 존경의 대상이 되고 있음.

220 율리우스 하이나우   Julius Haynau(1786~1853). 헝가리 혁명군을 진압한 오스트리아군 원수.

221 러요슈 코슈트   Lajos Kossuth(1802~1894). 헝가리 혁명군 지도자
실리보비차   śliwowica. 서양자두로 빚은 보드카

225 갈리치아   Galicja. 폴란드가 러시아, 프로이센, 오스트리아에 의해 분할 점령되었던 시기(1795~1918)에 오스트리아의 지배 아래 있던 동남부 구폴란드 영토. 이 작품의 배경인 바르샤바는 러시아의 지배를 받고 있었음.

248 마차   유대인들이 유월절에 먹는, 호모를 넣지 않은 반죽으로 만든 엷은 파이.

279 오스트라 브라마   Ostra Brama. 리투아니아 빌르노의 성모상이 있는 바로크 스타일 성문.

347 폴란드 왕국   Królestwo Polskie. 1815년 이후 러시아 지배하의 폴란드 지역을 일컬음.

361 bite majn her   독일어 비테(bitte), 마인(Mein), 헤어(Herr)(영어로는 please, Sir, Mr.), 프랑스어 므슈(monsieur, 영어로는 Sir, Mr.), 봉주르(bonjour, 영어로는 hello). 하인이 독일어와 프랑스어를 아는 체하고 있으나, 잘못 알고 있다는 것을 보여 주고 있음.

405 카프탄   caftan. 길고 품이 풍성한 웃옷.

462 비고스   bigos. 폴란드 전통 음식.

475 **페이시** pejsy. 관자놀이에 기른 긴 곱슬머리.

야르무우카 jarmułka, 접시 모양의 유대인 모자.

484 **콜룸나 지그문타** Kolumna Zygmunta. 바르샤바 구시가지 입구에 있는 지그문트 기둥.

506 **알프레도 제르몽** Alfredo Germont. 오페라 「라 트라비아타」에 나오는 귀족.

571 **티르테우스** Tyrtaeus. 기원전 7세기의 그리스 시인. 전쟁과 정치에 관한 다섯 권의 시집을 남겼음.

584 **트바르도프스키** Twardowski. 현세에서 마력을 가지기 위해 악마에게 영혼을 팔았던 전설 속의 폴란드 귀족. 지옥으로 가는 길에 달로 도망쳤음.

590 **얀 코하노프스키** Jan Kochanowski(1530~1584). 르네상스 시대의 대표적인 폴란드 시인. 트로이 전쟁을 모티프로 한 비극『그리스 사절의 면직(Odprawa posłów greckich)』을 비롯해 최고의 작품으로 평가되는, 딸의 죽음을 겪고 나서 쓴 「비가(Treny)」 등 수많은 작품이 있음.

593 **헬무트 폰 몰트케** Helmut von Moltke(1800~1891). 프로이센군 원수. 덴마크(1864), 오스트리아(1866), 프랑스(1870~1871)를 상대로 한 전쟁을 모두 승리로 이끌었음.

613 **마리시아** 마리안느나의 애칭. 마리안느노로도 불림.

624 **헬렝카** 헬레나의 애칭. 헬치우, 헬렝코로도 불림.

새롭게 을유세계문학전집을 펴내며

을유문화사는 이미 지난 1959년부터 국내 최초로 세계문학전집을 출간한 바 있습니다. 이번에 을유세계문학전집을 완전히 새롭게 마련하게 된 것은 우리가 직면한 문화적 상황에 적극적으로 대응하기 위해서입니다. 새로운 을유세계문학전집은 세계문학의 역할이 그 어느 때보다 중요해졌다는 인식에서 출발했습니다. 오늘날 세계에서 타자에 대한 이해는 우리의 안전과 행복에 직결되고 있습니다. 세계문학은 지구상의 다양한 문화들이 평등하게 소통하고, 이질적인 구성원들이 평화롭게 공존할 수 있는 문화적인 힘을 길러 줍니다.

을유세계문학전집은 세계문학을 통해 우리가 이런 힘을 길러 나가야 한다는 믿음으로 만들어졌습니다. 지난 5년간 이를 준비하기 위해 많은 노력을 기울였습니다. 세계 각국의 다양한 삶의 방식과 문화적 성취가 살아 있는 작품들, 새로운 번역이 필요한 고전들과 새롭게 소개해야 할 우리 시대의 작품들을 선정했습니다. 우리나라 최고의 역자들이 이들 작품 속 한 문장 한 문장의 숨결을 생생히 전하기 위해 심혈을 기울였습니다. 또한 역자들은 단순히 번역만 한 것이 아니라 다른 작품의 번역을 꼼꼼히 검토해 주었습니다. 을유세계문학전집은 번역된 작품 하나하나가 정본(定本)으로 인정받고 대우받을 수 있도록 최선을 다했습니다. 세계문학이 여러 경계를 넘어 우리 사회 안에서 주어진 소임을 하게 되기를 바라며 을유세계문학전집을 내놓습니다.

을유세계문학전집 편집위원단(가나다 순)
김월회(서울대 중문과 교수)
김헌(서울대 인문학연구원 교수)
박종소(서울대 노문과 교수)
손영주(서울대 영문과 교수)
신정환(한국외대 스페인어통번역학과 교수)
정지용(성균관대 프랑스어문학과 교수)
최윤영(서울대 독문과 교수)

을유세계문학전집

을유세계문학전집은 계속 출간됩니다.

을유세계문학전집 연표